ara
Mt.Cenis
Taurasia
(Turin)
Ticinus
Trebbia
ITALIEN
Massilia
(Marseille)
Scipio
Arretium
(Arezzo)
Trasimenischer See
KORSIKA
ROM
Cannae
(Canne della Battaglia)
Capua
(Santa Maria Vetere)
Venusium
(Venosa)
Tarent
SARDINIEN
Kroton
Messana
(Messina)
Scipio
Lilybaion
Utica
KARTHAGO
Syrakus
Tunes
(Tunis)
Cirta
(Constantine)
Hadrumetum
(Sousse)
Zama
MELITA
(MALTA)
Hannibal
N

Elisabeth Heilander
Die Karthagerin

Elisabeth Heilander

DIE KARTHAGERIN

Historischer Roman
um
Hannibal

Eugen Salzer-Verlag Heilbronn

Umschlaggestaltung: Klaus Pohl, unter Verwendung eines römischen Freskos
Gesamtherstellung: Wilhelm Röck, Weinsberg
Printed in Germany · ISBN 3 7936 0311 3

Ein fester Friede ist besser und sicherer als ein erhoffter Sieg. Der Friede steht in deiner, der Sieg in der Götter Hand.

Livius

DER GOLDENE BECHER

219 v. Chr.

Acht lange, heiße Monate war die Stadt Saguntum in Iberia von Hannibal, dem karthagischen Feldherrn, mit seinem buntscheckigen Vielvölker-Heer belagert, bestürmt und ausgehungert worden. Jetzt lagen die Sagunter Verteidiger, die bis zum Schluß verbissen Widerstand geleistet hatten, in sengender Sonne tot auf den Trümmern der Wehrmauer. Über die verkrampften, blutüberströmten Körper hinweg brandete eine entfesselte Horde verschwitzter Krieger aller Hautfarben in die wehrlose Burg. Mit wildem Geschrei und maßloser Beutegier stürmten sie in die schwelenden, noch nicht abgebrannten Gebäude. Den verdienten Lohn für die monatelangen Anstrengungen wollten sie sich holen. Doch ein Raum nach dem anderen war, bis auf wenige Gebrauchsgegenstände, ebenso leergeräumt wie die unten in der Stadt. Als die Plünderer schließlich im innersten Burghof einen noch glimmenden Scheiterhaufen entdeckten, auf dem offensichtlich alle Wertgegenstände verbrannt worden waren, schlug ihre Enttäuschung in wahnsinnige Wut um.
Mit bösem Grinsen gab Hannibals jüngster Bruder Mago den Befehl, alle Saginter aus ihren Verstecken hervorzuzerren und sie für ihren unzählige Opfer fordernden Widerstand in oft geübter Weise zu bestrafen.
»Nach dem Willen der Götter darf es in Saguntum keinen Überlebenden geben!« rief er heiser.
Die zornentbrannten Männer, die sich um ihre Kriegsbeute gebracht sahen, kamen dem Befehl nur allzu bereitwillig nach. Einer unaufhaltsamen Sturmflut gleich ergoß sich die tierische Horde in die Ruinen und Häuser, um mit unbeschreiblicher Grausamkeit Frauen, Kinder und Greise abzuschlachten.

In diesem mörderischen Treiben verhielt schon seit geraumer Weile ein zierlicher karthagischer Reiter regungslos auf seinem Pferd. Er trug den Lederpanzer der herrschenden Klasse, hatte jedoch außer

einem kurzen Messer im breiten Gürtel keine Waffen bei sich. Bei näherem Hinsehen entpuppte er sich als ein etwa dreizehnjähriges Kind, hellhäutig von Natur, das hübsche, lebhafte Gesicht und die langen, in hochgeschnürten Stiefeln steckenden Beine von der Sonne jedoch tief gebräunt. Ein solches Kind inmitten dieses grauenhaften Gemetzels anzutreffen, mutete schon sehr eigenartig an – und dabei ließ die Knabenkleidung noch nicht einmal erkennen, daß es sich um ein Mädchen handelte.
Die Reiterin saß wie aus Stein gehauen. In ihrem erblaßten Gesicht glühten die tiefdunklen Augen wie im Fieber, und die feingliedrigen Hände hielt sie in den Zügeln so verkrampft, daß die Knöchel weiß hervortraten. Sie konnte sich nur noch mit Mühe aufrecht halten, war in ihrer Erstarrung aber auch nicht fähig, diesen Ort des Grauens zu verlassen. In diesem Augenblick sprang ihr Freund Rumibor auf sie zu, einen Kinderschuh wie eine Trophäe auf sein Schwert gespießt, und grinste aus verrußtem und verschwitztem Gesicht beifallheischend zu ihr hinauf. Doch Antopa blitzte ihn mit haßerfüllten Augen an, und als er ihr die Hand entgegenhob, hieb sie diese mit einem wütenden Stoß weg, wendete ihr Pferd und ritt davon. Ratlos blickte ihr der junge Mann nach, doch schließlich tat er die Sache mit einem Achselzucken ab. Antopa war ein Mädchen, wie er wußte, und benahm sich manchmal eben etwas sonderbar. So lief er rasch seinen Kameraden nach und war bald um die nächste Ecke verschwunden.

Antopa indes stieß auf eine vorbeijagende Horde dunkelhäutiger Numidier auf schneeweißen Pferden, die eine alte Frau an einem Seil hinter sich herschleiften. Ihr Körper holperte wie ein gefüllter Sack über Steine und Unebenheiten, und ihr Kopf wurde fortwährend hochgerissen und wieder auf den Boden geschlagen. Die entsetzlichen Schreie der Gefolterten durchgellten das Getöse ringsum, daß es in den Ohren schmerzte. Die Soldaten dagegen ergötzten sich an der Pein der armen Frau mit brüllendem Gelächter, und es schien eine Ewigkeit zu vergehen, bis ihre Schreie verstummten. Die Numidier schnitten das Seil ab und verschwanden johlend zwischen den rauchenden Ruinen.
Endlich löste sich Antopas Starre. Mit einem Satz, der die gewandte Reiterin erkennen ließ, sprang sie vom Pferd und lief zu der in glühender Sonne reglos am Boden liegenden Greisin. Ihr wurde übel

beim Anblick des geschundenen Körpers – rohes Fleisch, in das sich kleine, spitze Steinchen eingegraben hatten. Mit zitternden Händen löste sie das Seil von den abgeschürften Beinen der Frau und warf es beiseite. Verzweifelt fragte sie sich, was sie tun könnte, um ihr zu helfen, doch aus Angst, ihr noch mehr Schmerzen zuzufügen, wagte sie nicht einmal, sie zu berühren. Mit Tränen in den Augen erhob sie sich und holte ihre Wasserflasche, die sie der Frau an die blutig gebissenen Lippen hielt. Doch die war nicht mehr fähig, auch nur noch einen Schluck zu nehmen. Ihre Augenlider hoben sich noch einmal, doch ihr Blick blieb leer. Sie sah nicht die Tränen in den Augen des Mädchens, das sich über sie beugte. Für sie hatte sich die ganze Welt und ihr Geschehen auf das rasende Wüten in und an ihrem Körper, auf das entsetzliche Brennen und Stechen reduziert. – Doch endlich wurde es licht um sie, ihre Augen erstarrten, und ihr zerschundener Körper sank haltlos zur Seite. Die unvorstellbaren Schmerzen hatten aufgehört, sie zu martern.
Antopa blieb im heißen Staub knien, unfähig, sich zu erheben oder einen Gedanken zu fassen. Sie verspürte in sich nur noch Grauen, das sie wie ein gefräßiges Tier verschlang. – Bis das Würgen in ihrer Kehle sie wieder aus dem Dunkel zurückbrachte und ihr die zitternde Kraftlosigkeit ihres Körpers bewußt machte. Sie mußte sich übergeben wie nie zuvor in ihrem Leben. Der Boden unter ihren Händen begann nachzugeben, vor ihren Augen flimmerten schwarze Kreise, und sie sackte neben der toten alten Frau zusammen.

Antopa wußte nicht, wie lange sie so im Staub gelegen hatte, als die grollende Stimme ihres Vaters sie wieder in die hitzeflirrende Wirklichkeit zurückholte:
»Was machst du denn hier? Habe ich dir nicht befohlen, im Lager zu bleiben? Das hier ist kein Platz für Kinder! Komm, steh auf! Ich bringe dich zurück!«
Wieder einmal wurde sich Hauptmann Mertaban bewußt, daß es seiner Tochter schadete, ständig unter Soldaten zu leben. Noch dazu im Krieg! Mit Situationen wie dieser mußte er immer rechnen. Und gerade weil er sich schuldbewußt fühlte, fiel sein Ton besonders grob aus. Dennoch half er Antopa behutsam auf. Willenlos ließ sie sich zu ihrem Pferd führen, saß auf und überließ ihm die Zügel. Den penetranten Geruch nach Schweiß und Rauch und noch anderem, der seiner Haut und Kleidung entströmte, nahm sie gar nicht wahr. Ge-

meinsam ritten sie zurück zum Zeltlager vor den Mauern, das seit acht Monaten Antopas Heimat war.

Auf dem sonnendurchglühten, von verstaubten Pinien und Sykomoren umstandenen Platz vor der Sagunter Versammlungshalle erschien mit nur kleinem Gefolge der Karthager Hannibal Barkas. Von seinen breiten, geraden Schultern hing ein einfacher, grauer Haik, und außer seinem prächtig geschmückten Schwert trug er keinerlei Zeichen seiner Feldherrnwürde. Er hielt sein nervös tänzelndes Pferd an und sah sinnend auf das weißflimmernde Gebäude, das inmitten dieses Infernos von einer nahezu unheimlich anmutenden Stille umgeben war. Seinen verschwitzten Männern gebot er, zurückzubleiben, saß ab und stieg die flachen Treppen empor. Sein Schritt wirkte müde, und seine Augen waren rot umrändert von durchwachten Nächten, doch sein angespanntes Gesicht verriet deutlich die versammelte Energie, die ihm innewohnte. Bedächtig zog er die schwere Bronzetür auf und trat ein.
Mit ungläubigem Staunen blickte er im Dämmerlicht der geräumigen Halle auf die mehr als zweihundert Frauen, die am Boden lagen. Aus eigenem Willen waren sie den schweren Weg in den Tod gegangen, um sich und ihren Kindern die entsetzlichen Grausamkeiten zu ersparen, die des Karthagers Horden an den benachbarten Vaccaeern, Carpetanern und Olcadern verübt hatten. Manchen lag ein friedliches Lächeln um die erstarrten Lippen, und fast alle hatten ihre in der langen Hungerszeit dünn gewordenen Arme um ihre toten Kinder geschlungen. So als wollten sie sie auch jetzt noch beschützen. Das flakkernde Licht der langsam verlöschenden Lampen legte sich auf die Lockenköpfchen der Kleinen und zauberte die Illusion von Leben, wo es schon längst keines mehr gab.
Mit unbewegtem Gesicht schritt der Feldherr den unheimlich wirkenden Raum ab. In seinem Herzen verspürte er einen Schauer, der ihm bislang fremd gewesen war. Er hatte schon manches Schlachtfeld mit Tausenden toter Soldaten gesehen, doch nie war er so angerührt worden wie hier beim Anblick dieser Frauen. Ihr Mut und ihre Würde forderten ihm höchste Achtung ab.
Nachdenklich blieb er vor einem Priester stehen, dessen Kopf auf den Stufen zur Empore lag. Lange Zeit schaute er in die starren Augen, bis er schließlich erkannte, daß der Mann ja noch lebte, auch wenn sein Atem schon langsam verwehte. Seine Finger umkrampften einen

goldenen Becher, aus dem er den Frauen offenbar das tödliche Gift gereicht hatte. Er versuchte, ihn Hannibal entgegenzuheben, doch seine verlöschende Kraft reichte dazu nicht mehr aus. Mühsam formten seine blutleeren Lippen die Worte:
»Nimm ihn, Poenus! Für deine letzte Stunde! – Und denke – denke immer an Saguntum! – Sei verflucht! – Auf ewig!«
Aus einem unbestimmbaren Gefühl heraus war sich Hannibal sicher, daß ihn dieser Priester erkannt hatte, und sein Fluch erzeugte banges Unbehagen in ihm. Doch rasch schob er es wieder beiseite, beugte sich zu dem Sterbenden hinab und löste den Becher aus seinen klammernden Fingern. Als hätte der Priester damit seine Aufgabe erfüllt gewußt, entfloh ihm der letzte Atemzug mit einem leisen Seufzer. Sein Kopf rollte haltlos auf die Seite.

Nachdenklich betrachtete der große, stattliche Karthager den Becher, in den mit großer Kunstfertigkeit das Bild der Stadt Saguntum eingraviert war, und er beschloß, ihn zu behalten. Nicht für seine Todesstunde, wie der Priester gewollt, sondern im täglichen Leben – als Symbol für den Beginn des Krieges gegen die verhaßten Römer. Auf seinem sicher mühsamen Weg sollte er ihn an seinen ersten bedeutenden Sieg erinnern und zugleich an den Schwur gemahnen, den er, ein Kind noch, seinem Vater Hamilkar geleistet hatte. Über den Fluch des Priesters wollte er nicht nachdenken. Ihm war es gleich, was die Welt über sein Verbrechen an Saguntum dachte. Er wollte endlich den Krieg in Gang bringen, der seinem Vaterland wieder zur alten Vormachtstellung verhelfen sollte.
Ohne noch einen Blick auf den Toten und die Frauen mit ihren Kindern zu werfen, trat er mit dem goldenen Becher in der Hand ins Freie. Dort empfing ihn erneut das Wüten der inzwischen gänzlich dem Blutrausch verfallenen Horden. Ihm, dem hellenistisch Gebildeten, drängte sich unwillkürlich das Bild der unsterblichen Titanen und Kyklopen auf, von denen die Achaier sagten, daß allein schon ihre Träume schrecklich seien. Jetzt schienen sie Zeus' Fesseln gesprengt zu haben, die er ihnen zum Schutz allen Seins angelegt hatte, um in perverser Lust die Menschen dieser Stadt zu foltern, zu schänden und zu töten.

Mit weithin schallenden Befehlen gebot er dem Wüten Einhalt. Ihn, den stets Beherrschten, ekelte diese grausame Maßlosigkeit. Er liebte den Kampf Mann gegen Mann und Schwert gegen Schwert, und ein Sieg, den ihm Mut und Geschicklichkeit bescherten, bereitete ihm ehrenhafte Genugtuung. Aber wehrlose Frauen und Kinder schlimmer als Tiere abzuschlachten, verachtete er aus tiefstem Herzen. Natürlich war ihm bewußt, daß sich die seit frühester Jugend auf's Töten ausgerichteten Instinkte dieser Männer auf solche Art Luft verschafften, sie von dem lange währenden Druck in ihrem Innern, der nervenzerreißenden Anspannung und allen Todesängsten befreite. Dennoch konnte er es nie und nimmer verstehen. Er wußte aber auch, daß sie heute abend wie unschuldige Kinder mit Wein und Liedern ihren Sieg feiern und morgen früh wieder als gehorsame Soldaten antreten würden, ausgestattet mit frischer Kraft und neuem Mut für den nächsten Kampf. Die Toten von Saguntum würden sie vergessen haben.

Hauptmann Mertaban hatte Antopa in ihr Zelt zurückgebracht, wo sie sich auf das mit seidigen Fellen weich gepolsterte Ruhelager fallen ließ. Wie in Trance starrte sie vor sich hin, während der untersetzte, grobknochige Mertaban völlig ratlos neben ihr stand. Endlich durchbrachen Tränen ihre Versteinerung, und nach einer Weile versuchte Mertaban vorsichtig sie zu beruhigen:
»Antopa, ich bitte dich, vergiß, was du eben erlebt hast«, begann er unbeholfen.
»Allmächtige Tanit, wie soll ich das jemals vergessen können!« stieß sie erregt hervor. »Dieses entsetzliche Schreien der Frauen und Kinder, den Geruch von brennenden Menschen, den blutig geschundenen Körper dieser alten Frau! Niemals, nie in meinem Leben werde ich das vergessen!«
Mertaban war völlig verstört. Sie war doch eine Karthagerin! Und karthagische Frauen waren allerorts bekannt für ihre Beherrschung und ihr Verständnis. – Wenn Baal ein Opfer dafür verlangte, daß er drohendes Unheil von den Menschen abwendete, dann gaben sie zu Hunderten sogar ihr liebstes Kind hin, damit es durch seinen Feuertod den allmächtigen Gott gnädig stimme. Keine Frau würde es jemals wagen, während der feierlichen Zeremonie im Tophet des Moloch ihren Schmerz zu zeigen! Und alle Mädchen wurden schon von klein an dazu erzogen, es ihren Müttern gleichzutun. Diese kleinen, süßen Mädchen fanden nichts dabei, wie die Erwachsenen mit Stökken und glassplitterbewehrten Peitschen auf einen bereits blutig ge-

schlagenen Rücken einzudreschen, wenn Gefangene oder Verbrecher durch Karthagos enge, verwinkelte Straßen getrieben und auf diese Weise für ihre Untaten bestraft wurden. Wenn der Wille der Götter ins Spiel gebracht wurde, gab es keinerlei Zweifel und kein Pardon. So war es seit Altersgedenken, und jede Mutter erzog ihre Kinder in der bewährten Tradition.

Mertaban mußte sich eingestehen, daß Antopa ihre Mutter kaum kennengelernt hatte und zudem auch hellenisches Blut in ihren Adern floß, das womöglich vorherrschte und das von vielen Völkern als grausam empfundene Wesen ihres eigenen Volkes unterdrückte. Und wieder einmal fragte er sich, ob ihm Baal-Shanim jemals verzieh, eine Hellenin zur Frau genommen und sein Kind nicht streng in der alten Tradition erzogen zu haben. War es auch falsch gewesen, ihr Lactas als Lehrer an die Seite gegeben zu haben, diesen kultivierten Mann, der sie nicht nur in den Sprachen der Hellenen und Italer unterrichtete, sondern sie womöglich verweichlichte und ihrem eigenen Volk und deren Göttern entfremdete? – Allerdings, versuchte er sich wieder zu beruhigen, hatte er bisher weder etwas gehört noch gesehen, das seinen eben jetzt so unvermittelt aufgestiegenen Verdacht bestätigt hätte.

»Kind«, versuchte er Antopa erneut zu beschwichtigen, »so ist es nun einmal in einem Krieg. In allen Ländern und zu allen Zeiten. Denk mal darüber nach. Die verfluchten Romani-Buhlen hätten dasselbe mit dir und mir getan, wenn wir diesen Kampf verloren hätten. Keiner von uns wäre am Leben geblieben. Auch du nicht. – Und woher kommt alles Übel? Immer wieder nur von Roma, diesem machtgierigen Roma! Die Romani, mein Kind, sind Barbaren. Bauern und Krieger ohne jede Kultur. – Gebe Tanit unserem Feldherrn die Kraft, diesen gefährlichsten Feind unserer Völker auszulöschen! Wir müssen alles tun, unser Land zum verdienten Sieg zu führen und damit Macht und Ruhm zu gewinnen.«

»Macht und Ruhm«, zischte Antopa verächtlich und riß sich von seiner Hand los. »Was ist das? Gebieten euch Macht und Ruhm, unzählige unschuldige Menschen zu foltern, verhungern zu lassen, sie zu töten, ihre Städte zu vernichten und die Lande zu verwüsten?«

Mertaban sah seine Tochter irritiert an. War dies noch das unverständige, naive Kind, wie er es gewohnt war zu sehen? Mit plötzlicher Klarheit erkannte er, daß Antopa eine Entwicklung durchgemacht hatte, von der er nichts ahnte. Und diese Erkenntnis bestürzte ihn um

so mehr, als es gerade diese Situation war, die ihn hatte sehend werden lassen. Hilflos hob er die Schultern. Was konnte er noch sagen, um in diesen fragenden, unbequemen Augen Verständnis aufblitzen zu sehen? – Er wußte es nicht.
»Ich hasse euch!« brach es mit zitternder Heftigkeit aus dem Mädchen hervor. »Ihr seid keine Krieger, sondern feige, grausame und verabscheuungswürdige Schlächter!«
Mertaban versuchte sein Erschrecken, ja sogar Entsetzen zu verbergen und streichelte mit seinen harten Händen unbeholfen über ihr kurzgeschorenes Haar. Doch sie rührte sich nicht, sondern ließ es mit starren Augen einfach über sich ergehen. Schließlich wandte er sich schweigend ab und verließ mit zögernden Schritten das Zelt.

Nach seinem Fortgang wanderte Antopa ruhelos im Zelt auf und ab. Acht Schritte vor, acht Schritte zurück, immer wieder. Wie in einem Kerker. Schreckliche Bilder standen in ihr auf, wiederholten und überschnitten sich, stürmten auf sie ein und peinigten sie mit den damit verbundenen Lauten so sehr, daß ihr am ganzen Körper der Schweiß ausbrach. Stöhnend riß sie den ledernen Panzer auf und ließ ihn achtlos zu Boden gleiten. Von neuem nahm sie ihren ruhelosen Marsch auf, bis sie endlich völlig erschöpft auf ihr Lager fiel. Mit blinden Augen starrte sie zu der mit kunstvollen Ornamenten versehenen Zeltdecke empor und lag Stunden später noch immer in der gleichen, unveränderten Haltung. Erst spät in der Nacht erlöste sie der Schlaf von ihren quälenden Gedanken.

Über Stadt und Burg hingen noch immer schwere Rauchwolken. Die Trümmer schwelten weiter, und hie und da stieß in das Dunkel der Nacht eine Lohe mit auseinanderstiebenden Funken, um schließlich leise fauchend in sich zusammenzufallen. Die Luft war angefüllt mit beißendem Gestank verbrannten Holzes und Fleisches von Mensch und Tier, so als sollte damit die vergangene Barbarei noch eine ganze Weile festgehalten werden.
Im fahlen Schein der Lagerfeuer hockten die von Sieg und Wein völlig berauschten Männer. Lauthals feierten sie den vergangenen Tag, bis ihre Körper weich wie Gummi wurden und ihr Gebrüll in unverständlichem Lallen erstarb.
Die Luft hatte sich kaum abgekühlt, und eine drückende Schwüle senkte sich auf die Gesichter der Toten und Lebenden, die in dieser

Stadt so dicht beieinander versammelt waren. Gegen Morgen jedoch zogen vom Landesinnern her schwere, graue Wolken heran und ballten sich über der Stadt zusammen. Bald darauf zuckte der erste Blitzstrahl zur Erde nieder, und ein krachender Donnerschlag scheuchte die Schlummernden von ihrem Lager hoch. Kurze Zeit später ergoß sich über die Trümmer ein Platzregen, überschwemmte wie ein Sturzbach die reglos liegenden Toten und verwandelte den blutgetränkten Staub der Straßen in einen breiigen Schlamm.
Monatelang hatten die Verdurstenden mit Gebeten und zahllosen Opferhandlungen den Regen herbeigefleht – jetzt kam er! Als wollten die Götter den Menschen wieder einmal vor Augen führen, wie fern sie ihrem Geschick standen.

RUF DER ADLER

218 v. Chr.

Fidus, ein dunkelhäutiger Haussklave, dessen trabender Gang von der in weiten Sandebenen verbrachten Jugend sprach, schlug den schweren Vorhang zur Seite und ließ den letzten der erwarteten Gäste in das festlich geschmückte Triklinum treten. Die dort versammelten, fast ausschließlich jungen Männer unterbrachen ihre Gespräche und blickten dem Neuankömmling aufmerksam entgegen.

Quintus Fabius Maximus verhielt einen Augenblick am Eingang, trat dann mit der ihm eigenen Bedächtigkeit an den Altar der Penaten mit dem ständig brennenden Öllämpchen und streute einige Körner der bereitstehenden Gerste in die Opferschale, wie es die Achtung vor der Würde einer Familie, der über alles stehenden Gens, forderte. Erst danach ließ er seine flinken Blicke über die Gesichter der anwesenden Gäste gleiten. Der hühnenhafte Sechzigjährige mit der scharfen Adlernase und einer unübersehbaren Warze über dem enggeschnittenen Mund, deretwegen er auch den Spitznamen »Verrucosus« ertragen mußte, gehörte einer der ältesten Familien Roms an. Dank dieser Herkunft und seiner anerkannten politischen Fähigkeiten, die ihm bereits ein mehrmaliges Consulat eingebracht hatten, war er beauftragt worden, die Gesandtschaft nach Iberia und Karthago anzuführen, um wegen des Friedensbruches durch Hannibal Barkas zu intervenieren. Deshalb wurde er heute verständlicherweise mit größter Spannung erwartet, denn nun würde man aus berufenem Munde sicher Genaueres darüber erfahren, warum Rom so überraschend schnell in einen neuerlichen Krieg eingetreten war.

Ehrerbietig trat ihm der Hausherr Marcus Marianus Valus entgegen, der mit seiner kräftigen, hochgewachsenen Gestalt alle seine Gäste außer Fabius Maximus überragte. Obwohl erst dreiundzwanzig Jahre alt wirkte er durch seine ruhige, überlegte Bestimmtheit um einiges älter und war mit Sicherheit – trotz seiner Jugend – schon heute eine bemerkenswerte Persönlichkeit. Mit lässiger Bewegung schlug er

den weichen Überwurf über die Schulter zurück und begrüßte mit freundlichem Lächeln und herzlichen Worten den neuen Gast. Dabei war zu erkennen, wie sehr sich die beiden im Alter so unterschiedlichen Männer in wahrer Freundschaft und tolerantem Verständnis zugetan waren.
Marcus führte Fabius Maximus zu einem für ihn freigehaltenen Lectus, der wie so vieles, aus Etrurien kommend, Eingang in die römischen Häuser der privilegierten Klasse gefunden hatte, und gab das Zeichen zum Auftragen des außergewöhnlich üppigen Mahles. Solche erlesenen Köstlichkeiten, wie sie jetzt serviert wurden, waren immer nur besonderen Anlässen vorbehalten. In der Regel diente die römische Küche ausschließlich dazu, mit einfachsten Speisen gerade den Hunger zu stillen, wobei das allgegenwärtige Graubrot die wohl größte Rolle spielte.
Während des Festessens, das unter der Aufsicht von Marcus' Mutter Valeria zubereitet worden war, flogen Scherzworte und Neckereien, wie die Jugend sie liebte, hin und her, und doch tat keiner im Übermut des Guten zuviel. Nur Glaucus, Sohn des angesehenen Silverus, fiel mit seinem scheinheiligen und heimtückischen Wesen aus der Rolle und zog wieder einmal die Verärgerung fast aller auf sich. Doch da man seinen Vater nicht brüskieren wollte und er zudem der Bruder von Marcus' Braut Liuta war, hatte der Hausherr nicht umhin können, auch ihn einzuladen.
Besonders gerne hatte er dagegen den jungen Antoninus Pomponius Pictor eingeladen, der, als die in Rom so beliebten gebratenen und mit Honigsoße übergossenen Wachteln aufgetragen wurden, schon nach den ersten genußvollen Bissen ausrief:
»O Marcus, mein Freund, diese süßen Winzlinge schmecken ja köstlich! Einfach göttlich!«
Alles lachte über seinen gekonnt gezierten Augenaufschlag und den deutlich vernehmbaren Zungenschnalzer, womit er die Affektiertheit der jungen Römer karikierte, von denen er selbst durch sein fröhliches, unkompliziertes Temperament auf angenehme Weise abstach. Nur zu gerne gab er sich jungenhaft unbekümmert wie ein Bursche von der Straße, gleichwohl er einer guten alten Patrizierfamilie entstammte. Sein Vater Marcus Pomponius Pictor nahm derzeit sogar das hohe Amt eines Prätors ein. Antoninus galt als einer der bestaussehendsten jungen Männer der Stadt mit seinen dunklen, übermütig glitzernden Augen in einem sprühenden Gesicht, umrahmt von

einem prächtigen Lockenkopf, der allein schon genügt hätte, interessierte Blicke aus koketten Mädchenaugen herauszufordern.

Nach dem Mahl begab sich die ganze Gesellschaft unter lebhaftem Geplauder ins Tablinum. Auf kleinen, duftenden Zederntischchen kredenzte der Hausherr beste Weine aus verschiedenen Ländern, frisches Obst und süße Honigkuchen, und schon bald wurde Fabius Maximus gedrängt, seine Kenntnisse um die Kriegserklärung an Karthago mitzuteilen.

»Es gibt nicht viel zu erzählen«, wich dieser aus und genoß die Neugierde. »Wie ihr alle wißt, hat der Feldherr Hannibal Barkas unsere Bundesstadt Saguntum überfallen, sie in Schutt und Asche gelegt und die Einwohner niedergemetzelt. Bei einer Intervention in Karthago kam nichts anderes als die Kriegserklärung Romas heraus. Das ist alles, meine Freunde. Und damit werde ich euch wohl nichts Neues berichtet haben, denn Romas Straßen sind seit Tagen voll davon.«

Über diese Antwort waren alle sichtlich enttäuscht. Nur Marcus lächelte, denn er kannte Fabius und wußte um seine hinhaltende Art. So fragte er nach einer Weile: »Nun ja, aber schließlich kommt so ein Überfall nicht von ungefähr. Was war der Anlaß für diesen Bruch des zwischen Roma und Karthago geschlossenen Vertrages?«

Fabius, ernst geworden, schien zunächst nur zu Marcus zu sprechen: »Ja, wie kam es zu diesem Überfall? – Mein Freund, ich muß wohl doch zurückgehen bis zum eigentlichen Urheber dieses Krieges, auch wenn er schon lange tot ist, nämlich zu Hamilkar Barkas, dem Vater dieses Hannibal, der uns in Sicilia dreiundzwanzig Jahre lang in Atem gehalten und uns mehr als einmal bis an den Rand einer Niederlage gebracht hat.« Er hielt einen Augenblick inne und nahm gedankenverloren in der für ihn typischen Art das rechte Ohrläppchen zwischen die Finger, bevor er weitersprach: »Nach unserem etwas glücklich errungenen Sieg machte dieser Mann dem Rat der Hundert in der Gerusia eine nüchterne Rechnung über die nun entstandene Situation auf. Karthago hatte nicht nur die Vorherrschaft auf den Meeren verloren, sondern mußte neben dem Verlust Sicilias auch noch die Inseln Sardinia und Corsica an uns abtreten. Zudem leerten die ihnen auferlegten hohen Tributleistungen ihre Staatskasse äußerst beängstigend. Hamilkar fragte außerdem, an welcher Grenzlinie Roma, ›diese kleine Bauernstadt am Tiberis‹, wie er sich ausdrückte, Halt machen würde. Wollte sie immer weiter wachsen?«

»Nun«, warf Marcus ironisch ein, »unsere vielen neuen Pflanzstädte im Land der Celtae dürften ihm diese Frage beantwortet haben.«
»Stimmt, mein Freund. Doch nachdem Hamilkar kein Gehör fand, brachte er schließlich von sich aus die ganze Süd- und Ostküste Iberias unter seine Kontrolle. Er gründete Städte und legte Stützpunkte an, worunter Nova-Carthago bekanntlich der bedeutendste wurde, und diese Dienste nahm man in der Gerusia gerne an.«
Fabius griff nach seinem Becher, nahm einen kräftigen Schluck, tupfte sich die Mundwinkel trocken und fuhr fort:
»Schon bald war zu erkennen, daß Hamilkar eines Tages mit Sicherheit seine Waffen hierher nach Italica tragen würde. Doch zum Glück für uns verhinderte sein plötzlicher Tod die Verwirklichung seiner weitreichenden Pläne. – Sein Nachfolger wurde sein intelligenter und klug wirtschaftender Schwiegersohn Hasdrubal, mit dem wir den Iberus-Vertrag schlossen, wonach die Interessenssphäre der Poeni auf die Gebiete südlich des Iberus begrenzt bleiben sollte. Daß die Stadt Saguntum später ein Schutz- und Trutzbündnis mit uns aushandeln würde, war damals noch nicht abzusehen.«
Fabius Maximus sprach zu seinen Zuhörern wie zu Schülern, wie das seine Art war, wenn er erst einmal ins Reden geriet. Die meisten fühlten sich auch tatsächlich so, denn bisher hatten sie noch kaum über die Zusammenhänge der Ereignisse nachgedacht. Ihnen waren oberflächliche Vergnügungen immer wichtiger gewesen als jede ernsthafte Beschäftigung mit der eigenen Vergangenheit. Doch die hatte sie nun eingeholt, und jetzt hingen sie wie gebannt an Fabius' Lippen.
»In dieser Zeit«, fuhr der asketisch wirkende Mann fort, »wuchs Hannibal, Hamilkars ältester Sohn heran ...«
»Was ist dieser Hannibal Barkas für ein Mann?« platzte Antoninus Pictor ungeduldig heraus. »Er ist zwar in aller Leute Mund, aber Genaueres über ihn weiß eigentlich niemand.«
Fabius blickte nachdenklich auf den jungen Mann.
»Hannibal«, begann er bedächtig, »Hannibal ist, wie gesagt, der älteste Sohn des Hamilkar Barkas. Außer ihm gibt es noch die beiden jüngeren Söhne Hasdrubal und Mago. Seine Söhne pflegte Hamilkar mit großem Stolz seine ›Löwenbrut‹ zu nennen. Er ließ allen dreien die beste Erziehung zuteil werden, doch Hannibal, sein Ältester, erwies sich bei weitem als der Fähigste. Den damals Neunjährigen ließ er angeblich einen Eid schwören, so bald wie möglich als Feind der

Romani zu handeln. In dieser Gesinnung wuchs der Knabe auf, bis ihn Hamilkars Nachfolger Hasdrubal nach Iberia holte.«

»Na klar«, rief der sich bis dahin ungewohnt ruhig verhaltende Sohn des Censors Quintus Culpor dazwischen, »sicher wollte er jetzt den Sohn seines verstorbenen Geliebten Hamilkar zu seinem neuen Geliebten machen. Man hört da doch so allerlei Gerüchte«, mutmaßte er anzüglich und grinste wichtigtuerisch in die Runde.

Fabius lächelte nachsichtig.

»Du sagst es, mein Sohn, man hört Gerüchte. Wie dem auch sei«, fuhr er unbeirrt fort, »Hannibal wurde also nach Iberia geschickt, wo er sofort die Aufmerksamkeit des gesamten Heeres auf sich zog. Viele Veteranen glaubten gar, der junge Hamilkar sei ihnen von Baal-Shanim wieder zurückgegeben worden. Bald wollte Hasdrubal keinen anderen mehr mit einer Aufgabe betrauen, die Tapferkeit und Mut in außergewöhnlichem Maße verlangte, und die Soldaten hatten zu keinem anderen Anführer mehr Vertrauen als zu ihm. Es heißt, er besitze die größte Kühnheit, sich auf Gefahren einzulassen, gleichzeitig aber auch die größte Besonnenheit, sie abzuschätzen und seine Handlungen danach auszurichten.«

Marcus sah erstaunt in Fabius Maximus' glänzende Augen. Kaum jemals zuvor hatte er ihn mit solcher Begeisterung über einen Menschen sprechen hören wie eben jetzt über seinen Feind Hannibal, den zu vernichten er durch Geburt und Vaterland verpflichtet war. Offensichtlich besann sich Fabius darauf, denn seine nächsten Worte sollten wohl den entstandenen Eindruck wieder verwischen:

»Diesen zweifellos großen Vorzügen Hannibals halten auf der anderen Seite große Fehler das Gleichgewicht: Zum Beispiel soll die sprichwörtliche Treulosigkeit der Poeni ein Grundzug seines Charakters sein. Nichts gelte ihm die Wahrheit, nichts sei ihm heilig. Viele sagen, er kenne keine Gottesfurcht und betrachte keinen Eid als bindend. – Wenn dem tatsächlich so ist, meine Freunde, so müßte mich als Romanus diese Kompromißlosigkeit des hellenistisch gebildeten Poenus sehr erschrecken. Denn dann würden ihn nie moralische Bedenken einengen und er würde immer unberechenbar sein.« Fabius hielt wiederum einen Augenblick inne, bevor er nach einem kräftigen Schluck aus seinem Becher weitersprach: »Als Hasdrubal von einem Barbaren ermordet wurde, hoben die Soldaten von sich aus den jungen Hannibal auf ihre Schilde und trugen ihn ins Feldherrnzelt. Der Gerusia blieb nichts anderes übrig, als diesen spontanen Entschluß

durch die Ernennung Hannibals zum Feldherrn zu sanktionieren. – Ja, meine Freunde, so viel konnte ich bislang über Hannibal Barkas in Erfahrung bringen, und ich bin mir sicher, daß seine Taten in kürzester Zeit seinen Namen in manches romanische Herz eingraben werden. Sein Angriff auf Saguntum, den er mit eigenen Mitteln und ohne Erlaubnis der Gerusia unternahm, beweist, daß ein gigantischer und gefährlicher Geist hinter diesem Überfall steht, dem wir, wie ich fürchte, im Moment keinen gleichwertigen entgegenzusetzen haben.«
»Dann begannen also nicht die Carthageniense den Krieg, sondern Hannibal?« fragte Marcus rasch, um Fabius' Ketzerei nicht im Raum stehen zu lassen.
»Sagen wir den Überfall auf Saguntum«, erwiderte Fabius mit einem verstehenden Blick zu Marcus hin. »Davon erfuhren die Herren in der Gerusia erst, als die Erfolgsmeldung Hannibals auf der Byrsa eintraf. Die Herren tobten und verlangten im ersten Impuls sogar seine Auslieferung, doch letztendlich überwog ihre Angst vor seinem Heer, das nur ihm folgen würde. Schließlich denken sie immer noch mit Grausen an den Aufstand des eigenen Söldnerheeres, aus dem sie nur durch das tatkräftige Eingreifen Hamilkars errettet wurden. Und sicher dachten sie auch an die reichlich fließende Ausbeute aus den iberischen Silberminen, die sie nicht gefährden wollten. Hinzu kamen zweifelsohne ihre Überlegungen, daß es ohne endlose Demütigungen und neue Ersatzleistungen an Roma nicht abgehen würde, wenn sie den in ihrem Namen nun einmal gemachten Schritt wieder rückgängig zu machen versuchten. Daher beschloß man, den Krieg zwar nicht selbst zu führen, ihn aber von Hannibal führen zu lassen.«
Als Fabius schwieg, blieb es eine ganze Weile still im Raum. Jeder hing seinen Gedanken nach, die nun doch um einiges schwerer wogen als nach Bekanntwerden der Kriegserklärung.
Die Luft in dem großen, hohen Raum war mittlerweile nahezu unerträglich geworden. Eine drückende Schwüle hatte sich ausgebreitet, die den Männern den Schweiß aus allen Poren trieb und ihre durstigen Kehlen noch durstiger machte. Das Licht der Abendsonne war längst einer unzeitgemäßen Dämmerung gewichen, und ein dumpfes Donnergrollen deutete ein Gewitter in der Ferne an. Jeder wünschte sich inbrünstig, daß es näherrücken und auch hier etwas Kühlung bringen möge.
Fabius war in Gedanken noch einmal die Ereignisse in Karthago

durchgegangen, bevor er seinen wieder aufhorchenden Zuhörern berichtete:

»Als ich zusammen mit Marcus Livius, Lucius Aemillius und Quintus Baebius von Saguntum aus, wo uns Hannibal nicht einmal an Land gehen ließ, nach Karthago kam, wurden wir erst nach fast einem Monat in der Gerusia vorgelassen. Dort empfing uns zu Füßen eines abscheulichen Götzenbildes eine Reihe feister, schlitzohriger Männer, die uns wie Bittsteller betrachteten. Und diese Männer, die selbst noch nie ein Schwert führten, sollten unsere Verhandlungspartner in kriegerischen Belangen sein! Kleingeistige Krämerseelen waren sie, nichts weiter! Ich fühlte Verachtung; erst recht, als sie sich auch noch wie solche benahmen. Stundenlang feilschten sie um Dinge, die gar nicht zur Debatte standen, während sie alles Wesentliche fein säuberlich ausklammerten. Es war unerträglich! Verständlicherweise riß meine Geduld, und ich schnitt ihre weitschweifigen Erörterungen einfach ab. Herausfordernd rief ich in die schlaffen, verlebten Gesichter vor mir: ›In den Falten meiner Toga trage ich Krieg und Frieden, ihr Herren von Karthago. Wählt!‹

Einen Augenblick horchten sie erschrocken auf, aber dann rief, meiner Ansicht nach ziemlich unbedacht, einer dieser fetten Krämer höhnisch aus den hinteren Reihen heraus: ›Gib, was du willst, Romanus!‹

Da besann ich mich nicht einen Augenblick länger und entschied, sicher zum Schrecken mancher dieser Herren: ›Gut, so nehmt den Krieg!‹ – Und damit hatte Roma Karthago den Krieg erklärt, um den sich die Herren so redegewandt gedrückt hatten. Jetzt war es nicht mehr Hannibal, der Krieg führte, sondern Karthago. Und dies war ursprünglich keinesfalls ihre Absicht gewesen.«

Fabius blickte nachdenklich in die Augen der Männer um ihn herum. Sein Gesicht war angespannt und hart, und zum ersten Mal an diesem Abend verriet es die Unerbittlichkeit hinter dieser Stirn, und welchen Fehler es bedeutete, diesen Mann jemals zu unterschätzen.

In das entstandene Schweigen krachte unvermittelt der erste Donnerschlag. Endlich brachte das erlösende Gewitter die ersehnte Abkühlung. Die herbeieilenden Haussklaven schlossen rasch die Türen an der Wetterseite, während alle anderen weit offen blieben, damit die kühlende Luft ungehindert durch die Räume ziehen konnte. Befreit atmeten die Versammelten auf, um gleich darauf wieder alle Aufmerksamkeit Fabius Maximus zuzuwenden, der noch immer schwieg.

Nach einer Weile sagte Marcus aus seinen Gedanken heraus:
»Wir hätten uns die Schmach ersparen müssen, tatenlos der monatelangen Belagerung und Zerstörung einer Bundesstadt zuzusehen. Es wird das Vertrauen vieler unserer Schutzbefohlenen und Verbündeten schwer erschüttern.«
Fabius sah ihn mit gekrauster Stirn nachdenklich an, nahm als Senatsmitglied jedoch nicht Stellung. Nur sein Blick verriet seine Zustimmung. Geistesabwesend hielten seine Finger wieder das rechte Ohrläppchen fest, als er kurz darauf von neuem begann:
»Der Zeitpunkt des Angriffs auf Saguntum war von Hannibal jedenfalls sehr klug gewählt worden, nämlich dann, als uns die Celtae mehr als sonst zu schaffen machten. Ich persönlich hege sogar den Verdacht, daß er mindestens eine Hand mit im Spiel gehabt hat, denn genau das würde ich seinem taktischen Geschick zutrauen. Wir können jedenfalls nur hoffen, daß wir es eines Tages nicht schwer zu bereuen haben, ihm nicht von Anfang an mit aller Macht entgegengetreten zu sein.«
In Anbetracht der überlegten Vorsicht des Fabius zeigte diese Bemerkung Marcus ganz deutlich, wie ernst er die Lage tatsächlich einschätzte.

Fabius' Worte hatte auch der junge Publius Cornelius Scipio vernommen, der bisher schweigsam, doch mit größter Aufmerksamkeit dem Gespräch gefolgt war. Er entstammte dem ältesten römischen Geschlecht, dem der Cornelier, das sich durch ihren Vorfahr Aeneas in direkter Linie von der Göttin Venus ableitete. Zudem war er der älteste Sohn des gleichnamigen Consuls dieses Jahres, sowie der Neffe von Gnäus Cornelius Scipio, der sich einen großen Namen als Heerführer gemacht hatte. Der Siebzehnjährige war von schöner, gutgewachsener Gestalt, sein Gesicht beherrschten große, forschende Augen und eine lange, gerade Nase. Zu seinem Leidwesen ließ sein dunkles Haar jetzt schon erkennen, daß er im Mannesalter sicherlich kahlköpfig werden würde wie fast alle seine männlichen Verwandten. Dagegen deutete seine schon sehr früh erkennbare politische Begabung an, daß er eines Tages in die Fußstapfen seines zu höchsten Ehren gelangten Vaters treten würde.
Dieser junge Mann richtete sich leicht auf. Ohne eine Spur seines strahlenden Lächelns, das die Menschen bezauberte und das er auch

gern als taktisches Mittel einsetzte, sondern mit tiefernsten Gesichtszügen fragte er leise:
»Fabius Maximus, siehst du nicht etwas zu schwarz in die Zukunft?«
Der Angesprochene wandte sich dem Jungen zu und forschte nachdenklich in seinem Gesicht. Unbeirrt hielt Scipio diesem Blick stand, der manch anderen gezwungen hätte, die Augen niederzuschlagen.
»Habe ich gesagt, daß ich schwarz sehe für die Zukunft?« fragte er diplomatisch zurück, setzte dann jedoch hinzu: »Dieser Krieg, mein junger Freund, ist eine ernstere Sache, als wohl die meisten Romani annehmen. Die Besonneren unter den Senatores«, womit er unschwer erkennbar mindestens sich selbst meinte, »halten es jedenfalls nicht für sehr klug, Sempronius mit zwei Legionen nach Sicilia zu beordern, um zu gegebener Zeit nach Africa übersetzen zu können, während dein Vater, mein Freund, mit dem Rest des Heeres nach Iberia geschickt werden soll, um dort mit einer Handvoll Männer das gewaltige Heer Hannibals zurückzuwerfen. Allein schon rein zahlenmäßig kein sehr erfolgversprechendes Unternehmen. Doch zum Glück, möchte ich beinahe sagen, mußte dein Vater wegen des neuerlichen Aufstandes der Insubrii und Boiae erst im Norden unseres eigenen Landes Ordnung schaffen. Bekanntlich haben sie genau zu dem Zeitpunkt, als Saguntum fiel, unsere Truppen in ihren Lagern am Padus eingeschlossen und ringsum alles niedergemacht, was latinische Zunge spricht. Fast alle Pflanzstädte sind gefallen, und überall hat den eingetroffenen Berichten zufolge ein verheerendes Gemetzel stattgefunden.«
»Aber inzwischen ist im Aufstandsgebiet doch wieder Ruhe eingekehrt«, warf Marcus ein.
»Ja, deshalb ist Scipio mit seiner Legion auch schon an der Küste des Sinus Ligusticus entlang nach Massilia weitergesegelt, wo er sich neu verpflegen wird, um dann gegen Hannibal anzutreten. Tiberius Sempronius dagegen steht noch immer unbeweglich in Sicilia und wartet auf den Befehl zur Einschiffung. So hat Hannibal in Iberia volle Bewegungsfreiheit, und niemand hindert ihn, sich weiter auszubreiten, sein Heer zu verstärken und schließlich von dort aus eine Landung auf italischen Boden vorzubereiten. – Wir haben inzwischen zwar hier und in allen Municipia zur Aufstellung einer dritten schlagkräftigen Armee aufgerufen, doch bis diese einsatzbereit ist, wird kostbare Zeit vergangen sein, die uns in der Zukunft hoffentlich nicht fehlen wird.«

»Weil du gerade davon sprichst«, fiel Marcus ein, »auch unser Scipio hier und ich wurden unter die Adler gerufen. Schon morgen abend werden wir uns auf dem Campus Martius sammeln und Bellona opfern. Wir wollen uns daher jetzt alle schweren Gedanken aus dem Kopf schlagen und feiern, daß wir heute zum letzten Mal für wohl längere Zeit noch einmal beisammen sind. Hebt die Becher, Freunde!« rief er allen Anwesenden zu, »und trinkt mit mir auf unseren baldigen Sieg über Celtae, Poeni und jeden, der glaubt, wir Romani hätten vergessen, wie man mit Schwert und Pilum umgeht!«

Dieser Aufforderung wurde nur zu gern Folge geleistet und in kürzester Zeit hatte sich wieder der unbeschwerte Geist der Jugend unter den Gästen breitgemacht.

Nur Marcus und Fabius sprachen noch weiter über den Krieg und seine möglichen Folgen, wobei der junge Scipio begierig ihren Worten lauschte. Immer wieder richtete Marcus auch das Wort an ihn, und seine überlegten Antworten, die oft überraschenden Gedankengänge, ließen schließlich auch Fabius aufhorchen. Als sich der junge Mann später einem Freund zugesellte, bemerkte er:

»Marcus, ich glaube ernsthaft, daß Roma in diesem Jüngling ein neuer Staatsmann heranwächst, von dem seine Freunde und Feinde noch sprechen werden.«

»Ja«, lächelte dieser, »da stimme ich dir zu. Und womöglich gibt ihm gerade dieser Krieg die Gelegenheit, seinen Namen in die Geschichte Romas einzutragen.« Wie recht ihm die Zukunft geben würde, konnte zu dieser Zeit wirklich keiner ahnen, nicht einmal Scipio selbst.

In diesem Augenblick trat Fidus zu ihnen. Marcus glaubte Bestürzung in seinen dunklen Augen zu erkennen, als er ihn ins Atrium zu kommen bat. Leicht beunruhigt erhob er sich und entschuldigte sich bei Fabius.

Im Atrium umstand einige Dienerschaft das durch die Bodenplatten golden schimmernde Impluvium, vor dem seine Mutter einen abgerissenen und durchnäßten Sklaven mit einem blutigen Verband um den Kopf an der Hand hielt. Alle redeten aufgeregt durcheinander, doch bei Marcus' Herankommen verstummten sie, als wären sie bei etwas Verbotenem ertappt worden. Ihre Blicke wichen ihm aus, und scheu machten sie ihm eine Gasse frei. Nun erkannte Marcus den Haussklaven Corbulo von Silverus Pontus, dem Vater seiner Braut Liuta. Unwillkürlich überkam ihn ein banges Gefühl.

»Was geht hier vor?« fragte er barsch.

Corbulo sah hilflos zu Valeria und senkte die Augen.
»Nun, was ist?« drängte Marcus ungeduldig, und seine Ahnung von kommendem Unheil vertiefte sich.
»Herr«, kam es schließlich heiser von Corbulos trockenen Lippen, »ich war im Gefolge von Tribun Silverus Pontus und seiner Tochter Liuta, als sie nach Placentia gingen ...«
Marcus drohte vor Schreck der Verstand auszusetzen. Placentia, das lag doch im Land der Lingones! Mitten im Zentrum der Aufstände! Und Fabius hatte eben noch erzählt ... Er packte den Sklaven am Arm, daß er leise aufstöhnte.
»Aber Silverus sagte mir doch bei seiner Abreise, er wolle mit Liuta nach Ariminum!« rief er entsetzt.
»Das ist richtig, Herr«, entgegnete der Sklave müde, »aber von Ariminum aus reiste er nach Placentia weiter.«
Leichenblaß geworden starrte Marcus den Sklaven an. Seine Augen verrieten die schreckliche Angst, die sein Herz wie mit glühenden Zangen umklammerte.
»Es war grauenhaft«, stammelte der Sklave. »Man hat sie alle getötet. Keiner – außer mir – ist entkommen. – Auch meine Herrin Liuta ist tot.«
Marcus entschlüpfte kein Laut. Seine Zähne biß er so fest aufeinander, daß sie knirschten. Es kostete ihn unglaubliche Kraft, wenigstens äußerlich Beherrschung zu wahren. Die Dienerschaft rückte scheu noch weiter ab.
Ringsum herrschte Stille, eine schreckliche Stille, die in den Ohren dröhnte, den Herzschlag zu einem Trommeln anwachsen machte und den Atem in die Lunge zurückpressen wollte. Marcus' Augen verharrten in starrer Reglosigkeit. In ihm war eine Leere, die ihn zu ersticken drohte.
»Auch Liuta ...«, murmelten seine kalkweiß gewordenen Lippen tonlos. »Tot ...«
Langsam wendete er sich ab und wankte zu einer Säule, welche die mit gewachstem Pinienholz getäfelte Decke stützte. Er spürte nicht den harten Aufprall, als sein Kopf gegen den kühlen Stein schlug.
Mitleidig ruhten die Augen aller Anwesenden auf seiner hochgewachsenen Gestalt, die plötzlich seltsam zusammengesunken schien. Valeria faltete in stummem Schmerz die Hände ineinander. Wie gerne hätte sie ihrem leidenden Sohn geholfen! Aber auch sie konnte es

nicht, niemand. Nur die Hand konnte sie auf seinen zitternden Rükken legen.

Plötzlich wandte er sich wieder dem Sklaven zu, mit erloschenem Gesicht und tonloser Stimme:

»Erzähle, Corbulo, was geschehen ist.«

Nur stockend und mit niedergeschlagenen Augen begann dieser zu berichten:

»Wir waren bei Petronius zu Gast, als die Lage durch die Unruhen der Insubrii und Boiae immer bedenklicher wurde. Wir wollten alle am nächsten Tag in den Süden gehen, doch in dieser Nacht fielen sie über uns her.« Der Sklave strich sich über die schmerzende Stirn, bevor er weitersprach: »Mit ihren hochgegipsten Haaren sahen sie wie riesenhafte, schreckliche Dämonen aus, und sie schrien und heulten so fürchterlich, daß uns das Blut gefror. In wenigen Augenblicken hatten sie mit ihren langen Schwertern alle erschlagen, auch meinen Herrn. Ich wollte mit Liuta durch den Garten fliehen, doch sie rissen sie mir von der Hand und durchbohrten ihre Brust mit einem Speer. Ich selbst bekam einen heftigen Schlag auf den Kopf, der mich ohnmächtig niederfallen ließ. Am nächsten Morgen, die Asche des ausgebrannten Hauses war fast schon erkaltet, suchte ich in der ganzen Umgebung nach meiner Herrin. Es war vergeblich. Schließlich mußte ich sie unter den bis zur Unkenntlichkeit verbrannten Leichen vermuten.«

Corbulo legte eine kurze Atempause ein, in der er wieder gegen seine Schwäche ankämpfte. Danach sprach er weiter: »Dann gab ich die Suche auf und ging weg. Auf meinem ganzen Weg durch das Land der Celtae sah ich ausgebrannte Häuser, tote Romani, Frauen und Kinder. Die Tiere auf den Weiden brüllten ... Es war schrecklich. – Endlich kam ich zu einem unserer Lager, wo man mir ein Pferd gab. Das ist alles, Herr.«

Marcus hatte unbeweglich zugehört. Keine Regung war seinem versteinerten Gesicht abzulesen. Und wieder lastete diese drückende, atemberaubende Stille über allen. Endlich fragte er mit befremdlicher Eindringlichkeit in den Augen:

»Corbulo, war Liuta tot? War sie wirklich tot?«

Der Sklave sah ihn genauso verständnislos an wie auch alle anderen.

»Warum fragst du, Herr? Niemand überlebt einen Stich mitten ins Herz. Meine Herrin war auf der Stelle tot. Das habe ich selbst gesehen!«

Marcus brütete noch eine ganze Weile geistesabwesend vor sich hin, dann ging er mit schleppenden Schritten in seine Räume hinüber. Seine Gestalt war vornüber gebeugt. Er schien um Jahre gealtert.
Valeria sah ihm traurig nach. Sie konnte den Schmerz ihres Sohnes verstehen, denn auch sie hatte Liuta sehr geliebt und wäre stolz gewesen, wenn das junge, außergewöhnlich schöne Mädchen in dieses Haus eingezogen wäre. Doch nun war sie tot, grausam umgebracht. Sinnlos umgebracht.
Seufzend wandte sie sich Corbulo zu und übergab ihn Fidus, der sich soeben heimlich die Augen wischte.
»Kümmere dich um ihn. Gib ihm zu essen und laß nach seiner Wunde sehen. – Und du, Corbulo, brauchst nicht zu Glaucus zu gehen. Du kannst in unserem Haus bleiben.«
Valeria dachte selbst in einer solchen Stunde an das Schicksal dieses Sklaven! Tränen des Dankes traten in Corbulos Augen, und ehrerbietig sank er der kleinen, schmalen Frau zu Füßen. Er kannte und fürchtete Glaucus, den nunmehrigen Herrn im Hause Silverus. Nur zu oft hatte dieser es für gut geheißen, daß Tausende Landarbeiter-Sklaven nach oft unmenschlicher Tagesarbeit nachts in feuchte, dunkle Keller eingeschlossen, meist sogar noch mit schweren Ketten aneinander gefesselt wurden und nie genug zu essen bekamen. Glaucus nannte sie allesamt ein faules Pack, »dem er es schon zeigen« würde! So befreiten Valerias Worte Corbulo von seiner größten Angst und Sorge. Aus Dankbarkeit wollte er ihr die Hände küssen, doch sie wehrte ihn sanft ab:
»In unserem Hause ist das nicht üblich. Hier ist jeder Mensch, so lange er sich als solcher benimmt. Und von dir weiß ich, daß du Silverus ein treuer Diener und Liuta ein aufmerksamer Wächter warst. Nun geh mit Fidus.«

Langsam verliefen sich die betreten dreinsehenden Diener, nur Valeria verhielt noch eine ganze Weile reglos. Schließlich ging sie mit einem Seufzer auf den Lippen zum Tablinum hinüber, wo die Freunde fröhlich weitergezecht hatten. Schmal und klein, mit der ihr eigenen Würde blieb sie nahe dem Eingang stehen. Antonius erkannte sofort ihre Bedrücktheit und gebot rasch Ruhe.
In der eingetretenen Stille löste ihre leise und eindringliche Schilderung des Vorgefallenen tiefe Bestürzung aus und verdrängte mit einem Schlag den nebulösen Dunst von Wein und Ausgelassenheit

aus den Köpfen der Gäste. Sie alle kannten Silverus und seine Familie, und sie wußten auch, wie schwer dieser Verlust gerade ihren Gastgeber und Freund Marcus treffen mußte.
»Diese gemeinen Hunde! Diese Bastarde! Wir müssen jetzt wirklich ein für alle Mal Ruhe schaffen!« rief einer in ohnmächtiger Wut und bekam viel Zustimmung.
Glaucus aber, den dieses furchtbare Ereignis am tiefsten hätte erschüttern müssen, zeigte allen erkennbar, daß mit dieser schrecklichen Nachricht seine geheimsten Wünsche in Erfüllung gingen. Seine schwimmenden Augen offenbarten eine verabscheuungswürdige Befriedigung darüber, das riesige Vermögen der Familie nun ganz allein zu besitzen. – Und kein einziger trauriger Gedanke galt seinem Vater und seiner Schwester. Angewidert wandten sich die jungen Leute von ihm ab. Insgeheim schworen sie sich, von nun an keinen Umgang mehr mit ihm zu pflegen, so daß sich nur noch Schnorrer und Schmarotzer um ihn sammeln würden.

Schwerfällig und plötzlich müde erhob sich Fabius Maximus, trat zu der kleinen, aufrechten Frau und nahm ihre Hände zwischen seine.
»Valeria, wir möchten dir sagen, wie erschüttert wir sind. Mit euch, und vor allem mit Marcus, tragen wir große Trauer in unseren Herzen.«
»Ich danke dir, Fabius Maximus, Freund des Hauses Marianus. Friede sei mit dir und euch allen«, erwiderte sie würdevoll, doch ihre Stimme klang matt und erschöpft.
Schweigend und mit gesenkten Häuptern verließen die Gäste das Haus. In Antoninus' Augen glitzerten Tränen, und Valeria fuhr tröstend darüber hin.
Wieder verharrte sie eine Weile vor sich hinsinnend, dann hob sie ihre bodenlange Stola an und ging langsam zu den Räumen ihrer Tochter Cornelia hinüber.

MARSCH ZUM SITZ DER GÖTTER

218 v. Chr.

Nach der Eroberung Saguntums zog sich Hannibal Barkas in das gut ausgebaute Lager bei Carthagena zurück. Dorthin liefen ihm, angelockt durch seinen guten Ruf und die Aussicht auf reiche Kriegsbeute, Tausende von Keltiberern zu, so daß die so dringend nötige Verstärkung seiner Truppen gesichert war.

Eines frühen Morgens rief er seine beiden Brüder Hasdrubal und Mago sowie seine bedeutendsten Unterführer zu sich. Die kräftige Gestalt hoch aufgerichtet betrachtete er lange und eingehend jedes Gesicht, als wolle er prüfen, was er vom einzelnen zu halten habe und was er ihm zumuten konnte. In seinen herrischen Augen leuchtete das fanatische Feuer eines zu Großem Entschlossenen, wohingegen die gesammelten Züge im gutgeschnittenen, kühnen Gesicht von seiner vielgerühmten, überlegten Besonnenheit zeugten. Seiner Persönlichkeit konnte sich kaum jemand entziehen.

»Wie ihr wißt«, begann er mit volltönender Stimme, »gilt unser Kriegszug nicht Iberia, sondern Roma, das nicht mehr allzu lange zögern wird, eine Armee zu landen, um unser entwaffnetes, hilfloses Karthago zu vernichten. Dies müssen wir durch einen Angriff unsererseits vereiteln. Doch kann ich unseren Erzfeind weder von der Seeseite her angreifen, da seit dem letzten Krieg die maritime Übermacht nicht mehr bei uns liegt, noch von Süden her, wenn ich an die vergeblichen und äußerst verlustreichen Bemühungen des König Pyrrhos denke, auf diesem Wege Roma bezwingen zu wollen. Zudem sind viele Graeci-Städte im Süden noch lange nicht reif für einen Abfall von Roma.«

Die ratlosen Mienen der Männer zeigten deutlich, daß sie keinen anderen Weg wußten, da fuhr der Feldherr fort:

»Das Land Italica hat bekanntlich die Form eines Stiefels. Daher sagte ich mir, daß ich in diesen italischen Stiefel wie in jeden anderen hineingelangen muß, nämlich von oben her.« Er warf einen raschen Blick in die Runde, vor allem auf seinen betagten, ehemaligen Lehrer

Sosylos, der ihn wie meist schweigend, aber aufmerksam beobachtete. Dann fügte er mit erhobener Stimme hinzu:
»Wir werden nicht, wie sicherlich erwartet, an der Küste Iberias und Ligurias entlangziehen, denn dort stoßen wir nicht nur auf das Roma treu ergebene Massilia der Graeci, sondern treffen nur allzu bald auf die bis dahin längst vorgewarnten Romani selbst. Nein, wir werden nordwärts gehen, von den Alpes wie das Strafgericht der Götter auf die überraschten Romani herabstürzen und sie vernichten, bevor sie noch erkannt haben, was mit ihnen geschieht!«
Zutiefst erschrocken blickten die Männer auf den Mann mit den erregt glitzernden Augen.
»Aber die Alpes sind doch ein unüberwindliches Hindernis!« sprach der finstere Numidierfürst Maharbal die Gedanken aller aus.
»Sie sind nicht unüberwindlich. Schon lange vor unserer Zeit haben immer wieder ganze Völkerschaften mit Weib und Kind und plumpen Ochsenkarren diese Alpes überquert«, tat er den Einwand mit einer unwilligen Handbewegung ab und fuhr unbeirrt fort: »Ein wichtiger Faktor in meinen Überlegungen ist auch die Tatsache, daß die ständig rebellierenden Stämme der Keltoi im Norden ohne große Schwierigkeit für uns zu gewinnen sind, beziehungsweise schon gewonnen werden konnten.«
Nun legte er eine Pause ein, in der er wieder jeden einzelnen genau betrachtete. Befriedigt stellte er fest, daß sich ihre anfängliche Verwirrung in eine vage Zustimmung zu wandeln begann. Auch bei seinem Bruder Hasdrubal, der, von etwa gleicher Gestalt und ähnlichem Charakter wie er, mit ernster Miene neben ihm saß. Nur Mago blieb uninteressiert und beschäftigte sich mit einem Kästchen, in dem er einen dicken Käfer traktierte. Was ihm wie jede Grausamkeit einen wohligen Genuß bereitete. Nach einem verächtlichen Blick auf ihn erklärte Hannibal weiter:
»Bei den Keltoi kann ich mit beträchtlichem Zulauf rechnen, denn ihnen liegt sehr daran, die romanischen Eindringlinge aus ihren Landen zu vertreiben. Hinzu kommt, daß die Romani vor diesen kriegerischen Stämmen in beinahe panischer Angst leben. Nicht nur wegen ihres fürchterlichen Aussehens und ihres sogenannten Furors während des Kampfes, dieses kaum vorstellbaren, blindwütigen, todesverachtenden Blutrausches, begleitet von kaum zu ertragendem Geschrei, sondern vor allem deshalb, weil sie ihren besiegten Feinden die Köpfe abschlagen, sie mit Zedernöl einbalsamieren und über ihre

Eingangstüren nageln. Diese Angst macht sie für uns jedoch zu wertvollen Verbündeten. Zudem werden uns die Boiae, die zusammen mit den Insubrii im Padustal leben, Führer über die Alpes entgegenschicken und uns in jeder Hinsicht unterstützen.«

Daß sich diese Stämme ausgerechnet jetzt wieder einmal erhoben und damit beträchtliche römische Streitkräfte in den Norden gezogen hatten, verschwieg Hannibal wohlweislich. Auch Sosylos, dessen feingeschnittenes, empfindsames Gesicht mit den etwas melancholischen Augen den Denker und Grübler verriet, verbot sich eine diesbezügliche Bemerkung. Hannibal war längst nicht mehr sein Schüler und mußte seine Entscheidungen selbst treffen. Er konnte ihm nur noch Ratschläge erteilen, wenn dies gewünscht wurde.

Die Unterführer gingen mit nachdenklichen Mienen auseinander. Ihnen schien dieses Unternehmen viel zu gewagt, wenn nicht gar undurchführbar, doch sie schwiegen.

In der Düsternis des Morgengrauens vollzog Hannibal nach der Winterpause das übliche Bittopfer an Melkart, dem Hausgott der Barkiden, und begab sich dann an die Spitze seiner marschbereiten Krieger. Singend und frohgemut brach das buntgemischte Heer auf. Die Männer waren ausgeruht, mit reichlich Proviant und Kleidung versorgt, und nichts trübte ihre gute Laune. Sie waren Soldaten, die das Heute genossen und an das Morgen nur selten dachten.

Hannibal setzte sein gewaltig angewachsenes Heer über den Iberus, marschierte weiter nach Norden und überquerte nach einigen unbedeutenden Gefechten auf dem vielbegangenen Weg über den nur mäßig hohen Col de Pertus die Pyrenäen. Zur Rückendeckung hatte er seinem kampferprobten und zuverlässigen Bruder Hasdrubal nicht nur seine Schiffe überlassen, sondern bei Kissa, nördlich des Iberus, auch Truppen aus sechs Ländern. Ebenso den Großteil des umfänglichen Trosses, wie Belagerungsgerät, Pionierzeug und das schier unvermeidliche Gefolge solcher Söldnerheere, nämlich Weiber, Kinder, Dirnen und Marketender. Seine eigene Gemahlin Imilce aus keltiberischem Fürstengeschlecht mit Sitz in Castulo am Guadalquivir hatte er längst in die Obhut ihrer Familie gegeben. – Nun hatte er noch knapp fünfzigtausend Fußsoldaten und neuntausend Reiter hinter sich. Ebenso siebenunddreißig Elefanten, die er vornehmlich aus Prestigegründen mit sich führte.

Mit im Zug der Soldaten befand sich auch Antopa, die seit Saguntum kaum mehr wiederzuerkennen war. Das einst so lebhafte junge Mädchen in Knabenkleidung saß schweigsam auf ihrem Pferd und ließ teilnahmslos alles an sich vorüberziehen. Sie wollte mit ihrer kriegerischen Umgebung nichts mehr zu tun haben und versank immer tiefer in die Welt der Schatten. Dabei bemühten sich die Menschen, die sie liebten, wie nie zuvor um sie, vor allem der junge Rumibor, der ihr wohlgehütetes Geheimnis durchschaut und sich in jugendlicher Unschuld in sie verliebt hatte.

Immer wieder gelang es ihm, sich in ihrer Nähe aufhalten zu können, und er half ihr, wo es ging. Doch ihre stumpfe Reglosigkeit konnte nichts durchbrechen. Nur einmal hob sie die Augen und starrte auf seine Hände, die ihr wie Schalen saftige, dunkelrote Früchte anboten. Plötzlich blitzte es in ihren dunklen Augen auf, und wie von Ekel ergriffen schlug sie gegen seine Hände, daß die Beeren nach allen Seiten davonflogen.

»Kindermörder! Geh weg!« preßte sie zwischen zusammengebissenen Zähnen hervor, drehte ihm den Rücken zu und gliederte sich wieder in die Reihe der vorbeiziehenden Soldaten ein. Mit gesenktem Kopf, wie eine Schlafwandlerin, ging sie ihren Weg.

Nur nachts verrieten ihre wilden Schreie, wie es in ihr aussah. Sie fuhr im Schlaf hoch, hieb um sich und tobte, als kämpfe sie gegen ein ganzes Heer grauenhafter Dämonen an. Dabei wiederholte sie in verzehrendem Entsetzen den Namen der Stadt, in der sie so viel Böses gesehen hatte. Sie verfluchte alle Krieger, sogar ihren eigenen Vater, verfiel jedoch jedes Mal in bittere Reue. Ihre tiefe Liebe zu ihm lag offensichtlich in Widerstreit mit ihrem Haß auf sein Tun und seine Zugehörigkeit zu dieser mörderischen Meute. Gottlob erfuhr er niemals davon, denn Lactas, ihr Lehrer und treuer Begleiter, verstand zu schweigen. Dessen Name fiel nie. Ihn verband sie nicht mit den Schrecken von Saguntum. Für sie war Lactas immer der Mann, der allen Menschen, gleich welchem Volk sie entstammten, seine Hilfe schenkte. Und dies erhielt dem weißhaarigen Lehrer die Hoffnung, ihr eines Tages helfen zu können.

Mertaban dagegen fragte sich wohl zum tausendsten Mal, ob er Antopa nicht hätte in Karthago zurücklassen sollen, und so schüttete er wieder einmal bei Lactas sein Herz aus.

»Herr«, erwiderte dieser in seiner bedächtigen Art, »du weißt, daß wegen deines heimtückischen Bruders größte Gefahr für ihr Leben bestand. Du mußtest sie mit dir nehmen! Und wer konnte ahnen, was

diesem Heer bevorsteht? Nein, Herr, mach dir keine Vorwürfe. Für Antopa ist hier der einzig wirklich sichere Platz. – Leider konnte ich in Saguntum kein Auge auf sie halten. Doch sie ist jung, und die große Erdmutter wird ihr helfen, die schrecklichen Bilder zu vergessen, die jetzt ihre Seele verdunkeln.«
Lactas war sich allerdings nicht sicher, ob Antopas Seele unbeschadet zurückfinden würde. Und von der Hilfe Tanits hielt er ohnehin nicht allzu viel, nachdem er in seinem bewegten Leben schon mit zu vielen Göttern konfrontiert worden war, die alle den Anspruch auf alleinige Wahrhaftigkeit erhoben. Doch um eines sorgenden Vaters willen sprach er so, daß dieser mit neuer Hoffnung von ihm ging. Lactas war nicht nur für seine Heilkunst bekannt, sondern auch dafür, daß er um Dinge wußte, die anderen Menschen verborgen blieben.

Der Weg des Heeres führte nun an der Rhone entlang, wobei Hannibal die Völker dieser Gegend teils durch Geschenke, teils durch Furcht niederhielt. Doch als er Anfang September etwa 120 km nördlich von Massilia die Rhone überqueren wollte, stellte sich ihm der mächtige Stamm der Volsker entgegen, die er schließlich überlisten und ohne viel Mühe in die Flucht schlagen konnte. Auf Booten, die seine Männer bei den Stämmen ringsum requiriert, oder auf Flößen, die sie selbst in harter Arbeit gebaut hatten, setzte das gesamte Heer über den Fluß. Die zu Dreiergruppen zusammengebundenen Pferde mußten den Fluß schwimmend überqueren, während die riesigen Elefanten auf ein Floß getrieben wurden, das mit Sand überschüttet und daher wie eine Brücke begehbar war. Erst das angekoppelte zweite Floß wurde jeweils über den Fluß gerudert, wobei es der größten Geschicklichkeit der Elefantenführer bedurfte, die erregten und verängstigten Tiere ruhig zu halten. Dennoch kenterte durch nicht mehr niederzuhaltende Panik der Riesen immer wieder eines der Flöße, und mancher Soldat ertrank in den trüben Fluten, während sich die Elefanten ans nahegelegene Ufer retteten.
Der Übergang hatte fünf Tage gekostet. Als die Armee am Ostufer wieder vereinigt war, zählte sie noch 38000 Mann Fußvolk und 8000 Reiter. Diese außerordentlich hohen Marschverluste waren weniger auf Kämpfe oder die Schwierigkeiten beim Flußübergang zurückzuführen als auf Krankheiten und Desertion, vor allem bei den keltiberischen Einheiten, den keltischen, balearischen und ligurischen Tausendschaften.

Durch einen Spähtrupp hatte der noch immer in Massilia liegende Scipio inzwischen die Gewißheit erhalten, daß er die Karthager in Iberia verpaßt hatte. Überstürzt machte er sich an die Verfolgung, mußte an der Rhone jedoch einsehen, daß er den Feind nicht mehr einholen konnte. So begab er sich nach Massilia zurück und wartete neue Beschlüsse des Senats ab. Hannibal schien zumindest vorerst als Gefahr ausgeschaltet zu sein, da er sich nach Norden bewegte, wo er keinem Römer schaden konnte.

Beim karthagischen Heer trafen nunmehr die erwarteten boischen Gesandten ein, die unter dem Befehl ihres Häuptlings Magalo die Führung über die Berge übernehmen sollten. Trotz seiner Stellung war dieser Häuptling erstaunlich jung, von drahtiger Gestalt mit tiefschwarzem Haar, das lang auf die Schultern herabfiel, und einem wettergebräunten Gesicht, in dem die stahlblauen Augen fremdartig wirkten. Er schien zielbewußt und energisch zu sein, wie Hannibal schon nach kurzer Zeit des Prüfens befriedigt feststellte, und er war froh, diesen Mann als Führer zur Seite zu haben. Dank ihm glaubte er wieder an das sichere Gelingen, waren ihm insgeheim doch Bedenken ob der Waghalsigkeit seines Unternehmens gekommen. Zu viele Menschen hatten vor den Gefahren der Alpen gewarnt, vor allem Keltiberer, die sie aus nächster Nähe kannten. Deren Erzählungen, Andeutungen und Mahnungen hatten ihn keineswegs so unbeeindruckt gelassen, wie er sich den Anschein gab. Immerhin hatte er ein vieltausendköpfiges Heer hinter sich, dessen Existenz in seiner alleinigen Verantwortung lag, und ein Ziel vor sich, dem er sein Leben verschrieben hatte.

Das Heer gelangte bald zu der sogenannten »Insel«, einer fruchtbaren, dicht bevölkerten Niederung zwischen Fluß und Hügeln. Hannibal verstand sich Brancus, den Häuptling des bedeutendsten Stammes dieser untereinander in Kampf stehenden Allobrogen, so zu verpflichten, daß er ihm die Vorräte ergänzte und seine Männer mit warmer Kleidung und festem Schuhwerk versorgte.

Dies war auch dringend nötig, denn der Herbst neigte sich bereits spürbar der dunklen Jahreszeit entgegen. Die Blätter waren großenteils schon abgefallen, und die Sonne stand tief und kühl an einem immer niedriger werdenden Himmel. Bis spät in den Vormittag hinein zogen vom Fluß herauf dichte Nebelfahnen, aus denen die Menschen wie Gespenster heraustauchten. Das Gras war naß und in Flußnähe schmatzte der aufgeweichte Boden unter den Füßen.

Antopa saß vor ihrem Zelt und sah geistesabwesend den Kindern zu, die bereits so mutig geworden waren, die riesigen Elefanten anzufassen, während die Erwachsenen auch nach Tagen noch in großer Scheu einen weiten Bogen um sie machten. Ein Knabe ging sogar so weit, zaghaft am Rüssel eines Tieres zu ziehen, doch sofort rief ihn seine besorgte Mutter zurück.

Eine alte, zahnlose Frau trat an Antopa heran. Unter dem Arm trug sie gute, rindslederne Stiefel, kunstvoll mit Hirschleder geschmückt, dem kurzlockigen Fell junger Schafe ausgelegt und so gearbeitet, daß wohl keine Nässe eindringen konnte. Wortreich bot sie die Stiefel dem Mädchen an, doch nachdem diese sie nur schweigend anstarrte, wendete sie sich an Lactas:

»Ich habe sie für meinen Enkel gemacht«, sagte sie, »aber den haben sie totgeschlagen.« Dabei wischte sie sich in einer offensichtlich schon zur Gewohnheit gewordenen Bewegung kurz über die Augen. »Sie sollen jetzt deinem Enkel gehören, Mann. Die Luft riecht schon nach Schnee, und dieses Jahr wird es einen besonders strengen Winter geben. Das Fell der Schafe ist dichter als sonst, und ich selbst spüre es auch in allen Knochen. Jaja, glaubt mir, ein früher Winter wird von den Sitzen der Götter in den Bergen herabsteigen.«

Lactas bedankte sich bei der Alten, die schwerfällig davonwatschelte. »Der allmächtige Teutates und die heilige Rosmerta mögen ihn beschützen, diesen kleinen Kerl«, murmelte sie dabei vor sich hin. »Er ist ja noch so jung. Wie mein Enkel. Aber den haben sie totgeschlagen.«

Lactas zog Antopa die Stiefel über, die auch davon keine Notiz nahm. Er seufzte. Zu lange schon entzog sich das Mädchen ihrer Umwelt.

Häuptling Brancus begleitete Hannibals Truppen den ganzen nordwärts führenden Weg entlang der zum Rhodanus fließenden Isara. Er verließ sie erst, als sie das enge Tal zwischen Fluß und steilen Klippen hinter sich gebracht hatten und sich, dem von Osten kommenden Arcus folgend, den Alpen zuwendeten. Das riesige Heer durchquerte das Gebiet einiger Allobrogenstämme, dabei rigoros deren Vorräte für den Winter beschlagnahmend. Was in der dunklen, harten Zeit aus den Menschen werden würde, interessierte niemand.

Je näher der endlos scheinende Heerwurm dem Hochgebirge rückte, desto größere Sorgen bereitete Hannibal der bevorstehende Marsch über unbekannte Berge, auf deren Höhen es weder Wald noch Wiesen geben würde. Für Tausende von Reitpferden, Packtieren und vor allem für die Elefanten, deren Tagesration an Futter sehr hoch war, mußten große Mengen an Wurzeln, Grün- und Rauhfutter beschafft und mitgeschleppt werden. Für die Mannschaften bedurfte es neben Brotgetreide, Wein und Brennholz auch eines großen Vorrats an Öl, um die Körper geschmeidig zu halten. Und da sich die Karthager bei den Stämmen dieses Landes durch ihre immens hohen Forderungen weidlich unbeliebt machten, mußte Hannibal seine Marschformation umgruppieren und die Elefanten in der Vorhut gehen lassen. Vor diesen noch nie gesehenen, grauen Riesen, den »elefantoi«, empfanden die Kelten große Furcht und wagten keine Angriffe.

Anfangs fast unmerklich, doch beständig ging es nun bergauf, so daß die Männer trotz der kalten Winde und dichten Nebel zwischen den waldbestandenen Anhöhen entlang ihres Weges ins Schwitzen gerieten und ihnen ihr Marschgepäck immer schwerer wurde.

Häuptling Magalo hatte Hannibal schon seit Tagen schweigend und abwartend beobachtet. Es entsprach nicht seiner Art, jemand zu unnötig eiligen Entschlüssen zu drängen, schon gar nicht Hannibal. Aber als das Heer Tag für Tag seinen Marsch fortsetzte, wandte er sich abends nach dem gemeinsamen Essen schließlich doch an den in Gedanken versunkenen Feldherrn:

»Hannibal Barkas, wo gedenkst du dein Winterlager aufzuschlagen?« fragte er mit seiner leisen Stimme. »Wir sind jetzt mitten zwischen den Bergen, viel weiter würde ich nicht gehen.«

Der Karthager, dessen Kinn und Wangen seit einiger Zeit ein kurzgehaltener Bart rahmte, sah überrascht auf.

»Winterlager«? fragte er wie nicht verstehend. »Wer spricht denn von einem Winterlager? Wieso das?«

»Weil du jetzt nicht mehr über die Höhen und den Paß kommst«, erwiderte Magalo ruhig.

In des Barkiden Augen blitzte es auf. Die Ruhe des Boiers und die Selbstverständlichkeit, mit der er ihm Verhaltensregeln erteilen wollte, reizten ihn.

»Wir gehen nicht ins Winterquartier, sondern über die Berge! Bis zum Untergang der Plejaden ist noch Zeit.« Dieses Siebengestirn waren die an den Himmel gehefteten sieben schönen Töchter des Atlas' und der Okeanide Pleione, die in den kühlen Nächten dort oben erschienen, während ihr Verschwinden dem wetterabhängigen Seefahrervolk der Griechen das Einsetzen der schrecklichen Winterstürme

anzeigte, was Hannibal dank seiner hellenistischen Bildung sehr wohl geläufig war.
»Wenn du damit das Ende des Mondes vor dem Winter meinst, dann hast du keine Zeit mehr«, konterte Magalo ungerührt und hielt gelassen Hannibals hartem Blick stand. »Dort oben kann schon jeden Tag Neuschnee fallen, der die Sommerwege unpassierbar machen wird. Ein Heer wie deines im Winter über die Berge zu führen, ist völlig unmöglich.«
Die Unterführer, vor allem der finstere Maharbal, horchten gespannt auf. Es lag etwas in der Luft, das auf einen Zusammenstoß zweier harter Köpfe schließen ließ.
Und wie erwartet zogen sich Hannibals Brauen zornig zusammen. Er konnte Magalo nicht nachgeben! Wollte er die Römer mit seinem Erscheinen in Italica überraschen und sollten sie keine Zeit haben, sein Vorhaben zu durchschauen, durfte nichts und niemand seinen Marsch aufzuhalten versuchen!
»Selbst wenn dieser Neuschnee einiges erschweren sollte«, erwiderte er bissig, »so weißt du noch lange nicht, wozu meine Männer und ich fähig sind.«
»Mag sein«, erwiderte Magalo in aufreizender Gelassenheit, »aber du wiederum ahnst nicht, was da oben schon sehr bald los sein wird. Wir dagegen wissen, daß ein Aufbruch zur jetzigen Jahreszeit den Untergang von Mensch und Tier bedeutet.«
Der Barkide fixierte ihn mit finsterem Blick. Eine ganze Weile schwieg er, dann fragte er mit spöttisch verzogenen Lippen:
»Hast du etwa Angst, Häuptling?«
»Natürlich habe ich Angst! Weil ich im Gegensatz zu dir nämlich weiß, wovon ich spreche«, kam die unerwartete Antwort des Boiers, die Hannibal merklich irritierte. Dennoch sagte er zynisch lächelnd:
»Gut, Häuptling, wenn du und deine Männer Angst haben, mich und meine Leute zu führen, werde ich mir eben einen beherzteren Führer suchen. Und verlaß dich darauf, ich finde einen! Es gibt noch Männer, die vor einem bißchen Neuschnee nicht davonlaufen.«
Auch der Boier lächelte, und es sah aus, als habe er Nachsicht mit einem unverständigen Kind zu üben.
»Das wird nicht nötig werden, Mann aus Karthago, denn wenn ich sage, daß wir Angst haben, so heißt das noch lange nicht, daß wir dich nicht führen werden. Wir Menschen in den Bergen leben tagtäg-

lich mit der Angst vor den Naturgewalten. Für uns ist das nichts Neues. Du dagegen mußt sie erst noch kennenlernen.«
Damit erhob er sich und verließ zusammen mit einem Mann aus seinem Gefolge das Zelt. Für die Unterführer ein unglaublicher Affront, doch zur Verwunderung aller lächelte Hannibal befriedigt. Dieser stolze, junge Mann imponierte ihm, und jetzt war er sich sicher, sich auf niemanden so verlassen zu können wie gerade auf ihn.
Und Magalo war tatsächlich fest entschlossen, diesen Karthager über die Berge zu bringen. Zusammen würden sie schaffen, was noch niemand vor ihnen vollbracht hatte! Daß dieses Unternehmen größte, wahrscheinlich sogar unvertretbar hohe Verluste fordern würde, darüber war er sich im klaren. Aber es war des Karthagers Angelegenheit, sich um seine Männer und Tiere Gedanken zu machen, die sich nach dem langen, kampfreichen und strapaziösen Marsch ohne ausreichende Ruhepausen ohnehin schon lange nicht mehr in allerbester Verfassung befanden.

Am nächsten Tag wurde der Marsch fortgesetzt. Das gewaltige Heer strömte immer weiter hinein in das Tal des gewundenen Arcus. Brutal zerriß das Scheppern und Stampfen der zum Töten ausgezogenen Krieger den tiefen Frieden über diesem herrlichen Stückchen Erde. Und wenn sie durch Enge oder sumpfigen Boden auf die Anhöhen getrieben wurden, hallten die Flüche und Verwünschungen bis hinüber zu den hohen Wänden, die sie als vielfaches Echo zurückwarfen.
Als es endlich aufklarte, wuchteten die gewaltigen Steinkolosse plötzlich wie aus dem Boden gewachsen vor ihren Augen empor, mit einer noch nie gesehenen Höhe von mehr als drei- und viertausend Metern. Ihre Gipfel bohrten sich durch ziehende Nebelfahnen hindurch in tiefhängende Wolken, und vor jeder Biegung drohten sie erneut den Weg zu versperren.
Je näher ihnen die Männer rückten, desto sicherer waren sie sich, daß der nächste Berg sie nicht mehr durchlassen würde. Keiner mochte sich vorstellen, über solche Höhen hinwegzugehen, auf denen alle nur denkbaren Dämonen und bösen Geister hausten. Ihre Furcht wuchs von Stunde zu Stunde, und mit scheuen Blicken folgten sie den ständig über ihnen kreisenden Adlern, die offenbar die Warnung der Götter überbringen sollten, sich ihnen nicht mehr weiter zu nähern. Angst flößte auch die Düsternis ein, welche die ganze ungewohnte Welt um sie herum zu einer immer unheimlicher werdenden

Bedrohung anwachsen ließ. Und neben allem anderen Ungemach auch immer mehr die Kälte, die zusammen mit den pfeifenden Winden äußerst unangenehm wurde und ihre Stimmung weiter verschlechterte.
Schlagartig einsetzender Regen entzog die gewaltigen, grauen Kolosse den Blicken der Männer. Stundenlang prasselte er in dicken, schweren Tropfen auf sie herab und durchnäßte sie bis auf die Haut. Sie froren, daß ihnen die Zähne klapperten, denn mit dem Regen war die Luft noch kälter geworden. Die aufgeweichten Pfade, die sie sich mühsam über Geröll, zwischen herabgestürzten Gesteinsbrocken, oder durch Wälder mit hochstehenden Wurzeln bergauf und bergab bahnten, waren schon nach der ersten Hundertschaft so zu Brei getreten, daß die Männer ständig ausrutschten oder ihnen sogar die Schuhe im Schlamm steckenblieben. Schlimm erging es auch den Pferden, die fortwährend geführt werden mußten, und noch schlimmer den schweren, ungelenken Elefanten, die durch ihr immenses Gewicht wie in einem Sumpf einsanken. Dennoch wurden sie alle, ob Mensch oder Tier, immer tiefer in diese Welt hineingetrieben, in der man kaum mehr die Hand vor Augen sehen konnte und ständig dem fauchenden, beißend kalten Atem der Luftgeister ausgesetzt war.
Die schon sehr früh hereinbrechende Dunkelheit beendete endlich das Vorwärtsstolpern und Abrutschen der Männer. Mürrisch und verdrossen suchten sie Schutz unter überhängenden Felsen oder tief herabgezogenen Zweigen, denn der Regen hatte zwar nachgelassen, aber noch immer nieselte es, und alles war feucht. Sie versuchten Feuer in Gang zu halten, um sich daran zu erwärmen und ihre dampfende Kleidung wenigstens einigermaßen trocken zu bekommen.
Plötzlich wurden sie von unheimlichen Lauten aufgeschreckt, die klangen, als heulten von allen Höhen herab und aus dem Schwarz der Wälder heraus Tausende von Dämonen und bösen Geistern in langgezogenen, grauenhaften Tönen, die von den Wänden als vielfaches Echo zurückgeworfen wurden. Die Pferde wieherten schrill vor Angst, die Elefanten trompeteten ihre Furcht in die Dunkelheit und rissen an ihren Fußfesseln. Die Männer packte panikartiges Entsetzen, sie wagten kaum noch zu atmen. Schauer rannen über sie hin. Sie starrten in die feuchte Schwärze der Nacht, als breche von dort jeden Augenblick ein böses Ungeheuer hervor, sie zu verschlingen. Endlich ging von Mund zu Mund die Erklärung, es handle sich um Wölfe, die nachts dieses schaurige Geheul anstimmten, sich aber nicht an die Feu-

er heranwagten. Die Männer atmeten befreit auf. Die Afrer erinnerten sich an das Geheul der Schakale, und den Keltiberern und Kelten waren Wölfe bekannt. Allerdings hatten sie sie noch nie so gehört wie eben jetzt durch das verstärkte Echo der steilaufsteigenden Wände. Schließlich forderten die Strapazen des Tages ihren Tribut, die Soldaten fielen trotz der unheimlichen Umgebung und allen Ungemachs in tiefen Schlaf, in dem sie nur noch ihre Träume quälen konnten.

Antopa schlief bereits ruhig, als Lactas zu ihr ins Zelt kroch. Sein eigenes breitete er schon seit einiger Zeit zum Schutz vor Bodennässe und Kälte als Unterlage unter die Schlafdecken, und mit seinem Körper konnte er ihr zusätzlich Wärme geben. Auch kochte er ihr bei jeder sich bietenden Gelegenheit aus seinem reichen Kräutervorrat einen Tee – nicht nur zur Stärkung der körperlichen Kräfte, sondern vor allem auch zur Vorbeugung gegen Krankheiten, wie sie bei diesem Wetter zu befürchten waren. Von Brancus' Leuten hatte er sich besonders warme Unterkleidung für Antopa geben lassen, eine dikke, pelzgefütterte Palla, die bis zu den Fersen reichte, sowie eine bei den Kelten übliche, andernorts oft lächerlich gemachte Bracae, eine feste, gefütterte Hose, die Kälte und Nässe gut abhielt. – Als er das Mädchen jetzt ruhig und gleichmäßig neben sich atmen hörte, legte er sich ebenfalls zurück, zog die Decke über sich und fand bald den Schlaf, den sein ermüdeter Körper nach den Strapazen des Tages so dringend benötigte.
Am nächsten Tag drückte zwar noch immer tiefhängender Nebel auf die Gemüter, von den Bäumen tropfte es unablässig, und die Wege waren von herabstürzenden Wassern völlig überschwemmt, aber es regnete nicht mehr, und gegen Mittag klarte es sogar etwas auf. Was die Düsternis zwischen den aufragenden Wänden jedoch kaum merklich erhellte.

Am Abend jagte ein Meldereiter der Vendetten, die dem Heer wie Mückenschwärme vorauseilten, in rasendem Galopp ins Lager zurück. Die Männer sahen ihm mit Besorgnis nach, und ihr ungutes Gefühl vertiefte sich. Vor dem Feldherrnzelt glitt der Reiter wie eine Katze vom Pferd und verschwand für lange Zeit darin. Schlimmstes befürchtend rotteten sich die Soldaten vor dem Eingang zusammen und warteten ungeduldig, bis der Mann endlich wieder erschien. Sofort überschütteten sie ihn mit ihren aufgeregten Fragen.

»Wir haben die höchsten Berge erreicht, die uns schon bald den Weg versperren werden!« stieß der Mann erregt hervor. »Riesige, weiße Gebilde, wie sie sich niemand vorstellen kann! Und die oben mit Schnee bedeckt sind!«
Nun schwirrte das Wort »Schnee« über die Häupter der Männer, und viele wußten überhaupt nichts damit anzufangen.
»Was ist das? Ein Spuk der Dämonen?« mutmaßte einer ängstlich. Und schon ging es von Mund zu Mund, wobei den Männern das blanke Entsetzen ins Gesicht geschrieben stand:
»Das ist Götterspuk! Und die Geister werden uns alle vernichten!«
In dieser Meinung waren sich alle einig. Dennoch, der menschlichen Natur entsprechend, hoffte insgeheim jeder, er allein möge verschont bleiben. – Aber das war eben auch nicht so ganz sicher.
In diesem Augenblick trat Hannibal aus seinem Zelt. Seine Miene verriet Zorn, und seine Augen schienen Funken zu sprühen.
»Was treibst du da, Mann? Wer hat dir erlaubt, von den weißen Bergen zu sprechen?«
Erschrocken zog der Reiter den Kopf ein und warf sich ihm zu Füßen.
»Herr«, winselte er, »wir alle glauben, daß uns die Geister vernichten werden und kein Zaubermittel dagegen helfen kann.«
Hannibal, voller Wut über diesen kindischen Aberglauben, der sogar eine Meuterei heraufbeschwören konnte, ließ seine kurze Peitsche über den gekrümmten Rücken des noch immer knienden Reiters pfeifen und brüllte in die angsterfüllten Gesichter der ihn Umstehenden:
»Aber *ich* besitze den Zauber, die Geister zu bändigen! Ebenso wie alle diejenigen, die sich wie alte, zahnlose Weiber aufführen und sich trotzdem noch Krieger zu nennen wagen! Schert euch weg! Ich will euch nicht mehr sehen!« Er wußte selbst, daß dies nicht sehr diplomatisch war, doch zum einen war er wirklich besorgt, zum anderen setzte er wie immer auf seine Autorität, welche die Männer stets anerkannten und sich meist auch an ihr aufrichteten.
Diesmal jedoch schien sie nur so weit zu reichen, daß die Männer stumm und mit gesenkten Köpfen davontrotteten, keinesfalls mit neuem Mut beseelt. Hannibal sah ihnen besorgt nach. Er wußte um ihre Nöte, nachdem täglich zu viel Unbekanntes und Angsteinflößendes auf sie eindrang. Sogar er selbst blieb angesichts dieser düsteren Bergwelt nicht völlig ohne eine gewisse Bangigkeit, doch er verstand damit umzugehen und sie zu überwinden.
Als sich die düstere Stimmung unter seinen Männern weiter verdich-

tete, holte er am nächsten Morgen alle Truppenteile zusammen und verteilte sie am Fluß entlang und über die Hänge hinauf. Er selbst stieg über sie empor, so daß seine nun folgende Ansprache bis weithin getragen wurde. Erst tadelte er seine Krieger donnernd und grollend mit schärfsten Worten ob ihrer kindischen und völlig unbegründeten Angst, und dann lobte er sie in höchsten Tönen für ihren Mut, den sie bisher in allen Kämpfen bewiesen hatten. Abschließend schilderte er ihnen den Weg über die Alpen, wie er es von Magalo gehört hatte. Natürlich ohne dessen ernste Befürchtungen und Warnungen zu erwähnen.

»Schließlich sind diese Führer hier auch nicht auf den Flügeln von Adlern herübergekommen«, schloß er seine eindringliche Rede, »sondern ganz normal auf ihren Pferden geritten. Laßt jetzt also euer Altweibergewäsch von Geistern und Dämonen sein und benehmt euch wieder wie kampfgewohnte, furchtlose Krieger, so wie ich es von euch gewöhnt bin!«

Beschämt zogen die Männer die Köpfe ein und machten sich ohne Sträuben wieder auf den Weg. Doch immer noch mit der alten Angst im Herzen.

Die Unterführer befahl Hannibal zu sich. Ihm hatte die Marschformation der vielen tausend Krieger mit den Tieren viel Kopfzerbrechen bereitet, denn wenn das Heer auf Höhe kam, würden sich, wie Magalo dargestellt hatte, die Wege noch mehr als bisher verengen.

»Spitze und Ende des Zuges werden sich womöglich bis zu einem Tagesmarsch auseinanderziehen«, erklärte er seinen Unterführern, die im Kreis um ihn herum am Boden hockten. »Doch vom ersten Mann der Kolonne bis hinter ins letzte Glied muß eine ununterbrochene Verständigungsmöglichkeit garantiert sein. Daher werde ich jetzt alle nötig erscheinenden Hornsignale festlegen; auch Rauchsignale, ähnlich dem in Iberia angewendeten System der Nachrichtenübermittlung mittels Fackeln.« Die Unterführer murmelten Zustimmung, und Hannibal fuhr fort: »Außerdem müssen Maßnahmen getroffen werden, wonach jede Unterabteilung hinsichtlich Verpflegung und anderweitiger Versorgung völlig auf sich gestellt bleiben kann. Durch ständig pendelnde Meldereiter soll eine ununterbrochene Verbindung zwischen den einzelnen Unterführern erhalten bleiben. Daß die Praxis noch manche Probleme aufwerfen wird, darüber bin ich mir klar, aber wahrscheinlich genügen von Fall zu Fall nur kleine Abänderungen der jetzt getroffenen Regelungen.«

Die Unterführer machten sich die von Hannibal vorgegebenen Signale mühelos zu eigen und gingen nach wichtigtuerischer Diskussion zu ihrem Truppenteil zurück.

Mittlerweile hatte sich das Heer mit vielen Mühen immer tiefer in die Bergwelt hineingearbeitet. Die tatsächliche Höhe der aufsteigenden Riesen, die jetzt aus nächster Nähe zu sehen waren, die unüberwindlich scheinenden Wände und der rätselhafte Schnee auf vielen der Gipfel vertieften die unbestimmbare Angst der Männer zu beklemmendem Schrecken. Auch die hier verwildert lebenden Menschen, die sich beim Herannahen des Heerwurms wie wilde Tiere verkrochen, ihre waghalsig auf Felsvorsprüngen erbauten, primitiven Hütten und ihre struppigen Herdentiere vermochten kaum zu ihrer Beruhigung beizutragen. Alles schien noch schlimmer, als es die wildesten Gerüchte hatten erahnen lassen.

Auf Antopa hingegen übte die wildromantische Bergwelt eine womöglich lebensrettende Wirkung aus. Während die Soldaten mit scheuen Blicken die Felsen ringsum streiften, erwachte sie wie eine Schlange im wärmenden Morgenlicht aus ihrer Erstarrung. Als die Dämmerung langsam dem Tageslicht wich und sich die Nebel verflüchtigten, trat Antopa trotz der beißenden Kälte nur leicht bekleidet vor ihr Zelt. Ihre Augen leuchteten auf, und staunend sah sie zum Grat des fast senkrecht über ihr aufsteigenden Bergkolosses empor. Einem hellenischen Amphitheater gleich reihten sich wie eine Krone in gewaltigem, unvorstellbar grandiosem Halbrund weißgekleidete Gipfel, die im Strahlen der sich ankündigenden Sonne golden glänzten. Wie zu Stein gewordene Gebete bohrten sich Türme und Pfeiler in die gebauschten Wolken des sich freikämpfenden Morgens und senkten andächtige Schauer in Antopas Herz. In tiefen Zügen sog sie die scharfe Luft ein und konnte sich nicht sattsehen an dieser Welt, die sie alles bisher Gesehene vergessen ließ. Die gewaltige, wilde Herrlichkeit dieser Berge, die den Männern Angst machte, erweckte sie auf beinahe wunderbare Weise. Sie fühlte, wie sie den Menschen klein machten, den Krieg und alle Greueltaten der Vergänglichkeit und Bedeutungslosigkeit zuordneten. Das Bewußtsein von Gegenwart und Vergangenheit auslöschend, wandelten sich die bedrängenden Gefühle zu einem Teil dieser glasklaren Luft. Ihr schwerelos gewordener Körper schien in einem Rausch von Licht und Höhe zu

schweben. Einen Pulsschlag lang fühlte sie die Unvergänglichkeit, die Ewigkeit ...
Lactas bemerkte ihre Veränderung, und mit großer Freude im Herzen erkannte er, daß sie sich endlich wieder ihrer Umwelt zuwendete.
Auch Häuptling Magalo hatte sie beobachtet. Wie immer war er schon vor Sonnenaufgang im Freien, um gewohnheitsmäßig in der frühen Dämmerung das Wetter zu prüfen, das in den Bergen stets von großer Bedeutung ist. Ihm war der seltsame Knabe im Zug der Karthager schon längst aufgefallen, denn seine erloschenen Augen erinnerten an die eines alten Menschen, der bereits am Ende seines Weges angekommen war. Nun aber erwachten diese Augen, das Gesicht wurde lebendig, der Körper straffte sich und gab zu erkennen, daß dieser Knabe ein junges Mädchen war. Magalo fragte sich jetzt erst recht, wie sie in dieses Heer kam, das den gewaltigsten und gefährlichsten Marsch angetreten hatte, den jemals ein Heer solchen Ausmaßes gewagt hatte.

Am selben Tag verließ der Heerwurm das Tal des gewundenen Arcus und stand nun vor den Höhen, die zum Paß des Cenis Mons führten. Magalo hatte ihn als einzig möglichen Übergang bezeichnet, denn mit seinen gut zweieinhalbtausend Metern Höhe lag er noch immer weit unterhalb der Drei- und Viertausender des gesamten Massivs. Den Soldaten graute allein schon beim Blick nach oben, doch die bellenden Befehle zwangen sie unerbittlich in den Anstieg, der erst durch Wald, dann nur noch über Hänge mit spärlichem Gras in felsige Regionen führte. Fluchend und betend erklommen sie den ersten Steilhang, mühsam, Mann hinter Mann. Die Marschkolonne zog sich immer weiter auseinander, und schon bald mußten der Elefanten wegen zeit- und kraftraubende Umwege in Kauf genommen werden. Wenn die inzwischen schwer keuchenden Männer glaubten, das Schlimmste überwunden zu haben, mußten die Bergunkundigen enttäuscht feststellen, daß sich ein neuer Steilhang vor ihnen auftürmte oder ein Abstieg ständiges Abrutschen und sogar Stürze verursachte. Unerbittlich wurden sie weitergetrieben, ohne Rast und ohne Essenspausen; übermüdet, verzagt, erbost verfolgten sie ihren Weg. Gegen Abend stolperten sie nur noch vorwärts und, als sich der Pfad in der Dunkelheit verlor, waren alle heilfroh, endlich ein Lager aufschlagen zu können und die zitternden, verkrampften Beine ausstrecken zu dürfen. An Essen dachten sie erst später.

Magalo, der Antopa ständig beobachtete, erstaunte die Kraft in diesem schmalen Körper. Fast leichtfüßig und kaum schneller atmend als sonst überwand sie die Steigungen, die sie nicht auf dem Rücken des Pferdes zurücklegen konnte. Ihre Blicke erfaßten alles Sehenswerte am Weg, und immer wieder schaute sie mit tief empfundener Freude zu den ragenden Höhen empor.
Lactas, der sich trotz seiner Jahre mit nicht allzu großer Mühe an ihrer Seite hielt, betrachtete sie zufrieden. Eine große Last war von seiner Seele genommen. Nachdenklich beobachtete er dagegen Magalo, dessen durchsichtige, helle Augen ihm sein mehr als nur oberflächliches Interesse an Antopa nicht verheimlichen konnten. Der junge Mann *mußte* sie als Mädchen erkannt haben.

Weiter ging es steil bergauf, die Männer fluchten und ächzten, blickten schaudernd in die schwindelerregende Tiefe im Dämmerlicht der Schluchten oder horchten wie gebannt auf das unheimliche Rauschen unsichtbarer, reißender Gebirgsbäche viele Fuß weit unten. Bald darauf verengte sich der Weg zu einem beschwerlichen, steinigen Band entlang der senkrechten Wände, an denen sich die vielen tausend Hände entlangtasteten, um Sicherheit wenigstens in den Fingerspitzen zu spüren. Die steil abfallenden Felsen trieben ihnen den Angstschweiß aus allen Poren. Sie wagten nicht mehr, ihren Blick von dem Stückchen Boden zu wenden, auf dem ihr Fuß gerade aufsetzte, zumal immer wieder Packpferde ins Rutschen kamen und beim Sturz in die gefürchtete Tiefe mit gräßlichen Lauten das Entsetzen in ihre Herzen jagten. In Hannibals rückwärts gerichteten Blick über den sich schier endlos schlängelnden Heerwurm schlich sich ernste Besorgnis. Der Verlust der Tiere bereitete ihm große Sorgen, schleppten sie nicht nur alle möglichen Ausrüstungsgegenstände über die Berge, sondern garantierten mit ihren Lasten auch die Verproviantierung der vielen Menschen und Tiere in den steinigen, vegetationslosen Höhen. – Und damit das Gelingen seines waghalsigen Vorhabens.

Am nächsten, grauverhangenen Morgen fegte ein eiskalter Wind heulend die Hänge herab, riß wütend an der Kleidung der frierenden Männer und erschöpfte sich schaurig pfeifend in Kaminen und Durchlässen. An den Nadeln der hingeduckten Latschengewächse hingen Tautropfen wie Tränen, und über die feuchten Matten zogen

gespenstische Nebelfetzen wie ausgefranste Dämonengestalten. Aus gähnender Tiefe dräute Böses herauf und spann die Männer in atemlose Furcht ein. Ihre verängstigten Blicke wanderten unsicher tastend hinauf zu den aufsteigenden Pfeilern und Türmen, die herausfordernd zum Himmel emporstießen und sich verbissen in die grauen, schweren Wolken bohrten. Ihre Gipfel blieben unsichtbar wie die Götter, denen sie sich scheinbar zugesellen wollten.
Mit zitterndem Schauer im Herzen sahen die Männer, daß ihr Feldherr sie durch die Welt der Dämonen führte und die boischen Gesandten den todbringenden Weg zur Burg der Götter wiesen. Die Angst dieser rauhen Männer wuchs von Schritt zu Schritt. Noch versuchten sie, dies vor ihren Kameraden zu verbergen, aber sie wurden wortkarg, reizbar und in sich gekehrt. Der Ausbruch einer nicht mehr beherrschbaren Panik war absehbar. Gerade noch rechtzeitig brachte sie ihr Marsch zu einer geräumigen Hochebene, und sie bekamen endlich wieder festen Boden unter die Füße und damit auch ihre gewohnte Sicherheit zurück.
Kaum hatten sie erleichtert aufgeatmet, als zwei Kundschafter aufgeregt berichteten:
»Herr, vor uns liegt ein schmaler Steig über einem tiefen Abgrund; wild aussehende Allobrogen halten ihn besetzt. Sie wollen uns nicht durchlassen!«
Magalo wechselte einen raschen Blick mit Hannibal.
»Verständlich«, sagte er in seiner leisen Art. »Aus Furcht vor drohender Fouragierung in ihren Dörfern. Sie wissen, daß sie von höhergelegenen Felsen aus ohne große Anstrengung und Gefahr dem unter ihnen vorbeiziehenden Heer größte Verluste beibringen und es zur Umkehr zwingen können.«
Hannibal zog unwillig die Augen zusammen, doch dann stand sein Plan fest. Da die Hochebene mit den Hängen ringsum ausreichend Platz bot, ließ er ein Lager aufschlagen und sämtliche Truppenteile aufschließen. Abends befahl er mehr Feuer anzuzünden, als nötig gewesen wären, und schlich sich mit seiner Kerntruppe zu dem Engpaß. Seine Leute hatten Lappen um die Füße gewunden, die Befehle wurden nur noch flüsternd weitergegeben, und als Waffen trugen sie lediglich ihre Schwerter bei sich, auf die sie sorgfältig zu achten hatten, damit sie kein Geräusch verursachten. So gelangten sie unbemerkt voran und erklommen unter Magalos Anleitung die von Wachtposten besetzten Überhänge und Gesimse. Nach einem kur-

zen, fast lautlosen Kampf war der Steig geräumt. Noch vor Morgengrauen brach das Heer auf.
Die Allobroger indes gaben nicht auf, kletterten höher und stießen nicht nur Steine und Felsbrocken herab, die Menschen und Tiere zermalmten, sondern machten mit fürchterlichem Geschrei und aufeinandergeschlagenen Waffen einen so ohrenbetäubenden Lärm, daß viele Lasttiere in panischem Schrecken mitsamt ihrer Bürde in die Tiefe stürzten. Von Pfeilen getroffene Pferde stießen sich in ihrer Angst und ihrem Schmerz gegenseitig in den Abgrund und rissen Reiter und Fußsoldaten haufenweise mit sich.

Unerbittlich hetzte Hannibal seine Männer weiter. Er setzte auf seine hinter dem Troß als Deckung formierten Truppen, die sich, durch Signale verständigt, unverzüglich von hinten auf die bald flüchtenden Allobroger stürzten. Als Hannibal auch noch einige Elefanten auf die verwilderten Scharen losließ, gaben sie aus Angst vor den riesigen, noch nie gesehenen Ungeheuern auf.

Antopa war bei Ausbruch des Chaos durch scheuende und stürzende Tiere von Lactas getrennt worden. Von vor- und zurückwogenden Tierleibern unaufhaltsam zurückgestoßen, trieb ihr Pferd dem schrecklichen Abgrund zu. Nur noch ein kleines Stück, und es würde ins Leere treten und sie unweigerlich mit in die Tiefe reißen. Verzweifelt zerrte und riß sie an den Zügeln, um ihr in entsetzlicher Angst um sich schlagendes Tier festzuhalten, doch schaffte sie – trotz aller Anstrengung – nicht die wenigen Fußlängen bis zur rettenden Wand. Wieder brandete ein Strom von Leibern gegen ihr eigenes Tier, das in dem unentwirrbaren Knäuel mitgeschwemmt wurde. Neben und hinter ihr stürzten Menschen und Tiere über die scharfe Kante hinaus, und ihre Todesschreie durchgellten den Lärm ringsum, bis sie im Nichts der Bodenlosigkeit verhallten. Halb wahnsinnig vor Angst schrie auch Antopa, ohne Atem zu holen. In diesem Augenblick gelang es dem wild um sich rudernden Rumibor, zu ihr durchzukommen. Mit einem Ruck riß er ihr Pferd im wirklich allerletzten Augenblick zurück, zog und zerrte es weiter, bis es sich endlich an der Innenseite des Weges befand. Der kalte, feuchte Stein der aufragenden Wand an ihrer Schulter befreite Antopa endlich von dem grauenhaften Druck auf ihrer Brust und dem Dröhnen und Hämmern in Blut und Gehirn. Tränen der Erlösung rannen über ihre

Wangen, und das Zittern ihrer Nerven klang langsam ab. Ihre Augen suchten Rumibor, ohne den sie jetzt wie die vielen anderen zerschmettert auf dem Grund der Schlucht liegen würde. Doch gerade als sie ihn in dem Getümmel ausmachte, sah sie in lähmendem Entsetzen, wie dem eben noch stolz lachenden Jungen ein Packtier mit dem Hinterfuß vor die Brust schlug. Er stolperte rückwärts und klammerte sich instinktiv an den Schwanz eines bereits rutschenden Pferdes. Dieses geriet durch seinen Anprall vollends über die Kante hinaus, und der Junge taumelte neben ihm her ins Leere. Ein gurgelnder Laut stieg aus der Tiefe seiner Brust herauf, und mit einem lang nachhallenden Schrei verschwand er im Nichts.
Antopa erstarrte, ihr Magen krampfte sich zusammen, als hätte ihn ein Fausthieb getroffen, und sie war keines Gedankens mehr fähig. Sie sah nur noch Rumibors Augen vor sich, vor Entsetzen aus den Höhlen getreten, und in ihren Ohren gellte sein Mark und Bein durchdringendes Schreien. Für sie hatte die Welt aufgehört zu sein.

Magalo, der die Szene beobachtet hatte, ritt heran. Mit harten Fäusten zwang er ihr Pferd zum Stillhalten, wußte er doch, daß das Mädchen, zu keiner Handlung mehr fähig, erneut in ernste Gefahr geraten mußte. Als endlich die Ordnung innerhalb der Truppen wieder hergestellt war, blieb er zusammen mit Lactas beschützend an ihrer Seite. Sie sprach den ganzen Tag über kein Wort mehr.

Nach einem kurzen, anstrengenden Abstieg auf ein tiefer gelegenes Plateau, der den Männern die letzte Kraft abforderte und viele Gefahren für die rutschenden Tiere brachte, gelangte der Heerzug in die von den Allobrogen verlassene Siedlung, wo sie sich mit Grünfutter, Getreide, Schlachtvieh und Wein für etwa drei Tage versorgen und die jetzt schon unerträglich hohen Verluste durch die abgestürzten Lasttiere wenigstens einigermaßen ausgleichen konnten. Bei frischem Fleisch, dicken Brotfladen und Krügen voll sauren Weins grölten und lärmten die Soldaten in den leerstehenden Hütten bis tief in die Nacht hinein.

Nach Einbruch der Dunkelheit verließ Antopa die Hütte, die sie sich mit Lactas teilte. Die Nacht war auf dieser Höhe von durchsichtiger Helle, und ein eiskalter Wind strich die Hänge herab. Fröstelnd schlug sie ihren pelzgefütterten Mantel enger um den schmalen Körper und wanderte den Hügel hinauf, der schwarzen Wand eines Felsabbruchs entgegen. Als der Boden zu ihren Füßen immer steiler wurde, der im Dorf herrschende Lärm hinter ihr verklungen war und sie nur noch tiefes Schweigen umfing, ließ sie sich auf einen von Wind und Wetter glattgescheuerten Felsbrocken nieder. Die Nacht mit ihrem grenzenlosen, sternenübersäten Himmel schluckte alles Irdische. Rings um sie her war alles groß, majestätisch und ins Unendliche führend und ließ sie eine Dimension erahnen, die ihre Seele erzittern machte.

Plötzlich vernahm sie von weiter oben am Hang ein leises Rascheln und gleich darauf ein eigenartiges Winseln. Rasch sprang sie auf und ging dem Geräusch entgegen. Die Hand am Griff ihres kurzen Messers stieß sie auf ein etwa fußhohes, katzenartiges Tier, das langgestreckt zwischen den Steinen lag. Vorsichtig beugte sie sich zu ihm hinab. Da befiel es ein Zittern, das vom emporgerissenen Kopf bis zum Ende des gefleckten Schwanzes lief, dann plumpste mit dumpfem Aufprall der Kopf auf den Boden. Nach einem letzten Strecken war das Tier tot.

Dicht daneben kugelte ein spielendes Junges über den Hang. Es wußte noch nichts vom Sterben und auch nicht, daß es soeben seine Ernährerin verloren hatte. Voll Mitleid zog Antopa das Kleine zu sich heran und drückte den warmen, molligen Körper fest an sich. Während ihre Finger über das kurze Fell streichelten, dachte sie daran, daß sie durch das ständige Umherwandern mit ihrem Vater von einem Lager zum anderen nie gleichaltrige Freunde um sich gehabt hatte. Dieses mutterlose Wesen könnte ihr Spielgefährte werden! Fest und warm umschlang sie das kugelige Kleine und trug es fürsorglich den Hang hinunter, zurück in ihre Hütte. Während sie sich am possierlichen Spiel ergötzte, trat ihr Vater ein und sah verwundert auf die beiden hinab. Antopas frohen Ausdruck im erhitzten Gesicht bemerkend, fragte er viel sanfter, als es sonst seine Art war, was dies bedeutete.

»Die Mutter dieses Kleinen ist eben verendet. Ich werde es behalten, Vater!« fügte sie trotzig hinzu.

»Niemand will es dir wegnehmen, mein Kind«, begütigte der Hauptmann. »Doch bedenke, daß wir einen langen und anstrengenden Weg vor uns haben und das Tier dir eine große Belastung sein wird. Außerdem – wie willst du es ernähren?«

»Ich werde ihm Ziegenmilch geben und es langsam an Fleisch und Fladenbrot gewöhnen. Ich werde es schon durchbringen!«
Zwar war Mertaban alles andere als überzeugt, doch ließ er seine Zweifel nicht laut werden und ging wieder in die Gemeinschaftshütte der Offiziere hinüber.
Antopa besorgte sich Milch, aber es erforderte viel Geduld, das Tier zum Fressen zu bewegen. Schließlich schaffte sie es und zufrieden legte sie sich neben das satte Kleine. Zum ersten Mal seit Wochen schlief sie mit einem glücklichen Lächeln auf den Lippen ein. Lactas, der später hereinkam, atmete auf. Antopa schien wieder ganz das Mädchen zu sein, das sie bis Saguntum gewesen war.

Während sich am nächsten Morgen die Armee zum Weitermarsch rüstete, ließ Hannibal Antopa zu sich rufen. Der Feldherr trug wie seine einfachen Soldaten einen wollenen Haik; über warmer, wetterfester Unterkleidung seinen schmucklosen Lederharnisch und hochgeschnürte, feste Stiefel. Seine prächtig verzierten Waffen waren der einzige Luxus, den er für sich beanspruchte. Doch er bedurfte keiner äußeren Zeichen, um aus allen herauszuragen. Ein Blick in sein kühnes Gesicht und seine durchdringenden Augen genügte, um ihn als den Mann zu erkennen, dem seine Autorität in außerordentlichem Maße Macht über Menschen verlieh. Dies bezeugte gerade jetzt jeden Tag aufs neue die Faszination, die er auf sein buntgemischtes und vielsprachiges Heer ausübte.
»Komm näher, mein Kind«, forderte er das am Eingang wartende Mädchen auf, und seine befehlsgewohnte Stimme klang erstaunlich sanft. »Ich bin in Sorge um dich. Die letzten Wochen habe ich deine Veränderung wohl bemerkt. Sag mir, womit ich dir vielleicht helfen könnte.«
Trotzig blickte Antopa zu ihm auf, zögerte einen Augenblick, preßte dann jedoch zwischen den Lippen hervor:
»Herr, du bist tatsächlich der einzige Mensch, der meinen Wunsch erfüllen könnte.« Amüsiert über ihre ihm recht kindlich erscheinende Art lächelte er auf sie herab, als sie weitersprach: »Mein Wunsch ist, daß es unter deiner Führung niemals mehr zu einem solchen Gemetzel wie in Saguntum kommt.«
Das Lächeln in seinem Gesicht erstarb und machte einer eisigen Miene Platz. Seine Augen glitten mit beinahe finsterem Blick über ihre schmale Gestalt:

»Mit diesen Dingen haben sich Männer zu beschäftigen und nicht Kinder, die nur zufällig in einen Krieg geraten sind. Hast du sonst noch etwas vorzubringen?«
»Nein, Herr«, erwiderte sie im selben schroffen, abweisenden Ton und wandte sich zum Gehen. Doch noch einmal rief er sie zurück, etwas versöhnlicher wie ihr schien:
»Antopa, es stehen uns noch schwere Tage bevor, mit mehr Anstrengungen, als du dir jetzt vorstellen kannst. Wenn du also Hilfe brauchen solltest, sage es. Ich werde dir jede mögliche Erleichterung verschaffen.«
»Ich danke dir, Herr, doch ich glaube nicht, daß körperliche Anstrengungen schwerer zu bewältigen sind als die Erinnerung an Saguntum. Ich werde also keine Hilfe benötigen.« Und damit verließ sie des Feldherrn Hütte, zutiefst enttäuscht über seine Einstellung und wütend über seine eisige Reaktion. Fand denn keiner Verständnis für ein bißchen mehr Menschlichkeit? Sollte es immer so weitergehen in der Welt, in der sie lebte?
Sich zur Ruhe zwingend, streichelte sie über den rauhen Rüssel von Suru, dem vor der Hütte angepflockten indischen Parade-Elefanten des Feldherrn, der größer war als seine im Zug mitgeführten Artgenossen aus den Wäldern Africas. Während er sie mit seinen kleinen, wissenden Augen aufmerksam ansah, überkam sie unwillkürlich das Gefühl, daß dieser Riese wohl das einzige Lebewesen war, das sie verstand und weitaus menschlicher empfand als irgendein Mensch. Oder sprach aus seinen Augen nur das gemeinsame Gefühl hilflosen Ausgeliefertseins an die Mächte, die ihr Leben bestimmten?

Die numidischen Reiter unter Maharbal saßen schon zu Pferd, während die Fußtruppen noch mit allerlei Arbeiten für den Abmarsch beschäftigt waren. Auf die Rücken der Saumtiere luden sie Futter, Brotgetreide, Wein und Kleidungsstücke und verstauten ihre Decken und Zelte. Fröstelnd wickelten sie sich in ihre Haiks, denn der beißendkalte Wind machte ihnen sehr zu schaffen. Auch den Tieren war anzusehen, daß ihnen die kalte Luft zusetzte.

Antopa dagegen fütterte in aller Seelenruhe ihre kleine Sitah, wie sie das Tier inzwischen nannte, füllte einen Schlauch bis obenhin mit frischer Ziegenmilch und hängte sich in der Art orientalischer Mütter das zappelnde, fauchende Kätzchen in einem Tuch vor die Brust.

Vorsichtig bestieg sie ihr Pferd und hielt während des Reitens das Kleine so lange nieder, bis es müde wurde und endlich Ruhe gab.

In steilen Serpentinen ging es die Hänge hinauf und in Schluchten hinab. Immer mühevoller wurde es, die sich sträubenden Tiere an schwierigen Stellen hinter sich herzuzerren, zumal jeder sein ganzes Augenmerk darauf richten mußte, nicht mit einem rutschenden Tier in die Tiefe gerissen zu werden. Für die bedauernswerten Elefantenführer, die hinter den Ohren der großen Tiere saßen, war dies unmöglich. So stürzten an einem Tag von einem nur fußbreiten Pfad fünf Elefanten ab, die ihre Führer mit in den Tod rissen.
Antopa hörte die Schreie der Menschen und Tiere, sah die Männer vor Erschöpfung zu Boden fallen, hörte sie fluchen und beten, aber nichts davon ließ sie mehr an sich herankommen. Instinktiv hatte sie erfaßt, daß sie nur noch an sich selbst denken durfte.

Tags darauf wurde das Karthager-Heer auf einem schmalen, zu einem Hochplateau hinaufführenden Steig von kampfwütigen Ceutronen angegriffen. Hannibal schickte Reiter und Troß mit den Tieren weiter und übernahm mit seinem Fußvolk die ganze Nacht hindurch deren Deckung. Unter ständigen Gefechten erreichte er mit der letzten Gruppe am frühen Morgen endlich ebenfalls die Höhe. Er sah übermüdet aus und bedrückt angesichts der vielen Toten und Verwundeten, die diese Nacht gekostet hatte.
Vor ihnen lag nun unterhalb des 2900 Meter hohen Gipfels ein großes Plateau um einen kleinen See, der das Flüßchen Doria ins Land Italica schickte. Hier gewährte Hannibal seinen völlig erschöpften Leuten die so dringend nötig gewordene Rast. Zum ersten Mal seit Tagen wurde wieder abgekocht, wenngleich keiner mit der ihm zugeteilten Portion richtig satt wurde.
Und auf diesem Plateau sahen die meisten zum ersten Mal in ihrem Leben den geheimnisumwitterten Schnee, der hier oben an schattigen Stellen das ganze Jahr über liegenblieb. Hannibal nahm verstohlen eine Handvoll und knetete ihn zu einem eisigen, harten Ball. Prüfend schob er ihn von einer Hand in die andere, bis ihm die Finger steif froren und er ihn mit einem unbestimmbaren Seufzer beiseite warf. Seine Männer konnte dieses Naturphänomen nur kurz fesseln. Sie hatten andere Sorgen. Die jungen, unerfahrenen Krieger waren ebenso wie die alten und erprobten Veteranen hoffnungslos entmutigt.

Nicht nur wegen der immer schwieriger werdenden Wege und dem bei weitem nicht ausreichenden Proviant, auch nicht wegen der Verluste an Menschen und Tieren; sondern weil das Ziel, dem sie seit Wochen zustrebten, weiter als jemals zuvor entfernt zu sein schien. Rom war nur noch der Name einer Stadt, die nichts mehr bedeutete, wenn man vor Kraftlosigkeit zitterte und nicht mehr glaubte, auch nur die nächste Wegstrecke schaffen zu können, wenn man hungerte und fror, die Füße wundgelaufen und bei jedem Schritt unerträgliche Schmerzen auszuhalten waren, wenn man vom Schwindelgefühl erfaßt wurde und doch über den schmalen, ausgesetzten Steig gehen mußte, von dem eben noch ein Kamerad aus unzähligen, gemeinsam durchzechten Nächten in die grausige Tiefe gestürzt war, und wenn man ständig in Angst vor dem Tod, vor Feinden, Göttern und Dämonen um sich blickte. – Es stand schlimm um jeden einzelnen.

Antopa erging es besser als vielen der Männer, denn sie trug ein Lebewesen an ihrer Brust, das sie mit ihrer Sorge um sein Wohlergehen nahezu vor aller Angst bewahrte. Sie konnte zwar abends vor Erschöpfung kaum noch einen Fuß vor den anderen setzen, doch so seltsam es klingen mag, das kleine Tier, das eigentlich eine große Belastung war, erleichterte ihr die Strapazen des Marsches, wie es kaum ein Mensch mit seiner helfenden Hand vermocht hätte.

Am nächsten Tag, an dem erstmals wieder die Sonne hervortrat, verließ Hannibal zusammen mit Magalo und einigen Unterführern das Lager und kehrte erst gegen Abend wieder zurück. Mit seltsamem Glanz in den Augen rief er sein Heer zusammen, berichtete von verirrten Truppenteilen, die, durch Horn- und Rauchsignale geleitet, zurückgekehrt waren, ebenso von vielen wieder aufgefundenen Tragtieren, und mit plötzlich aufflammendem Feuer in der Stimme von dem, was er vor Stunden mit eigenen Augen gesehen hatte: das Land Italica!

»Männer, Krieger!« rief er in die atemlos lauschende Menge, »jetzt sind wir auf der Wasserscheide, der höchsten Höhe unseres Weges angekommen! Von nun ab wird uns jeder Schritt, den wir abwärts tun, unserem Ziel entgegentragen! Und unser Ziel ist Roma! Und immer wieder Roma!«

Einen Augenblick war völlige Stille, doch dann brandete ein so maßloser Jubel aus Tausenden von Männerkehlen auf, daß es wie ein Ge-

witter durch die Bergwelt toste und auch den letzten seiner zerstörerischen Hoffnungslosigkeit entriß. Und schon nach kurzer Weile dachten wieder alle wie bei ihrem Aufbruch in Carthagena an vaterländischen Dank in Form von klingender Münze oder an schnelle Beute aus eroberten Städten und Dörfern. Immerhin befehligte Hannibal ein vielvölkisches Söldnerheer. Die Männer ertranken förmlich in überschwappender Freude. Und den Abstieg – pah, den würden sie schnell geschafft haben!
Hannibal beobachtete mit gedankenschwer gekrauster Stirn Magalo, dessen Miene die Sorge verriet, mit der er an den Abstieg dachte. Er wußte, daß sich dieser viel schwieriger gestalten würde als der Aufstieg, da die Berge Italica zu ungleich steiler waren als zum Tal des Arcus' hin. Zudem zeigte der Blick zum Himmel, daß nicht nur die glückbringenden Plejaden aus dem nächtlichen Gestirn verschwunden waren, sondern auch, daß sich im Norden schwere Wolken zusammenzogen. Schneewolken, wie Magalo erklärte ...

VERLÖBNIS IN ROM

218 v. Chr.

Rom war noch lange nicht das Rom, das sich ein halbes Jahrhundert später stolz »caput mundi«, Welthauptstadt, nennen durfte. Das, was sich hier wie ein ständig wachsender Blähbauch ausbreitete, erinnerte in vielem an die einst bäuerliche Siedlung. Mit hellenischen und sizilischen Städten konnte man Rom nicht vergleichen, schon gar nicht mit Metropolen wie Pergamon, Athenae, Antiochia oder gar Alexandria. Wenn spöttische Zungen über Rom als das »größte Bauerndorf der Welt« witzelten, so entsprach das durchaus der Wahrheit.

In den noch immer leicht sumpfigen Tälern zwischen den sieben, mit Zypressen, Pinien und Eichen bewachsenen Hügeln drängten sich Handwerkshütten, unansehnliche Fachwerkhäuser, Holzbuden und Gemüsegärten. Auf den ungepflasterten Straßen der Subura rumpelten zweirädrige Karren, und durch die verwinkelten Gassen trotteten Ochsenherden, Schafe und Ziegen. Die Menschen, die hier in Enge, Staub und Gestank sehr geräuschvoll hausten, galten als die verachtete »misera plebs«.

Die reichen Patrizier hingegen, die Nobiles, lebten fast ausnahmslos in kastenförmigen Kastellen, die wie düstere Vogelnester vornehmlich an den Hügeln Palatinus oder Caelius klebten. Das Innere dieser Wohnburgen war unfreundlich und schmucklos, und im einzig größeren Raum, dem Atrium, glänzten die Wände meist schwarz vom jahrzehntealten Ruß der offenen Feuerstelle.

In der Mitte dieses unübersichtlichen Kessels von Rom ragten am Forum hinter dem Rindermarkt zwar einige recht beeindruckende sakrale und staatliche Bauten auf, doch waren sie nur aus unverputzten roten Ziegeln erstellt worden. Pastellfarbener Marmor, vergoldetes Gebälk, Säulen und Kolossalstatuen, wie im Mittelmeerraum üblich, waren den Römern noch unbekannt. Kaum etwas in dieser Stadt wies darauf hin, daß Rom bereits ein Reich mit großer militärischer und wirtschaftlicher Macht war und zudem vom Sendungsbewußtsein als Herrscher über andere Reiche und Staaten zutiefst durchdrungen. Die

Römer schienen keine Zeit zu haben, sich mit anderem als der Aufrechterhaltung von Tradition, Zucht und Ordnung, vor allem aber mit dem Aufbau eines vorbildlichen, äußerst disziplinierten Heeres zu beschäftigen. Nach Schönheit, Hohem und Hehrem stand dem trockenen, nüchternen Römer meist kaum der Sinn.

In diese fast barbarisch anmutende Stadt schien das palastähnliche Haus der Marianer auf dem Aventinus, dem südlichsten Hügel, nicht recht zu passen. Neben drei kleinen Tempelchen, Luna, Minerva und Juno Regina geweiht, führte ein baumbeschatteter Clivus hinauf zu einem Wohnsitz, der offensichtlich hellenischen Palästen nachempfunden worden war. Marcus' Vater Primus Marianus Valus hatte von seinen vielen Reisen nicht nur die mediterranen Eindrücke, sondern auch Architekten mitgebracht und dieses prachtvolle Gebäude erbauen lassen, das mit einem Säulengang einen kleinen Innenhof, das Perystil, umschloß, auf das sich alle Türen des Hauses öffneten. Mit einem leise plätschernden Brunnen und ausgesuchten Blumen und Ziersträuchern bot es während der schwülen Sommerabende der ganzen Familie einen erholsamen Aufenthalt. In den parkähnlichen, den ganzen Hügel überziehenden Anlagen, die ebenfalls zu dem Anwesen gehörten, bot sich unter schattenspendenden Bäumen ein weites Areal für ausgedehnte Spaziergänge.
Die Räume selbst waren mit geschmackvollen Wandmalereien und kunstvollen Mosaikfußböden ausgestattet. Im Atrium brannte das Herdfeuer nur noch symbolisch in einer Bronzeschale, so daß auch dieser Raum hell und freundlich wirkte, und das in der Mitte angelegte Impluvium im Licht des Tages golden glitzerte. Die Wirtschaftsräume und Stallungen waren mit eigenem Zugang hinter dem Herrenhaus angeordnet. Der gesamte Gebäudekomplex galt als eines der weitläufigsten Privathäuser und zeugte nicht nur vom Reichtum, sondern vor allem vom Schönheitssinn seiner Besitzer.

In einem der kleinen Gärten, nicht allzu weit vom Haus entfernt, ruhte auf einer Liege die Tochter Cornelia im Schatten langfingriger Fächerpalmen. Sie trug ein hellblaues Hauskleid, in der Farbe ihrer Augen gehalten, das in malerischer Harmonie zu ihrem goldglänzenden Haar stand. Sie war ein zartes, sehr schönes Mädchen, wohl eines der schönsten von ganz Rom, durch einen Unfall in der Kindheit aber an beiden Beinen gelähmt. Dennoch machten ihr viele junge Männer

den Hof und hätten sie trotz ihrer Behinderung gerne zur Frau genommen, doch bisher hatte Cornelia alle Bewerber abgewiesen. Mit dem Eigensinn eines verwöhnten Kindes hatte sie sich Antoninus Pictor, den Freund ihres Bruders Marcus, in den Kopf gesetzt und damit einen der bestaussehendsten und begehrtesten Jünglinge Roms. Wohl eine aussichtslose Hoffnung, denn er hatte wahrhaftig die Wahl unter allen Töchtern der Stadt.
Allein der unendlichen Geduld und Liebe ihrer Mutter Valeria war es zu verdanken, daß Cornelia an ihrem bedauernswerten Schicksal nicht verzweifelte und ihren oft nur schwer zu ertragenden Launen nicht allzu sehr nachgab. Valeria hatte sie auch dazu gebracht, ihr bemerkenswertes künstlerisches Talent zu nützen und kleinere Büsten aus Ton zu modellieren oder naturgetreue Portraits in Elfenbeinplättchen zu ritzen. Ihren Bruder Marcus hatte sie so verewigt, und sie war sehr stolz gewesen, als er das Elfenbeinportrait in Gold fassen ließ und das Amulett seiner Braut Liuta schenkte. – Nun war Liuta aber tot, und Cornelia vermißte sie sehr, zumal sie als eines der wenigen jungen Mädchen ihren Launen standgehalten hatte.
In diesem Augenblick sah Cornelia Antoninus an der Seite ihrer Mutter aus dem Haus kommen und den Weg zu ihr herüber einschlagen. Ihr Herz begann wie wild zu klopfen, ihre Wangen färbten sich rot, und ihre Hände glitten nervös über die Decke auf ihren Beinen. Sie bedauerte, keinen Spiegel zur Hand zu haben, der sie ihrer Schönheit versichert hätte.
»Habt ihr schon Nachricht von Marcus erhalten?« fragte er soeben die schmächtige Frau, die ihm gerade bis zur Schulter reichte und dennoch beeindruckend wie nur selten eine Frau sonst wirkte.
Eine Haarsträhne in ihre strenge Frisur zurückschiebend erwiderte sie:
»Vor zwei Tagen richtete uns ein Kurier des Senats Marcus' Grüße aus. Zuletzt sei er bei Scipio in Massilia gewesen. Außer einigen kleineren Plänkeleien mit den Poeni hätten sie noch keinen Kampf zu bestehen gehabt. Und jetzt habe Hannibal die Pyrenaei ins Land der Celtae überschritten, womit sich die Lage entspannt habe. Zwischen uns und diesem Mann aus Carthago liegen nun ja die Alpes.« Sie sah sinnend vor sich hin, bevor sie hinzufügte: »Und wenn damit dieser Krieg zu Ende wäre, bräuchte Marcus sicher nicht mehr nach Iberia zu gehen.«
Antoninus schwieg. Er konnte sich nicht vorstellen, daß Hannibal

seine Kriegspläne gegen Rom plötzlich aufgegeben hatte. Doch wollte er die kleine Frau an seiner Seite nicht beunruhigen und lenkte rasch ab:

»Und was ist mit Claudius?«

»Eigentlich müßte er jeden Tag zurückkommen, wenn ihm – die Götter mögen es verhüten – auf seiner langen Reise nichts Schlimmes widerfahren ist.«

»Es ist ihm sicher nichts geschehen, Mutter Valeria«, tröstete der junge Mann. »Dein jüngster Sohn ist doch ein Glückspilz. Außerdem spielt sich der Krieg im Westen ab, wogegen die östlichen Völker Ruhe halten.«

»Ja«, seufzte Valeria, »noch halten sie Ruhe. Aber der König von Macedonia, dieser Philippos, wartet nur auf eine günstige Gelegenheit, ohne großes Risiko über uns herfallen zu können.«

»Ach was, Philippos«, lachte Antoninus geringschätzig, »der ist doch viel zu feige, um ernstlich etwas zu unternehmen!«

Inzwischen waren sie bei Cornelia angelangt, die Antoninus erwartungsvoll entgegensah.

»Beim allmächtigen Jupiter, liebste Cornelia, du wirst jeden Tag schöner«, wandte er sich ihr mit seinem betörenden Lächeln zu.

»Schmeichler!« wehrte sie verlegen ab, während sie unter seinem Blick heiße Schauer durchrannen.

»Antoninus ist nicht nur ein Schmeichler«, warf Valeria mit feinem Lächeln ein, »doch das müßt ihr schon unter euch ausmachen. Ich muß jetzt wieder zu Lanata zurück, die bekommt heute ihr erstes Kind. Sicher sehen wir uns noch, Antoninus.«

»Wer ist Lanata?« fragte Antoninus, nachdem Valeria mit leichten Schritten ins Haus gegangen war.

»Eine unserer Freigelassenen«, erwiderte Cornelia, »die Frau von Fidus.«

»Eine Freigelassene?« fragte er ungläubig. »Eine Sklavin?«

»Ach, du weißt doch, wie es bei uns ist. Du findest es vielleicht nicht richtig, aber Mutter würde dich fragen, warum ein Sklave kein Mensch sein soll wie du und ich.« Cornelia nickte ernsthaft, so als wäre dies auch ihre eigene Ansicht. »Ihm widerfuhr doch nur das Unglück, in einem Land zu leben, das einen Krieg verloren hat. Mutter sagt oft, wir würden alle als Sklaven nach Carthago geschleppt, sollten wir diesen Krieg verlieren. Wären wir deshalb weniger wert als heute?«

In Antoninus' Augen trat ein amüsiertes Glitzern.
»Was für merkwürdige Gedanken du hinter deiner schönen Stirn entwickelst! Für mich ist ein Sklave eben ein Sklave, nichts weiter. Dennoch finde ich es recht reizvoll, wie du denkst.«
Cornelia genoß die Situation und fühlte sich großartig. Und da sie wußte, daß Antoninus ihre Mutter als kluge Frau verehrte, zitierte sie weiter:
»Wir Frauen führen eben keine Kriege und sind deshalb nicht so abgestumpft. Wir werden nur sehr traurig angesichts der Not und des Elends in einer solchen Zeit.«
Antoninus war überrascht. Er hätte ihr solche Worte nie zugetraut. Aber dann besann er sich plötzlich auf den eigentlichen Grund seines Hierseins, und ein ungewohnter Ernst legte sich über sein fröhliches Gesicht.
»Cornelia, ich bin gekommen, um mich von dir zu verabschieden. Morgen breche ich zu Scipios Legion auf.« Ohne auf ihr Erschrekken einzugehen, fuhr er rasch fort: »Daher möchte ich dir sagen, was ich schon längst sagen wollte.« Hier holte er tief Luft, so als sei ihm die Brust zu eng geworden, gab sich einen energischen Ruck und stieß atemlos hervor: »Cornelia, ich liebe dich, und wenn ich wiederkomme, möchte ich, daß du meine Frau wirst.« So, jetzt war es endlich heraus! Ein tiefer Seufzer zeigte seine Erleichterung. »Das heißt, wenn du willst«, schränkte er in plötzlicher Sorge ein.
Cornelias Hand fuhr zitternd zum Herzen. Er hat es gesagt! jubelte es in ihr. Er liebt mich! Doch geschickt verbarg sie ihre an Triumph grenzende Freude und wandte wie gequält den Kopf ab. Wie um ihrer Stimme wieder Herr zu werden, schluckte sie nachdrücklich, bevor sie erwiderte:
»Antoninus, ich liebe dich!« flüsterte sie. »Ich liebe dich mehr als mein nutzloses Leben. Aber ich darf nicht deine Frau werden. – Eines Tages wirst du mir dankbar sein, daß ich dir nicht nachgegeben habe. Wenn du dich nicht mehr in Abschiedsstimmung befindest ...«
»Du dummes Schäfchen!« lächelte er. »Ich spreche nicht aus einem sentimentalen Abschiedsgefühl heraus. Warum solltest du nicht meine Frau werden? Etwa wegen deiner Beine? Erschrick nicht, aber es ist wirklich an der Zeit, alles offen und ehrlich auszusprechen. Deine Beine, Cornelia, die sind nicht so wichtig, wie du vielleicht annimmst. Freilich wäre ich froh, wenn sie gesund wären, aber wahr-

haftig nur deinetwegen, denn ich weiß sehr wohl, wie sehr du darunter leidest. Mir jedoch macht deine Krankheit, wie du es immer nennst, gar nichts aus. Du bist für mich die schönste Frau der ganzen Welt! Und du bist klug, lieb und gut. Reicht das alles nicht für eine Liebe, für eine gute und glückliche Ehe? – Nein, Cornelia, sei nicht undankbar und rede dir kein Unglück ein, wo du lieber glücklich sein solltest.«

Ihre großen Augen blickten strahlend zu ihm auf. Mit einem leisen, seligen Seufzer ließ sie ihren Kopf auf seinen Arm zurücksinken, und als er seine Lippen auf die ihren legte, verrauschte die Wirklichkeit im lange ersehnten Glück. Für Cornelia war nicht nur ihr innigster Wunsch in Erfüllung gegangen, sie liebte ihn auf ihre Art wirklich sehr.

»Was bist du für ein Mann!« kokettierte sie. »Du bringst es zuwege, mir binnen weniger Minuten die Nöte von Jahren von der Seele zu nehmen.«

»Ja, meine Kleine, ich bin ja auch ein Magier aus dem geheimnisvollen Zauberland!« Mit unwiderstehlichem Lachen nahm er ihren Kopf zwischen beide Hände. Aber er war ja nicht nur seiner Werbung wegen gekommen. Als er vorsichtig von seinem Abschied zu sprechen begann, klammerte sich Cornelia an ihn:

»Warum muß ich dich so schnell wieder verlieren?« jammerte sie in ehrlichem Kummer.

»Aber Mädchen«, sprach er an ihrem Ohr und streichelte über ihren zitternden Rücken. »Ich gehe ja nur für kurze Zeit. In Gedanken bin ich immer bei dir. Und damit wir uns jeden Tag treffen, werde ich abends, wenn der Abendstern erglänzt, wo ich auch sein werde, vor mein Zelt treten, ihn ansehen und an dich denken. Und du mußt dasselbe tun, jeden Abend. So werden wir in Gedanken beisammen sein, ganz nah und unzertrennlich. Versprich mir, Cornelia, daß du das tun wirst!«

Schluchzend nickte sie und wischte die Tränen von den Wangen.

»Aber komm bald wieder zurück. Bitte!«

»Natürlich, die Zeit vergeht schnell, dann werden wir hier im Garten zusammensitzen, ich streichle dir über dein wunderschönes Haar und sehe zu, wie du deine kleinen Kunstwerke schaffst. – Aber jetzt leb wohl, meine kleine, süße Cornelia. Ich muß gehen!«

Er gab der kläglich Aufweinenden noch einen zärtlichen Kuß, dann riß er sich gewaltsam los und verschwand eilig im Haus. Dort erwartete ihn Valeria, die in ihrer feinfühligen Art wußte, daß nun eingetroffen war, was sie schon längst geahnt hatte. Doch sie schwieg und geleitete den jungen Mann hinaus. Unter der Porta gab sie ihm wie einem Sohn den mütterlichen Segen und empfahl ihn der Obhut der Götter.

Mit gesenktem Kopf schwang er sich auf sein Pferd und ritt, ohne sich umzuwenden, den Weg hinunter in die Stadt, die ihn als Krieger erwartete.

DURCH EIS UND SCHNEE HINAB

218 v. Chr.

Am siebten November, die glückbringenden Plejaden waren längst untergegangen, lag endlich der Abstieg vor dem karthagischen Heer. Die Männer hatten während des ganzen Aufstiegs diesen Tag herbeigesehnt, doch am Morgen des Aufbruchs war ihre erwartungsfrohe Stimmung restlos verflogen. In der Nacht hatte es, wie von Magalo befürchtet, in dicken Flocken zu schneien begonnen, und ein eisiger Wind, der durch alle Ritzen und Öffnungen drang, war zu einem Sturm angewachsen, der schaurig um die Zelte heulte. Es hörte sich an, als wolle die Schattenwelt den Männern das Grauen in die Herzen pflanzen. Mit klappernden Zähnen und steifen Gliedern hockten die Soldaten fast die ganze Nacht wach herum, froren trotz ihrer Decken bis auf die Knochen und horchten mit zitternden Herzen in die Dunkelheit, die von einem immer unerträglicher werdenden Schreckensorchester beherrscht wurde. Die im Freien gelassenen Pferde und Tragtiere kämpften mit schrillem Wiehern gegen die Gewalt des Sturmes an, und die Elefanten trompeteten unaufhörlich ihre Not in das tobende Wetter.

»Das halte ich nicht mehr aus!« jammerte ein junger Lydier. »Ich werd' verrückt!«

»Halt bloß dein Maul, sonst stopf' ich es dir!« drohte sein Nachbar. »Der Lärm da draußen genügt schon, da brauchen wir nicht auch noch dein erbärmliches Gewinsel!«

»Kriech unter deine Decke«, riet einer gutmütig, »und halt dir die Ohren zu, so wie ich es tue.«

Aber auch das half keinem, und so hockten sie schlotternd vor Kälte beieinander, starrten in die Dunkelheit und hielten dabei ihr Zelt fest.

Antopa, in ihren warmen Pelz gehüllt, der die Kälte recht gut abhielt, starrte ebenfalls ins Dunkle und horchte ängstlich auf das Wüten des Sturmes, den sie noch nie in solcher Stärke erlebt hatte. Das Pfeifen und Brausen wurde immer unheimlicher, und plötzlich vermeinte sie, aus dem Tosen ringsum die herzzerreißenden Schreie von Kin-

dern herauszuhören, von gefolterten Frauen – schreckliche Schreie, immer wieder. Entsetzt hielt sie sich die Ohren zu, aber die Schreie verstummten nicht. Sie waren in ihr.
In ihrer Not rüttelte sie Lactas wach, der trotz allen Getöses mit gleichmäßigen Atemzügen neben ihr schlief. Als er ihr Zittern spürte, kroch er zu ihr und redete mit sanfter Stimme wie zu einem kleinen Kind, das böse Alpträume gequält hatten, und endlich schlief sie unter seiner streichelnden Hand ein.

Bis zum Morgen fiel so viel Schnee auf die Zelte, daß sie unter den weißen Massen zusammenzubrechen drohten, und an den Stangen hingen von vielen noch nie gesehene Eiszapfen. Als sich die müden und durchgefrorenen Männer endlich ausgegraben hatten und gegen den Wind anblinzelten, erblickten sie eine völlig fremde Welt. Alles war mit einem eiskalten Leichentuch zugedeckt, und die weißen Flokken stoben noch immer in undurchdringlicher Dichte von einem grauen, tiefhängenden Himmel. Die blendende und stäubende Wand, die sie kaum drei Schritt weit sehen ließ und ihnen keinen Blick auf festen Grund und Boden gewährte, preßte ihnen das Gefühl völligen Abgeschnittenseins von allem Lebenden in die angstvollen Herzen. Sie glaubten sich ausgesetzt und verloren auf einem kleinen Fleckchen, aus dem es kein Entrinnen gab. Und noch immer pfiff und heulte dieser unerträgliche Wind, der ihnen die Kleidung aufblähte und die nassen Flocken in die kältestarren Gesichter peitschte. Es war eine unheimliche und böse Welt, in die sie da über Nacht geraten waren und die immer schwerer auf die ohnehin angespannten und erregten Gemüter drückte. Jeden Augenblick glaubten sie, etwas unvorstellbar Schreckliches aus dieser weißen Wand hervorbrechen zu sehen.
»Dieser Sturm«, flüsterte einer mit vor Angst verzerrtem Gesicht, »ist kein gewöhnlicher. Das sind die Gewalten der Dämonen!«
»Ja«, stimmte ihm ein anderer zu und blickte in die schneebestäubten Gesichter seiner Kameraden, »das ist die Strafe der Götter, weil wir in ihr Reich eingedrungen sind. Das ist Frevel!«
»Wir haben das schon die ganze Zeit gesagt«, pflichtete ein alter Haudegen bei, »aber uns glaubt ja keiner!«
So und ähnlich ging die Rede auch in den anderen Gruppen, die händereibend und die Füße warmtretend beisammen standen. Schließlich dachte niemand mehr daran, die notwendigen Arbeiten zu verrichten, um endlich aufbrechen zu können.

Hannibal war ebenfalls die ganze Nacht, ohne Schlaf zu finden, in seinem Zelt gesessen, eingehüllt in Decken, die die grausame Kälte nur ungenügend abhalten konnten. Mit zusammengepreßten Lippen horchte er auf das Tosen und Wüten, und alle Warnungen vor diesem Zug über die Alpen gingen ihm durch den Kopf. Nur zu bereitwillig hatte er sie als übertrieben und unglaubhaft abgetan, doch jetzt, angesichts dieser Hölle vor seinem Zelt, erschienen sie ihm als viel zu harmlos. Von Zeit zu Zeit schob er seinen Kopf ins Freie und beobachtete mit wachsender Unruhe das Ansteigen der unheimlichen Schneedecke. Ging in diesen Naturgewalten der visionäre Gedanke seines Vaters und sein eigenes Streben, Rom zu besiegen, unter? Was würde aus seinem Heer, den vielen tausend Menschen und Tieren werden? Waren sie alle dem Untergang geweiht?

Als ihn Verzagtheit und Mutlosigkeit zu überwältigen drohten, rief er sich die Nacht ins Gedächtnis, die sein ganzes Leben bestimmen sollte. Damals hatte ihn sein Vater Hamilkar aus dem Schlaf geholt und war mit dem Neunjährigen in der bereitgestellten Quadriga donnernd durch Megara gerumpelt, durch das dunkle Khamonstor und die menschenleere Häuserschlucht zum Khamonsplatz, dann die Mappalische Straße hinauf zur Byrsa und zum höchsten, aus weißleuchtenden Quadern erbauten Tempel der Göttin Tanit, auf deren Plattform die ewige Flamme brannte, weithin Wegweiser für Schiffe auf mondglitzernden Wogen des unendlichen Meeres. Eine nie gekannte Befangenheit, eine unfaßliche Unwirklichkeit hatte ihn eingehüllt und seinen Schritt verzögert, als sie in die Düsternis des Heiligtums traten, von flackerndem Fackelschein kaum erhellt. Am ganzen Leib zitternd hatte er seinem Vater gelauscht, der in feierlichem, von tiefer Leidenschaftlichkeit getragenem Ton begann:

»Dies ist die Stunde der Göttin, mein Sohn, und in dieser Stunde sollst du mein Vermächtnis hören und es in deinem Herzen bewahren, bis die Zeit der Tat gekommen ist. Vor dem Altar der Großen Mutter allen Lebens sollst du schwören, einst das zu vollenden, was ich begonnen habe.« Mit eindringlichen Worten hatte er den einstigen Reichtum und die Herrschaft ihrer Vorväter dargestellt und von der Zeit gesprochen, in der in West und Ost das Banner mit dem silbernen Einhorn wehte, bis die romanischen Adler die wunderbare Größe Karthagos zerschlugen. Doch er, sein Vater, habe nicht aufgegeben, dieses Banner gegen Rom zu tragen. »Noch viele Stürme werden über das Meer toben«, fuhr er fort, »bis mein Werk vollendet ist, und meine Kraft wird erlahmen. Doch dann sollst du, mein Sohn, Roma mit Sturm überziehen! Keine Enttäuschung, kein Widerstand und keine Niederlage sollen dich jemals daran zweifeln lassen, daß Roma sterben muß, damit Quart Hadasht leben kann! So schwöre jetzt im Angesicht der Göttin, daß du nicht ruhen wirst, bis das silberne Einhorn von den Mauern Romas weht!« – Und der Knabe Hannibal hatte geschworen, mit feierlichem Ernst, bebend vor Bewegtheit, gewillt, diesen Eid zu halten – »so lange Leben in mir ist ...«

Ein Windstoß fuhr pfeifend durchs Zelt, Eiskristalle peitschten die Außenwand, und das Bild jener Nacht zerrann. »So lange Leben in mir ist ...« murmelte der einsame Mann mit steifgefrorenen Lippen, und mit einem Mal fiel alle Mutlosigkeit von ihm ab. Neue Energie floß ihm zu, und er war entschlossener denn je, niemals aufzugeben! Sein Leben war an den Eid gebunden.

Als der Morgen mit vagem Licht heraufzog, schälte er sich mit erstarrten Gliedern aus den Decken und trat gegen die nassen Flocken blinzelnd vor sein Zelt. Den forschenden Augen des bereits über und über mit Schnee bedeckten Magalo wich er geflissentlich aus und wendete sich seinen Männern zu. Schon ein Blick zeigte ihm ihren schlimmen Zustand, ihre nicht mehr zu bewältigende Angst und ihr Sträuben, den Zug marschfertig zu machen. Er sah, daß sie am liebsten wieder in ihre Zelte zurückgekrochen wären. Doch er wußte, daß schon die geringste Verzögerung seines Weitermarsches den sicheren Untergang aller bedeutete. So fuhr er rasend vor Zorn über die Gefahr, die sie durch ihr Zaudern heraufbeschworen, zwischen sie:

»Ihr verdammten Hurensöhne!« schrie er mit einer Stimme, die sogar das Tosen des Windes übertönte. »Ihr feigen Memmen!« Er gebrauchte die wildesten Flüche und Schimpfworte, die ihm ein langes Lagerleben unter oft primitivsten Burschen beschert hatte, und zwang die Angsterstarrten mit unerbittlicher Härte an ihre Arbeit.

Hannibal hatte sich in den letzten Wochen sehr verändert. War er früher schon hart und unnachgiebig gewesen, so war er es jetzt weitaus mehr. Sein steinernes Gesicht ließ keinerlei Regung erkennen, außer es übermannte ihn der Zorn, und jede Nichtbefolgung eines Befehls zog grausame Bestrafung nach sich. Sogar altgediente und anerkannt zuverlässige Männer nahm er nicht aus, was diese sehr bestürzte. Er

ließ nicht mehr mit sich reden, bis endlich keiner mehr wagte, eine eigene Meinung zu äußern. Die einzige Ausnahme bildete Magalo. Doch waren sich diese beiden Männer in ihrem eisernen Willen so ähnlich, daß es kaum zu unterschiedlichen Ansichten kam. Sie ergänzten sich wie zwei ineinandergreifende Räder einer Maschine.
Auch jetzt war Hannibals Ausbruch so heftig, daß die Soldaten, gleich welcher Herkunft, mit doppeltem Eifer den Zug marschfertig machten und keiner sich mehr getraute, von Kälte, Geistern und Götterzorn zu sprechen. In ihren Herzen aber blieb die Angst wie ein gefräßiges Tier. Ihre hager gewordenen Gesichter wandelten sich zu starren Masken, ihr Äußeres durch ihre Vermummung von mehreren Kleidungsstücken und Decken übereinander zu unförmigen, erbärmlichen Gestalten. Und war Hannibals Heer bislang wegen der Vielfalt von Völkerstämmen bunt und sehenswert gewesen, so befehligte er nunmehr einen kuriosen, lumpenumhüllten Haufen.
Endlich setzte sich die Armee in Bewegung und folgte dem steilen Hang längs dem Flüßchen Doria. Der Schnee hatte die Sommerwege völlig eingeebnet, so daß sich selbst der fährtenkundige Magalo nur mit Mühe zurechtfand. Eine Orientierung war überhaupt nur noch durch die umliegenden Berggipfel möglich, die im immer wieder einsetzenden Schneetreiben oft viele Stunden lang den suchenden Blicken verborgen blieben. So gerieten sie schon nach kurzer Zeit in bisher kaum betretene Gebiete, und das Unternehmen wuchs sich zu einer einzigen Tortur aus. Oft sanken die an der Spitze des Zuges gehenden Männer bis zum Bauch in die weiße, nasse Masse ein, die ihre letzten Kräfte aufzehrte, sie auslaugte und ihren Willen und ihre Hoffnungen in ohnmächtigen Zorn wandelte.
Auch weiter hinten im Zug erging es keinem besser. Der Schnee wurde von den Vorangehenden zu einem schweren, rutschigen Brei zerstampft, jeder schob und stieß nur noch, glitt rückwärts und wankte vorwärts. Immer öfter kam einer aus Schwäche und Erschöpfung zu Fall, blieb keuchend liegen und konnte seinem zitternden Körper nicht mehr den Willen aufzwingen, sich zu erheben. Dann blieben die Nachfolgenden wie eingeschneite Baumstrünke mit hängenden Schultern und kraftlos baumelnden Armen stehen und, wer noch Atem hatte, fluchte in hilflosem Zorn:
»Verdammter Sohn einer Hure, scher dich aus dem Weg!«
»Laßt mich liegen«, kam die zitternde Antwort aus einem grauen, verzerrten Gesicht. »Ich kann nicht mehr.«

»Verflucht nochmal, dann bleib eben liegen!« Ein wütender Fußtritt, der den Erschöpften zur Seite stieß, erledigte das Problem. Ob der Zurückgelassene erfror oder nachkommen konnte, interessierte niemanden. Auch nicht, daß immer öfter Männer über einen Abgrund hinausrutschten, aus Achtlosigkeit, aus Erschöpfung oder durch Sturz. Und obwohl sich der Heerwurm beständig weiter auseinanderzog, wurde er nicht länger, als er zu Anfang gewesen war. Die immensen Verluste von Mensch und Tier wuchsen von Stunde zu Stunde in erschreckendem Maß.

Unsägliche Mühen bereitete es, die schwerfälligen Elefanten vorwärts zu bringen. Oft, vor allem wenn sie in den verharschten Altschnee einsanken, mußten ihre Beine ausgegraben werden, und nicht selten glitten sie aus, stürzten, und kamen auf dem denkbar ungünstigen Boden aus eigener Kraft nicht mehr hoch. Wenn das Tier dabei zu nahe an einen Abgrund geriet, rutschte es weiter und verschwand im Nichts. Bis zum tödlichen Aufprall ließ ein dumpfes Krachen und Poltern ein Stück weit seinen Weg abwärts verfolgen, während der anhaltende Schrei der mißhandelten Kreatur die Stille der gigantischen Bergwelt über große Entfernung hinweg zerriß.

»Die Elefanten werden dir nicht so viel nützen, wie du dir einbildest«, nörgelte nach einem besonders schwierigen Wegstück der numidische Reiterfürst Maharbal mißmutig und rieb sich seine erstarrten Hände, die ihn nicht minder plagten als seine gefühllos gewordenen Zehen. Außerdem war das zwischen ihm und dem Feldherrn immer angespannter gewordene Verhältnis schon lange kein Geheimnis mehr. »Elefanten haben noch nie viel gebracht. Wie oft sind sie während des Kampfes in Panik geraten, und wie vielen mußte der Meißel in die Stirn getrieben werden, nur damit die eigenen Krieger vor ihnen sicher waren. Warum also willst du uns mit diesen Tieren solche Mühen bereiten? Ihretwegen vielleicht sogar unser ganzes Unternehmen gefährden?«

Hannibal wußte, daß Maharbals Zorn seinem Suru galt, auf dessen Fortkommen und Pflege alle nur erdenkliche Mühe verwendet wurde, denn er hing an ihm wie an einem geliebten Menschen. Es tat ihm in der Seele weh, wenn ihn das kluge Tier mit seinen kleinen, wissenden Augen müde und anklagend ansah und nicht wie sonst seinen Rüssel zärtlich um seinen Körper schlang. Er wußte, was die Tiere litten, und er fühlte sich ihnen gegenüber zutiefst schuldig, doch konnte er ihre Not beim besten Willen nicht mindern. Ihm blieb nur

die Hoffnung, daß wenigstens einige diesen schweren Leidensweg überstehen würden, vor allem jedoch Suru. Daher war er über Maharbals Worte besonders ungehalten und fuhr ihn unbeherrscht an:
»Maharbal, laß dir ein für alle Mal gesagt sein, daß die Elefanten unser Unternehmen nicht gefährden!« Und gefährlich leise werdend fuhr er mit kaltem Glanz in den Augen fort: »Und warum ich sie mitnehme? Nun, eines Tages wirst sogar du erkennen, wie sehr wir auf unser Prestige sehen müssen. Wir sind viel zu weit von Quart Hadasht entfernt, falls du das noch nicht wissen solltest. Und wir sind auf uns allein gestellt! Ganz allein müssen wir Angst und Schrecken verbreiten! – Verschone mich also mit deinem Altweibergewäsch und reite wieder zu deinen Männern zurück. Ihnen scheint der Marsch am ärgsten zuzusetzen, denn ihnen fehlt ein geeigneter Führer!«
Der Numidier ärgerte sich maßlos über die Art, die Hannibal ihm gegenüber an den Tag legte, doch wagte er kein weiteres Wort. Zornbebend stapfte er zu seiner Truppe zurück.
Hannibals ehemaliger Lehrer Sosylos, der wie unbeteiligt der unangenehmen Szene beigewohnt hatte, richtete in ruhiger Bedächtigkeit seine kurzsichtig zwinkernden Augen auf seinen erzürnten Schüler. In seiner schleppenden Art fragte er:
»Mein Sohn, was habe ich dir beigebracht, wie man mit einem Untergebenen umzugehen hat, um ihn zu Taten zu motivieren, die über das übliche Maß hinausgehen?«
Hannibal fuhr herum und stieß erregt hervor:
»Ich habe es nicht vergessen, Sosylos. Und das weißt du sehr wohl. Aber Maharbals Überheblichkeit und Anmaßung gedenke ich mir hier in diesen Bergen nicht gefallen zu lassen. Hier sind eiserne Strenge und gnadenlose Disziplin eine zwingende Notwendigkeit! Es darf nur einen Willen geben, und das ist der meine! Ich habe dieses Heer über die Alpes zu bringen, und ich werde es hinüberbringen!« Seine Stirn furchten tiefe Unmutsfalten, die sich auch dann nicht glätteten, als er fortfuhr: »Und bei aller Wertschätzung deiner Person tust du gut daran, Sosylos, mich nicht mit Lehren traktieren zu wollen, die auf diesem Marsch längst jede Bedeutung verloren haben!«
Der silberhaarige Mann sah ihn regungslos an, wobei er nicht zu erkennen gab, ob er sich über seinen ehemaligen Schüler ärgerte oder ihm vielleicht sogar recht gab. Als er schweigend wegging, sah ihm Hannibal angespannt nach, doch er rief ihm kein versöhnliches Wort zu.

Am Nachmittag dieses Tages gelangte das Heer an einen von ausgedehnten Eisflächen durchzogenen, steilen Hang von etwa dreihundert Schritt Breite, der weiter unten an einer senkrecht abfallenden Wand im Nichts endete. Schon die ersten vorsichtig querenden Männer kamen auf der dünnen Schneedecke über dem Eis ins Rutschen und sausten schreiend der todbringenden Kante entgegen, über die sie mit wild rudernden Armen und Beinen hinausschossen. Zudem stürzten von den überhängenden, mit schweren Wächten belasteten Felsen immer wieder Lawinen herab, die alles auf ihrem Weg Befindliche mit sich rissen.

Hannibal sah, daß hier nicht viele weiterkommen würden, schon gar nicht die Tiere. Daher befahl er seinen Truppen, sich zu zerstreuen und die Zelte aufzuschlagen, wo es nur irgend ging, während Magalo, dem kaum die hinter ihm liegenden Strapazen anzusehen waren, mit seinen Leuten die Gegend nach einer Möglichkeit absuchte, diesen Hang zu umgehen.

Mit dem letzten Rest Brennholz machten die Männer Feuer, wärmten die erstarrten Hände, trockneten ihre völlig durchnäßten Schuhe und bereiteten sich ein warmes, wenn auch dürftiges Essen. Doch allzu bald erloschen die tröstlichen Feuer, und es wurde wieder eisig kalt und furchterregend finster in dieser unwirtlichen, feindlichen Umgebung. Zu allem Übel sprach sich jetzt auch noch herum, daß Magalo und seine Männer keinen anderen Weg als den über diesen vereisten Hang gefunden hatten.

»Es ist einfach schon zu spät, um ein solches Heer über die Berge zu führen«, bemerkte der Häuptling scheinbar gleichmütig. »Im Sommer hätte dieser Hang hier überhaupt keine Schwierigkeiten bereitet, im Winter aber wird vieles unmöglich.«

»Wir sind nun einmal hier und können die Jahreszeit nicht ändern!« fuhr Hannibal mit harter Stimme auf und blitzte ihn mit zornfunkelnden Augen an, als hätte er etwas unerträglich Törichtes gesagt. Doch Magalo hielt seinem Blick unbeirrt stand, zumal er deutlich erkannte, daß in diesem Mann das verzehrende Feuer eines Besessenen wütete. Eines Mannes, der nicht davor zurückschreckte, Tausende in den Tod zu hetzen, wenn es ihn seinem Ziel näherbrachte. Um dabei das Schlimmste zu vermeiden, entwickelte er eine Kraft und einen Einfallsreichtum, als bezöge er sie von Gott Melkart selbst. Und insgeheim spürten seine Krieger wohl, daß, wenn sie jemand retten konnte, es einzig und allein Hannibal war. Und wie um dies zu unter-

mauern, schrie er soeben in das Dunkel der bitterkalten Nacht: »Aber *ich kann* diesen verfluchten Hang ändern!«
Für einen Augenblick herrschte erschrockene Stille, dann fragte mit hinterhältiger Genugtuung Maharbal, der es zu gern sähe, daß der mächtige Hannibal Barkas wenigstens einmal vor einer Schwierigkeit kapitulieren mußte:
»Wie willst du diesen Hang ändern? Glaubst du etwa ein Gott zu sein, der Berge versetzen kann?«
»Schweig!« herrschte ihn Hannibal erzürnt an. »Ich bin kein Gott, und das weißt du ganz genau! – Aber ich kann trotzdem Berge versetzen!« Und damit ging er mit großen Schritten davon und verschwand in seinem Zelt.
Er weiß wohl nicht, dachte Sosylos bei sich, daß er tatsächlich schon auf dem Wege ist, göttlich zu werden, unmenschlich ...«
Die Zurückgebliebenen schauten ihrem Feldherrn betreten nach. Gar mancher hegte den Verdacht, daß die Berge diesen Mann schon bezwungen hatten und sich sein Geist langsam verwirrte. Nur Magalo, der in Härte und Entbehrung groß geworden war, verstand, daß ein Wille mehr vollbringen kann, als ein Körper zu geben vermag. Er selbst hatte dies bei der Besteigung einer außerordentlich schwierigen Wand schon oft am eigenen Leib erfahren. Und Hannibals Wille war ebenso stark wie seiner.

Antopa hatte während des heutigen Marsches schwerste Stunden hinter sich gebracht. Ihre Knie knickten bei jedem Schritt ein, der Schweiß der Schwäche stand auf ihrer Stirn, und ihre Schultern zitterten, als wäre ihr der Mantel allein schon eine übergroße Last. Vor den inzwischen tief in den Höhlen liegenden Augen wogten ihr fortwährend dunkle Nebel. Ihr Gehirn war wie leergeblasen und faßte nur noch die Mechanik des Vorwärtsbewegens. Sie nahm nicht mehr wahr, ob sie bergauf stieg oder bergab wankte. Dennoch trug sie noch immer Sitah, die ihr gleich einem inneren Motor trotz aller Kraftlosigkeit die Kraft gab, weitermachen zu wollen.
Am nächsten Morgen brach plötzlich die Sonne hervor und enthüllte die unvergleichliche Schönheit der schneeglitzernden Berge. Magalo, der diesen Anblick so sehr liebte, schaute wie trunken die Hänge und Wände bis zu den strahlenden Gipfeln empor und konnte sich nicht sattsehen an dieser überwältigenden Pracht. Sehnsucht und Lust füllten ihn bis zum Bersten an, jetzt durch Eis und Schnee hinaufzuklet-

tern, um in die Grenzenlosigkeit einzutauchen. Er wußte sich nichts Beglückenderes, als dort oben zu sitzen, schweißgebadet und mit zitternden Muskeln, um nur noch zu schauen: die Welt zu Füßen, den Himmel zum Greifen nahe, den Göttern gleich, eins mit der Unendlichkeit. – Aber seine Pflichten diesem vieltausendköpfigen Heer, und vor allem dem Mädchen Antopa, gegenüber hielten ihn hier fest.
Hannibal hatte schon in der ersten Dämmerung fünf Iberer in den vereisten Hang geschickt, um ein Seil darüber hinwegzuspannen. Mit flehend erhobenen Händen warfen sie sich zu Füßen des Feldherrn und winselten und bettelten, sie von diesem Auftrag zu befreien, aber von den harten Augen über ihnen kam keine Gnade. Unerbittlich schickte sie der Feldherr hinaus. Schon nach wenigen Schritten fanden sie keinen Halt mehr, sausten über die glatte Fläche abwärts und verschwanden schreiend unterhalb der Kante, die den Tod bedeutete. Eiligst versuchten die erschrockenen Männer aus Hannibals Nähe zu verschwinden, denn schon gingen seine Augen suchend über sie hinweg. In diesem Augenblick trat Magalo vor.
»Heißt das etwa, du willst da hinüber?« fauchte ihn Hannibal an.
»Ja, das heißt es«, erwiderte dieser unbeeindruckt.
»Du gehst nicht!« kam der gefährlich leise Befehl. »Zerschmettert da unten in der Schlucht nützt du mir verdammt wenig!«
Doch den jungen Häuptling brachte er nicht aus der Ruhe. Belustigt blinzelte er zu ihm hoch, warf den Kopf in den Nacken und lachte. Kein trotziges Lachen, viel eher Ausdruck seiner Unabhängigkeit von diesem Karthager.
Spätestens jetzt erkannte Hannibal in ihm den ebenbürtigen Freund und Gegner dieser unbarmherzigen Berge. Ihm waren sie Vertraute, an denen er sich messen konnte, deren Schönheit und Gefährlichkeit ihm Lebensbedürfnis waren. Ruhig und entspannt stand er am Rand des Plateaus und blickte hinaus auf den blinkenden, vereisten Hang. Seine langen Haare flatterten im Wind, und sein wettergegerbtes Gesicht wirkte gelöst. Aus der Tiefe seiner eisblauen Augen glänzte eine unbändige Lust, und man spürte förmlich, daß ihn dieser Hang, auf den alle anderen in unbeschreiblicher Angst starrten, geradezu herausforderte. Mit aufreizender Gelassenheit band er sich das eine Ende des mitgebrachten Seiles um den Leib und befahl einem seiner Männer, ihn vom Plateau aus zu sichern. Ruhig verließ er den sicheren Boden. Bedächtig, jeden Schritt sorgfältig abtastend, setzte er einen Fuß vor den andern, prüfte, blieb stehen und kam so langsam, doch

stetig voran. Nicht einmal verlor er das Gleichgewicht, und der drohende Abgrund kümmerte ihn nicht.
Atemlos schauten ihm die Männer auf dem Plateau nach. Würde er es schaffen? Würde es ihnen erspart bleiben, selbst dieses Seil hinüberbringen zu müssen?
Es blieb ihnen erspart. Mit einem geschmeidigen Satz sprang der junge Häuptling drüben in einen vom Wind angewehten Schneehaufen und befand sich in Sicherheit. Mit dem Lachen des Mannes, der wußte, daß sein Mut und seine Geschicklichkeit den drohenden Tod besiegen konnten, wendete er sich zurück. Er war der Herr dieser Berge.
Den Zuschauern hob sich die Brust vor Erleichterung. Den Göttern sei Dank, sie waren noch einmal davongekommen!
Magalo band das Seil um einen kleinen Felsturm und begab sich am gespannten Seil entlang auf den Rückweg. Unbekümmert schritt er aus, während ihm seine immer wieder nach oben gerichteten Blicke versicherten, daß er keine Lawine zu befürchten hatte. So schaffte er unbeschadet den letzten Schritt zum sicheren Plateau.
»Laß in kurzen Abständen Pflöcke ins Eis schlagen, an denen immer nur einzelne Stücke eines Seiles befestigt werden«, riet er dem Feldherrn. »Die Lawinen werden immer wieder Lücken reißen, die dann jedoch leicht zu schließen sind.« Und ohne sich um das versteinerte Gesicht des Karthagers zu kümmern, drängte er sich durch die Soldaten, die ihm mit wildem Geschrei anerkennend auf den Rücken hieben.
Hannibal teilte nun Arbeitsgruppen ein, die an den Seilen entlang einen Weg in das splitternde Eis und das darunter liegende Gestein zu schlagen hatten. Lange Zeit schien dies ohne jede Aussicht auf Erfolg, doch langsam begann sich ein Pfad abzuzeichnen. Durch die wärmende Sonne donnerten jedoch immer häufiger schwere Lawinen herab, die ganze Gruppen von Arbeitern mit sich in die tödliche Tiefe rissen. Manch einer wurde fast wahnsinnig vor Angst, wenn plötzlich die Reihe der Männer vor ihm abgerissen war. Aber kein Jammern half, Hannibal brüllte den Befehl zum Aufschließen, setzte am Ende der Gruppen neue Leute ein, und die mörderische Arbeit ging weiter.
Nach unsäglichen Opfern war endlich ein Weg geschaffen, der auch die Überführung der Tiere ermöglichte. Allerdings unter höchsten Verlusten. Hannibal saß wie festgewachsen auf seinen mehrmals aus-

gewechselten Pferden und zwang mit der Peitsche die unwilligen und vor Angst schlotternden Männer, mit den Tieren vorsichtig hinüber zu balancieren. Den Pferden zitterten die Flanken vor Angst, ihre Augen waren rot unterlaufen, und sie ließen sich nur mit Gewalt wiehernd und schnaubend über das schmale Band von Weg ziehen. Und häufig war das Ende desselben der Abgrund.

Bevor die Elefanten mit ihren hinter den Ohren sitzenden Führern an die Reihe kamen, das gefahrvolle, in vielen Fällen tödliche Wagnis anzugehen, trat Magalo an Antopa heran, die mit schreckgeweiteten Augen auf den vor ihr liegenden Weg starrte. Lactas hatte bisher vergeblich auf sie eingeredet, an seiner Hand hinüberzugehen.

»Antopa, komm mit mir«, sagte der junge Mann ruhig.

Sie aber starrte ihn nur entsetzt an und reagierte mit keiner Bewegung. Da faßte er sie am Arm, hielt ihren Blick fest und zwang mit geheimnisvoller Macht dem in Panik geratenen Mädchen seinen Willen auf. In schlafwandlerischem Gehorsam ließ sie sich von ihm führen, dennoch schien das glitzernde, vereiste Gestein unter ihren Füßen wegzutauchen, sie direkt dem Abgrund entgegenzutreiben. Ihr Herz raste, mit weit aufgerissenen Augen wagte sie nicht mehr zu atmen.

»Nur ruhig, Mädchen«, hörte sie die sanfte Stimme Magalos vor ihr. »Du brauchst wirklich keine Angst zu haben.«

Verzweifelt konzentrierte sie sich auf den harten Griff um ihre steifgefrorenen Finger, und plötzlich umwogte sie ein Vertrauen, das sie wie eine Schutzhülle allen Gefahren gegenüber umgab und sie nur noch auf die ruhig und sicher vor ihr aufsetzenden Füße blicken ließ. Als sie einmal leicht ausrutschte, hielt sie Magalo so fest, daß sie sofort wieder sicheren Stand fand. Noch bevor sich der Schreck in ihr ausbreiten konnte, drehte er ihr den Kopf zu und lachte sie an, daß seine Zähne in der Sonne aufblitzten. Seine glitzernden Augen strahlten, als wollten sie sein Vergnügen an diesem waghalsigen Unternehmen übermitteln. Und tatsächlich stahl sich ihr ein leises Lächeln auf die von Blasen aufgeworfenen Lippen.

»Gleich sind wir drüben«, sagte er in dem immer gleichbleibend beruhigenden Ton. Und während sie noch zu dem rettenden Stein schaute und sich ganz auf die führende Hand verließ, waren sie schon auf dem Absatz angekommen, der von schützenden Felsen eingeschlossen war.

Doch als der hinter ihnen hergegangene Lactas die letzten Schritte zu

ihnen tat, donnerte mit lautem Krachen wieder eine Lawine herab. Entsetzt preßte Antopa die Hände an die Ohren und starrte Magalo wie eine Ertrinkende an. Da ließ der junge Häuptling seine Zurückhaltung fallen und schloß sie in seine Arme. Den Kopf an seine Schulter gelehnt ließ sie ihren Tränen endlich freien Lauf. Langsam fühlte sie den Druck weichen. Alle Schrecken, Schmerzen und Mühen schwanden in seinen Armen und verschwammen in unendlich ferner Vergangenheit. Sie fühlte sich ihm in diesem Augenblick so eng verbunden, als wäre er ein Teil ihrer selbst. Und dieses beglückende Empfinden genoß sie, ließ es warm und tröstlich in ihre ausgehungerte Seele strömen. In diesen schützenden Armen wollte sie von ganzem Herzen für immer verweilen.
Doch Magalo gab sie so abrupt frei, daß sie es wie ein Wegstoßen empfinden mußte. Das war es wohl, wenn auch aus Gründen, die sie nicht verstehen konnte und die für ihn schwerer wogen als ihre Enttäuschung. Schweigend lud er ihr Sitah auf die Arme und, ohne sie noch einmal anzusehen, verschwand er in einem dichten Haufen zusammenstehender Soldaten.
Wie erstarrt blieb sie zurück. Er hatte sie ausgestoßen aus seiner Wärme, hatte ihr nur einen kurzen Augenblick Glück gewährt! Verstört ließ sie sich auf einen Stein nieder und spürte noch lange Zeit den verwirrenden Gefühlen nach, die während des schrecklichen Überganges in ihr aufgestiegen waren und sich in seinen Armen verdichtet hatten. Sie sah den Mann mit den strahlenden Augen und dem wehenden Haar unbewußt mit den Augen einer Frau, die sich leise und noch unerkannt in ihr regte.
Der Gang über das Eis war inzwischen weitergegangen, und schließlich waren alle überlebenden Männer und Tiere auf der anderen Seite angelangt. Als letzter ging Hannibal selbst, und die Männer atmeteten befreit auf. Sie waren wieder einmal davongekommen! – Doch Hannibal gewährte ihnen nicht wie erwartet eine Rast, sondern drängte in seiner gewohnt strengen Art zum sofortigen Aufbruch. Und so schleppten sie sich in dem zerstampften Schnee weiter bis zum Abend, obwohl sich die Zahl der Erschöpfungstoten rasch erhöhte. Auch am nächsten Morgen lag mancher tot neben seinem Kameraden, der Kälte, dem körperlichen und seelischen Zusammenbruch erlegen. Die Toten blieben zurück. Der an diesem Tag, dem vierten des Abstiegs, wieder in dichten Flocken fallende Schnee würde sie schon zudecken.

Obwohl nur noch die wenigsten glaubten, jemals lebend aus diesen Bergen herauszukommen, schleppten sie sich Stunde um Stunde weiter. Hinter ihren eiskalten Stirnen hämmerte nur noch der eine Gedanke, das absehbare Ende so lange wie irgend möglich hinauszuschieben. Einzig Hannibal selbst schien von all dem unberührt zu bleiben. Seine Kraft wuchs ins Gigantische. Unablässig peitschten seine Befehle über die Köpfe der stumpfsinnig dahinwankenden Masse. Er brüllte bald vorn an der Spitze des Zuges, bald hintem beim Troß. Überall legte er selbst mit Hand an, wenn es galt, ein aufbäumendes Pferd über eine schwierige Stelle zu führen oder einen ängstlich trompetenden Elefanten vorwärts zu ziehen. Weinend im Schnee liegende Männer, die nicht mehr weiter konnten, hetzte er mit wüsten Flüchen auf und trieb sie weiter. Er leistete schier Unmenschliches, wenn man bedenkt, daß er die Strapazen in fast doppelter Menge bewältigte. Es gab wirklich nur einen Willen, den Hannibals.

Antopa war jetzt nur noch ein Schatten ihrer selbst. Die ungeheuren Strapazen hatten ihren schmalen Körper ausgelaugt. Die stumpf und glanzlos gewordenen Augen senkten sich immer tiefer in die Höhlen zurück, ihre Lippen waren aufgeplatzt, und die wettergegerbte Haut schälte sich in Schuppen von ihrem Gesicht. Zudem waren ihre Füße durch die Kälte völlig steif, wundgelaufen, zerkratzt, und die eiskalten Hände in den dicken, wollenen Bandagen konnten nichts mehr greifen. Teilnahmslos wankte sie vorwärts und setzte sich automatisch nach einer der knapp bemessenen Pausen wieder in Gang. Da sich Hauptmann Mertaban ausschließlich um seinen Truppenteil kümmern mußte und Magalo von Hannibal ständig mit meist schwierigsten Aufgaben betraut wurde, war es allein der alte Lactas, der mit schier unglaublicher Kraft die Sorge um sie auf sich nahm. Auch war er es, der jetzt die halbverhungerte Sitah versorgte.
Magalos Gesicht blieb in dieser Zeit sehr verschlossen, und er wurde noch wortkarger als bisher, denn Angst und Sorge um Antopa beschwerten sein Herz. Hannibals fragende Seitenblicke waren ihm gleichgültig, denn niemand ging es etwas an, was ihm dieses Mädchen bedeutete, ein halbes Kind zwar, aber doch schon mit dem Reiz der heranwachsenden Frau.
Auch Hannibal selbst sah einige Male nach ihr, eine Frage nach ihrem Befinden brauchte er nicht zu stellen. Nur zu deutlich sah er, daß sie am Ende ihrer Kräfte angelangt war. Wie ein leerer Sack wankte sie

im Zug mit, vorwärtsgetrieben durch die Nachfolgenden und vorangezogen durch den schweigsamen Lactas.
Am frühen Nachmittag ging es einen schmalen Pfad über einer verschneiten Geröllhalde entlang. Antopa sah ihre Umgebung nur noch wie durch einen Schleier und war keines Gedankens mehr fähig. Plötzlich stolperte sie, fiel zu Boden und rutschte auf den Hang hinaus. Mit dem Kopf voran glitt sie wie auf einer Rutschbahn abwärts, immer schneller, unaufhaltsam einem Felsabbruch entgegen. Verzweifelt schrie Lactas, sie solle die Füße nach unten drehen und abbremsen, doch sie ließ sich einfach weiterrutschen. Es tat ja nicht weh, und sie war so müde, so entsetzlich müde ... Entsetzt schlug Lactas die Hände vors Gesicht, um nicht mit ansehen zu müssen, wie sein vergötterter Liebling unweigerlich ins Leere gleiten würde. Doch plötzlich, wie durch ein Wunder, wurde des Mädchens Talfahrt in einer Mulde abgestoppt, und sie blieb liegen, die Arme weit ausgebreitet und den Kopf auf weichen Schnee gebettet. Es tat so gut, endlich Ruhe zu haben. Vor ihren Augen tanzten Lichter in allen Regenbogenfarben, dann wurde es endgültig dunkel um sie. Sie spürte keine Kälte mehr und auch nicht die Schneeflocken, die langsam ihr Gesicht bedeckten.
Lactas atmete für einen kurzen Augenblick auf, doch gleich darauf überfiel ihn erneut Verzweiflung. Er hatte nicht die Kraft, diesen Hang hinunterzugelangen, und mit ihr wieder zurückzusteigen, war völlig aussichtslos. Nur von Magalo konnte er Hilfe erwarten, doch der befand sich drüben am gegenüberliegenden Hang. Mit wild rudernden Armen, stechenden Lungen und bleischwer werdenden Beinen kämpfte er sich durch die Reihen der erschöpften Soldaten, bis er endlich nach fast einer halben Stunde höchster Anstrengung zur Spitze vorgedrungen war.
Hannibal rief ihn sofort zu sich, doch Lactas konnte vor Atemnot kaum sprechen.
»Antopa ... da drüben ... ich kann nicht runter ...« Und damit brach er wie ein gefällter Baum bewußtlos zusammen.
Magalo rannte sofort los. Hauptmann Mertaban folgte ihm aufgeregt, und beide wühlten sich durch den Zug abwärts bis zu dem von Lactas bezeichneten Abhang. Nach kurzer Suche entdeckten sie Antopa tief unten, mit einer dünnen Schneedecke überzogen, so als läge sie unter einem Leichentuch. Mertaban schauderte. Magalo jedoch wickelte sich wortlos das mitgebrachte Seil um den Leib und sprang

mit der Trittsicherheit des Bergbewohners den langen, steilen Hang hinab, oft bis zum Bauch im Schnee versinkend. Mit vor Angst verzerrtem Gesicht beobachtete Mertaban den jungen Häuptling, der den Schnee von Gesicht und Körper des Mädchens stäubte und nach ihrem Atem forschte. Endlich gab er dem atemlos wartenden Vater das Zeichen, daß sie noch am Leben war.

Magalo band Antopa auf seinen Rücken und machte sich an den schwierigen Aufstieg, für den der außerordentlich kräftige junge Mann seinen ganzen Willen aufbringen mußte, um trotz zitternder Beine und pfeifendem Atem weiterzusteigen. Endlich hatte er es geschafft und kippte Antopa über den Wegrand hoch. Er selbst sank Mertaban keuchend zu Füßen und konnte erst nach einer Weile dem Hauptmann helfen, das unterkühlte Mädchen durch Warmreiben von Körper und Gesicht wieder ins Leben zurückzurufen. Sie packten sie in eine Decke, und nach etwa einer halben Stunde konnte sie Magalo vor sich in den Sattel seines herbeigebrachten Pferdes setzen. Doch immer wieder schwamm sie in das Dunkel der Erschöpfung hinein.

Zum Glück erlaubte das Gelände zu reiten, wenn ein Begleiter das Pferd an schwierigen Stellen führte. So arbeiteten sich er und Mertaban, mit der knurrenden Sitah unter dem Arm, langsam wieder an die Spitze des Zuges vor. Hannibal warf einen kurzen Blick auf Antopa, schien sie dann jedoch sofort wieder vergessen zu haben. Doch Magalo bemerkte, daß er immer wieder verstohlen zu ihr hinsah, so als stünde es ihm nicht zu, sich um *ein* Menschenleben besorgt zu zeigen, wo doch Tausende bereits tot waren.

Als Magalo Antopa am Abend in das rasch aufgestellte Zelt legte, öffnete sie nicht einmal die Augen. Nur widerstrebend verließ er sie. Auch Lactas fiel fast besinnungslos vor Müdigkeit auf sein Lager. Es hatte lange gedauert, bis er nach seinem Zusammenbruch wieder auf die Beine gekommen war und mit Hilfe eines Fußsoldaten, der sein Pferd führte, im Zug hatte mithalten können.

Am nächsten Tag brachten die Truppen allmählich die unwegsamen Höhen hinter sich, und es war wieder ein Reiten ohne größere Schwierigkeiten möglich. Nur die Fußsoldaten fanden keine Erleichterung. Arm geboren zu sein, bedeutete eben wie überall und zu jeder Zeit, das härtere Los tragen zu müssen. Sie kannten es nicht anders.

Die nächste Stunde brachte endlich die große, erlösende Wende dieser mörderischen Alpenüberquerung.

Magalo, noch immer hinter der teilnahmslosen Antopa im Sattel sitzend, wies Hannibal den Weg durch den Wald abwärts, der ihm so vertraut war, daß er nahezu jeden Stein zu kennen schien, und bald strömte das Heer in das immer breiter werdende Tal der Doria, das sie ins Land Italica hinausführte.
Die Männer wankten weiter wie bisher, automatisch einen Fuß vor den anderen setzend. Keinem fiel auf, daß die gellenden Schreie verstummt waren. Es gab jetzt nur noch den leisen Tod der Erschöpfung. Sie bemerkten auch nicht, daß ihre Füße nicht mehr durch Schneematsch vorwärtsstolperten, sondern schon seit geraumer Zeit auf durchweichter Erde aufsetzten, während sie stundenlang durch die Wälder abwärts stiegen.

Plötzlich jagten ihnen nach einer Wegbiegung mit schrillem Gejohle und schepperndem Waffengeklirr ganze Schwärme bärtiger, ledergesichtiger Kelten auf kleinen, struppigen Pferden entgegen. Sie begrüßten Hannibal und seine Männer mit stürmischer Freude als die erwarteten Befreier von römischem Joch. Die Bejubelten wachten nur langsam aus ihrem stumpfsinnigen Dahindämmern auf, keiner brachte ein Wort heraus, jeder stand starr und unbeweglich. Die sie umkreisenden, tosenden Kelten wurden wie Wunderwesen aus einer anderen Welt angestarrt.
Hannibal dagegen atmete wie von Zentnerlast befreit auf. Während des ganzen Alpenübergangs hatte ihn die Angst gequält, daß Rom sein waghalsiges Unternehmen durchschauen und ihn beim Herabsteigen in das Padustal mit gut gerüsteten und vor allem ausgeruhten Truppen empfangen würde. Aber Rom hatte offensichtlich geschlafen, einen nie wieder gutzumachenden Fehler begangen. Am liebsten hätte er jetzt einen Freudenschrei ausgestoßen, doch dies entsprach nicht seiner Art.
Während er mit dem Dorfältesten verhandelte, standen seine Männer noch immer wie angewurzelt. Erst als die Keltenfrauen in die Hütten rannten, ihre Einquartierung vorzubereiten, verstanden sie allmählich, daß sie jetzt endlich alles hinter sich hatten. Daß sie heraus waren aus diesen mörderischen Bergen, daß sie wieder zu essen bekommen würden und sie ihre wunden, erstarrten Füße an ein wärmendes Feuer stellen konnten. Stammelnd, dann immer lauter werdend, brach sich ihre unbändige Freude Bahn, donnerte zum Himmel empor und setzte sich bis ins letzte Glied des Zuges fort:

»Wir haben es geschafft! Wir sind aus den Bergen heraus!« Vergessen war alle Qual, alle Not, alle Angst! »Oh Tanit, du Göttliche, du bist bei uns gewesen!«
»Allmächtiger Teutates, dir sei Dank und nochmals Dank!« beteten sie und gebärdeten sich, als hätten sie vor Freude den Verstand verloren. – Keiner dachte an Rom, an das Ziel ... Noch nicht.

Hannibal ließ seine Männer einen ganzen Tag an den wärmenden Feuerstellen schlafen, bevor er die große Heerschau abhielt. – Sie brachte ein schreckliches Ergebnis: Von den nahezu 50000 Mann Fußvolk beim Aufbruch seines Heeres in Iberia hatte er nur 12000 Afrer und 8000 Iberer hierher ins Padustal bringen können. Von den 9000 Reitern waren nur 6000 von den Bergen herabgestiegen, viele ohne Pferd. Und von den 37 Elefanten waren nur 9 durchgebracht worden, erbarmungswürdig schwach und krank. Ein entsetzlich hoher Tribut, den diese einmalige Leistung des Karthagers Hannibal Barkas gefordert hatte!
Und doch waren die Männer, die sich auf brauner, nasser Erde versammelt hatten, überglücklich. Sie waren am Leben! Und schon ein wenig stolz darauf, an diesem einzigartigen Unternehmen teilgenommen zu haben. In ihrer überströmenden Freude dachten sie nicht an ihre Kameraden, denen erfrorene Finger und Zehen amputiert werden mußten. Oder an die, welche sich mit einer Lungenentzündung unter großen Qualen dem Tode entgegenhusteten. Sie jubelten ihrem großen Feldherrn zu, der, auf seinem geliebten, schwach und erschöpft aussehenden Elefanten Suru sitzend, sie müde anstarrte. Seine kraftlos herabgesunkenen Schultern ließen erkennen, daß mit Vollendung seines großen Unternehmens sein übermenschlicher Wille erschöpft war. Er fühlte keinen Triumph im Herzen, die Opfer dieses Marsches waren zu groß, die Höhe der Verluste an Mensch, Tier und Material nicht zu verantworten. – Und wären ihm jetzt die Römer entgegengetreten, wäre alles umsonst gewesen. Alle Opfer, alle Leiden. Er hätte nicht nur die Vernichtung seines Heeres bis auf den letzten Mann hinnehmen, sondern auch seinen jahrelang geträumten Traum begraben müssen. Dankbar erkannte er, daß es zweifelsfrei im Willen der Götter lag, daß sein Wunsch, in Italica den Kampf mit Rom aufzunehmen, Wirklichkeit werde. Aber er sah auch ganz nüchtern, daß es gewaltiger Anstrengungen bedurfte, sein stark dezimiertes Heer durch mühsame Neuanwerbung von Kelten wieder aufzu-

füllen. Wozu ihm nicht einmal sonderlich viel Zeit blieb, denn er durfte Rom nicht die Möglichkeit geben, die gemachten Fehler zu korrigieren und zu früh seine Aufmarschpläne zu entfalten. Daher mußte er in aller Eile den Hauptort Taurinum der ihm nicht freundlich gesinnten Taurisker stürmen, damit auch sie sich ihm anschließen würden, ihm sich zumindest nicht entgegenzustellen wagten.
Hannibal konnte im Gegensatz zu seinen Männern sein unglaubliches Unternehmen also keineswegs nur als großen Erfolg betrachten, und so lag es ihm auch fern, an dem unbändigen, jubelnden Taumel seiner Leute teilzunehmen.

Auch das Mädchen Antopa hatte keinen Anteil an der Begeisterung der Männer, die diesen Marsch überlebt hatten. Sie lag schwerkrank auf ihrem Lager, ohne zu wissen, was um sie her vorging. Lactas schüttelte jedes Mal schweigend den Kopf, wenn ihm Mertaban in stummer Frage und banger Sorge in die Augen sah. Der Alte zweifelte, ob seine Heilkunst und Kräuter stark genug sein würden, das fliehende Leben dieses Mädchens festzuhalten.
Vor Antopas Zelt hockte Magalo, unbeweglich, stundenlang. Ganz in sich versunken saß er auf dem kalten Boden, die Beine gekreuzt, die schmalen, kräftigen Hände über die Knie gewölbt, seine nach innen gerichteten Augen von den gesenkten Lidern fast gänzlich verdeckt. Es schien, als wollte er allein durch seinen Willen den drohenden Tod fernhalten. Bisweilen blickte er mit steinernem Gesicht durch den Eingang auf das ohnmächtige Mädchen, dann nahm er erneut seinen stummen Kampf auf, trotzig, demütig, verbissen, all seine Kraft verströmend ....

DAS AMULETT

218 v. Chr.

Erst wollten die Römer der unwahrscheinlich klingenden Kunde vom Eintreffen des Feindes auf eigenem Boden keinen Glauben schenken, doch als weitere Nachrichten keine Zweifel mehr zuließen, gerieten sie in Panik. Kreuz und quer hetzten die Meldereiter durchs Land, und alle im Norden verfügbaren Truppen wurden eiligst in Marsch gesetzt, um sie dem Karthager entgegenzuwerfen. Nahe dem Ticinus, einem nördlichen Nebenfluß des Padus, trafen die Heere schließlich aufeinander. Die beiden großen Männer Publius Cornelius Scipio und Hannibal Barkas standen sich zur ersten Schlacht dieses Krieges gegenüber. Hannibals größter Wunsch ging damit in Erfüllung.

Seinen Truppen, die durch den Zulauf von Insubrern, Boiern und anderen Kelten fast wieder die alte Stärke besaßen, hielt er vor der Schlacht mit seiner volltönenden, weittragenden Stimme eine lange, aufrüttelnde Rede, mit der er ihnen Mut und Kampfgeist einzutrichtern suchte und die er mit den Worten schloß:

»Krieger aller Länder! Da ihr jetzt zum ersten Mal dem Feind begegnet, müßt ihr siegen oder sterben! Das gleiche Schicksal, das euch den Kampf aufzwang, hält für euch als Sieger Belohnungen bereit, die sich Menschen aus der Hand der unsterblichen Götter herrlicher nicht wünschen können. Wenn wir durch unsere Tapferkeit nur Sicilia und Sardinia zurückeroberten und die Keltoi vom romanischen Joch befreiten, so wäre dieser Preis schon groß genug. Aber euch wird alles gehören, was die Romani zusammengeraubt haben! – Auf denn! Zu so reicher Belohnung ergreift die Waffen und kämpft mit der Hilfe der Götter!«

Scipio wiederum stand Hannibal in seinem Redebedürfnis nicht nach und präparierte seine Soldaten mit einer nicht minder langen Ansprache, die mit den Worten endete:

»Hier müssen wir standhalten, als kämpften wir vor den Mauern Romas! Jeder einzelne soll daran denken, daß er mit seinen Waffen nicht nur sich selbst, sondern seine Frau, seine Kinder, Schwestern und Eltern schützt. Aber er bedenke auch, daß jetzt alle auf uns sehen. Wie unsere Kraft und unsere Tapferkeit jetzt, so wird später unser aller Schicksal aussehen! – Ergreift die Waffen, Romani! Die Götter werden euch zum Sieg führen!«

Schon nach dem ersten Zusammenprall mußte Hannibal erkennen, daß er noch nie auf eine so gut geschulte Armee getroffen war wie hier die römische unter Consul Scipio. Er ahnte die Macht, die von den stolz aufgerichteten Adlern drohte, doch durfte ihn jetzt kein lähmender Gedanke einengen. In geschickten Manövern riß er Scipios Heer auseinander und zerstörte die starre Ordnung, die die Römer aufgrund ihrer Kampfweise brauchten. Er schlug die Reiter aus dem Sattel und rollte das durcheinandergeratene und durch Scipios Verwundung führerlos gewordene Heer systematisch Kohorte um Kohorte, Manipel um Manipel auf. Nur wenige konnten sich freikämpfen und ins Lager zurückretten. Mit ihnen auch Marcus Marianus Valus.

Am nächsten Morgen setzten ihnen die Karthager nach und zwangen die erschöpften und stark dezimierten Römer zu weiterem Rückzug. Am Fuß der Apenninen kamen sie endlich zum Stehen und bauten sich ein befestigtes Lager. Hier stieß zu dem schon wieder genesenden Scipio das eilig herbeigerufene Heer des Altconsuls Sempronius, der eben zusammen mit König Hieron von Syracusae fünfzig karthagische Fünfruderer vernichtet hatte.

Die bedrohliche Lage der Römer entspannte sich trotz des nunmehr verstärkten Heeres jedoch kaum, denn durch die Aufstände der Einheimischen und ihrer Nachbarn stand das ganze Padustal in Flammen, so daß die Nachschubwege und Rückzugslinien ständig unterbrochen wurden.

Und von neuem zwang Hannibal die Römer zum Kampf, zur Schlacht an der Trebia.

Scipio riet vom Krankenlager aus, in jedem Fall in der Defensive zu bleiben, doch Sempronius wollte nach seinen bemerkenswerten Erfolgen in Sicilia unbedingt auch hier den großen Feldherrn spielen. Von seiner Angriffstaktik versprach er sich eine leichte Entscheidung, und nachdem sich der römischen Gepflogenheit entsprechend die Consuln im Oberkommando täglich abzuwechseln hatten, würde er die Legionen nach seinen Weisungen in den Kampf führen.

Als der Morgen heraufdämmerte, konnte sich das Tageslicht kaum Bahn brechen. Über dem Land hing ein bleigrauer Himmel, dichte Nebel zogen über den Boden, und ein eiskalter Wind ließ die Männer erschauern. Es lag eine düstere und unheimliche Stimmung über der Ebene, der sich die Menschen nur schwer entziehen konnten. Kaum einer war so frei von Aberglauben, als daß er dieser Düsternis keine prophetische Deutung gegeben hätte.
Und tatsächlich endete dieser Tag für Rom in noch größerem Fiasko als der am Ticinus. Von den vierzigtausend Mann starken Legionen gelang es nur etwa neuntausend Fußsoldaten und Reitern, dem Gemetzel zu entkommen und sich in geschlossener Ordnung nach Placentia zurückzuziehen.

Während draußen auf dem Feld in dichtem Schneetreiben der Kampf tobte, lag Antopa, in warme Felldecken eingepackt, in ihrem Zelt. Lactas und seinen Heilkünsten war es gelungen, ihr Leben zu retten, doch fühlte sie sich immer noch sehr schwach. Angespannt horchte sie auf den Lärm von draußen. Durch die Meldungen und Befehle, die zu ihr drangen, konnte sie sich ein ziemlich genaues Bild vom Verlauf der Schlacht machen. Endlich hörte sie, daß die Kämpfe eingestellt und die Römer vernichtend geschlagen worden waren. Ihre Anspannung löste sich.
Dennoch überfiel sie, als es dunkelte, eine eigenartige, unbestimmte Unruhe, und schließlich hielt es sie nicht mehr in ihrem Zelt. Lactas war schon seit dem frühen Nachmittag nicht mehr hier gewesen, und so hinderte sie niemand, sich ihren pelzgefütterten Mantel überzuwerfen und sich, nachdem sie Sitah auf ihre Decke zurückgescheucht hatte, an den müden, in unruhigem Schlaf liegenden Männern vorbeizustehlen.
Es hatte zu schneien aufgehört, doch die Nacht war so bitterkalt, daß der Atem wie eine Wolke vorm Gesicht stand, und ihre Hände ganz von selbst in die Ärmel zurückschlüpften. Der Mond goß ein geisterhaftes Licht über die baumlose Ebene – Antopa befand sich auf dem mit Tausenden von Toten übersäten Schlachtfeld. Nachdem sich ihre Augen an das diffuse Licht gewöhnt hatten, sah sie dicht neben sich einen noch sehr jungen römischen Legionär auf der nassen, aufgeweichten Erde liegen. Etwas ihr selbst Unerklärliches zwang sie näherzutreten, und mit angehaltenem Atem blickte sie auf das im Schmerz erstarrte Gesicht hinab. Wie jung er war, ging es ihr durch

den Sinn, und sie fragte sich, wer wohl zuhause auf ihn wartete. Seine Mutter, die ihn über alles liebte, sein Vater, der ihn stolz seinen Sohn nannte? – Ihr Blick wanderte weiter, die endlosen Reihen der Toten entlang.

»Oh ihr Götter«, stöhnte sie, »warum habt ihr eure Häupter verhüllt und diese Wahnsinnstaten nicht verhindert? Warum stellt ihr euch jedes Mal blind und taub, wenn die Erde aufschreit?«

Schaudernd wandte sie sich ab. Ihr Herz war so wund und ihr Geist so müde. Warum mußte sie so viel Entsetzliches erleben? Seit Saguntum eine einzige Kette von Toten ... Tränen floßen über ihre schmal gewordenen Wangen, und sie zitterte am ganzen Körper. Sie spürte nicht die Kälte, die von außen kam, sie kam von innen, doch mit jeder Träne, die sie vergoß, fühlte sie ein bißchen Erleichterung. Aber die tiefen Schatten auf ihrer Seele konnte sie nicht verdrängen.

Gerade als sie ins schützende Licht des Lagers zurückkehren wollte, gewahrte sie Hannibal, der ebenfalls dem Schlachtfeld zustrebte. In tiefes Sinnen versunken schritt er langsam, fast feierlich die Reihen der verkrampften, toten Körper ab. Dabei bückte er sich mehrmals zu ihnen hinab und sah seltsam forschend in ihre starren Gesichter, als wolle er ein Geheimnis ergründen.

Plötzlich fiel sein Blick auf das regungslos verharrende Mädchen. Erstaunt sah er zu ihr herüber, trat auf sie zu und legte seinen Arm um Antopas knochig gewordene Schulter. Zum ersten Mal seit damals in den Bergen sprach er zu ihr:

»Du weinst?« Und während sein Blick von ihr fortwanderte, fügte er mit einem bedrückten Unterton in der Stimme hinzu: »Weinen zu können, muß gut sein.« Er dachte wohl daran, daß er selbst nie hatte weinen dürfen. Auch nicht als Kind, sein Vater Hamilkar hätte es nicht zugelassen.

Antopa empfand Mitleid mit diesem so einsam wirkenden Mann neben ihr, dessen Schultern merkwürdig kraftlos herabhingen. Sie hatte ihn während der ganzen Zeit in den Alpen niemals so gesehen.

»Du hast den zweiten großen Sieg errungen«, sagte sie leise, als wolle sie ihm Trost zusprechen.

»Ja«, erwiderte er schleppend, »ich habe in zwei großen Schlachten gesiegt. Aber sieh dir diese Männer hier an. Selbst im Tod liegen sie noch in Reih und Glied. Mit ihren Körpern bedecken sie die ›Adler‹ Romas, als wollten sie sie mir niemals aushändigen. – Was für Männer!« Er schwieg eine Weile, dann sprach er in die Dunkelheit der

Nacht hinein weiter: »In den letzten Stunden konnte ich immer wieder beobachten, wie diese Krieger trotz der schon längst aussichtslos gewordenen Schlacht den Befehlen bedingungslos Folge leisteten. Und das, obwohl Tausende ringsum fielen und sie genau wußten, sie selbst würden die Nächsten sein. Keiner floh, alle warteten auf das Kommando zum Rückzug, den sie auch noch in vollkommener Ordnung durchführten.« Erneut legte er eine kurze Pause ein, als müßte er sich erst wieder auf das Mädchen neben ihm besinnen: »Verstehst du nun? Der wahre Sieger ist, der diese Männer zu solchem Handeln brachte. Drill und Disziplin allein können es nicht sein. Was also hat ihnen die Kraft und den Mut gegeben, so zu sterben? Ich weiß es nicht. Ich weiß nur, dagegen kämpfen zu müssen, wird schwer werden. Sehr schwer sogar. Und daher muß ich das Geheimnis dieser Romani herausfinden!«

Antopa sah ihn überrascht an. Es erstaunte sie weniger, daß dieser beherrschte, verschlossene Mann gerade vor ihr, dem kleinen, unbedeutenden Mädchen seine intimsten Gedanken so offen ausbreitete, sondern vielmehr, daß sie aus seinen Worten Hochachtung vor den Römern herauszuhören glaubte.

»Ich denke, du haßt die Romani?« fragte sie verwirrt.

Hannibals Arm glitt von ihrer Schulter, und er sah sie nachdenklich an, bevor er langsam erwiderte:

»Die Romani hassen? Diese Krieger? Oder die Frauen, die selbst im Tod die Arme schützend um ihre wehrlosen Kinder legen? – Nein, Kind, diese Romani kann ich nicht hassen.«

Sein Blick entglitt ihren Augen und wanderte wieder in die Nacht. Unbeherrschte Leidenschaft verdrängte plötzlich die gewohnte Reglosigkeit aus seinen Zügen, und seine Augen flammten auf, daß er mehr einem zürnenden Gott denn einem Sterblichen glich, als er hervorstieß:

»Ich hasse den Geist, der vom Sella curulis im Senaculum aus seine weltumspannenden Ränke schmiedet! Der in seinem arroganten Machtbedürfnis alle Völker unterjochen will, so wie er unser Quart Hadasht niedergerungen, uns schmähliche Einschränkungen aufgezwungen, schmerzliche Tributleistungen auferlegt und uns die Kontrolle über das Mare Adriatica und Tyrrhenum entzogen hat. Schon mein Vater hat dieses von Roma ausgehende Unheil erkannt. Daher werde ich jeden Romanus töten, der sich mir entgegenstellt. Ich werde meiner Vaterstadt die alte Größe wiedergeben und Roma in die

Knie zwingen!« Etwas ruhiger werdend fuhr er fort: »Nicht vernichten, nein, denn ich brauche Roma als Puffer gegen eine makedonische Einflußsphäre, gegen die Staaten der Magna Graecia. Aber ich werde Roma zwingen, nicht mehr als nur eine italische Macht zu sein!«
Wie erschöpft hielt er inne. Nur langsam kehrte er wieder in die Gegenwart dieser Nacht zurück und nahm wie erwachend das fassungslose Gesicht des Mädchens vor sich wahr. Abrupt wendete er sich ab, als würde er sich erst jetzt seiner Unbeherrschtheit bewußt.
»Gute Nacht, mein Kind. Und vergiß deine Tränen, denn du bist die Braut eines Barkiden!«
Damit schritt er davon, langsam an den Reihen der toten Soldaten entlang. Es sah aus, als nähme er den Toten die Parade ab, bevor er mit der Dunkelheit verschmolz.
Auch Antopa ging langsam zurück. Noch lange lag sie wach und dachte an Hasdrubal, den Mann, dessen Frau sie werden sollte, und von dem sie nicht viel mehr wußte, als daß er ein stattlicher Barkide und guter Krieger war.

Schon am nächsten Tag brach das Heer auf und marschierte südwärts durch eine unfreundliche, düstere Landschaft, durch endlos scheinende Eichenwälder, in deren Halbdunkel undurchdringliche Nebelschwaden zwischen den hohen, dicken Stämmen waberten, wie Rauch, der dem Schlund des Orcus entwichen war. Kein einziger Vogel war zu hören, und fortwährend zog ein geheimnisvolles Rauschen durch das entlaubte Geäst. Überall wisperte und raunte es, als hockten Tausende unsichtbarer Geister über dem schier endlosen Heereszug. Diese unheimliche Atmosphäre legte sich drückend auf die Gemüter der Männer. Zu allem Überfluß begann es nachmittags auch noch in Strömen zu regnen. Keine Kleidung konnte vor diesen herabstürzenden, winterkalten Wassermassen Schutz bieten, und der Boden war bald zu einem schwer begehbaren Matsch zertreten.
Auch nachts regnete es ununterbrochen weiter. In dem dichten, nassen Unterholz war es nicht möglich, Zelte aufzuschlagen und Feuer zu entzünden. So kauerten die Männer zähneklappernd und triefend vor Nässe auf dem durchweichten Boden und versuchten meist vergeblich wenigstens ein paar Stunden Schlaf zu finden. Sie waren heilfroh, als sich endlich der Morgen mit bleiernem Licht ankündigte und sie, wenn auch zum Umfallen müde, weitermarschierten.
Gegen Nachmittag erreichten sie ein verlassenes Römerlager. Dort

legten sie die Verwundeten in die gut ausgebauten Unterkünfte, ebenso die Erkrankten, die sich bei der Verfolgung durch die eiskalte Trebia schwere Erkältungen zugezogen hatten. Und bis auf Suru, der wie durch ein Wunder gesund geblieben war und mit Hannibal weiterzog, wurden auch die letzten fünf Elefanten zurückgelassen, die nicht mehr fraßen und tranken, sondern nur noch unbeweglich auf ihrem Platz standen und auf den Tod warteten. Umsonst hatte Hannibal die armen Tiere über die Berge geschleppt, sie umsonst all diesen Leiden und Nöten ausgesetzt.

Wegen Antopas labilem Gesundheitszustand blieb auch Mertaban und übernahm mit einer kleinen Truppe den Schutz der Pflegebedürftigen. Nach langer Zeit bewohnte Antopa endlich wieder einen geschlossenen Raum, wo sie sich pflegen und erholen konnte. Sie ging viel spazieren, und ihre Kräfte nahmen von Tag zu Tag zu, so daß sie bald völlig geheilt schien. Nur ihre Seele wollte nicht gesunden. Antopa sprach kaum, und ihre Augen verrieten, wie weit sie der Wirklichkeit entrückt war. Mertaban machte sich große Sorgen um sie.

Magalo, der sich in zurückhaltender Weise ständig um sie bemühte, wurde von seinen Männern bedrängt, endlich wieder zu seinem Stamm zurückzukehren.

»Wir werden morgen heimkehren«, sagte der Älteste energisch. »Wenn du nicht mitkommst, Magalo, müssen wir zuhause einen anderen Häuptling auf unseren Schild heben. Du weißt, daß es sein muß.«

Wie nur selten zuvor verlor der junge Mann die Beherrschung und rief mit zornig blitzenden Augen:

»Wann wir in die Berge zurückkehren, bestimme ich, niemand sonst. Und wer euer Häuptling sein soll, bestimme wieder nur ich. Also, schert euch raus!«

In Wirklichkeit wußte Magalo selbst, daß es höchste Zeit für die Heimkehr war. Schließlich ging er zu Mertabans Hütte, wo er sich mit finsterem Gesicht niederließ und lange Zeit schweigend vor sich hinbrütete, bis er endlich vorbrachte:

»Hauptmann, morgen kehre ich zu meinem Stamm in die Berge zurück. Und ich werde Antopa mitnehmen.«

Mertaban sah überrascht auf, blickte dem trotzig dreinschauenden jungen Mann eine Weile in die Augen und wendete sich wieder dem Feuer zu, in dem er geistesabwesend herumstocherte.

»Daraus wird nichts, Magalo«, brummte er nach einer Weile, in der das Prasseln des Feuers überlaut die Stille anfüllte.
Dem Häuptling schoß das Blut in den Kopf und unbeherrscht sprang er auf. Mit hartem Griff packte er Mertaban am Arm und riß ihn zu sich herum.
»Was hast du gegen mich, Hauptmann?«
Mertaban befreite sich aus den klammernden Fingern und schaute mit fast väterlichem Blick auf den Jüngeren.
»Magalo«, versicherte er, »ich habe gar nichts gegen dich. Im Gegenteil. Ich schätze dich sehr. Aber Antopa schlag dir aus dem Kopf.« Und nach kurzem Zögern fügte er hinzu: »Bei uns zu Hause ist es üblich, unsere Kinder schon wenige Jahre nach ihrer Geburt zu versprechen. Und dieses Versprechen wird niemals gebrochen!«
Diese Worte wirkten wie ein Schlag auf den jungen Boier.
»Wem ist Antopa versprochen?« fragte er heiser vor Erregung.
Mertaban zögerte nur kurz:
»Hannibals Bruder Hasdrubal«, antwortete er, nicht ohne Stolz. »Und so sicher wie die Sonne jeden Tag aufgeht, genauso sicher wird sie ihn heiraten und nie eines anderen Mannes Weib werden.«
Magalo sank wie ein leerer Sack in sich zusammen. Sein Gesicht verzerrte sich einen Augenblick, doch dann erstarrte es in völliger Ausdruckslosigkeit. Über seine eben noch sprühenden Augen senkten sich die Lider, und er ließ sich schwer auf die Bank nieder, wo er eine ganze Weile regungslos sitzenblieb. Plötzlich sprang er wieder auf und rief mit stolz zurückgeworfenem Kopf:
»Hasdrubal ist nur ein Krieger, aber ich bin ein Häuptling! – Ich werde Antopa fragen, ob sie mit mir kommen wird!« Und ohne dem überraschten Mann Gelegenheit zu einer Erwiderung zu geben, verließ er mit großen Schritten den Raum.
Er fand das Mädchen vor den Palisaden auf einem Baumstumpf sitzend. Als er sich an ihrer Seite auf den Boden niederließ, sah sie nur kurz auf, sagte jedoch kein Wort. So saßen sie lange Zeit schweigend, bis Magalo endlich leise begann:
»Antopa, ich muß morgen wieder zu meinem Stamm zurück. Und ich möchte, daß du mit mir kommst. Als meine künftige Frau wirst du es gut haben bei mir und meinen Leuten.«
Langsam drehte sie ihm den Kopf zu und sah ihn mit rätselhaften Augen unbeweglich an. Ihm wurde heiß bei diesem Blick, und ihr Schweigen steigerte sein Unbehagen. Endlich fragte sie:

»Wohin soll ich mitkommen?«
»Zu mir nach Hause. Dort oben in die Berge über der Ebene von Ivrea. Es ist wunderschön dort, Antopa.«
»Wunderschön?« wiederholte sie. »In den Bergen? – Nein!«
»Heißt das, du willst nicht mit mir kommen?« fragte er atemlos. »Warum nicht?« Seine Stimme zitterte vor Erregung.
»In den Bergen liegen zu viele Tote. Pferde, Elefanten, Zugtiere – Rumibor, Tausende von zerschmetterten und erfrorenen Menschen ...« Ihre Stimme brach. »Ich kann nicht unter Toten leben«, fügte sie nach einem tiefen Atemzug hinzu.
Magalo sah sie betroffen an. Jetzt verstand er plötzlich, wie schwer der Zug über die Alpen ihre empfindsame Seele wirklich getroffen hatte. Antopa war nur äußerlich gesund. Sein Kopf sank auf die Brust, und lange Zeit blieb er wortlos so sitzen. Nach einer Weile erhob er sich und ging ins Lager zurück. Der Kampf und die Berge, die für ihn bisher herrliche Herausforderung bedeutet hatten, waren nun zum unüberwindlichen Hindernis für sein künftiges Glück geworden. Rasch packte er seine wenigen Habseligkeiten zusammen und befahl seinen Männern, ihm am nächsten Tag zu folgen. Ein Blick in sein finsteres Gesicht verbot ihnen die Frage, warum er jetzt noch fort wollte.
Ohne sich von irgendjemandem zu verabschieden, ritt er durch das Palisadentor davon, mit hocherhobenem Haupt und blinden Augen. Die Dunkelheit der Nacht störte ihn nicht, denn in seinem Innern war sie weit größer und dichter.
Als er zur Wegkreuzung kam, stand plötzlich Antopa vor ihm und schaute mit denselben unbeweglichen Augen zu ihm auf wie vorhin auf der Wiese. Die Wehmut darin sagte ihm, daß für sie die Trennung bereits endgültig war. Und dabei waren sie sich einmal so nahe gewesen, damals im Eishang in den Bergen ...
Er setzte sein Pferd wieder in Bewegung und entfernte sich langsam immer weiter von dem Mädchen, dem alle seine Sehnsüchte galten. Plötzlich hörte er sie rufen:
»Magalo! Ich werde dich niemals vergessen!«
Es klang wie das Hervorbrechen der tiefen Gefühle, die sie für ihn hegte und die zu begraben sie sich längst entschlossen hatte – oder hatte entschließen müssen.
Einen kurzen Atemzug lang war er versucht, das Pferd anzuhalten, doch als dieses ruhig weitertrabte, war der Augenblick seiner Schwä-

che vorbei. Nur sein Blick ging so lange zurück, bis Antopas Gestalt endgültig verschwamm. Im Herzen nahm er den Anblick dieses reizvollen und tapferen Mädchens mit in seine Berge. Erst wenn die Zeit ihre Gestalt im heilenden Dämmerlicht der Vergangenheit zerfließen ließ, würde er wieder frei sein wie der Wind, der pfeifend um die höchsten Gipfel fegt, wie der Adler, der seine mächtigen Schwingen ausbreitet und die Welt unter sich hinwegziehen sieht.

Nach Magalos Abschied wirkte Antopa noch verschlossener und entzog sich ihrer Umgebung durch stundenlange, einsame Spaziergänge. Dabei stieß sie eines Tages auf ein völlig verwahrlostes Mädchen, das vor den Palisaden auf einem Baumstumpf saß. Es trug eine zerrissene, ehemals wohl vornehme Tunika, die außer den vielen Schmutzflecken auf der linken Brustseite einen fast kreisrunden, rostbraunen aufwies, der offensichtlich von eingetrocknetem Blut stammte. Das schmale, feine Gesicht, unter Haarsträhnen halb verborgen, war von ebenmäßiger Schönheit, aber in den samtenen, dunklen Augen glomm der Wahnsinn. Fortwährend wiegte es den Oberkörper von einer Seite auf die andere und summte eine einfache, sich immer wiederholende Melodie vor sich hin. Antopa tat das Mädchen leid, das Mertabans Männer vertreiben wollten.

»Laßt sie gefälligst in Ruhe!« fuhr sie dazwischen.

»Aber das ist doch eine Wahnsinnige!« maulte einer. »Was soll die hier? Sie bringt Unglück über uns.«

»Red keinen Unsinn!« herrschte sie ihn an. »Ob wahnsinnig oder nicht, ihr laßt sie in Frieden!«

Kopfschüttelnd sahen die Männer zu, wie sie die Irre sanft hochzog und sie zu ihrer Hütte führte. Dort ließ sie ihr ein Bad richten, kämmte eigenhändig das nun seidenweiche, goldglänzende Haar und besorgte ihr beim Troß, der ständig Beute- und Tauschwaren mit sich führte, eine einfache, bodenlange Tunika und eine gefütterte Palla, die einst einer eleganten Römerin gehört haben mochte.

Während sie die außergewöhnliche Schönheit dieses Mädchens betrachtete, wurde ihr zum ersten Mal bewußt, daß sie selbst kurze Haare tragen mußte und auch nie eine Tunika wie diese hier anlegen durfte. Sich als Mädchen unter den rauhen, oft brutalen Männern zu bewegen, hätte nur böses Blut heraufbeschworen.

Antopa untersuchte die tiefe, unschön verwachsene Wunde über der Brust, die ganz offensichtlich von einem Speer- oder Schwertstich

stammte. Sie betrachtete auch neugierig das Amulett, das die Irre um den Hals trug. Sofort hörte diese mit ihrem Singsang auf und öffnete es bereitwillig. Ein seltsamer Glanz strahlte für einen Augenblick in ihren Augen, die aber sofort wieder leer und tot wirkten.
In der einen Hälfte des Amuletts erblickte Antopa einen Männerkopf, kunstvoll in ein Elfenbeinplättchen eingeritzt. Das ausdrucksstarke Gesicht des Dargestellten erweckte Gefühle in ihr, die sie nicht deuten konnte, sie aber seltsam anrührten.
Für Liuta in Liebe. Marcus, war in der anderen Hälfte eingraviert.
Die Fremde hieß also Liuta, und als Antopa sie daraufhin so ansprach, antwortete sie sofort, allerdings so zusammenhanglos, daß es ein Rätsel blieb, wie sie, offensichtlich eine Römerin, verwundet und krank, hier in den hohen Norden des Landes gekommen war.
Antopa wollte ihr das Amulett zurückgeben, doch sie nahm es nicht mehr an. Na gut, dachte Antopa, und legte es sich selbst um den Hals. Jetzt schien die Irre zufrieden, und fortan ruhte das Bild des Römers Marcus über dem Herzen des karthagischen Mädchens Antopa. Immer wieder holte sie es hervor und betrachtete eingehend das Gesicht des Mannes, das sie bis tief in ihre Träume hinein begleitete. Wo er wohl war, dieser Römer Marcus? Hier in der Nähe? Womöglich hatte Liuta als einzige überlebt und vor Schreck den Verstand verloren. Vielleicht war Marcus tot, doch aus ihr selbst unerfindlichen Gründen wollte sie nicht daran glauben.

Eines Tages fragte sie Lactas nach Liutas Heilungschancen. Er schien verlegen, putzte sich umständlich die Nase und räusperte sich geräuschvoll, bevor er endlich erklärte:
»Antopa, Liuta kann man nicht heilen. Vielleicht hilft ihr die Zeit, sich ein wenig aus dem Dunkel zu lösen. Aber das Schlimme ist, daß ihr nicht viel Zeit bleibt.«
Antopa erschrak.
»Wie meinst du das?«
»Nun, es ist nicht nur ihr Geist verwirrt, es sitzt ihr auch noch eine schlimme Krankheit im Blut. Und die ist unheilbar und schreitet unaufhaltsam fort.«
»Man sieht doch nichts!«
»Du wirst es schon noch sehen. Nicht heute und nicht morgen, aber in einiger Zeit ganz sicher. – Es ist eine Blutkrankheit. Sie hat keinen Namen, ist aber tödlich. Sie macht das Blut zu Wasser.«

»O Tanit!« stöhnte Antopa. »Was muß dieses arme Ding alles erleiden!« Mitleidig sah sie auf das Mädchen, das am Boden hockte und von allem unberührt blieb. Nach einer Weile fragte sie zögernd, ob die Krankheit von der Wunde auf ihrer Brust komme.

»Nein, mein Kind, das brauchst du nicht zu denken. Diese Krankheit hat ausnahmsweise einmal nicht der Krieg verursacht. Die haben ihr die Götter schon aufgeladen, als sie sich noch im Mutterleib befand. Aber ich werde dir ein Kraut zeigen, aus dem du einen Trank bereiten und ihr täglich eingeben mußt.«

Sie folgte ihm aufs freie Feld hinaus. Aus dem ihr gezeigten Kraut kochte sie einen Sud, den sie Liuta von nun an jeden Tag unerbittlich einflößte. Und als der Befehl zum Weitermarsch kam, setzte Antopa ihrem Vater gegenüber ihren Willen durch und nahm Liuta mit, die singend und vor sich hinplappernd willig neben ihr hertrabte, mit bestaunenswerter Ausdauer – genauso wie die kräftig gewachsene Sitah.

Zwischen Antopa und ihrem Vater jedoch blieb die unsichtbare Mauer bestehen.

»Ich hätte sie nicht auf diesen Feldzug mitnehmen dürfen«, sagte er sich und hätte sie nur zu gern über Iberia nach Karthago zurückgeschickt, aber Iberia war zu einem gefährlichen Schlachtfeld geworden. In harten Kämpfen hatten die Römer unter Führung von Gnäus Scipio die Truppen Hasdrubals über den Iberus zurückgeworfen, und da sich die nordspanischen Stämme den siegreichen Römern angeschlossen hatten, gab es keine Verbindung zwischen dem karthagischen Heer im Padustal und dem am Iberus. So blieb Antopa mit der irren Liuta bei Mertaban und seinen Truppen und wanderte südwärts, Hannibals Heer entgegen.

DIE TOCHTER DES FREIGELASSENEN

218/217 v. Chr.

Um die Jahreswende lag für den Karthager der Weg nach Rom offen. Doch noch hielt ihn der ungewöhnlich kalte und schneereiche Winter im Padustal fest. Um der Eidgenossenschaft in Italica zu beweisen, daß er ausschließlich gegen Rom und damit für ihre Unabhängigkeit kämpfte, entließ Hannibal alle gefangenen Samniter, Lukaner, Bruttier und Campaner, was ihm große Sympathien einbrachte, ebenso sein Bemühen, verschiedene Dialekte der Einheimischen zu erlernen. Die Trusker in Etrurien, offiziell Verbündete Roms, insgeheim jedoch dessen Feinde, schmückten ihre Münzen bereits mit dem Bild des karthagischen Kriegselefanten.

All diese Aktivitäten verfolgte Rom mit großer Besorgnis.

Valeria, von vielfältigen Sorgen bedrückt, verbrachte halbe Nächte vor dem Hausaltar, wo sie die Götter inbrünstig um Schutz für ihre Söhne und Geduld für Cornelia anflehte. Und sie fand jeden Tag von neuem die Kraft, allen ein unermüdlich freundliches Lächeln zu schenken.

Eines Morgens, gerade als sich die Sonne durch die Wolken des nächtlichen Regenhimmels Bahn brach, kehrte ihr Sohn Claudius von seiner langen, gefährlichen Reise zurück. Sein Schiff lief Ostia mit einem gelben Tuch am Mast an, was schon von weitem eine erfolgreich verlaufene Fahrt signalisierte. In mehreren Mittelmeerländern hatte er geschäftliche und private Verbindungen geknüpft, während seine Kaufleute die vorgesehenen Einkäufe für das Haus der Marianus getätigt hatten. So lagen im tiefen Bauch der mächtigen, von phönizischen Fachleuten gebauten »Mercoria« wertvolle Güter aus fernen Landen und versprachen eine gewinnträchtige Versorgung der sich in Italica bereits lichtenden Märkte.

Vom Ufer aus wurde die »Mercoria« an langen Seilen den Tiber bis zum Trigemina, dem Hafen von Rom, hinaufgezogen, wo sie mit lautem Jubel empfangen wurde. Jeder der an der Mole Versammelten fragte sich, ob dies wohl die letzte große Fahrt gewesen war in einer

Zeit, die den Handel unterband und die Schiffe für den Krieg beanspruchte.
Claudius verließ als erster das zur Feier der glücklichen Heimkehr mit bunten Tüchern geschmückte Schiff. Keinen der ihm Zujubelnden beachtend, schritt er hochmütig und mit lässiger Eleganz zum Verwaltungsgebäude der Marianus' hinüber. Claudius war von schlanker, hoher Gestalt, und sein blondes Haar leuchtete im ersten Strahl der sich hervortastenden Sonne wie mit Goldstaub übergossen. Seine helle Haut hatten Wind und Wetter tief gebräunt, so daß die eigenartig blauen Augen einen faszinierenden Kontrast in seinem Gesicht bildeten. Marcus war wohl der Männlichere der beiden Marianus-Brüder, Claudius dagegen zweifelsohne der Hübschere. Und er wußte sehr wohl darum. In seiner selbstgefälligen Art war er davon überzeugt, eine einmalige Persönlichkeit zu sein und pflegte sorgsam die vielfältigen Talente, die er tatsächlich besaß. Auch lockte ihn die Macht, und so stand es für ihn fest, bei Erreichen des vorgeschriebenen einunddreißigsten Lebensjahres den Cursus honorum, also die politische Laufbahn, einschlagen zu wollen.
Valeria allein wußte, daß er in einem ständigen Zwiespalt mit sich selbst lebte. Einerseits sehnte er sich nach der Wärme und Vertrautheit eines liebenden Menschen, andererseits tat er beinahe alles, damit sich ihm niemand zu sehr näherte und gab sich kühl, spöttisch und unnahbar.
Als er an diesem Morgen den weißschimmernden Palast auf dem Aventinus betrat, kam ihm Valeria mit wehenden Gewändern aufgeregt wie eine hochgescheuchte Taube entgegengelaufen. Ein froher, glücklicher Glanz lag in ihren warmen, dunklen Augen, als sie ihm zärtlich über die leuchtenden Haare strich. Zwar mußte sie sich dabei auf die Zehenspitzen stellen, doch für sie blieb er immer noch der Junge, den sie einst auf dem Schoß geschaukelt hatte und, vielleicht gerade seines schwierigen Charakters wegen, sehr liebte.
»Wie bin ich glücklich, dich wiederzusehen! Ich habe mir so viele Sorgen um dich gemacht. Wie ist es dir ergangen? Hast du eine gute Fahrt gehabt?«
»Aber natürlich«, lächelte er nachsichtig. »Oder hast du schon jemals erlebt, daß es nicht so gewesen wäre?«
Nachdem er es sich bequem gemacht und seine langen Beine ausgestreckt hatte, begann er zu erzählen:
»Doch dieses Mal hatte ich sogar besonderes Glück, denn ich traf den

attischen Kaufmann Simonides, diesen alten Fuchs, den du ja noch von Vater her kennst. Aus irgendwelchen Gründen mußte er schnellstens nach Athenae zurück und konnte daher nicht lange auf einen Käufer warten, der dumm genug gewesen wäre, seine überzogenen Preise widerspruchslos zu akzeptieren. Da habe ich natürlich sofort zugegriffen und den Preis erzielt, den ich für richtig fand. Damit konnte ich das Vermögen des Hauses Marianus Valus um ein Beträchtliches vermehren.«

»Aber Claudius«, tadelte Valeria erschrocken, »du wirst doch keine unreellen Geschäfte gemacht und den guten, alten Simonides betrogen haben?«

»Was heißt betrogen? Diesen armen, reichsten Mann der Welt!« erwiderte er mit spöttisch gekräuselten Lippen. »Ich habe nur einen besonders günstigen Handel abgeschlossen, zu dem meine Verwalter nicht fähig gewesen wären. Wäre es nicht so, müßte ich mich selbst einen geschäftsuntüchtigen Dummkopf schelten.«

»Aber ich möchte nicht erleben müssen, daß ein Marianus Valus auch nur einen Menschen übertölpelt, Junge. Wir haben dich zu einem ehrlichen Mann erzogen, und du weißt, der Grundsatz unseres Hauses lautete schon immer ...«

»Mutter, den habe ich wahrhaftig oft genug zu hören bekommen! Aber er taugt nicht mehr viel, dieser gerühmte und hochheilige Grundsatz. Die Welt geht vorwärts! Wir Jungen haben inzwischen unsere eigenen Gesetze.«

»Ja, ihr habt eure eigenen Gesetze!« ereiferte sie sich. »Ob sie gut sind, ist eine andere Sache.«

»Für uns sind sie jedenfalls gut. Und wenn der alte Simonides nicht mehr mithalten kann, dann muß er eben aussteigen. Schließlich hat er lange genug die halbe Welt ausgeplündert!«

»Aber er war immer ehrlich!« hielt sie mit hochroten Wangen dagegen, nachdem sie Claudius' Kaltschnäuzigkeit wieder einmal erregte.

»Ich bin ja auch ehrlich, Mutter, denn ich sage jedem, daß ich nehme, was ich bekommen kann. Was ist also falsch daran?«

Valeria resignierte. Gegen diesen Ton ihres Sohnes wollte sie nicht weiter ankämpfen. Daher begann sie nach einem abschließenden Seufzer zu erzählen, was während seiner Abwesenheit hier vorgefallen war. Er hörte ihr aufmerksam, aber schweigend zu. Einzig die Nachricht von Liutas Tod berührte ihn tief, da auch er sie in seiner Art sehr gemocht hatte. – Später gingen sie gemeinsam zu Cornelia hinüber, die sich herzlich freute, ihren Bruder so unverhofft wiederzusehen. Sie mochte ihn, obgleich sie Marcus vorzog, dessen gerade und offene Art sie weitaus weniger anstrengend fand als Claudius' zweideutige Reden, deren wahren Sinn man erst ergründen mußte. Und Claudius wiederum nannte sie insgeheim eine wehleidige Heulsuse.

An diesem Abend wurde zu Ehren des heimgekehrten Sohnes besonders festlich getafelt. Dennoch war manches anders als nach früheren Reisen. Kaum einer der alten Bekannten erschien zur Begrüßung. Die jüngeren Männer standen irgendwo in Iberia oder im Norden des Landes unter Waffen, und auch im Haus selbst war die Sorglosigkeit den Schatten des Krieges gewichen.

Die nächsten Tage verbrachte Claudius mit Besuchen. Vor allem Lydia, die hübsche Tochter eines vermögenden Landgutbesitzers vor den Toren der Stadt, ging ihm nicht aus dem Kopf. Eines Abends begab er sich auf den Weg zu ihr, doch die Porta Sanqualis, die hinter der Subura zur Via Lata und Via Flaminia führte, war bereits verschlossen. Als auf sein Läuten der Wächter nicht sofort erschien, riß er mit ungestümer Heftigkeit ein zweites Mal am Glockenstrang. Endlich hörte er im Inneren des Turmes leichte und behende Schritte. Eine Frau, ein großes, graues Tuch um Kopf und Schultern gelegt, trat aus der dunkel gähnenden Türöffnung und schritt rasch zum Tor. Claudius schenkte ihr keine Beachtung, sondern sprang vom Pferd und zog einen lose gewordenen Gurt fester, wozu er sich aufreizend viel Zeit ließ. Mochte sie jetzt genauso warten wie er vorhin. Beim Aufsitzen fiel sein Blick zufällig auf die reglose Gestalt an dem schon längst geöffneten Tor. Verblüfft verharrte er mitten in der Bewegung. Statt der erwarteten Alten stand dort ein junges Mädchen von solchem Liebreiz, daß es ihm den Atem verschlug. Mechanisch schob er sein Pallium über die Schulter zurück und starrte in ein Gesicht wie ein Traumbild: durchsichtig und undurchdringbar zugleich, von seltener Ebenmäßigkeit, die samtene Haut im Ton edlen Elfenbeins von makelloser Reinheit, und die hellen Augen wie geheimnisvolle Offenbarungen. Claudius' Blick glitt langsam über das schmale Gesicht, den geschwungenen Hals abwärts. Unbewußt erwartete er einen Makel ihrer Schönheit zu entdecken, doch er fand nur Vollkommenheit. Frei erhob sie den Kopf, in ihrer Haltung lag Stolz ebenso wie rührende Anmut. Wie ein wunderschönes Bild stand sie da, das gerade

durch seine Unwirklichkeit in diesem dämmrigen Licht den Betrachter ganz in seinen Bann zog. Wie kam ein solches Mädchen hierher in diese unwirtliche Gegend?
»Wer bist du?« fragte er, auf sie zugehend.
Ihre Antwort gab sie mit einer Stimme, die genau zu ihrem zarten Aussehen paßte:
»Ich bin die Tochter des freigelassenen Sattelmachers Rufus, Herr, und helfe dem Torwächter aus, der krank ist.«
»Du meinst wohl, der wieder einmal betrunken ist«, murmelte er. Eigenartig, dachte er, warum betont sie, daß ihr Vater ein Freigelassener ist? Und dann ihre Sprache! Sie klang wahrhaftig nicht wie die der Misera plebs aus der Subura. Unwillkürlich horchte er ihren Worten nach, riß sich dann aber gewaltsam aus seiner Verzauberung. Wortlos wandte er sich ab und sprang mit einem Satz auf sein Pferd, als wolle er entfliehen. Völlig verwirrt über seine ihm unverständlichen Gefühle ritt er in großem Bogen weit vor die Stadt in Richtung des Campus Martius. Er konnte sich nicht entschließen, zu Lydias Haus hinüberzureiten. Der Gedanke an die leichtfertige Gefährtin so mancher Stunden war ihm plötzlich unangenehm. Immer noch beschäftigte ihn das Mädchen am Sanqualis. Aber was ging ihn die Tochter eines Freigelassenen an? Ihn, den Patrizier, dem die Häuser der ersten Familien offenstanden. Vielleicht, dachte er, verliert das Bild seinen Zauber, wenn ich es noch einmal sachlich und nüchtern betrachte. Er wendete sein Pferd und ritt zur Stadt zurück. Als sich nach seinem Läuten der schwere Torflügel langsam öffnete, hielt er vor dem beiseite tretenden Mädchen an.
»Wünschst du noch etwas, Herr?« fragte sie, nachdem sie das Tor wieder geschlossen hatte.
Seine erneute Verzauberung gewaltsam unterdrückend starrte er sie an, taxierte sie von Kopf bis Fuß mit Blicken, die ihr unwillkürlich die Schamröte ins Gesicht trieben.
»Wie heißt du?« fragte er mit zurückgelegtem Kopf.
Das Mädchen schluckte.
»Ich heiße Floruna, Herr«, flüsterte sie mit gesenkten Lidern und verschwand hastig im Turm.
Claudius brütete noch eine Weile vor sich hin. Warum fühlte er sich so unbehaglich? Weil er nicht verstand, was mit ihm geschah, ihm, der sich stets so erhaben dünkte über alles, was nicht vom Verstand zu kontrollieren war? Oder weil er diese Freigelassene genauso ange-

starrt und befragt hatte, wie sie es als unangenehm gewohnt war? Um den unbequemen Gedanken zu entfliehen, riß er sein Pferd herum und jagte den Clivus zum Aventinus hinauf. Trotz allen inneren Sträubens ging ihm das Mädchen nicht mehr aus dem Sinn. Er fürchtete schon jetzt, daß ihn seine so ungewohnt heftigen Gefühle zu einem Wiedersehen zwingen würden. Und dieser Gedanke gefiel ihm gar nicht.

Seltsam erregt traf er zu Hause ein, wo er sich vor Valeria und Cornelia alle Mühe gab, seine Gemütsverfassung durch einen besonders hochmütigen Gesichtsausdruck zu verbergen. Dennoch spürte er, daß Valerias forschendem Blick nichts entging und lenkte ab, indem er über das in diesen Tagen übliche Thema ›Krieg‹ zu sprechen begann:

»Heute habe ich mich am Forum unten ein wenig umgehört und meinen Eindruck bestätigt bekommen, daß dieser Hannibal unseren Herren in der Curia weitaus mehr zu schaffen macht, als sie uns mit ihren ständigen Demonstrationen von Unerschütterlichkeit und Zuversicht glauben machen wollen. In Wahrheit rufen sie in unseren Munizipien und bei allen Bundesgenossen nahezu händeringend sämtliche Reservisten auf, so daß die immensen Lücken in den Legionen zwar bald wieder aufgefüllt sein werden, aber durch Scipios Ausfall das Heer keinen wirklich überzeugenden Heerführer hat, der es mit dem Genie Hannibals auch nur annähernd aufnehmen könnte.«

»Aber unser zweiter Consul, Sempronius«, warf Valeria ein, »ist doch auch ein erfahrener Feldherr.«

»Naja, das war er einmal«, entgegnete Claudius, ausnahmsweise ohne die gewohnte Geringschätzung, »aber er ist einfach schon zu alt und den Anforderungen eines solchen Heeres und einem Gegner wie Hannibal nicht mehr gewachsen. Er bräuchte jemand, der seine Bedenken zerstreut und ihn zu den dringend notwendigen Taten veranlaßt.«

»Dann geh doch du mit deinem Feldherrnblick zu ihm und beflügle ihn mit deinem überragenden Geist«, stichelte Cornelia, womit sie wieder einmal bewies, daß ihr außer ihrer eigenen Person nichts wirklich naheging.

Claudius lächelte spöttisch nachsichtig:

»Du weißt sehr wohl, meine liebe kleine Schwester, daß ein kultivierter Mensch wie ich nie in den Krieg ziehen kann, weil ich Schmutz und Dreck verabscheue. Von der Gefährlichkeit eines solchen Unternehmens ganz abgesehen.«

»Aber möchtest du nicht auch einmal am Forum unten als Held gefeiert werden?« bohrte sie weiter, um ihn zu ärgern.
»Ich? Als Held?« Er holte hörbar den Atem aus der Brust herauf, und tiefe Verachtung verdrängte den Spott aus seinem Gesicht, als er ungewohnt heftig erwiderte:
»Wahrhaftig nicht! Denn das Wort Held auf einen Mann zu verwenden, der sich strotzend vor Selbstgefälligkeit für einen großartigen Sieg feiern läßt, den allein Tausende von Toten für ihn erkämpft haben, empfinde ich als eine so ungeheuerliche Anmaßung, daß ich dies nur einem Wahnsinnigen zubilligen kann.«
»Der ganze Krieg ist Wahnsinn«, warf Valeria mit besonderer Betonung ein. »Krieg entsteht immer nur in den Köpfen größenwahnsinniger Menschen, die nach Reichtum und Ruhm gieren und die Macht haben, einen anzuzetteln. Für deren ruchlose Maßlosigkeit wird Land verwüstet, das in Friedenszeiten mit jeder Ernte großen Gewinn bringen würde, werden Dörfer niedergebrannt, die Männer zu Zehntausenden niedergemetzelt, die Frauen geschändet und sogar Kinder getötet. In solch schlimmen Zeiten, mein Sohn, zeigen unzählige Männer wahren Heldenmut und, vergiß nicht, auch viele, viele Frauen, die bei allen Völkern die ganze Last zu tragen haben – bei Hungersnot, Brandschatzung und Verwüstung. Doch denen gewährt man keinen Triumphzug.«
Valeria hatte sich in eine Erregung geredet, die ihre Wangen mit hektischer Röte überzog. Claudius, der sie aufmerksam beobachtete, erstaunte wieder einmal, wie sehr sich diese ruhige Frau ereifern konnte.
»Wenn jeder Mächtige mit dem zufrieden wäre«, fuhr sie fort, »was er besitzt, gäbe es nirgends auf der Welt Krieg. Aber es scheint den Völkern einfach unmöglich zu sein, in Frieden miteinander zu leben, und daher wird es diesen Wahnsinn auch künftig geben.« Seufzend schlang sie die Hände im Schoß ineinander, und Resignation schwang in ihrer Stimme mit, als sie sagte: »Und jede Mutter wird weiterhin mit aller Liebe und Mühe ihr Kind zu einem anständigen, fröhlichen Menschen großziehen, im Nacken die gräßliche Angst, es könnte eines Tages in einem Krieg, den es weder gewollt noch verschuldet hat, elendiglich zugrunde gehen.« Wie ermüdet hielt sie inne. Eine ganze Weile lastete schwere Stille im Raum, während der die kleine, zarte Frau wieder ruhig zu werden suchte – und Claudius es unterließ, ihr die Verallgemeinerung vorzuhalten. »Aber lassen wir das«, beendete

sie die Diskussion. »Darüber muß jeder Mensch für sich nachdenken. Claudius, erzähl jetzt weiter, wie es um uns und unsere Lage bestellt ist.«

Dieser mußte sich erst neu besinnen, bevor er begann:

»Nun, in der Stadt unten herrscht eine gefährliche Stimmung. Der alte Machtkampf zwischen Plebs und Nobiles nimmt dieses Mal außergewöhnlich ernste Formen an. Es gibt eben zu viele in Sicilia reich gewordene Plebejer, die aus der überkommenen Ordnung ausbrechen und sich Sitze im Senaculum sichern wollen. Auf den Stufen des Saturntempels sind die Schreier und Gassenstrategen inzwischen schon so laut geworden, daß es nur noch eine Frage der Zeit ist, bis sie Gaius Flaminius als Consul durchgesetzt haben.«

»Und, wäre das so schlimm?« fragte Cornelia provozierend gelangweilt.

»Flaminius ist ein guter Straßenbauer, mein Kind«, erklärte Valeria geduldig. »Das hat er bewiesen, als er vor drei Jahren die Via Flaminia als Verbindung zwischen Roma und dem Norden unseres Landes baute. Auch als Consul handelte er recht geschickt, indem er das Volk mit *panem et circenses* für sich und seine Pläne begeisterte und draußen auf dem Campus Martius den nach ihm benannten Circus errichten ließ. Aber zum Heerführer eignet er sich nicht, zumal in einer Zeit wie dieser, die erfahrene Männer braucht.«

»Da hast du recht, Mutter«, stimmte ihr Claudius zu. »Seine bisherigen Plänkeleien mit den Celtae unter Führung fähiger Krieger sind noch lange kein Alibi für große Schlachten. Trotzdem wird sich der Senat nicht mehr lange widersetzen können, Flaminius' Parteifreunde sind zu mächtig und zahlreich geworden. Wir werden uns wohl damit abfinden müssen, daß ein Mann wie Hannibal seine Chance nützen wird, die wir ihm durch unseren kurzsichtigen Parteienstreit in den Schoß werfen.«

»Ja, Hannibal, immer wieder Hannibal!« seufzte Valeria. »Ich habe große Sorge, daß er unser künftiges Leben mehr beeinflussen wird, als wir uns jetzt vorstellen. Ständig muß ich an seinen grauenvollen Überfall auf Saguntum denken. Und an die schrecklichen Schlachten am Ticinus und an der Trebia, in denen er unsere Männer regelrecht niedergemetzelt hat, obwohl wir die bestgeschulten Soldaten besitzen. Und hier – nichts als Gezänk und Streit und Machtkämpfe! Das ist schlimm!« Mit sorgenvoll gekrauster Stirn hielt sie inne, doch dann raffte sie sich auf: »Aber laßt euch nicht von meiner düsteren

Stimmung anstecken. Wir wollen jetzt unsere abendlichen Gebete sprechen und dann zu Bett gehen.«
Während der vertrauten Riten vor dem Hausaltar im Atrium war Claudius wie immer mit seinen Gedanken ganz woanders. Die Götter bedeuteten ihm nichts, er verließ sich lieber auf seine eigenen Kräfte, vor allem sein Glück, das ihn bisher noch nie im Stich gelassen hatte und das er nicht der Gunst der Götter zuschrieb.

Mutter und Schwester hatten sich schon zurückgezogen, als er, keine Ruhe findend, zu den Ställen hinüberging. Dort standen seine mit großer Sachkenntnis in aller Welt aufgekauften Pferde, von denen er immer nur die besten für seine Zucht behielt und sie für Rennen trainierte. Im Circus wurden die Wetten oft nur noch auf die beiden Marianus-Brüder abgeschlossen, denn kaum ein anderer Wagenlenker konnte ihnen mit seinem Gespann gefährlich werden.
Claudius ging von Pferd zu Pferd und streichelte mit Besitzerstolz über ihr Fell.
»Weißt du, kleine Braune«, sinnierte er, bei einer wunderschönen dreijährigen Stute verhaltend, »eigentlich hätte ich Mutter gern von diesem Mädchen am Sanqualis erzählt. Aber nachdem sie sich immer so für die armen Plebejer stark macht, diese brüllende Masse Mensch, wäre es gar nicht klug gewesen. – Beim allmächtigen Jupiter, dieses Mädchen Floruna ist schließlich nur die Tochter eines einfachen Freigelassenen, ein Mädchen mit Armen, Beinen, Brüsten und Schenkeln wie jedes andere auch. Was also hat mich an diesem Geschöpf so beeindruckt? Sicher bin ich nur meiner eigenen Phantasie erlegen, und das Ganze geht vorbei wie der Wind.«
Er gab der Stute einen kräftigen Klaps auf ihr festes Hinterteil, so als könne er damit endgültig einen Schlußstrich hinter seine Gedanken setzen, und ging zum Haus zurück.

FALLE AM TRASIMENISCHEN SEE

217 v. Chr.

Gegen Ende des Winters überquerte Hannibal den fast eintausend Meter hohen Collina-Paß der Apenninen ins Land der Etrusker. Dort erhoffte er sich von den Tuscern Unterstützung in seinem Kampf gegen Rom, mindestens jedoch ein Stillhalten. Consul Gaius Flaminius Nepos befand sich zur selben Zeit bei Arretium, um von hier aus zur Deckung des Arno-Tales und der Bergpässe nach Luca abzurücken, sobald es die Jahreszeit erlaubte. Als er jedoch endlich dort eintraf, hatte ihn Hannibal schon längst umgangen und war in südlicher Richtung weitergezogen.

Doch die sumpfigen Niederungen rund um den Arnus waren infolge der Schneeschmelze und der fortwährenden Frühlingsregen so überstaut, daß die Karthager vier Tage und Nächte in schlammigem Wasser waten mußten. Bei kurz bemessener Rast fanden sie nur den trokkenen Platz, den das aufgehäufte Gepäck und die zusammengebrochenen Saumtiere boten. Die überstrapazierten Männer litten unsäglich, besonders das keltische und iberische Fußvolk, das hinter dem afrikanischen in den ohnehin schon grundlosen Wegen gehen mußte. Zweifellos wären viele ausgerissen, hätten die numidischen Reiter unter Maharbal es nicht vereitelt.

Antopa saß müde und abgespannt auf ihrem Pferd, das sich nur mühsam durch den quellenden Sumpf arbeitete. Von Insektenstichen gequält und vom Fieber geschüttelt überstand sie die Tage und Nächte nur durch Lactas' Fürsorge und seine Kräuter. Liuta hingegen machten die Strapazen anscheinend wenig aus. Wie immer hockte sie schaukelnd im Sattel und döste vor sich hin. Sitah jedoch hatte immer größere Mühe mitzuhalten, da sie der Boden, der ihre Pfoten einsaugte, nicht mehr in der gewohnten Gangart laufen ließ.

Und dann brach beinahe von einer Stunde auf die andere im ganzen Heer eine verheerende Seuche aus. Die Pferde und Saumtiere fielen haufenweise und krepierten elendiglich auf wasserdurchtränktem Sumpfboden. Auch die Männer erkrankten und starben, verzweifelt

nach Atem ringend und mit blasigem Schaum vor den weit aufgerissenen Mündern. Die Toten im Sumpf zurücklassend, hetzten die Gesundgebliebenen mit letzter Kraft weiter, um dieses mörderische Gebiet so schnell wie möglich hinter sich zu bringen.
Selbst Hannibal blieb nicht verschont, doch dank seiner kräftigen Konstitution stieg das tödliche Fieber nie in wirklich gefährliche Höhe. Aber durch einen Insektenstich entzündete sich sein linkes Auge. Kein Heilmittel half, und nach zwei Tagen erblindete es völlig.
Nachdem sie endlich wieder trockenen Boden unter den Füßen hatten, befahl Hannibal seinem Bruder Mago und dem Numidier Maharbal, das Gebiet rund um Cortona, vor allem aber die römischen Latifundien, zu verwüsten und alle wehrfähigen Männer niederzumachen. Einzig Angst und Schrecken zu verbreiten, war sein Ziel. Was er beim Anblick des grenzenlosen Jammers der Menschen empfand, ließ er durch keine Regung erkennen. Er hatte einen Krieg zu führen, und er wollte ihn gewinnen. Dafür war ihm jedes Mittel recht.
Als die Greueltaten im römischen Lager bekannt wurden, toste aus Tausenden von Männerkehlen ein Wutgeschrei ohnegleichen vor den Zelten der Anführer auf, die große Mühe hatten, wieder Ordnung unter ihre aufgebrachten Leute zu bringen.
Nach kurzer, hastiger Besprechung waren die großenteils neu ausgehobenen Legionen unter Führung des ehrgeizigen, sich selbst maßlos überschätzenden Consuls Flaminius abmarschbereit. Das Eintreffen seines Mitconsuls Gnäus Servilius Geminus mit den Resten alter Legionen nicht abwartend, setzte er sich mit dem endlos scheinenden Heerwurm in Bewegung. Tag und Nacht hallten die Schritte der Männer, klapperten die Hufe der Pferde, und in Eilmärschen zogen die römischen Adler, ihre Schwingen und Schnäbel herausfordernd in den verhangenen Himmel reckend, mit dem tausendfachen Willen, für die begangenen Greuel grimmige Rache zu nehmen, südwärts.

Seit Stunden führte der Weg durch eine liebliche Landschaft zwischen flachen, dichtbewaldeten Kuppen, immer weiter dem Trasimenischen See entgegen, bis am Nachmittag die zurückkommenden Späher die Lager Hannibals auf den Höhen vor Cortona meldeten. Weiter hetzten die Römer, bis sie endlich dicht vor dem Feind haltmachten.
Auf abgeschundenen Pferden, ausgepumpt in den Sätteln hängend und meist so verkrampft, daß sie kaum noch die Arme heben konn-

ten, kamen sie an. Die Fußsoldaten wankten in regelloser Unordnung heran, Gepäck und Waffen hinter sich herschleifend, mit Augen, die blicklos in ihren Höhlen lagen, mit fliegenden Lungen und wunden, bleischwer gewordenen Füßen. Völlig erschöpft fielen sie auf die provisorischen Lager nieder und hatten nur noch das eine Bedürfnis, endlich eine ganze Nacht hindurch zu schlafen.
Flaminius rief seine Unterführer zu sich, um sie für den morgen stattfindenden Kampf vorzubereiten.
»Dieses Gelände kommt uns sehr entgegen«, führte er aus, gewichtig auf- und abgehend. »Die Reiter Maharbals, die unseren etwas schwerfälligeren Equites überlegen sind, können hier nicht zur Entfaltung kommen.« Soviel hatte er inzwischen immerhin gelernt, daß die Römer nur durch ihre bestausgebildeten Fußsoldaten siegen konnten. »Daher wird es uns nicht schwerfallen, Hannibals Heer ein für alle Mal zu vernichten«, fügte er mit tiefer Überzeugung hinzu.
Die Unterführer stimmten ihm zu, ließen sich den Schlachtplan erklären und gingen recht zuversichtlich davon. Alleingelassen hing Flaminius eine Weile dem beglückenden Gedanken nach, daß ihm der morgige Tag den Sieg bescheren würde und mit ihm Ruhm und Ehre, doch dann erlag auch er seinem Schlafbedürfnis.
Als es im Lager still geworden war, trat Marcus vor das Zelt und schaute nachdenklich zu den lodernden Wachfeuern des Feindes hinüber. Seine Gedanken waren schwer und düster. Neben seinem nagenden Kummer um Liuta bedrückte ihn heute wie vor jeder Schlacht die Verantwortung, die er als Führer so vieler Männer auf sich zu nehmen hatte. Wie viele würden morgen ihr Leben verlieren? Auch er? Da erblickte er Antoninus, der ebenfalls nachdenklich vor seinem Zelt hockte und ihm jetzt zurief:
»Du kannst wohl auch nicht schlafen?«
»Wie sollte ich«, erwiderte Marcus und lehnte sich gegen einen Baum, dessen entlaubtes Geäst wie spindeldürre Finger in die Nacht hineingriff. Sein Blick wanderte ziellos ins Weite, während er in das Dunkel seines Inneren hinabtauchte, aus dessen Tiefe ihm Furcht entgegenstieg. Nach einer Weile kam es schwer von seinen Lippen:
»Wenn man sich vorstellt, daß die Männer, die jetzt friedlich um ihre Feuer sitzen, sich morgen in blutrünstige Bestien verwandeln werden, fragt man sich unwillkürlich, wer einem morgen womöglich das Schwert in die Brust stoßen wird. Kann ich morgen abend noch vor meinem Zelt stehen, die Luft atmen und die Sterne sehen? Oder

liege ich als Leichnam in einem Loch, unter einem Gebüsch, in einer Wasserlache?«

Antoninus starrte in Marcus' düsteres Gesicht. Er wagte kaum zu atmen, und sein Herz begann heftig zu klopfen, denn dessen Worte klangen wie von einer bösen Vorahnung gezeichnet. Er schluckte, dann fragte er beklommen:

»Hast du Angst, Marcus?« Es war ihm anzusehen, daß er sich seiner Frage schämte, zumal sie nur zu deutlich ausdrückte, wie es um ihn selbst bestellt war.

»Natürlich habe ich Angst, vor jeder Schlacht«, sagte Marcus wie selbstverständlich. »Sicher ergeht es jedem anderen Krieger genauso, und mag er noch so kampferfahren sein. Nicht umsonst singen, brüllen und lärmen zum Beispiel die Celtae so schrecklich, obwohl sie doch die kampfwütigsten sind, von denen ich je gehört habe.«

Antoninus sann eine Weile vor sich hin, dann fragte er erneut:

»Denkst du während des Kampfes daran, daß dein Leben bald zu Ende sein könnte?«

»Während des Kampfes nie. Dazu habe ich gar keine Zeit. Und du, mein Freund, wirst deinen ersten Kampf mit Bravour bestehen und so handeln, wie du es in der Waffenschule gelernt hast. Außerdem werde ich versuchen, in deiner Nähe zu bleiben, so daß wir uns notfalls gegenseitig Deckung geben können.«

Wieder schaute der Jüngere eine Weile nachdenklich vor sich hin, überwand sich schließlich und feixte in gewohnter Art:

»Mach dir um mich keine Sorgen, Marcus. Wie du weißt, war ich schon immer ein tapferes Kerlchen, und ein paar schäbige Poeni oder Celtae können mir noch lange keine Angst einjagen.«

Marcus lächelte und klopfte Antoninus erleichtert auf die Schulter. Dann wendete er sich zum Gehen, blieb nach kurzem Zögern jedoch stehen.

»Noch ein Wort, Antoninus«, begann er seltsam eindringlich. »Sollte mir morgen etwas zustoßen und du irgendwo Liuta begegnen, dann führe sie zu meiner Mutter. Ich will nicht, daß sie zu ihrem Bruder Glaucus zurückgeht.«

»Liuta?« Antoninus' Miene zeigte deutlich sein völliges Unverständnis. »Liuta ist doch tot, Marcus!«

»Nein«, erwiderte dieser ruhig, »Liuta lebt. Lach mich ruhig aus, mein Freund, aber ich habe meinen Ahnungen noch immer vertrauen können.«

»Du klingst ja wie die Sibylle von Cumae«, wich Antoninus erst einmal unsicher aus. Er holte tief Luft, und jetzt sagte er mit energischem Unterton in der Stimme: »Marcus, ich glaube zwar nicht, daß Liuta noch lebt, aber wenn es tatsächlich so sein sollte, dann mußt du dich schon selbst um sie kümmern.«
Marcus verstand und knuffte ihn gerührt in den Arm.
»Gute Nacht, mein Freund«, erwiderte er leise lächelnd und ging rasch zu seinem Zelt hinüber.

Am nächsten Morgen erlebten die Römer eine böse Überraschung. Nachdem sich die ziehenden Schleier der düsteren Morgennebel gelichtet hatten, mußten die sich zum Kampf rüstenden Männer verblüfft feststellen, daß die Hügel vor ihnen leer waren. Nur die Reste verglimmender Holzstöße schickten dünne Rauchsäulen gegen den grauverhangenen Himmel.
»Verflucht«, schimpfte Flaminius und stampfte zornig mit dem Fuß auf. »Der punische Fuchs ist mir entwischt!«
»Er ist uns jetzt voraus, auf dem Weg nach Süden«, gab sein ältester Unterführer besorgt zu bedenken. »Dort trifft er auf deine Straße, die Via Flaminia.«
Flaminius erstarrte.
»Und auf der kann er wie an einem roten Faden entlang direkt gegen Roma ziehen!« flüsterte er heiser und ließ sich in seinen Sessel fallen. Sein Atem ging schwer. Erst ein erneutes: »Verflucht nochmal!« brachte ihn wieder zur Besinnung. Er schickte Befehle durchs Lager, die Hörner schmetterten ihre Signale, die Legionsadler und Signa der Kohorten und Manipel wurden aufgerichtet, und im Sturmschritt verließ die Armee die Schanzen bei Cortona. Sie mußte den Feind noch vor Rom einholen! Waffenklirrend toste das Heer voran, und wieder mußten die Fußtruppen in Laufschritt fallen, um das von den berittenen Führern angeschlagene Tempo halten zu können.
Zu allem Übel setzte nun ein dichter, kalter Aprilregen ein, der die Sicht auf nicht mehr als zehn Schritte voraus beschränkte. Mürrisch schlugen die fluchenden und keuchenden Männer die Mäntel über die Köpfe, dennoch war binnen weniger Minuten jeder Mann bis auf die Haut durchnäßt.
»Beim allmächtigen Jupiter!« stöhnte Antoninus, »ist das ein Ritt! Diese verdammten Wüstenratten hätten sich wahrlich einen anderen Zeitpunkt für ihre Flucht aussuchen können!«

»Das ist keine Flucht, mein Lieber«, erwiderte Marcus grimmig, wie alle anderen bis zu den Augen vermummt. »Hannibal wußte genau, daß das Gelände bei Cortona gegen ihn sprach. Und nun ist er unterwegs, um entweder auf schnellstem Weg nach Roma zu gelangen oder sich an einem geeigneten Ort auf die Lauer zu legen. Ob unser blindes Nachsetzen nicht zur tödlichen Falle wird, das wissen jetzt nur die Götter und Hannibal selbst. Aber es bleibt uns nichts anderes, als ihm wie eine Herde Schafe nachzurennen, sonst ist Roma verloren.«

Selbst Antoninus hatte inzwischen seinen Optimismus verloren und starrte finster in den dichten Regenschleier. Nach einer Weile des Schweigens begann er vorsichtig:

»Marcus, hast du auch von den Zeichen gehört ...?« Unsicher geworden hielt er inne.

»Was meinst du damit?« fragte dieser mürrisch.

»Naja, man erzählt sich, daß damals bei Amtsantritt unserer jetzigen Consuln zwei Monde gleichzeitig am Himmel gestanden wären, während die Sonne geschrumpft sei. Und über Falerii soll sich der Himmel wie ein weiter Abgrund geöffnet haben und die capitolinische Wölfin in echten Schweiß ausgebrochen sein.«

»Aber Antoninus«, tadelte Marcus, »du wirst doch nicht solchem Unsinn Glauben schenken!«

»Nein, natürlich nicht«, beeilte sich der Jüngere zu versichern. »Dennoch ... irgendwie habe ich das Gefühl, als hinge Unheil über diesem Consulatsjahr.«

»Das Gefühl habe ich allerdings auch. Aber aus ganz anderen Gründen. Nicht wegen einer angeblich schwitzenden steinernen Wölfin, sondern wegen Flaminius.«

Gerade in diesem Augenblick stieß Sulpius, ein alter Haudegen und häufiger Gast im Haus Marianus mit sorgenvoller Miene zu ihnen.

»Marcus«, begann er in seiner schwerfälligen Art, »weißt du, daß wir gleich in die Enge am Trasimenus Lacus kommen?«

»Ja, natürlich«, gab dieser einsilbig zurück, und seine Stirn umwölkte sich noch mehr.

»Das heißt also ...« hob Sulpius an.

»Das heißt«, fiel Marcus ein, »daß uns dieser verfluchte Poenus dort angreifen wird, wenn er uns bis auf den letzten Mann vernichten will. Und das, verdammt nochmal, will er sicherlich. Und unser genialer Flaminius hat noch keinerlei Anstalten getroffen, der drohenden Gefahr zu begegnen. Wo doch gerade er als Erbauer der Via Flaminia diese Gegend kennt wie kaum einer sonst.«

Schweigend ritten sie weiter, bis sie schließlich die weite Wasserfläche des Sees, nur durch einen schmalen Weg von den bewaldeten Hügeln getrennt, hinter dem Regenschleier erkennen konnten. Unbesorgt führte Flaminius das in gedrängter Marschordnung ausgerichtete Heer in diesen Engpaß hinein, nachdem ihn seine Späher als vom Feind frei befunden hatten. Doch Marcus und manch erfahrener Centurio hielten den Karthager für schlau genug, sich den Kundschaftern zu entziehen. Noch dazu bei diesem Wetter. Daher befahlen sie ihren Männern, die Waffen bereitzuhalten, und mahnten zu äußerster Wachsamkeit.

Wie insgeheim befürchtet und dennoch vollkommen überraschend wurde der in die Ebene hinausführende Weg plötzlich von hervorbrechenden iberischen und libyschen Fußtruppen abgeriegelt. Der gewaltige Zug der Römer geriet innerhalb weniger Augenblicke in ungeheure Verwirrung, die sich steigerte, als Maharbals Reiterei auch den Fluchtweg nach hinten abschnitt. An allen Seiten gellte das Kampfgeschrei der Feinde auf, die wie Spukgestalten von den Hügeln herabquollen. Ihre Haiks klebten als graue Lappen an den durchnäßten Körpern, während über die schweren Gunnas der Iberer und Kelten das Wasser in Strömen herabfloß. In immer neuen Wellen brachen sie aus der Regenwand hervor und fielen über die Römer her, die gewohnte Ordnung der Legionen sprengend. Keiner der Männer konnte mehr auf seine Feldzeichen und seinen Platz achten, und keiner stand mehr in seiner Kohorte oder Centurie, sondern so, wie es der Zufall bestimmte, wie ihn das vor- oder zurückwogende Gedränge mitspülte. Das Prasseln des Regens überlagerte die Schreie der rettungslos verlorenen Verwundeten, die klirrenden Hiebe der Waffen und das furchterregende Gebrüll der Angreifer. In einem entsetzlichen Gemetzel gefangengehalten konnte keiner entfliehen. Sie wurden überrollt, zusammengehauen und in den Boden getrampelt.

Marcus gelang es nicht, innerhalb seiner Kohorte Ordnung zu schaffen. Seine Befehle verhallten ungehört. Jeder hatte sich seiner Haut zu wehren und hieb verzweifelt um sich, so wie es ihm auf dem engen Raum und dem aufgeweichten Boden nur igend möglich war. Auch Marcus wurde tief in die feindlichen Truppen hineingezogen, und er hatte es nur seiner Geschicklichkeit, seiner Kraft und seinem kühl be-

rechnenden, blitzschnellen Reagieren zu verdanken, daß er die erste Zeit überstand.
Diesen brodelnden, tosenden Hexenkessel durchgellten Mark und Bein durchdringende Schreie von Menschen und Tieren, die zum See hin abgedrängt und ins eiskalte Wasser getrieben worden waren. Wild um sich schlagend, befreiten sich die in entsetzliche Panik geratenen Pferde von ihren schreienden und spuckenden Reitern, die zu Tausenden in den aufgewühlten Fluten ertranken, während weiter oben am See weitere Tausende samt ihren Pferden vom Sumpf eingesogen wurden, ohne die geringste Spur zu hinterlassen. In entsetzlicher Klarheit wußte Marcus, was geschah, aber wie die anderen konnte er nichts tun, den Todgeweihten dieses schreckliche Schicksal zu ersparen.
In diesem Augenblick entdeckte er vor sich im Gewühl Antoninus und Sulpius, beide völlig eingekeilt, so daß sie sich nicht mehr lange würden halten können. Antoninus kämpfte tapfer und gekonnt, doch Sulpius' Arm war schon schwer geworden, und sein Atem drängte mit immer lauter werdendem Pfeifen aus seiner Brust herauf. Er war einfach schon zu alt, um einen solch mörderischen Kampf bestehen zu können. Keine Erfahrung konnte seine mangelnde Kraft und Wendigkeit ersetzen.
In der Sorge um seine Freunde wuchs Marcus über sich selbst hinaus. Grimmig hieb er in das Knäuel der johlenden Feinde um ihn, bahnte sich wie festgewachsen auf seinem dampfenden Pferd keuchend eine Gasse zu den Freunden, doch für Sulpius kam jede Hilfe zu spät. Ein gewaltiger Schlag auf den Kopf stieß ihn blutüberströmt vom Pferd, und im selben Augenblick war er unter den Pferdehufen verschwunden.
Marcus sah es aus den Augenwinkeln. In rasender Wut hieb er mit schrillem Aufschrei einem herandrängenden Kelten den Kopf vom Rumpf. Eine ihm bis dahin unbekannte Genugtuung bemächtigte sich seiner, und er hatte Mühe sich wieder auf Antoninus zu konzentrieren.
»Halte dich an mich!« brüllte er ihm durch den Lärm hindurch zu. Sie drängten ihre Pferde aneinander und gaben sich gegenseitig Deckung.
Augenblicke später bliesen die Hörner der Römer zum Rückzug. Doch dieses Signal, das in vielen Schlachten manchen Soldaten das Leben rettete, wirkte in der jetzigen Lage wie blanker Hohn. Kaum

einer konnte sich vom Feind lösen, und damit war ihr Tod besiegelt. Marcus und Antoninus versuchten gemeinsam, sich freizukämpfen. Der Schweiß rann ihnen über die Stirn in die Augen, die Arme schmerzten vor Anstrengung, und die Pferde schnaubten mit rot unterlaufenen Augen. Gerade noch rechtzeitig, bevor bei Antoninus die Konzentration nachließ, gelang es ihnen, aus dem Getümmel auszubrechen. Über zerbrochene Waffen, tote und sterbende Menschen und Tiere hinweg jagten sie über den Hügel und waren endlich dem grausigen Gemetzel entronnen!
Zu ihnen stießen andere Reiter, schließlich sogar Fußsoldaten, erschöpft, verwundet und verzweifelt. Zusammen zogen sie weiter, bis sie spät in der Nacht endlich Halt machten. Wie umgemäht sanken sie auf den durchweichten Boden nieder, und jeder fiel ungeachtet der nassen Kleidung bald in einen ohnmachtsähnlichen Schlaf. Die bösen Träume würden sie erst später überfallen.

Während Marcus seine Wunden an Handgelenk und Oberschenkel verband, glitten seine verschwollenen Augen über den traurigen Rest des am Morgen noch so gewaltigen Heeres. Er schätzte die Davongekommenen auf wenige hundert Mann. Einzelne irrten wohl noch in Etrurien umher, aber viele, viele fehlten. Auch Consul Gaius Flaminius Nepos, den man mit gespaltenem Schädel vom Pferd hatte rutschen sehen. Wie viele Tausende hatte dieser Mann durch seinen törichten Ehrgeiz und seine Unfähigkeit auf dem Gewissen! Mit ihm fühlte Marcus kein Bedauern, ihn schmerzte der Tod von Sulpius, den er seit Kindertagen kannte, und vieler anderer, die auf dem Marsch oder in der Schlacht an seiner Seite geritten waren. Trauer grub sich in sein Herz, und mit erloschenem Gesicht ließ er sich neben Antoninus auf das nasse Lager nieder.
»Ohne dich, Marcus«, sagte dieser nach einer Weile müde, »läge ich zu Brei zerstampft in diesem verfluchten Tal. Vielleicht als Leiche im See oder im Sumpf ...«
»Schlaf jetzt, mein Freund«, unterbrach ihn Marcus, »und denke nicht mehr an diesen verfluchten See. Gute Nacht.«

Für 15000 Römer hatte dieser neuerliche Unglückstag die ewige Nacht gebracht. Auch für 2500 Gegner, meist Kelten. – Und für 6000 Römer und Bundesgenossen die Gefangenschaft.

UNTERGANGSSTIMMUNG

217 v. Chr.

Zwei Tage war es nun her, seit Claudius das Mädchen Floruna am Sanqualis kennengelernt hatte. Und zwei Tage hatte er sich durch eine ganze Skala unterschiedlichster Gefühle hindurchgequält. Mehr als einmal war er versucht gewesen, einfach loszureiten und zu erkunden, wie weit sein Traumbild mit der Wirklichkeit übereinstimmte. Doch stets hielt ihn seine Furcht, ihrem Zauber erneut zu erliegen, davon ab. Sie als ein kurzlebiges Abenteuer zu betrachten, schloß er bei diesem Mädchen aus, und an eine gemeinsame Zukunft zu denken, schloß wiederum der angestrebte Cursus honorum aus. Als Tochter eines Freigelassenen stünde sie seiner Karriere nur im Wege. Er mußte dieses Mädchen aus seinen Gedanken verbannen! Doch in den Nächten, in denen er sich ruhelos auf seinem Lager hin- und herwälzte, stieg ihr Bild mit seinem eigenartigen Reiz so lebendig vor ihm auf, daß ihn übermächtige Sehnsucht erfüllte, dieses Gesicht mit beiden Händen zu umspannen, sich in ihren Augen verlieren zu dürfen und ihren zarten Duft einzuatmen. Dieses zehrende Verlangen begann ihn derart zu quälen, daß er sich schließlich von ganzem Herzen wünschte, ihr niemals begegnet zu sein. Jeden Tag von neuem focht er seinen Kampf gegen sich selbst weiter; nur allmählich gelang es ihm, sein Erlebnis am Sanqualis als erledigt abzutun. – Warum er am Nachmittag trotzdem nochmals zum Tor ritt, darüber gab er sich wohlweislich keine Rechenschaft.
Zögernd stieg er vom Pferd. Was sollte er tun? Schließlich riß er eine Schnalle vom Sattel ab und bearbeitete sie mit Fußtritten, damit er mit diesem lädierten Stück wenigstens einen einigermaßen plausiblen Grund hatte, den Sattelmacher Rufus aufzusuchen. Nur sah er gar nicht erst nach dessen Werkstätte, sondern stieg die steile Treppe zum Turm hinauf, öffnete, ohne sich zu besinnen, die abgegriffene Tür und trat in einen großen Raum, der einfach, aber so heimelig ausgestattet war, daß sich Claudius, an die Pracht und Größe von Palästen gewöhnt, wie in einem wärmenden Nest fühlte.

Vor dem Hausaltar entdeckte er sie, in eine einfache, weiße Tunika gekleidet, die in der Taille von einer gedrehten Kordel zusammengehalten wurde und die grazile Schlankheit des jungen Körpers unterstrich. Die dunklen Haare, deren Spitzen sich mutwillig nach außen kräuselten, waren von einem bunten Band im Nacken zusammengefaßt und hingen lang auf den Rücken herab. Floruna weinte leise vor sich hin und wirkte so hilflos, verlassen und schutzbedürftig, daß Claudius unwillkürlich das Bedürfnis überkam, sie zu trösten. Nach einigem Zögern legte er ihr zaghaft die Hand auf die Schulter und erschrak über diese Berührung beinahe genauso wie sie.
»Warum weinst du?« fragte er, und der Ton seiner Stimme war ihm ungewohnt und fremd.
Wieder sah ihn das Mädchen so eigenartig unverwandt an wie vor zwei Tagen. Ein seltsamer Zauber sprang auf ihn über, gegen den er sich nicht wehren konnte. Welche Macht hatten diese Augen über ihn?
»Ich wollte nicht weinen«, sagte sie leise und holte ihn in die Wirklichkeit zurück, »aber die Angst um meinen kranken Vater wurde zu groß. Komm mit«, forderte sie ihn wie selbstverständlich auf und ging ihm in den anschließenden Raum voraus. Auf dem breiten Lager ruhte in schneeweißem Linnen ein kräftig gebauter Mann, das abgemagerte Gesicht von einem struppigen Bart umgeben und die tief in den Höhlen liegenden Augen geschlossen. Die ineinandergekrampften Hände waren abgearbeitet und knorpelig wie ein alter Baum. Claudius trat näher und betrachtete den Mann, aus dessen Zügen auch in der Ohnmacht noch Wärme und Güte sprachen. Irgendwie erinnerte er ihn an den toten Sulpius, den er sehr geschätzt hatte.
»Was sagt denn der Medicus?« fragte er.
»Zu uns kommt kein Medicus, wenn wir krank sind. Uns hilft nur ein Kräutermann, doch der kann ihn nicht mehr retten«, sagte sie ruhig und ohne Auflehnung gegen eine Welt, in der Ungleichheit eine Selbstverständlichkeit ist.
Verwirrt sah Claudius sie an. Zum ersten Mal in seinem Leben wurde ihm bewußt, um wieviel schwerer es die Menschen hatten, die nicht seinem Stand angehörten. Ihm fielen die Reden seiner Mutter ein, die sich stets für diese Menschen eingesetzt, deren Ansichten er jedoch immer mit Spott und Arroganz abgetan hatte. Nun geriet seine eigene Weltanschauung plötzlich ins Wanken. Er blickte auf das Mädchen und fragte sich ernsthaft, in welcher Weise Floruna sich von den

Frauen in den ersten Häusern Roms unterschied. Nun, sie war schöner als die meisten, reizvoll, eigenartig und bezaubernd, und sie wirkte vornehm in ihrer Sprache und ihrem Gang, selbst auf nackten Sohlen.

»Ich werde dir unseren Medicus Silverus schicken«, flüchtete er sich in das Nächstliegende. »Der vollbringt oft wahre Wunder.« Und schon lief er hinaus, die Treppe hinab und jagte ungeachtet seiner lädierten Sattelschnalle zu Silverus, der dank seines guten Einkommens am Fuße des Caelius ein auffallend großes Haus besaß und schon viele Jahre hindurch Arzt der Familie Marianus Valus war.

»Ich möchte, daß du nach dem Sattelmacher Rufus am Sanqualis siehst«, forderte Claudius in kühlem, hochnäsigem Ton, der seine Unsicherheit überdecken sollte. »Er scheint sehr krank zu sein.«

Der Alte, in gebückter Haltung in einem hölzernen Behälter rührend, schaute so verwundert zu ihm auf, daß es ihm das Blut in die Wangen trieb. Doch er wollte sich jetzt nicht mehr vom eingeschlagenen Weg abbringen lassen. Wohin er ihn führen würde und wo er enden mußte, wollte er jetzt nicht bedenken.

»Ich möchte, daß du sofort gehst«, drängte Claudius, da Silverus immer noch schwieg.

»Jaja, du möchtest«, brummte der ungehalten. »Immer möchtest du. Typisch. Diese Jungen heute ...« Dennoch packte er seine Tasche. Neugierig auf das, was wohl hinter dieser seltsamen Wandlung des arroganten Marianus-Sohnes stecken mochte, machte er sich auf den Weg. Obwohl es ihm zutiefst widerstrebte, die schmutzige Subura zu durchqueren und zu einem Freigelassenen zu gehen. Claudius dagegen jagte zum Aventinus hinauf, wo er so eilig ins Haus stürzte, daß er seine Mutter beinahe umgerannt hätte.

»Richte mir bitte sofort einen Korb mit allen Eßwaren, die einen Kranken wieder auf die Beine bringen können«, rief er ihr zu.

»Ihr Götter!« erschrak Valeria, »was ist denn geschehen?«

Jetzt erst wurde sich Claudius seines Handelns bewußt. Sein Eifer war ihm plötzlich peinlich, und daher schlug er einen möglichst gleichgültigen Ton an:

»Nichts Wichtiges, Mutter. Nur der alte Sattelmacher Rufus drunten am Sanqualis ist sehr schlecht dran. Ich habe eben Silverus zu ihm geschickt.«

Valeria glaubte nicht richtig gehört zu haben. Ihr Claudius machte sich Gedanken um einen Sattelmacher? Bisher hatte er Sklaven und

Freigelassene kaum als Menschen betrachtet. Was war passiert? Ihr Herz klopfte bis zum Hals.
»Claudius, erkläre mir, was da vorgeht!« forderte sie mit der Autorität, mit der sie viele Jahre ganz allein über ein großes Haus geherrscht hatte.
Claudius lehnte sich an die Wand, beide Hände gegen den kühlen Stein gepreßt, und setzte eine so hochmütige Miene auf, wie er dies seiner Mutter gegenüber nur selten wagte. Mit spöttischen Augen betrachtete er die kleine Frau.
»Was regst du dich so auf, meine liebe Mutter? Man könnte ja meinen, die Welt ginge unter, nur weil ich dem armen Freigelassenen ein paar Happen aus dem Haus des reichen Marianus zukommen lassen will. Gerade deiner Ansicht nach müßte das doch gar nichts Besonderes sein.«
In Valeria flammte heftiger Zorn auf, und mit hartem Ton in der Stimme fuhr sie ihn an:
»Mein lieber Sohn, für mich ist das wahrhaftig nichts Besonderes, wie du weißt. Dagegen weiß ich sehr wohl, daß es für dich keineswegs normal ist, sich um Freigelassene zu kümmern. Sag mir also bitte, ob du ein Unrecht begangen hast, das du mit deiner plötzlichen Fürsorge wieder gutmachen willst.«
»Aber Mutter! Was du gleich denkst! – Also, wenn es dich beruhigt: Nein, ich habe kein Unrecht begangen. Außer dem, deine ganze Theorie bezüglich meiner Person durcheinandergebracht zu haben. Aber ich bin mir sicher, du wirst zugunsten des alten, armen Sattelflickers meine Handlungsweise verzeihen.«
Valeria war über seine ironische Art so empört, daß sie keinen klaren Gedanken fassen konnte. Erst als sie in einer der Vorratskammern stand, um den Korb zu richten, beruhigte sie sich. Hinter seinem ungehörigen Ton verbirgt er wohl nur seine Hilflosigkeit, dachte sie und ging mit einem warmen Lächeln auf den Lippen zu ihm zurück.
»Warum tust du das?« fragte sie weich.
»Weil Floruna an ihrem Vater hängt«, entfuhr es ihm ungewollt, und als ihn Valeria nach dem Mädchen fragte, erklärte er zögernd, doch sichtlich erleichtert:
»Sie ist des Freigelassenen Rufus Tochter, und ich habe sie vor zwei Tagen kennengelernt. Ich fürchte, sie bringt mir einiges durcheinander, eine völlig verfahrene Geschichte.«
Valeria forschte in seinem Gesicht, doch sie konnte nichts Beunruhi-

gendes erkennen. Jedenfalls mußte dieses Mädchen Gefühle in ihm geweckt haben, vor denen er immer geflohen war. Sich ausgerechnet in die Tochter eines Freigelassenen verliebt zu haben, machte ihm sicherlich sehr zu schaffen, doch vielleicht war es für ihn gut, gerade in eine solche Situation geraten zu sein, ganz gleich, wie dieses Erlebnis ausgehen würde.

Verständnisvoll legte sie ihm die Hand auf den Arm, doch ihr Ton blieb sachlich und irgendwie unbeteiligt, als sie ihm den Korb aushändigte:

»Ich hoffe, alles Nötige eingepackt und nichts vergessen zu haben.«

Er war ihr dankbar für ihr Feingefühl, das ihr verbot, weitere Fragen zu stellen oder ihm in dieser Stunde seinen Standesdünkel und Hochmut vorzuhalten. Ohne sie anzusehen, nahm er den Korb und verließ rasch das Haus. Er hatte sehr wohl erkannt, daß sie annahm, er habe sich in diese Floruna verliebt. Sollte er sich tatsächlich verliebt haben? fragte er sich verwirrt. In ein Mädchen, das er erst zweimal gesehen und mit dem er kaum etwas gesprochen hatte?

Als er zum Turm zurückkam, trat eben der Arzt auf die Treppe heraus, gefolgt von Floruna, deren Augen angstvoll forschend auf seinem Gesicht ruhten.

»Was ist mit dem Alten?« fragte Claudius betont barsch.

Silverus sah ihn seltsam prüfend an und ließ sich Zeit, bis er brummig erwiderte:

»Ich werde ihn gesund bekommen. Ohne meine Hilfe hätte er es nicht mehr lange gemacht, aber wie gesagt, ich kriege ihn durch. Morgen abend werde ich wieder nach ihm sehen – da dir der Alte anscheinend so am Herzen liegt«, stichelte er. Claudius preßte ärgerlich die Lippen aufeinander und schwieg, während Silverus beim Weggehen fortwährend vor sich hinmeckerte, daß solch steile Stufen verboten gehörten.

Nachdem Floruna zu ihrem Vater zurückgegangen war, stieg Claudius den Turm hinab und ließ sich auf dem Trittstein davor nieder. Mit zusammengezogenen Augen blinzelte er in die rotglühend untertauchende Sonne und fühlte mit ungläubigem Staunen ein Glück in seinem Inneren, das ihm neu war und ihn über alles hinaushob. Es war wie ein Singen, das seine Sinne betörte, und er wünschte dies zu bewahren. Sein Leben war plötzlich wie in goldenen Glanz getaucht. Leise tappende Schritte auf nackten Sohlen, leichtfüßig wie ein Tier des Waldes, rissen ihn aus seinen Träumen. Floruna setzte sich neben ihn auf die Stufe. Er horchte auf ihren ruhigen Atem und genoß den feinen Duft ihres zarten Körpers.

»Stimmt mein Gefühl, daß du weißt, wer ich bin?« fragte er plötzlich, um zu verhindern, daß sie sich bedanken würde für etwas, das er eigentlich gar nicht hatte tun wollen.

»Ja, ich weiß, daß du Claudius aus dem Haus Marianus Valus bist. Ich habe dich von meinem Fenster aus oft hier durchreiten sehen und meinen Vater nach dir gefragt. Er hat mir von dir erzählt.«

»Was hat er dir erzählt?«

»Das, was die Leute sagen. Daß du stolz und kaltherzig bist«, erwiderte sie mit verblüffender Offenheit.

»So, sagt man das von mir?« Natürlich wußte er das, und sein Ruf hatte ihm bis zu diesem Augenblick immer großes Vergnügen bereitet. Nun hoffte er plötzlich, dieses Mädchen an seiner Seite möge anders über ihn denken. »Hast du mich auch so gesehen?« fragte er daher.

»Anfangs ja, als ich dich von deinem Pferd herab so geringschätzig auf den Torwächter oder meinen Vater blicken sah. Doch bald erkannte ich, daß du dich anders gibst, als du wirklich bist. Ich verstand, daß du erst noch über dich selbst hinauswachsen mußt, damit du dein wahres Ich nicht mehr hinter arrogantem Stolz zu verstecken brauchst. Und als ich das wußte, glaubte ich Leuten, die einen Menschen nur nach seinem Gehabe beurteilen, nicht mehr.«

Claudius schwieg betreten. So hatte ihn, außer seiner Mutter, noch nie jemand gesehen. Wie auf der Flucht vor etwas, das ihm unheimlich war, lenkte er mit einem Scherz ab:

»Floruna, du mußt das Tor schließen. Sonst finden morgen früh womöglich unsere Herren in der Curia ihre Plätze bereits von Schwarzen aus Numidia und halbnackten Celtae mit hochgegipsten Haaren besetzt.«

Zum ersten Mal, seit er sie kannte, blickte sie ihn mit mutwilligem Glitzern in den Augen an, und ihren verführerischen Mund umspielte ein Lächeln, das sie froh und heiter und herrlich jung machte. Behend erhob sie sich und schloß mit geübten Handgriffen das schwere Tor.

Als sie wieder zu ihm zurückkam, verabschiedete er sich mit wenigen Worten, grüßte aber vom Pferd aus noch einmal zu ihr hinab:

»Bis morgen, Floruna.« Und ihr strahlendes Gesicht über die Freude, daß es ein »Morgen« geben sollte, begleitete ihn auf seinem Heimweg.

Der nächste Morgen jedoch brachte für Rom und seine Bewohner Angst, Schrecken und unsägliches Leid und drängte Claudius' Gefühle in den Hintergrund. Es begann mit einem Trupp staubbedeckter Legionäre auf abgehetzten Pferden, die in die Stadt und geradewegs zur Curia des Hostilius jagten. Schon bald schwirrten die ersten Gerüchte durch die Stadt, das römische Heer habe am Trasimenischen See erneut eine vernichtende Niederlage erlitten. Aufgeregt liefen die Menschen aus ihren Häusern und sammelten sich schreiend und gestikulierend auf den Straßen. Nackte Angst sprach aus ihren Gesichtern, aber noch glimmte ein Fünkchen Hoffnung, daß alles Gehörte nicht wahr sei. Als jedoch die Hiobsbotschaft zur Gewißheit wurde, riefen die aufgebrachten Menschen in Sprechchören die in der Curia verschanzten Senatoren heraus. Endlich trat Prätor Marcus Pomponius Pictor vor die Menge und verkündete in der atemlosen Stille:
»Bürger Romas, wir sind in einer großen Schlacht geschlagen worden! Doch das ist alles, was ich euch sagen kann, denn bislang sind noch keine Einzelheiten bekannt. Geht also in eure Häuser zurück und wartet weitere Nachrichten ab!«
Dennoch harrten die Menschen weiterhin aus in der Hoffnung auf Nachricht von ihren Angehörigen. Daran, ob dieser Karthager nun gegen Rom marschieren würde, dachte in seinem persönlichen Unglück kaum einer. Spät in der Nacht, als nichts weiter geschah, zerstreuten sie sich endlich und gingen still und bedrückt in ihre Häuser zurück.
Auch an den folgenden Tagen standen die Frauen an der Porta Fontinalis, unbeweglich trotz Müdigkeit, Durst und Hunger. Sie achteten kaum darauf, daß ihre Kinder neben ihnen jammerten und die Kleinen auf ihren Armen völlig übermüdet einschliefen. Unbeirrt warteten sie auf die versprengten Gruppen von Legionären, die nun in immer größerer Zahl eintrafen. Jedesmal stürzten sie vor, hängten sich an die Arme der erschöpften und meist auch verwundeten Männer und riefen ihnen bis aus der hintersten Reihe die Namen ihrer Angehörigen zu, die in der Schlacht dabei gewesen sein mußten. Manchmal konnte einer Genaueres sagen. Je nachdem wie seine Auskunft ausfiel, brachen die Frauen unter Tränen zusammen oder blieben mit hoffnungsvoller Erleichterung stehen, um weiter zu warten.
In diesen schweren Tagen wuchs Rom zu einer einzigen Familie zusammen. Ungewißheit, Verzweiflung, Freude, Trauer – all dies traf die Nobiles genauso wie die Capite censi, die Besitzlosen.

Auch in das Haus Marianus Valus war qualvolle Sorge eingezogen. Claudius bestürmte nahezu jede Stunde erneut den Senat, doch die jetzt gar nicht mehr so würdig wirkenden Herren konnten nur immer wieder müde die Köpfe schütteln.
»Wir müssen dich um Geduld bitten, Claudius Marianus, bis die ausgesandten Kundschafter zurückkehren«, war die einzige Antwort, die er bekommen konnte. »Sollten wir Näheres wissen«, fügte Fabius Maximus hinzu, dessen Gesicht von tiefen Sorgenfalten durchfurcht war, »werde ich euch natürlich sofort Nachricht geben.«
Tief bekümmert ritt Claudius jeden Abend zum Aventinus hinauf, voller Unbehagen, den fragenden Augen seiner Mutter gegenübertreten zu müssen. Die kleine, zierliche Frau hielt sich mit eiserner Energie aufrecht, doch ihre rotumränderten, geschwollenen Augen waren beredte Zeugen ihrer schlaflos durchwachten Nächte.
Endlich, nach Tagen quälender Ungewißheit, ritt ein von Fabius Maximus geschickter, staubbedeckter Kurier müde den Aventinus hinauf. In angstvoller Erwartung, die Hand auf das wild pochende Herz gedrückt, rief Valeria aufgeregt nach Claudius, der dem Kurier mit langen Schritten entgegenlief. Den Atem anhaltend starrte sie in das Gesicht ihres Sohnes. Was würde er zu hören bekommen? Lebte Marcus noch?
Nach ihr unendlich lang erscheinenden Augenblicken rief Claudius ihr zu:
»Mutter, Marcus ist am Leben!«
Unbeschreibliches Glück durchrauschte machtvoll Valerias Herz, ließ sie erzittern und machte sie schwindeln. Claudius nahm die Wankende fürsorglich am Arm.
»Komm, Mutter, gehen wir ins Haus und sagen wir es Cornelia. Auch Antoninus ist am Leben, und die beiden sind zusammen.«
Zuvor schickte Valeria Corbulo zu Antoninus' Vater. Dem ausgehungerten Kurier ließ sie ein Stück Fleisch und ein großes Fladenbrot bringen. Als er sich satt zurücklehnte und ihn ein Becher Wein mit neuen Lebensgeistern stärkte, beantwortete er endlich ihre und Cornelias Fragen und erzählte ausführlich von der schlimmen Niederlage und den unheimlich hohen Verlusten.
»Dein Sohn Marcus, Herrin, sammelt die verstreuten Reste der Legionen. Er wird sie in die Ersatztruppen eingliedern, die der Senat inzwischen auf den Weg gebracht hat«, erklärte er abschließend.
»Marcus kommt nicht heim?« fragte Valeria tief enttäuscht.

»Sicher nicht, Mutter«, mischte sich Claudius ein, der um die Senatsbeschlüsse wußte, »auch Antoninus nicht. Gerade jetzt müssen sie beim Heer bleiben. Selbst die Heimgekehrten wurden schon wieder in Marsch gesetzt. Roma braucht jetzt alle Männer.«

Valeria senkte betrübt den Kopf. Jetzt mußte sie von neuem um sein Leben zittern. Oh, ihr Götter, warum habt ihr denn kein Einsehen mit einer Mutter?

Aber auch Väter litten, und so hatte es sich Prätor Marcus Pomponius Pictor nicht nehmen lassen, selbst mit dem Kurier zu sprechen. Nach Erhalt der freudigen Nachricht durch Corbulo machte er sich sofort auf den Weg und ließ sich zum Haus Marianus Valus hinauftragen. Schwerfällig entstieg er einer dieser neumodischen Sänften, die er zu seinem Leidwesen immer dann benützen mußte, wenn ihm sein Rheumaleiden das Reiten nicht gestattete. Außerdem war er von beträchtlichem Leibesumfang und kurzem Atem. Beides zwang seinen Bewegungen eine ruhige Bedächtigkeit auf, die zu seinem Amüsement meist als Würde gedeutet wurde. Gelassen trat er jetzt auf Valeria zu und begrüßte sie ebenso herzlich wie Claudius. Cornelia dagegen schenkte er besondere Aufmerksamkeit.

»Du bist also Cornelia«, sagte er lächelnd mit einer überraschend klangvollen Stimme, während sein Blick wie beiläufig die Decke über ihren Beinen streifte. »Sieh einer an, wer hätte gedacht, daß aus dem dünnen, blassen Kind einmal eine solche Schönheit werden würde! Ich muß sagen, wenn mein nichtsnutziger Sohn sonst nichts im Leben schaffen sollte, was die Götter verhüten mögen, so hat er mindestens in dir eine Wahl getroffen, die ich bewundern muß.«

Wie von einer schweren Last befreit atmete Cornelia auf. Dieses erste Zusammentreffen hatte sie gefürchtet. Immerhin war sie ein Krüppel, aber genau das schien der Prätor zu ignorieren. Er plauderte so, als wäre nichts geschehen. Valeria tauschte einen ratlosen Blick mit Claudius, und, als hätte der Prätor ihre Gedanken erraten, wandte er sich ihr zu:

»Du scheinst überrascht, daß ich nicht zuerst nach meinem Sohn gefragt habe? Aber sieh, meine liebe Valeria, ich bin ein alter Mann und gewohnt, alles der Reihe nach zu erledigen. Und nun war die Reihe an deiner schönen Tochter, denn daß Antoninus lebt und ihm nichts geschehen ist, erfuhr ich bereits von deinem Sklaven.«

»Verzeih meine Gedanken, Marcus Pomponius«, entschuldigte sich Valeria ein wenig beschämt.

»Aber meine liebe Valeria«, lächelte der Mann mit dem runden, gutmütigen Gesicht, »was gibt es da zu verzeihen? Dennoch möchte ich den Kurier gern selbst sprechen.«

Lange Zeit saß der Prätor mit dem Mann zusammen und fragte ihn beharrlich nach allen Einzelheiten der Ereignisse von Cortona bis zum Trasimenischen See aus. Sein Gesicht war sehr nachdenklich geworden, und seine Fragen bewiesen einen Scharfsinn, den seine schwerfällige Behäbigkeit meist nicht erkennen ließ. Nachdem er den müden Kurier endlich entlassen hatte, setzte er sich zu Valeria und ihren beiden Kindern und trank mit sichtlichem Genuß den angebotenen Falerner, den die Römer so sehr schätzten.

»Ja, meine liebe Valeria, unsere Söhne kommen leider nicht so schnell nach Hause«, sagte er und rückte seinen fleischigen Körper zurecht. »Der Krieg geht weiter, auch wenn wir mehr gute Männer verloren haben, als wir je wieder auf die Beine bringen können.»

»Aber man hat doch in den letzten Tagen alle Männer unter Vierzig ausgehoben«, warf Claudius ein, »so daß unsere Legionen eigentlich wieder vollzählig sein müßten.«

»Mein Sohn, ich sprach von unseren ›guten‹ Männern. Der Senat war leider gezwungen, nicht nur Knaben, die noch nicht einmal die Toga praetexta abgelegt haben, sondern sogar Freigelassene unter die Adler zu rufen. Das heißt, wir müssen unsere letzten Kräfte mobilisieren. Der Feind sitzt uns zutiefst im Fleisch und er hat einen genialen Feldherrn zum Führer. Aber was rede ich alter Mann da«, versuchte er abzulenken, »durch Claudius, der viele Bekannte in der Curia sitzen hat, wißt ihr wohl selbst recht gut über die Lage Bescheid. Freuen wir uns lieber, daß unsere Kinder wohlauf sind. Und auch darüber, daß wir uns nach so langer Zeit wieder einmal gesehen haben.«

Sie saßen noch eine Weile plaudernd beisammen, bis sich Pomponius verabschiedete.

»Ich würde mich sehr freuen«, sagte er mit aufrichtiger Herzlichkeit, »wenn sich die Familie Marianus Valus öfter in meinem Hause einfände. Für mich selbst sind Besuche inzwischen ziemlich beschwerlich geworden«, erklärte er und strich lächelnd über seinen Leib.

»Natürlich werden wir gerne deiner Einladung folgen«, versprach Valeria, und Claudius fügte an:

»Sobald es wieder ruhiger geworden ist, Prätor.«

Der wendete sich nun an Cornelia:

»Du, mein liebes Kind, mußt schon in den nächsten Tagen kommen,

damit du dich an den alten Marcus Pomponius Pictor gewöhnen kannst. Der allerdings noch nicht so alt ist, als daß er sich nicht am Anblick eines so hübschen, jungen Mädchens erfreuen würde. Und Freude hat man in meinen Jahren nötiger als ein Junger.« Er lächelte Valeria verschmitzt zu, die ihn zu seiner Sänfte begleitete, in die er unter Ächzen und Stöhnen einstieg.
Cornelia atmete erleichtert auf. Das von ihr gefürchtete Zusammentreffen war so herzlich verlaufen, daß sie von nun an keine Sorgen mehr für die Zukunft plagten. Sie würde die Domina im Haus des Prätors werden!

DER »ZAUDERER«

217 v. Chr.

Im Sommer dieses Jahres waren Mertaban und Antopa längst wieder zu Hannibals Heer gestoßen. Das Mädchen hatte ihre Kräfte zurückgewonnen und schien völlig gesund. Nur die unsichtbare Mauer hielt sie noch immer um sich aufrecht und beschäftigte sich fast ausschließlich mit Liuta, deren Zustand sich nicht geändert hatte, und Sitah, dem schönen, kräftigen Tier, das ihr zur verläßlichen Beschützerin geworden war. Hannibal marschierte an Perusia vorbei nach Umbria, verwüstete dort die Heimstätten römischer Kolonisten und zog mordend und brandschatzend südwärts, um wieder auf die Via Flaminia zu treffen, die direkt nach Rom führte.
Dort hatte die ganze Zeit über eine Hiobsbotschaft die andere gejagt und die Herzen selbst der Zuversichtlichsten mit eisiger Furcht umschnürt. Doch als nichts geschah und tagtäglich zu sehen war, wie die Väter der Curia von der Via Sacra kommend mit gleichbleibender Gelassenheit zum Senaculum schritten, beruhigten sich die Menschen wieder, und das Leben in Rom ging seinen gewohnten Gang.

Wegen seiner Fähigkeiten als guter Organisator war Claudius einem der vier Quästoren, dem kleinen, schmächtigen Aulus Rufus Vitelli zugewiesen worden, der unter seiner oft verspotteten Statur sehr litt. Ihm fehlte das in seinem Amt nötige Durchsetzungsvermögen und er war nur bei seiner akribisch genauen Archivierung der Senatsbeschlüsse im Saturntempel wirklich glücklich. Daher überantwortete er bereitwillig die Kriegskasse und die Beschaffung aller Dinge, die das Heer benötigte, seinem geschäftstüchtigen Beamten Claudius Marianus Valus. Weil aber Handwerker, Händler und Kaufleute wie immer in solchen Zeiten ihre Waren zurückhielten, wurde das Fouragieren ständig schwieriger, und die Senatoren ließen Claudius wohlweislich völlig freie Hand. Der junge Mann war ein kühler Rechner, kannte zumindest ungefähr die Vermögensverhältnisse in Rom und wußte um die Waren, die in den Lagerhäusern gestapelt waren oder

auf den Landgütern in den Scheuern lagen. Und er hatte keinerlei Skrupel, alles Benötigte ohne Rücksicht auf Rang und Namen dort zu holen, wo es noch immer vorhanden war. So grinste er nur spöttisch über die lautstarke Tirade des einflußreichen und angesehenen Landgutbesitzers Gaius Boetius nahe den Albanerbergen.
»Claudius Marianus Valus«, heulte dieser eben, »du bist ein verdammter Räuber geworden! Und von jetzt an werde ich jeden Tag zu all unseren Göttern flehen, daß du auch einmal als solcher enden mögest! Durch dich bin ich zu einem bettelarmen Mann geworden!« Vor Wut zitterte er am ganzen Leib und drohte mit den Fäusten zu Claudius hinauf.
»Aber, aber!« hielt dieser ungerührt dagegen. »Schäm dich ob deiner Übertreibungen! Denk an das Wohl unserer Legionen! – Und vergiß nicht, die Bescheinigung bis nach dem Krieg aufzubewahren!«
»Du glaubst doch selbst nicht, daß mir dieses lächerliche Ding hier jemals etwas nützen wird!« schrie er heiser hinter Claudius her und trampelte auf der Tafel herum, bis sie in viele Einzelstücke zersprang. Claudius warf einen spöttischen Blick zurück und ritt gutgelaunt weiter.
Sein nächster Weg führte ihn zu Glaucus Silverus, dem er mit besonderem Genuß die Lagerhäuser bis zum letzten Strohhalm leeräumen ließ. Der Anblick dieses schwabbeligen jungen Mannes, der in hilfloser Wut seine sonstige Geziertheit restlos verloren hatte und nur noch ein geiferndes Bündel zitternden Fleisches war, bereitete ihm höchstes Vergnügen.
»Das eine schwöre ich dir, Claudius«, giftete Glaucus mit unappetitlichen Speichelbläschen in den Mundwinkeln, »ich finde eine Gelegenheit, dir alles heimzuzahlen!«
»Willst du mir etwa drohen, mein lieber Glaucus? Mir, der ich im Auftrag des ehrenwerten Quaestors Aulus Rufus Vitelli handle?« Der kalte Glanz in seinen hellen Augen schüchterte Glaucus ein, doch dann raffte er all seinen lächerlichen Mut zusammen und schrie:
»Deine Arroganz wird dir noch vergehen, das schwöre ich dir! Der Tag wird kommen, an dem ich dich wie einen räudigen Köter zerschmettern werde!«
»Übernimm dich nur nicht, Dickerchen«, höhnte Claudius, »ein erbärmlicher Wurm bleibt ein Wurm, und wenn er sich noch so sehr als Schlange aufspielt.« Damit grüßte er, übertrieben mit dem Kopf nikkend, und ritt davon zum nächsten Landgut.

Überall spielten sich ähnliche Szenen ab. Doch die Senatoren wußten um die Notwendigkeit dieses Unternehmens und schluckten ihren persönlichen Ärger über diesen anmaßenden jungen Mann zugunsten des Staatswohls hinunter.
Das niedere Volk dagegen brachte Claudius besondere Sympathien entgegen und ließ sich auch nicht durch seine Arroganz beirren. Die Menschen sahen in ihm den einzig gerechten Mann, der nicht nur ihre kleinen Bauernhöfe und Handwerkshütten für den Krieg ausbeutete, sondern auch die Nobiles und Equites bluten ließ. Als dies Fabius Maximus zu Ohren kam, lachte er so herzhaft über Claudius' aussichtslosen Kampf gegen die Sympathiekundgebungen der Plebs, daß sich seine Freunde aufs höchste über ihn verwunderten. So fröhlich hatten sie ihn schon lange nicht mehr erlebt.

Eines Abends kam in wildem Galopp und völlig aufgelöst Manlius, Claudius' ehemaliger Kamerad aus der Waffenschule, den Aventinus heraufgestürmt. Er nahm sich nicht die Zeit, Valeria mit gebührender Höflichkeit zu begrüßen und rief schon von weitem:
»Claudius, komm mit zum Capitolinum! Von dort kann man die brennenden Dörfer im Norden vor der Stadt sehen! Aber ohne dich wird man uns kaum auf das Dach steigen lassen.«
Claudius sah überrascht auf, und Valeria erschrak derart, daß sie am ganzen Körper zitterte.
»Die Dörfer vor der Stadt brennen, sagst du? Heißt das, Hannibal steht vor der Stadt? Aber Bellonas erzerner Gong wurde doch gar nicht geschlagen!« Sie wollte das Schreckliche einfach nicht glauben.
Claudius strich mit beruhigender Geste über ihren Arm, rannte zu den Ställen und sattelte mit fliegenden Händen sein Pferd. Inzwischen waren noch mehr seiner Altersgenossen eingetroffen, und gemeinsam jagten sie den Clivus hinunter, am unteren Ende des alten Circus Maximus vorbei, über das Forum Boarium, den Palatinus entlang und über die Via Sacra des Forums zum Capitolinum hinauf. Der sonst so strenge Wächter ließ die jungen Männer bereitwillig zum Dach der Burg hinaufsteigen, von wo man bei klarem Wetter einen herrlichen Rundblick über die Stadt, den Verlauf des Tibers und die weite Ebene des Marsfeldes hatte. Jetzt lagen schon tiefe Schatten in den Straßenschluchten der Subura und weiter drüben konnte man gerade noch die nach Osten abgeschlossene, gewaltige Anlage des Circus Flaminius erkennen. Doch im Norden, dem Verlauf der Via Fla-

minia folgend, glühte der Himmel tiefrot. Dem weiten Schein nach zu urteilen, brannten dort mehrere Dörfer gleichzeitig.
Aus den Gesichtern der jungen Männer wich alle Sensationsgier. Still geworden stiegen sie nach einer Weile die vielen Stufen wieder hinab und gingen schweigend auseinander.
Claudius ritt mit Manlius an der Servilianischen Mauer entlang der Porta Sanqualis zu, als sie von in Panik geratenen Menschenmassen überschwemmt wurden. Ein erster Strom von Flüchtlingen drängte heran, der, von der Via Flaminia kommend oder quer über die Felder hetzend, vor den mordenden und brandschatzenden Horden der Karthager in der Stadt Schutz suchte. Lärm und Geschrei brandete über die Plätze und durch die Gassen und hallte wider in den Arkaden der Marktbuden hinter dem Forum. Frauen riefen nach ihren Kindern, Kinder nach ihren Müttern, und Männer beschimpften sich aufgeregt gestikulierend bei ineinanderverkeilten Wagen und Karren. Hühner, Schafe und Kühe rannten aufgeschreckt von einer Seite auf die andere und vergrößerten das ungeheure Durcheinander noch mehr.
»Beim allmächtigen Jupiter!« stöhnte Claudius, »was sind das für Menschen? Wie die aussehen!«
»Na, ich weiß nicht, wie wir aussehen würden, wenn wir mitten in der Nacht, aufgehetzt vom Kriegsgeschrei und dem Schein brennender Nachbardörfer, mit Kind und Kegel über Land flüchten müßten, ständig den Feind im Nacken«, sagte Manlius mit tadelndem Blick.
Claudius erwiderte nichts, doch als sich Manlius verabschiedet hatte, stieg er vom Pferd und sah sich die Menschen genauer an, mit sachlichem, kühlem Interesse. Er bemerkte die Schrecken, die sich in ihre Gesichter eingegraben hatten, die ausgestandene Angst und ihre Verzweiflung. Schließlich verharrte sein Blick bei einer Frau, die regungslos am Boden saß, ein wollenes Tuch über dem Kopf und ein weinendes Kleinkind gegen die Brust gedrückt. Ihre Augen wirkten wie tot, und sie sah und hörte nicht, was um sie herum vorging. Langsam hob sie den Kopf. Ihr Gesicht war schmal, und man hätte es fast schön nennen können, wäre es voll Leben gewesen und nicht wie zu Stein erstarrt. Erst nach einer Weile erfaßte ihr Blick den nachdenklich vor ihr stehenden Claudius. Ohne Ausdruck in den dunklen Augen sah sie zu ihm auf, bewegungslos. Es war ihm unangenehm, dennoch hielt ihn etwas fest. War es ihre dumpfe Hilflosigkeit, das wimmernde Kind?

»Wo ist dein Mann?« fragte er.
In ihren Augen erwachte kein Leben, ihr Blick blieb tot. Auch ihre Stimme war ohne Klang, als sie nach einer Weile antwortete:
»Sie haben ihn erschlagen.«
»Hast du niemanden, der dir helfen könnte?«
»Nicht mehr. Ein Bruder liegt tot im Land der Celtae, der andere im Trasimenus Lacus, der jüngste ist gestern nacht mit meinem Vater in unserem Haus verbrannt. Und meine kleine Tochter haben sie im Brunnen ertränkt.« Es klang, als lese sie eine unbedeutende Liste herunter. Ihr Unglück war so groß, daß sie es einfach nicht mehr fassen konnte. Claudius rieselte unwillkürlich ein Schauer über den Rücken.
»Und dieser Sohn hier«, fügte sie hinzu, »wird auch sterben. Er ist krank und bräuchte Pflege.« Aber auch dies rüttelte sie nicht auf. Sie hatte die Grenze des Schmerzes längst überschritten.
Claudius zog sie einfach hoch und befahl ihr, den Aventinus zu seiner Mutter hinaufzugehen. Nachdem er ihr den Weg erklärt hatte, setzte sie sich wie in Trance in Bewegung, das noch immer wimmernde Kind fest an sich gepreßt. Claudius sah ihr nach und wurde sich bewußt, daß er über das Wort Krieg und seine Bedeutung noch nie richtig nachgedacht hatte.
Als er sich umwendete, prallte er fast gegen Fabius Maximus, der wohl schon eine ganze Weile hinter ihm stand. Verlegen erwiderte er seinen Gruß, ließ ihn dann aber gar nicht erst zu Wort kommen:
»Wie ich hörte, Quintus Fabius Maximus, ist dir gestern die Dictatur übertragen worden. Und wie ich sehe«, spöttelte er mit einem Blick auf die vierundzwanzig Lictoren, die mit ihren geschulterten Fasces wartend beiseite standen, »übst du die Macht bereits aus.«
»Wenn du meine Lictores meinst«, konterte der neuernannte Dictator, »dann haben sie nur den Zweck, allen zu zeigen, daß hier nicht Fabius Maximus kommt, sondern Roma, und daß die alte Ordnung noch intakt ist.«
Claudius verstand die leise Zurechtweisung, ignorierte sie jedoch.
»Dennoch gratuliere ich dir zu dieser Ehre.«
»Ach was Ehre«, tat der Fabier mit einer nahezu verächtlichen Geste ab. »Diese Ehre ist nichts als eine Last, die zu tragen in einer Zeit wie dieser eigentlich die menschlichen Kräfte übersteigt. Ich bin mir jetzt schon sicher, daß ich mir nur Undank damit einhandeln kann. Derzeit gibt es keinen Menschen, der es der Plebs recht machen könnte. Und meine beabsichtigte Taktik wird schon gar nicht nach dem Ge-

schmack des Pöbels sein, der bekanntlich immer am lautesten schreit.«

Claudius war über diese Worte ebenso überrascht wie über Fabius' Offenheit.

»Ich kann deine Zweifel verstehen, Fabius, aber ich bin überzeugt, daß du der einzig richtige Mann für dieses Amt bist.«

Der gut Sechzigjährige betrachtete ihn nachdenklich. Von Claudius hätte er solches nicht erwartet. Aber hatte er sich nicht auch um die arme Frau gekümmert, was er ihm gleichfalls nie zugetraut hätte? Rasch lenkte er ab:

»Eigentlich wollte ich euch heute Bescheid geben lassen, daß Marcus auf dem Weg nach dem Süden ist, doch vergaß ich es im Trubel der Ereignisse wieder. Ich kann mich nur mit meiner vielen Arbeit für meine gedankenlose Unachtsamkeit entschuldigen.«

»Wieso nach dem Süden?« fragte Claudius erstaunt. »Dem Feuer nach zu schließen, befindet sich Hannibal doch im Norden von hier!«

»Nein, Hannibal hat im Vorbeimarsch die Dörfer von seiner Nachhut niederbrennen lassen. Er selbst ist gestern schon an Roma vorbeigezogen.«

»An Roma vorbei? Ohne einen Versuch unternommen zu haben, die Stadt anzugreifen? Warum das?«

»Ja, mein lieber Claudius, fast alle waren gestern genauso überrascht wie du jetzt. Aber ich glaube diesen Mann zu verstehen. Ich habe mir nämlich schon zu Beginn dieses Krieges dieselben Gedanken gemacht wie offensichtlich auch er. Wie du weißt, haben wir die Hellenen Sicilias mit härtesten Mitteln gezwungen, unter unseren Adlern zu leben. Viele von ihnen träumen vom freien Bund eines westlichen Hellas, und das Feuer des Hasses glüht in den Söhnen derer, die einstmals in romanischen Ketten gegangen sind. Ähnlich sieht es auch bei den Tusci, Samnites, Lucanii und Bruttii aus. Und Hannibals Plan geht sicherlich dahin, die Unterworfenen unter seine Feldzeichen zu bringen, so wie ihm dies bei den Celtae gelungen ist. Erreicht er das, kommt Romas Ende von ganz allein, und er bräuchte keinen einzigen Mann bei der Erstürmung unserer befestigten Stadt opfern.« Fabius hielt einen Augenblick in Gedanken versunken inne, doch dann fuhr er mit eindringlicher Überzeugung fort, wobei er wieder sein Ohrläppchen zwischen den Fingern rieb: »Ich aber weiß, mein lieber Claudius, daß sich dieser Barkas hier zum ersten Mal verrechnet hat. Denn Roma hat den Stämmen Italicas ein gemeinsames Vaterland ge-

geben, das allein schon ist ein mächtiger Grundpfeiler im Denken der Menschen. Ich weiß, nirgendwo besteht bedenkenlose Bereitschaft zum Kampf gegen Roma, das keineswegs geliebt wird, unter dessen Schutz man aber reich geworden ist. Man wird kaum bereit sein, die gewohnte Sicherheit gegen ein punisches Wagnis einzutauschen.«
Nachdenklich betrachtete Claudius den Mann, dessen gelassene Ruhe fälschlicherweise nach geistiger Trägheit aussah.
»Was willst du tun, Fabius?« fragte er. »Wo werden unsere Legionen gegen Hannibal antreten?«
»Sie werden gar nicht antreten«, lächelte der. »Unsere Legionen werden nur ständig auf der Lauer liegen. Jedem Kampf auf dem Schlachtfeld werde ich aus dem Weg gehen und Hannibal einen ganz anderen Kampf anbieten, nämlich einen gegen die Zeit.«
»Wie meinst du das?« fragte Claudius irritiert.
»Sieh, mein Freund, dieser Poenus ist von seiner Heimat und damit seiner Nachschubbasis durch nur schwer überwindliche Hindernisse wie Meer und Gebirge getrennt. Jeder Wagen, den er verliert, jedes Pferd, das stürzt, und jeder Mann, den kleine Gruppen von Legionarii oder verzweifelte Bauern erschlagen, ist für ihn beinahe unersetzbar. Er kann nur von der Wirkung gewonnener Schlachten leben, vom Ruhm großer Triumphe. Aber gerade diesen Ruhm werde ich ihm nehmen. Hannibal wird nicht mehr siegen! Die Zeit arbeitet für uns, und wir verlieren fast keinen Mann mehr, denn auch unsere kampferprobten Männer sind inzwischen knapp.«
»Das mag ja alles seine Richtigkeit haben, aber dafür verlieren wir um so mehr Dörfer und Bevölkerung«, konnte sich Claudius nicht enthalten einzuwenden, wobei ihm das erschütternde Bild der versteinerten Frau mit ihrem kranken Kind vor Augen stand.
»Sicher. Ich bin mir bewußt, daß die Bauern in Latium, Samnium und Umbria die ganze Last eines solchen Krieges zu tragen haben werden. Aber wir können es uns einfach nicht mehr leisten, in einer einzigen Schlacht Zehntausende zu verlieren.«
Diese Worte von einem Mann wie Fabius zu hören, erstaunte Claudius, aber gab es einen anderen Weg aus dieser beinahe schon verzweifelten Lage? Sprachen nicht alle verlorenen Schlachten für die Taktik dieses neuen Dictators? Und war es nicht immer Sache der großen Staatsmänner gewesen, über die Not und das Elend des einzelnen zugunsten des Ganzen hinwegzugehen?
Fabius schien Claudius' Gedanken zu erraten und lenkte rasch ab, um

weiteren Fragen vorzubeugen. Er war es müde geworden, andere immer wieder von der Richtigkeit seines Vorhabens überzeugen zu wollen.
»Übrigens«, sagte er daher schnell, »ich habe eben meinem Vorreiter ein Diploma an meinen Stellvertreter Marcus Minutius Rufus mitgegeben, wonach ich für die Zeit meiner Dictatur deinen Bruder Marcus mit einer Legion allein mir unterstellt habe. Minutius Rufus, den ich als Magister equitum ernennen mußte, ist mir nämlich ein wenig zu kühn und handelt gerne übereilt. Auch gibt er sich mit seinen Reden sehr unbeherrscht. Ich aber brauche einen verläßlichen Mann, und das ist Marcus zweifelsohne.«
Claudius war hocherfreut über diese Nachricht und gab es auch offen zu. Eine solche Ehre fiel ja auf die Familie zurück, doch bevor er darauf eingehen konnte, fügte Fabius schon hinzu:
»Und du, junger Mann, sollst vorerst nicht umsonst vom Kriegsdienst befreit bleiben. Deine bisher anerkannt gute Arbeit soll weiter ausgedehnt werden. Ich möchte dich zusätzlich zu deiner bisherigen Arbeit dem Censor für einen Teilbereich, nämlich die Eintreibung der Steuern, an die Seite stellen. Zumindest so lange ich als Dictator für alles verantwortlich bin.«
Claudius hielt den Atem an. Diese so leicht hingeworfenen Worte ließen ihn im Innersten erzittern, und er hatte große Mühe, seine Erregung nicht sichtbar werden zu lassen. Diese neue Vollmacht war ein so bedeutender Schritt auf dem von ihm erstrebten Weg, daß ihn Stolz und Glück wie eine mächtige Woge überspülten. Da er jedoch gewohnt war, seine Gefühle nicht zu zeigen, gelang es ihm innerhalb weniger Augenblicke, sein bekannt spöttisches Gesicht aufzusetzen. Fabius war überzeugt, in ihm gerade wegen seiner Arroganz und seinem unbezähmbaren Ehrgeiz den richtigen Mann gefunden zu haben, auch wenn die meisten Senatoren diese Anordnung äußerst scharf kritisiert hatten, vornehmlich wohl aus Sorge um ihr eigenes Vermögen.
»Morgen wirst du zur Einweisung erwartet, Claudius. Alles Nähere erfährst du von meinem Schreiber«, erklärte Fabius kurz und verabschiedete sich rasch. Im Weggehen rief er noch einmal zurück:
»Nur gebe ich dir den guten Rat, Claudius, dich jetzt nicht als Pirat zu fühlen. Die Herren in der Curia haben ein langes Gedächtnis!«
Und in der Art alter Männer vor sich hinkichernd verschwand er zwischen seinen wichtigtuerisch dreinsehenden Lictoren.

Als sich Claudius allein wußte, fiel die Maske des Hochmuts von ihm ab: er wirkte ernst und nachdenklich. Wie immer in den letzten Tagen drängte es ihn, Floruna zu sehen. Sie hatte so völlig Besitz von ihm ergriffen, daß er alle seine Gedanken vor ihr auszubreiten wünschte. Während ihrer Gespräche, in denen sie sich einander offenbarten, wuchsen sie immer mehr zusammen. Claudius wurde es nicht so recht bewußt, aber er fühlte, daß er durch sie einen ganz anderen Weg einzuschlagen begann und ihm diese Veränderung in seinem Empfinden und seinen Gedanken ungemein wohl tat. Meist richtete er seine Arbeit so ein, daß er abends noch nach der Porta Sanqualis reiten konnte. Er kümmerte sich um den alten Rufus, brachte ihm kräftigende Speisen und sorgte dafür, daß Silverus auch weiterhin nach ihm sah. Bald schon genas er so weit, daß er mit Claudius' Hilfe sogar die Treppe hinuntersteigen und sich unter dem weit ausladenden Apfelbaum neben der Mauer in die Sonne setzen konnte. Wenn sich Claudius mit dem Mädchen unterhielt, so richtete Rufus zwar nie von sich aus das Wort an den Patrizier, aber in allem, was er tat, lag die selbstverständliche Sicherheit, die dem jungen Mann schon bei Floruna aufgefallen war. Er respektierte Claudius um seiner Person willen, aber er war sich auch sehr wohl seines eigenen Wertes bewußt.

Mit der Zeit spürte Claudius, wie sehr er Floruna auch körperlich begehrte, doch gerade das mußte er sich versagen. Nie würde sie für immer bei ihm bleiben können. Außerdem merkte er, wie sehr er Floruna durch seine Gespräche in die Denkweise eines Lebens hineinführte, das ihr immer verschlossen sein würde. Und dies quälte ihn bei dem Gedanken an die Zukunft immer mehr.

Je unausweichlicher er sich in diesem inneren Zwiespalt verfing, desto unruhiger wurde auch Floruna. Sie wußte um die Ausweglosigkeit ihrer Situation und fürchtete schon jetzt den Tag, an dem Claudius nicht mehr zu ihr kommen würde. Und da beide dies spürten, brachen sie immer öfter ihre Unterhaltung ab und saßen sich steif und fremd gegenüber. Rufus, der den jungen Leuten zusah, wurde noch schweigsamer als bisher, und seine Angst um die Tochter wuchs ebenso wie der heimliche Groll über das verantwortungslose Tun des jungen Patriziers.

DIE RABEN VON CANNAE

216. v. Chr.

Dem Staatsgesetz entsprechend hob der Senat ein halbes Jahr später die Dictatur des Fabius Maximus wieder auf. Wie von ihm vorausgesehen, hatte sowohl beim Heer wie auch bei der Bevölkerung große Unzufriedenheit über seine Hinhaltetaktik geherrscht. Die Menschen sahen eben lieber jemanden, der mit polternder Faust auf den Tisch des Hauses schlug und dessen Taten auch dem Dümmsten einleuchteten. Fabius hatte nicht getan, was das Volk erwartete. Hannibal verwüstete im sonnendurchglühten Apulien Städte und Dörfer und metzelte alle wehrfähigen Männer nieder, während die täglich ungeduldiger werdenden Legionen mit den Waffen in der Hand untätig zusehen mußten. Als dann unter dem ständig wachsenden Druck Fabius bei Capua an einem für ihn denkbar günstigen Engpaß endlich an den Feind ging, wurde er in eine für Hannibal typische Falle gelockt. Nachts trieben die Karthager eine Anzahl Ochsen mit brennenden Reisigbündeln auf den Hörnern über die Hügel nach Süden, um Fabius glauben zu machen, er würde dort oben mit Fackelschein weiterziehen. Fabius setzte sich schleunigst in Marsch, um die Punier ja nicht entwischen zu lassen, während Hannibal ihn auf dem frei gewordenen Weg umging, in der Verwirrung des nächsten Morgens angriff und den Römern große Verluste zufügte.

Unbehelligt zog der Barkide nordöstlich weiter, brandschatzte die Lande der Hirpiner, Campaner, Samniter und Frentener und richtete in der Gegend von Luceria sein Winterlager ein. Die weite, großenteils flache nordapulische Landschaft, die Getreide und Gras im Überfluß bot, konnten seine Reiter leicht beherrschen, während die dortigen Bauern für sein Heer die Ernte einzubringen hatten.

Fabius folgte dem Feind zwar nach, sah aber dem gegnerischen Treiben tatenlos zu. In Rom hatte man ihm inzwischen den abfälligen Beinamen »Cunctator«, der »Zauderer«, gegeben, da keiner hinter Fabius' anscheinender Unentschlossenheit dessen weitsichtigen Geist erkannte. Seine Strategie hätte Zeit zum Reifen gebraucht, aber gerade die gab man ihm nicht.

Schon bald nach Fabius' Amtsentbindung mehrten sich, wie in den Tagen des unglücklichen Gaius Flaminius, die Schmähreden auf die Unfähigkeit des Senats, und das Volk wurde laut und herrisch. Einer der eifrigsten und bissigsten war der reiche Gaius Terentius Varro, Sohn eines emporgekommenen, gerissenen Fleischhauers. Mit dem beruhigenden Hintergrund seines ererbten Reichtums hatte sich Varro schon in jungen Jahren in die Politik gewagt und erreichte, was er erreichen wollte, mit einer zu allen Zeiten bewährten Methode: hier ein Sümmchen in die bereitwillig aufgehaltene Hand und dort ein Sümmchen unter einem fadenscheinigen Vorwand in das richtig ausgewählte Amt. Die Liebe des Volkes erkaufte er sich, indem er als Quästor Kornspenden gab, als Ädil öffentliche Vergnügungen bezahlte und als Prätor Circusspiele ausrichtete. Und da er außerdem der Plebs nach dem Mund zu reden pflegte, war er bald der bekannteste und weitaus beliebteste Mann.

Keiner jedoch bedachte, daß Geschäftemachen eine Sache, einen Krieg zu führen eine andere ist. Und Varro hatte nur das Geschäftemachen gelernt. Aber das Volk, blind und taub gegen Kritik, spendete ihm begeisterten Beifall, wenn er von den Treppen des Saturntempels herab seine haßerfüllten Schmähreden in die Menge schleuderte und einen raschen, aber tödlichen Schlag gegen Hannibal forderte.

Quintus Fabius Maximus antwortete darauf mit einer leisen Geste: Er stiftete der Göttin Mens, der klugen Besonnenheit also, einen kleinen Tempel. Doch diese symbolträchtige Handlung wurde nicht verstanden, und kurze Zeit darauf gelang es der plebejischen Partei tatsächlich, Gaius Terentius Varro auf den Stuhl des Ersten Consuls zu setzen. Die Senatspartei brachte nur mit Mühe den Patrizier Lucius Aemilius Paullus, einen alten, erfahrenen Feldherrn, als Zweiten Consul durch.

Und genau wie seinerzeit der unfähige Flaminius wollte auch Varro seine Worte sofort in die Tat umsetzen. Mit achtzigtausend Fußsoldaten und sechstausend Reitern, dem größten Heer, das Rom jemals aufgeboten hatte, zog er nach Apulien ins Legionslager bei Aufidena. Dieses längst verfallene Landstädtchen lag nur wenige Kilometer vom Meer entfernt, das ständig einen leicht salzigen Wind durch die knorrigen Bäume der Olivenhaine schickte. Auf der anderen Seite des träge fließenden Aufidus lag Cannae, umgeben von einer weiten,

fast baumlosen und von nur niedrigen Erhebungen gesäumten Ebene. Hier wollte Varro den Feind stellen und niederringen und sich dann als ruhmbedeckten Erretter des Vaterlandes aufs Capitolinum führen lassen. Den begierig erwarteten Kampf betrachtete er als einfaches Rechenexempel, denn einem karthagischen Schwert standen drei römische gegenüber, und damit war die Lage für ihn klar.
Aemilius Paullus dagegen sah sofort, daß diese Gegend vortreffliches Reiterland war, von größtem Vorteil für die Karthager mit ihren gefürchteten Reitertruppen. Zudem hatte er noch die Worte des Fabius Maximus vor ihrem Abmarsch im Ohr: »Aemilius, ich bitte dich inständig, laß Roma nicht durch gleich zwei Feldherren, nämlich Hannibal und Varro, ins Verderben stürzen!«
Aber Aemilius Paullus' Warnungen fegte der uneinsichtige und maßlos ehrgeizige Varro kurz und bündig vom Tisch, nützte die Vorschrift, wonach die Befehlsgewalt zwischen den beiden Consuln täglich zu wechseln hatte, und hängte vor sein Feldherrnzelt den roten Mantel. Dies bedeutete den Befehl zum Kampf. Noch am selben Tag sicherte er den umfangreichen Troß und überschritt am übernächsten, dem zweiten August, im grauen Licht des heraufdämmernden Morgens den jetzt seichten Aufidus, der bisher die feindlichen Heere getrennt hatte. Alle erneuten Einwände des Consul Paullus und des größten Teils der achtundvierzig Tribuni militares, unter ihnen auch Marcus Marianus Valus, hatten kein Gehör gefunden. Widerwillig gliederten sie sich in den Aufmarsch ein.
Die römische Reiterei stand wie üblich an den beiden Flügeln, der rechte am Fluß, geführt von Consul Paullus, und der linke gegen die Ebene von Cannae hin unter Führung von Consul Varro. Auch das Heer wurde in der bisher bewährten Formation aufgestellt, alle acht Legionen zu je zehn Kohorten, jede wiederum in drei Manipeln unterteilt, mit den Hastati, jungen Männern mit Schwertern, Wurfspeeren und Lanzen, den Principes, etwas älteren Männern, ähnlich wie die jungen bewaffnet, und den Triarii, der altgedienten Garde der Veteranen mit Schwert und Spieß. Hinzu kamen jeweils die Bogenschützen der Velites für den beweglichen Einsatz, und eine dreißig Mann starke Turma auf bestgeschulten Pferden.
Während die Römer ihre Legionen wie auf einem Exerzierplatz aufstellten, stand Hannibal mit seinem Stab auf einer kleinen Erhöhung, von wo aus er das gesamte Gelände gut überblicken konnte. Nun war er endlich am Ziel seiner Wünsche angelangt! Vorbei waren die mo-

natelangen Ausweichmanöver dieses alten Fuchses Fabius Maximus, die den Kampfgeist seiner Männer auf eine harte Probe gestellt hatten. Er brauchte Schlachten, brauchte Siege! Und dafür bot dieses Gelände hier die denkbar besten Voraussetzungen.
Nachdem er den Aufmarsch seiner Gegner eine Weile studiert hatte, sagte er zu Mago, den die erdrückende Übermacht des Feindes sichtlich erschreckte:
»Sieh hin, Bruder, die Romani sind so tief gegliedert, daß sie ihre zahlenmäßige Überlegenheit niemals zur Geltung bringen können.«
Mago grinste verkrampft, während Sosylos an Hannibals anderer Seite ruhig bemerkte:
»Die Götter meinen es gut mit uns, Hannibal.«
Der Karthager verlegte das Hauptgewicht seiner Kampfordnung auf den linken Flügel, wo sich die gefürchteten Wüstenreiter der Numidier zusammenballten. Den rechten Flügel sollte die keltische und iberische Reiterei halten, während sich deren Fußtruppen in der nach vorn gestaffelten Frontmitte gruppierten, rechts und links von ihnen, etwas zurückgenommen, das libysche Fußvolk. Sosylos befahl er, die altbewährten Spartiaten zu teilen und mit ihnen, beiderseits der Libyer, die Verbindung zur Mitte zu halten.
Mit nicht geringem Stolz betrachtete er sein Vielvölkerheer, das, so aufgereiht, einen faszinierenden Eindruck machte. Da waren die Schützen des hochgewachsenen afrikanischen Fußvolkes, in blitzende Panzer gehüllt wie ihre Brüder zu Pferd, bekannt für ihre Geschicklichkeit im Umgang mit Pfeil und Bogen, womit sie eine Granatfrucht auf dreißig Schritt Entfernung in zwei Hälften teilen konnten. Dann die numidischen Reiter, schmächtige, kaum mittelgroße, katzenhaft behende Gestalten mit wehenden Haiks um die Schultern, die neben ihrem Speer nur mit kurzen, breiten Krummessern ausgestattet waren, mit denen sie in blitzschnellem Vorstoß dem Gegner die Kehle durchschnitten. Einen befremdlichen Anblick boten die außerordentlich großen, ölglänzenden Kelten, die nach altväterlicher Sitte, bis auf einen kurzen Lendenschurz und ihrem traditionellen Torque um den Hals, völlig unbekleidet waren. Sie kämpften mit ungewöhnlich langen Schwertern, mit denen sie dank ihrer bemerkenswerten Kräfte fast spielerisch umgingen.
Bei der Vielzahl unterschiedlichster Waffen und Kampfarten im karthagischen Heer mußte sich wohl jeder Gegner besorgt fragen, wie sich ein einzelner Mann, der sich womöglich alle Augenblicke auf

eine andere einstellen muß, behaupten konnte. Hannibal war sich dessen sehr wohl bewußt.
Seine Kerntruppe bildete die ausgewählte Schar der Spartiaten. Diese Männer hatten großenteils schon unter Hamilkar gekämpft, und jeder kannte den jetzigen Feldherrn aus seinen Jugendtagen. Auf sie baute er, da er um ihr Können, ihre Umsicht, Zähigkeit und bedingungslose Treue wußte.
In äußerster Konzentration blickte Hannibal auf die ockerfarbene, von zartrosa Bändern eingefaßte Staubwolke, die wie eine Glocke über beiden Heeren hing. Er konnte gut erkennen, wie jetzt die römischen Veteranen die Legionsadler über die 86000 behelmten Köpfe hochrissen, Symbole der Macht Roms. Er sah auch die ausgezeichnete Stimmung der Römer, als sie sich im Takt ihrer Trommeln über die ausgedörrte Ebene näherschoben. Manch fröhlicher Zuruf übertönte das Klirren der Waffen und Stampfen der Tritte, und manches Pilum wurde übermütig und kampfesfroh in die Luft geworfen und mit geschickten Händen wieder aufgefangen. Vor allem die jungen Männer schafften sich Luft, und es umtoste sie ein Lärmen, wie es vor der Schlacht sein sollte: leichtherzig und wild, voller Erwartung und Gier auf den ersten Schlag und Stoß. Sogar die Furcht der Ängstlichen wurde in diesem Taumel hinweggespült. Sie schwammen auf einer Woge der Begeisterung, die das Zittern ihres Herzens in raschen, starken Schlag wandelte und alle dunklen Schatten der durchbangten Nacht vertrieb.
Plötzlich hielten sie an. Consul Varro, aufgeplustert wie ein Pfau im Sattel sitzend, rief den Legionen mit seiner auf den Stufen des Saturntempels trainierten Stimme die wohlvorbereitete Ansprache zu, die er alten Schlachtgesängen entnommen hatte, und endete mit den Worten: »Göttliche Bellona, der wir auf dem Campus Martius geopfert haben, führe uns zum Sieg! Bevor der Schatten eines Mannes doppelt so lang ist als er selbst, schleudere die Köpfe unserer verfluchten Feinde unter unsere Füße, fülle ihre Mäuler mit Staub und ihre Augen mit dem Dunkel der Nacht, daß sie den Untergang der Sonne nicht mehr erschauen können! Bellona, in deinem und Romas Namen werden wir siegen! Siiieg ...!«
Der Jubel der Krieger brandete auf, der Schall der Hörner und erzenen Luren zersplitterte die schimmernde Luft, und die Trommeln begannen erneut ihren ins Blut peitschenden Takt zu schlagen. Tausende von Füßen wirbelten den Staub der trockenen Erde zu der Wolke

empor, die bis weithin sichtbar von ihrem Angriff gegen die Karthager kündete.
Eben brach die Sonne durch die letzten Schleier der Nacht und überflutete die Ebene bis hin zum Horizont. Hannibal saß noch immer regungslos im Sattel und betrachtete in aller Ruhe die erdrückende Übermacht der Römer. Sein Heer stand unbeweglich wie ein massiger, aus Bronze gegossener Block. Die bereits im Vorfeld plänkelnden römischen Pfeilschützen der Velites beachteten die hinter ihren Schilden kauernden Karthager kaum. Sie schienen ihnen nicht mehr als lästige Hornissen.
Sein Bruder Mago konnte die Anspannung nicht länger ertragen und fragte mit hörbarer Besorgnis:
»Siehst du, daß sie uns dreifach überlegen sind?«
Über Hannibals hartes, männlich schönes Gesicht schien für einen kurzen Augenblick der Widerschein eines ungeheuren inneren Brandes zu lodern, während er mit stolz zurückgeworfenem Kopf erwiderte:
»Ja, Roma erweist mir große Ehre!«
Darauf wagte Mago nichts zu erwidern, doch an der Haltung seines Bruders richtete er sich wieder auf.

Während der Kampfvorbereitungen hielt sich Antopa im Lager auf, wie ihr Vater mit strengstem Nachdruck befohlen hatte. Unruhig schritt sie im Zelt auf und ab, die Stirn gekraust und die feucht gewordenen Hände ineinander gekrampft. Irgend etwas dräute wie ein dunkler, schwerer Schatten zu ihr herab, fraß sich in ihr Herz und füllte es mit einer beklemmenden und bösen Ahnung. Eine unbenennbare Angst wuchs in ihr, der sie nicht mehr Herr werden konnte. Sie sah zu Liuta hinüber, die am Boden hockte und wie immer wirres Zeug vor sich hinplapperte, doch hatte sie sie im selben Augenblick auch schon wieder vergessen.
Plötzlich drang das schmetternde Angriffssignal aus Hörnern und erzenen Luren zu ihr herüber, ein gewaltiger Schrei aus Tausenden von Männerkehlen zerriß die Luft und blieb zitternd im Licht des heraufziehenden Tages hängen. Die Pauken schlugen den dröhnenden, aufpeitschenden Takt für das anmarschierende Heer in höherem Tempo und zwangen mehr als hunderttausend Füße in rascheren Tritt. Der Boden erbebte wie unter dem Stampfen eines riesigen Ungeheuers, das alles vernichtete, was sich ihm in den Weg stellte.

Diesem ohrenbetäubenden Getöse antworteten die Karthager mit aufpeitschenden Rhythmen aus quäkenden Knochenschalmeien und klirrenden Zimbeln, getragen vom dumpfen, ins Blut drängenden Rollen der Affentrommeln. Über die ganze Ebene hinweg hallte ein Lärm, der ins Gigantische anwuchs, der berauschte, die Männer ihrem Menschsein entriß und sie in tollwütige, blutrünstige Tötungsmaschinen verwandelte.
Jetzt hielt es Antopa nicht mehr länger im Lager. Ihre unerträglich gewordene Anspannung drängte sie hinaus, hin zum Schlachtfeld. Rasch zerrte sie ihren Lederpanzer vom Haken und zog ihn zitternd vor Aufregung über den schmalen Körper, stülpte sich den runden Lederhelm auf die kurzen Haare und warf den weißen Haik um die Schultern. Im Hinausstürmen griff sie sich ihr Waffengehänge, das ihr der Vater zum zehnten Geburtstag geschenkt hatte. Mit gellendem Pfiff rief sie ihr Pferd herbei, sprang mit einem einzigen Satz auf und jagte in rasendem Galopp hinüber zu dem flachen Hügel, wo Hannibal und einige seiner führenden Spartiaten standen. Mit angehaltenem Atem hielt sie dicht hinter den Männern an und blickte auf die beiden Heere, die sich schon gefährlich nahe gekommen waren. Hannibal hatte sich beim Stakkato der Pferdehufe zwar nach ihr umgedreht, sie aber gleich darauf sofort wieder vergessen. Seine volle Aufmerksamkeit galt dem Verlauf des Geschehens vor ihm.
Die schwere Reiterei des Karthagerflügels hatte bereits die geordneten Reihen der latinischen Reiter unter Consul Paullus auseinandergesprengt und sie in einzelne Gruppen bis weit über die Ebene hinaus verstreut, wo das Gefecht Mann gegen Mann weiterging. Durch eine Neuordnung der Iberer und Kelten gelangten Maharbals Reiter in einem weit ausholenden Bogen in den Rücken der römischen Reiterei unter Consul Varro. Diese drehten sofort und richteten sich gegen den Feind, doch das blitzschnelle Vorstoßen der Numidier, die sie mit fürchterlichem Geheul wie Pantherkatzen umkreisten, und das an den Nerven zerrende Singen der wirbelnden Krummsäbel verführte zu sinnlosen Ausbrüchen, die ihnen Tote über Tote brachten. Als in ihrem Rücken auch noch das Geschrei der inzwischen herangekommenen Iberer und Kelten aufgellte, zerbrach ihre Ordnung vollends, und in einem kurzen, mörderischen Gefecht wurden sie vom Pferd gehauen.
Hannibals Augen leuchteten befriedigt auf. Der erste Teil seines Schlachtplans war gelungen! Nun ritt er langsam, fast feierlich den

Hügel hinab und begab sich an die Seite seiner im Zentrum stehenden Elitetruppen. Diese sollten langsam zurückweichen und damit die Römer nach sich ziehen.
Die unter Führung von Tribun Marcus Marianus Valus stehenden Kohorten drängten auch tatsächlich nach und brachten dem Feind große Verluste bei, nicht ahnend, daß dieses keilförmige Hineinstoßen zu Hannibals wohldurchdachtem Plan gehörte. Denn wenn sie tief genug in die afrikanischen Reihen eingedrungen sein würden, brauchten des Karthagers Kerntruppen nur nach innen einrücken, und die Römer saßen in einer todbringenden Zange. Außerdem konnten so die freigewordenen und sich eben sammelnden Numidierreiter in den Rücken der Römer stoßen und sie, immer mehr nach innen drückend, von allen Seiten her bedrängen. Für die Römer gab es dann keinen Ausweg mehr.
Überlaut dröhnte das Prasseln der Waffen über die Ebene, das Aufeinanderkrachen der Schilde, der verworrene Lärm aus Brüllen und Fluchen, übergellt vom Wehgeschrei der getroffenen Menschen oder den oft schrecklich zugerichteten Pferden. Aus der Sonne trieb der Geruch von Schweiß, Blut, Pferdedung und Tod wie ein dicker Brei heran und preßte sich bei jedem Atemzug immer tiefer in die schwer keuchenden Lungen der Männer. Die langsam immer unerträglicher werdende Hitze kroch wie flüssiges Blei über sie, buk die dichte Staubschicht auf ihren schweißüberströmten Körpern zu einer häßlichen, grauen und juckenden Kruste zusammen, bis bei Freund und Feind das gleiche maskenhaft verzerrte Gesicht unter heißen Helmen hervorsah. Ganz gleich, ob hellhäutig oder von dunkler Hautfarbe, auf beiden Seiten glichen sie sich mit ihren gehetzten Augen und den bleckenden Zähnen in erschreckender Weise – Menschen, aus denen alle bösen Urtriebe hervorgebrochen waren.

Für Antopa steigerte sich dieses Inferno zur Unerträglichkeit. Der Lärm dröhnte ihr in den Ohren, und ihr Herz raste wie ein Trommelwirbel in der viel zu eng gewordenen Brust. Auf der Stirn stand ihr in dicken Tropfen der kalte Schweiß, und vor ihre Augen legte sich ein wirbelnder Schleier. Unaufhaltsam wurde sie in eine nicht mehr beherrschbare Panik getrieben, denn ihr Vater, seitlich von Hannibal reitend, wurde immer tiefer in das durcheinanderwogende Knäuel der mit tödlicher Wut kämpfenden Römer gezogen.
»Oh, ihr Götter!« stöhnte Antopa entsetzt auf. »Warum hilft ihm

denn niemand?« hämmerte es hinter ihrer Stirn, drehte sich wie ein Karussell in ihr. »Vater, *ich* helfe dir«, flüsterte sie mit bebenden, blutleeren Lippen, hieb ihrem Pferd die Hacken in die Weichen und stürmte auf die Gruppe um Mertaban zu, in dumpfen, verschwommenen Wahnsinn versackend, der keiner Vernunft Platz ließ.

»Vater!« schrie sie heiser gegen den ohrenbetäubenden Lärm und starrte, durch viele wild um sich schlagende Leiber getrennt, zu ihm hinüber. Soeben erwehrte er sich kraftvoll und gekonnt eines großen, breitschultrigen Römers, dem bei jeder seiner blitzschnellen Bewegungen der rote Sagum gegen den Sattel schlug und die Roßhaarbürste auf dem blitzenden Helm auf- und abwippte.

»Vater!« schrie Antopa nochmals, doch ihr Schrei ertrank auch dieses Mal in dem Getöse um sie, und niemand achtete auf sie, denn jeder hatte seine ganze Kraft und Konzentration gegen den von allen Seiten anstürmenden Tod aufzubieten.

Einen Atemzug lang wurde ihr die Sicht versperrt, doch dann sah sie ihren Vater wieder, wie er eben weit ausholte und seinen Körper für einen kurzen Augenblick entblößte. Da stieß der Römer blitzschnell und mit ungeheurer Kraft sein kurzes Schwert durch Mertabans Brustpanzer. Für Sekunden trat verwirrtes Nichtbegreifenkönnen in Mertabans Augen, dann gurgelte es tief aus seiner Brust empor, bis seiner Kehle ein tierischer Schrei entfuhr, der sogar den Lärm ringsum übertönte. Mit beiden Händen griff er nach seiner Brust, aus der der Römer sein blutiges Schwert mit hartem Ruck wieder herausgerissen hatte. Zwischen seinen Fingern quoll ein dunkler Blutstrom hervor, ergoß sich über den Panzer und bespritzte den Sattel. In seine Augen tauchte das Entsetzen, er starrte den Römer an mit bebendem Mund – dann kippte sein massiger Körper vornüber. Langsam rutschte er über den Hals des Pferdes und ging in der wildwogenden Menschenmasse unter.

Antopa schrie auf, als wäre sie selbst getroffen worden, mit einer Stimme, die nichts Menschliches mehr an sich hatte. Einen Augenblick saß sie wie gelähmt vor Entsetzen, keines Gedankens und keiner Bewegung fähig. Doch dann sprang sie übermächtig wilde Verzweiflung an, die sich fast im selben Augenblick in besinnungslose Wut wandelte. Mit verzerrtem Gesicht und keuchendem Atem zwang sie ihr Pferd vorwärts, mitten durch das hin- und herwogende Getüm-

mel, dabei keine Sekunde ihre Augen von dem Helm mit der Roßhaarbürste lassend. Sie fürchtete, daß ihr der Römer entwischen könnte oder ihr einer zuvorkommen würde, denn nur sie durfte ihn töten! Endlich war sie dicht hinter ihm.
»Du hast meinen Vater getötet, du Hund!« schrie sie ihn an und riß ihr Schwert hoch, um es bei der nächsten Drehung in ihn hineinzustoßen. Mit seinem Blut wollte sie diesen irrsinnigen Schmerz in ihrem Herzen betäuben! In diesem Augenblick wendete ihr der Römer den Kopf zu. Im Bruchteil von Sekunden erkannte sie unter dem tief in die Stirn gezogenen Helm das erhitzte, glühende Gesicht des Mannes von Liutas Amulett ...
Ihr stockte der Atem, Fassungslosigkeit breitete sich in ihr aus, und der zum Stoß erhobene Arm erstarrte mitten in der Bewegung. Mit weit aufgerissenen Augen saß sie wie aus Stein gehauen. Der Römer Marcus war der Mörder ihres Vaters! Aber noch ehe sich ihr Körper aus der Erstarrung lösen konnte, bekam sie von rückwärts einen Schlag auf den Helm, der ihren Kopf bis auf die Brust hinabstieß. Wie von weit her vernahm sie dumpfes Klirren, doch ihr war, als beträfe alles gar nicht sie selbst. Sie fühlte nicht den Schmerz, der über ihren Kopf raste, ihr wurde schwarz vor Augen, und ihr Körper fing unkontrollierbar zu pendeln an. Instinktiv suchte sie nach einem Halt, doch ihre Hände griffen ins Leere, und sie konnte ihren sinkenden Körper nicht mehr aufhalten. Das letzte, das sie im Fallen noch bewußt in sich aufnahm, war das Gesicht des Römers mit dem Namen Marcus, das ihr in faszinierender Erregtheit zugekehrt war.
»Ich hasse dich, Romanus Marcus! Mörder meines Vaters!« schrie sie tonlos in sich hinein, bis ihr Körper vollends schwerelos wurde und sie undurchdringliche Nacht umfing. Genau wie ihr Vater sank sie zur Erde und rollte zwischen den vielen Hufen hindurch in eine Mulde unter den Zweigen eines dichten Haselnußstrauches.

Für Antopa war es bedeutungslos geworden, daß Hannibals Plan voll gelang. Aus einer großen Schlacht war ein entsetzliches Gemetzel hoffnungslos Verlorener geworden. Wer von den stolzen, kampfesfrohen Römern gegen Abend noch lebte, wurde gefangengenommen und mit seinen Kameraden wie Vieh zusammengetrieben. Nur ein kleiner Rest der bis dahin größten Armee konnte sich ins benachbarte Canusium retten. Unter ihnen befanden sich auch Antoninus und der schwerverletzte Marcus. Ebenso Consul Varro, der sein verantwortungsvolles Amt zum Verderben der ihm anvertrauten Männer mißbraucht hatte. Consul Lucius Aemilius Paullus dagegen, der diese Schlacht hatte verhindern wollen, war tot. Er war schwer verwundet worden und hatte in dem Kampfgewühl nicht mehr in Sicherheit gebracht werden können. Er hätte es auch gar nicht gewollt, nicht nach einem solchen Tag.

Die Abendsonne ergoß ihre rotglühenden Strahlen über das still gewordene Schlachtfeld, über dem noch immer der aufgewirbelte Staub hing, als wolle er sich nie mehr auf diese blutdurchtränkte Erde herabsenken, auf der Tausende und Abertausende von Toten lagen. Römer und Karthager, Fußvolk und Reiter durcheinander, wie jeden Zufall, Kampf oder Flucht neben den anderen geworfen hatte. Von weitem muteten sie an wie aufgehäufte, wertlose Kleiderbündel, die in nichts an einstmals lebendige Menschen erinnerten. Doch aus der Nähe bot sich ein Anblick, der an Schrecklichkeit alles bisher Dagewesene übertraf. Selbst die abgehärtetsten Soldaten waren entsetzt über das, was sie hier angerichtet hatten, als sie die Waffen einsammelten und den Toten die Dinge vom Leib zogen, die sie selbst benötigten oder glaubten zu benötigen. Die Leichen ließen sie liegen. Die sicher bald zurückkehrenden Bauern der Umgebung würden sie schon verscharren, wenn sie keine Seuchen im Land haben wollten. Nur die karthagischen Offiziere wurden zusammengetragen und auf dem rasch errichteten Scheiterhaufen verbrannt, unter ihnen auch Hauptmann Mertaban.

Hannibal betrachtete mit Trauer im Herzen sein starres, bleiches Gesicht, denn zu ihm hatte er seit seinem neunten Lebensjahr, als er nach Iberia übersetzte, eine besondere Zuneigung verspürt. An Mertabans Seite war er in seinen ersten Kampf geritten und zum Mann geworden. Auch war er es gewesen, der ihm die Gewohnheiten und die Denkweise des einfachen Soldaten nähergebracht hatte, so daß er in späteren Jahren immer die rechten Worte fand, seine Männer zu Höchstleistungen anzuspornen. Hauptmann Mertaban hinterließ eine spürbare Lücke. Und er dachte an Antopa. Wußte sie schon, daß ihr Vater tot war?

»Wo ist das Mädchen?« fragte er Lactas leise.

»Herr, sie ist während der Schlacht hier herausgeritten und seitdem nirgends mehr gesehen worden«, gab Lactas mit sorgenvoll gekrauster Stirn Antwort.

Plötzlich fiel Hannibal wieder ein, daß er das Mädchen oben auf dem Hügel gesehen hatte.
»Schnell, Alter!« ordnete er hastig an, »trommle ein paar Männer zusammen und sucht das ganze Feld gründlich ab. Aber beeilt euch, es wird bald dunkel!«
Während Hannibal zielstrebige Anordnungen traf, wanderten seine Gedanken immer wieder zu Antopa. Er, der den Tod von Zehntausenden heraufbeschworen hatte, sorgte sich um dieses eine Leben. Aber die zurückkehrenden Suchtrupps hatten »den Knaben Antopa« nicht finden können.
»Ich habe nur dieses Riesenvieh, das er immer mitgeschleppt hat, an einigen Büschen entlangstreifen sehen«, berichtete einer. »Aber es ist davongerannt.«
»Wir werden morgen nochmals nach Antopa suchen«, bestimmte Hannibal und wandte sich wieder der vor ihm liegenden Karte zu.

Kurz darauf traten Mago und Sosylos ein, um Bericht zu erstatten.
»Die Raben werden dieses Jahr dick und fett werden, Bruder!« lachte Mago scheppernd. »Wir zählten an die siebzigtausend tote Romani! Oh, ihr Götter, war das eine Schlacht! Wir werden für alle Zeiten berühmt!«
Hannibal sah ihn unverwandt an und verunsicherte ihn mit seinem Blick so sehr, daß er seine Begeisterung dämpfte und sachlich zu berichten versuchte:
»Wir haben Consul Aemilius Paullus' Leiche gefunden, Bruder. Außerdem zwei Proconsuln, einunddreißig Tribunen, zwei Quaestoren, mehrere Altconsuln, Praetoren, Aedile und achtzig Senatoren! Beim katzbuckligen Baal Shanim, ist das ein Sieg! Von ihm werden noch unsere Enkel und Urenkel erzählen! Oh, ihr Götter, und ich war dabei! Mitten unter diesen verdammten Romani, diesen Hurensöhnen!«
Wieder sah Hannibal Mago eigenartig unbewegt an. Es war nicht zu erkennen, was er dachte, und dabei hätte tiefe Befriedigung über diesen grandiosen Sieg aus seinen Augen leuchten müssen. Sosylos beobachtete ihn nachdenklich. Was ging in diesem Mann vor? Bedrückten ihn politische Visionen? Er wußte, daß sein ehemaliger Schüler in Andeutungen immer wieder vom künftigen Verhältnis zwischen Rom und Karthago sprach. Was dachte er, über das er mit ihm, Sosylos, nicht sprechen wollte?
»Den toten Equites habe ich die Siegelringe abziehen lassen«, brach

Mago das entstandene Schweigen. »Und es sind so viele, daß sie einen ganzen Scheffel füllen!«
Hannibal besann sich und ordnete mit strenger Stimme an:
»Mago, diesen Scheffel bringst du nach Karthago. Du wirst dem Rat der Hundert in der Gerusia klarmachen, daß nun die Gelegenheit günstig ist, den Krieg gegen Roma siegreich zu beenden. Aber die Herren müssen sich endlich abgewöhnen, das iberische Heer sich selbst zu überlassen. Sie müssen mir unbedingt frische Soldaten und Waffen schicken. Und vor allem Geld! Trotz allen Sparens sind meine Kassen fast leer. Sie müssen mir Nachschub schicken. Dräng darauf mit allem Nachdruck!«
Hannibal hatte so erregt gesprochen, wie ihn Sosylos nur in äußerst kritischen Situationen erlebt hatte. Er schien also mehr Schwierigkeiten zu haben, als er zugab.
»Geh jetzt«, fuhr Hannibal etwas ruhiger fort. »Und vergiß nicht, daß ich mich auf deine Beredsamkeit verlasse!«

Nachdem Mago gegangen war, wandte er sich an Sosylos, der ruhig und sachlich berichtete:
»Unsere eigenen Verluste belaufen sich auf etwa sechstausend Mann, zwei Drittel sind Keltoi. Sechstausend – eine unglaubliche Zahl gegenüber siebzigtausend Romani ...« Sosylos' Miene war nicht zu entnehmen, was er dachte oder fühlte.
Auch Hannibals Gesicht blieb selbst bei diesem sensationellen Vergleich unbewegt. Nur als Sosylos hinzufügte, Consul Varro habe sich mit einem Reitertrupp nach Venusia retten können, runzelte er die Stirn. Varro war ihm also entkommen, und gerade ihn hatte er treffen wollen! Lange Zeit grübelte er vor sich hin. Erst Maharbal, der mit einigen Offizieren das Zelt betrat, riß ihn aus seinen Gedanken. Sie beglückwünschten ihn überschwenglich zu seinem großen Sieg, was er scheinbar ungerührt über sich ergehen ließ.
»Du weißt, Hannibal Barkas«, näselte Maharbal enthusiastisch, »was wir durch diese Schlacht erreicht haben: in fünf Tagen wirst du als Sieger auf dem Capitolinum stehen!«
Hannibal winkte brüsk ab.
»Es wird nicht nach Roma marschiert! Keinesfalls heute!« Er warf einen raschen Blick auf Sosylos, so als wolle er dessen Reaktion prüfen, und fuhr kühl fort: »Roma ist geschlagen, aber nicht bezwungen, denn die Entscheidung fällt nicht auf dem Schlachtfeld. Roma ist erst

dann besiegt, wenn sich ihr italischer Bund unter unseren Schlägen löst. Ohne sicheres Hinterland sind wir trotz Cannae nichts weiter als ein fremdes Heer inmitten einer feindlichen Nation.«

Als sich Maharbal von seiner Überraschung erholt hatte, ließ er seiner Wut darüber, daß aus seinen großartigen Träumen so bald nichts werden sollte, freien Lauf.

»Die Götter haben einem anscheinend nicht alles gegeben«, fauchte er mit verzerrtem Gesicht. »Zu siegen verstehst du, Hannibal Barkas, aber einen Sieg zu nutzen, verstehst du offensichtlich nicht!«

Hannibal warf zornig den Kopf zurück und herrschte den Numidier an:

»Du vergreifst dich wieder einmal im Ton, Maharbal! Geh mir aus den Augen und laß dich die nächste Zeit nicht mehr blicken! Auch ihr könnt jetzt gehen!« fuhr er die betreten dabeistehenden Offiziere an.

Wieder allein dachte er an die Zukunft, die nicht unwesentlich von Karthagos künftigem Verhalten abhing. Und er dachte an die Offensiv-Allianz zwischen Karthago und Makedonien, von der ständig geredet wurde, zu der sich der unentschlossene Philippos an Pellas Hof aber immer noch nicht offen bekennen wollte. Vor allem dachte er an die römische Eidgenossenschaft, deren mächtiges Gebäude die Stöße schwerer Kriegsjahre scheinbar unerschüttert überstanden hatte. Die drängendsten Sorgen bereiteten ihm dabei die süditalischen Hellenen, die noch immer am römischen Bündnis festhielten. Der Politiker Hannibal wußte, daß dem Feldherrn Hannibal noch ein weiter, beschwerlicher Weg bevorstand – trotz dieses überwältigenden Sieges hier bei Cannae.

Spät in der Nacht trat er vor sein Zelt und überblickte das weite, in bleichem Mondlicht liegende Feld. Er sah zu seinen Soldaten hinüber, die um die Wachfeuer lagerten und von denen viele trotz ihrer Erschöpfung keinen Schlaf finden konnten. Genau wie er starrten sie in die Nacht, die ihre Schatten über das grausige Bild des Schlachtfeldes gesenkt hatte. Sein Blick wanderte weiter zu den Gefangenen, von deren staubbedeckten Gesichtern und zusammengesunkenen Haltungen völlige Erschöpfung und tiefe Verzweiflung über die Aussichtslosigkeit ihrer schlimmen Lage abzulesen war. Von numidischen Wachen umkreist starrten sie unter immer wieder mitleidlos auf sie niedersausenden Nilpferdpeitschen dumpf vor sich hin. Vielen bereiteten die nur notdürftig mit schmutzigen Lappen verbundenen, grausigen Wunden kaum zu ertragende Schmerzen, so daß ständig wie ein nie vergehender Windhauch ein leises Stöhnen über sie hinstrich. Hannibals Herz durchzog Bedauern mit diesen Männern, denn tapfere Krieger hatten ihm stets Respekt abgefordert, doch in der Erbarmungslosigkeit des Krieges durfte er sie nicht als Menschen betrachten, nur als Gegner. Mit nachdenklichem Gesicht trat er in sein Zelt zurück, in dem die flackernden und rußenden Öllämpchen lange nicht erloschen.

Derweil wanderte auf der steinigen Landstraße ein blondes, leise vor sich hinsingendes Mädchen nach Norden. Niemand begegnete ihr in dieser wie ausgestorben liegenden Gegend, und sie verlor sich in der Dunkelheit, als wäre sie nur ein flüchtiger Schatten gewesen.
Auf dem Schlachtfeld dagegen lag, unter tief herabhängenden Zweigen wie in einer Höhle verborgen, das Mädchen Antopa in karthagischer Knabenkleidung, mit der Rechten ihr kostbares Schwert umklammernd. Neben ihr duckte sich die Katze Sitah, die unermüdlich das unter dem runden Helm hervordrängende Blut ableckte, als hätte sie ihr eigenes Junges zu versorgen. Auf Antopas Gesicht begannen sich die Schatten des Todes abzuzeichnen, die sich ohne menschliche Hilfe nicht mehr vertreiben lassen würden. Doch auch die am nächsten Morgen erneut ausgesandten Suchtrupps fanden sie nicht und schlossen sich schließlich dem abmarschierenden Heer an. Die Ebene um Cannae blieb totenstill hinter ihnen zurück.
Nur die Raben, von denen Mago gesprochen hatte, begannen sich zu regen.

NOCH EINMAL DAVONGEKOMMEN

216/215 v. Chr.

Auf die geschlossen gehaltene Porta Capena in der südlichen Stadtmauer Roms ritt ein staubbedeckter Krieger zu, der ebenso müde wirkte wie sein bereits stolperndes Pferd. Sein von schmutzigen Binden umwundener Arm lag vor dem fleckigen Brustpanzer, und um den Kopf wand sich ein blutdurchtränkter Verband, der an mehreren Stellen zu einer braunen Kruste zusammengebacken war. Sein Gesicht war hager mit hervorstehenden Backenknochen, die Augen eingefallen und die Haut unter der Staubschicht grau und trocken. Schmerzen und böse Erlebnisse hatten dieses junge Gesicht gezeichnet. Jetzt hielt er an und blickte auf die hochaufsteigenden Mauern Roms in einer Art, als hätte er nicht mehr geglaubt, sie jemals wiederzusehen. Nach einer Weile setzte er sich langsam wieder in Bewegung. Eine durchdringende, helle Stimme riß ihn aus seiner dumpfen Versunkenheit:
»Halt! Wer bist du?« Der Reiter hob mühsam den Kopf und sah einen Jungen mit rundem Kindergesicht über sich, der unter seinem Blick errötete und ins Stottern geriet. »Hast du – bist du vielleicht einer aus der Schlacht von Cannae?«
Der Reiter antwortete nicht gleich und brachte damit den Jungen noch mehr in Verlegenheit. Schließlich erwiderte er:
»Ja, mein Junge, ich bin einer aus der Schlacht von Cannae. Einer der wenigen ... laß mich ein, ich habe es eilig!«
»Verzeih Herr, aber ich muß dich fragen, wer du bist, ich vertrete den Wächter.« Offensichtlich nahm er sein Amt sehr ernst. Müssen jetzt schon Kinder für solche Dienste herangezogen werden? fragte sich der Mann.
In diesem Augenblick ritt Claudius Marianus Valus heran, der von einem der Dörfer entlang der Via Appia kam. Er stutzte kurz, trieb dann aber sein Pferd zu höchster Eile an. Dicht neben dem Wartenden riß er es so scharf zurück, daß es auf der Hinterhand hochstieg. Claudius grinste lässig, konnte jedoch das Strahlen nicht aus seinen Augen verbannen.

»Bruder Marcus!« rief er theatralisch, sich mit beiden Armen auf den Sattel stützend.
»Claudius!« gab Marcus im selben Ton zurück, seine Müdigkeit und Schmerzen für einen Augenblick vergessend. Er streckte ihm die Hand entgegen, in die Claudius mit gewollt großem Schwung einschlug.
»So eine Überraschung!« feixte er und quetschte Marcus' Hand. »Die erste schöne seit Tagen!«
Marcus beugte sich vor, umschlang mit einer Hand seines Bruders Nacken und schüttelte ihn nach Männerart. Claudius schien dabei erst jetzt seine Verwundung zu bemerken.
»Oh«, entschuldigte er sich, »du bist ja verletzt! Was hast du angestellt?«
»Eigentlich nichts Besonderes«, lächelte Marcus verhalten. »Es ergab sich so.«
»Ist es schlimm?«
»Nein, so schlimm auch wieder nicht. Immerhin lebe ich noch. Vielen anderen ist es schlechter ergangen. Nur bin ich im Moment kampfuntauglich, und da ich sachgemäße Pflege brauche, hat man mich mit einem Bericht an den Senat hierher geschickt.«
Claudius wurde unvermittelt ernst. Man sah ihm an, wie sehnlich auch er auf Nachrichten wartete.
»Was ist mit unseren Legionen, Marcus? Wie sieht es tatsächlich aus?«
»Gedulde dich noch ein wenig, Bruder, gleich werde ich im Senaculum ausführlich berichten. Sicher sitzen unsere ehrwürdigen Patres schon auf ihren Plätzen in der Curia und reden sich die Köpfe heiß. Doch erst muß uns dieser tapfere Wächter in die Stadt einlassen«, lächelte er zu dem atemlos lauschenden Knaben hinauf, der nun in großer Eile das Tor öffnete.
»Du bist ein guter Romanus«, lobte er in die strahlenden Augen des Jungen. »Doch ich habe eine Bitte. Schick jemand zum Haus der Marianus Valus hinauf, der mein Kommen ankündigt.«
»Natürlich, Tribunus, sofort!« Damit stieß er einen durchdringenden Pfiff aus, und im Nu rannten zwei Knaben herbei, denen er wichtigtuerisch Marcus' Auftrag übermittelte. Diese blickten mit großen Augen auf den staubbedeckten Tribun und stoben dann mit einer Schnelligkeit davon, als wollten sie sich gegenseitig einen Rekord abjagen.

Während die beiden Brüder nebeneinander in die Stadt ritten, begann Claudius:
»Du kannst dir sicher vorstellen, was Mutter seit Bekanntwerden der Cannae-Katastrophe für Angst ausgestanden hat.« Daß er nicht von seinen eigenen Gefühlen sprach, war für ihn genauso selbstverständlich wie für Marcus. »Wir wußten bis jetzt nicht einmal, ob du noch am Leben bist. Doch nun ist ja alles wieder gut, ich meine, Mutter kann beruhigt sein.«
»Jedenfalls soweit es mich betrifft, Claudius«, erwiderte Marcus ernst. »Aber sonst sieht es wahrhaftig sehr schlimm aus. Wie wurde hier die Kunde von der Niederlage aufgenommen? Was ist an Nachrichten zu euch gelangt?«
»Nun, zuerst hieß es, beide Consuln seien gefallen, die Legionen restlos vernichtet, und Apulia, Samnium und beinahe das ganze untere Italica in Hannibals Hand. Man hegte keinen Zweifel mehr daran, daß dieser verfluchte Poenus nach seinem grandiosen Sieg zur Erstürmung der Stadt heranrücken werde. Die Senatoren unter Publius Furius Philus und Marcus Pomponius Pictor beratschlagten die ganze Nacht hindurch, aber es kam nicht allzu viel heraus. Einzig unser verehrter Fabius Maximus behielt in all dem Entsetzen und Durcheinander einen kühlen Kopf. Er trommelte sofort alle zur Verfügung stehenden Reserveeinheiten zusammen, beorderte sie und die eintreffenden Flüchtigen auf die Mauern und bleute ihnen neuen Kampfeswillen ein. Außerdem sandte er Eilboten auf der Via Appia und Latina aus, um einzeln durch die Gegend ziehende Flüchtige zu sammeln, zu befragen und sie hierher zur Befestigung der Stadt zu schicken. Sie sollten auch herausfinden, was wirklich mit den beiden Consuln und dem Heer geschehen war, wohin Hannibal zog und was seine Pläne für die Zukunft sein könnten. Rigoros beseitigte Fabius das entstandene Chaos in der Stadt, und als Hannibal doch nicht auftauchte, beruhigten sich alle wieder. Ein Schreiben dieses verdammten Consul Fleischermeister bestätigte, daß Consul Lucius Aemillius Paullus tot und das Heer zum größten Teil vernichtet war, er jedoch bereits wieder an die zehntausend Mann ungeordneter Legionenreste hatte sammeln können. Für Consul Varro schien alles wieder im Lot, die paar Toten, meiner Rechnung nach an die siebzigtausend, spielten anscheinend keine allzugroße Rolle bei seinem so grandios inszenierten Schauspiel menschlicher Dummheit und Unfähigkeit.« Claudius hielt einen Augenblick inne und es war ihm trotz seines beherrschten

Gesichtsausdrucks anzusehen, wie wütend er auf diesen anmaßenden und verantwortungslosen Plebejer-Consul war. »Nach und nach trafen auch einzelne Boten ein, die Namen von Gefallenen angeben konnten. Danach mußte das jährliche Ceres-Opfer abgesagt werden, da fast keine Frau mehr ohne Trauer war. Damit nicht auch noch andere Festlichkeiten unterbleiben müßten, beschloß der Senat in seiner unerfindlichen Weisheit, die Zeit der Trauer auf dreißig Tage zu begrenzen. Du siehst Marcus, man hat sich schon wieder so weit gefangen, daß man Zeit und Gedanken für solchen Firlefanz aufbringen kann.«

»So ist das nun einmal mit unserem Glauben an die Götter«, lächelte Marcus etwas mühsam.

»Was heißt Götter!« mokierte sich Claudius mit einem spöttischen Glitzern in den Augen. »Ich möchte nicht wissen, was die Priester selbst von diesem Mummenschanz halten. Doch gebe ich den attischen Stoikern recht, die sagen, daß man der ungebildeten Masse ihren Glauben nicht nehmen sollte, denn sie binden sie nicht nur an die Götter, sondern auch an die Gesetze und überlieferte Ordnung. Aber uns sollte man mit solchem Unsinn nicht kommen. Ich hätte es zum Beispiel wesentlich nützlicher gefunden, die Männer auf die Mauern von Roma zu schicken statt zur Sibylle von Cumae, um dort zu erfragen, durch welche Anrufungen die großen Unglücksfälle abgewendet werden könnten. Völlig absurd finde ich jedoch die Tollheit der Menschenopfer, die sie hier und in der heutigen Zeit zelebriert haben.«

»Menschenopfer?« Marcus glaubte einen Augenblick, nicht richtig gehört zu haben.

»Jawohl, Menschenopfer, mein lieber Bruder!« erwiderte Claudius mit zynischem Grinsen. »Nichts scheint diesen geisteskranken Tempelpriestern abwegig genug zu sein. Während hier in der Stadt das größte Chaos herrschte, haben sie am Forum Boarium tatsächlich einen Gallus und seine Frau, sowie einen Mann aus Attica mit Frau bei lebendigem Leibe eingemauert! Nun, wir werden ja sehen, ob Hannibal solches Bauchgrimmen bekommt, daß er seinen Feldzug abbrechen muß.«

Marcus schüttelte traurig den Kopf.

»So weit ist es also mit uns schon gekommen.«

»Nicht mit uns, Marcus, werfe bitte nicht alle mit diesen irren Eiferern in einen Topf!«

»Natürlich, du hast recht, das ist nicht unsere Art.«
Bei der Curia angekommen, wo bereits eine heftige Diskussion im Gange war, ließ Marcus durch den Lictor seine Ankunft melden und wartete geduldig, bis er gerufen wurde. Auch Claudius wurde gebeten einzutreten, obwohl er nicht zu den Patres conscripti gehörte.
Mit unverkennbarer, nervöser Anspannung blickten die Senatoren Marcus entgegen und boten ihm angesichts seiner Verwundungen sogar einen Sessel an. Nachdenklich glitt sein Blick über die Versammelten. Nach dem Erlebten tat es ihm gut, all die Gesichter wiederzusehen, die ihm, seit Kindestagen vertraut, stets Respekt abgefordert hatten. Doch jetzt sahen die ehrwürdigen Herren ziemlich ratlos drein und versuchten gar nicht erst, Zuversicht zur Schau zu stellen, wie sie dies in der Öffentlichkeit taten.
»Avete, patres conscripti!« grüßte Marcus und begann sofort: »Ich bin beauftragt worden, euch, ihr Herren, Genaueres zu berichten, damit dem Heer neue Anordnungen übermittelt werden können. Was übrigens dringend erforderlich ist, denn alle acht Legionen sind praktisch vernichtet worden. Anfangs kamen nur etwa 4000 Mann zu Fuß und etwa 200 Reiter nach Canusium. Erst später wuchs die Zahl der Geretteten auf ungefähr 10000 Mann an ...«
»Und 86000 waren es!« konnte sich einer in seiner Verbitterung nicht enthalten dazwischen zu rufen. Als sich niemand dazu äußerte, beendete Marcus seinen Satz:
»... von denen viele verwundet und fast alle mutlos und erschöpft waren. Sie hatten ihr Bestes gegeben, und doch hatte es nicht ausgereicht, die Katastrophe zu verhindern.«
Schweigen breitete sich aus, in dem die Männer ihre Augen angstvoll auf Marcus richteten. Er wußte um ihre Sorgen und sagte daher rasch:
»Unter den Geretteten befinden sich auch der Sohn von Quintus Fabius Maximus, sowie Lucius Publius Bitulus von der Ersten Legion und von der Zweiten Appius Claudius Pulcher, des weiteren der junge Publius Cornelius Scipio und Antoninus Pomponius Pictor.«
Da von jedem der Genannten sich mindestens ein Angehöriger auf den Bänken des Senaculums befand, ging ein hörbares Aufatmen durch die Reihen. Viele andere Augenpaare verharrten jedoch weiterhin in atemloser Angst.
»Weitere Namen von geretteten, aber auch von gefallenen Nobiles und Equites finden sich hier in diesem Verzeichnis.«

Senator Aemilius Publius Bitulus als der Jüngste unter ihnen erhob sich und nahm die Liste entgegen. Langsam las er jeden aufgeführten Namen vor. Es war totenstill geworden. Alle, die bisher noch keine verbindliche Nachricht erhalten hatten, warteten angstvoll, bis sie endlich aufatmend die Namen von Söhnen oder Brüdern unter den Geretteten vernahmen. Als aber die Namen der Gefallenen verlesen wurden, verließen viele der betroffenen Väter schweigend das Senaculum, um ihren Schmerz in der Stille zu bewältigen. Andere hingegen blieben unbeweglich sitzen und starrten mit blinden Augen vor sich hin. Sie hatten keine Kraft mehr, aufzustehen und wegzugehen. Schmerz und Trauer füllten beinahe greifbar den hohen Raum, und lange Zeit störte kein Laut das unterdrückte Stöhnen und die zurückgedrängten Tränen der leidgeprüften Männer. Bis endlich Fabius nach leisen, teilnehmenden Worten Marcus aufforderte weiter zu berichten.
»Kannst du uns den genauen Verlauf der Schlacht schildern, Tribun?« fragte er.
»Ja, er wurde im nachhinein wahrheitsgetreu aufgezeichnet. Führer aus allen Legionen haben daran mitgewirkt.«
Als Marcus die Aufzeichnung überreichte, sprangen fast alle auf, um einen Blick darauf zu werfen. Die in der Kriegskunst Erfahrenen sahen sofort, daß Consul Varro den entscheidenden Fehler in der Platzwahl gemacht hatte. Eine Niederlage in dieser Größenordnung, noch dazu bei zahlenmäßig dreifacher Überlegenheit, hätte es auf anderem Gelände auf keinen Fall gegeben.
»Natürlich war es die größte Dummheit von Varro, sich bei Cannae auf eine Schlacht einzulassen«, äußerte sich Fabius Maximus laut. »Das steht außer Frage und kann ihm niemals verziehen werden. Aber jeder unserer Befehlshaber hätte äußerste Schwierigkeiten gehabt. Die von Hannibal Barkas entwickelte Taktik ist einfach genial. Er hat uns und unseren Nachfolgern nachgerade ein Lehrstück dafür geliefert, wie man trotz einer zahlenmäßig weit unterlegenen Armee siegen kann, wenn, und das möchte ich zum wiederholten Male betonen, wenn man nicht an althergebrachten Praktiken, so wie unserem Blockdenken, festhält, sondern beweglich bleibt. Ich glaube, es würde keinem Heerführer schaden, über den Verlauf dieser Schlacht gründlich nachzudenken. Auch wenn uns dieser Gedanke nicht paßt. Doch nun, Tribun Marianus Valus, fahre in deinem Bericht fort. Was geschah nach der Schlacht?«

Mit dieser Wendung zu Marcus hin machte es Fabius seinen Mitsenatoren unmöglich, ob dieser ketzerischen Ansicht über ihn herzufallen. In Marcus' Augen glomm Bewunderung über dessen Ehrlichkeit und Mut, selbst in dieser Situation die Dinge beim Namen zu nennen. Er wußte nicht, ob er vor den trauernden, erregten und wütenden Männern auch so gesprochen hätte. Daher sagte er schnell:
»Die Stimmung unter den Geretteten war verständlicherweise erschreckend. Es gab kaum jemand, der angesichts der trostlosen Lage Roma nicht verloren glaubte. Plötzlich stand der junge, sonst so schweigsame Publius Cornelius Scipio auf und rief: ›In einer solchen Gefahr muß man wagen und handeln und nicht beraten. Und schon gar nicht flüchten. Ich jedenfalls werde Roma nicht im Stich lassen und auch nicht dulden, daß auch nur ein einziger Mann es in der Not verläßt. Wenn ich wissentlich diesen Eid breche, den ich hiermit tue, dann soll der allmächtige Jupiter mich und meine Gens schmählich verderben! Marcus Caecilius, ich verlange von dir, als erster auf diese Worte zu schwören. Und von euch anderen fordere ich der Reihe nach dasselbe. Wer nicht schwört, soll wissen, daß dieses Schwert für ihn gezückt ist!‹ Und damit bezwang er die Männer dieser Runde, und alle leisteten den Schwur. Sie übertrugen ihm, dem Jüngsten unter ihnen, sogar einstimmig den Oberbefehl.«
Die geschilderte Stimmung im Heer rief betroffenes Schweigen hervor. Sollte ein so junger Mann tatsächlich den Oberbefehl erhalten? Flüsternd tauschten sie ihre Meinungen aus und kamen endlich, wenn auch mit einigen Gegenstimmen aus der Gens der Scipionen, zu dem Schluß, Scipio keinesfalls mit dem Oberbefehl, aber doch mit führenden Aufgaben zu betrauen.
»Also gut, Tribun, wir werden dies dem Heer übermitteln«, erklärte ein Sprecher. »Den Oberbefehl dagegen übertragen wir, wie bereits beschlossen, Marcus Claudius Marcellus, den wir aus vorangegangenen Feldzügen gut kennen und sehr schätzen. Aber nun fahre in deinem Bericht fort, Tribun.«
Während Marcus seine bohrenden Schmerzen zu unterdrücken versuchte, sprach er ruhig und bedächtig weiter, wie es seine Art war:
»Als ich ungefähr 5500 Mann in Canusium sammelte, stieß Consul Gaius Terentius Varro von Venusia aus mit ebenfalls etwa 4500 Soldaten zu uns. Das Heer formiert sich neu und wartet im übrigen die Befehle dieses Senats ab. Consul Varro bittet um Ersatz für die verlorenen Truppen, denn er befindet sich in einer sehr schwierigen Lage.«

»In die sich dieser Bastard einzig und allein selbst gebracht hat! Und uns mit!« kam eine Stimme aus dem Hintergrund.
Jeder hörte es, aber niemand sagte etwas dazu. Das Thema Consul Varro würden sie später noch zu behandeln haben. Schließlich erhob sich Fabius und erklärte:
»Wir danken dir, Tribun aus dem Hause Marianus Valus, daß du trotz deiner sichtlich schweren Verwundung erst hierher gekommen bist, um uns die Lage ausführlich darzulegen. Mit diesem Dank entlassen wir dich.«
Marcus grüßte und war von Herzen froh, endlich das Senaculum verlassen zu können. Er sehnte sich nach dem Haus am Aventinus, wo er nicht nur seine Mutter würde umarmen können, sondern endlich auch Pflege und Ruhe finden.
Auf der Treppe zur Straße hinunter traf er wieder mit Claudius zusammen, der ihm ernst entgegenblickte. Doch da eilte ihnen Fabius Maximus nach.
»Marcus!« rief er und legte seine im Senaculum betonte Förmlichkeit ab. »Laß dich umarmen! Wie bin ich froh, daß du zurückgekommen bist!«
»Ich freue mich auch«, erwiderte Marcus matt und erschöpft. »Und vor allem natürlich auch darüber, daß dein Sohn am Leben ist. Aber sonst ...«
Sie schwiegen und dachten einen Augenblick an die vielen Tausend, die nicht mehr waren.
»Und wie fühlst du dich?« fragte Fabius.
»Nun, ich bin natürlich froh, endlich wieder in Roma zu sein. Dennoch ist mir dabei sehr eigenartig zumute. All die Straßen und Menschen kommen mir plötzlich so fremd vor.«
»Ich verstehe das. Du warst sehr lange fort und hast zu viel gesehen. Das hat dich verändert, und so siehst du alles mit anderen Augen als früher.«
»Das wird es wohl sein.« Mit einem Mal wieder lebhaft werdend und seine Schmerzen vergessend fuhr er fort: »Wie ich hörte, wurde Marcus Junius zum Dictator ernannt.«
»Ja, das stimmt. Einer der wenigen, die uns überhaupt noch zur Verfügung stehen.« Marcus bemerkte Fabius' Einschränkung sehr wohl, ging aber nicht darauf ein.
»Und was ist wahr an dem Gerücht über Hannibals Friedensangebot?«
Der Fabier holte tief Luft und griff wieder nach seinem Ohrläppchen.

Er schien nicht gern über dieses Thema sprechen zu wollen, sagte aber nach kurzem Zögern:
»Naja, vor ein paar Tagen übermittelte Hannibal tatsächlich ein Friedensangebot. Auch machte er Vorschläge über die Auslösung der Gefangenen, wobei er sogar den Preis jedes einzelnen nach Rang und Namen festsetzte. Nach reiflicher Überlegung haben wir dieses Angebot verworfen und statt dessen sofort neue Aushebungen vorgenommen. Roma stehen in Kürze wieder vier Legionen und eintausend Reiter zur Verfügung. Eine dieser Legionen ist übrigens für dich vorgesehen, Tribunus militaris.«
»Du siehst, Brüderchen«, grinste Claudius in seiner gewohnten Art, »Roma hat ein wahrhaft dämonischer Trotz ergriffen, über den auch du noch staunen wirst.«
Fabius überhörte die Bemerkung und fuhr fort:
»Heute morgen wurde uns berichtet, daß König Philippos von Makedonia die Nachricht vom Ausgang der Schlacht bei Cannae erfuhr, als er gerade den Festspielen im Theater von Argos zusah. Er soll so aufgeregt gewesen sein, daß er sofort die Vorführung verlassen und ohne Verzug Verhandlungen über ein Bündnis mit Hannibal eingeleitet hat. Dieses Angebot wird der Karthager natürlich nur zu gern annehmen, da er selbst schon lange darauf gedrängt hat. Also werden wir künftig einen weiteren Feind vor der Haustür stehen haben. – Und das hellenische Sicilia ... Naja ...« Die Sorgen gruben Fabius tiefe Furchen in die Stirn. Er mochte plötzlich nicht mehr weiterreden und beendete daher hastig: »Das ist vorerst das Wichtigste.«
»Du sagtest, Hannibal habe angeboten, die Gefangenen gegen ein Lösegeld freizugeben. Dies wäre doch sicher nicht teurer gewesen, als Sklaven aufzukaufen.«
Fabius schwieg eine ganze Weile, bevor er erklärte:
»Nun, der Senat hat beschlossen, mit Hannibal nicht über die Höhe von Lösegeldern zu verhandeln. Wie sagte unser guter Appius Claudius seinerzeit schon: ›Roma verhandelt nicht, so lange der Feind auf italischem Boden steht!‹ – Wir werden also weiterkämpfen und nicht wie Marktweiber feilschen, so lange dieser Poenus noch einen Fuß auf unserem Boden hat. Wir sind Romani!«
Die beiden Brüder glaubten zu bemerken, daß der hühnenhafte Mann hier nur zitierte und kaum aus eigener Meinung sprach. Doch als Mitglied des Senats durfte er selbst seinen Freunden nicht alle seine Gedanken mitteilen.

»Claudius«, wandte er sich abrupt an diesen, »du bringst deinen Bruder jetzt besser nach Hause. Es scheint ihm nicht besonders gut zu gehen, und Valeria freut sich sicher über jede Minute, die sie ihren Sohn eher in den Armen halten kann. Sobald es meine Zeit erlaubt, werde ich zu euch hinaufkommen, und wir werden plaudern wie früher.« Damit verabschiedete er sich und ging ins Senaculum zurück, während sich Marcus unter großen Schmerzen auf sein Pferd hinaufzog. Als sie sich in Trab setzten, sinnierte er laut vor sich hin:
»Wir sind Romani, Claudius. Hast du das gehört? – Verstehst du diesen unsinnigen Stolz in einer solchen Lage?«
»Ja und nein, Bruder«, erwiderte Claudius. »Aber überleg doch mal, warum wir uns in diesem verdammten Krieg trotz aller verheerenden Niederlagen bis jetzt behaupten konnten. – Weil wir Romani sind! Unbeugsam und unbesiegbar trotz Niederlage über Niederlage!«
»Ja, es ist fast unglaublich, was unser Volk zu ertragen vermag. Aber, Claudius, Hannibal kämpft mit allen Listen, allen Heimtücken, allen Hinterhalten und aller Grausamkeit. Wir dagegen gehen unbeirrt unseren geraden Weg, wie in jeder Schlacht. Sollten wir uns nicht besser seine Kampfweise aneignen? Fabius scheint schon längst so zu denken. Und warum, frage ich dich, sind wir zu stolz, die Männer, die wir so dringend benötigen, ihm einfach abzukaufen? Was vergeben wir uns dabei? – Claudius, ich verstehe das nicht. Ganz abgesehen von dem Mitleid mit dem Los dieser Armen sehe ich keine Logik hinter dem Ganzen.«
»Stolz hat ja auch nichts mit Logik zu tun«, lächelte Claudius mit einem Anflug von Zynismus um die Mundwinkel. »Aber lassen wir das jetzt. Wir sind gleich da, und Mutter braucht uns nicht in solchem Trübsinn zu erleben. Dein heruntergekommener Aufzug genügt schon, all ihre Mutterinstinkte auf Hochtouren zu bringen.« Plötzlich bemerkte er, daß Marcus' Gesicht noch fahler geworden war und er sich ständig den Schweiß von der Stirn wischte. »Marcus, du bist ja kränker, als du zugibst! Was ist los?« fragte er besorgt.
»Es geht mir tatsächlich nicht gut. Ich habe wieder Fieber. Und mein Arm schmerzt sehr.«
»Warum hast du denn nichts gesagt? Ich dachte nicht, daß die Verwundung so schlimm sein würde.«
»Doch, das ist sie. Der Feldscher wollte mir sogar den Arm amputieren.«
Amputieren! Marcus und einarmig! Nein das wäre ein zu hoher Preis

für ... Claudius hielt in seinen Gedanken inne. Zu hoher Preis für was? Für Roma? – Aber hatten andere nicht weitaus mehr bezahlt? Zehntausende von Toten waren der Preis gewesen, Tausende auf dem Weg in die Sklaverei. Trotzdem, Marcus durfte nicht zum Krüppel werden! Nicht sein Bruder!

»Marcus, ich laß' sofort Silverus holen, denn wenn einer helfen kann, dann ist es dieser brummige Grobian.«

»Sicher, deshalb bin ich auch so schnell wie möglich heimgeritten. Ich habe ohnehin schon zu lange gewartet, aber ich wollte noch die Reste der Legionen ordnen helfen.« Claudius bewunderte insgeheim die Tapferkeit und das Verantwortungsgefühl seines Bruders, doch ließ er sich nichts anmerken, und Marcus fuhr auch schon fort: »Aber bitte, sag davon vorerst nichts zu Mutter. Sie soll sich keine unnötigen Sorgen machen. Und wenn ... wenn es doch sein muß, dann erfährt sie es noch früh genug.«

»Natürlich. Aber sicher vollbringt Silverus wieder eines seiner berühmten Wunder«, versuchte er den Bruder aufzurichten, während ihm selbst bang zumute war.

Nach der letzten Wegbiegung sahen sie Valeria schon wartend unter dem Eingang stehen, gespannt und aufrecht. Nur ihre Hand, die sie wie schützend auf ihr Herz gelegt hatte, verriet ihre Erregung. Bestürzt sah sie, in welch erbarmungswürdigem Zustand sich ihr Ältester befand und wie mühsam er sich auf dem Pferd hielt.

»Mein Sohn!« kam es zitternd über ihre Lippen und verriet die unterdrückten Tränen. Gerührt sah er in ihr liebes Gesicht, in dem die Kümmernisse und Sorgen zu lesen waren, die ihre Nächte schlaflos gemacht hatten. Zärtlich streichelte er darüber hin und drückte ihren noch schmaler gewordenen Körper sachte an sich. Eng umschlungen gingen sie ins Haus, wo Cornelia bereits aufgeregt wartete, um von Antoninus zu hören. Valeria verwies sie ob ihrer Ungeduld, doch Marcus wehrte lächelnd ab und richtete getreulich aus, was ihm sein Freund an seine Braut aufgetragen hatte. Befreit aufatmend sank sie zurück.

Natürlich wollte Valeria sofort Marcus' Wunden versorgen, doch er wehrte hastig ab, und Claudius sagte:

»Ich habe Corbulo bereits zu Silverus geschickt. Hier ist fachmännische Behandlung nötig. Man hört genug davon, wie im Lager gewöhnlicherweise Wunden behandelt werden, und das spricht wahrhaftig nicht für die Kunst der Medici.«

»Wie recht du hast, Bruder«, lächelte Marcus. »Doch zuerst möchte ich ein Bad nehmen, das ist schon seit Tagen mein größter Wunsch.«
Valeria scheuchte die Dienerschaft auf, und in kürzester Zeit konnte sich Marcus den Schweiß und Schmutz von Cannae bis Rom vom Körper waschen. Gerade als er sich in eine weiche Haustunika kleidete, kam der alte Silverus, finster und brummig wie immer. Durch die Blicke der Brüder gewarnt, schickte er Valeria mit groben Worten hinaus und löste vorsichtig die blutverkrusteten Binden ab. Lange Zeit betrachtete er mit gekrauster Stirn und zwischen den Lippen spielender Zunge die Wunden. Marcus' Augen hingen angstvoll an seinem Gesicht und er spürte den rasenden Schlag seines Herzens bis zum Hals hinauf. Schließlich konnte er das unheilschwangere Schweigen nicht länger ertragen:
»Was ist, Silverus? Warum sagst du nichts?«
»Nun, Marianus«, begann dieser in seiner umständlichen Art, »die Rißwunde an deinem Kopf wird bald verheilt sein. Auch dein Handgelenk kommt schnell wieder in Ordnung. Doch dein Oberarm bereitet mir Sorge.«
Marcus' Herz umschnürte eisige Angst. Also doch ... Bis jetzt hatte er gehofft, Silverus würde ihm helfen können, aber seine geäußerten Bedenken hörten sich nicht danach an.
»Du siehst selbst, wie das hier aussieht«, fuhr Silverus ungerührt fort. »Die Wunde geht bis auf den Knochen. Ein Stück Fleisch fehlt ganz, und nur die Sehnen sind – den Göttern sei Dank! – nicht verletzt. Das Schlimme aber ist, daß alles bereits völlig vereitert ist. Es sieht wirklich sehr böse aus. Wenn ich auch nur im geringsten an meinen guten Ruf dächte, müßte ich eigentlich sofort amputieren.«
Durch Marcus' Verzweiflung hindurch erglomm ein Funke neuer Hoffnung.
»Was heißt – eigentlich?« preßte er hervor.
»Das heißt, wenn du deine Schwäche aus dem Blutverlust überwindest, die Wunden gut verheilen, wenn kein Wundfieber auftritt und keine Blutvergiftung hinzukommt und wenn du in der besonderen Gunst der Götter stehst, dann könnte ich es vielleicht, wie gesagt vielleicht, riskieren, den Arm dran zu lassen. Aber wer kann das schon sagen? Das Beste wäre wirklich eine sofortige Amputation, denn die Verantwortung für dein Leben kann ich bei diesem Zustand niemals übernehmen.«
Marcus packte die Hand des Alten und drückte sie in seiner Erregung

so stark, daß der schmerzhaft das Gesicht verzog.
»Silverus«, bat er, »amputiere nicht! Die Verantwortung übernehme ich ganz allein. Versuch alles, was dir möglich ist! Vielleicht kannst du meinen Arm retten. Sollte wirklich eine Verschlimmerung auftreten, so werde ich dir sofort zustimmen, den Arm abzunehmen.«
»Ja, wenn es dann nicht zu spät ist. Die Sache ist nämlich ernster, als du offensichtlich annimmst. Doch ihr Jungen glaubt ja nicht, was euch die Alten sagen. Nur wenn ihr mit eurer Besserwisserei Schiffbruch erleidet, seid ihr heilfroh um die Hilfe der Alten. Also, junger Mann, wie sieht deine Entscheidung aus?«
»Silverus, lassen wir es darauf ankommen. So lange auch nur die geringste Chance besteht, will ich sie nützen.«
Der Alte sah Marcus unter tief herabgezogenen Brauen eindringlich an.
»Also gut, versuchen wir es. Doch sei dir über die Folgen klar. Deine Hinterbliebenen sollen ja nicht mir die Schuld geben, wenn etwas schief geht.« Er nieste ein paarmal und schneuzte sich umständlich, bevor er hinzufügte: » Also, ich werde zweimal am Tag die Wunden behandeln. Aber solltest du bemerken, daß hier«, womit er rücksichtslos auf die Wunde drückte, »oder hier eine Geschwulst oder eine Verfärbung hinzukommt, dann laß mich sofort rufen. Und dann bete zu allen Göttern, an deren Namen du dich noch erinnern kannst.«
Marcus atmete erleichtert auf. So hatte er zumindest eine Galgenfrist und vielleicht sogar eine echte Chance. Mit zusammengebissenen Zähnen ließ er die schmerzhafte Säuberung der Wunden über sich ergehen, wobei ihm der Schweiß in dicken Tropfen auf die Stirn trat.
»Na, was habe ich dir gesagt?« feixte Claudius, dem es allein schon beim Zusehen flau im Magen wurde, »unser alter Brummbär vollbringt wieder eines seiner berühmten Wunder, damit er in Roma noch berühmter wird, und vor allem seine Honorare weiter hinaufschrauben kann.«
Silverus warf ihm einen finsteren Blick zu.
»Vorlauter Maulheld«, brummte er. »Für ein verzogenes Herrensöhnchen wie dich wäre mein Honorar selbst in doppelter Höhe nicht mehr als ein Taschengeld, das zu zählen sich nicht lohnte. Aber ihr Jungen, ah bah ...«. Er brummelte noch weitere Unfreundlichkeiten, während er seinen Tascheninhalt wieder einpackte und sich verabschiedete:
»So, das hätten wir. Und wie gesagt, Marianus, ich vertraue auf dei-

ne Vernunft. Solltest du in jugendlicher Dummheit den Helden spielen, so bist du mit Sicherheit ein toter Held.«
Nach seinem Weggang trat mit sorgenvoller Miene Valeria ein. Natürlich sah sie sofort, wie erschöpft ihr Sohn war.
»War es so schlimm?« fragte sie und wischte ihm über die schweißnasse Stirn.
»Aber nein, Mutter«, versuchte er sie zu beruhigen. »Silverus ist nur etwas unsanft mit mir umgesprungen. In ein paar Tagen ist alles vergessen.« Hoffentlich, dachte er inbrünstig.
Valeria trocknete ihm die Stirn und empfahl ihm mit sanfter, bekümmerter Stimme, wenigstens ein paar Stunden zu schlafen. Dann verließ sie ihn und zog Claudius mit sich. Marcus fiel es jedoch trotz seiner Müdigkeit schwer, den so nötigen Schlaf zu finden. Der Arm schmerzte mehr als zuvor, und in seiner Angst hob er immer wieder die Binden an und sah nach. Nur langsam beruhigte er sich und schlief spät in der Nacht ein.

Schon früh am nächsten Morgen erschien Silverus und sah ihn forschend an. Seine Sorge war ihm deutlich ins Gesicht geschrieben, doch zu seiner und natürlich Marcus' Erleichterung waren die Wunden unverändert. Marcus schöpfte neue Hoffnung, konnte jedoch seine Angst immer noch nicht verdrängen. Als auch der nächste Tag keine Verschlimmerung brachte, wuchs seine Hoffnung weiter. Dennoch verheimlichte er seiner Mutter noch immer, wie es um ihn stand. Sie las die Angst in seinen Augen und fragte daher Silverus, doch der wies sie in seiner unhöflichen Art ab:
»Liebe Frau, was fragst du mich? Ich stecke nicht drin in deinem Sohn und kann dir daher nicht sagen, ob er Schmerzen hat oder nicht. Frag ihn selbst, denn er ist alt genug, zu entscheiden, ob er dir etwas vorheulen möchte oder sich lieber wie ein Mann benehmen. Ich muß jetzt gehen, denn außer den Mariani gibt es auch noch andere kranke Leute in Roma.«
»Aber mir geht es nicht darum, ob er Schmerzen hat oder nicht. Das sehe ich selbst. Ich will wissen ...« Doch Silverus war bereits gegangen. Valeria sah ihm verärgert und besorgter als zuvor nach. Warum sagte er ihr nichts? Stand es so schlimm um ihren Sohn? Sie beschloß, Marcus mit noch größerer Aufmerksamkeit zu beobachten.
Diesem gelang es nur unter größter Anstrengung, sich seine Not nicht anmerken zu lassen. Er gab sich gelassen wie immer und beant-

wortete jede Frage nach seinem Befinden mit einem: »Ach, das wird schon wieder«. Doch wenn er sich unbeobachtet wußte, gingen seine Gedanken einen steinigen Weg. Hätte sich Claudius nicht in geradezu vorbildlicher Weise um ihn bemüht, so wäre diese schwere Zeit für ihn unerträglich geworden. Sein Bruder gab sich unberührt, doch vernachlässigte er seine Arbeit, saß viele Stunden mit ihm zusammen und versuchte, ihm alle Wünsche zu erfüllen. Um ihn von seinen trüben Gedanken abzulenken, erzählte er ihm von gemeinsamen Bekannten, sprach von seiner Arbeit und kam natürlich auch unweigerlich wieder auf das unvermeidliche Thema Krieg.

»Ich frage mich«, sagte er eben, »warum Hannibal nach seinem grandiosen Sieg bei Cannae nicht sofort gegen Roma marschiert ist. Es war seine größte Chance, seinen Sieg zu einem endgültigen zu machen.«

Marcus sah eine Weile nachdenklich vor sich hin, während er sich auf seiner Liege zurechtrückte.

»Nun«, begann er bedächtig, »ganz sicher bin ich mir auch nicht, warum er es nicht tat. Wahrscheinlich hielten ihn mehrere Gründe von diesem Schritt ab. Zum einen war ihm bekannt, daß er unsere Befestigungsanlagen nicht im Sturm überwinden kann, und für eine lange Belagerung ist er, der sich fortwährend auf dem Marsch kreuz und quer durch Italica befindet, nicht gerüstet. Die Verpflegung seiner Leute aus dem Land um unsere Stadt aber ist ein unlösbares Problem für ihn, da wir, wie ihm sicher ebenfalls bekannt ist, nahezu alle Vorräte hinter unsere Mauern schaffen ließen. Deshalb will Hannibal erst ganz Sicilia unter seine Feldzeichen bringen, denn dann käme Romas Ende von ganz allein. Bis jetzt allerdings ist kaum eine dieser Helleni-Städte bereit, die gewohnte Sicherheit unter Romas Schutz gegen ein solches Wagnis einzutauschen, was sich allerdings noch ändern könnte – die Götter mögen es verhüten!« Gedankenverloren ordnete er seine bodenlange Haustunika über den Knien, bevor er weitersprach: »Des weiteren wird Hannibal von Karthago kaum unterstützt, wie mir Fabius bestätigte, da die Friedenspartei, die auf der Byrsa noch immer das große Wort führt, gegen ihn agitiert. Es soll inzwischen sogar so sein, daß er zeitweise nicht einmal mehr den Sold für seine Leute aufbringen kann. In dem geforderten Lösegeld für die Gefangenen sah er wahrscheinlich die Möglichkeit, sein Heer aufzufrischen, um neue Pläne verwirklichen zu können. Aber gerade da täuschte er sich, weil er nicht mit dem sprichwörtlichen Stolz der Romani rechnete.« Hier lächelte er leicht, fuhr jedoch mit dem bisherigen Ernst fort: »Claudius, nachdem ich mir dies alles durch den Kopf gehen ließ, glaube ich jetzt, daß der Senat doch richtig gehandelt hat, als er unsere Männer nicht auslöste – so hart das sein mag und so sehr mich das Los jedes einzelnen schmerzt. Aber durch dieses Lösegeld hätte Hannibal den Kampf verstärkt weiterführen können.«

»Dann glaubst du also, daß das ganze Gerede vom Stolz der Romani nichts als leeres Gefasel ist?« grinste Claudius.

»Jedenfalls eine Rede, die eine Legende schaffen soll.«

»Wir verstehen also den Entschluß unseres weisen Senats, aber ob ihn die Angehörigen der nicht Ausgelösten verstehen? Vielleicht denken sie, Hannibal könnte uns weniger Schwierigkeiten bereiten, wenn wir alle unsere Männer in eine Schlacht werfen könnten, und nicht nur die, die nicht gerade auf dem Weg in die Sklaverei sind. Eine solche Denkweise ist immerhin möglich, mein liebes Bruderherz.«

»Natürlich, Claudius, aber sie stimmt nicht, denn mehr Soldaten wären zwar gut, aber ob sie uns wirklich so viel nützen würden, bezweifle ich. Unsere dreifache Übermacht bei Cannae hat uns das Gegenteil bewiesen. Viel wirkungsvoller erscheint mir, den Gegner zu schwächen statt uns zu stärken. Und das hat der Senat getan.«

»Wie konnte ich die Klugheit unseres Senats nur so unterschätzen!« spottete Claudius.

Ihr Gespräch wurde durch den eintretenden Silverus unterbrochen. Dieser warf Claudius einen unwirschen Blick zu und machte sich an Marcus' Verband zu schaffen. Mit undurchsichtiger Miene betrachtete er sich lange schweigend die Wunden, bevor er sie erneut säuberte. Obwohl er feingliedrige, fast weibische Hände besaß, benützte er sie heute mit der Kraft und Rücksichtslosigkeit eines Schmieds, wie Marcus schien, als er an den Wundrändern drückte und zerrte.

»Dir macht das offensichtlich Spaß«, stöhnte Marcus, während sich auf seiner Stirn die Schweißtropfen sammelten. »Du bist ja noch brutaler als der Feldscher im Lager.«

»Mag sein«, konterte der Alte ungerührt, »aber der hätte dir ja auch den Arm abgenommen.«

Marcus horchte gespannt auf.

»Und – du nimmst ihn nicht ab?« zitterte es über seine Lippen.

Silverus ließ sich Zeit mit seiner Antwort und spannte Marcus damit auf eine schier unerträgliche Folter.

»Wahrscheinlich nicht«, sagte er nur.

Mit einem unendlich glücklichen Seufzer ließ sich Marcus in die Kissen zurückfallen. Sein Arm war gerettet! Er kannte Silverus gut genug, um zu wissen, daß er trotz seiner oft zur Schau getragenen Gleichgültigkeit menschlichem Leiden gegenüber nie eine Hoffnung schüren würde, die unsinnig wäre. Mit frohem Glanz in den Augen sah er zu Claudius auf, der seiner Erleichterung Luft verschaffte, indem er Silverus vorhielt:
»Ich kann mich erinnern, daß du am ersten Tag amputieren wolltest«.
»Da hatte den Arm euer berühmter Feldscher behandelt gehabt, und danach sah er auch aus,« brummte er gleichbleibend unfreundlich, packte seine Sachen und verließ grußlos das Haus.
Marcus lachte hinter ihm her. Eine Last war von ihm abgefallen, die er manches Mal nicht mehr glaubte ertragen zu können.

Silverus kam auch die nächsten Tage regelmäßig, und endlich gab er sogar zu, daß keinerlei Gefahr mehr bestand. Nur würde eine tiefe, unschöne Narbe zurückbleiben, was Marcus jedoch nicht bekümmerte. Zufrieden saß er in der Sonne und genoß das Glück, das ihn nach der überstandenen Angst erfüllte.
Das Strahlen in seinen Augen beruhigte endlich auch Valeria. Die Gefahr für ihren Sohn war offensichtlich vorbei! Und da dieser Arm seine Schwerthand war, konnte sie sicher sein, ihren Sohn noch längere Zeit zuhause behalten zu dürfen. Wer konnte einer Mutter nach all den Ängsten verargen, daß sie darüber von Herzen froh war?

DIE SKLAVIN

215 v. Chr.

Marcus' Gesundheitszustand hatte sich merklich gebessert, und er begann sein früheres Leben wieder aufzunehmen. Er erkundigte sich nach der geschäftlichen Situation des Hauses, worauf ihm Claudius erklärte, wie weit der Handel bereits erlahmt war. Auch mußte er ihm sagen, daß ihre Güter in Campanien und Apulien schon längst als Einnahmequelle ausschieden, da sie in den Kriegsgebieten lagen und meist mit Haus und Ackerland verwüstet waren. Auch die anderen Familien, die er besuchte, klagten über dieselbe Misere, und so begab sich Marcus wieder einmal recht unbefriedigt auf den Heimweg. Im Gewirr am Forum Boarium kam ihm in bester Laune sein Bruder entgegen und forderte ihn auf, mit ihm zusammen Marcus Claudius Marcellus aufzusuchen.

»Ich denke, er befindet sich als Oberbefehlshaber beim Heer?« wunderte sich Marcus.

»Schon, doch im Augenblick hält er sich für einige Tage hier auf und wird dann die neu ausgehobene Legion in den Süden führen. Komm nur mit, Marcus, du wirst es sicher nicht bereuen«, fügte Claudius mit vieldeutigem Grinsen hinzu.

Nur widerwillig folgte ihm Marcus zum Haus des Feldherrn, das wie ein düsteres Vogelnest am Hang des Caelius klebte. Als sie von Marcellus jedoch mit überschwenglicher Herzlichkeit begrüßt wurden, legte sich seine ungute Stimmung bald, und er genoß es, mit unverdünntem Faustiner, kaltem Huhn, mit Nüssen und Pinienkernen gefüllten Datteln und süßen Honigkuchen bewirtet zu werden.

Marcus hatte den Feldherrn während einiger Züge ins Land der Kelten im gemeinsamen Lagerleben kennengelernt. Sie waren nie ausgesprochen gute Freunde geworden, da ihn der Hang des Älteren zu oft unnötiger Härte störte. Trotzdem war ihr seltenes Zusammentreffen nie ohne gewisse Herzlichkeit verlaufen.

Obwohl Marcellus schon hoch in den Fünfzigern stand, brannte in ihm noch immer ein fast jugendliches Feuer. Er war ein tapferer und krieggewohnter Mann, der schon in sehr jungen Jahren im Kampf gegen Hannibals Vater Hamilkar durch eine harte Schule gegangen war. In den letzten Feldzügen gegen die Kelten hatte er nicht nur seine Tapferkeit unter Beweis gestellt, sondern auch sein angeborenes Führungstalent. Sein Leben war den Gottheiten der Ehre und Tapferkeit geweiht, denen er einen schönen Doppeltempel an der Porta Capena hatte errichten lassen. Roms Wahl war also nicht von ungefähr auf diesen Mann gefallen.

Während ihrer Unterhaltung sprachen die drei Männer tüchtig dem schweren Wein zu. Und natürlich redeten sie schon nach kurzer Zeit über Politik und Krieg, vor allem über die erschreckenden Niederlagen.

»Ich finde es eigenartig«, bemerkte Marcus eben, »daß ich nur von unseren Niederlagen höre. Kein Mensch spricht von unseren Erfolgen.«

»Bei der Tatsache, daß wir inzwischen ein nachgerade bemerkenswertes Geschick darin entwickelt haben, unsere kaum nennenswerten Erfolge nie auf das Ausmaß unserer katastrophalen Niederlagen anwachsen zu lassen, ist das nur zu verständlich. Wobei völlig übersehen wird, daß wir auch noch ein weiteres Talent zu bieten haben«, ergänzte Marcellus, »nämlich unsere Niederlagen verkraften, unsere Erfolge jedoch nicht nützen zu können.« Dazu lachte er heiser und hieb sich nach Soldatenart klatschend auf die Schenkel.

»Sie zu nützen, hat bisher nicht einmal Hannibal geschafft«, stimmte Marcus in das Lachen ein.

»Den Göttern sei Dank, sonst säßen wir wohl kaum hier und könnten unsere Lästermäuler wetzen.«

Wieder tranken sie sich zu und scherzten sich in immer bessere Laune. Erst als der Name Fabius Maximus fiel, gerieten Marcus und Marcellus aneinander. Marcellus als völlig anders gearteter Feldherr wollte Fabius' Hinhalte-Strategie nicht gutheißen, und er äußerte sich sehr abfällig über ihn. Marcus dagegen verteidigte seinen Freund heftig, und so wurde die Debatte immer hitziger. Claudius hörte amüsiert zu.

In diesem Augenblick tauchte Marcellus' Tochter, vom rußgeschwärzten Atrium kommend, am Eingang auf. Marcella, schön wie Aphrodite, mit schwerem, blauschwarzem Haar, hochgetürmt und gebunden wie die Fasces der Lictoren, mit großen, dunklen Augen,

und einem Mund, der alle Sehnsüchte eines Männerherzens wachrief. Offensichtlich bevorzugte sie gewagte Toiletten, denn sie trug eine bodenlange Recta, die den Byssusgewändern aus Ägypten ähnelte, reichgefältelt und durchsichtig wie Spinnweben und in einer Weise um ihr Dekolleté drapiert, daß niemand ihr nachsagen konnte, sie würde ihren Bewunderern den wahrhaft göttlichen Anblick ihres marmorweißen Busens nicht gönnen. Von der sittsamen römischen Art, durch hochgeschlossene Faltengewänder den Hunger männlicher Blicke nicht stillen zu wollen, hielt sie offenbar nichts. Ihre klangvolle Stimme beherrschte alle Nuancen einschmeichelnder Verführung aufs vortrefflichste, und nach Addition all ihrer Vorzüge war es verständlich, daß Roms ach so nüchterne, realistische Männer derart verrückt nach ihr waren, daß sie sich alles gefallen ließen, was sich die göttergleiche Marcella in Übermut und Boshaftigkeit ausdachte.
Claudius, der zwar genommen hatte, was ihm angeboten worden war, Marcella dann jedoch in ihrem eigenen Netz hatte zappeln lassen, taxierte sie ungeniert von oben bis hinab zu ihren grün gefärbten Zehennägeln. Selbstgefällig lächelnd genoß sie seine Blicke, doch als sie spürte, daß der jüngere Marianus auch dieses Mal völlig unbeeindruckt blieb, schossen ihre Augen wütende Blicke in seine Richtung, worüber Claudius, lässig zurückgelehnt, spöttisch die Mundwinkel hochzog.
»O Marcella!« rief jetzt ihr Vater erfreut und ging ihr entgegen, wenn auch nicht mehr ganz sicher auf seinen stämmigen Beinen. »Wie schön, daß du gekommen bist! Und sogar rechtzeitig. In der Hitze unseres Gesprächs hätte ich mich eben fast mit meinem Freund zerstritten, was mir morgen sicher leid getan hätte. Mach uns die Freude und setz dich zu uns.«
Marcella nickte hoheitsvoll und ließ sich graziös auf einen der bequemen Lecti nieder, sorgfältig darauf bedacht, ihre bemerkenswerten Formen ins rechte Licht zu rücken.
Marcellus stellte Marcus mit vielen schmückenden Beiworten vor, was dieser träge lächelnd über sich ergehen ließ. »Seinen Bruder Claudius kennst du ja bereits«, schloß er.
»Natürlich kenne ich dich, Claudius Marianus Valus«, begann Marcella betont sanft: »Dein Name ist ein ergiebiger Gesprächsstoff bei allen Schönen Romas.« Sie lächelte boshaft, doch Claudius antwortete spöttisch:
»Sicher nicht weniger ergiebig, meine verehrte Marcella, als dein

Name bei den Männern von Roma.« Bei der üblichen Sittenstrenge wahrlich keine schmeichelhafte Bemerkung.
Ihre Augen blitzten böse auf, doch geschickt unterdrückte sie ihren Zorn und wendete sich, zauberhafte Süße in ihre Stimme legend, Marcus zu, der sie die ganze Zeit über ernst und forschend betrachtet hatte. Nicht ohne Wohlwollen, wie sie befriedigt bemerkt hatte.
»Ich sehe, du bist verletzt, Marcus Marianus Valus. Stammt dies etwa aus einer Schlacht?«
»Ja, ein Andenken an Cannae. Vergessen wir es.«
»Oh, du hast in dieser angeblich so schrecklichen Schlacht gekämpft?« tat sie interessiert und zog die sorgfältig nachgezogenen Brauen hoch. »Erzähle.«
Marcus blitzte sie zornig an. Was erlaubte sie sich! Diese Schlacht war nicht nur angeblich schrecklich, sondern schrecklicher als alles, was man sich vorstellen konnte! Noch immer fuhr er schwitzend aus dem Schlaf hoch, wenn ihn die Bilder quälten, die sich für immer in sein Herz eingegraben hatten.
»Nein«, stieß er zornig hervor, »von etwas ›angeblich so Schrecklichem‹ kann man nicht erzählen!«
Marcella zuckte erschrocken zusammen. Sie ärgerte sich über ihren leichtsinnigen Ausrutscher. Ihn mußte sie rasch wieder vergessen machen. Mit ernstem Blick legte sie den Kopf zurück und sah Marcus tief und teilnehmend in die Augen.
»Du hast recht, mein lieber Marcus, sprechen wir nicht mehr davon. Es war sicher zu – schrecklich. Erzähl mir lieber etwas Hübsches«, kokettierte sie.
»Etwas Hübsches?« Marcus lachte verärgert auf. »Was verstehst du denn unter etwas ›Hübschem‹?« Er dehnte das Wort zur Lächerlichkeit.
»Och, irgendwelche pikanten Klatschgeschichten zum Beispiel.«
»Mich interessieren keine Klatschgeschichten«, erwiderte er, gegen seine Verärgerung ankämpfend. »Weder pikante noch sonst welche.«
»Schade. Na, dann erzähl mir von deinem Freund Antoninus Pomponius Pictor. Ihr seid doch Freunde, nicht wahr?«
Da mischte sich Marcellus lachend ein.
»Beim allmächtigen Jupiter«, stöhnte er in komischer Verzweiflung, »jetzt hör doch endlich mit Antoninus auf!«
Marcella warf ihm einen raschen, unwilligen Blick zu, fiel jedoch gleich wieder in ihre schläfrige Koketterie zurück:

»Immerhin ist er der bestaussehendste Mann von ganz Roma.« Und Claudius verstand, für wen dieser Seitenhieb gedacht war.
»Das mag sein, Kind, doch davon versteh' ich nichts. Man sagt mir nach, sehr altmodische Bedürfnisse zu haben.« Marcellus lachte. »Aber dieser Antoninus hat dich ganz schön abblitzen lassen, das müßte dir doch genügen.«
Wie von der Tarantel gestochen fuhr sie hoch. In ihren Augen funkelte unübersehbarer Haß.
»Mich hat noch nie jemand abblitzen lassen, merk dir das gefälligst!« rief sie.
Marcus blickte überrascht auf. Es berührte ihn unangenehm, wie Marcellas Liebenswürdigkeit so plötzlich ins Gegenteil umschlagen konnte. Und wie ungezogen sie sich ihrem Vater gegenüber benahm! Marcellus dagegen schien dem Ausbruch seiner Tochter keine besondere Bedeutung beizumessen. Gleichmütig schenkte er eigenhändig die Becher voll und forderte mit verschmitztem Lächeln zum Trinken auf.
In Marcus' Kopf begann der genossene Wein langsam zu wirken. Seinen vernebelten Sinnen war es dann wohl zuzuschreiben, daß er in kürzester Zeit Marcellas Verführungskünsten erlag. Immer heißer wallte das Verlangen in seinen Lenden, und Marcella schürte dieses Feuer mit aller Raffinesse. Marcellus und Claudius grinsten sich verständnisvoll an und überließen die beiden sich selbst. Sie tranken eine Menge Wein, und schon bald konnten ihre Zungen die Soldatenlieder, die sie lauthals grölten, nur noch schwer formulieren.
Marcus fiel es immer schwerer, seine Begierde zu beherrschen. Schon zu lange hatte er nicht mehr die jetzt so drängend heraufsteigende Lust genossen, doch als Marcella jetzt mit wollüstigen Seufzern ungeniert vor aller Augen seine Männlichkeit zu streicheln begann, entzog er sich in einer letzten Anstrengung ihren heißen Händen und dem eng an ihn gedrückten, verführerisch weichen Körper. Mühsam erhob er sich und merkte erst jetzt, wie betrunken er tatsächlich war. Er kämpfte um sein Gleichgewicht, während Marcella enttäuscht in die Kissen zurücksank.
»Laß uns nach Hause gehen, Claudius«, forderte er seinen Bruder mit stolpernder Zunge auf. »Ich habe einen fürchterlichen Rausch.« Schwankend verließ er das Haus, gefolgt von seinem grinsenden Bruder, der krampfhaft den ständig überschwappenden Becher umklammert hielt. Gemeinsam ließen sie sich von einigen Sklaven unter viel Gelächter auf ihre Pferde hieven. Marcella und ihr Vater standen,

sich gegenseitig stützend, vor der Eingangstür mit der Stele des doppelgesichtigen Janus und winkten ihnen kreischend und lachend nach, als sie sich endlich in Bewegung setzten und laut grölend durch das schlafende Rom ritten.
Am nachtdunklen Himmel graute schon der Morgen herauf, als ihre Pferde den Aventinus hinaufzuckelten. Fidus und Corbulo, die die beiden Brüder in Empfang nahmen, hatten nicht geringe Mühe, sie von den Pferden zu zerren, durch das Haus zu schleppen und in ihre Betten zu kippen.
»Marcella, wunder-, wunderschöne Marcella ...« lallte Marcus auf der einen Seite, und: »Marcella, du berechnendes Miststück ...« Claudius auf der anderen. Die Diener schüttelten lachend die Köpfe. So betrunken hatten sie ihre Herren noch kaum erlebt.

Sie schliefen bis in den späten Vormittag und erschienen erst zur Mittagszeit mit qualvollem Stöhnen. Den tadelnden Blicken ihrer Mutter und schadenfrohen Sticheleien Cornelias fühlten sie sich nicht recht gewachsen, und so war Marcus sofort mit Claudius' Vorschlag, ›unauffällig‹ zu verschwinden, einverstanden. Bereitwillig folgte er Claudius ins Freie, wo sich der an die Stirn griff und wie eine schläfrige Katze ins helle Licht blinzelnd jammerte:
»Oh, Marcus, diese Sonne, das ist ja mörderisch ...«
»Mir geht es auch nicht besser«, stöhnte Marcus und umfaßte mit beiden Händen seinen schmerzenden Kopf.
»Ich muß aber trotzdem nach meinen Leuten sehen, Marcus. Sie haben gestern die Subura durchgekämmt, und ich will mir ihre Berichte ansehen. Komm doch mit!«
So ritten sie zusammen zum Forum hinunter. Die frische Luft vertrieb langsam den diffusen Nebel aus ihren Gehirnen, und das Pochen hinter ihren Stirnen wurde erträglicher. Der Aufenthalt in Claudius' Amtsräumen dauerte nicht lange. Die souveräne Art, wie sein Bruder mit seinen Schreibern umging, überraschte Marcus. Von jetzt an würde er ihn wohl nicht mehr als den »kleinen Bruder« betrachten können. Allerdings beunruhigte ihn die Faszination der Macht, der Claudius offenbar erlegen war. Wohin würde ihn dieser Drang führen? Wozu ihn verführen?
Als sie über das Forum Boarium zurückritten, begegneten sie Claudius Marcellus, der sich hinterhältig grinsend nach ihrem Befinden erkundigte.

»Oh, mein lieber Marcellus«, heuchelte Claudius, »uns geht es prächtig. Doch du selbst scheinst etwas leidend zu sein. Hast du heute nacht etwa von deinem eigenen Wein getrunken, der bekanntlich nicht der beste ist?«
Marcellus lachte in seiner lauten und dröhnenden Art und rutschte vom Pferd, um seine Bereitwilligkeit zu einem längeren Gespräch anzudeuten.
»Ich will ja nicht vom Thema ablenken«, wich er aus, »aber was treibt ihr denn um diese schreckliche Tageszeit hier in der Stadt? Wollt ihr etwa Sklaven kaufen?«
Nun erst gewahrte Marcus, daß auf der anderen Seite des Platzes eine Catasta errichtet worden war, auf der eine Anzahl Sklaven zum Kauf angeboten wurden.
»Der Sklavenhandel scheint der einzige Handel zu sein, der noch floriert«, bemerkte Claudius nach einem flüchtigen Blick auf die zahlreichen Käufer. »Schade, daß uns Mutter nicht erlaubt, in dieses Geschäft einzusteigen.«
Jeder wußte, daß dies nur einer seiner üblichen Scherze war, denn ein Patrizier, der ohnehin nur über vorgeschobene Kaufleute Handel betrieb, dachte nicht einmal bei größten finanziellen Engpässen an eine solch anrüchige Einnahmequelle.
Marcus' Augen glitten über die Reihen der Männer auf dem Podest, und es gelang ihm mühelos, ihr Herkunftsland festzustellen. Numidier, Punier, Iberer, Ligurer, Boier, Insubrer, Tauriner – alles war hier vertreten. An ihren geschundenen, müden Körpern hingen die Kleider oft nur noch in Fetzen herab, und viele waren verwundet und nicht oder nur schlecht versorgt worden. Die Zeiten waren vorbei, in denen man die Sklaven vor dem Verkauf herausputzte. Heute wurden sie auch so gekauft, denn überall fehlten Männerhände, die fest zupacken konnten.
Obwohl Marcus gegen sie und ihre Landsleute schon viele Male auf Leben und Tod gekämpft hatte, taten ihm die Männer dort oben leid. All die elenden Gestalten waren einmal prächtige, stolze Krieger gewesen, die mit frohen Zurufen in den Kampf gezogen waren, sicher, nach dem Krieg von Volk und Familie mit freudigem Jubel empfangen zu werden. Statt dessen waren sie nun Sklaven, unterjocht, unterdrückt, wissend, nie mehr ihr Heimatland und ihre Angehörigen sehen zu können. Womöglich kamen sie in ein Haus, in dem sie nicht viel besser als das niedrigste Tier behandelt wurden und in oft schlim-

mer Fronarbeit nur noch wenige Lebensjahre vor sich hatten. Nur die Gelehrten, die Dichter und äußerst Kultivierten konnten auf einen guten Platz in einem vornehmen Haus hoffen. Doch die gab es unter diesen Soldaten hier nicht.
Plötzlich fiel Marcus' Blick auf einen Knaben von höchstens vierzehn Jahren, angetan mit dem Lederpanzer der karthagischen Oberschicht, den Kopf mit einer blutverkrusteten Binde umwunden. Er hatte etwas so Erbarmungswürdiges an sich, daß Marcus unwillkürlich nähertrat. In diesem Moment hob der Knabe die Augen, und sein Blick erfaßte Marcus. Staunendes Erkennen breitete sich über sein verschmutztes Gesicht, und er schien für Augenblicke den Atem anzuhalten.
»Marcus?« kam es leise, krächzend über seine trockenen Lippen, und sein Erstaunen wich einer finsteren Miene. Seine Brauen zogen sich zu einem geraden Strich zusammen, und ein böses Funkeln glitzerte in den nachtdunklen Augen.
Marcus war überrascht zusammengezuckt. Der Knabe hatte seinen Namen genannt! Unglaublich! Das war doch ein Karthager, zumindest ein Afrer, den er noch nie gesehen hatte. Erregt trat er nahe heran und fragte:
»Woher kennst du mich?«
Doch der Knabe gab keine Antwort.
»Du willst dir doch hoffentlich nicht diesen kleinen Dreckskerl kaufen?« näselte Glaucus Silverus dicht hinter ihm. Von Marcus unbemerkt war er herangekommen und wartete offensichtlich auf eine Gelegenheit, mit dem Tribun ins Gespräch zu kommen. »Sein Körper ist viel zu schwach, um gute Arbeit leisten zu können«, fuhr er fort. »Bis der zum Mann wird, hat er dich längst arm gefressen. Schau dir lieber diesen Schwarzen hier an. Der hat Kraft wie ein Stier. Der ist richtig.«
Marcus hörte kaum hin, sondern schaute verwirrt zu dem Jungen hoch, der ihn mit Augen anstarrte, in denen jetzt deutlich lesbar Haß stand. Haß auf ihn? Warum? Er kannte ihn ja gar nicht! Beim allmächtigen Jupiter, wenn er doch endlich sprechen wollte! Wieder machte sich Glaucus an ihn heran, doch er schüttelte dessen Hand wie eine lästige Fliege ab.
»Dann kauf ihn dir doch!« fauchte der höchst verärgert und zog wütend auf diese hochnäsigen Mariani ab, denen er es eines Tages schon noch zeigen würde!
Inzwischen war auch Claudius herangetreten. Marcus packte ihn erregt am Arm.

»Claudius, dieser Knabe hat mich tatsächlich mit meinem Namen angesprochen, aber ich kenne ihn nicht!«
»Das ist sicher eine Verwechslung, ein Zufall«, meinte Claudius, doch als er den Knaben, der immer noch unverwandt Marcus anstarrte, genauer betrachtete, mußte er seinem Bruder recht geben. Er mußte Marcus kennen, auch wenn er ein Afrer war.
»Wer bist du?« herrschte er ihn an. »Wie heißt du und woher kennst du den Namen meines Bruders?«
Wieder gab der Knabe keine Antwort, änderte aber nichts an seiner Haltung und seinem Blick. Claudius schien er gar nicht zu bemerken. Der sprang auf das Podest, schüttelte den Knaben, um dessen Aufmerksamkeit auf sich zu lenken –, da erblickte er das Amulett, das unter dem Lederkoller hervorlugte. Ein Amulett wie keines sonst! Mit vor Erregung zitternden Fingern griff er danach und riß es mit einem einzigen Ruck von der Kette. Ja, das war Liutas Amulett! Wortlos wandte er sich nach Marcus um, der längst gespürt hatte, daß etwas Außergewöhnliches vorgefallen sein mußte, und reichte ihm das Schmuckstück.
»Das – das ist Liutas Amulett!« flüsterte er tonlos und starrte auf seine Hand nieder, auf der das Amulett wie glühendes Eisen brannte. Hier hielt er nach langem, vergeblichem Suchen endlich ein Zeichen seiner totgesagten Braut in Händen. Wie von Sinnen stürzte er auf das Podest, umklammerte mit der gesunden Hand des Knaben schmale Schulter mit einer Kraft, daß die Knöchel weiß hervortraten und schüttelte den wehrlosen Körper.
»Woher hast du das?« rief er heiser. »Wo ist das Mädchen, das es getragen hat? Gib mir Antwort! Sag mir, wo Liuta ist!«
Inzwischen waren die Leute auf die seltsame Szene aufmerksam geworden und glotzten neugierig und sensationslüstern herüber. Claudius, der selbst in dieser Situation noch darauf bedacht war, dem Volk kein Schauspiel zu bieten, packte Marcus und zog ihn gewaltsam auf die Straße herunter.
»Ich werde den Knaben kaufen, dann kannst du ihn zu Hause so lange durchschütteln, bis er dir auf irgendeine Art klarmacht, woher er das Amulett hat.« Damit ging er zu dem Händler, dem er ohne Feilschen den geforderten Preis bezahlte, was sonst keineswegs seine Art war.
»Wo hast du den kleinen Schmutzfink her?«
Der Händler wackelte grinsend über das so glatt abgewickelte Geschäft mit dem Kopf und erwiderte, er habe den Knaben bei einem

Bauern in der Nähe von Aufidena aufgefischt, der ihn wiederum auf dem Schlachtfeld von Cannae gefunden haben wollte.
»Aber ich Einfaltspinsel habe diesem Gauner viel zu viel bezahlt«, jammerte er scheinheilig.
»Der Gauner bist du, Alter«, erwiderte Claudius hochnäsig, da er wohl nicht zu Unrecht vermutete, daß dieser gewiefte Händler den Knaben einfach mitgenommen hatte, so wie es unter Berufung auf das Gesetz meist üblich war. Er wandte sich zum Gehen, doch der grinsende Händler bedeutete ihm katzbuckelnd, ihm folgen zu wollen. Hinter dem Podest öffnete er eine Truhe, aus der er ein blitzendes, reichgeschmücktes Wehrgehänge hervorzog.
»Hoher Herr«, dienerte er, »dieses kostbare Schwert hat der Knabe bei sich gehabt. Ist es nicht besonders schön?« Er hielt es wie einen Schatz vor sich hin, sicher eine oft geübte Geste, während in seinen Augen die Gier glänzte.
Tatsächlich erkannte Claudius sofort den hohen Wert dieses Schwertes, aber er gab es dem habgierigen Alten als angeblich wertloses »Kinderspielzeug« zurück. Zutiefst enttäuscht starrte ihn der an, und nach einem schweren Seufzer drängte er es Claudius förmlich auf. Der warf ihm ein paar Münzen in die aufgehaltene Hand, klemmte sich das Schwert achtlos unter den Arm und holte den Knaben vom Catasta. Er zog den völlig Willenlosen zu Marcus hinüber, der bereits ungeduldig bei den Pferden wartete.
»Was hast du nur so lange getrieben?« fragte er ungehalten, worauf ihm Claudius das Schwert hinhielt.
»Der Junge muß aus sehr vermögendem Haus sein«, erklärte Claudius.
»Vielleicht hat er es auch gestohlen, so wie Liutas Amulett«, knurrte Marcus und konnte es kaum erwarten, bis Claudius den Knaben vor sich aufs Pferd hob und anritt.
Sie bogen eben in den Clivus zum Aventinus hinauf ein, als sie hinter sich lautes Kreischen und Schreien vernahmen. Aus einer auseinanderstiebenden Menschenmenge kam ein großes, katzenartiges Tier hervorgeschossen, das ihnen mit federnden Sätzen nachjagte. Noch bevor sie recht verstanden, rutschte der Knabe vom Pferd und lief dem Tier entgegen.
»Verdammt nochmal!« rief Claudius, »ich habe dich nicht gekauft, damit du dich von diesem Biest zerfleischen läßt!«
Zusammen mit Marcus sprang er ab, und beide rannten dem Knaben

hinterher, doch noch im Lauf hielten sie überrascht an. Der Junge hielt das große, gefleckte Tier mit seinen dünnen Armen umschlungen, während die Raubkatze ihm zärtlich übers Gesicht leckte. Zögernd traten die beiden Brüder näher und entdeckten Tränen der Freude und Rührung in den Augen des Jungen.

»Das sind ja zwei dicke Freunde«, grinste Claudius erleichtert. »Das Biest scheint zahm zu sein.« Doch als er seine Hand ausstreckte, warf das Tier den Kopf zurück und zeigte fletschend und fauchend seine gefährlichen Zähne.

»O nein«, korrigierte er und zog rasch seine Hand zurück.

»Ob zahm oder nicht, ist mir im Augenblick egal!« schimpfte Marcus ungeduldig. »Pack jetzt den Jungen, wir wollen so rasch wie möglich nach Hause!«

Claudius verstand die Gemütsverfassung seines Bruders, und so zog er den Knaben einfach von dem fauchenden Tier weg. Dieser sah ihn mit flehenden Augen an.

»Sitah?« Es war eine angstvolle Frage aus rauher Kehle, die sich des Redens entwöhnt zu haben schien.

»Jaja«, erwiderte Claudius und saß auf, »Sitah kann mitkommen, wenn du das meinst.« Er sah nochmals mißtrauisch zu der Katze hin, die dem verängstigten Pferd nachtrabte.

Endlich gelangten sie zu Hause an, wo Marcus erneut seine verzweifelte Frage auf den Knaben einhämmerte.

»Das hat doch keinen Zweck«, gebot Claudius endlich dem sinnlosen Tun seines Bruders Einhalt, »er versteht dich nicht und kann dir auch nicht antworten.«

Jetzt geriet Marcus vollends außer Fassung.

»Was soll ich denn tun, um zu erfahren, was diese verdammten Celtae, Poeni oder Iberii oder wie sie sonst heißen mögen, mit Liuta angestellt haben? Jetzt habe ich endlich eine Spur gefunden und soll ruhig bleiben und zusehen, wie dieser Bursche mit seinem Tier herumspielt, statt mir in irgendeiner Form zu erklären, woher er das Amulett hat?«

Längst war Valeria hinzugekommen, doch trotz ihrer Erschütterung, Liutas Amulett zu sehen, beruhigte sie Marcus wenigstens so weit, daß er zurücktrat. Sie zog nun den Knaben zu sich heran und versuchte mit allgemein verständlichen Gebärden zu erfahren, welche Bewandtnis es mit dem Amulett hatte. Der Knabe schien sie zu verstehen, und so fragte auch sie nach Liuta. Eine Weile starrte er sie wortlos an, doch dann trat ein entschlossener Ausdruck in seine Au-

gen. Er schluckte, preßte die Hände gegeneinander und stieß mit heiserer Stimme hervor:
»Ich weiß es nicht.«
Valeria war über die in latinischer Sprache gegebene Antwort so überrascht, daß sie keinen Ton hervorbrachte. Ihren beiden Söhnen erging es ebenso. Schließlich fragte Valeria mit bebender Stimme weiter:
»Du verstehst unsere Sprache, Kind?«
Es dauerte zwar wieder eine Weile, in der der Knabe seinen Hals von quälendem Krächzen zu befreien suchte, doch dann antwortete er langsam und schwerfällig, aber in fast akzentfreiem Latinisch:
»Ja, Frau, ich verstehe dich.«
»Wer bist du?« fragte der aufgeregt hinzugetretene Marcus hastig dazwischen. Doch der Knabe sah ihn gar nicht an und gab keine Antwort. Erst als Valeria die Frage wiederholte, sagte er zu ihr:
»Ich weiß es nicht.«
»Du mußt doch wissen, wer du bist!«
Plötzlich füllten sich seine Augen mit Tränen.
»Nein, Frau, ich weiß es nicht. Ich weiß gar nichts. Ich sehe kein Bild. Nur die gräßlichen Bauern und den schrecklichen Marsch in diese Stadt. Und immer die Schläge im Kopf. Und dann der Markt, die unwürdige Zurschaustellung ...«
Betroffen verstanden Valeria und ihre Söhne. Der Knabe hatte durch die Kopfwunde und sicher auch durch schlimme Erlebnisse sein Gedächtnis verloren. Welch grausamer Schlag für den armen Marcus, der endlich eine Spur von Liuta in Händen zu halten glaubte! Aufstöhnend schlug er sich gegen die Stirn und ging mit müden Schritten zu seinem Sessel zurück, wo er wie ein alter Mann in sich zusammensank. Wieder blieb ihm nur seine irrsinnige Hoffnung, und dieser nagende, zehrende Schmerz, der ihm keine Ruhe gönnte und ihn aushöhlte.
Lange Zeit blieb es still in der hohen, kühlen Halle, und jeder hing seinen Gedanken nach. Schließlich nahm Claudius das Gespräch wieder auf:
»Wie sprichst du, wenn du zu dir selbst sprichst, Knabe?«
»Weiß ich nicht. Mein Kopf schmerzt, wenn ich denken will. Ich bin nur marschiert, einen endlos langen Weg, jeden Tag bis zur Erschöpfung. Unsere Bewacher redeten so wie du und die anderen unten auf dem Markt.«

Valeria wurde von tiefem Mitleid überwältigt. Was hatte dieses Kind alles durchgemacht! Sachte streichelte sie über seine verschmutzten Wangen und fragte sich im stillen, warum Götter und Menschen so etwas zulassen konnten, warum Kinder so gequält wurden ...

Inzwischen hatten alle begriffen, daß der Knabe seine Muttersprache nicht mehr wußte und ihm, als er aus seinem dumpfen Dahindämmern erwachte, ganz von selbst die Sprache seiner Umgebung über die Lippen kam. Er mußte einen guten Lehrer gehabt haben. Vielleicht stammte er aus Sicilia? Doch wie war er dann auf das Schlachtfeld von Cannae gekommen? Und woher hatte er Liutas Amulett, die im hohen Norden, im Keltenland, umgekommen war? Fragen über Fragen, auf die keiner eine Antwort wußte. Es sei denn der Knabe selbst – eines Tages vielleicht.
Valeria beruhigte das verstörte Kind und ließ sich dann von Claudius das Schwert reichen.
»Und das hier, ist das dein Schwert?« fragte sie.
Mit aufleuchtenden Augen griff der Knabe danach.
»Ja, Frau. Es steht mein Name darauf. Hier«, damit deutete er auf kunstvoll eingravierte Zeichen am Griff, »das heißt Antopa.« Daß er sich daran erinnerte und die Schnörkel auch lesen konnte, war als gutes Zeichen zu werten. So bestand berechtigte Hoffnung, daß er sich eines Tages auch wieder an andere Dinge würde erinnern können.
»Das ist schön, Antopa, nun wissen wir wenigstens, wie wir dich ansprechen können. Du bleibst jedenfalls bei uns.«
Valeria legte eine Pause ein, dann stand ihr Entschluß fest: Sie würde diesen Knaben nicht als Sklaven in ihren Haushalt einordnen, sondern ihm das Paternum hospitium geben. Sie fragte sich nicht, warum sie dies tat. Es war da ganz einfach etwas, das vielleicht nur Mütter verstehen können, die einem hilflosen Kind gegenüberstehen. Und sie bestimmte dies so selbstverständlich, da Marcus, der seit ihres Mannes Tod die Rechte des Familienvorstandes innehatte, alle ihre Entscheidungen akzeptierte, die sich auf Heim und Haushalt bezogen. So brachte er auch jetzt keinen Einwand vor, wogegen sich Claudius über diese »typische Handlung« seiner Mutter amüsierte. Doch war es ihm letztendlich ziemlich gleichgültig, ob dieser kleine Kerl als Sklave oder Familienmitglied hier lebte. In Wahrheit waren dank Valerias Gutmütigkeit alle im Haus mehr oder weniger Familienmitglieder.

Nachdem Valeria Fidus beauftragt hatte, dem Knaben ein Bad zu richten und den Verband zu erneuern, kam er ihr schon kurz darauf entgegengelaufen und berichtete stotternd vor Aufregung, der Knabe sei ein Mädchen. Starr vor Ungläubigkeit ging Valeria mit ihm, doch ein Blick auf das halb entkleidete Kind genügte.
»Warum hast du uns das nicht gesagt?«
»Es darf niemand wissen, daß ich ein Mädchen bin.«
»Warum denn?«
»Ich weiß es nicht. Vielleicht ist es eine Schande.«
Gerührt legte Valeria ihr die Hand auf die nackte Schulter.
»Nein, Kind, das ist es sicher nicht, das hat einen anderen Grund. Und den wirst du eines Tages bestimmt wissen. Doch jetzt wollen wir dich wieder in ein Mädchen verwandeln.«
Und Antopa ließ es sich ruhig gefallen, als sich Valeria ihrer annahm und auch die schon recht gut verheilende Kopfwunde versorgte. Mit einem Schmunzeln um die Lippen kehrte Valeria ins Atrium zurück. Sie freute sich auf die Gesichter ihrer Söhne, und tatsächlich brachte ihr die Neuigkeit den erwarteten Erfolg. Sogar Marcus tauchte kurz aus seinem dumpfen Brüten auf, während Claudius vergnügt grinste.
»Nun tut sie dir natürlich noch mehr leid.«
»Natürlich, du Nichtsnutz von einem Sohn«, lächelte sie nachsichtig und ging wieder in den Baderaum zurück.

Vor dem großen Silberspiegel, aus dem ihr ein völlig fremdes Mädchen entgegensah, stand ratlos Antopa. Sie konnte kaum glauben, daß sie selbst dies war. Gedankenverloren strich sie über ihren schöngeschwungenen Mund mit den vollen Lippen, während ihre Wangen mit den hohen Backenknochen unter der seidig schimmernden Haut vor Erregung glühten. In ihren großen, dunklen Augen lichterte ein unruhiger Glanz. Dieses Gesicht mit der niedlichen, kleinen Nase war nicht eigentlich schön, schon gar nicht in der klassischen Art wie etwa das Florunas, aber es besaß einen lebendigen, sprühenden Reiz, der bezauberte und fesselte. Es war ein Gesicht, das wohl in tausend Nuancen immer wieder neu und aufregend sein würde.
Eine einfache Haustunika von hellem Linnen umfloß in weichen Falten einen dünnen, schlacksigen Körper mit schmaler Taille und knabenhaften, eckigen Hüften. Und Valeria ahnte mit kundigem Blick schon jetzt, daß dieses Geschöpf eines Tages zu einer sehr begehrenswerten Frau erblühen würde.

»Nun siehst du schon ganz anders aus«, sagte sie weich und betrachtete das ausdrucksstarke Gesicht mit der goldgetönten Haut. »Jetzt bist du ein richtiges, hübsches Mädchen. Und wenn deine Kopfwunde ganz verheilt ist, werden deine Haare sicher bald nachwachsen. Komm, wir wollen erst einmal essen.«
Zögernd folgte Antopa, und nur der beruhigende Druck von Valerias Hand gab ihr Kraft, die ungenierte Musterung des überraschten Claudius ruhig über sich ergehen zu lassen. Als sie sich zu Tisch niederließ, zeigte dessen Ausdruck nur zu deutlich, daß es ihm nicht gefiel, sie am Familientisch zu sehen. Unsicher senkte sie den Blick und sah erst wieder auf, als Fidus Cornelia hereintrug.
»Das ist meine Tochter Cornelia«, stellte Valeria vor, und zu ihr gewandt fragte sie: »Kind, ich weiß nicht, ob du von unserem Gast schon gehört hast.«
»Aber natürlich, Mutter, es gibt im ganzen Haus keinen anderen Gesprächsstoff mehr, seit sich der karthagische Krieger in ein Mädchen verwandelt hat«, lachte sie und betrachtete neugierig das fremdländische Mädchen. »Hübsch siehst du aus, Antopa«, stellte sie etwas gönnerhaft fest.
»Wird sie denn immer hier essen und nicht drüben mit den anderen?« fragte Claudius leise seine Mutter.
»Claudius, ich fürchte, du hast nicht ganz verstanden, und darum muß ich es wohl noch einmal wiederholen: Antopa gehört zur Familie«, erwiderte Valeria mit ungewohnter Schärfe.
»Schon gut«, wehrte er ab und widmete sich seinem Essen.
Das Mahl verlief in bedrückender Stille. Um so mehr fiel es daher auf, daß Antopa alles wie ein hungriger Wolf in sich hineinschlang. Anscheinend hatte sie schon lange nicht mehr ausreichend zu essen bekommen.
Nach dem Essen behielt Valeria die beiden Mädchen bei sich. Jetzt endlich verlor Antopa ihre Verstörtheit. Zögernd erzählte sie, wie sie in einer schmutzigen Bauernhütte aufgewacht sei, mit blutendem und schmerzendem Kopf, von dem Mann, der sie eines Tages abgeholt und trotz ihrer Schwäche in eine lange Reihe erschöpfter und verwundeter Männer aus vielerlei Ländern eingegliedert hatte, und von ihrem langen, fast über ihre Kräfte gehenden Marsch bis hierher in diese Stadt. Und auch davon, wie sie mit Entsetzen festgestellt hatte, daß sie sich an nichts mehr aus ihrem Leben erinnern konnte.
»Ich habe sehr geweint«, sagte sie leise, gequält.

Erschüttert faßte Valeria nach der Hand des Mädchens. Was hatte dieses Kind alles durchgemacht! Und wieder einmal empörte sie sich über die Menschen, die anderen so viel Böses zufügen und den Krieg als Alibi für ihre grausamen, unmenschlichen Triebe gebrauchen.
Nach einer Weile fuhr Antopa fort:
»Ja, und dann sah ich Marcus ... Ich weiß nicht ...« Hilflos hielt sie inne und sann mit gerunzelter Stirn vor sich hin. Plötzlich fuhr sie auf: »Wo ist mein Amulett?«
»Antopa«, erklärte Valeria, »Marcus liebte ein Mädchen namens Liuta, das er heiraten wollte. Doch vor mehr als einem Jahr begleitete sie ihren Vater auf einer Reise nach Placentia, wo sie in den Aufstand der Celtae gerieten ...«
»Sicherlich die Insubrii und Boiae«, sagte Antopa spontan.
Valeria und Cornelia sahen sich überrascht an.
»Woher weißt du das?«
Doch Antopa schien selbst überrascht zu sein und bemühte sich sichtlich, nachzudenken. Doch wieder sagte sie nur:
»Ich weiß es nicht. Mir sind nur plötzlich diese Namen eingefallen, aber es verbindet sich kein Bild damit. Erzähl weiter, Frau.«
Und nun sprach Valeria von Liutas Tod und daß sie dieses Amulett getragen haben mußte, als sie getötet wurde, daß aber ihre Leiche nicht gefunden worden war.
Antopa wurde kreidebleich.
»Frau«, stieß sie heiser hervor, »glaubst du etwa, ich habe Liuta getötet?«
»Aber nein, Kind, das glaubt niemand. Zumal sich alles im hohen Norden des Landes abspielte, wo sich nur die Celtae befanden und später das Heer des Karthagers Hannibal Barkas, der von den Alpes herabgestiegen war und bei dem du unmöglich gewesen sein konntest. Auf seinem unvorstellbar schwierigen Weg hätte er keinesfalls ein Mädchen mitgenommen, da es solche Strapazen nicht lebend überstanden hätte. Zudem ist überhaupt nicht erwiesen, daß du aus Karthago stammst. Also denk nicht mehr darüber nach. Nur das Amulett, Antopa, das gehört nun wieder Marcus. Es ist das einzige, das ihm von Liuta geblieben ist – außer seiner unverständlichen Hoffnung, daß sie noch am Leben ist«, seufzte sie gedankenverloren.
Das Mädchen sann eine Weile schweigend vor sich hin. Ein Schleier schien sich über ihre Augen zu legen und leise, wie von weit her kommend, sagte sie:

»Ich verstehe diese Hoffnung.«
Valeria sah sie irritiert an.
»Wieso verstehst du das?«
»Weil Liuta nicht wie der Name einer Toten klingt«, erwiderte sie in derselben abwesenden Art. »Aber auch nicht wie der eines lebenden Mädchens«, fügte sie verwirrt hinzu.
Valeria schaute ratlos zu Cornelia, die wohl denselben Verdacht hegte wie sie selbst. Immerhin bestand die Möglichkeit, daß nicht nur Antopas Gedächtnis unter der Verwundung gelitten hatte ...
»Ach, lassen wir das, Kind«, lenkte sie ab. »Ich werde dir jetzt dein Cubiculum zeigen. Es liegt neben dem von Cornelia, denn ihr werdet euch sicher bald gut verstehen.«
Sie sagte es, obwohl sich leise Bedenken in ihr regten, ob dieses seltsame Mädchen wirklich der richtige Umgang für ihre Tochter war. Und auch, ob Cornelia sie mit ihrer Launenhaftigkeit nicht eines Tages ebenso wie ihre früheren Freundinnen vertreiben würde.
Auf ihren Wink nahm Fidus Cornelia auf die Arme, und sie folgte ihm mit Antopa.
»Frau, was ist mit den Beinen deiner Tochter? Warum kann sie nicht gehen?« fragte das Mädchen mit ungenierter Direktheit.
»Sie fiel als Kind von einer Mauer und seither ist sie leider gelähmt«, erwiderte Valeria und seufzte bekümmert.
»Warum? Wurden ihre Sehnen zerrissen, oder hat sie sich einen Rükkenknochen gebrochen?«
Valeria erwiderte ihren Blick mit gerunzelter Stirn.
»Nein, das nicht ...«
»Aber dann müßte sie doch laufen können!«
»Sie kann es nicht! Wir haben viele gute Medici befragt und alles versucht, umsonst.«
»Hat sie selbst auch alles versucht?«
»Ich verstehe dich nicht, Mädchen. Was soll das alles?«
»Ach, nichts, Frau. Vergiß es.«
Valeria zuckte die Schultern. Diese Fremde schien, gelinde gesagt, schon mehr als eigenartig zu sein. Und aufdringlich. Aber andererseits auch wieder sehr liebenswert, wie sie sich gleich darauf eingestand. Vielleicht entsprang dies alles nur einer Andersartigkeit, denn immerhin kam sie aus einem fremden, ihr nicht bekannten Land.
»Und da soll ich wohnen? Die ganze Zeit?« riß sie das Mädchen aus ihrem Sinnen, als sie das geräumige, hübsch ausgestattete Cubiculum

betreten hatten. Nahezu andächtig ging sie umher und besah sich alles ganz genau.
Valeria war darüber sehr erstaunt, hatten sie alle doch angenommen, sie stamme aus einem vornehmen Haus, nicht nur wegen ihrer Kleidung und ihres wertvollen Schwertes. Auch ihr ganzes Gehabe, das nicht einen Hauch von Unterwürfigkeit zeigte, ließ dies erkennen, ebenso wie ihre ausgezeichneten Sprachkenntnisse. Dieses Mädchen würde ihnen sicher noch mehr Rätsel aufgeben, und Valeria ahnte bereits die Schwierigkeiten, sie verstehen zu lernen.
Sie führte Antopa durch die große Doppeltür zum Perystil hinaus, in dem die Abendsonne die Blumen vergoldete, die zusammen mit den Sträuchern einen betörenden Duft verbreiteten und mit ihrer Pracht den leise plätschernden Brunnen umkränzten.
»Ist das schön!« staunte Antopa nahezu andächtig und trat entzückt einige Schritte auf den gepflegten Rasen hinaus. Doch mit einem Mal wurde sie wieder sachlich und fragte Valeria beharrlich über das Haus und den Garten aus. Sie hörte aufmerksam zu, als ihr Valeria nicht ohne Stolz ihr kleines Reich erklärte, bis sie Antopa schließlich wieder ins Haus bat.
»Ein wenig Ruhe tut dir jetzt sicher gut, es war ein langer und aufregender Tag für dich, Kind.«
»Ja, Frau, das war er«, sagte sie nachdenklich. »Heute morgen stand ich noch schmutzig und hungrig auf dem Sklavenmarkt, und jetzt habe ich einen schönen Raum für mich ganz allein. Ich glaube jetzt fast nicht mehr, daß ich euch weglaufen werde.«
»Ja, wolltest du denn das?« Valeria war schockiert.
»Natürlich«, erwiderte das Mädchen mit der größten Selbstverständlichkeit. »Ich würde niemals Sklavin von irgendjemand werden! Und schon gar nicht in einem romanischen Haus!«
Valeria schien einige Augenblicke fast hilflos, doch dann gewann sie ihre Ruhe zurück.
»Aber Kind, du bist hier keine Sklavin. Wir geben dir das Paternum hospitium, das heißt, du bist Gast in unserem Haus.«
»Dann ist es ja gut«, gab sich die Kleine zufrieden. Doch gleich darauf fragte sie nach Sitah, und Valeria ging mit ihr zu den Stallungen hinüber, wo Sitah in einem kleinen käfigartigen Raum untergebracht war. Ruhelos trabte sie auf ihren dicken Pfoten auf und ab und hatte trotz ihres Hungers das ihr vorgeworfene Fleisch nicht angerührt. Doch kaum hatte Antopa die Tür geöffnet, sprang sie hoch und warf

das Mädchen mit der Wucht ihres Körpers zu Boden. Antopa lachte und jubelte, wie dies nur ein glückliches Kind kann, strampelte mit den Beinen und schubste das schwere Tier, das ihr über Gesicht und Arme leckte, kreischend vor Vergnügen von sich. Sie vergaß Valeria, die sich erschreckt an die Wand gedrückt hatte, ebenso wie die in sicherer Entfernung verharrenden Stallknechte und spielte mit Sitah wie mit einem Stofftier.

Nach einer Weile griff sich Antopa an den Kopf, der durch die heftigen Bewegungen wohl wieder schmerzte. Entschlossen packte sie Sitah am Ohr und ging zum Perystil zurück. Am Brunnen hielt sie an, damit die Katze vor der Nachtruhe noch einmal tüchtig saufen konnte. Doch plötzlich fuhr diese hoch, knurrte und bedrohte mit fletschenden Zähnen den heranschlendernden Claudius, der sich dessen ungeachtet auf dem Brunnenrand niederließ.

»Sorg gefälligst dafür, daß mich dein Riesenvieh in Ruhe läßt!« forderte er in herrischem Ton.

Antopa bedachte ihn mit einem äußerst mißbilligenden Blick, brachte Sitah aber doch zur Ruhe.

»Antopa«, fuhr er gemäßigter fort, »ich habe vorhin zufällig dein Gespräch mit Mutter gehört, als du von Liuta sprachst.«

»Na, und?« gab sie ungehalten zurück.

»Ich warne dich! Fauch mich gefälligst nicht genauso an wie dein barbarisches Riesenvieh, wenn du mit mir sprichst«, gebot er unwirsch.

»Dann gebärde dich nicht, als sei ich deine Sklavin!« hieb sie angriffslustig zurück.

»Holla, du scheinst vergessen zu haben, daß noch kein Tag vergangen ist, seit ich dich vom Catasta unten auf dem Markt losgekauft habe. So wie man Ziegen zu kaufen pflegt«, höhnte er mit spöttisch herabgezogenen Mundwinkeln.

Doch das hätte er besser nicht gesagt. Antopa erstarrte, und die Farbe ihrer Wangen wechselte übergangslos in das Rot einer reifen Tomate. Atemlos vor Empörung zischte sie zwischen den Zähnen hervor:

»Sag das ja nicht noch einmal! Sag das nie wieder! Ich werde nie Sklavin sein, du eingebildeter Pfau! Noch eine solche Bemerkung, und ich hetze die Elefanten auf dich, damit sie dich zu Tode trampeln und dein verhurter Körper als unappetitlicher Brei endet, den nicht einmal mehr die Raben fressen wollen! Du aufgeblasener Romanus, du, du ...« Offensichtlich gingen ihr die Schimpfworte aus oder die Luft oder beides. Jedenfalls hielt sie plötzlich inne.

Claudius war für einen Augenblick sprachlos. Nicht ihrer unglaublich vulgären Ausdrucksweise wegen, die überhörte er. Ihn überraschten vielmehr der Mut und das Temperament, die aus diesem Kind hervorbrachen. Bei Castor und Pollux, in diesem dünnen Körper brannte ein Vulkan! Dieses Mädchen war keine dieser lauwarmen Zicken, wie er sie bisher kennengelernt hatte. Zudem sah sie gerade jetzt besonders reizvoll aus, während andere Mädchen bei Zornausbrüchen meist das häßlichste Gesicht hervorkehrten, das in ihnen steckte. Doch keiner dieser Gedanken wurde in seiner Miene sichtbar. Vielmehr zwang er ein kühles Lächeln auf die Lippen:
»Bravo, Mädchen! Du scheinst eine vorzügliche Erziehung genossen zu haben.» Antopa schob den Kopf vor und funkelte ihn böse an, doch da lenkte er schon ein: »Beruhig dich wieder. Ich versichere dir, daß hier niemand umgebracht werden muß, denn für eine gute Sklavin bringst du nicht die mindesten Voraussetzungen mit. Außerdem hat dich Mutter aus mir unerfindlichen Gründen längst in ihr Herz geschlossen, so daß wir dich wohl oder übel als eine Art neue Schwester anerkennen müssen. Ob mir das nun paßt oder nicht.«
»Und dir paßt das natürlich nicht?« fragte sie hitzig.
»Stimmt«, erwiderte er ausdruckslos.
Sie starrte ihn überrascht ob solch rücksichtsloser Ehrlichkeit an. Doch da bemerkte sie ein Funkeln in seinen hellen Augen, als amüsiere er sich köstlich. Und obgleich seine Miene nach wie vor reglos blieb, verstand sie ihn plötzlich. Unvermittelt brach sie in ihr lautes, herzhaftes Lachen aus, zum ersten Mal wieder seit Cannae.
»Du romanischer Schurke!« japste sie. »Eines Tages werde ich Sitah sicherlich befehlen, dich zu zerfleischen!«
»Tu das bitte nicht. Ich fände diesen Anblick sehr unästhetisch. Doch jetzt sei friedlich, denn ich habe mit dir zu reden.« Und dies sagte er ohne Spott und Überheblichkeit.
Während sie sich neben ihm niederließ, dachte sie, daß sie diesen Claudius eines Tages vielleicht ganz gut würde leiden können. Seine Art gefiel ihr auf eine ihr unerklärliche Weise.
»Wie gesagt, Antopa, du hast vorhin mit Mutter über Liuta gesprochen«, begann er sachlich. »Du sagtest: ›Liuta ist nicht der Name einer Toten, aber auch nicht der eines lebenden Mädchens‹. – Ich weiß, du sprachst von etwas, das du dir selbst nicht erklären konntest.« Er legte eine kurze Pause ein, so als wolle er sich besinnen, was zum besseren Verständnis unbedingt gesagt werden mußte. »Du hast bereits

von Mutter gehört, daß Marcus eine irrsinnige Hoffnung im Herzen trägt. Wir dürfen sie auf keinen Fall noch durch geheimnisvolle Andeutungen schüren. Deinen Worten konnte man alles Mögliche entnehmen, und deshalb darfst du zu ihm nie solches sagen.«
Sie sah von ihm weg und erwiderte:
»Romanus, darüber brauchst du dir keine Gedanken zu machen. Mit deinem Bruder werde ich sowieso nicht reden.«
»Gut, da gibt es anscheinend etwas, das dich in irgendeine ungute Verbindung zu ihm bringt, aber warum willst du nicht mit ihm reden?«
»Weil ich ihn hasse!« stieß sie böse hervor, erhob sich und ging mit energischen Schritten in ihr Zimmer, Sitah hinter sich herziehend.

Claudius' Gedanken beschäftigten sich noch eine ganze Weile mit dem seltsamen Mädchen, doch dann drängten sich wieder die um Floruna vor. Um sie zu vergessen, war er die letzten Tage nicht mehr bei ihr gewesen. Ihr Beisammensein war immer freudloser geworden, beide immer unglücklicher, und das, obwohl sie sich mehr denn je liebten. Auch wenn sie nie darüber sprachen, wußte sie, daß er nicht bereit war, seine inzwischen gereiften Zukunftspläne einem Gefühl zu opfern, von dem er nicht einmal mit Bestimmtheit sagen konnte, wie lange es andauern würde.
Als jetzt aber Florunas liebes, schönes Gesicht mit dem feinen Lächeln wieder mit besonderer Eindringlichkeit vor seinem Innern aufstieg, packte ihn ein nicht mehr zu bezähmendes Verlangen, sie wenigstens noch einmal wiederzusehen. Ohne einem weiteren Gedanken Raum zu lassen, begab er sich zu den Ställen und sattelte eigenhändig sein Pferd. Im schwachen Licht der bereits hereinbrechenden Nacht jagte er unter dem Appischen Aquädukt hindurch den Aventinus hinab, durch die sich bereits zur Ruhe begebende Stadt und über das jetzt fast menschenleere Forum zur Porta Sanqualis. Floruna saß auf den Stufen zum Turm und erwartete ihn.
Er begrüßte sie wie immer mit einem zärtlichen Unterton in der Stimme, den sie aus seinen kühlen Worten sehr wohl herauszuhören verstand.
»Verzeih mir, daß ich dich warten ließ, doch ich war die ganze Woche über sehr beschäftigt.«
Zwar sagten ihm ihre rätselhaften Augen, daß sie genau um den wirklichen Grund seines Fernbleibens wußte, aber nicht darüber sprechen wollte.

»Ist ja gut«, erwiderte sie nur und strich ihm über die glühende Wange, »du bist ja nun da.«
Das flüchtig in ihm aufgestiegene Unbehagen über seine durchsichtige Ausrede schüttelte er rasch wieder ab, setzte sich neben sie auf die Treppe und erzählte ihr von den Ereignissen des heutigen Tages. Sie hörte ihm aufmerksam zu, doch in ihrem Herzen wußte sie, daß sie wohl zum letzten Mal so mit ihm zusammensitzen konnte. Daher wollte sie jedes Wort, jeden Tonfall und jede Miene des geliebten Mannes in sich hineintrinken, damit sie nichts davon aus ihrer Erinnerung verlöre.
Claudius dagegen genoß diese Nacht, die er als beglückender denn jede andere zuvor empfand, und als er sich nach Mitternacht von ihr verabschiedete, verschwendete er keinen Gedanken an die Zukunft.

Floruna dagegen blieb noch lange Zeit im Dunkeln sitzen. Ihr war unsagbar schwer ums Herz. Erst spät in der Nacht suchte sie ihr Lager auf, wo sie den bisher so tapfer zurückgehaltenen Tränen endlich freien Lauf ließ.
Claudius kam tatsächlich nicht mehr, nicht am nächsten Tag und auch nicht an den folgenden. Er ritt nie mehr durch dieses Tor aus der Stadt hinaus.
Floruna hatte immer gewußt, daß es so kommen würde, dennoch konnte sie jetzt ihren Schmerz kaum ertragen. Sie wurde mager, ihre Augen verloren den Glanz, und in ihre Stimme legte sich ein leiser, wehmütiger Klang. Ihre Seele fühlte sich krank.

RÖMISCHER ALLTAG

215 v. Chr.

Antopa fühlte sich förmlich zerrissen von der Verzweiflung um die ihr verlorengegangene Vergangenheit und der Angst vor der ebenfalls im Dunkeln liegenden Zukunft. – Zukunft? Sie glaubte an keine Zukunft für sich. Was sollte es schon für ein Leben werden, hier in dieser fremden Stadt, unter fremden Menschen? Wie sollte sie jemals wieder sie selbst werden, wenn nichts an ihre Vergangenheit erinnerte? Sie nicht einmal wußte, wer sie war? – Nichts als ein Name war ihr geblieben, der in ihren Ohren hohl klang. Jeder Blick in den Spiegel bot ihr eine völlig Fremde, von deren Leben, Gedanken und Herkunft sie nichts wußte. Woher stammte sie? Wer weinte um sie, die nun als verschollen gelten mußte? War da eine Mutter, die sich zu Tode grämte, ihr Kind verloren zu haben? Oder ein Vater, der überall nach ihr suchte? Gab es Brüder und Schwestern? Allmächtige Tanit, warum konnte sie keine Antwort auf diese quälenden Fragen bekommen? Warum mußte sie all dies ertragen? Ihre Augen füllten sich mit Tränen grenzenloser Verlorenheit.

Valeria überließ sie in diesen Tagen viel sich selbst. Sie wußte um die Heilkraft der Zeit, vor allem bei der Jugend. In der Zwischenzeit konnte nur Liebe eine Hilfe sein, und die schenkte sie ihr mit jedem Lächeln und jedem sanften Wort. Offensichtlich tat sie das Richtige, denn nach Tagen begann Antopa, das weitläufige Haus bis in den letzten Winkel zu durchforschen und den noch immer in voller Blüte stehenden Garten zu durchstreifen. Valeria atmete auf. Das Kind hatte den schlimmsten Schmerz überstanden.

Nun wurde auch erkennbar, daß sie sich offenbar noch nie untergeordnet hatte. Ihr Umgang mit der Dienerschaft zeigte, daß sie gewohnt war, sich bedienen zu lassen, und zu befehlen ihr eine Selbstverständlichkeit war. Einzig Valerias Anordnungen befolgte sie. In ihr schien sie die Respektsperson in diesem Haushalt zu sehen, während sie Marcus völlig ignorierte und Claudius' spöttische Sticheleien schlagfertig parierte.

Tage später – Claudius war nach einem kleinen Festessen im Haus der Cornelier auf dem Mons Caelius eben erst eingeschlafen – wurde er von einer unsanft zugreifenden Hand wachgerüttelt. Verschlafen blinzelte er in das schwache Licht, das durch die offenstehende Tür zum Perystil einen breiten grauen Streifen in sein Zimmer warf. Der Mond am Himmel wurde schon merklich blasser und besaß kaum noch Kraft, gegen den heraufdämmernden Morgen anzukämpfen.
»Was soll das?« fauchte er ungehalten und schlug nach der Hand, die an ihm herumzupfte.
»Wach endlich auf, Claudius! Ich habe mit dir zu reden!«
Nur langsam erfaßte sein schlaftrunkenes, umnebeltes Gehirn, daß es die Stimme dieses Karthager-Mädchens war.
»Verflucht, warum weckst du mich mitten in der Nacht? Scher dich raus und laß mir meine Ruhe!« Damit zog er die Decke hoch, warf sich in die Kissen zurück und drehte der Gestalt neben seinem Bett den Rücken zu. Verärgert stellte er nach einer Weile jedoch fest, daß er nun hellwach und das Mädchen noch immer anwesend war, reglos wartend. Also fuhr er in die Höhe, zog die Finger durch sein zerzaustes Haar und starrte sie böse an, was sie jedoch ungerührt hinnahm. Nach einer Weile gab er nach:
»Gut, du hast gewonnen«, brummte er, stellte die Füße auf den Boden und zog die Decke hoch. »Ich hoffe für dich, daß du gute Gründe für deine Aufdringlichkeit hast.«

Antopa setzte sich ungeniert neben ihn aufs Bett. Im fahlen Licht des Mondes sah er, daß tiefer Ernst auf ihren Zügen lag. Seine Stimme klang daher auch um einiges versöhnlicher, als er sie erneut zum Sprechen aufforderte.
»Claudius«, begann sie ruhig, aber bestimmt, »ich möchte wissen, warum ich, euren Gesprächen nach zu urteilen, anscheinend aus Karthago komme. Da ich verwundet auf einem Schlachtfeld gefunden wurde, muß ich annehmen, in diesen Krieg geraten zu sein, von dem ihr beim Essen gesprochen habt. Bitte erklär mir das.«
»Beim allmächtigen Jupiter«, schoß es Claudius durch den Kopf, »bisher hat tatsächlich niemand daran gedacht, daß dieses Mädchen nichts von Karthago oder Roma und nichts von diesem verfluchten Krieg weiß!« In einer seltsam weichen Anwandlung griff er nach ihrer Hand und begann zu erzählen. Antopa lauschte angespannt, doch kam ihr trotz allen Bemühens nichts bekannt vor. Nur bei der Er-

wähnung Saguntums fragte sie sich vergeblich, was dieser Stich in ihrer Brust bedeutete. Als Claudius mit der Schlacht von Cannae zu Ende kam, saß sie noch lange schweigend.
Dann jedoch stellte sie Fragen. Unbequeme Fragen, wie Claudius nach einer Weile feststellen mußte. Denn seine Behauptung, die Karthager seien schuld an diesem Krieg, nahm sie nicht ohne Gegenrede hin. Sie fragte, ob Rom nicht dieselben Machtgelüste gezeigt habe wie Karthago. Warum sonst hätte es sich in Iberia und im Keltenland zu schlagen gehabt? Und wie war das mit Sicilia und Sardinia?
Erstaunt erkannte er, daß er durch dieses kleine Mädchen zum ersten Mal zum Nachdenken gezwungen wurde, und seine einseitig römische Position nicht ganz so eindeutig zu erklären war, wie er bisher immer angenommen hatte. Er setzte sich noch eine ganze Weile mit Antopa auseinander, vor deren wachem Verstand er immer größeren Respekt bekam. Schließlich kamen sie beide überein, ein anderes Mal ausführlicher darüber reden zu wollen.
»Wenigstens weiß ich jetzt einigermaßen Bescheid, warum ich hier in Roma als Sklavin gelandet bin.«
Er grinste.
»Dabei waren wir uns schon einmal einig darüber, daß du zur Sklavin nicht taugst. Oder?«
»Natürlich. Und wer ich wirklich bin, werde ich schon noch herausfinden. Du kennst meine Energie nicht.«
»O doch, die kenne ich inzwischen! Aber jetzt verschwinde möglichst leise, damit mein ehrenhafter Bruder nebenan nicht glaubt, ich hätte mir irgendein mannstolles Weib in mein sündiges Bett geholt.«
Sie gluckste belustigt, ging dann jedoch gehorsam in ihr Zimmer zurück, wo sie noch lange keinen Schlaf finden konnte. Claudius' Erzählung über diesen Krieg gab ihr viele Fragen auf, aber alles Bemühen um eine Klärung endete an einer schwarzen Wand. Und die quälendsten Fragen blieben nach wie vor die nach ihr selbst. Als sie endlich erschöpft einschlief, lag ihre Wange auf einem durchnäßten Kissen.

Die nächsten Tage verbrachte sie großenteils im Garten, wohin sie sich mit Sitah oft stundenlang zurückzog. Allmählich aber gewöhnte sie sich immer mehr an das Haus und vor allem an Valeria, die sie ständig mit Fragen traktierte, die die kleine, sanfte Frau meist sehr in Erstaunen setzten. Dieses Mädchen verstand oft die selbstverständlichsten Dinge eines kultivierten Hauses nicht und legte Manieren an den Tag, die Valeria die Haare zu Berge stehen ließen. Sie ahnte täglich mehr, wieviel Mühe und Energie sie noch würde aufbringen müssen, Antopa wenigstens etwas Kultur einzutrichtern. Während diese beinahe noch mehr Energie darauf verwendete, sich zu drükken, wo es nur ging.

Wo immer sich Antopa gerade aufhielt, sprang sie sofort auf, wenn Claudius heimkehrte. Ihm schien sie sich auf besondere Weise verbunden zu fühlen. Und es war offensichtlich, daß ihm ihre Forschheit genauso gefiel wie ihre resolute Art, mit der sie ihn mit Beschlag belegte. Valeria schüttelte oft lächelnd den Kopf über ihren Sohn, denn bisher hatte noch nie jemand so engen Kontakt zu ihm bekommen wie dieses fremdartige Mädchen.

Während all ihrer Unternehmungen befand sich Sitah immer an ihrer Seite, die zwar Claudius stillschweigend duldete, ebenso wie Valeria und Cornelia, aber erstaunlicherweise immer wieder zu Marcus trabte, obwohl gerade er sich am wenigsten aus ihr machte. Schließlich schaffte sie es doch, seine Aufmerksamkeit und später sogar seine Zuneigung zu erringen. Antopa beobachtete dies mit finsterer Miene. Es paßte ihr gar nicht, Sitah von nun an ausgerechnet mit Marcus teilen zu müssen.

Eines Tages beschloß Valeria, Antopa zum Einkaufen in die Stadt mitzunehmen. Zum einen wollte sie die Leute an sie gewöhnen, zum anderen sollte sie die weitere Umgebung ihres neuen Heims kennenlernen. So wurde sie von Lanata mit keinen Widerspruch duldender Gewalt »stadtfein« gemacht, und gemeinsam gingen Valeria, Antopa und der mit einem großen Korb ausgestattete Fidus den Aventinus hinab. Antopa fühlte sich unter den neugierigen Blicken der Leute äußerst ungemütlich. Ob die wußten, daß sie vor kurzem noch auf dem Sklavenmarkt gestanden hatte? Sah man ihr an, daß sie keine Römerin war? Unsicher biß sie auf ihrer Unterlippe herum und wich den Blicken aus.

Valeria hingegen begrüßte ihre Bekannten freundlich wie immer und stellte Antopa als ihre Nichte vor, die durch den Tod ihrer Eltern nun bei ihr leben würde.

»Ach, das arme Kind!« wurde Antopa reichlich übertrieben und nur selten mit ehrlichem Gefühl bedauert. »Nur gut, daß sie eine Tante wie dich hat, meine liebste Valeria. Du bist ja bekannt für deine Güte. Ja wirklich ...«

Ob dieses Getues mußte Antopa unwillkürlich lachen, und sie prustete hinter dem Rücken der Frauen los. Auch Valeria lächelte und räumte ein:
»Eigentlich sind wir eine recht scheinheilige Gesellschaft!«
»Sind das denn alles Freundinnen von dir, Frau?« fragte Antopa, als sie sich wieder etwas beruhigt hatte.
»Nein, aber in Roma kennt man sich eben. Außerdem sind die Nobiles durch Familienbande meist sehr eng miteinander verflochten. Und dann trifft man sich: auf dem Markt, bei Hochzeiten, bei Festlichkeiten ... Sieh dort hinüber zum alten Circus Maximus, in dem die Feste mit Wagenrennen und Gauklervorstellungen gefeiert wurden. Seit Flaminius auf dem Campus Martius einen größeren gebaut hat, ist hier nicht mehr viel los, und so trainieren jetzt meine Söhne dort ihre Pferde.«
Antopa besah sich interessiert die imposanten, schon etwas verwitterten Eingangsbauten und fühlte sich winzig klein, obgleich sie von hier aus noch nicht einmal das riesige Oval der Rennbahn sehen konnte, das durch die Spina, auf der wassergefüllte Fische als Rundenzeichen angebracht waren, in der Mitte geteilt wurde. Nur der hohe Obelisk und die Spitze des plumpen Turmes am unteren Ende ragten über die Aufbauten für die Sitzreihen hinaus. Antopa war von der Größe dieser Anlage so beeindruckt, daß sie nicht verstand, warum dieser Flaminius unbedingt einen noch größeren Circus hatte anlegen müssen. Das war doch reine Geldverschwendung!
Valeria lenkte sie ab, indem sie auf den gegenüber ansteigenden Hügel deutete:
»Das ist der Palatinus mit den Häusern der vornehmsten Familien Romas. Viel zu enggedrängt für meinen Geschmack. Ich bin dort oben aufgewachsen. Dahinter beginnt das Forum Romanum, das ich dir noch zeigen werde. Aber jetzt müssen wir uns links hinüber zum Tiberis hin halten, denn wir wollen ja erst am Forum Boarium unsere Einkäufe tätigen.«
Ungeachtet der unsanften Stöße, die sie ständig erhielt, blickte Antopa staunend auf das Gewühl der Menge. Um diese Tageszeit schien ganz Rom auf den Beinen zu sein. Zwischen behäbigen Patriziern, wichtigtuerischen Beamten und greisen Senatoren in purpurgesäumter Toga drängten sich die Männer des Volkes in ihrer einfachen kurzen Tunika. Antopa fielen ihre oft kühnen Gesichter auf, die nicht nur vom Kampf ums tägliche Brot geprägt waren, sondern vor allem von

den Kämpfen auf dem Schlachtfeld. Zwischen ihnen schoben und stießen sich Sklaven mit kahlgeschorenen Köpfen, dickbäuchige, schlitzohrige Händler, geschwätzige Advokaten und abgearbeitet aussehende Bauern. Es herrschte ein schier unentwirrbarer Tumult und ein Lärm ohnegleichen.

Auf dem freien Platz und in den Arkaden wurden auf Tischen oder Handkarren die unterschiedlichsten Waren angeboten, wie frisches Gemüse, saftige Früchte, Weine aus ganz Italica, Öl aus Iberia, Felle aus dem Land der Celtae, Pökelfleisch aus Baetica, feinste Backwaren aus den umliegenden Backstuben, frisches Wild aus den Albanerbergen und vieles, vieles mehr. Hier war nicht zu erkennen, wie einfach und genügsam die Römer meist lebten.

Antopa konnte nicht verstehen, warum Valeria immer wieder über das mangelhafte Angebot infolge des Krieges klagte. Sie selbst war da ganz anderer Ansicht.

»Diese Romani müssen unglaubliche Bäuche haben«, bemerkte sie aus tiefster Überzeugung. Und als Valeria sie pikiert ansah, fügte sie hinzu: »Naja, ein normaler Mensch kann doch unmöglich so vielerlei Sachen in sich hineinstopfen, nur um den Hunger zu stillen.«

Valeria überging ihre rüde Ausdrucksweise und überraschte sie mit dem Vorhaben, ihr eine Kette kaufen zu wollen, als Ersatz für das Amulett. Antopas Augen strahlten so voller Freude, daß Valeria amüsiert lächelte.

Fidus ging mit seinem inzwischen prall gefüllten Korb am Arm zum Aventinus zurück, während die beiden Frauen rasch das Forum Romanum überquerten. Antopa hatte Mühe sich durch die vielen Menschen hindurchzuwühlen, wohingegen man Valeria dank ihres Ansehens sofort und überall Platz machte. Sie bogen in eine seitliche Geschäftsstraße ein, in der es endlich ruhiger wurde. Zielstrebig betrat Valeria einen düsteren Laden, dessen Eingang fast nur ein Loch in der Mauer war. Anscheinend wurde das Geschäft als Geheimtip unter vermögenden Leuten gehandelt, denn auf einfachen, rohen Holztischen lag so kostbarer Schmuck aus, daß er jede normal gefüllte Geldtasche zur Lächerlichkeit degradierte. Ein buntgekleideter Orientale begrüßte Valeria katzbuckelnd, breitete aber nach einer ungeduldigen Handbewegung eiligst eine größere Anzahl ausgesuchten Halsschmucks vor den beiden Frauen aus. Nach nur kurzer Betrachtung suchte sich Antopa das schönste und auch fast teuerste Stück aus, so daß sich Valeria irritiert fragte, ob sie dieses Mädchen nicht doch unterschätzte. Sie lächelte etwas gequält ob des hohen Preises, doch als der Händler über die getroffene Wahl grinsend mit dem Kopf wackelte, legte sie entschlossen das Schmuckstück Antopa um den Hals. Diese strahlte, daß Valeria das Herz aufging, und nicht eine Minute länger bereute sie ihren Kauf.

»In manchen Dingen bist du also doch ein Mädchen«, lächelte sie, zog Antopa aus dem Geschäft und ging mit ihr die wenigen Schritte zum Forum Romanum zurück.

»Dieses Forum hier, mein Kind, ist nicht nur das Zentrum unserer Stadt, sondern der Mittelpunkt unseres Reiches, denn von hier aus laufen die Straßen in alle Himmelsrichtungen unseres ganzen Landes. Und von hier aus wird auch ihre Länge gemessen. Von da unten kommt die Via Sacra, unsere Aufmarsch- und Prozessionsstraße. An ihr siehst du den schönen Rundtempel der Vesta, in dem die Vestalinnen, die dahinter in dem kleinen Palast wohnen, das Heilige Feuer hüten.« Dann zeigte sie auf den alten Haupttempel der Römer, den des Saturnus, zur Rechten auf das ehemalige Königshaus, das Regia, das jetzt dem Pontifex Maximus als Amtssitz diente, und auf die Curia am Fuß des Capitolinus, einen blockigen, schmucklosen Viereckbau aus unverputzten roten Ziegeln, dessen Eingang eine gewaltige Bronzetür verschloß.

In diesem Augenblick wurde Antopa zur Seite geschoben, und hinter ihr erklang der mit schnarrender Stimme ausgestoßene monotone Ruf:

»Platz schafft dem Glaucus Silverus Pontus! Platz dem edlen Glaucus!«

Mit anmaßenden Gebärden, wichtigtuerisch einen Stab schwingend, räumte ein baumlanger Sklave die Straße frei für seinen Herrn in einer prunkvoll ausstaffierten Sänfte, wie sie in Rom noch eine ausgesprochene Seltenheit war. Nachlässig lehnte der aufgedunsene Körper des jungen Mannes auf den seidenen Kissen der Liege, die von dunkelhäutigen Sklaven getragen wurde. Sein Gesicht war rot angelaufen und schweißbedeckt, an seinen dicken Fingern glitzerten protzige Ringe, und an seinen Gelenken klingelten bei der leisesten Bewegung schwere Goldreifen wie bei einer lydischen Tänzerin. Mit gespielter Langeweile überschaute er das Treiben auf dem Platz und genoß das Gaffen und Staunen über seinen zur Schau gestellten Reichtum und seine Extravaganz. Eine Horde Straßenjungen folgte lärmend dem kleinen Zug in der vergeblichen Hoffnung, einige Mün-

zen zugeworfen zu bekommen. Eine Gruppe Bauern dagegen benutzte die entstandene Gasse zum schnelleren Vorwärtskommen, bevor sie sich hinter diesem geizigen Reichen wieder schloß.
Antopa hatte in der Zwischenzeit ihren Blick über das Gewirr der Menschen hinweg, ohne der weisenden Hand Valerias folgen zu müssen, nach eigenem Gutdünken umherschweifen lassen und fand, entgegen deren Begeisterung, daß dieses Forum doch arg eingepreßt war zwischen Palatinus und Capitolinus, letzterer ein bewachsener, schroff abfallender Felsen, auf dessen Höhe der finstere Block eines alten, ehrwürdigen Tempels thronte, hinter dem weitere Tempel liegen mochten, rundum laufend die verwitterten Mauern einer alten Burg. Das war noch einigermaßen das, was nach Stadt und Herrschaft aussah, fand Antopa, doch der Platz selbst war nicht viel mehr als ein verbautes Winkelwerk, aus dem nur der Saturntempel herausragte, ein gewaltiger Bau aus graugelbem Travertin, dessen Stufen von den Füßen vieler Generationen glatt gescheuert worden waren. Alles andere rund um diesen Platz waren Holz- oder Fachwerkbauten, ein paar schmucklose, tempelartige Gebäude, ein Durcheinander von Buden. Antopa war enttäuscht. Das sollte der Mittelpunkt des römischen Reiches sein? Das Zentrum des angeblich so mächtigen Rom? – Sie hatte anderes erwartet, Größeres, Majestätischeres. Und Schöneres. Das hier war alles barbarisch einfach, provinziell und ohne jede Konzeption.
Nun war Valeria wieder neben Antopa getreten, die sie aus ihren Gedanken riß.
»Das war Glaucus Silverus«, sagte sie mit unmutig gekrauster Stirn. »Der Bruder von Liuta. Ein unangenehmer Mensch.« Und wie um sich selbst abzulenken, deutete sie auf eine Tribüne mit Rednerpulten, der sogenannten Rostra, an deren Mauer erbeutete Schiffsschnäbel in regenverwaschenem Gold vom Sieg bei Antium über die karthagische Flotte kündeten. Dahinter stiegen die zehn Ränge des Senaculums an, durch eine Art Holzsteg mit der Curia verbunden, und im rechten Winkel dazu die Reihen der niedrigeren Zuschauertribünen.
»Von dort oben auf der Rostra«, fuhr Valeria fort, »unterrichten unsere Patres conscripti das Volk über das Schicksal aller Romani und ihrer Bundesgenossen. Was du an ihrer Mauer siehst ...«
Doch Antopa hörte nicht mehr hin. Langsam stieg sie einige Stufen zur Rostra empor und blieb neben der Säule von Mylae stehen. Ihr Blick wanderte gedankenverloren über den Platz, und als sie sprach,

klang es wie eine Mischung aus endlich erreichtem Ziel und Ernüchterung, ja Enttäuschung über das Geschaute:
»Hier also stehen die Männer, die die Romani zum mächtigsten Volk des Erdkreises machen wollen! Das ist das Ziel von Hannibal, Hasdrubal und Mago. Auf dieses Forum wollte Maharbal reiten. Auf dieses Capitolinum!«
Valeria sah dieser Szene erstaunt zu und bemerkte den hinter sie getretenen Claudius erst, als er sagte:
»Sie ist tatsächlich eine Carthageniense. Die Namen der Barkas-Brüder und des Reiterfürsten aus Numidia sind so in ihr Unterbewußtsein eingemeißelt, daß sie durch alles Vergessen hindurch hervordrängen.«
Valeria stimmte ihm zu, dann stieg Claudius, um Aufsehen zu vermeiden, die wenigen Stufen hinauf und faßte Antopa am Arm.
»Claudius!« rief sie erfreut und folgte ihm. Als er sie einlud, mit ihm in die Waffenschule zu kommen, jauchzte sie vor Begeisterung und sprang mit einem einzigen Satz zu ihm aufs Pferd. Valeria dagegen trat den Heimweg an, ein Lächeln über Antopas ständig wechselnde Wesensäußerungen um die Lippen.
»Jeder junge Mann aus gutem Haus«, erklärte Claudius auf dem Weg zum Marsfeld hinaus, »muß diese Schule besuchen, wenn er nicht gerade körperbehindert oder so fett wie Glaucus Silverus ist. In Kriegszeiten aber hat jeder, der aus irgendwelchen Gründen nicht beim Heer ist, so wie ich, mindestens einmal wöchentlich mit Lehrern zu trainieren, um nicht aus der Übung zu kommen.«
Antopa zeigte helle Begeisterung über dieses System, während Claudius amüsiert an seine Schwester und die anderen jungen Mädchen dachte, die auf solche Dinge nie auch nur einen Gedanken verschwendet hätten.

Als sie das weite, militärische Übungsgelände westlich der Via Flaminia erreichten und die Waffenschule betraten, wurde Antopa auf eine Art Balkon gewiesen, der überhöht eine mit rotem Sand bestreute Arena umgab. Darin tummelten sich Reiter und mehrere Paare zu Fuß, die mit Holzschwertern gegeneinander kämpften. Wieder andere warfen ihre Pila gegen eine stabile Holzwand oder schossen mit Pfeil und Bogen auf sie. Zwar würde ein Patrizier nie als Bogenschütze eingesetzt, doch die Lehrer hielten dies für eine gute Übung für Auge und Arm.

Antopa sah mit geröteten Wangen und blitzenden Augen aufgeregt um sich. Diese Atmosphäre hier empfand sie als vertraut, und ein wohliger Schauer durchrieselte sie. Als Claudius in einem kurzen Leinenrock, der seine blendende Erscheinung äußerst vorteilhaft zur Geltung brachte, mit dem kurzen Schwert der Römer gegen einen stämmigen, narbenbedeckten Lehrer kämpfte, schrie und gestikulierte sie bei besonders guten Ausfällen und Paraden so heftig, daß bald sämtliche Besucher auf sie aufmerksam wurden. Sie schüttelten zwar die Köpfe über dieses magere Geschöpf und ihr seltsames Benehmen, doch zugleich erstaunte sie ihr bemerkenswertes Urteilsvermögen.
Auch Marcella, hofiert von mehreren Verehrern, beobachtete sie. Nach kurzer Überlegung erhob sie sich und ließ sich unaufgefordert neben Antopa nieder. Auffallend herzlich begrüßte sie das überraschte Mädchen.
»Du scheinst Claudius gut zu kennen?« fragte sie lauernd.
Unangenehm berührt betrachtete Antopa die aufdringliche, doch ungewöhnlich schöne Frau mit zusammengezogenen Augen.
»Ich? Ja«, kam ihre verletzend unhöfliche Antwort, doch Marcella war nicht gewillt, dies zur Kenntnis zu nehmen.
»Wie heißt du denn?« fragte sie statt dessen.
Antopa zögerte, denn ihr Name erschien ihr nicht sehr römisch, und so wich sie aus:
»Ich wohne im Haus der Marianus Valus.« Eigenartig, plötzlich war sie stolz darauf, sich auf diese angesehene Familie berufen zu können. Für einen Augenblick war ihr, als gehöre sie tatsächlich dazu, so wie Claudius oder Cornelia.
»So, du wohnst auf dem Aventinus?« erwiderte Marcella mit penetranter Vertraulichkeit. »Du bist wohl eine Verwandte?« Antopa antwortete nicht, doch die Frau ließ sich nicht beirren. »Ich habe noch nie von dir gehört.«
Antopa fixierte sie nun in der Art des Claudius, vielleicht kopierte sie ihn sogar.
»Frau, bist du dir klar darüber, daß du zu viel fragst?« wies sie sie mit kalter Hochnäsigkeit zurecht. »Im übrigen möchte ich mir jetzt in Ruhe die Übungen dort unten ansehen können.«
Marcella flog Zornröte übers Gesicht, und sie wollte eben Antopas Zurechtweisung parieren, als Marcus den Balkon betrat. Beim Anblick Marcellas leuchteten seine Augen auf, als sei eben ein Sonnenstrahl in sie gefallen, und seine dunkle Stimme klang seltsam weich,

als er die verführerisch lächelnde Frau begrüßte. Antopa dagegen schien Luft für ihn zu sein. Zornig ballte sie die Hände zu Fäusten über diese offensichtliche Zurücksetzung. Zum ersten Mal erkannte sie aber auch, welch imponierende Erscheinung Marcus darstellte, und, ohne sich dessen bewußt zu werden, versank sie förmlich in seinen Anblick, starrte in das ihr so vertraute Gesicht, das tiefe Gefühle in ihr zum Klingen brachte. Doch von einer Sekunde zur anderen spürte sie den alten Widerwillen in sich. Dieser Mann hatte ihr unverzeihlich Schlimmes angetan, dessen war sie sich ganz sicher. Doch was war es, von dem offensichtlich auch er nichts wußte? Wenn sie sich bloß erinnern könnte! Verzweifelt wandte sie das Gesicht ab. Und es war gut, daß Claudius erschien und sie ihn wieder an ihrer Seite wußte. Er war ihr wie ein großer Bruder, in dessen Schutz sie fliehen konnte. Mit besonderer Genugtuung registrierte sie, daß er diese unsympathische Marcella mit verletzender Arroganz begrüßte und nicht weiter beachtete. Sie zog Claudius zur Seite und bat ihn mit der koketten Verlegenheit kleiner Mädchen, auch einmal schießen zu dürfen.

»Was möchtest du?« Claudius' Augenbrauen zuckten in die Höhe. »Schießen? So richtig mit Pfeil und Bogen?«

Auf ihr Nicken sah er sie zweifelnd an, doch dann hellten sich seine Augen auf. Mit leisem Lachen packte er sie an der Hand und zerrte sie hinter sich her die steilen Treppen hinab in die nun verlassen daliegende, sonnendurchglühte Arena hinaus. Mit seltsam erregtem Glanz in den Augen nahm sie von Claudius' ebenso überraschtem Lehrer Aemilius den Bogen entgegen, besah ihn sich genau und wog ihn prüfend in der Hand. Dann legte sie den Pfeil auf, schaute ernst und konzentriert auf das Ziel und, ohne sich lange zu besinnen, ließ sie die Sehne losschnellen. Nur eine Fingerbreite neben dem aufgezeichneten Ring blieb der Pfeil zitternd im Holz stecken. Überrascht sahen sich Claudius und Aemilius an, und als zwei weitere Schüsse ein noch besseres Ergebnis brachten, fragte Aemilius höchst beeindruckt, wo sie das gelernt habe.

»Ja, mein lieber Aemilius«, nahm ihr Claudius die Antwort ab, »wie ich diese kleine Verrückte kenne, wird sie dir das genausowenig sagen wie mir. Habe ich recht?« Er tätschelte ihr gönnerhaft den Rükken, und sie dankte ihm mit einem schnellen Blick.

Nach einigen weiteren Schüssen drängte Claudius energisch zum Aufbruch. Marcus hatte inzwischen ausrichten lassen, er werde spä-

ter nachkommen. Sicher hatte er Marcella nach Hause begleitet, dachte Claudius. Vielleicht gelang es diesem Biest, ihn von seinem Kummer um Liuta abzulenken.
Fast beneidete er ihn, denn für ihn gab es keine Frau, die ihn Floruna hätte vergessen lassen können, auch wenn er von fast allen Angeboten gewissenlos Gebrauch machte, so daß sein Ruf bald der nahezu schlechteste von ganz Rom war. Auch sonst veränderte sich Claudius mehr und mehr zu seinem Nachteil, und besonders Valeria litt unter seinem kaltschnäuzigen Verhalten. Antopa mit ihrer Forschheit war der einzige Mensch, der überhaupt noch an ihn herankam. Aber auch sie sah, welch ungute Veränderung mit ihm vorging. Eines Tages besprach sie sich daher mit Valeria, die ihr von dem Mädchen Floruna und Claudius' ehrgeizigen Plänen erzählte, aber auch Antopa wußte nicht, wie sie ihm hätte helfen können.
Marcus dagegen ging sie geflissentlich aus dem Weg. Nie sprach sie ein Wort zu ihm, obgleich er sie immer mehr beeindruckte. Er wiederum hatte sich angewöhnt, sie konsequent zu übersehen – was sie seltsamerweise sehr ärgerte.
Eines Tages jedoch kam sie zufällig hinzu, als Silverus seinen Arm behandelte. Sie warf einen neugierigen Blick auf die Wunde, die mit aufklaffendem, tiefem Schnitt so scheußlich aussah, daß es wohl jedes andere Mädchen geschaudert hätte. Nicht so Antopa, die interessiert nähertrat und Silverus über die Schulter schaute.
»Besser, du verschwindest«, brummte der Alte nach einer Weile ungehalten. »Das ist kein Anblick für kleine Mädchen.«
Doch sie blieb mit unbewegtem Gesicht stehen und stellte seelenruhig fest:
»So kann die Wunde nie richtig zusammenwachsen, Mann.«
»Natürlich wird sie das nicht, du Klugscheisserin. Es ist einfach nicht möglich. Aber darüber bin ich dir wohl am allerwenigsten Rechenschaft schuldig.«
»Wie du meinst, Alter, auf jeden Fall verstehst du dein Handwerk sehr schlecht«, erwiderte sie unbeeindruckt. Silverus zuckte zusammen, hatte wohl auch eine bissige Antwort auf den Lippen, doch schon fuhr Marcus empört auf:
»Was erlaubst du dir? In meinem Haus kannst du dir solche Ungezogenheiten nicht leisten! Merk dir das!«
Antopa erwiderte seinen wütenden Blick völlig gleichmütig und verschwand, sich herausfordernd in den Hüften wiegend, mit Sitah im

Garten. Während Marcus vor Zorn kochte, schien sich Silverus keine weiteren Gedanken um das Mädchen zu machen. Sein Beruf hatte ihn gelehrt, daß es immer Besserwisser gab und es nicht lohnte, sich darüber aufzuregen.

Nur langsam verrauschte Marcus' Wut. Gerade wollte er sich zurücklegen, als plötzlich Antopa vor ihm stand und ihm einen Becher in die Hand drückte.

»Das ist ein Brei aus Kräutern, die ihr Unkraut nennt«, sagte sie mit regloser Miene. »Streich ihn auf deine Wunde, und kein wildes Fleisch wird die Wundränder offenhalten. Außer einer dicken Narbe wirst du später nichts mehr von deiner Verwundung sehen.« Damit ging sie davon.

In herrischem Ton rief Marcus sie zurück, war aber selbst überrascht, als sie tatsächlich stehenblieb.

»Setz dich hierher, ich möchte mit dir reden.«

Er sagte es in einer Art, die die Menschen widerspruchslos gehorchen ließ, so auch Antopa. Verlegen hockte sie auf der Kante des Sessels und war froh, daß er nichts mehr sagte, sondern seinen Verband zu lösen begann. Er hielt zwar nichts von diesem unappetitlichen, braungrünen Brei, dennoch mußte das Mächen Hoffnung in ihm geweckt haben. Sie sah, wie schwer er sich mit nur einer Hand tat, und so erhob sie sich, wickelte mit geschickten Fingern die Binden ab und strich vorsichtig den Brei auf das rotglänzende Fleisch. Marcus durchzuckte ein brennender Schmerz. Unwillkürlich verzog er das Gesicht zu einer Grimasse.

»Das läßt bald nach«, sagte sie, und ihre Ruhe und ihr selbstverständliches Wissen erstaunten ihn. Sie fühlte seinen forschenden Blick auf ihrem Gesicht, was ihre Verlegenheit keineswegs minderte. Nachdem sie den Verband wieder angebracht hatte, nahm sie den Becher und wendete sich zum Gehen, doch Marcus hielt sie fest:

»Warum machst du das, Antopa?« fragte er, und seine Stimme hatte den harten Klang von vorhin verloren.

»Weil ich es einfach nicht ausstehen kann, wenn so herumgepfuscht wird. Es hat gar nichts mit dir zu tun.«

»Du scheinst einiges von der Heilkunst zu verstehen. Woher hast du dein Wissen?«

»Lactas hat mir viel beigebracht, auch wenn er mir nicht alles sagte, was er wußte, denn ...« Plötzlich stutzte sie. Sie hatte einen Namen genannt, den sie sich nicht erklären konnte. Und wieder einmal gin-

gen ihre Gedanken auf die Suche, vergebens. Tränen der Verzweiflung traten in ihre Augen. Hastig sprang sie auf und floh in ihr Zimmer.
In den kurzen Augenblicken, in denen sie völlig abwesend gewesen war, glaubte Marcus ihr wahres Gesicht gesehen zu haben. Jetzt verstand er, daß sie ein gequältes, einsames und hilfloses Kind war, dessen oft eigenartiges Benehmen aus seiner Verlorenheit kam. Die Maske, die sie sich immer wieder überstülpte, sollte nur ihre Not verbergen, nichts sonst. Für ihr Alter hatte sie wohl schon zu viel erlebt, um es bewältigen zu können. Und sicher war dies auch der Grund, der ihr Erinnerungsvermögen einfach streiken ließ. Ein Schutz der Natur für den schwachen Menschen. Marcus dachte lange darüber nach, wie sie sich wohl fühlen mußte, nachdem sie, die offensichtlich intelligent und gebildet war, auf dem Markt wie ein Stück Vieh verkauft worden war. Und wie mochte einem Kind zumute sein, das plötzlich von allem abgeschnitten ist, was bisher sein Leben ausgemacht hatte? Das keinen der Menschen mehr um sich sah, die es einst geliebt und gekannt hatte? Jetzt glaubte er, ihre Sprunghaftigkeit und die Stimmungswechsel von einem Augenblick zum anderen besser zu verstehen, und nahm sich in dieser Stunde vor, ihr von nun an mit Verständnis entgegenzugehen.

Am darauffolgenden Abend kam Fabius Maximus zu Besuch, der als einziger außerhalb der Familie von Antopa und ihrem Schicksal wußte. Er brachte einen seiner Sklaven mit, einen außergewöhnlich kräftigen, gutmütigen Karthager namens Hakir, den er Valeria schenkte, damit Antopa durch ihn unmerklich auf Vergangenes hingewiesen werden würde. Er sollte im Haus arbeiten und dem Mädchen nur zufällig begegnen.
Nach einer Weile ging Fabius mit den beiden Brüdern ins Perystil, das mit seiner Abgeschlossenheit und seinem stillen Frieden recht gut die lärmende, bedrohliche Welt hätte ausschließen können, wenn nicht die Menschen immer wieder ihre Sorgen und unruhigen Gedanken auch hierher getragen hätten. Das Plätschern des Brunnens schaffte eine anheimelnde Atmosphäre, während die an den Säulen befestigten Fakkeln, die im leichten Abendwind flackerten und leise fauchten, mit ihrem Rauch und Pechgeruch die surrenden Mücken fernhielten.
»Wie sieht es eigentlich aus?« fragte Marcus nach einer Weile in das Schweigen ringsum.

Fabius faßte nach seinem Ohrläppchen und begann zögernd wie meist:
»Nun ja, wenn ich alles so betrachte, dann fürchte ich, und das wohl mit einiger Berechtigung, daß das romanische Gebäude zum ersten Mal bedenklich zu wanken beginnt. Viele Städte in Apulia und Bruttia, ja sogar der ganze Stamm der Lucani, sind zu Hannibal übergelaufen. Und was es bedeutet, wenn unsere Verbündeten erst einmal anfangen ins feindliche Lager überzuwechseln, könnt ihr euch sehr wohl denken.«
»Aber Capua und ganz Campania mit seinen hellenischen Städten halten doch sicher stand«, warf Claudius ein.
»Ja, mein Lieber, noch, aber sicher nicht mehr lange. Es ist ein offenes Geheimnis, daß sich in dem reichen und korrupten Capua eine pro-romanische und eine pro-carthageniensische Partei gegenüberstehen. Und wer letzten Endes die Oberhand gewinnt, hängt allein von Hannibals Erfolg oder Mißerfolg ab.«
»Es könnte uns also so nach und nach der gesamte Süden verlorengehen?« Diese Frage blieb unbeantwortet, denn keiner wagte ernsthaft, diesen Gedanken zu Ende zu denken.
Erst nach einer Weile versuchte Marcus das Gespräch wieder in Gang zu bringen:
»Syracusae in Sicilia wird uns auf jeden Fall als wichtiger Stützpunkt erhalten bleiben. König Hieron wird nie vor einem Poeni kapitulieren.«
»König Hieron sicher nicht, Marcus, aber ich habe Nachricht, daß er sehr krank ist und man nicht weiß, ob er noch einmal genesen wird. Nach ihm folgt zweifelsohne Hieronimus auf den Thron. Der wird, falls man ihm punisches Gold anbietet, auf keinen Fall der Versuchung widerstehen. Es sieht also wahrhaftig nicht gut für uns aus.«
Die Männer schwiegen erneut, bis Fabius von dem in Sizilien zwischen Hannibal und den Römern mit neuer Wucht entflammten Krieg sprach.
»Aber keine Schlacht bringt ein entscheidendes Ergebnis. Die Kämpfe mit meist sehr hohen Verlusten, und zwar auf beiden Seiten, werden abwechselnd gewonnen und verloren. Ich kann im Moment jedenfalls nicht sagen, was die nächsten Wochen bringen werden.«
Dies klang, als hätte er längst resigniert.
Bald darauf verabschiedete er sich und ließ zwei schweigsame, bedrückte junge Männer zurück.

Aus dieser düsteren Stimmung wurden sie durch Antoninus' Ankunft gerissen, der zwei Wochen Urlaub in Rom verbringen durfte, um seine Hochzeit mit Cornelia feiern zu können. Diese hatte er schon lange Zeit vorbereitet, und durch seinen Vater mit Hilfe der beiden Marianus-Brüder neben dem altmodischen Castell ein neues, modernes Haus mit lichten Räumen und Säulen vor der Porta erbauen lassen. So waren alle Wünsche Cornelias erfüllt worden, und ungeduldig fieberte sie dem Tag der Heirat entgegen.

In den folgenden Tagen wurde es im Haus Marianus äußerst ungemütlich, denn Valeria brachte mit ihren Vorbereitungen alles und jeden durcheinander, wobei ihr Cornelia mit ihren sich ständig ändernden Wünschen und Einfällen tüchtig half. Marcus wurde das Treiben bald zu bunt und er kam kaum noch aus seinen Räumen hervor. Auch Antopa entzog sich geschickt der gefährlich geschäftigen Nähe Valerias, wobei Claudius sie gutmütig unterstützte. Bei fast all seinen Ritten in die Stadt hinunter nahm er sie auf seinem Pferd mit, wofür sie ihm zwar dankbar war, lieber jedoch auf einem eigenen geritten wäre. Claudius lachte ungläubig über ihren Einfall, ließ sie dann aber im Stall mit einiger Hinterlist selbst eines aussuchen. Zu seinem Erstaunen verfiel sie ausgerechnet auf die zweijährige Stute Furia, ein außergewöhnlich gutes Pferd, das jedoch einen sehr eigenwilligen Charakter besaß und eine strenge Führung brauchte. Im Bewußtsein ihrer Schönheit leistete sie sich nämlich ständig kapriziöse Eigenheiten, von denen mancher behauptete, es handle sich dabei um ausgesprochene Teufeleien.
Verwundert sah Claudius zu, wie Antopa dem Pferd zärtlich über das kastanienfarbene Fell strich und dabei fortwährend singende Laute von sich gab, denen Furia mit spielenden Ohren aufmerksam lauschte. Dann legte sie vorsichtig eine Decke über ihren Rücken und sprang mit einem Satz auf, der eine lange Erfahrung in dieser Art des Aufsitzens verriet, ihr allerdings das Kleid bis fast zu den Hüften aufriß. Und wahrhaftig, Furia tat, was Antopa ihr zu tun aufgab.
»Antopa, ich glaube dir jetzt, daß du tatsächlich reiten kannst. Aber ich empfehle dir trotzdem, dir ein anderes Pferd auszusuchen. Furia ist unberechenbar, und es könnte passieren, daß du jeden einzelnen Knochen deines Körpers sehr schmerzhaft spüren wirst. Furia ist nämlich kein Pferd, sondern ein Ungeheuer aus dem Orcus.«
»Ah bah!« rief sie mit hochroten Wangen. »Wenn ich mit Maharbals

schrecklicher Curchahale fertig geworden bin, dann schaffe ich Furia allemal. Außerdem mag sie mich!«
Claudius hatte sehr wohl bemerkt, daß sie unbewußt vom Pferd des numidischen Reiterfürsten gesprochen hatte, der bei den Römern inzwischen zu einer bekannten und gefürchteten Persönlichkeit geworden war. Aber, wie neulich unten am Forum, sagte er nichts.
Kurze Zeit später ritten beide einträchtig nebeneinander zum Alten Circus hinunter, wo sie die Tiere um das lange, ovale Rund jagten. Mit Staunen sah Claudius, wie sicher, froh und glücklich Antopa im Sattel saß, und als sie später zuhause absattelten, sagte er wie nebenbei:
»Die biestige Furia mag dich anscheinend tatsächlich. Damit ist sie für uns unbrauchbar geworden. Behalt sie also. Sie gehört dir.«
Antopa glaubte, nicht richtig gehört zu haben, doch dann überzog ein Strahlen ihr braungebranntes Gesicht, wie er es noch nie bei ihr gesehen hatte. Auch er lächelte ihr herzlich zu, als unvermittelt ein Schatten über ihr Gesicht flog. Sie schien verunsichert, und ihre Stimme klang zaghaft, als sie fragte:
»Sie gehört mir, hast du gesagt? Aber was ist, wenn ich weggehe?«
Claudius hatte Mühe, seine Betroffenheit nicht zu zeigen.
»Ja, willst du denn weggehen? Und wohin?«
Sie zögerte kurz, bevor sie sagte: »Ich weiß es nicht. Ich bin hier zwar schon ein wenig zu Hause, aber ich weiß nicht, was sein wird, wenn ich mich vielleicht wieder an meine Vergangenheit erinnern kann.«
Claudius konnte sich gar nicht vorstellen, daß sie eines Tages womöglich nicht mehr hierbleiben wollte. Andererseits durften sie ihr nicht im Wege stehen, wenn es die Zukunft so bringen sollte, daß es besser für sie war zu gehen. Gewaltsam schüttelte er seine Gedanken ab.
»Wenn ich gesagt habe, daß Furia dir gehört, dann gehört sie dir in jedem Fall. Oder glaubst du etwa, ein Marianus bräche sein Versprechen?«
Für einen Augenblick war Antopa seltsam gerührt, aber dann ging das Temperament mit ihr durch. Überglücklich hängte sie sich an seinen Hals und küßte ihn stürmisch auf beide Wangen. Erst grinste er gutmütig, doch mit einem Mal wurde sein Gesicht starr, und er schob sie heftig von sich weg.
»Laß das!« stieß er hervor, wandte sich abrupt ab und ging mit hastigen Schritten zum Haus. Antopa schaute ihm verdutzt nach. Was hatte er denn? Und nachdenklich ging auch sie zurück.

Als Antopa an einem der nächsten Tage Sitah mit dem kühlen Wasser des Brunnens spielen ließ, beobachtete sie uninteressiert den neuen Sklaven Hakir, der auf der anderen Seite des Arkadenganges lustlos die Platten sauberkehrte und dabei leise ein monoton klingendes Lied vor sich hinsang. Mit einem Mal wurde es ihr bewußt: Sie hatte die ganze Zeit über Wort für Wort verstanden, als er von einer weißen Stadt gesungen hatte, die in einem Sandsturm untergegangen war. Zitternd vor Aufregung lief sie zu ihm hinüber und starrte ihn an. Hakir faßte erschrocken den Besen fester und würgte in punischer Sprache hervor:
»Herrin, habe ich etwas falsch gemacht?«
»Nein, nein, Mann«, erwiderte sie hart, einen Kloß im Hals, doch in derselben Sprache, in der er zu ihr gesprochen hatte.
Hakirs Gesicht leuchtete auf. Endlich verstand ihn jemand in diesem Haus! Und Antopa begann zu reden, zu fragen, ohne Unterbrechung. Wie ein Wasserfall sprudelten die Worte aus ihr hervor, von denen sie plötzlich wußte, daß sie aus der Sprache ihrer Kindheit stammten. Ja, das war ihre Muttersprache! Endlich wurde sie etwas ruhiger und begann Hakir systematisch auszufragen.
Valeria und Marcus hatten die Begegnung von ihren Plätzen im Schatten einer Sykomore beobachtet. Erleichtert sahen sie sich an.
»Sie ist tatsächlich eine Carthageniense«, stellte Marcus befriedigt fest.
»Den Göttern sei Dank. Jetzt wird sie sich wohl langsam wieder an ihre Vergangenheit erinnern können.«
Doch ihre Hoffnung war verfrüht. Tief enttäuscht erklärte ihnen Antopa, Hakir habe ihr auch nicht weiterhelfen können. Seine Schilderungen hatten keine Erinnerung in ihr wachgerufen. Offensichtlich waren sie nicht von gleicher Herkunft und auch nicht den gleichen Weg gegangen.
Valeria tröstete sie. Sicher würden mit der Zeit alle ihre Erinnerungen wiederkommen. Marcus dagegen beschloß spontan, Hakir zu ihrem persönlichen Diener zu machen. Und so blieb dieser von nun an stets hinter ihr, wenn sie auf Furias Rücken ausritt. Er war ihr bald ein ebenso guter Beschützer wie damals Corbulo seiner Herrin Liuta. Antopa tat es wohl, mit ihm in ihrer Sprache reden zu können, und auch ihm behagte sein neues Leben von Tag zu Tag mehr. Er verspürte bald nicht mehr das geringste Verlangen nach seinem früheren

kärglichen Dasein auf einem kleinen Bauernhof und dem späteren harten Militärdienst.

Die Menschen in Rom wußten anfangs nicht recht, was sie über die sichtlich sehr eigenwillige Verwandte der Mariani denken sollten, wenn sie hoch zu Roß in die Stadt geritten kam, von einem dunkelhäutigen Diener mit Argusaugen bewacht, und dabei den Anschein erweckte, als sei dieses seltsame Benehmen für ein junges Mädchen aus gutem Hause die selbstverständlichste Sache der Welt. Aber wie das so geht, sie gewöhnten sich schließlich daran. Manche Frauen schüttelten zwar den Kopf über sie, doch wohl eher deshalb, weil Männer jeder Altersgruppe wohlgefällig hinter diesem jungen, ungenierten Ding hersahen. Da Antopa jedoch nie mit auch nur einem Blick oder Wort die guten Sitten verletzte, vielmehr freundlich und bescheiden auftrat, beruhigten sie sich, und nach einiger Zeit schien sie in ihrer Eigenart sogar regelrecht zum Stadtbild Roms zu gehören.

LIEBE UND SCHMERZ

215 v. Chr.

Der Hochzeitstag stieg mit seidigblauem Himmel herauf und versprach allen einen wunderschönen Tag. Im Haus Marianus, in dem sich der Tumult bis zur letzten Stunde kaum gelegt hatte, atmete Valeria erleichtert auf. Sie war mit allen Vorbereitungen rechtzeitig fertig geworden und betrachtete etwas abgekämpft, aber zufrieden ihr Werk.

Alle von den Vorvätern überlieferten heiligen Bräuche waren auf das sorgfältigste beachtet worden. Antoninus' Vater Pomponius hatte durch die Auguren des Capitolinums das Fressen der heiligen Hühner und den Flug und Ruf der Vögel verzeichnen und deuten lassen, ebenso das Fallen der Sternschnuppen und das Dröhnen der erzenen Schilde im Tempel Bellonas. Alle Anzeichen besagten schließlich übereinstimmend, daß die beiden jungen Menschen zusammen sehr glücklich werden würden. Des weiteren hatten Haruspicis aus den Eingeweiden geschlachteter Schafe eine zahlreiche Nachkommenschaft ersehen, und als dann am Vorabend der Hochzeit auch noch zwei Adler über dem Palatinus ihre Kreise zogen, beglückwünschte der Oberaugur persönlich den überglücklichen Prätor. Sein Sohn und dessen Söhne würden mit Sicherheit erfolgreiche Krieger und Inhaber hoher Staatsämter werden.

Nach einer unruhig verbrachten Nacht erhob sich Cornelia schon beim ersten Morgengrauen und war offensichtlich fest entschlossen, alle im Haus mit ihrer Aufregung erneut durcheinanderzubringen. Und sie steigerte sich noch, als sie sich zum ersten Mal in der Tunica recta betrachtete, die der Stola, dem Kleid der verheirateten Frau, sehr ähnlich war. Ihr sorgfältig zusammengefaltetes Mädchenkleid mit dem schmalen roten Saum beachtete sie mit keinem Blick mehr. Nur Valeria sah mit Wehmut darauf nieder, denn mit dem Ablegen dieses Kleides hatte Cornelia ihre Kindheit unwiederbringlich hinter sich gelassen. Dieses Kind, das sie auf dem Schoß geschaukelt, dem sie die Nase geputzt und das sie in den Schlaf gesungen hatte, war nun ein erwachsener Mensch, der ihre Obhut verließ. Ein Gedanke, der ihr mehr zu schaffen machte, als sie befürchtet hatte.

Aufgeregt schwatzend schmückten Santah und Lanata unter Valerias Anleitung jetzt die Braut, über deren Ungeduld sie nur verstehend lachten. Schließlich band Santah Cornelia den wollenen Gürtel um, den Valeria unter beschwörenden Worten zum glückbringenden Herkulesknoten schlang. Danach zierte sie eigenhändig Cornelias goldglänzendes Haar mit Perlen, Bändern und dem traditionellen gelbroten Schleier.

Über die Gänge huschten in geschäftiger Eile die Sklaven, die das Haus mit einem Meer von Blumen zu schmücken hatten. Auf den Tischen im Atrium waren von Bekannten und Verwandten sorgfältig ausgewählte Geschenke aufgebaut worden, die Antopa neugierig betrachtete. Sie staunte über die attischen Vasen, das mit Gold eingelegte kampanische Geschirr und den wertvollen Schmuck aus Karthago und Iberia. Aus dem fernen Asien und von Ägypten kommend lagen ganze Ballen besonders leichter Stoffe in den herrlichsten Farben aus, sowie das schönste Linnen in strahlendem Weiß aus Sicilia und vieles, vieles mehr.

Als die ersten Gäste eintrafen, wurde vor dem Hausaltar der wuchtige Kandelaber angezündet, den Cornelias Vater einst aus Panormus mitgebracht hatte, und Valeria öffnete mit feierlicher Bedächtigkeit die Schränke mit den Ahnenbildern und Familienreliquien.

Von der Straße her erklang Flötenspiel, das die Ankunft des Bräutigams ankündigte. Mit klopfendem Herzen warf Cornelia einen letzten Blick in den Spiegel und ließ sich dann in Begleitung ihrer Mutter von dem prächtig herausgeputzten Fidus ins Atrium hinübertragen. An der Spitze eines Zuges von Verwandten und Freunden betrat Prätor Marcus Pomponius Pictor hinter den Lictoren mit den vorangetragenen Fasces das Haus. Mit freundlicher Geste, so als biete er hiermit sein Bestes an, wies er auf seinen Sohn, der, schön wie Apoll, mit strahlender Miene neben ihm stand, einen Kranz in den dunklen Lokken und den gutgewachsenen Körper umhüllt von schwerem, schneeweißem Linnen, das in kunstvolle Falten gelegt war.

Unter feierlicher Stille wurde der Ehevertrag entrollt, den Pomponius und Marcus als die beiden Familienoberhäupter unterzeichneten. Danach sprach Cornelia mit bebenden Lippen die ehrwürdige Formel der Verpflichtung:

»Ubi caius – ibi caia!« – Wo du Herr bist, will ich Herrin sein.

Die Hände der beiden jungen Menschen legten sich ineinander, und in schweigendem Gebet vor dem Hausaltar erbat jeder für sich von den Göttern Segen und Heil für das gemeinsame Leben, das in verheißungsvollem Licht vor ihnen lag. Danach breitete Valeria nach uralter Sitte das weiche Fell eines frisch geschlachteten Opferschafes über eine Bank, auf der das junge Paar Platz nahm, während sich die Hochzeitsgesellschaft zum Umgang um den Hausaltar ordnete, angeführt von einem Diener, der mit feierlichem Schritt den Korb mit heiligen Geräten vorantrug.
Unter neuerlicher Flötenmusik brachten Fidus und Corbulo einen Hochsitz herein und stellten ihn dem Eingang des Atriums gegenüber. Cornelia wurde auf den Schoß ihrer Mutter gesetzt, zur Erinnerung daran, daß die Urväter ihre Frauen, die künftigen Stammütter Roms, bei den Sabinern geraubt und mit Gewalt entführt hatten. So mußte Antoninus jetzt unter fröhlichem Beifall seine künftige Frau emporheben, und mit dieser Zeremonie war die Feier im Haus der Braut beendet.
Antoninus verließ nun mit seiner Verwandtschaft das Haus und begab sich voraus, während ihm Cornelia in einer Sänfte mit ihrer Verwandtschaft in einem fröhlichen Zug folgte. An ihrer Seite schritten Knaben aus dem Geschlecht der Pomponier, welche die am Herdfeuer des Hauses Marianus entzündeten Fackeln hochhielten, während Santah und Lanata mit Wolle, Spinnrocken und Stickrahmen folgten. Die Hochzeitsgesellschaft schritt unter Hymnenrufen, Gesängen und Flötenspiel hinterher. Immer wieder blieb lachendes und fröhliches Volk am Weg stehen und rief den Brautleuten Glückwünsche und lustige, oft natürlich auch recht derbe Ratschläge zu.

Cornelia schwamm in einem Meer von Glück, doch Antopa meinte ihrem Gesicht auch einen unterdrückten Triumph abzulesen. Ihr Blick glitt zu Valeria hinüber, die dies, offensichtlich recht überrascht, ebenfalls bemerkte. Sie hatte ihre Söhne eben immer besser verstanden als ihre Tochter.
Fast gleichzeitig entdeckten Claudius und Antopa das schöne Mädchen, das sich neugierig hinter einige Kinder gestellt hatte, um dem bunten Zug zuzusehen. Antopa wußte sofort, daß dieses Mädchen Floruna war, da es bei Claudius' Anblick erbleichte, als hätte es einen Geist gesehen. Sie stand wie aus Stein gehauen, nur ihre Hände zuckten zu ihrem Herzen empor. Dabei entglitt ihr der Korb, den sie am

Arm hängen hatte, und einige Äpfel rollten über den Weg bis dicht vor Claudius' Füße, der wie angewurzelt stehenblieb. Mit flackernden Augen und aufeinander gepreßten Lippen starrte er atemlos auf das Mädchen am Weg. Dann trat er mit dem Fuß den Apfel beiseite, warf den Kopf in den Nacken und ging mit steifen Schritten vorbei, die Augen starr geradeaus gerichtet. Auch das Mädchen hatte sich inzwischen wieder so weit gefaßt, daß es weglaufen konnte. Es stolperte, raffte sich jedoch sofort auf und hetzte um die nächste Ecke davon.

Welche Leidenschaft mußte diese beiden Menschen verbinden, durchfuhr es Antopa, wenn eine zufällige Begegnung solche Emotionen hervorrief! Und mit einem Mal verstand sie Claudius' Veränderung. »Aber verdammt nochmal«, schimpfte sie in sich hinein, »es ist doch einzig seine Schuld! Warum reizen ihn Macht und Ansehen so sehr, daß er nicht nur sich selbst, sondern auch dieses wunderschöne Mädchen diesem Ziel opfert?« Antopa war so zornig, daß sie ihn keines Blickes mehr würdigte und hinter ihm zurückblieb.

So erreichte sie Antoninus' Haus erst, als Cornelia die Türpfosten mit Wollbinden umwickelte und die Schwelle mit glückbringendem Wolfsfett bestrich. Nach altem Brauch trug Antoninus sie danach ins Atrium vor den sinnbildlichen Herd und reichte ihr eine Schale mit glühender Asche, sowie ein Gefäß mit Wasser als Zeichen, daß sie nun Herrin dieses Hauses und Hüterin des häuslichen Herdes war.

Nachdem alle im geschmückten Triklinum an einer langen Tafel Platz genommen hatten und erwartungsvoll den Genüssen eines sicher üppigen Festessens entgegensahen, erhob sich Pomponius, schwerfällig wie immer, und wünschte mit seiner kräftigen, geschulten Stimme dem Brautpaar in launigen Worten alles Gute auf seinem Lebensweg, fiel dann jedoch in den salbungsvollen Ton der Senatoren, als er hinzufügte:

»In dieser Stunde, mein Sohn, in der sich Romas Adler zu neuem Fluge rüsten, sei dir bewußt, daß es heiligste Pflicht der Männer ist, das Haus ihrer Ahnen zu verteidigen. Du aber, meine Tochter Cornelia, halte dich an das Gesetz der Frau: über dem häuslichen Herd zu wachen und die Ehre der Gens, der du nun angehörst, niemals zu verletzen.«

Unter tosendem Beifall plumpste er auf seinen Platz zurück, und Lachen und fröhliches Scherzen erfüllten wieder den Raum. Am Abend sangen auf der Straße die Jugendlichen der Nachbarschaft derbe Neck- und Spottlieder, die das Brautpaar lächelnd über sich ergehen ließ, und als sie auf ihr angestammtes Recht pochten, warf Antoninus Nüsse und Münzen unter die Schar, worauf es draußen endlich still wurde.

Im Haus nahm der heitere, weinselige Trubel noch immer weiter zu, und so achtete niemand darauf, daß sich Claudius schon bald davonstahl. Nur Antopa war aufgefallen, wie er sich seit der Begegnung mit Floruna der allgemeinen Festfreude entzogen und mit starrem Gesicht vor sich hingebrütet hatte. Valeria dagegen ließ sich nach einem etwas wehmütigen Abschied von Cornelia erst bei hereinbrechender Dunkelheit von Marcus und Antopa heimbegleiten.

Antopa fand jedoch keine Ruhe. Ihr ging das schöne Mädchen Floruna nicht aus dem Sinn, und sie steigerte sich immer mehr in einen brodelnden Zorn auf Claudius hinein. Um sich Luft zu schaffen, warf sie sich ihre Palla über und ging zu den Ställen, um nach Furia zu sehen. Im schattenreichen Licht eines blakenden Öllämpchens erblickte sie Claudius, der, den Kopf gegen die Schulter seines Pferdes gelehnt, gedankenverloren in dessen kurzem Fell kraulte und sie mit seltsam abwesendem Ausdruck anstarrte. Antopa wußte, was in ihm vorging, und erneut fühlte sie Zorn in sich aufsteigen.

»Du bist ein ausgemachter Dummkopf, Claudius«, sagte sie langsam und betont. »Wenn du glaubst, einem Mädchen wie Floruna weglaufen zu können, dann hast du dich gewaltig geirrt.«

Wie vom Blitz getroffen sprang er herum und packte sie an beiden Armen.

»Antopa«, stieß er heiser hervor, »ich rate dir im Guten: erwähne diesen Namen nie mehr in meiner Gegenwart! Hast du verstanden?«

Zorngerötet schaute sie in sein fahl gewordenes Gesicht.

»Es wird aber höchste Zeit«, schimpfte sie ungeachtet seiner Drohung, »daß dir endlich einmal jemand sagt, wie unmöglich du dich benimmst. Nicht nur, daß du dem Mädchen Schmerz zufügst, der tiefer geht, als du dir in deinem Egoismus vorzustellen vermagst, sondern du selbst bist ja schon längst nicht mehr der, der du einmal warst. Und das einzig aus Ehrgeiz und Machtrausch! Und mit deiner Herumhurerei schaffst du nichts aus der Welt, sondern ...«

Da hob sich Claudius Hand wie von selbst und landete klatschend in ihrem Gesicht. Alle fünf Finger hinterließen ihre Spuren als weiße

Flecken, die sich langsam röteten. Sprachlos starrte sie ihn an, schnaubte wie ein Pferd und gab ihm mit aller Kraft den Schlag zurück.
Starr vor Überraschung rang er mit aller Energie um Beherrschung und bereute, daß ihn seine Gefühle so außer Kontrolle hatten geraten lassen. Er packte ihre Arme und hielt sie wie in einem Schraubstock fest.
»Mädchen«, zischte er zwischen zusammengebissenen Zähnen hindurch, »ich warne dich! Wenn du glaubst, du könntest dir alles leisten, dann irrst *du* dich gewaltig. Anscheinend hast du vergessen, wer du bist und wer ich bin, aber genau das kann ich dir ohne Schwierigkeiten ins Gedächtnis zurückrufen. Und nun scher dich weg!«
Antopa hielt den Kopf eingezogen und blinzelte in seine Augen, die sie noch nie so gesehen hatte. Das helle Blau hatte sich dunkel gefärbt, und es glitzerte etwas darin, das ihr Furcht einjagte. Sie riß sich los und rannte fluchtartig aus dem Stall. Laut aufheulend stolperte sie wie blind zu ihrem Cubiculum hinüber, wo sie die Tür zuknallte und sich auf ihr Lager warf. In nicht zu bändigender Wut belegte sie Claudius mit allen Schimpfnamen, die ihr in latinischer, griechischer und punischer Sprache gerade einfielen, aber es half nur wenig.

Die nächsten Tage wurden für beide bedrückend. Zu gern hätten sie den Streit vergessen, doch keiner wollte das Gesicht verlieren, indem er den ersten Schritt zur Versöhnung tat. Wie Hund und Katze schlichen sie umeinander herum, und die Mahlzeiten verliefen meist sehr ungemütlich, zumal Cornelia mit ihrem harmlosen Geplauder fehlte.
Nach einiger Zeit fiel auf, daß Claudius wieder wie früher jeden Abend nach Hause kam. Weit mehr als Valeria freute sich Antopa darüber, denn nun wußte sie, daß die beiden Ohrfeigen nicht umsonst gewesen waren. Und Tage später renkte sich alles wieder ein.
»Du wirst einmal ein böses, bissiges Weib werden«, sagte Claudius zu ihr.
»Und du bist ein Schläger, mit einer besonderen Vorliebe für hilflose Frauen«, warf sie ihm an den Kopf.
»Womit du ausscheidest, denn ›eine hilflose Frau‹ stelle ich mir anders vor«, hieb er zurück.
Jetzt konnten sie sich ihr krampfhaft zurückgehaltenes Lachen nicht mehr verbeißen, und der Friede war wieder hergestellt.

Gemeinsam ritten sie wieder zum Circus Maximus hinunter. Eines Tages, als sie nach einem ihrer gewohnten Wettrennen heftig atmend anhielten, kam Marcus auf sie zugeritten. Er drängte sein Pferd an Furias Seite und sagte in seiner ernsten Art:
»Antopa, ich habe dir eine Weile zugesehen. Ich muß zugeben, du reitest ausgezeichnet, besser als mancher Mann.« Antopas regloser Miene war nicht anzusehen, was sie dachte. Noch immer versteckte sie sich hinter einer Maske wenn sie ihm gegenüberstand. »Übrigens«, fuhr er fort, als bemerke er ihr Zurückweichen nicht, »ich möchte dir danken. Meine Wunde verheilt so gut, daß unser mißmutiger Silverus aus dem Staunen nicht herauskommt.«
»Du brauchst mir nicht zu danken«, erwiderte sie schroff, wendete ihr Pferd und ritt den Clivus zum Aventinus hinauf.
»Ein merkwürdiges Mädchen«, sinnierte Marcus, hinter ihr herblikkend.
»Den Göttern sei Dank dafür«, erwiderte Claudius. »So langweilt man sich doch keine Stunde in ihrer Gegenwart.«
Beide lachten, und nach einer Weile ritten auch sie heimwärts.
»Claudius«, begann Marcus, »nachdem mein Arm mittlerweile fast ganz geheilt ist, habe ich mich wieder zum Heer gemeldet. Der Senat hat mich soeben mit der Führung meiner alten Legion betraut.«
»Die ist in Sicilia doch schrecklich dezimiert worden«, erinnerte sich Claudius.
»Ja, das ist leider wahr. Daher soll ich auch einige Centuriae als Ersatz mitnehmen, die aus versprengten Veteranen und neu ausgehobenen Siebzehnjährigen zusammengestellt worden sind. Und ich habe durchgesetzt, daß Antoninus wieder mir zugeordnet wurde.«
Claudius wußte, daß Antoninus' Versetzung zur Legion des Praetors Lucius Postumius bereits vorgelegen war, durch seinen Urlaub jedoch nicht mehr wirksam wurde. Dies hatte ihm womöglich das Leben gerettet, denn Postumius war von den Kelten so vernichtend geschlagen worden, daß er nur wenige Überlebende in die letzte Fluchtburg hatte bringen können.
In Rom gab es nun fast keine Familie mehr, die nicht wenigstens einen ihrer Männer auf dem Schlachtfeld verloren hatte oder ihn auf dem Weg in die Sklaverei vermuten mußte. Und noch immer, nun bereits im vierten Jahr, war kein Ende dieses grauenhaften Krieges abzusehen. Statt dessen wurden immer wieder neue Aushebungen vorgenommen, und kaum hatte ein Knabe sein siebzehntes Lebens-

jahr erreicht, wurde er seiner Mutter aus den Armen gerissen. Es kam zu verzweifelten Szenen in den Häusern gerade der unteren Klassen und auf den kleinen Bauernhöfen, denn ihre Söhne fielen meist als erste in einer Schlacht.
In diesen Tagen, in denen alle unter dem Schock der neuerlichen Niederlage standen, gehörte schon eine gewaltige Portion Mut dazu, ein Friedensangebot Hannibals auszuschlagen. In steinerner Unbeugsamkeit hatte der Senat die karthagischen Gesandten gar nicht erst angehört, sondern sie am Stadttor von untergeordneten Militärs wie lästige Bittsteller abweisen lassen. Die Gesandten von hohem Rang mußten nun genauso gedemütigt abziehen wie damals Fabius Maximus mit seinen Männern vor Saguntum, und bald kursierte in Rom das Gerücht, Fabius Maximus habe unter Ausnutzung seines Einflusses im Senat vorrangig persönliche Rache an Hannibal nehmen wollen. Auch im Haus Marianus wurde heftig darüber diskutiert, wenn auch Marcus' Abreise im Vordergrund stand.

Am letzten Tag war er viele Stunden von zuhause weg gewesen, und nur Claudius wußte, daß er sie wie die Tage davor bei Marcella verbrachte. Sein Verhältnis zu dieser Frau hatte ihn in einen zermürbenden Zwiespalt gestürzt, und er war nicht glücklich. Aber Marcellas verführerische Gegenwart hatte ihn blind gemacht und sein Hirn derart umnebelt, daß Liutas Bild immer mehr verblaßte. Lange lebte er wie in einem Rausch gefangen, doch als sich dieser mit der Zeit verflüchtigte, erkalteten seine Gefühle, die er für Liebe gehalten hatte. Auch konnte er seine Ohren nicht verschließen vor all den Gerüchten und Andeutungen, die teils absichtlich, teils auch unabsichtlich an ihn herangetragen wurden. Und als es ihm endlich gelang, Marcella mit nüchternem Verstand zu beobachten, erkannte er ihren wahren Charakter. Nicht zuletzt die heutige Auseinandersetzung öffnete ihm endgültig die Augen. Er war entsetzt über jedes einzelne Wort, das sie ihm mit häßlich verzerrtem Gesicht entgegenschrie. Den Ausschlag aber gab ihre erpresserische Forderung, sie heiraten zu müssen.
»Solltest du dich drücken wollen«, drohte sie, »dann kannst du dich in Roma und auch sonst nirgends mehr sehen lassen, Marcus Marianus Valus. Wie du weißt, verfüge ich über beste Beziehungen, und ich werde dafür sorgen, daß dein Ruf für alle Zeiten derart ruiniert ist, daß dir jedes ehrenvolle Amt auf ewige Zeiten verschlossen bleibt.«

Sprachlos starrte Marcus sie an. Bei allen Göttern, welcher Haß sprach aus dieser Frau! Unglaublich!
»Immerhin hast du dich so benommen«, geiferte sie, »daß ich und alle Welt glauben mußten, du würdest unsere Beziehung durch eine Heirat legalisieren.« Erregt zerrte sie an ihrem Kleid, daß es riß, doch sie bemerkte es nicht einmal. »Du hast die Wahl, Marianus«, forderte sie mit zurückgeworfenem Kopf, »meine Ehre wieder herzustellen ...« Marcus lachte höhnisch auf, doch sie ignorierte es und fuhr unbeirrt weiter: »... oder dich damit abzufinden, ein ruinierter Mann zu sein.«
Marcus war außer sich vor Zorn, behielt sich aber doch so in der Hand, daß er scheinbar ruhig erklären konnte:
»Eine Frau wie dich heirate ich nicht, erst recht nicht nach dieser Drohung. Ein Marianus läßt sich nicht erpressen, das hättest du wissen müssen. Ich will dich jedenfalls nie wieder sehen, Marcella. Dies war mein letzter Besuch. Finde dich damit ab!« Damit machte er kehrt und verließ mit langen Schritten das Haus des Feldherrn Marcellus.
Aufgewühlt bis ins Innerste ließ er sich zuhause auf eine Bank im Perystil nieder und brütete lange Zeit vor sich hin, woran auch Claudius' späteres Erscheinen nichts änderte. Marcus kam einfach nicht mit seinem Unverständnis zurecht, sich mit solch törichter Leidenschaft in diese Frau verliebt zu haben. Seinem Bruder schenkte er kaum Beachtung, doch ausgerechnet jetzt fragte dieser nach Marcella. Nach längerem Zögern sprach er schließlich von seinem Zorn auf diese Frau. Und Claudius atmete erleichtert auf.
»Ich fürchtete schon, du würdest dieses lasterhafte, berechnende und gierige Weib nie durchschauen.« Nun erzählte Claudius seinerseits, was ihm bekannt war, wobei er Klatsch und Tatsachen korrekt unterschied. Mit zusammengepreßten Lippen ließ sich Marcus die Namen der Männer nennen, mit denen sie dasselbe Spiel wie mit ihm getrieben hatte. »Aber jetzt scheinst du ja endgültig kuriert zu sein«, schloß Claudius beruhigt.
»Ja, das bin ich allerdings«, stimmte Marcus zu. »Nur verstehe ich meine Dummheit erst recht nicht mehr.«
Lange saßen sie schweigend nebeneinander, und jeder hing seinen Gedanken nach, bis Claudius mit einem Anliegen, das ihn offensichtlich sehr beschäftigte, herausrückte:
»Marcus, bevor du weggehst, muß ich dir noch etwas sagen. Mit

Mutter habe ich nicht darüber gesprochen. Sie hat schon genug Kummer wegen deines morgigen Abschieds.«
Marcus sah irritiert auf, doch bevor er fragen konnte, erklärte Claudius schon:
»Gestern habe ich mein Amt bei Rufus Vitelli zur Verfügung gestellt und mich zum Dienst bei Lucius Varus gemeldet, der in zurückeroberten Munizipien neue, funktionierende Verwaltungen einzurichten hat und ...«
Marcus fuhr hoch:
»Bist du verrückt geworden, Claudius? Du hast hier doch ein verantwortungsvolles und dich sicher befriedigendes Amt. Beim allmächtigen Jupiter, warum willst du dich im Kriegsgebiet herumtreiben und deinen Kopf riskieren?«
Claudius wendete sich ab, als wolle er sein Gesicht verbergen.
»Ich möchte eben auch als Held dem Vaterland dienen.« Es sollte spöttisch klingen.
»Red keinen Unsinn«, herrschte ihn Marcus an. »Solch patriotische Gefühle sind dir doch fremd. Sag, was wirklich dahinter steckt.«
Claudius zögerte kurz, bevor er unsicher, wie Marcus schien, erklärte:
»Du sprichst von meinem Amt. Gut, für mein Alter habe ich schon einiges erreicht, aber das genügt mir nicht. Eine Chance, weiterzukommen, hat doch nur, wer sich im Krieg einen Namen macht. Genau das werde ich jetzt tun.«
Einen Augenblick war Marcus sprachlos über die Erkenntnis, wie weit sich Claudius von seinem Ehrgeiz treiben ließ. Doch je länger er darüber nachdachte, desto weniger glaubte er, daß die angestrebte Karriere die einzige Triebfeder für Claudius' Handeln war. Nichts und niemand zwang ihn, solch gefährlichen Dienst zu verrichten. Doch Ton und Miene seines Bruders bedeuteten ihm, daß er den wahren Grund seines Entschlusses nicht preisgeben würde. So mußte er sich zumindest vorerst damit abfinden, nicht zu wissen, was er von seinem Entschluß zu halten hatte.
»Hast du dir schon mal überlegt, was aus Mutter wird, wenn uns beiden etwas zustoßen sollte?« hielt er ihm vor.
»Uns beiden? Ziemlich unwahrscheinlich«, tat Claudius betont leichthin ab. »Außerdem gehört Antoninus jetzt ebenfalls zu uns.«
»Das ist nichts als eine faule Ausrede«, kam Marcus ärgerliche Antwort. »Du handelst sehr egoistisch.«

»Gut, dann handle ich eben egoistisch. Mein Entschluß ist durch nichts mehr zu ändern.«

Marcus sah ein, daß weitere Einwendungen keinen Sinn hatten. Nachdenklich lehnte er sich zurück.

»Also sind wir heute für lange Zeit zum letzten Mal beisammen, Claudius«, sagte er, und seine Stimme verriet die Traurigkeit, die ihn umfangen hielt. »Ich wünsche dir alles Gute! Paß auf dich auf und komm gesund wieder!«

»Natürlich, du aber auch«, erwiderte Claudius in gleichmütigem Ton, der nicht echt klang.

Nach dem Abendessen versammelte Valeria, die den ganzen Tag über sehr bekümmert ausgesehen hatte, die Familie sowie die Haussklaven vor dem Hausaltar und knüpfte an ihr übliches Gebet die inständige Bitte, Marcus und Antoninus wieder gesund aus dem Krieg heimkehren zu lassen.

Hinter ihr kauerte still Antopa. Sie konnte sich nicht auf Valerias Worte konzentrieren, zumal ihr all die angerufenen fremden Götter nichts bedeuteten. Statt dessen flatterten ihre Gedanken durcheinander wie aufgescheuchte Tauben vor einem schnellen Wagenrad, und keiner war so recht zu fassen. Ihre Blicke wanderten zu Claudius, der nachdenklich und in sich versunken wirkte. Seine Züge hatten sich entspannt, alle Arroganz war daraus gewichen. In seinem Gesicht paarte sich Schönheit mit Stolz und Geist. Und doch konnte es sie bei weitem nicht so fesseln wie Marcus' herbe Männlichkeit. Gerade in den vergangenen Tagen, in denen sich ihre Gedanken immer wieder mit seiner bevorstehenden Abreise beschäftigt hatten, war ihr erschreckend bewußt geworden, wie stark sie sich trotz ihrer ständigen Abwehr von ihm angezogen fühlte. Die murmelnden Stimmen der Betenden verrauschten an ihrem Ohr, während ihr Blick zu ihm hinüberwanderte. Der Lichtschein erreichte nur seine Hände, die in seltsam eindringlicher Art Ruhe, Sicherheit und Kraft ausstrahlten. Etwas stark Verbindendes schwang zwischen ihr und ihm. In diesem Augenblick erreichte ein flackernder Schein sein Gesicht, und sie erkannte die Traurigkeit in seinen Augen. Auch sie befiel tiefe Betrübnis bei dem Gedanken, daß er morgen das Haus verlassen würde. Erschreckt versuchte sie dieses Gefühl niederzukämpfen. Eigentlich müßte ich diesen Mann hassen, dachte sie, und wußte doch, daß ihr dies nicht mehr gelang. Plötzlich fühlte sie Claudius' prüfende Blicke

auf sich ruhen. Verwirrt, als sei sie bei etwas Verbotenem ertappt worden, senkte sie die Augen und versuchte, sich auf Valerias Worte zu konzentrieren.
Als sie sich später auf ihrem Lager ausstreckte, wurde sie ihrer unbestimmbaren Unruhe nicht Herr. Sie wälzte sich von einer Seite auf die andere, wußte nicht, was sie bedrängte, und fand keinen Schlaf. Aus der Ecke neben der Tür glühten ihr die grünen Lichter von Sitahs Augen entgegen, die sie plötzlich störten, und mit einem Mal ertrug sie auch die schwere, stickige Luft im Raum nicht mehr. Sie stand auf, warf sich ihre Palla über und ging ins Freie. Achtlos durchschritt sie auf nackten Sohlen das Perystil und wanderte in Gedanken versponnen in die Weitläufigkeit des Gartens. Kein Laut durchdrang die Stille dieser Nacht. Ihren Schritt dämpfte der Teppich abgefallener Piniennadeln, und der weiche Stoff ihrer Palla verursachte nicht das leiseste Rascheln. Die Zikaden des Tages waren verstummt, und die ermüdeten Vögel hatten längst ihre Köpfchen im daunigen Gefieder vergraben. Gegen den mondhellen Himmel standen die Baumwipfel reglos und starr wie aus Bronze gegossen und warfen undurchdringliche Schatten über die Wege und das würzig duftende Gras. Geräuschlos schlich Sitah auf dick gepolsterten Pfoten hinter ihr her, als wolle sie die Gedanken des Mädchens durch keine unbedachte Bewegung stören.

Antopa setzte sich auf eine niedere Begrenzungsmauer, der noch immer die gespeicherte Wärme des Tages entströmte. Zu ihren Füßen blinkten die Lichter der Stadt, und wie ein sanfter Windhauch klang ein wehmütiges Lied zu ihr herauf. Ihr Herz lag wie ein Stein in ihrer Brust. Eine unheilvolle Ahnung hielt sie gefangen, und es war ihr, als sähe sie in ein tiefes Loch hinab, aus dem sich etwas emporkämpfen wollte, sich befreien aus Fesseln, die es niederhielten. Aber da war immer nur Dunkel. Wie die Tiere des Waldes ein kommendes Erdbeben erspüren, so ahnte sie etwas, das sie schon jetzt erschreckte. Angst wehte über sie hin und kroch langsam vor bis zu ihrem heftig pochenden Herzen. Alles ringsum wurde ihr mit einem Mal so unheimlich, als stünde sie vor dem Eingang zum Hades. Von Furcht überwältigt sprang sie auf und hetzte zum Haus zurück. Dabei hielt sie Sitah in einer Weise fest, als könnte das Tier sie vor Unheil bewahren. Mit Schweißperlen auf der Haut sank sie in ihrem Cubiculum auf ihr Lager nieder.

Am nächsten Morgen waren alle Hausbewohner schon sehr früh auf, doch die gewohnten Geräusche und Worte klangen merkwürdig gedämpft. Niemand konnte sich der Abschiedsstimmung entziehen. Marcus, in kurzem Soldatenrock und hochgeschnürten Schuhen, gab mit keiner Miene seine Gedanken und Gefühle preis.
Antopa empfand ihn in dieser Aufmachung wie einen Fremden, und doch beschwor gerade seine Kleidung wieder die Angst der vergangenen Nacht herauf. Sie zwang sich, ihn nicht mehr anzusehen, damit sich das leise Zittern ihrer Hände legte, aber es gelang nicht.
Kurz darauf traf Antoninus ein, der sich krampfhaft bemühte, die trübe Stimmung durch leicht hingeworfene Scherze aufzulockern, doch seine müden, traurigen Augen machten nicht mit.
»Wie geht es Cornelia?« fragte Valeria leise.
»O Mutter, das kannst du dir doch denken. Bitte, kümmere dich während meiner Abwesenheit ein wenig um sie.«
»Aber natürlich, mein Sohn, darüber brauchst du dir keine Gedanken zu machen. Ich werde ihr überhaupt vorschlagen, bis zu deiner Heimkehr wieder hier zu wohnen.«
»Das wäre das Beste für sie. Sie braucht jetzt einen vernünftigen Menschen an ihrer Seite. Wir müssen uns fertigmachen, Marcus«, setzte er an diesen gewandt hinzu.
Sie warfen noch einige Gerstenkörner in die brennende Opferschale vor dem Hausaltar, um sich das Wohlwollen der Götter zu sichern, dann verließen sie das Atrium.

Antopa war in den Hof vorausgegangen, nahm dem Stallknecht das bereits gesattelte Pferd ab und prüfte sorgfältig alle Gurte und Schnallen. Sie suchte einfach eine Beschäftigung, die sie von ihrer quälenden Bedrückung ablenkte.
Den Arm um die Schultern seiner kleinen, schmächtigen Mutter gelegt, trat Marcus hinter Antoninus aus dem Haus.
»Paß gut auf dich und unseren kleinen Antoninus auf, Marcus«, scherzte Claudius gequält und drückte die beiden kurz an sich.
Marcus sah ihm eindringlich in die Augen.
»Alles Gute, Claudius, was immer du auch vorhast. Und laß von dir hören!«
In diesem Augenblick sah Antopa zu Marcus hin. Und da war es plötzlich wieder, das Gefühl der vergangenen Nacht. Antopa stand

wie versteinert. In ihrem blaßgewordenen Gesicht brannten die flakkernden Augen noch dunkler als sonst. Sie wollte schreien, wegrennen, dableiben, alles zugleich – und wußte nicht warum.
Unentwegt starrte sie auf den Mann, der sich eben von Valeria verabschiedete. Jetzt trat er auf sie zu und streckte ihr die Hand entgegen. Ihr wurde schwarz vor Augen, sie hörte ihn sprechen, aber so weit weg, daß die Worte nicht bis zu ihr durchdrangen. Alle Anwesenden beobachteten erstaunt das leichenblasse Mädchen, während Marcus völlig ratlos verharrte.
»Antopa«, fragte er besorgt, »was ist mit dir? Ist dir nicht gut?«
Langsam kehrten ihre Sinne zurück, doch auf ihrer Stirn sammelte sich der Schweiß.
»Nein, nein, mir fehlt nichts«, stammelte sie mit schwerer Zunge und trat von seinem Pferd zurück.
Was hatte sie nur? fragte sich Marcus nochmals. Als sie jedoch auf seine neuerliche Frage wieder nicht reagierte, schob er unwillig jeden Gedanken an sie von sich und saß auf. Er hatte jetzt wahrhaftig andere Sorgen. Sein Blick wanderte nochmals zu Valeria, dann ordnete er den roten Sagum hinter dem Sattel und befestigte das kurze Reiterpilum am vorderen Höcker des Sattels. Über den Arm schob er sich den Rundschild auf den Rücken, stülpte den Helm mit dem roten Roßhaarkamm auf den Kopf und wendete mit einem kurzen Schenkeldruck das Pferd.
Antopa fuhr wie elektrisiert hoch. Jetzt kam es heraus aus der brodelnden Finsternis in ihrem Innern und drängte hervor mit überwältigender Macht: das Bild, das sie vergebens gesucht, das sie gequält und bedrückt hatte! Dieser Reiter mit dem roten Sagum und dem Roßhaarkamm auf dem Helm, das Gesicht halb von ihr abgewendet – das war er!
»Du Mörder!« schrie sie auf, riß das Pferd am rasch gefaßten Zügel zurück und stieß Marcus mit ungeahnter Kraft und Schnelligkeit aus dem Sattel. »Du Mörder, du!« keuchte sie, sprang den großen Mann an, schlug die Fäuste gegen seine Brust und hieb trommelnd auf ihn ein. »Du hast meinen Vater getötet! Getötet mit deiner Hand, deinem Schwert! Ich werde *dich* töten! Wie du Vater getötet hast!«
Marcus stand wie gelähmt. Er konnte diesen Ausbruch, der weit über alles bisher Erlebte hinausging, einfach nicht begreifen. Erst ihre trommelnden Fäuste brachten ihn wieder zu sich, und er griff abwehrend nach ihren Handgelenken.

»Antopa, halt ein!« beschwor er sie, aber sie hörte nicht auf seine Worte. Sie glich einem rasend gewordenen, wilden Tier, blind vor Wut und Schmerz. Sie biß und stieß um sich und wand sich in seiner Umklammerung wie eine Schlange.
»Du hast meinen Vater getötet, Romanus Marcus! Meinen Vater, hörst du!« Sie schrie es so lange, bis ihre Stimme in einem Röcheln erstarb und ihr Tränen übers Gesicht rollten.
Vergeblich versuchte Marcus, sie wieder zur Besinnung zu bringen. Erst Valeria, die hinzugelaufen kam und die Arme um das tobende Mädchen schlang, konnte sie zur Ruhe zwingen. Wie ein leerer Sack fiel sie in sich zusammen, und Marcus konnte endlich ihre Hände freigeben.
»Antopa, Kind«, sprach Valeria mit zitternder Stimme, »laß uns erst einmal über alles reden.«
Das Mädchen schaute sie mit tränennassen Augen an:
»Er hat wirklich meinen Vater getötet«, schluchzte sie. »Ich sehe es ganz deutlich. Glaubt mir. Er war es!«
»Beruhige dich, Kind, und dann erzähl uns, was geschehen ist.«
Fassungslos hatten die anderen das Hervorbrechen abgrundtiefen Hasses aus diesem kleinen Mädchen mit angesehen. Selbst Claudius war darüber bestürzt, und erst ein zweiter Gedanke galt seinem Bruder. Marcus ein Mörder – unmöglich!
»Kommt«, sagte Marcus bedrückt, »gehen wir ins Haus.«
»Du wirst von deinen Männern vor der Stadt erwartet«, erinnerte Antoninus zaghaft. »Wir müssen weg.«
»Laß sie warten, Antoninus. Dies hier ist wichtiger.«
Im Atrium setzte Valeria das jetzt völlig apathische Mädchen auf eine Ruhebank, während sich Marcus ihr gegenüber niederließ. Nach einer Weile bedrückenden Schweigens fragte er mit einer Stimme, in der hörbar die Angst vor dem Kommenden mitschwang:
»Antopa, bitte, erzähl mir, was zwischen deinem Vater und mir geschehen ist. Ich schwöre dir, ich weiß es nicht.«
Sie schaute ihn lange mit unbeweglichen, in Tränen schwimmenden Augen an. Ihr so über alle Maßen gehender Gefühlsausbruch hatte sie völlig erschöpft, aber auch von quälendem Druck befreit. Als sie nach einer Weile mit leiser Stimme zu sprechen begann, schien sie ein Bild zu beschreiben:
»Ich stand mit meinem Pferd hinter Hannibal und sah zwischen den Spartiaten hindurch auf die Ebene hinunter. Über das ausgedörrte

Gras marschierten die Soldaten, daß die Erde bebte und eine riesige Staubwolke aufstieg, die sie immer mehr einhüllte. Auf der einen Seite erkannte ich die Romani mit den roten Mänteln und den eckigen Schilden der Fußtruppe, auf der anderen das prächtig herausgeputzte Heer Hannibals. Es war ein faszinierendes Bild. Die Schilde glänzten mit den Helmen um die Wette, und bei Hannibals Heer waren es wohl die vielen Farben der einzelnen Völkergruppen, die mich wie gebannt zusehen ließen. Das Gellen der erzenen Luren und das Dröhnen der Affentrommeln trieben mich und alle anderen in einen nicht zu beschreibenden Rauschzustand – aber dann trafen die Heere aufeinander.«

Sie verstummte, und in die entstandene Stille tropften Marcus' Worte:

»Das war Cannae.«

Über Antopas Gesicht zuckte plötzlich der Ausdruck des Schreckens, und mit zitternder Stimme sprach sie von der tödlichen Gefahr, in die ihr Vater immer tiefer hineingeriet, und wie sie selbst sich in das mörderische Kampfgetümmel stürzte.

»Doch als ich ihn erreichte, war es schon zu spät. Ein großer Romanus riß eben sein blutiges Schwert aus der Brust meines Vaters ... Das Blut spritzte ... Seine Augen ... er rutschte über den Hals des Pferdes ab ...«

Von neu durchlebtem Schmerz erschüttert hielt sie inne, und es dauerte geraume Weile, bis sie endlich fortfahren konnte:

»Ich stürzte auf den Romanus los, ihn zu töten, wie er meinen Vater getötet hatte, doch in diesem Augenblick drehte er den Kopf zur Seite. Es war Marcus, der auf meinem Amulett eingezeichnet war. Ich war so bestürzt, daß ich mich nicht mehr bewegen konnte, dann ...« Sie schien sich erinnern zu wollen, gab es aber auf. »Nein, von da ab weiß ich nichts mehr. – Doch«, fügte sie rasch hinzu, »ich hörte jemand rufen: »Ich werde dich töten, Romanus! Töten, töten ... Vielleicht aber waren es auch nur meine Gedanken.«

»Das war der Augenblick deiner Verwundung«, sagte Claudius sachlich, und es klang eigenartig fremd in dieser bedrückenden Stille ringsum. Nur Antopas Atem, der stoßweise wie nach schwerer Anstrengung ging, war zu hören.

»Oh, ihr Götter, was habt ihr da geschehen lassen?« Valeria sah bestürzt auf Marcus, der ebenso fassungslos ihren Blick erwiderte. Er brauchte lange Zeit, bis er endlich sprach:

»Antopa, zu wissen, deinen Vater getötet zu haben, ist für mich furchtbar. Glaub mir, wenn nicht Krieg wäre, der uns Menschen gegeneinander hetzt, dann wäre das nie geschehen. Ich will nicht töten, aber wenn du bei Hannibals Heer gewesen bist, dann weißt du, daß, wenn dein Vater schneller gewesen wäre als ich, er mich getötet hätte. Er war ein Krieger. Und ich bin es auch.«
Antopa, nun völlig ruhig geworden, blickte ihm in die vor Erregung glitzernden Augen.
»Marcus«, begann sie langsam, »ich war vorhin völlig von Sinnen. Ich weiß, du hast nur das getan, was auch mein Vater sein Leben lang getan hat.« Sie horchte in sich hinein, dann fügte sie hinzu: »Ich weiß nicht, Romanus Marcus, ob ich dir jemals werde verzeihen können, auch wenn ich es eines Tages vielleicht möchte. Aber jetzt geh und hoffe mit mir auf Chronos, den Gott der Zeit, daß er unser Wissen und unseren Schmerz verschlingen möge.«
Marcus' Blick ruhte sinnend in den Augen einer Antopa, die ihre Wildheit abgelegt hatte und in ihrem Schmerz ernst und würdevoll wie eine reife Frau wirkte und ihm allen Respekt abforderte. Er verstand, daß sie ihm nicht verzeihen konnte, aber es erfüllte ihn mit Traurigkeit. Doch das Rad des Schicksals ließ sich nicht mehr zurückdrehen. Er mußte damit leben, unter all den Tausenden von Karthagern, Iberern und Kelten ausgerechnet auf ihren Vater getroffen zu sein. In einer um Verzeihung bittenden Geste hob er ihre Hand an seine Wange, und sie ließ es ruhig geschehen, aber ihre Augen blickten starr über ihn hinweg. Schwerfällig erhob er sich.
»Kehre wieder gesund aus dem Kampf zurück«, hörte er sie da leise sagen, aber sie sah ihn auch dabei nicht an.
Müde wandte er sich ab und richtete kein Wort des Abschieds an sie, als er mit seiner Mutter das Atrium verließ.
Antopa blieb regungslos sitzen und horchte auf das Getrappel der Pferde, die Marcus und seinen Freund nun gegen die Karthager trugen. Gegen die Männer, deren einer ihr Vater gewesen war.

DAS TODESURTEIL

214 v. Chr.

Marcus und Antoninus, die mit den acht Centurien an einem naßkalten Abend zum Lager bei Nola kamen, wunderten sich sehr über die nachlässigen Lagerposten. Warum hatte Marcellus als strenger Kriegsherr solche Disziplinlosigkeit einreißen lassen? Als sie sich jedoch hinter dem Schutzwall plötzlich inmitten einer rauschenden Siegesfeier befanden, verstanden sie, warum vor keinem Feind zu warnen war.

Marcus' Männer wurden mit freudigem Geschrei und Krügen voll sauren Weins begrüßt, doch Marcus verbot, sie anzunehmen, und löste damit nach dem langen und anstrengenden Marsch verständlicherweise größte Verärgerung aus.

»Wir haben doch einen Sieg zu feiern!« rief man ihm zu.

»Ja, wir haben Hannibal und seiner Bande die Hammelbeine langgezogen, daß sie länger nicht mehr werden können!« schrie ein anderer, sichtlich stark angetrunken.

Antoninus versuchte zu vermitteln, doch Marcus winkte brüsk ab.

»Später, mein Freund. Ich möchte nicht, daß sie wie ein Haufen Schweine durcheinander liegen, wenn sie erst einmal betrunken sind. Sie müssen wissen, wo sie hingehören, dann können sie sich von mir aus besaufen, bis sie umfallen.«

Antoninus gab die nötigen Befehle, und selten zuvor hatten achthundert Legionäre so schnell ihre Zelte aufgeschlagen und die Waffen ordnungsgemäß gelagert wie an diesem Abend. Schon nach kürzester Zeit stürmten sie mit Gebrüll und Gejohle zu den Feuern und rissen alles Trinkbare an sich, wobei es sie nicht im geringsten scherte, daß es leicht nieselte und sie auf nassem Boden hockten.

Marcus selbst begab sich zusammen mit Antoninus zu Marcellus, der ihn lautstark begrüßte.

»Eurer Stimmung nach habt ihr wohl einen großen Sieg zu feiern, mein lieber Marcellus«, bemerkte Marcus amüsiert angesichts dessen nicht zu übersehender Angetrunkenheit.

»Nicht nur einen großen, sondern den größten seit Beginn des Krieges«, stellte der enthusiastisch richtig. »Das ist endlich die so lange schon nötige Wende in diesem Krieg.«
Die beiden Neuangekommenen gratulierten ihm von Herzen, auch wenn sie nicht so recht an die behauptete Wende glauben mochten.
»Elf Stunden hat sie gedauert, diese Schlacht der Schlachten! Von meinen Männern mußte ich das Äußerste verlangen, aber es hat sich gelohnt! Und wie! Ich schätze, daß wir etwa sieben- bis achttausend dieser Bastarde niedergemacht haben, und eintausendfünfhundert Gefangene sind bereits auf dem Weg nach Roma.« Von den eigenen Verlusten sprach er bezeichnenderweise nicht. »Aber leider«, fuhr er fort, »haben wir diesen verfluchten Hannibal selbst nicht erwischt. Naja, vielleicht das nächste Mal. Doch wir haben sechs Elefanten getötet und sechsundzwanzig eingefangen! Meine Männer wissen jetzt nur nicht, was sie mit diesen verfressenen Ungetümen anfangen sollen«, lachte er und hieb sich klatschend auf die Schenkel.
»Aber Hannibals Elefanten sind meines Wissens doch alle während der Alpenüberquerung und später an der Trebia zugrunde gegangen«, warf Marcus ein.
»Stimmt, aber nach seinem Sieg bei Cannae hatte ihm die Gerusia einen beträchtlichen Nachschub geschickt. Ich weiß nur nicht, was sie sich von ihnen versprechen, denn es sind ausgesprochen gutmütige Tiere, die erst von ihren Treibern mit Lanzenstichen wütend gemacht werden müssen. Und dann wenden sie sich oft gegen ihre Quälgeister selbst. Gerade in der letzten Schlacht konnte ich das sehr gut beobachten.«
»Die Poeni sind eben gewöhnt, Elefanten vorzuschicken, ganz gleich ob sie ihnen Nutzen bringen oder nicht.«
»Ja, das mag wohl sein. Nur daß Hannibal, der meiner Meinung nach ein sehr kluger Feldherr ist, in dieser Hinsicht so rückständig denkt, wundert mich. Uns jedenfalls können diese Ungetüme nicht mehr schrecken.«
Nach einer Weile, in der sie immer wieder mit ihren Bechern auf den Sieg anstießen, und Marcellus endlich genug geprahlt hatte, kamen sie auf die allgemeine Kriegslage zu sprechen. Marcus mußte viele Fragen beantworten, was er auch geduldig tat.
Dann jedoch stichelte Marcellus mit spöttisch verzogenem Mund: »Na, Marcus, nun ist ja dein heißgeliebter Fabius Maximus, der ach so entschlußfreudige ›Cunctator‹, neben Tiberius Sempronius Grac-

chus für dieses Jahr erneut zum Consul gewählt worden. Dieser alte Mann besitzt anscheinend Qualitäten, von denen ich offenbar nichts weiß, denn sonst wären unsere eisenberingten Patres conscripti in ihrer unerforschlichen Weisheit wohl nicht schon wieder ausgerechnet auf ihn verfallen.«

»Du vergißt«, versuchte Marcus dieses Thema zu entschärfen, »daß man das Consulat erst dir angeboten hatte.«

»Ah bah«, winkte er ab, »nur weil man ganz genau wußte, daß ich ablehnen würde. Ich bin doch kein kriecherischer, allen nach dem Maul redender Politiker, sondern ein Krieger, der ehrlich und aufrecht seine Arbeit verrichtet, sich nach einem Sieg besinnungslos besäuft und es nach einer Niederlage erst recht tut. Fabius dagegen mit seinem dicken Fell scheint für die Hure Politik ausnehmend gut geeignet zu sein«, lächelte er boshaft. »Vor kurzem erst hat man ihn mit lautem Geschrei hinausgeworfen, und heute nimmt er dasselbe Amt katzbuckelnd wieder an.«

»Du tust ihm Unrecht, mein lieber Marcellus. Er hat es nur schweren Herzens übernommen, genau wie das vormalige Consulat. Ihn trieb noch nie persönlicher Ehrgeiz, sondern immer nur sein ausgeprägtes Verantwortungsgefühl.«

»Ach lassen wir das jetzt«, lenkte Marcellus verstimmt ab, »sonst führen wir unser Streitgespräch von damals auf genau der gleichen Ebene wieder fort. Erzähl mir lieber, was es mit dem Gerücht über Praetor Lucius Postumius auf sich hat.«

Marcus sah nachdenklich auf seine Hände nieder.

»Leider muß ich von einer tatsächlich katastrophalen Niederlage berichten. Bei seinem Zug gegen die Celtae hat Postumius fast alle seine Männer verloren.«

Bestürzung malte sich auf den Gesichtern, denn bisher hatten alle gehofft, Postumius' Niederlage sei nicht von solchem Ausmaß gewesen, wie ursprünglich bekannt geworden war. Erfahrungsgemäß neigte man nach einer verlorenen Schlacht und im herrschenden Durcheinander gern zu Übertreibungen. Doch jetzt drehten sie schweigend ihre Becher in den Händen, denn manch einer wußte mindestens einen Bekannten oder Verwandten in dieser Armee.

Schließlich fragte Marcellus nach den beiden Scipionen in Iberia. Marcus war froh über diese Wendung des Gesprächs und berichtete bereitwillig von deren ständig wachsenden Erfolgen gegen Hannibals Bruder Hasdrubal.

Wenig später erhob sich Marcus, um sich im Lager umzusehen. Langsam schritt er zwischen den Zelten hindurch und beobachtete die Männer an den Feuern, die trotz des elfstündigen Kampfes in ihrem Siegestaumel und Weinrausch nicht im mindesten ermüdet schienen. Er lächelte über ihre wenig vornehmen Scherze und ging weiter zu dem großen Zelt, in dem die Verwundeten und Sterbenden lagen. Sein Lächeln erlosch, als er die Reihen entlangblickte, wo auf verschmutztem Stroh die halbnackten Schwerverwundeten wie Vieh krepierten. Der Gegensatz zwischen den siegestrunkenen, grölenden Soldaten drüben und den stöhnenden, schweißnassen hier ließ ihn für einen Augenblick erschüttert die Augen schließen. Dieses Lager am Volturnus zeigte ihm wieder einmal die ganze Skala des Lebens und Sterbens im Krieg. Trauer durchzog sein Herz, als er über die Grausamkeit des Schicksals nachsann. Diese jungen Kerle, vor Stunden noch strotzend vor Kraft, das ganze, übervolle Leben vor sich – nun lagen sie hier, schmerzverzerrt, von Todesangst geschüttelt. Was alles war ihnen das Leben schuldig geblieben! Was hätte es ihnen noch geben müssen! Dies war kein Heldentod, der sie auf den Schwingen Bellonas als große Krieger hinübergleiten ließ, dies war ein qualvoller Tod in Verzweiflung und Alleingelassenheit, in Gestank, Schweiß und tierischer Not.

Marcus wandte sich ab. Obwohl er Krieger war, rief jeder einzelne Tote einen empfindlichen Schmerz in ihm hervor, über den er nicht einmal sprechen durfte, würde es ihm doch von vielen als Schwäche angerechnet und das Vertrauen in seine Führungskraft schwer erschüttern. Und gerade Vertrauen war das Wichtigste, was er seinen Männern geben mußte.

Marcus atmete erst wieder etwas freier, als ihn seine Schritte zu den Elefanten führten und die freundlich blickenden Riesen mit ihrer Zutraulichkeit seine düstere Stimmung zurückdrängten. Mutig tätschelte er den großen, rauhen Kopf einer Elefantenkuh. Dabei wurde er auf zwei Wachen aufmerksam, die einen altersgebeugten Mann mit einer Frau an der Hand aufhielten und gestenreich auf ihn einredeten, bis die beiden im Dunkel eines Wäldchens verschwanden. Die zurückkommenden Wachen erklärten auf Marcus' Frage:

»Ein harmloser Alter, der seinen Enkel sucht. Wahrscheinlich kam er vom Schlachtfeld. Und die junge Frau, die er bei sich hatte, ist offensichtlich wahnsinnig. Sie sang die ganze Zeit wirres Zeug vor sich hin.«

Für Marcus war die Sache damit abgetan. Unmöglich konnte er ahnen, daß er seiner Braut Liuta noch nie so nahe gewesen war wie eben jetzt in dieser nächtlichen Stunde. Denn die Irre, von der die Wachen sprachen, war tatsächlich Liuta, die an der Hand des Tauriners Cenobis über das Gelände zwischen dem römischen und karthagischen Lager wanderte. Cenobis hatte Liuta kennengelernt, als er seinem Enkel Gutuatus in Hannibals Lager gefolgt war und Lactas bei der Pflege der Verwundeten und Erkrankten half, jedoch zurückgeblieben war, als das Heer weiterzog. Erst später hatte er sich entschlossen, Gutuatus doch weiter zu folgen, und war so bis hierher in den Süden Italicas gekommen.
Nachdem er durch die römischen Wachen erkannt hatte, auf die falsche Seite geraten zu sein, ging er jetzt in Richtung der Feuer auf dem Hügel, die das Lager des Karthagerheeres verrieten. Nun, da er sich seinem Ziel so nahe wußte, wich die große Müdigkeit nach den langen und beschwerlichen Märschen aus seinen Knochen, und er schritt so kräftig aus, daß das Mädchen an seiner Hand Mühe hatte, mitzuhalten.
Schon bald tauchten zwei dunkelhäutige Krieger aus der Nacht hervor, die sie nach Cenobis' gestenreicher Erklärung ins Lager führten. Dort erschien nach einer Weile ein alter, müder Mann in einem weiten Mantel, unter dem eine blutbespritzte Tunika hervorsah. Es war Lactas, der gerade in den letzten Jahren sehr gealtert war. Beim Anblick Liutas erstarrte er, und seine Miene verriet, daß er nicht geglaubt hatte, sie jemals wiederzusehen. Rasch trat er näher und tastete mit zitternden Händen über ihr Gesicht.
»O Tanit«, stöhnte er, »bist du das wirklich? Liuta ...!«
Nachdem er sich beruhigt hatte, wendete er sich dem still vor sich hinlächelnden Cenobis zu. Freudig bewegt umfaßte er seine Arme.
»Auch du Cenobis!« stieß er aufgeregt hervor. »Kommt, du mußt mir alles erzählen.« Damit ging er voraus zu seinem Zelt, wo er die beiden mit Wein und getrockneten Datteln stärkte. Danach erzählte Cenobis in dürftigem Latinisch von seinem Weg hierher in den Süden.
»Drei Tage zurück ich sehen Liuta, ich kennen von Lager, du weißt. Bauern sehr grob mit armem Mädchen. Ich schimpfen. Und dann sie an Hand nehmen und essen geben. Braves Mädchen.«
Lactas hörte schweigend zu, erwartete jedoch mit Bangen die Frage nach Gutuatus. Und als sie kam, senkte er bekümmert den Kopf. Er

fand nicht die rechten Worte, aber er brauchte nichts zu sagen, Cenobis hatte verstanden. Stille lastete über den beiden alten Männern, in der das Rascheln von Liutas Mantel überlaut wurde. Teilnehmend faßte Lactas nach der Hand des anderen, dessen ganze Welt in grenzenlosem Schmerz versunken war. Endlich zitterte es über seine Lippen:

»Wo?«

Lactas räusperte sich, um wieder Herr seiner Stimme zu werden.

»In Cannae.« Mehr war wohl nicht zu sagen.

Schließlich entriß Liutas erneut aufgenommener Singsang Lactas seinem Kummer, und er holte Weizenbrote und etwas Honig. Liuta aß gierig wie ein Tier, wogegen Cenobis nichts anrührte. Für ihn war jetzt so vieles unwichtig geworden.

Am nächsten Morgen führte Lactas die beiden zu Hannibal, der Cenobis nachdenklich in die Augen blickte. Er erkannte ihn sofort als Lactas' Helfer im Lager nahe der Trebia.

»Taurinus Cenobis«, sagte er ungeachtet der Sprachschwierigkeiten, »bleib einige Zeit bei uns und erhole dich von deiner langen Reise. Ich bin froh, daß du dich um die Irre kümmerst. Antopa hat sie sehr gemocht. Leider ist sie wohl tot.« Ein Schatten schien über sein Gesicht zu huschen, aber sogleich wurde seine Miene reglos wie immer. »Lactas, sorge für diesen Mann und Antopas Mädchen.«

Cenobis hatte aufmerksam zugehört, nur die Hälfte verstanden, doch des Feldherrn Art flößte ihm Respekt ein, und sein verhaltenes Lächeln schenkte ihm Ruhe. Hannibal nickte den dreien noch einmal zu und beschäftigte sich wieder mit seinen Karten auf dem Tisch. Nach der gestrigen Niederlage plante er den nächsten Kampf, denn für ihn gab es kein Ergeben in ein zugewiesenes Schicksal. Er war gewohnt, das Rad selbst zu drehen, auch wenn er manchmal vom Kurs abgetrieben wurde.

Während Cenobis und Liuta zurückgingen, begab sich Lactas wieder zu den Verwundeten, die stöhnend und wimmernd auf nackter Erde lagen. Bald schon folgte ihm Cenobis, und gemeinsam versorgten sie, wie damals an der Trebia, die oft grauenhaft zugerichteten Männer unterschiedlichster Herkunft und Hautfarbe. Mit zusammengebissenen Zähnen hielt der Kelte die vor Schmerz Brüllenden fest, wenn Lactas schlimme Wunden ausschneiden oder sogar ganze Glieder amputieren mußte. Trotz seines Alters besaß er ungeahnte Kräfte und eine noch größere Ausdauer und Selbstbeherrschung.

Um die Mittagszeit sah Hannibal selbst nach den Verwundeten und beobachtete schweigend die beiden schwer arbeitenden Alten. Nach einer Weile wandte er sich an Lactas:
»Wir müssen uns heute nacht weiter zurückziehen. Bereite also die Verwundeten für den Abtransport vor.« Und leise, damit niemand sonst es hören konnte, fügte er hinzu: »Die Sterbenden bleiben hier!«
Lactas senkte den Kopf. Es war nicht das erste Mal, daß Verwundete zurückgelassen werden mußten, hoffnungslos ihrem Schmerz und der Willkür des Feindes ausgeliefert. Doch immer wieder überfiel ihn aufs neue die Angst davor, durch seine Entscheidung einen Mann zum Tode zu verurteilen, der bei sachkundiger Pflege vielleicht am Leben bliebe. Aber er wußte, daß er so und nicht anders handeln mußte, wollte er die Marschierenden nicht durch Männer, die dann doch starben, in ihrer Beweglichkeit behindern und damit gefährden. Mit schwerem Herzen schritt er die endlosen Reihen ab und sortierte die Männer aus, die aller Wahrscheinlichkeit nach sterben würden. Manchmal kniete er lange Zeit vor einem dieser Stöhnenden, untersuchte ihn noch einmal und konnte dennoch nicht ohne Zweifel sein, ob die von ihm getroffene Entscheidung wirklich richtig war. Niemand konnte das wissen, wenn ein Leben nur von der Gnade der Götter abhing.
Lactas' Helfer folgten ihm bei seinem schicksalsschweren Gang und legten die zum Sterben Bestimmten auf die andere Seite. Die Reihe wurde immer länger, und manch einer verstand, was mit ihm geschah. Vielen rannen die Tränen über die eingefallenen Wangen, wieder andere bettelten, flehten, drohten oder fluchten, und es erging nur denen besser, die nicht mehr bei Bewußtsein waren.
Wieder kniete Lactas bei einem bärtigen, kräftigen Mann, dessen Haudegengesicht von vielen Kämpfen sprach und der ihn mit angehaltenem Atem angstvoll beobachtete. Auch er wußte, warum er untersucht wurde.
»Bringt ihn dort hinüber«, entschied Lactas schließlich müde, bewußt, wieder ein Todesurteil gefällt zu haben.
»Nein!« röchelte der Schwerverwundete und versuchte sich aufzurichten, obwohl ihm das Blut erneut unter den Verbänden hervorquoll. »Ihr werdet mich mitnehmen! Ihr müßt mich mitnehmen! Ich will hier nicht wie ein räudiger Hund verrecken oder von den Romani wie ein Schwein abgestochen werden!« Er griff nach Lactas' Hand

und riß ihn zu sich herunter. »Ihr nehmt mich mit, oder ich bringe dich um!«
Lactas versuchte sich aus dem harten Griff zu befreien, doch noch bevor ihm dies gelang, zog der Verwundete unter seiner Decke ein Messer hervor und stieß es zweimal so schnell in Lactas' Leib, daß keiner es verhindern konnte.
Lactas stöhnte auf, griff mit beiden Händen nach dem hervorschießenden Blutstrom und kippte langsam nach hinten. Cenobis war als erster bei ihm und bettete vorsichtig Lactas' Kopf in seinen Schoß. Entsetzt starrte er auf das hervorschießende Blut.
»Lactas«, flehte er hilflos mit zitternden Lippen, »sagen, was ich tun! Wie Blut wegmachen?«
»Du kannst nichts mehr tun, Cenobis«, flüsterte der Alte mühsam. »Diese Wunde ist tödlich. Und du weißt das. – Mein Weg geht hier zu Ende.«
Hilflos mußte Cenobis zusehen, wie Lactas' Geist langsam wegschwamm. Für Minuten war er bewußtlos, dann kehrte er wieder zurück, doch konnte er wohl nichts mehr um sich herum wahrnehmen. Cenobis streichelte über sein Gesicht und sprach in einem fremdartigen Singsang auf ihn ein. Es war bedeutungslos geworden, ob der Sterbende die Worte verstehen würde oder nicht. Noch einmal kehrte Lactas zurück.
»Cenobis«, flüsterte er so leise, daß sich der Angesprochene zu seinem Mund hinabbeugen mußte. »Cenobis, bring Liuta nach Roma ... das weiße Haus ... Säulen ... Hügel ...« Ein krampfartiger Husten schüttelte seinen dünnen Körper und in seinen Mundwinkeln sammelte sich erneut Blut. Plötzlich verdrehten sich seine Augen, aber er bot noch einmal die letzte ihm verbleibende Kraft auf und hauchte: »Roma – Antopa lebt ...« Dann rollte sein Kopf haltlos auf die Seite. Lactas war tot.
Cenobis blieb noch lange regungslos sitzen. Es war ihm unsäglich schwer ums Herz. Dieser Mann hatte ihm das Gefühl von Verbundenheit und tröstlicher Ruhe geschenkt. In seiner Einsamkeit wäre er zu gern mit ihm zusammengeblieben, aber wieder einmal mußte er einen Toten in seinem Herzen in eine lange Reihe eingliedern. Auch der Verwundete, durch dessen Verzweiflungstat Lactas starb, war inzwischen tot.
In diesem Augenblick trat Hannibal heran. Still legte er seine Hand auf Lactas' Gesicht und schloß ihm die Augen, die noch immer gegen

den wolkenverhangenen Himmel gerichtet waren. Danach verbrachte er lange Minuten des Schweigens an des Verstorbenen Seite. Er trauerte um einen Mann, der ein langes und schweres Stück seines Weges mit ihm gegangen war und den er ob seiner inneren Kraft und warmen Herzensgüte inmitten einer brennenden Welt stets bewundert und verehrt hatte. Lactas war der ruhende Pol in seinem riesigen Heer gewesen, der jedem sein weites Herz geöffnet und sein Wissen um die heilende Kraft der Natur angeboten hatte. Sein Leben war ein ständiges Geben und Helfen gewesen. Jetzt war er tot und hinterließ eine fühlbare, schmerzliche Lücke.
Hannibal ließ den Toten einen kleinen Hügel hinauftragen und half Cenobis, Holz und Reisig aufzutürmen und den Leichnam mit dem Gesicht gen Himmel darauf zu betten. Sorgfältig faltete er den Mantel über dem schmalen, toten Körper, und gemeinsam setzten die beiden so unterschiedlich gearteten Männer den Holzturm in Brand. Als die Flammen emporleckten, senkte der Alte den Kopf auf die Brust, während Hannibal mit starren Augen zu den ziehenden Wolken am Horizont blickte, die ein aufkommender Wind auseinanderzutreiben suchte . – Lactas' Körper zerfiel zu Asche. Jetzt gab es nur noch die Erinnerung an ihn.

Mit raschen, festen Schritten ging der große, stattliche Feldherr den Hügel hinab zum Lager zurück. Seiner Trauer hatte er Ausdruck verliehen, doch nun hatte er wieder für die Lebenden da zu sein. Auch Cenobis ging unverzüglich seiner Arbeit bei den Verwundeten nach. Lactas hätte das sicher so gewollt. Und die Soldaten unterstützten ihn ohne jede Frage.

Spät in der Nacht brach das Heer auf und zog nordwärts. Die verzweifelten Rufe der Zurückgelassenen drangen noch lange Zeit durch die Dunkelheit. Cenobis zog es das Herz zusammen. Ob sein Enkel auch so elend gestorben war? Er wollte es nicht wissen.
Hannibals Marsch dauerte zwei Tage, die Cenobis sehr zusetzten, doch endlich wurde in einer dem Feldherrn günstig erscheinenden Gegend ein Lager aufgeschlagen. Todmüde sank der Alte nieder und schlief an Liutas Seite unter freiem Himmel wie ohnmächtig die ganze Nacht hindurch. Erst am nächsten Tag konnte er das Zelt aufschlagen, das er von Lactas übernommen hatte.
Er blieb noch mehrere Tage im Lager, denn das Wetter hatte sich wei-

ter verschlechtert und die Wege grundlos gemacht. Doch als die Sonne endlich durchbrach, hielt es ihn nicht länger. Ihn zog es nach Rom. Mit keinem Gedanken zweifelte er an Lactas' letzten Worten, also packte er eines Morgens seinen Beutel und ging mit Liuta zu Hannibal. Dieser sah ihn mit durchdringenden Augen nachdenklich an. Cenobis versuchte sein Fortgehen zu erklären, indem er seine Worte mit entsprechenden Gesten begleitete:

»Ich, Liuta – Roma. Lactas sprechen Antopa Roma.«

Hannibals Miene drückte erst ungläubige Verwunderung aus, doch dann nickte er ernst und versuchte, sich ebenfalls verständlich zu machen.

»Du – Roma – Antopa, dann mir sagen. Verstehst du?«

Der Alte nickte, sah dem so einsam wirkenden Mann noch einmal nachdenklich in die Augen und verließ mit Liuta an der Hand das Zelt und das Lager. Tief in Gedanken versunken schritt er aus. Er hatte einen der größten Männer seiner Zeit als Menschen kennengelernt, und das war mehr, als die meisten sagen konnten. Cenobis trug es wie ein Geschenk in seinem Herzen.

HEUREKA!

214 v. Chr.

Seit rund zwei Jahren lebte Antopa nun schon in der Familie Marianus Valus. In dieser Zeit hatte sie alle eckige Knabenhaftigkeit abgelegt und sich zu einem außergewöhnlich reizvollen Mädchen auf der Schwelle zur Frau entwickelt. Und, obwohl sie ruhiger geworden war und ihre unbeherrschte Sprunghaftigkeit nahezu gänzlich abgelegt hatte, ruhte in der Tiefe ihrer nachtdunklen Augen noch immer das leidenschaftliche Feuer eines Vulkans, dessen Glut nur eingedämmt war. Zu Valerias Freude hatte sie sich ihre derbe Ausdrucksweise und den Soldatenjargon abgewöhnt, ebenso ihre Abneigung gegenüber weiblichen Tätigkeiten. Nur ihr Lachen klang noch genauso laut und herzhaft wie früher durchs Haus. Aber es mehrten sich die Stunden, in denen sie Schuldgefühle darüber bedrückten, mittlerweile fast wie eine Römerin zu denken und nahezu gänzlich vergessen zu haben, eine Karthagerin zu sein, also aus dem Land zu stammen, das von den Römern so hart bekämpft wurde. Sie fragte sich, ob sie nicht zumindest versuchen müßte, wieder in ihre Heimat zurückzukehren. Doch Karthago bedeutete ihr nichts. Es gab kein Bild ihrer Vaterstadt und seiner Menschen in ihrem Denken und Fühlen, wohingegen in Rom all das war, was ihr Leben ausmachte. Und hier wartete sie auf Nachricht von dem Mann, der sie nachts bis in ihre Träume begleitete.

Aber war nicht gerade er schuld an ihrer inneren Zerrissenheit? Immer wieder stand ihr vor Augen, wie er das Schwert aus der Brust ihres Vaters riß, und doch wurde dieses grauenvolle Bild immer öfter überblendet von den hellen, grauen Augen und dem Ausdruck, mit dem sie Antopa ansahen.

Und so wartete sie mit demselben Bangen und Hoffen wie Valeria und Cornelia, die nun wieder ganz im Haus der Mutter lebte, auf einen Kurier aus dem Süden. Lange Zeit vergebens, bis endlich einer die Nachricht brachte, Marcus und Antoninus belagerten unter Marcellus Syracusae in Sicilia. Die Frauen atmeten auf. Ihnen schien es weitaus günstiger zu sein, eine Stadt zu belagern, als gegen den gefürchteten Hannibal selbst antreten zu müssen. Schwerlich konnten sie sich vorstellen, wie es um Syracusae tatsächlich aussah.

Claudius Marcellus hatte sofort nach seiner Ankunft mit großem Schwung die Vorbereitungen für einen Kampf gegen Hieronimus und seine Stadt aufgenommen, die eigentlich aus mehreren Städten bestand, von einer über viele Hügel laufenden, gewaltigen Mauer landeinwärts geschützt und auf der anderen Seite vom Meer umfaßt. Marcellus wies Marcus die Führung der angeforderten Fünfruderer zu, damit er eine Invasion gegen Achradina, das sich dem Meer zuwandte, in Gang bringen könne, während er selbst zu Land gegen Hexapylum vorgehen wollte. Monatelange, härteste Arbeit mußte von den Legionären und ihren Anführern geleistet werden, um nicht nur ein befestigtes Lager zu bauen, sondern vor allem Maschinen und Gerätschaften, die für eine Erstürmung nötig waren.
Scheu blickten die Männer während ihrer Arbeiten zu der unheimlichen Mauer hinüber, die sich in einer schier unglaublichen Länge von mehr als fünfzehn Meilen um die Gebäude schloß. Dabei war sie höher als alle, die sie jemals gesehen hatten, und stand mit ihren gewaltigen Fundamenten, die von Titanen erbaut zu sein schienen, auf der Höhe von nur schwer erklimmbaren Abhängen. Selbst die Mutigsten und Erfahrensten unter ihnen wurden im Schatten dieses drohenden Ungetüms kleinlaut und sahen kaum eine Möglichkeit, unbeschadet auch nur bis an das Mauerwerk heranzukommen.
»Was sind das für eigenartige kleine Löcher, mit denen dieses Ding von oben bis unten bespickt ist?« fragte eben Marcus, der zusammen mit Marcellus in sicherer Entfernung ein Stück dieses mächtigen Bauwerks abschritt.
»Das ist eine der Erfindungen von Archimedes, über den wir ja schon öfter gesprochen haben«, erklärte Marcellus. »Es handelt sich um sogenannte Schießlöcher. Auf der uns zugewandten Seite sind sie sehr klein, während sie sich nach innen so verbreitern, daß sogar ein Skorpion darin Platz findet. Man kann also gut heraus-, aber kaum hineinschießen.«
»Na fabelhaft!« lächelte Marcus sarkastisch. »Bei einem Angriff werden unsere Männer also ständig von der Mauer aus beschossen, ohne daß wir dem Feind gefährlich werden können. Das wird uns große Ausfälle bringen.«

»Ja, das fürchte ich auch. Und um die Wahrheit zu sagen, ich habe nicht die leiseste Ahnung, was ich tun soll. Ich bräuchte wahrhaftig einen Archimedes auf meiner Seite, um den Archimedes hinter dieser verdammten Mauer bekämpfen zu können. Trotzdem habe ich noch nicht alle Hoffnung aufgegeben, denn dein Plan für den Angriff von der Seeseite her scheint mir recht brauchbar zu sein. Und wir hier werden den Feind währenddessen mit unseren Wurfgeschossen beschäftigen. Vielleicht schaffen wir es durch gemeinsame Anstrengungen, von Achradina aus einzudringen.«

»Hoffen wir es. – Aber nun muß ich wieder zurück. Das Bauholz wird inzwischen schon angeliefert sein, und wir können mit unserer Arbeit beginnen.«

In den nächsten Tagen ließ Marcus je zwei Schiffskörper Seite an Seite miteinander verbinden und darauf Türme errichten, die er mit schweren Kriegsmaschinen bestückte. Diese schwimmenden Festungen verankerte er in größerer Entfernung von der Stadtmauer, während er den Teil der nicht veränderten Fünfruderer möglichst nah an sie heranbrachte. Auf den Decks dieser Schiffe postierte er seine Pfeilschützen und Schleuderer, die nun Tag und Nacht den Feind auf den Zinnen beschossen.

Doch Archimedes blieb nicht lange untätig. Unter seiner Anleitung schafften die Belagerten riesige Hohlspiegel auf die Mauern und richteten sie bei günstigem Einfallswinkel der Sonne auf die großen Doppelschiffe. Archimedes hatte das Gesetz des Brennpunkts erkannt und war glücklich, sein lange geplantes Experiment endlich durchführen zu können. Er dachte dabei weder an Krieg noch an die bedrohte Stadt.

Die Römer konnten sich die Bedeutung der riesigen, blitzenden Scheiben oben auf der Mauer trotz allen Kopfzerbrechens nicht erklären. Plötzlich sah Marcus, daß es im Zentrum des hellen Punktes, den die Strahlen einer dieser Scheiben auf das Hauptsegel seines Schiffes setzten, zu schmoren begann. Schlagartig erkannte er die Gefahr und jagte seine Männer mit Wassereimern die Masten hoch, damit sie die Segel naß hielten. Er gab den Befehl auch an alle anderen Schiffe weiter, doch für zwei kam er zu spät. Plötzlich standen die Segel in Flammen, ergriffen die Masten, sprangen auf das Deck über, und alle Bemühungen der Mannschaft, dem rasch um sich greifenden Feuer Einhalt zu gebieten, blieben erfolglos. Im letzten Augenblick sprangen

die Männer von Bord und retteten sich auf die anderen Schiffe. Ihre eigenen verbrannten restlos.
Noch lange Zeit blitzten die Spiegel von der Mauer, bis man schließlich erkannte, daß sich die Römer erfolgreich gegen diese neue Erfindung zu wehren wußten. Die Brennspiegel verschwanden, und die erschöpften Männer glitten wieder auf Deck zurück.
Antoninus, ebenso durchweicht wie Marcus, kam vom Nachbarschiff herübergerudert.
»Mann!« rief er heftig atmend schon von weitem, »wie hast du das nur gewußt, als du uns die Befehle durchgabst?«
Marcus entledigte sich seiner nassen Kleidung und zog sich trockene Sachen über. »Zufällig sah ich kleine Rauchfähnchen vom Segel aufsteigen, und da erinnerte ich mich plötzlich, wie wir als Kinder in der Sonne mit Glasscherben helle Punkte auf unsere Beine zauberten, die mit der Zeit unerträglich heiß wurden. Und Archimedes hat diese Glasscherben eben weiterentwickelt. – Er ist schon einmalig.«
»Trotzdem soll er völlig verrückt sein«, erwiderte Antoninus.
»Ach was, er ist sicher nur etwas sonderlich. Man hat ihn zum Beispiel einmal deshalb für verrückt erklärt, weil er aus dem Bad gesprungen, nackt auf die Straße gerannt ist und lauthals gerufen hat: ›Heureka!‹ Also: ›Ich hab's gefunden!‹ Kein Mensch dachte daran, daß er damit die Lösung eines Problems gemeint hatte, nämlich die Berechnung des Volumens der Wasserverdrängung durch seinen Körper. Dieser Mann ist ein Genie. Allein schon um ihn kennenzulernen, möchte ich in die Stadt hineingelangen.«
»Es sieht aber nicht so aus, als würden wir schaffen, was wir uns vorgenommen haben.«
»Wir schaffen es«, versicherte Marcus mit einem Lächeln.
Dieser Optimismus war wohl zu verfrüht, denn Syracusae hatte unter Archimedes' Anleitung noch einiges mehr zu bieten. Die nächsten Tage wurden Maschinen auf die Mauer geschafft, von denen die meisten den Römern völlig unbekannt waren, die aber Steine von größtem Gewicht über unglaublich weite Entfernungen hinweg schleuderten und die Türme auf den Schiffen samt den darin befindlichen Geschützen und Leuten zertrümmerten. Marcus sah sich gezwungen, durch die leichten Schiffe einen raschen Angriff vorzutragen, um aus nächster Nähe die Maschinen auf den Mauern so lange unter Beschuß zu halten, bis er die Doppelschiffe zur Reparatur außer Reichweite gebracht hatte.

Doch da erlebten die Römer eine böse Überraschung. Als sich die »Leichten« im toten Winkel ganz nahe an der Mauer befanden, traten plötzlich die über die Wehrgänge ragenden Zangen in Aktion, für die Marcus bisher keine Erklärung hatte finden können. Sie wurden an armdicken, eisernen Ketten herabgelassen, die Backen öffneten sich und legten sich um das Vorderteil eines der kleineren Schiffe, die Ketten strafften sich, und plötzlich hob sich der Bug des Schiffes aus dem Wasser. Soldaten und alles Gerät rutschte in einem heillosen Durcheinander rückwärts zum Heck und ging großenteils über Bord. Dann ließen die Zangen wieder los, und der Bug klatschte mit so ungeheurer Wucht zurück, daß alles auf dem Deck Verbliebene wieder nach vorn geschleudert wurde, die Wandungen leckschlugen und die Ruder abbrachen.
Fassungslos sahen die Römer diesem unglaublichen Vorgang zu. Nie hätte einer für möglich gehalten, was seine Augen hier sahen. Wie konnten Menschen solche Kräfte mobilisieren? Für Marcus waren die Erzählungen über die Titanen und ihre gewaltigen Werke stets nichts weiter als törichter Ausfluß menschlicher Fabuliersucht gewesen. Jetzt sah er staunend, was schon ein einzelner alter Mann vollbringen konnte, und ihm fielen wieder die Worte ein, die Archimedes bekannt gemacht hatten: *»Mit einem genügend langen Hebel könnte ich die Welt aus den Angeln heben.«* Zumindest ahnte Marcus jetzt, was der Hellene gemeint hatte, und sein Vorsatz, dieses Mannes habhaft zu werden, festigte sich. Welchen Gewinn bedeutete er mit seinem Wissen für Rom! Natürlich dachte Marcus nach diesen Kriegsjahren an Erfindungen, die in einem Kampf Verwendung finden konnten, anscheinend das Schicksal vieler, ursprünglich segensreicher Erfindungen.

Nachdem Marcus sämtliche Schiffe zurückbeordert und weiter draußen verankert hatte, ritt er zu Marcellus und berichtete kopfschüttelnd von den unglaublichen Vorgängen.
»Jetzt sehe ich keine Möglichkeit mehr, von der Seeseite her die Mauer zu überwinden«, schloß er hoffnungslos.
Marcellus brütete dumpf vor sich hin.
»Dann ist es sinnlos, noch weitere Angriffe zu unternehmen. Aber auch von Land aus scheint es nicht möglich zu sein, diese verfluchte Mauer zu stürmen.
»Dann bleibt uns nur noch, die Stadt auszuhungern.«
»Stimmt leider. Noch heute werde ich einen Schnellsegler nach Ro-

ma schicken und um die Erlaubnis für eine längerfristige Belagerung nachfragen. Zum Glück wissen die Herren dort nicht, daß es viele Monate dauern kann, bis diese Stadt sturmreif ist.«
Weder er noch Marcus konnten zu diesem Zeitpunkt ahnen, daß Syracusae nicht nur viele Monate, sondern volle zwei Jahre aushalten würde.
Marcus wollte sich eben verabschieden, als ein Kurier mehrere Schreiben aus Rom brachte. Marcellus hielt ihn auf.
»Vielleicht ist etwas dabei, das wir besprechen sollten.«
Tatsächlich befand sich in dem Packen auch ein Schreiben von Marcella, das der Feldherr mit sich steigernder Erregung las.
»Marcus, mein Freund!« rief er plötzlich freudestrahlend, sprang auf und schloß den völlig Überraschten in die Arme. »Du ahnst ja nicht, wie glücklich du mich machst!«
»Womit mach' ich dich glücklich?« fragte Marcus irritiert.
»Na, daß du meine Tochter heiraten willst! Warum bei allen Göttern hast du mir das nicht gesagt? Ich wäre weitaus beruhigter gewesen. Um die Wahrheit zu sagen, manchmal war ich etwas in Sorge um sie. In ihrer Naivität war sie oft wenig klug in der Wahl ihrer Freunde.«
Marcus lachte höhnisch auf. Marcella und naiv ...! Doch Marcellus überhörte die Untertöne dieses Lachens.
»Zwar mißbillige ich«, fuhr er fort, »mein Kind verführt zu haben, doch andererseits freue ich mich natürlich sehr, schon in wenigen Monaten ein Enkelkind zu haben.« Dabei lächelte der sonst so rauhe Krieger versonnen vor sich hin.
Marcus dagegen saß wie vom Donner gerührt. Marcella bekam ein Kind!
»Aber ...« begann er stotternd und wußte nicht, wie er diesem glücklichen Vater die Wahrheit sagen sollte. Welche Wahrheit?
»Laß nur, mein Freund«, fiel ihm Marcellus ins Wort, »selbstverständlich muß die Sache schleunigst in Ordnung gebracht werden, damit mein Kind nicht ins Gerede kommt. Du wirst heute noch mit dem Schnellsegler nach Roma reisen und Marcella heiraten. Deine Mutter wird Verständnis für diese Eile haben, sie ist ja eine kluge Frau. Leider kann ich dir nur wenige Tage Urlaub gewähren, du weißt ja selbst, wie es hier aussieht. Ich brauche dich dringendst, mein Sohn. Mein Sohn ...!« sinnierte er mit verzücktem Lächeln. »Wie das klingt! Ausgerechnet du wirst mein Sohn werden! Meine Tochter konnte wahrhaftig keine bessere Wahl treffen.«

Marcus saß noch immer unbeweglich. Hinter seiner Stirn rasten die Gedanken in solchem Chaos durcheinander, daß er keinen richtig zu fassen bekam. Bei allen Göttern, was sollte er tun und sagen? Er konnte diesem Mann in den schweren Stunden vor den Mauern von Syracusae doch nicht seinen Glauben und sein Glück zerstören? Er liebte Marcella. Außerdem war er, Marcus, ja wohl nicht ganz unschuldig an dieser Geschichte! Müde erhob er sich und schaute auf den strahlenden Vater hinab.

»Marcellus«, kam es ihm schwer über die Lippen, »ich weiß nicht, was ich sagen soll. Ich weiß nicht, was richtig ist und was falsch ...«

»Ach Marcus«, lachte Marcellus dröhnend, »du bist nicht der erste, dem es so geht. Die meisten Männer sind ziemlich ratlos, wenn es eines Tages ernst wird. Auch ich hätte mich nur allzu gern davongemacht, wenn mir meine liebe Pompeia auch nur die kleinste Chance dazu gelassen hätte. Und dann sind wir so glücklich miteinander geworden. Es war sehr schlimm für mich, als sie so früh starb. In deinem Fall ist alles klar«, kehrte er aus seinem kurzen Abstecher in seine Erinnerung wieder zurück, »ihr liebt euch und bekommt ein Kind. Also, mach dich reisefertig, das Schiff wird bald ablegen. Und sag meiner Tochter, wie leid es mir tut, an ihrem Ehrentag nicht dabei sein zu können. Aber meine ganze Liebe und alle meine Gedanken werden bei euch sein an diesem bedeutenden Tag in eurem Leben.«

Marcus hätte bei diesem sentimentalen Gerede am liebsten laut aufgelacht. Aber zum Lachen war ihm jetzt beim besten Willen nicht mehr zumute.«

»Und grüße mir auch ganz herzlich Valeria!« drang Marcellus' Stimme in das Durcheinander seiner Gedanken.

Marcus fühlte sich wie betäubt und ließ sich willenlos zum Zelt hinausschieben. Beim allmächtigen Zeus, warum war dieser närrische Vater nicht irgendein fürchterlicher Kerl, dem man kaltlächelnd die Wahrheit ins Gesicht schleudern konnte? Wütend über sich, Marcellus, seine Tochter, dieses Luder, und alles, was sich auf Erden bewegte, machte er sich endlich auf und versorgte sein Pferd, das auch an Bord gebracht werden sollte. Schließlich hatte er noch eine ernste Auseinandersetzung mit Antoninus:

»Du machst dich ja zum Gespött, Marcus, wenn du diese Frau heiratest.«

»Ich mache mich aber zu noch was ganz anderem, wenn ich sie nicht heirate und mit dem Kind sitzenlasse«, fuhr Marcus erregt auf.
»Was geht dich das Gerede der Leute an«, widersprach sich Antoninus selbst.
»Natürlich geht es mich nichts an, aber hier geht es um ein Kind, das ein Marianus Valus ist!«
»Nur vielleicht, Marcus«, erwiderte Antoninus bissig.
»Was soll das heißen?« Marcus geriet beinahe außer sich, zumal sein Freund genau den Punkt getroffen hatte, der ihm die ganze Zeit über schon mehr als alles andere zu schaffen machte.
»Du weißt genau, was ich meine«, beharrte Antoninus eigensinnig.
»Halt doch deinen Mund!« schrie er ihn in seiner Verzweiflung an. »Ich weiß selbst, was ich zu tun habe!«
Aber genau das wußte er nicht. Und auch während seiner Reise auf See schob er seine Gedanken unablässig von einer Seite auf die andere. Erst als er in Ostia von Bord ging und sich endgültig bewußt machte, in Zukunft mit Marcella verheiratet zu sein, wurde er etwas ruhiger. Er wußte, seine Mutter, die immer die Ehre des Hauses über alle persönlichen Gefühle gestellt hatte, würde ihn in seinem Entschluß unterstützen.

HARTE WORTE

214 v. Chr.

Mit gewohnter Energie bereitete Valeria die Vermählung ihres Sohnes Marcus mit Marcella vor. Da weder Marcellas Vater noch ihr Bruder Primus zugegen sein konnten, besprach sie sich mit ihrem etwas unbeholfen wirkenden Onkel. Marcella platzte fast vor Wut, als sie erfuhr, es finde nur eine Vertragsunterzeichnung statt, denn sie hatte natürlich eine »große« Hochzeit erwartet. Wozu hatte sie sich den reichen Marianus geangelt? Aber Valeria schnitt ihr hart und kalt das Wort ab:

»Wenn eine Frau die guten Sitten verletzt hat, ist es besser, sie verhält sich möglichst leise.«

So sehr Marcella auch tobte, Valeria blieb unerbittlich. Sie verargte dieser jungen Frau sehr, Marcus' närrische Verliebtheit ausgenutzt und ihn, den reichen Marianus, regelrecht hereingelegt zu haben. Es war ja bekannt, daß ihr Vater lange nicht so vermögend war, wie er immer vorgab, und sie liebte den Luxus.

Marcella sah Marcus erst, als sie ins Haus der Marianus gerufen wurde, wo in kühler Atmosphäre der Ehevertrag unterschrieben wurde. Immer noch kochte sie vor Wut, nur der Gedanke, künftig die Domina in diesem Haus zu sein, und dieser »schrecklichen« Valeria einiges heimzahlen zu können, tröstete sie.

Als sie beim Abendessen, das sich nur durch die gespannte Atmosphäre von sonstigen Mahlzeiten unterschied, ihren Unmut an Antopa auslassen wollte, verlor Marcus die Beherrschung.

»Eines möchte ich klarstellen, Marcella«, sagte er mit hartem Glanz in den Augen, »Antopa ist die Tochter dieses Hauses, mit allen Rechten. Solltest du das jemals vergessen, wirst du unser Haus verlassen, das schwöre ich dir. Und noch etwas, bevor ich wieder nach Syracusae gehe: Dieses Haus ist das Haus meiner Mutter, und ich erwarte von dir, daß du sie als Domina respektierst. Gegen ihren Willen geschieht hier nichts. Ich hoffe, du hast verstanden.«

Marcella lief krebsrot an:

»Du wagst es, so mit mir zu sprechen?« kreischte sie. »Du vergißt wohl, daß ich dein Kind trage?«
»Nein«, erwiderte Marcus beängstigend ruhig, »das kann ich leider nicht, so gern ich es auch möchte. Zumal ich nicht einmal sicher sein kann, ob du auch tatsächlich von *meinem* Kind sprichst.«
Valeria schaute erschrocken auf. Marcus hatte ausgesprochen, worüber sie sich längst schon Gedanken machte. Und doch hatte er diese Frau widerspruchslos geheiratet.
Marcella geriet nun so außer sich, daß Marcus sie so fest am Handgelenk packte, daß sie aufschrie.
»Das war das erste und das letzte Mal«, drohte er heiser, »daß du dich in Mutters Haus so aufgeführt hast! Sollte sich das jemals wiederholen, lasse ich dich von Sklaven hinausweisen. Geh jetzt auf dein Zimmer, Santah wird dir den Weg zeigen.«
Die Familie blieb bedrückt zurück. Wie würde wohl die Zukunft in diesem Haus aussehen? Marcus machte sich schwere Vorwürfe.

Die Sonne war hinter dem Horizont versunken, die hereinbrechende Dämmerung dämpfte die strahlenden Farben der Natur. Die jetzt eintönig grauen Wölkchen trauerten ihrer rosafarbenen Bekränzung nach, die ihnen jeden Abend neue Lieblichkeit bescherte. In dieser Stunde kam ein Kurier den Aventinus heraufgeritten mit Claudius' Nachricht, wonach er schon bald wieder nach Rom kommen würde. Die Freude darüber ließ für eine Weile die unguten Szenen dieses Tages vergessen, doch am nächsten Morgen war die Stimmung im Haus ebenso gedrückt wie damals, als Marcus ins Lager bei Nola geritten war.
»Laß dir von Marcella nichts bieten, Mutter«, trug er Valeria beim Abschied auf. »Ich habe heute nacht mit ihr vereinbart, daß sie nach der Geburt des Kindes wieder in ihr Vaterhaus zurückkehren wird. Sie behält alle Rechte einer Marianus Valus, aber das Kind wird hierbleiben und ein Marianus werden, wie auch immer die Dinge liegen mögen. Marcella hat sich damit einverstanden erklärt.«
»Es wird alles gut werden«, versuchte Valeria zu trösten, obgleich sie genau wie er wußte, daß nichts mehr wie früher sein würde.
Von Cornelia verabschiedete sich Marcus dieses Mal zärtlicher als sonst, wußte er doch, daß auch sie ein Kind unter dem Herzen trug, das ungefähr zu gleicher Zeit wie das Marcellas zur Welt kommen würde.

Nach einem leisen Seufzer wendete er sich Antopa zu. Im Zweifel, ob sie an Vergangenes rühren wollte, fragte er zögernd:
»Weißt du noch, als ich das letzte Mal wegging ...«
»Ja, Marcus, ich weiß es noch. Es ist vorbei.« Sie glaubte es wirklich.
Ihm schien eine Last von der Seele zu gleiten. Er umfaßte ihre Hand wie eine Taube, deren Wegfliegen er verhindern wollte. Beide fühlten, daß etwas übersprang, sie zueinander drängte, sie in einen geheimnisvollen Zauber einhüllte, und beide verstanden nicht. Sie erkannten nur ihre eigene Verlegenheit. Plötzlich wandte er sich abrupt ab, schwang sich wortlos auf sein Pferd und ritt davon. Keinen Blick warf er mehr zurück.
Antopa stand wie aus Stein gehauen, und es war ihr, als brenne sie auf erregende Weise. Sie konnte nicht verstehen, was ihr geschah. Das Bild ihres Vaters war versunken in dem Taumel, der alle ihre Sinne umnebelte. Sie sah nur noch den Ausdruck in der Tiefe von Marcus' Augen und wußte, er hatte sich für alle Zeiten in ihr Herz eingegraben.

An diesem Abend, als Antopa von ihren Gedanken und Gefühlen geplagt vor die Stadt geritten war, traf sie an der Porta Sanqualis auf Floruna. Sie erkannten sich, sprachen miteinander und verstanden sich auf Anhieb. Trotz ihrer Verschiedenartigkeit wurden sie erstaunlich rasch Freundinnen, die sich vorbehaltlos und ganz vertrauten, gemeinsam die fröhlichen Stunden genossen und sich gegenseitig in ihrer Traurigkeit trösteten.
Der alte Sattelmacher Rufus war anfangs sehr erbost darüber gewesen, daß wieder jemand aus dem Haus der Marianus auf der Bank vor dem Turm saß. Immer noch hegte er einen unüberwindbaren Groll gegen die Leute vom Aventinus. Allmählich sah er jedoch ein, daß diese Freundschaft nichts mit Claudius zu tun hatte, und nun freute er sich sogar über Antopas Besuche. Vor allem bereitete es ihm großes Vergnügen, wenn sie hin und wieder in ihren alten Soldatenjargon zurückfiel. Dann mußte er herzlich über sie lachen und begriff, daß sie mit ihrer wohltuenden Frische seiner Tochter ausnehmend gut tat.
Natürlich erzählte Antopa Valeria von ihrer Freundschaft als die einzig angenehme Abwechslung. Wie vorausgesehen war im Haus Marianus mit Marcella Unfriede eingezogen. Ständig inszenierte die herrschsüchtige, ungezügelte Frau ihre unerträglichen Tobsuchtsan-

fälle, die das ganze Haus gegen sie aufbrachten, und von Tag zu Tag wurde sie wütender darüber, daß die Mutterschaft ihre Figur verdarb. Sie schimpfte auf Marcus als den angegebenen Verursacher mit Ausdrücken, die einer Frau ihres Standes nicht hätten bekannt sein dürfen, und hätte Valeria ihre unbeugsame Härte nicht beibehalten, wäre alles noch schlimmer geworden.

Zu diesem Ärger gesellte sich mehr und mehr auch noch der Kummer mit Cornelia, die zunehmend trübsinniger und weinerlicher wurde und nur noch darüber jammerte, daß sie als Krüppel ihrem Kind nie eine richtige Mutter würde sein können. Dies ging Antopa endlich so auf die Nerven, daß sie Cornelia nach einem besonders schlimmen Tag wütend anfuhr:

»Das Getue um deine geheiligte Person ist ja nicht mehr auszuhalten! Vielleicht ist dir schon mal aufgefallen, daß du nicht allein auf der Welt bist! Und daß du nicht laufen kannst, verdankst du einzig deiner Wehleidigkeit!«

»Antopa!« rief Valeria entsetzt. »Ich verbiete dir, so mit Cornelia zu sprechen!«

»Mutter«, wandte sich diese mit erhobener Stimme an Valeria, »sicher sind meine Worte ungehörig, aber ich muß dir den Vorwurf machen, an Cornelias Zustand mit schuld zu sein. Du hättest ihrer Wehleidigkeit nie nachgeben dürfen. Wesentlich vernünftiger wäre gewesen, ihr den Hintern zu versohlen und ihr nichts mehr nachzutragen, damit sie es selbst hätte holen müssen.«

Völlig außer Fassung sprang Valeria zitternd vor Zorn auf, und es kam zu einer Auseinandersetzung, die an Heftigkeit kaum zu überbieten war. Es fielen harte Worte, die weh taten, doch schließlich gab Valeria in Erinnerung an Antopas erfolgreiche Behandlung von Marcus' Arm nach und stand von nun an Antopa zur Seite. Schließlich schafften sie es tatsächlich, mit gotteslästerlichen Flüchen seitens Antopas und liebevollem Zureden von Valeria, daß Cornelia Antopas Behandlung und Bemühungen mit eigenem Willen unterstützte. Mittlerweile konnte sie mit zwei von Fidus gefertigten Krücken sogar schon umhergehen, auch wenn sie immer noch rasch ermüdete. Bei weiterer Behandlung mit Kräuterumschlägen, Massagen und ausgeklügelten Übungen, so wußte Antopa, würde sie bald gehen können wie jeder andere Mensch auch. Im Haus Marianus herrschte darüber eitel Freude, und Marcellas Ausbrüche wurden immer weniger beachtet.

Dann kam der Tag, an dem bei Marcella viel zu früh die Wehen einsetzten und sie nach Stunden von einer Totgeburt entbunden wurde, als sollte dieses Wesen in das Dunkel zurückkehren, aus dem es gekommen war, und niemand die Gesichtszüge seines wirklichen Vaters erkennen. Lange Zeit schwebte Marcella in Lebensgefahr. Dank Valerias aufopfernder Pflege wurde sie jedoch wieder gesund. Und damit brach erneut ihr zänkisches Wesen und ihr Haß auf alle Bewohner des Hauses am Aventinus durch, so daß Valeria ihr vorschlug, in das Haus ihres Vaters zurückzukehren. Als Marcus' Frau würde sie bestens versorgt sein, worauf sie natürlich allergrößten Wert legte. Zur Erleichterung aller zog sie bereits am nächsten Tag mit ihrer Dienerschaft und einigen Wertgegenständen, auf die sie Anspruch zu haben glaubte, aus und lebte im Haus ihres Vaters wieder ihren alten Gewohnheiten. Am Aventinus atmete man bis hinunter zur Dienerschaft auf. Endlich kehrten wieder Ruhe und Ordnung ein.

Zwei Monate später setzten auch bei Cornelia die Wehen ein. Als man ihr nach einer problemlosen Geburt ein kräftiges, gesundes Mädchen in den Arm legte, war sie anfangs ziemlich enttäuscht. Sie hatte sich zu sehr auf einen Knaben gefreut. Doch Valeria erweckte in ihr Stolz und Liebe zu der kleinen, verschrumpelten Pomponia, wie ihre Tochter heißen sollte.
»Ich bin überzeugt«, sagte sie, »daß sie eines Tages als das schönste Mädchen Roms von den Jünglingen geradezu belagert werden wird. Sie sieht ja heute schon so hübsch aus.«
Antopa fand das zwar nicht, aber Valeria mit ihrer Erfahrung mußte es ja wissen. Valeria lächelte, holte tief Atem und sagte dann:
»Kind, bei dieser Gelegenheit möchte ich dir sagen, daß Marcus als Familienoberhaupt beschlossen hat, dich zu adoptieren.«
Antopa starrte sie wie nicht verstehend an.
»Mich adoptieren? Warum denn?«
»Damit deine Rechte für alle Zeit gesichert sind.«
Antopas Miene verriet, wie entsetzt sie über diesen Gedanken war.
»Ich – Marcus Tochter? Nein niemals! Schlagt euch das aus dem Kopf!« stieß sie erregt hervor und lief davon.
Kurze Zeit später sprang sie bei Floruna vom Pferd und erzählte ihrer Freundin von der »unmöglichen« Adoption.
»Antopa, nenn mir den wahren Grund, warum du von Marcus nicht adoptiert werden willst?« fragte diese behutsam.

»Das fragst du noch? Marcus ist der Mörder meines Vaters!«

Floruna ließ sich nicht beirren und fragte mit eigentümlicher Betonung:

»Wirklich nur deshalb?«

Antopa hielt den Atem an, dann brach plötzlich etwas in ihr auf, das sie noch nie bewußt erfaßt hatte. Heiße Röte schoß ihr ins Gesicht:

»Du meinst doch nicht etwa ...?« stotterte sie.

»Doch, Antopa. Und ich glaube, du mußt das endlich ganz klar sehen, sonst wirst du nie aus dem Gewirr deiner Gefühle herausfinden.«

»Aber man kann doch nicht den Mann lieben, der den eigenen Vater getötet hat?« wehrte sie sich verzweifelt gegen das, was jetzt auf sie zukam.

»Liebe wächst unbeeinflußbar von allen vermeintlichen Vernunftgründen.«

Hinter Antopas Stirn vollführten die Gedanken einen wahren Hexentanz. Durch all ihre Verwirrung hindurch erkannte sie zunehmend klarer, daß sie schon seit geraumer Zeit Marcus nicht mehr deshalb haßte, weil er ihren Vater getötet hatte, sondern weil sie ihn trotzdem liebte. Das erschien ihr wie Verrat, ja beinahe als ein Verbrechen. Sie war so bestürzt über diese Erkenntnis, daß sie von nun an einen harten Kampf gegen sich selbst führen mußte. Sie mußte das Bild des Römers mit dem blutigen Schwert aus ihrer Vorstellung verbannen ... Eigenartigerweise dachte Antopa nie daran, daß Marcus an Marcella gebunden war.

DIE TOTGEGLAUBTE

214 v. Chr.

Cornelias kleine Pomponia, mittlerweile zehn Monate alt, entwickelte sich zu einem freundlichen, lebhaften Kind, das von allen Hausbewohnern nicht nur sehr geliebt, sondern auch verwöhnt wurde. Nur Antopa verwies sie immer wieder in ihre Grenzen und erwarb sich erstaunlicherweise dennoch die größte Zuneigung.

Cornelias Gesundung hatte inzwischen bemerkenswerte Fortschritte gemacht, und sie konnte sich schon ganz allein in Haus und Garten bewegen, ohne mehr als nur einen Stock als Stütze zu benötigen. Mit überschwenglichen Worten berichtete sie Antoninus davon, der dies, seinem Schreiben nach, kaum glauben konnte.

Von Marcus dagegen erfuhr die Familie nur wenig. Seine seltenen Briefe ließen Valeria gerade durch ihre Kargheit erkennen, wie unglücklich er war. Antopa, mittlerweile fast einen Kopf größer als sie, legte tröstend den Arm um die bekümmerte Frau und las mit ihr die wenigen Worte des Mannes, der sie und ihre Gefühle so verwirrend beschäftigte.

Etwa einen Monat später kam endlich Claudius auf Urlaub. Mit einem Freudenschrei lief ihm Antopa entgegen und wich nicht mehr von seiner Seite.

»Beim allmächtigen Jupiter«, stöhnte er, »ich hatte so gehofft, du wärst inzwischen zu den Carthageniensi oder irgendeinem Idioten von Ehemann gelaufen, und wir hätten dich endlich los!« Er grinste, und Antopa wußte, daß er sich ebenso wie sie über das Wiedersehen freute.

Valerias Blicke ruhten voller Liebe auf ihrem Sohn, der um vieles reifer geworden war. Seine Augen glänzten längst nicht mehr so kalt wie früher, und sein Spott war eher ein gutmütiger geworden, wie ihr schien. Seine natürliche Autorität zeichnete ihn als bemerkenswerte Persönlichkeit ebenso aus wie ihren Sohn Marcus. Sie konnte stolz sein auf die beiden, und ihr schien es wie ein Geschenk der Götter, sich die Mutter solcher Männer nennen zu können.

Claudius wurde natürlich mit tausend Fragen überfallen, doch in alter Gewohnheit sprach er kaum über Wesentliches. Er gab vielmehr kleine, boshafte Geschichten zum besten, als lohne es nicht, den Krieg und seine Folgen ernstzunehmen. Erst abends, als Fabius Maximus zur Begrüßung den Aventinus heraufgekommen war, wurde ernsthaft diskutiert.

»Ich verstehe nicht«, sagte Claudius eben, »warum man hier fortwährend unsere beiden wirklich vortrefflichen Scipionen der Unfähigkeit zeiht. Man sollte sich statt dessen bewußt machen, daß der punische Versuch, die gesprengte Landverbindung zwischen Hannibal und seinem iberischen Hauptquartier wieder herzustellen, allein von Publius zunichte gemacht wurde. Und Gnaeus ist es zu verdanken, daß in Tarraco durch gewaltige Festungswerke und Hafenanlagen praktisch ein Nova-Roma geschaffen wurde, so wie damals von Hamilkar Barkas das Nova-Carthago ...«

»Du sagst es«, stimmte ihm Fabius zu und fügte an: »Auch konnten wir nur durch sie unsere Waffen bis fast zu den Säulen des Herkules tragen, uns zudem durch den Wiederaufbau von Saguntum eine wichtige Station auf dem Weg nach Nova-Carthago sichern ...«

»Und mit diesem Wiederaufbau wohl einiges in Vergessenheit geraten lassen«, unterbrach ihn Claudius mit spöttischem Lächeln.

»Wir haben es versucht«, korrigierte Fabius, »aber die verratenen Toten sind nicht mehr zum Leben zu erwecken. Doch du hast recht, Claudius, man tut den Scipionen zu oft Unrecht. Beispielsweise halte ich viel von ihrer klugen Weitsichtigkeit, seit sie mit dem mächtigen Afrer-König Syphax Verhandlungen aufgenommen haben. Hätten wir jetzt nur die Möglichkeit von Sicilia Truppen abzuziehen und Syphax zuzuführen, könnten wir in Africa selbst den Kampf aufnehmen, was Karthagos sicheren Untergang bedeutete. Aber gerade das können wir leider nicht.«

Als Fabius eine kleine Pause einlegte, drängte Claudius mit seinem Wissensdurst schon weiter:

»Und wie sieht es im Osten aus?« fragte er, nachdem sich so viele widersprüchliche Gerüchte hartnäckig hielten.

»Ja, Macedonia, Attica, Hellas ...« sinnierte Fabius. »Diese ewige Rivalität der einzelnen Stämme könnte nur von Pellas' Hof aus beendet werden, aber Philippos fehlt alles, was nötig wäre, einen Krieg aller Völkerschaften gegen uns zu führen. Sein Zaudern schon beim Vertragsabschluß mit Hannibal verdarb den ersten und besten Eifer all seiner Bundesgenossen, und seit Eintritt in den Krieg ist die Art seiner Führung noch weniger geeignet, ernstlich mit ihm zu rechnen. Erinnere dich nur an seinen ersten Angriff auf die Stadt Apollonia vor zwei Jahren, als er schleunigst umkehrte nur auf das gänzlich unbegründete Gerücht hin, daß unsere Flotte in das Adriaticum einsteuere. Und dieses Verhalten ist mittlerweile typisch für ihn geworden. Aller Nachdruck Hannibals zum Handeln scheitert an Philippos' Feigheit und Kurzsichtigkeit.«

»Dafür können wir den Göttern ja nur danken.«

»Natürlich, mein lieber Claudius«, lächelte Fabius, »denn wäre es anders, sähe es äußerst böse für uns aus. Zumal Hannibal nach einer neuen Offensive und dem Wankelmut der Einwohner nun tatsächlich im Besitz Capuas ist.«

»Deren Bürgern muß man aber zugestehen«, fiel Claudius ein, »daß sie in einer sehr heiklen Lage gewesen sind. Es ist bekannt, daß sie um Hilfe zu unserem ›Cannae-Helden‹ Varro geschickt hatten, der dank seiner gekonnten Handhabung von Bestechungsgeldern wieder fest im Sattel sitzt. Aber statt Hilfe zu leisten, forderte er bedeutende Geldsummen, umfangreiche Getreidelieferungen sowie dreitausend Fußsoldaten und viertausend Equites. Verständlicherweise waren die Bürger so wütend, daß sie unsere Garnison aus der Stadt jagten, Hannibal die Tore öffneten und ihn mit einem Friedensmahl empfingen, das volle drei Tage gedauert haben soll.«

Fabius betrachtete nachdenklich Claudius' ungewöhnlich erregte Miene. Ihm schien schon seit einiger Zeit, als ginge mit diesem jungen Mann eine Wandlung vor sich, der er sich selbst noch gar nicht bewußt war. Doch er ließ sich keinen dieser Gedanken anmerken, sondern fuhr sachlich fort:

»Ja, dies ist zweifelsohne Hannibals bedeutendster politischer Erfolg, denn nun folgen andere Städte nach. Attella zum Beispiel feierte sein Bündnis sogar mit der Prägung von Sondermünzen, die auf der einen Seite den Sonnengott und auf der Rückseite einen Elefanten zeigen. So begeistert scheinen sie von ihren neuen Freunden zu sein.«

»Dennoch gelang es ihm nicht, wie ich hörte, sich von Capua aus eines campanischen Hafens zu bemächtigen. Schon vor Neapolis scheiterte er am Widerstand der dortigen Bürgerschaft, und wir konnten gerade noch rechtzeitig eine starke Besatzung in diesen wichtigen Hafen legen.«

Fabius nickte, stieß dann jedoch einen tiefen Seufzer aus:

»Hoffentlich halten Cumae und Nuceria ebenso treu zu uns.«
Fabius' Blick wanderte von Claudius fort und verweilte sinnend auf Antopa, die dem Gespräch mit größter Aufmerksamkeit folgte und deren Miene deutlich die Erregung verriet, die sich jedes Mal bei Nennung Hannibals ihrer bemächtigte. So als brächte dieser Name etwas in ihr zum Klingen. Fabius fragte sich, wann wohl endlich ihre Erinnerung durchbräche, wovon er sicher profitieren könnte, fuhr laut aber fort:
»Wie ihr von Marcus wißt, belagert Marcellus noch immer Syracusae, das durch seine Lage und den genialen Archimedes nicht im Sturm zu nehmen ist.«
»Wer ist eigentlich dieser Archimedes?«.
»Ein Gelehrter, mein lieber Claudius, kein Krieger. Sein Name: *›Archi-medes‹*, also *›Großer Grübler‹* sagt es schon. Er hat als bedeutendster Mathematiker unserer Zeit Dinge vollbracht, die vor ihm noch niemand gelungen sind. Mein Freund Philatop aus Alexandria, selbst auf vielen Gebieten sehr bewandert, erklärte mir, dieser Archimedes löse Gleichungen mit mehreren Unbekannten, berechne die Kreisfläche und den Kreisumfang und habe die sogenannte Sandzahl, eine unendliche Summe, festgestellt. Er entdeckte auch den Schwerpunkt der Flächen, erkannte das Gesetz der schiefen Ebene, des Hebels, der Spirale und der Schraube. Er veröffentlichte ein umfangreiches Werk über die Optik der Hohlspiegel ...«
Claudius grinste: »Natürlich verstehst du auch alles, wovon du so klug sprichst«, unterbrach er ihn.
»Natürlich nicht«, lächelte Fabius zurück, »aber ich bin berühmt für mein gutes Gedächtnis, womit ich sehr wohl zu bluffen verstehe.«
»Aber immer nur bei Leuten ohne Verstand«, spöttelte Claudius. »Doch welchen Nutzen bringt dieser Archimedes mit seiner Mathematik bei der Verteidigung von Syrcusae?«
Fabius erzählte ihm ausführlich von den Erfindungen, die den Römern so viele Schwierigkeiten bereiteten.
»Zum Glück«, endete er, »wird sein Wissen kein Mittel gegen den Hunger der Eingeschlossenen finden.«
Fabius bemerkte sehr wohl Antopas entsetzten Blick, doch mit dem Zynismus der Militärs vertrat er den Standpunkt, daß ohne menschliches Leid, ganz gleich auf welcher Seite, kein Sieg zu erringen war. Krieg blieb Krieg! Der einzelne Mensch war nur Mittel zum Zweck, und sein persönliches Schicksal zählte nicht.

Fabius verabschiedete sich bald, da er am nächsten Morgen mit einer Ersatztruppe in den Norden reiten wollte, um sich selbst einen Überblick über die allgemeine Lage zu verschaffen und den Wiederaufbau und die Neueinrichtung von Befestigungsanlagen im Keltenland voranzutreiben.

Am nächsten Morgen kam Claudius hinzu, als Antopa in zwei Körben Stecklinge aus Valerias Garten zu Floruna bringen wollte. Ihre Verlegenheit auf seine harmlose Frage hin weckte sein Mißtrauen, und er bestand auf einer Antwort. Doch es war Hakir, der antwortete, stolz auf sein Wissen und seine wenigen Worte Latinisch:
»Wir reiten zu Floruna an Tor, Herr.«
Antopas Kopf flog hoch, und erschrocken blickte sie in Claudius' starr gewordene Augen. Sie konnte förmlich sehen, wie eine heiße Welle in ihm emporflutete, und einen Atemzug lang befürchtete sie einen Wutausbruch. Doch während er sich zähneknirschend um Beherrschung bemühte, legte sich ein eiskalter Glanz in seine Augen, und der Hohn in seiner Stimme traf sie tiefer als ein gewöhnlicher Zornausbruch:
»Oh, wie reizend von dir, daß du dich so liebevoll um eine kleine Freigelassene kümmerst, der gegenüber sich ein Marianus wie ein Schuft benommen hat! Ist es nicht so? Laß dich also nur nicht aufhalten. Eine Freigelassene läßt man nicht warten!«
Antopa kochte vor Wut; trotz ihrer Angst vor seinen Augen zischte sie:
»Claudius, ich habe es bisher nicht gewußt und hätte es auch nie geglaubt, aber du scheinst tatsächlich ein Schuft zu sein. Jedenfalls benimmst du dich so!«
Um seiner bedrohlichen Nähe zu entkommen, sprang sie mit einem einzigen Satz auf ihr wartendes Pferd, jagte zum Hof hinaus und fühlte sich erst wieder sicher, als sie die Straße erreicht hatte. Hakir, der ihr kaum folgen konnte, hielt wegen seiner vorlauten Bemerkung schuldbewußt den Kopf eingezogen. Völlig aufgelöst kam Antopa bei Floruna an. Sie wußte nicht, ob sie ihr von Claudius' Heimkehr erzählen sollte oder gar von der unangenehmen Szene vorhin. Doch Floruna wartete selbst mit einer Neuigkeit auf sie. Schon in aller Frühe sei ein alter Mann in die Stadt gekommen und habe in gebrochenem Latinisch nach ihr gefragt. Antopa zog die Stirn in Falten. Welcher alte Mann konnte das sein? Womöglich jemand, der sie kannte

aus der Zeit, an die sie sich nicht mehr erinnern konnte? Antopa erfaßte ungeheure Erregung, doch bevor sie eine Frage formulieren konnte, fuhr Floruna fort:
»Er hat ein Mädchen bei sich, das völlig irr zu sein scheint. Ständig wiegt sie ihren Körper hin und her und summt dabei immer die gleiche Melodie vor sich hin ...«
Da war es! Das Bild, das immer in ihr gewesen war, das sie aber nie sehen konnte! Antopas Herz raste bis zum Hals. Das war das Mädchen, von dem sie wußte, daß es nicht tot sein konnte, aber auch nicht lebte ...
»Liuta«, murmelte sie mit zitternden Lippen. Und in die verwirrten Augen Florunas wiederholte sie: »Die Wahnsinnige ist Liuta!«
»Meinst du die Liuta, die Marcus zur Frau nehmen wollte? Die von den Celtae erstochen wurde?« fragte Floruna bestürzt.
»Ja, genau die. Sie wurde nicht von den Celtae ermordet, wie man hier meinte. Aber sie war schon wahnsinnig, als ich sie fand.«
Floruna schlug die Hände vors Gesicht, als sie an Marcus und das Mädchen neben dem alten Mann dachte.
»Oh, ihr Götter, wie grauenhaft!« stöhnte sie und starrte eine Weile vor sich hin. Dann faßte sie entschlossen nach Antopas Hand und zog sie hinter sich her die Stufen zum Turm hinauf.
Und da stand er, alt und grau, noch magerer als damals, verstaubt, müde, vornüber gebeugt, in einem Mantel, der sich an allen zurückliegenden Strapazen gewetzt hatte.
»Cenobis ...!« Der Name war da, ohne nachdenken zu müssen. Rasch ging sie auf ihn zu und umarmte den mageren Körper. »Oh, Cenobis! Wie kommst du hierher nach Roma? Bis vom Land der Celtae?«
»Nein, von Nola ...« Tränen erstickten für einen Moment seine Stimme. Tränen, die ihm bei der Nachricht vom Tod seines Enkels nicht vergönnt gewesen waren. »Ich dich suchen«, krächzte er, »und ich dich finden.«
»O Tanit, bin ich froh dich wiederzusehen«, stöhnte Antopa vor Glück. Dann fiel ihr Blick auf Liuta, die hinter Cenobis auf einer Bank saß. Bei allen Mächtigen, was war aus dem Mädchen geworden! Damals hatte sie schon krank ausgesehen, aber jetzt – nur noch eine Ruine! Das Gesicht einer alten Frau auf einem knochendürren Körper, die hervortretenden Augen tot, leer ... Ein entsetzlicher Anblick.

»Ja, Liuta sein sehr krank«, erklärte Cenobis verstehend. »Lactas sagen, daß Liuta nie mehr gesund.«
»Ja, ich weiß«, erwiderte Antopa traurig. Doch dann fuhr sie auf: »Du warst bei Lactas?« Auch sein Bild stand plötzlich vor ihr. »Wo ist er? Erzähl mir, wie es ihm geht?«
Wie ein Sturzbach drängten ihre Fragen hervor.
Der Alte senkte den Kopf. Es fiel ihm sichtlich schwer, in Antopas Freude hinein sagen zu müssen: »Lactas sein tot.«
Für Antopa war es ein harter Schlag. Erst nach einer schmerzvollen Weile konnte sie nach seinem Sterben fragen. Und während Cenobis mühsam erzählte, sah sie den guten alten Lactas vor sich, so wie er sich um sie gekümmert, wie er sie angesehen und mit ihr gesprochen hatte. Sie sah ihn die Verwundeten pflegen und auf den schmalen Bergpfaden vor ihr hergehen. Sie spürte seine Nähe, wie sie sie immer gespürt hatte, und ihr Schmerz über seinen Verlust wuchs. Es dauerte lange, bis sie mit ihren Gedanken wieder in die Gegenwart zurückkehrte, doch dann tat sie es wie immer ganz:
»Kommt, wir gehen jetzt heim«, bestimmte sie resolut, und dieses »heim« war ihr selbstverständlich.

Die drei gingen gemeinsam durch die Stadt. Den Aventinus hinauf eilte Antopa voraus und betrat aufgeregt das Haus. Noch ehe Claudius seinem Ärger über Florunas und Antopas Freundschaft erneut Luft machen konnte, überraschte sie ihn mit der Nachricht, daß Liuta vor dem Tor stehe.
Claudius sah sie an, als fürchte er um ihren Verstand. Doch Antopa erinnerte ihn an ihre damaligen Worte: ›Liuta ist nicht der Name einer Toten, aber auch nicht der eines lebenden Mädchens.‹
»Sieh dir das Mädchen selbst an, und du wirst verstehen warum ich dies in der Erinnerung an ihre Augen sagte.«
Trotz Antopas Vorbereitung erschrak er über Liutas Aussehen so sehr, daß ihm der Atem stockte. Bei allen Göttern, nichts mehr erinnerte an ihre frühere Lebhaftigkeit und Schönheit. Das verfallene, graue Gesicht mit den toten Augen und der spitz hervorspringenden Nase war nur noch eine leere Hülle. Alles war tot in diesem Gesicht. Claudius schüttelte es bei dem Gedanken an seinen Bruder, der Liuta seit Jahren nachtrauerte und die er entgegen jede Vernunft überall suchte.
»Das ist Cenobis«, stellte Antopa vor. »Er hat Liuta hierher geführt.

Es ist eine lange Geschichte, wie wir drei damals an der Trebia zusammengetroffen sind. Ich kann mich jetzt wieder gut daran erinnern.«
Claudius überraschte dies nicht. Ihn beschäftigte vielmehr das Problem, wie er seiner Mutter den Schock ersparen konnte. Doch diese erstaunte ihn wieder einmal mit ihrer Beherrschung. Nur ihre Augen konnten ihr Entsetzen über Liutas Zustand nicht verhehlen. Und später ihre Traurigkeit, als Liuta Valerias streichelnde Hand mit einem bösen Knurren weghieb und sich wie früher an Antopa klammerte.
»Du mußt ihr sehr viel Liebe gegeben haben, Kind.«
»Nein, Mutter, ich glaube es war eher Mitleid«, erwiderte Antopa ruhig.
Claudius gefiel wieder einmal Antopas Art, die Dinge nüchtern und ehrlich beim Namen zu nennen, doch jetzt interessierte ihn vor allem, woran sie sich sonst noch erinnerte. Auf seine Frage überlegte sie eine ganze Weile, als müsse sie erst Ordnung in ihre Gedanken bringen, bevor sie begann:
»Ich erinnere mich vor allem an die Berge, über die wir in dieses Land gezogen sind. Unbeschreiblich schön, aber auch unvorstellbar grausam. Sie haben so viele Menschen und Tiere getötet ... Und ohne Lactas und den Boiae-Häuptling Magalo hätte auch ich diesen Weg nicht geschafft.«
Valeria fuhr förmlich in die Höhe, und auch Claudius sah sie ungläubig an.
»Willst du damit sagen, du hast mit Hannibals Heer die Alpes überquert?«
»Ja«, erwiderte sie ruhig, »ich bin Hannibals Weg von den Pyrenaei bis Cannae mitgegangen.« Von Saguntum sprach sie bezeichnenderweise nicht. Dieses Erlebnis hatte sie so tief in ihrem Unterbewußtsein vergraben, daß es noch immer unerreichbar blieb. »Ich habe die Schlacht am Ticinus erlebt und bin nachts an der Seite Hannibals die endlosen Reihen der Toten auf dem Feld an der Trebia abgegangen. Ich weiß, wie bedrückt er gewesen ist, als er über die Macht sprach, die hinter diesen Legionarii stehen müsse, und die Schwierigkeit, dagegen anzukämpfen, ohne sie zu kennen.«
Als Antopa in Erinnerung versunken eine kurze Pause einlegte, sagte Valeria leise:
»Weißt du, daß in diesen Schlachten auch Marcus kämpfte?«
In Antopas Augen stand tiefer Ernst.

»Ja, ich weiß, wie nahe wir uns schon oft gewesen sind.« Wieder sann sie eine Weile vor sich hin, bevor sie weitersprach: »Wir hatten an der Trebia viele Kranke, und ich blieb mit meinem Vater zusammen bei ihnen in einem verlassenen Romani-Castrum. Damals starben sehr viele unserer Männer.« Ihr selbst nicht bewußt sprach sie nun wieder von der karthagischen Seite als der ihren, was sie noch nie getan hatte, seit sie in Rom war. »Auch die Elefanten kamen nicht durch«, fügte sie hinzu. »Außer Suru, Hannibals Lieblingstier. Ja, und dort lernten Lactas und ich Cenobis kennen. Eines Tages saß auch Liuta vor dem Lagertor. Ich nahm sie zu mir, weil sie mir leid tat. Später schenkte sie mir das Amulett ...«

»Das uns alle zusammenführte«, fiel Claudius ein, »dich, die Carthageniense, und uns, die Romani Marianus Valus.«

»Ja, es waren eigenartige Wege, die mich hierher geleitet haben«, ergänzte Antopa nachdenklich, fuhr aber sogleich fort: »Ich bin überaus glücklich, endlich zu wissen, wer ich bin und wie alles gekommen ist. Die noch fehlenden Bruchstücke meiner Erinnerung werden ganz sicher bald aus dem Dunkel emporsteigen.«

»Das glaube ich auch«, sagten Claudius und Valeria fast gleichzeitig.

Nach einer Weile bohrte Claudius weiter:

»Mädchen, eines möchte ich genau wissen: Bist du tatsächlich mit Hannibal über die Alpes gezogen?«

»Natürlich«, versicherte sie wie selbstverständlich. »Ich erinnere mich wieder an viele Einzelheiten. So wie an die Gefühle, die mich beim ersten Anblick der Alpes überwältigten. Mir war an diesem Morgen, als wäre ich aus tiefem Schlaf erwacht. Wahrscheinlich bin ich zuvor krank gewesen, denn ich kann mich nicht an den Weg über die Pyrenaei und nur ganz verschwommen an den Rhodanus erinnern.«

Nach einem Blick auf Valerias angespanntes Gesicht erzählte sie, immer lauter und eifriger werdend, von der Pracht der Bergwelt und allen Mühsalen, Schrecken und Grausamkeiten dieser Tage mit Worten, die das Geschehen vor den staunenden Zuhörern lebendig werden ließen, als würden sie es selbst erleben.

»Nach dem Abrutschen diese Geröllhalde hinunter«, sprach sie nach einer kleinen Atempause weiter, »war ich so erschöpft, daß ich nichts mehr wahrnahm.« Antopa verstummte, und es schien, als horche sie ihren eigenen Worten nach, bis Valeria leise sagte:

»Ich kann es einfach nicht fassen, daß du das alles durchgehalten hast. Unglaublich, schon für einen Mann, aber erst für ein Kind!« Gedankenverloren streichelte sie Antopas Hand. Als Liuta dies sah, fauchte sie Valeria sofort an, womit sie schlagartig die nachdenkliche Stimmung zerriß.
Claudius lachte amüsiert auf:
»Da hast du dir ja allerhand eingehandelt, Mädchen! Erst bewachte dich Sitah wie eine eifersüchtige Hündin und nun offensichtlich Liuta.«
Valeria wies ihn ob dieses ungehörigen Vergleichs energisch zurecht, lenkte dann jedoch rasch ab, nachdem ihr Claudius einen seiner bekannt spöttischen Blicke zuwarf:
»Wir wollen Liuta und Cenobis erst einmal versorgen. Beide benötigen ein Bad und sicher auch ein wenig Ruhe«, und damit veranlaßte sie alles Nötige.

Am späten Nachmittag erschien Fabius Maximus, den Liutas Anblick sichtlich erschütterte. Schweigend nahm er neben Claudius Platz und hörte sich interessiert Valerias Bericht an. Doch kaum hatte sie geendet, wendete er sich mit nur kaum verhohlener Neugier Antopa zu:
»Anscheinend kennst du Hannibal persönlich?«
»Natürlich kenne ich ihn«, erwiderte das Mädchen in argloser Selbstverständlichkeit. »Es besteht sogar irgendeine Verbindung zwischen unseren Familien. Hannibal hat mich immer wie eine Verwandte behandelt, obwohl ich das nicht bin. Aber das spielt jetzt sicher keine Rolle mehr.«
»Erzähl uns von diesem Mann«, bohrte Fabius weiter.
Sie dachte eine Weile nach und als sie dann sprach, klang es, als sei sie immer noch mit dem Ordnen ihrer Gedanken beschäftigt.
»Ich weiß nicht, ob ihr das verstehen könnt, wenn ich sage, ich empfinde Hannibal kaum als einen Sterblichen. Er wirkt so über allem stehend, daß niemanden die geheimnisvolle Kraft verwundert, mit der er die Menschen in seinen Bann zieht, sie mitreißt, Gefühle in ihnen erweckt, die ihnen vorher völlig unbekannt waren. Gerade bei dieser Alpenüberquerung ist er zum Gott seiner Männer geworden, die ihn anbeteten und verfluchten, vor allem aber fürchteten. Ohne ihn hätte kaum einer auch nur die Hälfte dieses fürchterlichen Weges geschafft. Er brüllte, peitschte und lobte die erschöpften Männer mit

Rücksichtslosigkeit wie mit Fürsorge vorwärts. Vielen Gestürzten, die nicht mehr weiterkonnten, half er eigenhändig auf und redete ihnen zu wie eine Mutter ihren Kindern, so daß sie den Tagesmarsch schließlich doch schafften. Den ganzen Tag über stand er ohne Essen und Trinken in eisiger Kälte an diesem verhängnisvollen Eishang und trieb die zitternden Männer mit ihren Tieren hinüber, ohne Rücksicht darauf, wie viele abstürzten. Erstaunlicherweise kam keinem der Gedanke an Auflehnung, in keiner noch so schwierigen Situation. Allen war selbstverständlich, daß nur sein Wille galt und nur er allein wußte, was getan werden mußte, ganz gleich, ob sie daran zugrundegingen oder nicht.« Antopa hielt inne und sah versonnen auf ihre Hände, die sie im Schoß zwischen die Falten ihrer Tunika gelegt hatte. Nach einer Weile, in der niemand sie mit auch nur einem Wort bedrängt hatte, fügte sie hinzu: »Mir sind erst später die unglaubliche Kraft und Ausdauer, vor allem aber Wille und Persönlichkeit dieses Mannes bewußt geworden. Ich kann mir nicht vorstellen, daß irgendein anderer das hätte vollbringen können, was er geschafft hat.«

Fabius Maximus sah sie nachdenklich an. Es überraschte ihn, nicht zu erfahren, wie sehr sie von Hannibal beeindruckt war. Ein leises, befriedigtes Lächeln umhuschte seinen Mund, fand er in ihren Worten doch die Bestätigung dessen, was er schon oft von verschiedensten Seiten über diesen erstaunlichen Mann gehört hatte.

»Holla, du scheinst ja verliebt zu sein in deinen herrlichen Hannibal«, feixte Claudius, um sie ihrer Versonnenheit zu entreißen. Doch Antopa blieb unvermindert ernst:

»Nein, Claudius, Hannibal ist kein Mann, in den sich eine Frau verliebt. Sie wird ihn eher als Halbgott bewundern, so wie ich während dieses Marsches.«

In diesem Augenblick servierten Santah und Lanata einen kleinen Imbiß, und das Gespräch wandte sich belanglosen Alltäglichkeiten zu, auch wenn die Gedanken noch immer andere Wege gingen. Als Fabius mit Claudius später in dessen Räume hinüberging, bemerkte er mit unverkennbarer Bewunderung:

»Sie ist ein wunderbares Mädchen, diese Antopa aus Karthago.«

Claudius sah ihn amüsiert von der Seite her an.

»Nanu, ich dachte, du würdest so etwas nie bemerken?«

»Temperament, Geist und Schönheit nicht zu bemerken, wäre eine Sünde, mein lieber Claudius. Wenigstens in dieser Hinsicht bin ich kein sündhafter Mensch. Aber laß uns nun die geschäftlichen Dinge besprechen«, und damit verschwanden sie in Claudius' Räumen, wo sie noch lange zusammensaßen.

Trotz Valerias Bedenken ließ Antopa ein zweites Bett in ihr Cubiculum stellen, da Liuta gewöhnt war, neben ihr zu schlafen, und es so außerdem leichter war, sie zu beaufsichtigen. Der Form halber schickte Valeria einen Sklaven zu Liutas Bruder, auch wenn sie sich denken konnte, wie Glaucus reagieren würde. Tatsächlich ließ er sich erst am nächsten Abend in seiner protzigen Sänfte den Aventinus hinauftragen, der er mit nahezu unerträglich affektiertem Getue und in einer noch unerträglicheren Wolke von Wohlgerüchen entstieg.

»Was ist das für ein schwabbeliges Monstrum!« flüsterte Antopa Claudius zu und fixierte Glaucus ungeniert von oben bis unten mit äußerster Mißbilligung.

Valeria dagegen erklärte ihm in aller Sachlichkeit, warum sie seinen Besuch erbeten hatte. Glaucus erbleichte, und der Ausdruck seiner Augen zeigte nur allzu deutlich seine Bestürzung. Die damalige Nachricht vom Tod seiner Schwester war ihm ja so gelegen gekommen. Und jetzt tauchte sie plötzlich wieder auf! Wie unangenehm! Äußerst unangenehm! Als er sie aber sah, war er endlich völlig fassungslos, und sein feistes Doppelkin zitterte aufgeregt.

»Bei Castor und Pollux! Wie sieht die denn aus? Die kann ich unmöglich in mein Haus nehmen! Die Nobiles von ganz Roma gehen bei mir ein und aus! – Nein, nein, Valeria Marianus, ich kann sie nicht gebrauchen! Mach mit ihr, was du willst! Zu mir kommt sie jedenfalls nicht!«

Antopa war so entsetzt, daß sie für Augenblicke wie erstarrt stand. Doch dann stieg die Wut in ihr hoch, und knurrend wie eine Katze sprang sie Glaucus an. Valeria wollte eingreifen, doch Claudius hielt sie zurück.

»Laß unsere kleine Wilde doch«, grinste er. »Sie tut schon das Richtige.«

Wutschnaubend hatte Antopa den verdutzten Glaucus beim Gewand gepackt, stieß ihn jetzt vor sich her der Tür zu und warf ihn ohne jede Mühe hinaus. Er stolperte und landete auf seiner wabbeligen Kehrseite. Sein Gesicht dabei war unbeschreiblich.

»Laß dich bloß nie mehr hier blicken, du fettes, niederträchtiges Scheusal!« schrie sie und schlug die übermannshohe Tür zu. »So, den

hätten wir los«, stellte sie befriedigt mit auf die Hüften gestemmten Armen fest. Doch Valerias Schweigen irritierte sie. »Oder hätte ich das nicht tun sollen?«, fragte sie unsicher.
Da klopfte ihr Claudius auf die Schulter.
»Das hast du schon richtig gemacht, meine zarte, kleine Schwester. Und mit so viel Charme und Taktgefühl!«
Nun lächelte auch Valeria, und Antopa atmete erleichtert auf. Damit war die Sache ein für alle Mal erledigt. Liuta blieb im Haus.

Valeria war lange Zeit unschlüssig darüber, ob sie Marcus von Liuta berichten sollte, während er vor Syracusae lag. Doch als einige Tage vor Claudius' Abreise in den Norden ein Kurier wieder einen der üblichen nichtssagenden Briefe brachte, gab ihm Claudius ein Schreiben mit zurück, in dem er ihm von Liutas Zustand berichtete.
Er fand es richtig, einem Mann wie Marcus die Wahrheit zu sagen, denn ärger als die schlimmste Wahrheit dünkte ihm die ständige Ungewißheit. Nun konnte sein Bruder endlich der Vergangenheit den Platz einräumen, der ihr gebührte, und seine Gedanken der Zukunft zuwenden.

IM KERKER

213 v. Chr.

In jenem Sommer stöhnte Rom unter einer außergewöhnlich starken und langandauernden Hitzewelle. Den Tag über brannte die Sonne mit solcher Glut auf die Dächer der Häuser und Paläste herab, daß sich die Innenräume unerträglich aufheizten und selbst in der Nacht nicht mehr abkühlten. Kein noch so geringes Lüftchen bewegte die Bäume, deren Blätter bereits gelb wurden und unter der alles bedekkenden Staubschicht abfielen, als ginge es bereits in den Herbst hinein. Die Blumen in den Gärten verdorrten, und das Gras hatte eine schmutzigbraune Farbe angenommen. Viele Quellen waren bereits versiegt, so daß Menschen und Tiere unter quälendem Wassermangel zu leiden begannen. Die Häuserwände flimmerten und flirrten in gleißender Helle, sämtliche Läden und Handwerksstätten waren tagsüber geschlossen, und das Leben auf den Märkten erstarb zu trübsinniger Stille. Erst spät abends erwachte die Stadt zu müder Betriebsamkeit, um wenigstens einen Teil des vernachlässigten Tagwerks nachzuholen.

Besonders schlimm sah es in den engen Gassen der Subura aus, in der sich ein kaum noch zu ertragender Gestank ausbreitete. Täglich starben viele Menschen, und es mußte, sollte es weiterhin so heiß bleiben, sogar mit dem Ausbruch von Seuchen gerechnet werden. Zudem grassierte die ständige Angst vor einer Feuersbrunst, denn schon ein Funke konnte genügen, die in drangvoller Enge stehenden Holzhäuser und Buden in Flammen aufgehen zu lassen. Es wäre nicht das erste Mal, daß die Ärmsten der Armen auf diese Weise ihr bißchen Hab und Gut verloren.

Den Nobiles in ihren Häusern auf den Hügeln ging es etwas besser, denn die staubbdeckten Bäume dort oben spendeten wenigstens geringen Schatten. Aber auch ihnen wurde das Wasser knapp, und auch sie bekamen Angst vor Seuchen, die aus der Stadt zu ihnen heraufsteigen könnten. Wer nur irgend konnte verließ Rom wie in Friedenszeiten und begab sich auf seine oder seiner Freunde Villa Rustica auf dem Land oder am Meer. Von den Feinden im Norden und Süden war im Augenblick wenig zu befürchten, denn überall waren die Fronten zum Stehen gekommen. Ein überraschender Vorstoß auf Rom schien gänzlich ausgeschlossen.

Auch die Familie Marianus Valus bereitete schon seit Tagen den Aufbruch nach ihrem Landgut bei Antium vor. Gerade als man mit lärmendem Durcheinander von bereitstehenden Karren, nervösen Pferden und noch nervöseren Menschen aufbrechen wollte, jagte Antoninus heran, dem die Sonne den Schweiß vieler Tage in die Haut eingebacken hatte. Beim Anblick der ihm freudig entgegeneilenden Cornelia stockte ihm für Augenblicke der Atem, doch dann gab es seiner Art entsprechend eine stürmische Begrüßung. Danach bewunderte er die schlafende Pomponia und fand endlich Gelegenheit, Antopa überschwenglich über das an seiner Frau vollbrachte Wunder zu danken. Schließlich zog ihn Valeria beiseite und fragte nach Marcus. Sofort schwand seine aufgeregte Freude, und Verlegenheit zeichnete sein Gesicht.

»Er meinte, jetzt nicht weg zu können. Weißt du, Syracusae sturmreif zu machen, ist nicht so einfach, wie wir uns das anfangs gedacht hatten. Es sitzt dieser verdammte Archimedes mit seinen tausend Kunststückchen drin und ...«

Doch Valeria unterbrach ihn:

»Sag mir, wie es meinem Sohn geht. Von Syracusae kannst du mir später erzählen.«

»Nun, was soll ich sagen?« druckste er herum, doch dann gab er sich einen Ruck. »Mutter Valeria, ich weiß einfach nicht, was in ihm vorgeht. Er war schon sehr eigenartig, als er im Land der Celtae ständig nach Liuta gesucht hat. Aber seit Marcellas Fehlgeburt hat er sich so verändert, daß ich ihn überhaupt nicht mehr verstehe. Er läßt keinen Menschen an sich herankommen und kennt nur noch seine Pflicht. Dabei ist er zu einem für Marcellus unentbehrlichen Führer geworden, den seine Männer förmlich anbeten. Bisweilen erscheint er mir wie ein alter Wolf, der durch die Wälder streift, ständig auf der Suche nach etwas, von dem er selbst weiß, daß es schon längst hinter ihm liegt.«

Valeria hielt den Kopf gesenkt.

»Armer Marcus«, murmelte sie, doch nach einer Weile fragte sie weiter: »Wie hat er die Nachricht von Liutas Zustand aufgenommen?«

»Als er Claudius' Nachricht las, bewegte sich kein Muskel in seinem Gesicht. Danach gab er mir den Brief und sagte: ›Siehst du, ich hatte doch recht. Liuta lebt.‹ Nichts weiter. Seelenruhig ordnete er seine Täfelchen auf dem Tisch und tat, als sei nichts geschehen. Ich verstehe nicht, wie ein Mensch nur so gleichgültig und gefühllos werden kann.«

»Antoninus, er war weder das eine noch das andere in jenem Augenblick«, erwiderte sie, »und darum mache ich mir große Sorgen um ihn.« Sie verstummte, und Antoninus war irgendwie froh darum. Als er Liuta betrachtete, die ihrer Gleichgewichtsstörungen wegen am Boden hockte, gestand er hilflos:

»Ich hätte sie nicht mehr erkannt.« Mehr wußte er nicht zu sagen. Später erklärte er den Frauen, er werde erst am nächsten Tag nachkommen, er wolle diese Nacht bei seinem Vater bleiben. Nach einem kurzen Abschied drängte Valeria zum Aufbruch, damit sie die kühleren Nachtstunden nutzen konnten.

Antopa, die auf Furia den Konvoi der Marianus begleiten wollte, ritt noch einmal zum Sanqualis hinüber, um sich von Floruna zu verabschieden, obwohl sie dies schon einen Tag zuvor getan hatte. Ihr war eigenartig zumute, und sie wußte nicht, was sie drängte, die Freundin noch einmal sehen zu wollen. Floruna selbst schien ebenfalls sehr bedrückt zu sein, ohne dafür einen handfesten Grund anführen zu können. So schwebte eine seltsame Stimmung zwischen den beiden Mädchen, die nicht von der Schwüle dieser Nacht herrührte.

Nachdem Antopa weggeritten war, stand Floruna noch lange sinnend vor dem Turm. Wie schön mußte es sein, ging es ihr durch den Kopf, in einer solchen Familie in Sicherheit und Geborgenheit zu leben. Seufzend begann sie, die Stufen emporzusteigen, als sie plötzlich das Lachen und Kreischen einer offensichtlich angetrunkenen Gesellschaft vor dem Tor vernahm, die mit dem Ruf der Glocke Einlaß in die Stadt begehrte. Da sich der Torwächter wieder einmal nicht blikken ließ, ging Floruna hinüber und fragte nach den Namen der draußen Lärmenden.

»Wir haben es nicht nötig, uns auszuweisen!« kreischte einer mit hoher Fistelstimme, an der Floruna Glaucus Silverus erkannte. Sie öffnete das Tor. Drei Männer und zwei Frauen drängten sich an ihr vorbei. Im Licht ihrer Fackel erkannte sie in der einen Marcella Marianus Valus, die wie ihre Begleiter ziemlich angetrunken war. Plötzlich

drehte sie sich nach Floruna um, und in ihre glitzernden Augen trat ein Anflug von Ernüchterung, aber auch das gefährliche Glimmen einer bösartigen Katze.
»He, du!« rief sie, »du bist doch Floruna?«
»Ja, das bin ich«, erwiderte diese fest und warf mit einer stolzen Gebärde den Kopf zurück.
Marcella war anzusehen, wie Zorn über die ungebührliche Haltung Florunas in ihr aufloderte. Nun waren auch die Männer auf das außergewöhnlich schöne Mädchen aufmerksam geworden, und ihre anfängliche Überraschung wechselte rasch in dreiste Begehrlichkeit über.
»Du bist also des Claudius Marianus Valus stolze Braut?« stichelte Marcella boshaft. Weiß der Himmel, woher sie ständig ihr Wissen bezog.
»Was?« rief Glaucus, hellhörig geworden, und sprang interessiert vom Pferd, allerdings mit nicht geringer Mühe.
»Ich bin nicht des Claudius Marianus Valus Braut, das weißt du sehr wohl!« Florunas Stimme klang fest, doch ihre Hände verrieten ihre wachsende Erregung.
»Na, dann bist du eben Claudius' Hure!« zischte Marcella mit höhnischem Genuß.
Floruna hatte alle Mühe, an sich zu halten. Gerade noch rechtzeitig erinnerte sie sich daran, daß sich eine Freigelassene von einer Angehörigen der Nobiles solche Behandlung gefallen lassen mußte. Doch ihr Gesicht war kreidebleich, und sie zitterte am ganzen Körper. Sie wollte die Treppe hinaufflüchten, aber Glaucus verstellte ihr den Weg.
»Na, meine kleine Hure«, gurrte er mit bösem Grinsen in seinem feisten Gesicht, »warum willst du denn weglaufen? So ein hübsches Kind wie du versteckt sich doch nicht in einem solch häßlichen Turm.« Und als er sie mit seinen Wurstfingern betätschelte, standen die beiden anderen jungen Männer unschlüssig daneben. Marcella dagegen hetzte:
»Warum nimmst du dir diese Hure nicht, mein lieber Glaucus? Oder darf das nur der stolze Marianus?« Womit sie natürlich seinen empfindlichsten Punkt getroffen hatte.
Während sich die andere Frau stöhnend und ächzend auf der anderen Straßenseite übergab, schrie er mit unappetitlichen Speichelbläschen in den Mundwinkeln:

»Du hast recht! Jetzt nehme ich dem eingebildeten Marianus seine kleine Hure weg!« Damit riß er Floruna mit einem einzigen Ruck die Tunika bis zum Gürtel hinab auf und faßte ihr mit beiden Händen um die Brüste, daß es schmerzte.
Jetzt konnte und wollte sie sich nicht mehr beherrschen. Mit einem unerwartet kraftvollen Stoß schleuderte sie Glaucus von sich, daß er stolperte und rücklings zu Boden fiel. Die beiden anderen Männer lachten und machten sich lustig über sein dummes Gesicht, doch Marcella schrie mit sich überschlagender Stimme:
»Was seid ihr für Waschlappen! Als Nobiles laßt ihr euch von einer hergelaufenen Freigelassenen-Hure wohl alles gefallen? Seht ihr denn nicht, wie euch das Luder auslacht?«
In diesem Augenblick polterte Florunas Vater aufgeregt die Treppe herunter.
»Was treibt ihr mit meiner Tochter?« rief er empört.
»Halt dich da raus, Alter!« mahnten die beiden Jünglinge und hielten ihn an beiden Armen so fest, daß er sich trotz heftiger Gegenwehr nicht mehr befreien konnte. Hilflos mußte er mitansehen, wie Glaucus, der sich mit bösem Knurren wieder aufgerappelt hatte, brutal an Floruna herumtappte und sich dabei beifallheischend umsah. Das Mädchen stand wie erstarrt, krampfhaft die zerrissene Tunika zusammenhaltend. In ihren Augen flackerte Furcht.
»Du bist tatsächlich ein erbärmlicher Waschlappen!« zischte Marcella verächtlich. »Wenn ich ein Mann wäre, dann wüßte ich, was ich mit diesem Weibsstück täte!«
Glaucus war beleidigt. Die schöne Marcella glaubte doch nicht etwa, daß er kein Mann war? Ratlos blickte er auf seine beiden Kumpane, doch die wollten ihm offensichtlich nicht einmal mit Worten beistehen. Sie waren vollauf mit Rufus beschäftigt, der noch immer alle seine Kräfte gegen sie aufwendete.
»Ich und kein Mann!« fauchte Glaucus und stürzte sich erneut auf Floruna. Er versuchte, sie auf den Boden zu zwingen, wobei er ihre Tunika noch weiter aufriß und sie bis über die Beine hinauf hochzerrte. Sie kämpfte verzweifelt und mit ungeahnten Kräften gegen ihn an, sehr zum Gaudium der beiden anderen Jünglinge. Da verlor sie das Gleichgewicht und stürzte zusammen mit Glaucus zu Boden, der nun auf ihr zu liegen kam. Sie spürte seine schweißnasse Hand auf ihrer Haut, sein weindunstiger Atem strich ihr übers Gesicht, und angewidert drehte sie den Kopf zur Seite. Plötzlich bekam sie etwas

Weiches zwischen die Zähne und biß, ohne sich zu besinnen, mit aller Kraft zu.
Glaucus brüllte wie ein verwundeter Stier auf, preßte eine Hand auf die blutende Seite seines Kopfes und sprang von einem Bein aufs andere.
»Sie hat mir mein Ohr abgebissen!« schrie er. »Dieses Luder! Ooooh, oh ...«
Sein Kumpan Bitulus zog Glaucus' Hand weg und sah, daß ein Stück seines Ohrläppchens nur noch an einem Hautfetzen hing. Ungläubig starrte er auf Floruna, die inzwischen aufgesprungen und in die Arme ihres Vaters geflüchtet war.
»Sie hat tatsächlich Glaucus' Ohr durchgebissen«, sagte er und schaute ratlos in die Runde.
»Schlagt dieses Weibsbild tot!« schrie Marcella wie von Sinnen.
»Ja, schlagt sie tot!« echote Glaucus hysterisch. »Dieses Miststück hat mir mein Ohr abgebissen!«
»Wartet!« rief der dritte junge Mann, der der Besonnenste von allen zu sein schien. «Das wäre Mord! Sie ist keine Sklavin. Überlegt euch das!«
»Ja«, stimmte ihm Bitulus unsicher zu, »das wäre Mord und hätte womöglich unangenehme Folgen für uns alle. Aber was sie getan hat, kann natürlich nicht ungestraft bleiben«, fügte er auf Glaucus' bösen Blick rasch hinzu.
»Sie muß in den tiefsten Kerker!« schrie der und hopste von einem Bein aufs andere. »Das finsterste Loch ist noch zu gut für diese Hure! Und ausgepeitscht muß sie werden, bis sie tot umfällt!«
Floruna blickte reglos vor sich hin, als ginge sie dies alles nichts an. In ihr war alle Kraft und aller Wille erloschen, und sie ließ es widerstandslos geschehen, daß die Männer sie packten und fortzerrten. Nur ihr Vater versuchte, sie aufzuhalten.
»Laßt meine Tochter los!« flehte er. »Was habt ihr vor? Bei allen Göttern, gebt mir Floruna zurück!« Doch die Männer schoben ihn grob beiseite. Er rannte ihnen nach und sank vor Glaucus auf die Knie:
»Bitte, Herr, ich flehe dich an, gib mir meine Tochter!«
In seinen Augen standen Tränen. Da trat ihm Glaucus mit solcher Wucht mitten ins Gesicht, daß er der Länge nach auf die Straße fiel. Sein Kopf schlug auf einen Stein, und er verlor das Bewußtsein.
Floruna schrie verzweifelt auf, ein Rest ihrer Kraft kehrte in sie zurück, und sie schlug und biß um sich, um zu ihrem Vater zu gelan-

gen. Aber vier kraftvolle Männerhände zogen sie weiter, weg von dem reglos am Boden Liegenden. Endlich verstummte sie erschöpft.

Als Rufus zu sich kam, war Mitternacht bereits vorbei. Stöhnend erhob er sich, taumelte wie betrunken und bemerkte erst nach geraumer Zeit, daß sein Hinterkopf mit Blut verkrustet war. Doch das kümmerte ihn nicht. Sein Herz zitterte in Angst um seine Tochter, und er rannte durch das nächtliche Rom, versuchte die maßgeblichen Männer aus ihren Häusern zu trommeln, rüttelte an verschlossenen Türen amtlicher Gebäude und erreichte niemanden. Und nachdem er den Aventinus als letzte Hoffnung hinaufgewankt war, fand er von der Marianus-Familie keinen mehr vor. Müde und erschöpft schleppte er sich zum Carcer am Capitolinus, wo er trotz besseren Wissens die Wachhabenden kniefällig um Gnade für seine Tochter anflehte. Natürlich trieben sie ihn mit vorgehaltenen Schwertern wieder ins Freie.

Die kühle Nachtluft strich um seine schweißnasse Stirn, trocknete die Tränen auf seinen schlaffen Wangen und erfrischte ihn etwas. Plötzlich erwuchs ihm aus seiner Verzweiflung heraus eine Entschlossenheit, die er nur selten in seinem Leben verspürt hatte. Erneut drang er in die Wachstube ein, stieß dieses Mal die im Weg stehenden Soldaten beiseite und hastete die Treppe zu den Verliesen hinab. Wie ein in die Enge getriebenes Tier hetzte er an den Zellen entlang, bis er Floruna fand. Keuchend stieß er ihren Namen hervor und umspannte zitternd ihre schmalen Hände, die sie ihm durch die rostigen Gitterstäbe hindurch entgegenstreckte, als erwarte sie alle Hilfe von ihm. Beide fanden keine Worte über das so plötzlich hereingebrochene Unglück, aber angesichts Florunas Tränen weinte auch er.

Schon kamen waffenklirrend und fluchend vier Wachsoldaten die Treppe herabgedonnert und rissen den Mann gewaltsam von der Zelle weg. Floruna schrie auf, rief wirre, flehende Worte ohne jeden Sinn. Und Rufus kämpfte gegen die vier Männer wie ein Löwe und schrie in seiner Verzweiflung immer wieder:

»Gebt mir meine Tochter zurück! Meine Tochter!«

Die Soldaten hatten Mühe, gegen den Tobenden anzukommen, aber schließlich hatten sie ihn in festem Griff. All sein Aufbäumen half ihm nichts mehr, sondern steigerte nur die Wut der aufgebrachten Männer.

»Dir werden wir es schon zeigen!« fluchte einer, hob seine Peitsche

und zog ihm den Riemen quer übers Gesicht, daß die Haut platzte. Nun schlugen die anderen ebenfalls auf ihn ein, bis er zu Boden sank. Unter gemeinen Beschimpfungen stießen sie mit ihren Stiefeln gegen seine Beine, in seinen Leib und gegen seinen blutenden Kopf, der auf dem kalten, feuchten Steinboden haltlos hin- und herrollte.
Schwer atmend hörten sie endlich auf. Der Sattelmacher Rufus bewegte sich nicht mehr. Er war tot.

Floruna starrte auf das Entsetzliche, das sie hatte mitansehen müssen. Sie war unfähig zu erfassen, was ihre Augen sahen. Und als es endlich vorbei war, stellte sie verwundert fest, daß nichts in ihr barst, nichts zerbrach, daß sie überhaupt nichts fühlte, nicht ihr wie rasend hämmerndes Herz, den schmerzhaft pochenden Schlag in ihrem Hals. Sie spürte nicht einmal, daß sie noch atmete. Sie befand sich außerhalb alles Erfaßbaren.
Lange Zeit stand sie wie zu Stein erstarrt, dann rutschte sie langsam an den kalten, rostigen Gitterstäben entlang zu Boden. Ihre blicklosen Augen verharrten auf dem reglosen, blutüberströmten Körper ihres toten Vaters. So blieb sie sitzen, unbeweglich, ohne Tränen, wie betäubt. In dieser Nacht färbten sich ihre Haare schlohweiß.

In seinem Haß auf Claudius und Floruna vollendete Glaucus schon am nächsten Morgen sein böses Werk. Großzügig verteilte Denare bewirkten, daß Floruna nie Gelegenheit gegeben wurde, sich zu rechtfertigen. Durch Glaucus' teuflische Machenschaften wurde sie dazu verurteilt, in ihrem feuchten, finsteren und stinkenden Verlies vergessen zu werden – bis zu ihrem Tod. Und so gab es schon eine Stunde nach Sonnenaufgang das Mädchen Floruna und ihren Vater Rufus nicht mehr. Sie waren verschwunden, ohne eine Spur hinterlassen zu haben.

FEST IN ANTIUM

213 v. Chr.

In Antium bereitete Senator Fulvius, dessen Landhaus am anderen Ufer des kleinen Sees lag, sein schon traditionelles Sommerfest vor. Als Vater eines erwachsenen Sohnes und dreier unverheirateter Töchter richtete er es nicht ganz ohne Hintergedanken aus, doch wiederum fand er bestätigt, daß es nicht mehr allzu viele junge Männer gab, die sich nicht gerade über Italien, Sizilien und Spanien verstreut im Heer befanden oder tot waren, irgendwo im Kampf gefallen. So war er trotz aller Erfahrungen in diesen langen Kriegsjahren enttäuscht über das magere Ergebnis seiner zahlreich verschickten Einladungen. Mit den wenigen jungen Männern ergossen sich viele ältere, vor allem weibliche Gäste in den weitläufigen Park, unter dessen Bäumen es auch jetzt am frühen Nachmittag verhältnismäßig kühl war. Zudem wehte vom Meer her ständig ein leichter Wind, und die Luft schmeckte ein ganz klein wenig salzig; für die Stadtbewohner immer wieder ein bemerkenswertes Erlebnis. Dem reichlichen Buffet, dem die ins Land gegangenen Kriegsjahre nicht anzusehen waren, und nicht zuletzt den würzigen, schweren Weinen war zu verdanken, daß es schon bald recht ausgelassen zuging.

Auch der im Kreis seiner drei Töchter hofhaltende Hausherr schien bester Laune zu sein. Niemand ahnte seinen Ärger über seinen eigenwilligen Sohn Lucius, der sich geweigert hatte, dieses »Fest-Theater« mitzumachen.

Eben traf Valeria mit Antoninus, Cornelia und Antopa ein, die sie wie immer als ihre Nichte ausgab. Für Antopa war dies das erste Fest ihres Lebens, und so war es leicht verständlich, daß sie die Woche über schon sehr aufgeregt gewesen war und sich für diesen Nachmittag besonders hübsch gemacht hatte. Manches Mädchen neidete ihr von Herzen das Aufsehen, das sie erregte, während sie selbst die Schmeicheleien nicht zu hoch bewertete und Sticheleien einzelner mit gutmütigem Scherz abtat. Valeria lächelte zufrieden und hätte nicht stolzer sein können, wäre Antopa ihre leibliche Tochter gewesen.

Auch Cornelia, mit ihren ebenmäßigen Zügen eigentlich schöner als Antopa, wurde viel bewundert, so daß Antoninus' Besitzerstolz angebracht schien und ihm niemand verübelte, daß er wie ein Pfau einherstolzierte.
»Die Mariani haben natürlich wieder die schönsten Frauen zu meinem Fest geschickt«, lächelte Fulvius Valeria zu und gab mit verschmitztem Augenzwinkern zu verstehen, daß er damit sie als noch immer schöne Frau nicht ausnahm.
»Mein Freund«, lächelte sie, »deinen Töchtern mangelt es aber trotz der wenigen Jünglinge auch nicht an Verehrern. Sicherlich gehen sie dir schon sehr bald aus dem Haus.«
»Ja, das fürchte ich, und es wird mich ein Vermögen kosten«, erwiderte er amüsiert und stolz zugleich, und Valeria lachte verstehend.

Später gesellte sich doch noch Fulvius' Sohn Lucius zu ihnen, den Valeria kaum wiedererkannt hätte. Er war zum Mann geworden, mittelgroß und von schlanker Gestalt. Sein gutgeschnittenes, gebräuntes Gesicht beherrschten eigentümlich brennende Augen, die durch meist halbgesenkte Lider verdunkelt wurden. Nicht zuletzt damit versetzte er seit seiner Rückkehr Roms Weiblichkeit in helle Aufregung. Zwar wußte niemand so recht, was von ihm zu halten war, denn er war von unhöflichem Wesen und ging allen möglichst aus dem Weg, doch vielleicht ließ gerade das die Mädchen alle denkbaren Albernheiten anstellen, seine Aufmerksamkeit auf sich zu lenken.
Seinen eigenwilligen Charakter deutete schon die verwegene Aufmachung an, die seinem kultivierten Vater besonders mißfiel. Vor allem seine langen, schwarzen Haare, die ihm ständig in die Stirn und über die Augen fielen und seinem Aussehen etwas Wildes, Unbezähmbares verliehen, waren dem Senator ein Dorn im Auge.
Lucius blieb an der Seite seines Vaters, sprach jedoch nur wenig. Valeria beobachtete ihn eine Weile nachdenklich und fand ihn noch überheblicher als ihren Claudius, trotz seiner ungewöhnlichen und herausfordernden Art jedoch keineswegs unsympathisch.
Antopa indes hielt bei seinem Anblick abrupt ihren Schritt an und blickte so erschrocken drein, daß Valeria sie besorgt fragte:
»Was ist denn, Kind?«
»Dieser Mann, er, er sieht aus wie, wie ...« stotterte Antopa und deutete auf Lucius.

»Was ist mit ihm?«
»Er sieht aus wie Hasdrubal!« Sie sagte es sehr leise, aber Valeria hatte es ebenso verstanden wie Lucius. Sein dunkler, scharfer Blick tauchte forschend in Antopas Augen und brachte sie so in Verlegenheit, daß sie die Lider senkte und sich entfernen wollte. Doch die leise, eindringliche Stimme des jungen Mannes hielt sie zurück:
»Wie heißt du, Mädchen?«
»Antopa. Warum fragst du?«
Er schwieg eine ganze Weile, womit er sie noch mehr verunsicherte, bis er endlich sagte:
»Weißt du, daß die Poeni einen kostbaren, goldbraunen Edelstein so nennen?«
Ein aufmerksamer Beobachter, und das war Lucius zweifelsohne, konnte gut sehen, wie Antopa erschrak und ihr das Blut in die Wangen stieg. In ihrer Hilflosigkeit wollte sie weglaufen, aber die Augen dieses seltsamen Mannes hielten sie mit nahezu unheimlicher Macht zurück.
Valeria blickte von Antopa zu Lucius. Was wußte oder ahnte er, fragte sie sich besorgt, faßte Antopa an der Hand und zog sie mit sich fort.
»Du bist sehr erhitzt, mein Kind. Ich begleite dich ins Haus, wo du dich erfrischen kannst.«
Und während Antopa die Arme in kühlendes Wasser tauchte, wurde sie von Valeria eindringlich ermahnt, künftig vorsichtiger zu sein. In einer Zeit, in der die Römer die Karthager mit ihrem ganzen Haß überschütteten, durfte ihre Herkunft auf keinen Fall bekannt werden.

Nun machte Antopa das Fest keinen Spaß mehr, zumal die Trunkenheit der Gäste immer mehr überhand nahm. Langsam wanderte sie das kleine Bächlein entlang, das, vom See her kommend, den Park durchzog und von brennenden Fackeln gesäumt wurde. Auf einer zierlichen Brücke lehnte sie sich über das Geländer und blickte gedankenverloren auf das plätschernde Wasser, das unter ihr wegsprang und übermütige, weiße Krönchen mit sich trug. Sie dachte darüber nach, ob Lucius' Bemerkung über ihren karthagischen Namen wohl mehr als nur so dahingeplaudert war. Woher kannte er überhaupt dieses punische Wort? Und da stand er plötzlich neben ihr. Ohne sich ihm zuzuwenden, wußte sie, daß es Lucius war, der schweigend seine Hände auf das Geländer neben die ihren legte. Sie spürte seinen schlanken Körper neben sich, ohne daß er sie berührt hätte. Ihr Herz begann schneller zu schlagen, und ihr Atem ging flacher als sonst. Warum sagte er nichts? Beinahe zitternd wartete sie darauf, während ihr seltsamerweise sein Schweigen sehr angenehm war. Lange standen sie so, und als er schließlich doch sprach, fühlte sie sich regelrecht überrumpelt:

»Woher kennst du Hasdrubal?«

Langsam wendete sie ihm den Kopf zu, und wieder waren es seine Augen, die sie um jede Überlegung brachten.

»Ich bin seine Braut.« Sie sagte dies aus einer Erinnerung heraus, die sie heute nachmittag ganz plötzlich überfallen hatte.

In seinem Gesicht bewegte sich kein Muskel.

»Ich wußte, daß du eine Carthageniense bist.«

»Wieso?« fragte sie ohne Verwunderung.

»Weil ich selbst zwei Jahre lang mit einer Carthageniense verheiratet war.«

Nun war sie doch überrascht und ihre seltsame Verzauberung verflogen.

»Dann kennst du Karthago? Lucius, bitte, erzähl mir!« bat sie aufgeregt.

»Es gibt nicht viel zu erzählen. Ich habe vier Jahre dort gelebt. Leider verstarb meine Frau im Kindbett zusammen mit einem nicht lebensfähigen Mädchen. Ein Jahr später bin ich dann wieder hierher zurückgekehrt.«

Er sagte dies ohne erkennbare Regung. Nur das kleine Wörtchen »leider« bedeutete Antopa, daß er seine Frau wohl geliebt hatte.

»Lucius, bitte, erzähl mir, wie es in Karthago aussieht, wie die Menschen leben, wie sie sind und was sie bewegt.«

Er sah sie erstaunt an.

»Warum stellst du solche Fragen?«

Gedankenverloren starrte Antopa vor sich hin und erzählte dann in knappen Sätzen ihre seltsame Lebensgeschichte. Lucius unterbrach sie mit keinem Wort, und zeitweilig schien es sogar, als höre er ihr gar nicht zu. Doch sie wußte es besser, und es tat ihr unsäglich gut, in dieser Nacht endlich einmal offen sprechen zu können und nicht wie sonst ständig auf der Hut sein zu müssen, sich zu verraten. Als sie geendet hatte, ließ er sich reichlich Zeit, bis er sagte:

»Ich werde dir ein anderes Mal von Karthago erzählen, Valeria, deine – ›Tante‹ wartet auf dich im Haus. Sie möchte heim. Was niemand

besser verstehen kann als ich, wenn ich mir diese betrunkenen Tölpel und albernen Gänse ansehe.« Ohne noch ein Wort hinzuzufügen, ging er davon und verschwand in dem Teil des Parkgeländes, der nicht von Fackeln erhellt war.
Antopa blieb verwirrt zurück. Dann raffte sie sich auf und ging zum Haus hinüber. Valeria forschte nachdenklich in ihrem Gesicht, denn ihre Enttäuschung war offensichtlich, doch fragte sie mit keinem Wort. Wenn ihr Antopa etwas zu sagen hatte, dann würde sie es schon tun. So kehrten sie zusammen mit der schon recht müden Cornelia und dem weinselig vor sich hinsingenden Antoninus heim. Antopa, die den ganzen Weg schweigend zurückgelegt hatte, verschwand zu Hause sofort in ihrem Zimmer, wo Liuta bereits schlief und Sitah erwartungsvoll auf ihrem Bett hockte. Die Katze war beleidigt, als sie von Antopa kurzerhand von den Kissen und zurück in ihre Ecke gescheucht wurde.

Die folgenden Tage ging Antopa wie eine Schlafwandlerin durchs Haus oder hockte vor sich hinbrütend in irgendeiner Ecke. Dann sattelte sie Furia und jagte mit ihr und Sitah am Seeufer entlang.
Dabei kam sie auf die Idee, mit Cenobis' Hilfe Hürden aufzubauen. Systematisch begann sie mit einem Sprungtraining, das ihr von Mal zu Mal mehr Spaß machte. Ihre bloßen Arme und Beine, ständig der Sonne ausgesetzt, waren bereits dunkel gebräunt, und sie sah so gesund und frisch aus, daß es eine Lust war, sie zu betrachten. Dies mochte wohl auch der Reiter drüben bei dem kleinen Pinienwäldchen denken, der sie, regungslos auf seinem Pferd sitzend, schon längere Zeit beobachtete. Als sie völlig erhitzt mit roten Wangen und glänzenden Augen von Furia sprang und ihr den Hals tätschelte, setzte er sich in Bewegung und ritt langsam über die Wiese heran.
Cenobis sah erstaunt, wie Antopa plötzlich alle Farbe verlor und dem Reiter mit erregt glitzernden Augen entgegenstarrte. Doch rasch hatte sie sich gefaßt und erwartete Lucius mit kontrollierter Gelassenheit. Dennoch geriet sie unter seinem beunruhigenden Blick wiederum in merkliche Unsicherheit.
»Komm zum oberen See«, forderte er sie auf. »Ich werde dort auf dich warten.« Sein Blick glitt über ihre nackten Beine, dann ritt er davon.
»Sein unhöflicher Mann«, sagte Cenobis nach einer Weile.
Antopa lachte gekünstelt auf.

»Ja, Cenobis, sehr unhöflich.« Dennoch stob sie schon Minuten später am See entlang zum oberen Ende, wo Lucius, auf einem Baumstumpf sitzend, über den See schaute. Als Antopa absaß und zu ihm trat, sah er sie mit einem merkwürdigen Ausdruck in den Augen schweigend an. Und so unglaublich ihr dies auch erschien, so verspürte sie für einen kurzen Augenblick ein starkes Gefühl von Vertrautheit, ganz so wie damals bei Magalo in den Bergen.

Willenlos folgte sie ihm zu dem Baumstumpf, auf den er sie kurzerhand niederdrückte, während er sich neben ihr ins Gras fallen ließ.

»Du willst also, daß ich dir von der Stadt erzähle«, begann er, »die die Einwohner Quart Hadasht, die Graeci Karchedon und die Romani Karthago nennen und die es wahrhaftig wert ist, daß man sie liebt, mag sie auch noch so faul und korrupt sein. Sie hat das Besondere einer beinahe fatalen Größe und Erhabenheit, und trotz des fauligen Kerns und des Modergeruchs von Verderbtheit und Verdammnis umhüllt sie strahlender Glanz. Sie ist die Stadt, die mich in ihrer unglaublichen Vielschichtigkeit fasziniert. Sie hat all das, was Roma fehlt, im Guten wie im Bösen, im Schönen wie im Häßlichen.« Und ohne sich weiter besinnen zu müssen, ließ er mit leidenschaftlichen Worten in ungewöhnlich starker Sprache Bilder erstehen, die so plastisch vor Antopas innerem Augen erwuchsen, daß sie endlich den Schleier von ihrer Erinnerung fortzogen. Sie sah Gebäude und Straßen, die sie kannte, hörte Menschen sprechen, die sie mit Namen benennen konnte, und es erstanden Sitten und Gebräuche, die ihr vertraut waren. Sie saß wie in einem Fieberwahn gefangen, und als Lucius von dem weitläufigen Palast der Barkiden in der Megara am Fuß der Hügel sprach, in dem sie seit frühester Kindheit aus- und eingegangen war, hielt es sie nicht länger. Unzählige Fragen strömten aus ihr heraus, forderten Beantwortung, obwohl sie selbst sie oft schon wußte, und immer eifriger und heftiger drang sie mit ihren Erinnerungen auf ihn ein.

Lucius wußte sogar von Hauptmann Mertaban, dessen Tochter mit Mann in dem prachtvollen Haus der Familie hinter der Mappalischen Straße wohnte. Jetzt steigerte sich Antopas Erregung ins nahezu Unerträgliche. Mit einem Mal sah sie wieder das verkniffene Gesicht ihrer um viele Jahre älteren Stiefschwester vor sich, ebenso das ihres habgierigen und skrupellosen Mannes mit den tiefliegenden Augen und dem schmalen, bösen Mund, der ihr immer Angst eingeflößt hatte.

Lucius forschte unter halb gesenkten Lidern in ihrem Gesicht.

»Mädchen, steigere dich nicht so hinein«, mahnte er. »Und werd vor allem nicht hysterisch. Es ist besser, du kehrst jetzt nach Hause zurück.« Er zog sie hoch, und widerspruchslos gehorchte sie ihm. Schweigend ritten sie nebeneinander bis kurz vor die Ställe der Marianus, wo er sie ohne Gruß verließ.
Antopa blickte ihm lange Zeit nach. Was war das für ein Mann! Die heftige Erregung über die wiedergewonnene Erinnerung an ihre Heimat verschmolz mit der noch größeren Erregung, die dieser Lucius mit den brennenden Augen in ihr auslöste.

Die nächsten Tage ging sie wie im Fieber umher und war so mit sich selbst beschäftigt, daß sie Antoninus' Rückkehr nach Syracusae kaum wahrnahm. Die verzweifelte Cornelia fiel von einem Weinkrampf in den anderen, und Valeria wirkte bedrückt und traurig. Doch Antopa schien außerhalb aller Geschehnisse zu stehen.

Der heiße Sommer begann sich langsam zu verabschieden, die Sonne wurde wieder erträglich, und die Familie dachte bereits an die Rückkehr nach Rom. Da erschien plötzlich Lucius wieder. Antopa erschrak so sehr, daß sie Furia mit einem unfairen Ruck zurückriß. Wie unter Zwang saß sie ab und ging ihm mit unsicheren Schritten entgegen.
»Du kannst gut mit Pferden umgehen«, bemerkte er gelangweilt.
Antopa war enttäuscht. Sie hatte anderes von ihm erwartet. Doch bevor sie sich in geheuchelte Gleichgültigkeit retten konnte, kam Liuta herangeschlendert, Sitah am Halsband neben sich herführend. Lucius' Augen blitzten auf
»Wer ist denn das?« fragte er spitz.
»Liuta. Sie ist durch eine Verletzung im Land der Celtae wahnsinnig geworden«, erklärte Antopa, während sich Liuta wie gewohnt an ihren Arm hängte und Lucius mit leeren Augen ansah.
»Schaff sie weg!« herrschte er sie an. »Ich kann solche Wracks nicht ausstehen!«
Antopa glaubte nicht recht gehört zu haben.
»Aber Lucius, sie war doch Marcus' Braut!«
»Das ist noch lange kein Grund, sich mit einem solch abscheulichen Nichts abzugeben.«
Antopa blieb förmlich die Luft weg. Doch gleich darauf stieg ein nicht mehr zu bändigender Zorn in ihr hoch.

»Lucius, Sohn des Senators Gaius Fulvius Flaccus«, zischte sie, »ich an deiner Stelle würde mich für solche Worte in Grund und Boden schämen!«
Ein verächtliches Lächeln zuckte um seine Mundwinkel:
»Warum? Weil ich für dieses Wesen nichts anderes als Abscheu empfinden kann? Glaubst du denn, daß irgend jemand auf dieser Welt anders denkt als ich? Jeder dankt den Göttern doch auf Knien dafür, daß es einen anderen getroffen hat und nicht ihn selbst. So sieht es aus, Mädchen aus Karthago. Und wenn du anderes glaubst, dann bist du eine hoffnungslose Närrin!«
Antopa stand fassungslos.
»Du denkst, auch ich würde Liuta nur mit Abscheu betrachten?« schnaubte sie, zitternd vor Zorn und Empörung.
Eine ganze Weile forschte er in ihrem Gesicht und gab erst nach kurzem Zögern zur Antwort:
»Beinahe glaube ich, daß du so eine hoffnungslose Närrin bist.«
Inzwischen war Hakir von den Ställen herübergekommen und stellte sich schützend vor das leer vor sich hinblickende Mädchen
»Liuta sehr krank. Liuta aber sein braves Mädchen.«
Lucius lachte höhnisch auf.
»Noch einer deiner Leibgarde! Laß mich mal zusammenzählen: eine wackelnde Irre, ein stotternder Poenus, ein alter Narr aus dem Land der Celtae und eine knurrende Bestie – du scheinst einen erlesenen Geschmack zu haben.«
Wie von einem Peitschenhieb getroffen fuhr Antopa hoch und stürzte sich auf ihn.
»Du Mistkerl!« keuchte sie, doch da hatte er sie schon bei den Händen gepackt und hielt sie fest. Und in dieser körperlichen Nähe flakkerte in ihrer beider Augen etwas auf, das ihre wahren Gefühle verriet und sie Sekunden einander auslieferte. Aber schon senkten sich seine Lider wieder über die dunkelflammenden Augen, und sein Gesicht erstarrte. Abrupt gab er ihre Hände frei, wandte sich ab und ging zu seinem Pferd zurück. Während er anritt, drehte er sich nochmals nach ihr um:
»Wenn du möchtest, daß wir uns wieder treffen, bevor ihr nach Roma geht, dann komm allein. Nicht im Kreis deiner skurrilen Absonderlichkeiten!«
»Ich tue, was mir paßt!« rief sie trotzig, wie ein Kind mit dem Fuß aufstampfend.

»Ich auch!« kam seine lakonische Antwort, bevor er zwischen den Bäumen verschwand. Antopa hätte vor Zorn am liebsten laut losgeheult, während Cenobis leise lachte:
»Lucius und Antopa beißen und kratzen wie Sitah, wenn wütend. Aber sie sehr verliebt. Sie machen großen Circus.«
»Halt deinen Mund!« fuhr sie ihn an. »Und verbreite keine solchen Lügengeschichten!« Immer noch wütend stapfte sie mit langen Schritten zum Haus hinüber. Cenobis sah mit einem wissenden Lächeln hinter ihr her.

Es vergingen Tage, bis Lucius wieder auftauchte. Aufgeregt lief ihm Antopa entgegen, doch er sah sie nur kühl an und ritt voraus zum oberen Ende des Sees. Dort saßen sie nebeneinander im Gras, sprachen jedoch nicht viel, sondern blickten die meiste Zeit schweigend über die leicht gekräuselte Wasserfläche. Nach einer Weile erhob er sich und ging zu seinem Pferd.
»Ich werde morgen nach Roma zurückreiten«, sagte er wie nebenbei. »Vielleicht sehen wir uns dort wieder. – Und vielleicht nehme ich dich sogar mit nach Karthago.« Damit saß er auf und ritt davon.

Antopa starrte hinter ihm her. Er war von ihr gegangen, ohne sich zu verabschieden, ohne zu sagen, was sie hoffte, daß er sagen würde! Nicht einmal versprochen hatte er, sie in Rom zu besuchen! Und was sollte das mit Karthago? Was hatte er damit gemeint? Wieder einmal warf er ihr einen Brocken hin, erklärte nichts, bestimmte nur ...
»Er ist verrückt! Total verrückt!« heulte sie wütend und verletzt auf. »Er kann doch nicht normal sein!«
Stöhnend sank sie ins Gras, köpfte alle erreichbaren Blumen, die ja nun wirklich nichts für ihren Seelenzustand konnten, und hieb sie mit der Faust in den weichen Boden. Sie fühlte sich in einer Weise zurückgestoßen, die sie nicht ertragen konnte. – Nicht von ihm!

Eine Woche später kehrte sie mit der Familie und dem gesamten Haushalt nach Rom zurück.

GELUNGENER HANDSTREICH

213/212 v. Chr.

Wieder in Rom begab sich Antopa sofort zu Floruna, mußte jedoch bestürzt feststellen, daß ihre Freundin und ihr Vater verschwunden waren, unauffindbar. In ihre Turmwohnung war ein altes, schmuddeliges Ehepaar aus Ostia einquartiert worden, aber alle Möbel und fast das gesamte Eigentum der früheren Bewohner waren noch vorhanden. Trotz der heftigen Proteste der habgierigen Alten ließ Antopa es kurzerhand zum Aventinus hinaufbringen. Auch Valeria zeigte sich äußerst beunruhigt. Sie konnte sich ebenfalls nicht vorstellen, daß die beiden einfach alles liegen- und stehengelassen hätten, wenn sie freiwillig fortgegangen wären. Sie bat Senator Fulvius Flaccus, bei allen amtlichen Stellen Nachforschungen anzustellen, doch er konnte kein Licht in das Dunkel bringen. Fabius Maximus hingegen brachte in Erfahrung, der Sattelmacher Rufus und seine Tochter seien am Fieber gestorben. Doch mochte er selbst nicht so recht daran glauben, denn seltsamerweise wußte niemand etwas über den Verbleib ihrer Leichen.
Antopa gab nicht auf und verlegte ihre Suche nunmehr in die Subura. In diesem Viertel hauste neben der Plebs auch viel Gesindel, das wie kaum ein anderer Teil der Bevölkerung, durch geheimnisvolle Kanäle versorgt, über alle Geschehnisse in der Stadt bestens unterrichtet war. Doch bisher hatten weder Antopas Bemühungen noch die in Aussicht gestellte Belohnung einen Erfolg gezeitigt.

Der nach Wochen wieder aufgetauchte Lucius endlich stellte neue Vermutungen an. Bei einem Festgelage hatte Marcella eigenartige Bemerkungen fallen lassen, und da er von Antopas stadtbekannten Nachforschungen wußte, ging er am nächsten Tag zu Glaucus und setzte ihn so unter Druck, daß er schließlich von seinem abgebissenen Ohrläppchen sprach.
»Aber ich weiß nicht, wo diese Schlampe und ihr Vater geblieben sind«, schwor er, was ihm Lucius jedoch nicht glaubte, schon gar

nicht, als Glaucus noch am selben Abend mit Sack und Pack aus der Stadt verschwand.
Daraufhin beschwatzte Lucius vier seiner Freunde von der Tempelwache und ritt mit ihnen und Antopa direkt zum berüchtigten Carcer am Capitolinus. Während die Reiter mit wichtigtuerischer Miene Aufstellung nahmen, hielt er der Wache ein Wachstäfelchen unter die Nase, das sie natürlich nicht lesen konnten, und behauptete, Auftrag zu haben, das Mädchen von der Porta Sanqualis für eine Zeugenvernehmung abholen zu müssen. Einer der Wachhabenden nahm sofort einen Schlüsselbund vom Haken, was Lucius' Vermutung bestätigte.

Antopa schwitzte vor Aufregung, zumal sie einer der beiden Wachhabenden mißtrauisch musterte, doch Lucius tat mögliche Bedenken mit einer Handbewegung, die seine hochfahrende Art noch unterstrich, sofort ab.
»Meine zweite Zeugin«, näselte er, zog Antopa hinter sich her, und gemeinsam stiegen sie die dunklen, feuchten Treppen bis ins unterste Stockwerk hinab.
Antopa schauderte, als sie im flackernden Licht der Fackeln um sich blickte. An beiden Seiten des Ganges reihten sich Kerkerzellen wie Käfige aneinander, deren Decken so niedrig hingen, daß kein Mensch aufrecht darin stehen konnte. Das feuchte Gemäuer war von Schimmel überzogen, und die dicken Eisenstäbe der Gitter bedeckte Rost. Der mit groben Steinquadern ausgelegte Gang war so glitschig, daß man ständig Gefahr lief auszurutschen. Nirgends gab es Fenster, durch die das Tageslicht hätte eindringen können, so daß es hier unten immer stockdunkel blieb. Es stank nach Moder, faulendem Stroh, Schweiß und menschlichen Exkrementen, daß es einem den Atem nahm.
Als es beim Aufleuchten der Fackel hinter den Gittern plötzlich lebendig wurde, wich Antopa entsetzt von den Zellen in die Mitte des Ganges zurück. Skelettartige Hände streckten sich durch die Gitterstäbe, verschmutzt und mit ekelhaften Geschwüren bedeckt. An das Eisen preßten sich graue, eingefallene und ebenfalls schwärenübersäte Gesichter mit tiefliegenden, irren Augen und spitz hervortretenden Nasen und Wangenknochen. Aus den meist zahnlosen, üblen Geruch ausströmenden Mündern kam ein Winseln und Heulen, das nichts Menschliches mehr an sich hatte. Antopa zog es förmlich die Kopf-

haut zusammen. Mit zitternden Knien wankte sie hinter Lucius den Gang entlang, ständig bemüht, den gräßlichen Händen nicht zu nahe zu kommen.

Plötzlich hielt der Wächter an.

»Aufsperren!« befahl Lucius kurz, nahm dem Mann die Fackel aus der Hand, bückte sich durch die niedrige Tür und leuchtete das modrige Loch aus. Am Boden hockte auf stinkendem, fauligem Stroh eine Gestalt, in schmutzige, zerfetzte Lumpen von unbestimmbarer Farbe gehüllt, den weißhaarigen Kopf tief auf die Brust gesenkt. Sie bewegte sich nicht. Antopa starrte fassungslos auf dieses Bündel Mensch hinab.

»Floruna?« flüsterte sie, fragend und ungläubig. Das Wesen hob langsam den Kopf und blickte mit glanzlosen Augen auf. Antopa schien sich der Boden unter den Füßen zu entziehen, und sie spürte nicht, wie Lucius sie stützte. Sie sah nur dieses Gesicht, das aussah wie das von Floruna, das aber so schrecklich entstellt war, daß es sie schauderte. Florunas Lippen waren aufgeworfen, mit Blasen überzogen, die Nasenflügel durch Geschwüre verformt, die Augen tief in den Höhlen liegend und die Haut schuppig und grau über die hervorstehenden Knochen gezogen. Ihr Haar war weiß wie das einer steinalten Frau. Ein grauenhafter Anblick.

»Antopa?« kam es krächzend und ungläubig von Florunas verwüsteten Lippen. Sie konnte wohl ebenfalls nicht fassen, was sie sah. Nach Wochen in völliger Dunkelheit mußte ihr der Anblick Antopas als ein Trugbild erscheinen, eine Vision, die sich gleich wieder im herankriechenden Wahnsinn auflösen würde. Zögernd tastete sie nach Antopas Gesicht, doch als sie unter ihren zitternden Fingern die Wahrheit erfühlte, sank sie haltlos zur Seite. Die Aufregung dieses Augenblicks war zu groß gewesen.

Lucius hob trotz seines Ekels das bewußtlose Mädchen vom Boden hoch und schleppte es zusammen mit den Wachsoldaten nach oben. Dabei fragte er nach Rufus, doch von einem Alten namens Rufus wußte niemand. Antopa und Lucius warfen sich einen Blick zu, der zeigte, daß sie seinen Tod befürchteten. Auf der Straße schlug Floruna endlich die Augen auf, doch das ungewohnte Licht schmerzte sie derart, daß sie sofort wieder die Lider senkte.

Antopa trat rasch zu ihr und fragte nach Rufus.

»Vater?« flüsterte das Mädchen mühsam. »Er ist schon lange tot.«

Nun war es also gewiß, doch ihn zu betrauern, war jetzt nicht die Zeit. Lucius' vier Soldatenfreunde halfen, Floruna aufs Pferd zu setzen, wo er die völlig Kraftlose festhalten mußte. Sein Gesichtsausdruck betonte den Ekel, den er dabei empfand. Doch Antopa war dies im Augenblick gleichgültig, Hauptsache er half. Nachdem sich die vier Reiter hinter dem Forum mit vieldeutigem Grinsen über den gelungenen Streich verabschiedet hatten, ritt Lucius mit den beiden Mädchen schweigend den Aventinus hinauf.
Zu Hause ließ Valeria, die große Mühe hatte, ihre Erschütterung zu bewältigen, sofort ein Lager richten und schickte nach Silverus. Antopa aber ließ ihrem Zorn auf diesen »hinterhältigen Bastard Glaucus« und ihrem Schmerz über Rufus' Tod endlich freien Lauf. Und das in bestem, unverfälschtem Soldatenjargon, so daß Valeria wieder einmal reichlich Gelegenheit fand, über ihre Ausdrucksmöglichkeiten zu staunen.
»Beruhige dich endlich«, versuchte Lucius ihre Wut zu bremsen, »im Augenblick kannst du seiner sowieso nicht habhaft werden, nachdem er das Weite gesucht hat.«

Silverus' Blicke wanderten neugierig zwischen den beiden hin und her. Was hatte es mit dieser Freigelassenen vom Sanqualis nur für eine Bewandtnis, fragte er sich wieder einmal, nachdem nicht nur die Marianus Valus dauernd mit ihr zu tun hatten, sondern jetzt auch noch dieser hochnäsige Sohn des Senators Gaius Fulvius Flaccus. Doch was ging es ihn an, tat er die Sache ab und warf einen mißtrauischen Blick auf Antopa, ob sie ihm womöglich wieder ins Handwerk pfuschen wollte wie damals bei Marcus' Verwundung.

Während Floruna erschöpft schlief, ließ sich Antopa im Perystil neben Lucius nieder.
»Jetzt muß ich also zu deiner kuriosen Leibgarde auch noch diese Freigelassene zählen, die von niedrigem Stand ist und außerdem ekelerregend aussieht«, spottete er.
Antopa blitzte ihn zornig an.
»Du bist ein Scheusal! Mich wundert nur, daß du mir geholfen hast, diese ›ekelerregende‹ Freigelassene zu finden.«
»Das Mädchen war mir egal. Es hat mir einfach Spaß gemacht, etwas zu schaffen, was euch mit all euren Freunden und Beziehungen nicht

gelungen ist. Außerdem wollte ich dich bloßstellen.« Wieder zog ein beleidigendes Lächeln seine Mundwinkel hoch. »Denn eigentlich müßtest du dir wirklich einmal eingestehen, daß du immer Menschen um dich versammelst, die dir hörig sind. Sogar ein wildes Tier hast du deinem Willen unterworfen. Ja, ich weiß, mit viel Liebe würdest du sagen, aber doch immer in der Erwartung, noch mehr Liebe zurückzubekommen. Und seltsamerweise bekommst du sie auch von allen Seiten, vielleicht weil die Menschen zu dumm sind, dich zu durchschauen.«

»Mir ist niemand hörig, verstehst du?« fuhr sie empört auf. »Und ich lege auch keinen Wert darauf, von jedem geliebt zu werden, von dir schon gar nicht!«

»Doch, Mädchen, du legst Wert darauf. Womöglich verliebe ich mich tatsächlich eines Tages in dich. Aber merke dir: Dann wird es mein Wille sein und nicht der deine!«

»Du bist verrückt, Lucius! Total verrückt!« fauchte sie hilflos, geriet aber doch durcheinander bei dem Gedanken an das, was er über sie gesagt hatte. Sie würde später einmal gründlich darüber nachdenken müssen ...

»Natürlich bin ich verrückt, weil ich sage, was ich denke. Und das ist in dieser Welt der Heuchelei tatsächlich eine Verrücktheit.«

»Nein, Lucius, das ist es nicht, was ich meine und was mich an dir stört«, erwiderte sie. »Nicht, was du sagst, sondern wie du es sagst, ist verletzend. Mich empört deine Geringschätzigung anderer Geschöpfe, deine Grausamkeit, mit der du das Schicksal eines lebenden Wesens beurteilst, dein Hochmut und deine Überheblichkeit.«

Ihre Augen sprühten und blitzten in dunklem Feuer, und Lucius betrachtete sie geradezu fasziniert.

»Karthago-Mädchen, warum gibst du dich eigentlich mit einem Mann, wie von dir beschrieben, überhaupt ab?« Es war offensichtlich, daß er sie demütigen wollte, denn er wußte um ihren Zustand. Und es gelang ihm auch.

»Ich weiß es nicht«, rang sie sich mit gesenktem Kopf ab.

»Aber ich weiß es«, sagte er boshaft, und, ohne ihr Zeit für eine Gegenrede zu lassen, erhob er sich und ging.

Verwirrt horchte sie dem verklingenden Hufschlag nach. Sie wußte nicht, was sie diesem Mann gegenüber wirklich empfand. Es störte sie so vieles an ihm, und doch erzitterte sie, wenn sie nur seine Stimme hörte.

Floruna genas überraschend schnell unter der fürsorglichen Pflege von Valeria, Antopa und Silverus, doch es war nur ihr Körper, der gesundete. Sie lehnte es auch entschieden ab, noch länger im Haus zu bleiben, nahm aber dankbar an, daß im Turm das oberste Stockwerk für sie hergerichtet und ihre Sachen dorthin gebracht wurden. Schon bald zog sie nach dort um, wo ihre Erinnerungen an ihr früheres Leben und deren Menschen zu Hause waren.
Antopa besuchte ihre Freundin nun beinahe täglich, doch diese sprach weder über das Vergangene, noch über ihre Gedanken an eine Zukunft, sondern hörte nur verloren lächelnd Antopas Geplauder zu. Nur einmal sagte sie
»Antopa, ich bitte dich von Herzen, sag nie ein Wort zu Claudius von dem, was hier am Turm geschehen ist. Bitte auch Valeria darum. Sie versteht mich sicher.«

Eines Tages stand plötzlich Lucius wieder vor Antopa. Ein eigenartiger Ernst lag in seinen Augen, als er statt jeder Begrüßung sagte:
»Ich bin gekommen, um dir zu sagen, daß ich nach Syracusae reisen werde. Ich möchte noch einmal versuchen, mein dortiges Eigentum zu sichern. Danach werde ich nach Karthago segeln.«
»Nach Karthago?« fragte Antopa atemlos.
»Ja, und du kommst mit mir«, erwiderte er, als spreche er von der selbstverständlichsten Sache der Welt.
Antopas Herz begann wie wild zu hämmern. Sie starrte ihn entgeistert an. Sie mit Lucius nach Karthago?
»Aber ich kann doch nicht einfach von hier weggehen!« Es klang wie ein Hilfeschrei.
»Warum nicht? Was hält dich zurück?«
»Lucius verstehst du nicht, was diese Menschen hier für mich getan haben?«
»Was haben sie denn getan?« fragte er, ein kaltes Glitzern in den Augen. »Sie haben dich behandelt, wie man normalerweise einen Menschen behandelt, sonst nichts. Und sie haben es freiwillig getan. Du bist ihnen nichts schuldig. Jedenfalls biete ich dir die Chance, deine Heimat wiederzusehen, aber wenn du das nicht möchtest, dann bleibst du eben hier.« Seine Augen straften seine vorgegebene Gleichgültigkeit Lügen, und als er sich dessen durch Antopas Staunen bewußt wurde, wandte er sich sofort zum Gehen. Doch sie hielt ihn zurück.

»Lucius, es ist Krieg. Solche Reisen sind nicht so einfach zu bewerkstelligen. Vielleicht sogar gefährlich.«
Nun lächelte er:
»Ich verstehe nicht! Du, die du von Karthago gekommen bist, durch Iberia gezogen, im Winter über die Alpes marschiert, vom Norden bis in den Süden nach Cannae und von dort nach Roma? Wovor hast du noch Angst?« Doch bevor sie etwas erwidern konnte, fuhr er fort:
»Ich habe gute Verbindungen nach beiden Seiten. Also überleg es dir, ob du mitkommen willst. Allerdings könntest du höchstens Hakir mitnehmen« und, ohne eine Antwort abzuwarten, drehte er sich um und verschwand.

Erregt ließ sich Antopa auf den Rand des Brunnens nieder. In ihr brodelte es von wild durcheinander jagenden Gedanken und Gefühlen. Ein Teil ihres Herzens zog sie unwiderstehlich der Stadt ihrer Kindheit entgegen, doch der andere Teil, der hier in Rom verwurzelte, hielt sie wie mit Eisenklammern fest. Verzweifelt starrte sie vor sich hin. Was sollte sie tun? – Mutter mußte die Entscheidung treffen!
Nachdem sie Valeria von Lucius' Vorschlag erzählt hatte, sah diese eine ganze Weile nachdenklich vor sich hin, bis sie endlich langsam und bedächtig sagte:
»Kind, ich wußte ja, daß du eines Tages den Wunsch haben würdest, in deine Heimat zurückzukehren, und dieser Gedanke hat mich stets traurig gemacht. Doch du darfst dich nicht an uns gebunden fühlen, denn du bist nur ein Geschenk auf Zeit für uns. Genauso wie eigene Kinder auch. Wenn du also gehen mußt, dann geh. Aber denk immer daran: Wir alle wünschen, daß du eines Tages wieder zu uns zurückkehrst. Du mußt jetzt also keine endgültige Entscheidung treffen.«
Antopa war gerührt und erleichtert zugleich. Ihrem Wesen entsprechend hatte sie sich an diesem Abend dazu entschlossen, mit Lucius nach Karthago zu gehen, nur zu Besuch, wie sie immer wieder versicherte.

Valeria dachte jedoch weiter. Es war ein weiter Weg bis nach Karthago und Lucius ein junger, attraktiver Mann! Konnte sie ihm Antopa überantworten? Aus dieser Sorge heraus besprach sie sich mit ihm, ruhig und freimütig.
»Nun«, schloß sie, »sage mir offen und ehrlich, was ich von dir zu halten habe.«

Er erhob sich, ging einige Schritte auf und ab und blieb dann vor ihr stehen. Sein Gesichtsausdruck war ebenso ernst wie ihr eigener, und aus seinen Worten klang die Ehrlichkeit, die sie von ihm erwartete:
»Valeria Marianus Valus, was du von mir zu halten hast, kann ich dir nicht sagen. Ich kann dir jedoch versprechen, daß ich das Mädchen während der Reise nicht anrühren werde. – Das ist es doch, was du zugesichert haben wolltest?«
Valeria atmete auf. Es war ihr wahrhaftig nicht leicht gefallen, in solcher Offenheit zu sprechen.
»Warum nimmst du sie überhaupt mit?« forschte sie.
Er wandte sich ab, und es dauerte eine ganze Weile, bis er antwortete:
»Ich bin mir sicher, daß ich sie eines Tages heiraten möchte. Aber erst wenn sie weiß, wohin sie gehört.«
»Lucius, Antopa hat entscheidende Jahre ihres Lebens in Roma verbracht, und ihr Denken und Fühlen ist romanisch geworden. Aber das mußt du wohl selbst herausfinden. Jedenfalls danke ich dir für deine Offenheit. Ich vertraue dir, Lucius Fulvius Flaccus, und werde den Segen der Götter für euch und eure Reise erbitten.«
Eine Weile blieb es still, und es war Valeria, die das Gespräch wieder aufnahm:
»Und bitte, Lucius, laß nicht zu, daß Antopa auch nur ein Haar gekrümmt wird. Ich habe große Angst um sie, da euer Weg über das belagerte Syracusae geht. Und befände sich nicht Marcus dort, hätte ich noch mehr Angst.«
Lucius schnellte herum und stieß mit zusammengezogenen Brauen hervor
»Valeria, du hast mich nicht verstanden. Ich gehe nicht nach Karthago, nur um herauszufinden, ob sich Antopa als Romana fühlt, sondern vor allem, um zu erfahren, wie sie zu Marcus steht.«
Valeria sah ihn irritiert an.
»Glaubst du etwa, daß sie für meinen Sohn mehr empfindet, als ich geahnt habe?«
In Lucius' Stimme schwang seine ganze Erregung mit, als er heiser hervorstieß:
»Bist du denn blind, Valeria? Hast du nie gesehen, wie ihr das Blut in den Kopf steigt, wenn nur sein Name fällt? Hast du das wirklich nie bemerkt?«
»Aber Lucius, das hat doch ganz andere Gründe ...«
Er unterbrach sie mit einem spöttischen Lachen.

»Ihr Frauen seid doch wirklich mehr als nur naiv! Sogar du, Valeria, von der ich anderes erwartet hatte. – Aber lassen wir das, darüber hast nicht du dir den Kopf zu zerbrechen, sondern ich.«

Ein beinahe böser Ausdruck verdüsterte seine ohnehin dunklen Augen, doch unter Valerias forschendem Blick senkte er rasch die Lider und sah unbewegt wie immer drein. Mit leichtem Kopfnicken verabschiedete er sich und verließ mit raschen Schritten das Haus.

Valeria saß noch lange regungslos, die Hände im Schoß verschränkt. Zu viele wirre Gedanken stürmten auf sie ein. Antopa, Marcus, Lucius ... Sie wußte nicht, was sie denken sollte, was sich wünschen ...

DER ENTSCHLUSS

212 v. Chr.

Acht Jahre Krieg waren übers Land getobt. Manches andere Volk hätte in solcher Lage längst alle Hoffnung begraben, nicht so Rom. Mit unverminderter Kraftanstrengung führte es seinen Kampf nicht nur gegen Hannibal selbst fort, sondern in Spanien durch die beiden Scipionen auch gegen dessen Brüder Hasdrubal und Mago, sowie durch Praetor Marcus Valerius gegen den Macedonierkönig Philippos, den er in die Flucht geschlagen hatte. In Sizilien aber waren fast alle Städte inzwischen von den Karthagern besetzt. Unter großen Mühen konnten zwar immer wieder einige kleinere zurückgewonnen werden, doch war dies alles ohne ausschlaggebende Bedeutung, so lange sich Syracusae nicht endlich in römischer Hand befand.
Dort war auf den verstorbenen König Hieron, wie von Rom befürchtet, der machtgierige Hieronimus gefolgt, der noch im Jahr seines Amtsantritts einem Attentat zum Opfer gefallen war. Seitdem befand sich die Stadt in den eisernen Händen der karthagischen Emissäre Hippokrates und Epikydes, welche die Bestrebungen vieler Bürger, zum römischen Bündnis zurückzukehren, in grauenhaften Blutbädern ertränkten.

Und immer noch lagen die Römer vor Syracusae, hinter sich ein ausgeplündertes, abgebranntes Land, vor sich eine unüberwindliche Mauer. Marcellus' Lage verschlechterte sich zusehends. Zur Verwunderung nicht nur der Römer landete nach jahrelanger Untätigkeit des Rats der Hundert in der Gerusia unter Himilkos Führung ein starkes karthagisches Herr bei Herakleia Minoa und besetzte das nördlich gelegene Akagras. Hippokrates rückte mit einem starken Truppenteil aus Syracusae aus, wodurch Marcellus' Lage zwischen der Besatzung der Stadt und den beiden Landheeren äußerst kritisch wurde. Durch inzwischen herangeführte Verstärkung gelang es ihm jedoch, die Besatzung in die Stadt zurückzutreiben und die beiden Entsatzheere in die Sümpfe des Anapos zu jagen. Bald brachen dort verheerende Seuchen aus, denen sowohl Hippokrates, wie später auch Himilko erlagen. Der Rest der beiden Heere, größtenteils einheimische Sikaner, die mit dem verheerenden Klima besser zurecht kamen, verlief sich in die benachbarten Städte.

Noch einmal unternahmen die Karthager einen Versuch, die Stadt von der Seeseite her zu retten. Aber Marcus rang in erbittertem Kampf die karthagische Flotte nieder, und Bomilkar entfloh mit dem Rest seiner Schiffe nach Karthago.

Marcellus war es mittlerweile gelungen, in die Vorstädte einzudringen, die sich von der »Insel« und der eigentlichen Stadt am Strand Achradinas gegen das innere Land hin erstreckten, und bald darauf bekam er auch die Festung Eryalos in die Hände. Jetzt ging es nur noch um Achradina, aber gerade dieser Stadtteil bestand aus einer einzigen, groß angelegten Festung. – Und noch immer stand Archimedes mit seinem Einfallsreichtum hinter der Mauer.

Auf italischem Boden befand sich Hannibal zu ungefähr gleicher Zeit vor der Stadt Tarracina in ähnlicher Lage. Auch er versuchte schon lange Zeit vergeblich, die von den Römern besetzte Stadt zu erstürmen. Doch eines Tages wurden ihm Nico und Philemos, zwei junge Tarraciner gemeldet, die ihm die Hilfe der Einwohner antrugen.

»Warum tun sie das?« fragte Hannibal mißtrauisch.

»Sie dürsten nach Rache«, erwiderte der schwerfälligere Philemos.

»Erst vor kurzem haben die Romani unseren Gesandten Philos und Geiseln aus unserer Stadt ausgepeitscht und vom tarpejischen Fels aus zu Tode gestürzt«, erklärte Nico.

Hannibal wußte davon, und sein Mißtrauen legte sich. Ruhig hörte er sich die beiden Männer an.

»Wir haben schon einige Male die Stadt verlassen, um auf die Jagd zu gehen«, führte wiederum Nico aus. »Die Wachen am Tor ließen uns immer anstandslos hinaus, nachdem sie jedesmal einen gehörigen Anteil von unserer Beute erhielten.«

»Und wie, haben sich die Bürger von Tarracina gedacht, könnten wir die Mauer überwinden?« fragte Hannibal.

»In drei Tagen gibt Claudius Livius im Museion ein Festessen, zu dem fast alle Romani eingeladen wurden. Dabei wird viel Wein fließen, vor allem bei den Wachen am Tor.« Nico blinzelte vielsagend. »Und wenn wir selbst unseren letzten Schluck opfern müßten.«

»Hoffentlich nicht«, sorgte sich Philemos.

Hannibal besprach sich ausführlich mit den beiden und schickte sie dann mit vom Heer gestiftetem Kleinvieh in die Stadt zurück.
Am Festabend des Stadtkommandanten schleppten die beiden jungen Tarraciner einen angeblich von ihnen erlegten Eber zum Tor, wo sie von den Wachen mit ausgelassener Freude empfangen wurden. Doch hinter ihnen drängten in Bereitschaft gelegene Karthager herein, die sich auf die überraschten Wachen stürzten und sie lautlos töteten. Durch das nun offene Tor gelangten Hannibals Truppen kampflos in die Stadt, und es war ein Leichtes, die Römer zu überrumpeln und niederzumachen. Noch vor dem Morgengrauen sah sich Hannibal im Besitz der Stadt. Den auf dem Forum zusammengelaufenen Tarracinern befahl er, ihre Namen an den Haustüren anzubringen, alle anderen Häuser, nunmehr als römische kenntlich, gab er zur Plünderung frei. Hannibal konnte befreit von wochenlangem Druck aufatmen.
Dennoch verlor er sich, kaum daß es in der Stadt ruhig geworden war, in düsterem Schweigen, während er bedächtigen Schrittes ein Stück der gewaltigen, verlassenen Festungsmauer entlangwanderte. Nach einer Weile ließ er sich an einem Platz nieder, der einen ungehinderten Blick gewährte auf das langsam aus der Dämmerung hervortauchende Meer tief unter ihm. In Gedanken versunken sah er mit blinden Augen darauf nieder, bis ihn ein unbeschreiblich schöner Sonnenaufgang seiner Versunkenheit entriß und in die Gegenwart dieses rotgoldenen Lichtes führte.
Ein Diener stellte mit unbewegter Miene ein kleines Tischchen mit kaltem Imbiß vor ihm ab, ebenso einen Krug Wein und dazu wie immer den Becher mit dem eingravierten Bild von Saguntum. Obwohl er seit dem gestrigen Angriff nichts gegessen hatte, verspürte er noch immer keinen Hunger und nahm nur einen Schluck unverdünnten Wein zu sich.
Sosylos, der unbemerkt herangekommen war, sah besorgt auf seinen ehemaligen Schüler, dessen sonst so imponierende Erscheinung seltsam zusammengesunken wirkte. Er wußte, daß Hannibal trotz des eben erst errungenen Sieges Sorgen bedrückten.
Jetzt bemerkte Hannibal den betagten Mann und wendete ihm sein Gesicht zu, in das Wind und Wetter tiefe Furchen gegraben hatten. Aber noch mehr die Jahre unmenschlicher Anstrengungen, Sorgen und Enttäuschungen.
»Es steht nicht gut, Sosylos«, sagte er nach einer Weile zu dem still verharrenden Begleiter vieler Jahre.

»Ich weiß«, erwiderte dieser in dem Ton, mit dem er leidenschaftslos über den Dingen zu stehen gewohnt war.
»Roma erscheint mir wie eure Hydra«, fuhr Hannibal mit umwölkter Stirn fort. »Ich kann gar nicht so viele Köpfe abschlagen, als ihr immer wieder nachwachsen. Überlege, Sosylos, von einigen unbedeutenden kleineren Niederlagen abgesehen habe ich eine Schlacht nach der anderen gewonnen; auch von Hasdrubal, der die Romani über den Iberus zurückgeworfen hat, kommen laufend Siegesmeldungen; Syracusae hat den Romani mittlerweile Tote über Tote gebracht; schon zweimal habe ich die Belagerung von Capua gesprengt; aber – und jetzt komme ich auf den Punkt –, obwohl ich dort zwei Consular-Legionen gräßlich dezimiert habe, stehen sie jetzt um die Legion des Praetors Claudius Nero verstärkt wieder davor. Du siehst, mein Alter, je mehr Romani ich töte, desto mehr stampfen sie aus dem Boden. Es ist unglaublich!«
Sosylos ließ sich neben ihm nieder, faltete sorgsam seinen Umhang über seinen knochigen Knien zusammen und schwieg. Er wußte, was Hannibal jetzt nottat.
Dieser zog hörbar den Atem ein, bevor er, sich voll dem alten Mann zuwendend, fortfuhr:
»Weißt du noch, Sosylos, als ich diesen Krieg begann, standen uns keine vier Legionen gegenüber. Jetzt sind es mehr als dreiundzwanzig! – Und Hasdrubal berichtete mir, daß außer den gerade kämpfenden Legionen in Iberia mehr als 35000 Mann die Pässe sperren. Als Marcellus in Syracusae von allen Seiten her eingeschlossen wurde, bekam er sofort so viel Verstärkung, daß er sämtliche Angreifer zu Lande und zu Wasser verjagen konnte.« Hannibal starrte seinem ehemaligen Lehrer in die altersblassen Augen und beschwor ihn förmlich um eine Erklärung: »Sosylos, wie ist so etwas möglich? Was ist diese unglaubliche Kraft, die die Romani immer und immer wieder nach jeder Niederlage sich stärker als zuvor erheben läßt?« Noch bevor dieser antworten konnte, sprach er schon wieder weiter: »Damals, nach der Schlacht am Ticinus, habe ich beim Anblick der getöteten Romani zum ersten Mal die Macht gespürt, die hinter ihnen steht. Aber was, bei allen Göttern, ist es?«
Sosylos strich bedächtig eine Falte seines Rockes glatt, schob seine Hände hinter den Gürtel und strich mit den Daumen gedankenverloren über die reichverzierte Schnalle.
»Es ist die Erde, mein Sohn«, sagte er versonnen. »Ja, der Boden, aus

dem sie wachsen. Immer wieder neu, so wie das Gras, wenn es abgeschnitten wird. Derselbe Boden, aus dem bereits ihre Eltern und Großeltern wuchsen, und aus dem auch wieder ihre Kinder und Kindeskinder kommen werden. Es ist das Vaterland, das sie mit fast übermenschlichen Anstrengungen verteidigen. Seit Jahren vernichtest du einen Romanus nach dem anderen, aber seit Jahren wachsen mindestens genau so viele wieder nach. Immer die gleichen Landsleute mit denselben Wurzeln.«

Er hielt inne, und Hannibal durchforschte nachdenklich das eben Gesagte. Er bedachte seine eigene Lage, und wieder wurde ihm schmerzlich bewußt:

»Den Kern *meiner* Truppen hingegen haben die Kriegsjahre fast völlig aufgezehrt. Es sind nur noch wenige von denen übrig, die einst mit trunkenen Siegeshoffnungen erfüllt von Iberia aufgebrochen sind und die Weiße Mauer überstiegen haben, um Roma ins Herz zu treffen. Das wolltest du mir damit wohl sagen«, schloß er sorgenvoll.

»So ist es, mein Sohn«, stimmte er zu. »Alles, was seitdem deinem Heer beigetreten ist, sind Hilfstruppen, die für Lohn, Raub oder ganz persönlichen Ruhm kämpfen. Alles verschiedene und sehr vergängliche Dinge. Die Romani dagegen kämpfen in jeder Generation, die heranwächst, für das Gleiche, Unvergängliche: Für ihre Erde, für ihre Heimat. Und das ist die Macht, die hinter ihnen steht. Nichts Geheimnisvolles, sondern Urtümliches, Wesentliches und Lebensnotwendiges. Aber all das weißt du ja selbst.«

Ja, er wußte es, doch Sosylos hatte in Worte gefaßt, was er nur unklar in seinem Inneren verspürt hatte. Aber immer schon wußte er um die große moralische Schwierigkeit, diese romanische Macht zu besiegen. Er war an die Brüstung getreten, und in seinen Augen spiegelte sich das rotgoldene Licht der am Horizont emporwandernden Sonne, während das ruhig anrollende Meer wie flüssiges, blendendes Silber glänzte.

»Und was rätst du mir dagegen zu setzen?« fragte er.

Sosylos räusperte sich, bevor er die Antwort gab, die er schon lange Zeit erwogen hatte:

»Es gibt für dich nur einen Weg, mein Sohn: die Wurzel aller Wurzeln zu vernichten! Du mußt das Nest zerstören und das Wahrzeichen und Symbol der romanischen Macht dem Erdboden gleichmachen!«

Hannibal nickte finster.

»Du hast sicher recht, aber ein Sturm auf die Stadt Roma ist ein ungeheuerliches Wagnis. Und du weißt das. – Vielleicht bestünde für mich eine geringe Chance in der Überraschung, in der sie in Panikstimmung einen Ausfall wagen. Aber so wie das unbezwingbare Syracusae in seinen Mauern einen Archimedes birgt, so birgt Roma einen Fabius Maximus, für den es keine Panik gibt.« Es war ihm anzusehen, daß es ihm gerade noch gelang, einen neuerlichen Seufzer zu unterdrücken. Zu schwer erschien ihm in diesem Augenblick die Last, die zu tragen, sein Schicksal war. Dennoch suchte er einen möglichen Weg: »Aus diesen und anderen Gründen bin ich immer noch der Überzeugung, dieses Roma mit politischen Mitteln bezwingen zu müssen. Den Schlüssel hierfür bietet mir im Augenblick Capua. Diese Stadt muß ich unter allen Umständen aus der Umzingelung befreien. Wenn sie mir gehört, sind alle umliegenden Städte mein. Das wäre endlich die große Wende in diesem Krieg!«

In seinen Augen glomm neue Hoffnung auf. Er trat an das Tischchen, griff nach seinem Sagunter Becher und umfaßte ihn nachdenklich mit beiden Händen. Dies tat er oft in letzter Zeit, und immer war es, als würde er ihm tatsächlich die nötige Kraft für seine Unternehmungen geben. Mit hartem Unterton in der Stimme, aus der alle eben noch preisgegebene Mutlosigkeit und Ratlosigkeit verschwunden waren, sagte er:

»Mein Entschluß steht fest: Ich werde die sechs Legionen des Appius Claudius, Fulvius Flaccus und Gaius Nero vor Capua trotz Wall und Graben vertreiben! Mit dreißigtausend Mann und den dreiunddreißig Elefanten, die Hanno hatte anlanden können, werde ich es zusammen mit einem Ausfall der Capuani schaffen! Der Krieg wird sich zu meinen Gunsten wenden!«

Wieder forschte Sosylos nachdenklich in des Feldherrn Miene.

»Und wenn du es nicht schaffst?« fragte er leise, kaum hörbar.

Hannibal fuhr herum, und einen Augenblick schien es, als wolle er sich auf den ruhig zu ihm Aufblickenden stürzen, doch dann besann er sich, ging einem neuen Gedanken nach und verkündete laut, fest entschlossen:

»Dann werde ich gegen Roma reiten! Die Romani werden ihre Legionen von Capua abziehen und ihrer Metropole zu Hilfe eilen! – Und vielleicht wird Roma sogar einen Ausfall wagen – obgleich ich es nicht glaube.«

Sosylos schwieg, fragte sich jedoch, welche Pläne Hannibal mit die-

ser Stadt wirklich hegte. Dachte er an Roma immer noch als an einen Pufferstaat gegen die Magna Graecia?
»Wir marschieren zum Berg Tifata vor Capua!« betonte Hannibal nochmals mit allem Nachdruck. »Es ist entschieden!« Und mit einer knappen Handbewegung entließ er den sich geräuschlos entfernenden Lehrer und Berater.

UNTERWEGS

212 v. Chr.

Bereits seit zwei Tagen war Antopa mit Lucius unterwegs nach Syracusae, gekleidet wie damals, als sie mit Hannibal geritten war, und ausgerüstet mit Pilum und Pfeil und Bogen. Und seit zwei Tagen hatten sie nicht mehr miteinander gesprochen. Lucius, immer ein paar Pferdelängen voraus, saß vor sich hinbrütend im Sattel, während Antopa mit trotzigem Gesicht hinterdrein trabte und sich herausfordernd auffällig um Liuta kümmerte.

Wegen ihr war ja dieser böse Streit ausgebrochen. Lucius hatte sich nur mit der Begleitung Hakirs einverstanden erklärt und widerwillig nachgegeben, als Antopa auch auf Sitahs Mitnahme bestanden hatte. Als ihr dann aber Liuta, die Antopas Abreise mit dem Instinkt eines Tieres erfaßt haben mußte, barfuß und mit aufgelösten Haaren nachgelaufen kam und Antopa ihren bettelnden Augen nicht widerstehen konnte, gebärdete er sich wie ein Wahnsinniger. Antopa ihrerseits kochte vor Wut und schrie wie ein sizilianischer Eselstreiber auf ihn ein, bis er wütend davonritt.

Zornbebend blickte sie hinter ihm her. Ließ sie dieser Kerl tatsächlich allein zurück! Erst als ihr Blick auf seinen Sklaven Bacus und seine Packtiere fiel, verstand sie, daß er ihr nur Angst einjagen wollte. Spät abends erwartete er sie, auf einem Baumstumpf sitzend und vor sich hinbrütend.

»Du hast Bacus und dein Gepäck vergessen«, stichelte sie.

Er sah finster zu ihr auf.

»Ich habe nichts vergessen«, knurrte er, offensichtlich immer noch wütend. Langsam erhob er sich, nahm schweigend ihr Pferd am Zaum und führte es zu einer halbverfallenen Scheune.

»Wir übernachten hier«, bestimmte er kurz und kümmerte sich im übrigen nicht mehr um sie. Nach dem einfachen Essen, das im wesentlichen aus heißem, honiggesüßtem Gerstenbrei bestand, wickelte er sich in einer Ecke in seine Schlafdecke. Er sprach kein Wort, auch nicht am nächsten Tag. Antopa fand dies allmählich unerträglich,

und sie versuchte, ihn wieder umzustimmen. Mit finsterem Gesicht fixierte er sie eine ganze Weile, bis er endlich sagte:
»Ob es dir nun paßt oder nicht: Ich werde deine kindische Barmherzigkeit nie verstehen.« Er drängte sein Pferd an das ihre: »Vor allem aber bin ich erbost darüber, daß ich nicht mehr Herr meiner Entscheidungen bin. Da du offensichtlich nicht bereit bist, nachzugeben, muß ich wohl oder übel einiges akzeptieren, denn ich will dich nicht verlieren. Schon gar nicht wegen dieses Wracks hier, das ich nicht ansehen kann, ohne daß mir schlecht wird!«
Antopa sah ihn atemlos an. »... ich will dich nicht verlieren«. – Wie hatte sie sich dieses oder ähnliches gewünscht! Doch wie lapidar war es nun über seine Lippen gekommen! Und wie häßlich hatte er im gleichen Atemzug von Liuta gesprochen! Wieder einmal befand sie sich im Zwiespalt ihrer Gefühle, den Lucius ständig in ihr heraufbeschwor.
Wie klar stand ihr dagegen Marcus vor Augen. Er war beständig, gelassen, in sich selbst ruhend, großmütig und gütig. Das gerade Gegenteil von Lucius. Und doch erlag sie diesem undurchsichtigen Lucius jedes Mal erneut.

Gegen Abend kamen sie zu einem kleinen, heruntergekommenen Bauernhof, dessen umgewühlte Felder vom Durchzug der Truppen mit allen verheerenden Folgen zeugten. Ein älteres Ehepaar mit seinem Sohn sah ihnen mißtrauisch entgegen, aber angesichts der vollbepackten Tiere hofften sie, daß ihnen die unerwünschten Besucher vielleicht doch nicht das letzte Stück Federvieh schlachten würden, um zu einem Abendessen zu kommen. Nur Sitah, die mit spielenden Ohren auf das Gackern der Hühner horchte, beunruhigte sie.
Lucius nahm die Hütte in Beschlag und richtete für sich und seine Begleiter ein Nachtlager. Hakir bereitete unterdessen das Abendessen, und danach wickelten sich alle fünf in ihre Decken.
Unruhig wälzte sich Antopa auf ihrem harten Lager von einer Seite auf die andere. Zu den Gedanken, die ihr fortwährend im Kopf herumgingen und zu denen sich das schon jetzt quälende Heimweh nach Rom und all den geliebten Menschen gesellte, kam die Schwüle in diesem übelriechenden Raum, die ihr den Schweiß aus allen Poren trieb. Mit einem gewaltigen Donnerschlag entlud sich endlich das schon seit geraumer Zeit am Himmel stehende Gewitter, und bald danach prasselte der Regen in wahren Sturzbächen auf das Strohdach

herab. Antopa stand leise auf und trat vor die Hütte. Welche Wohltat, als das Wasser an ihrem verschwitzten Körper herunterrann! Sie schüttelte das Haar in den Nacken und hob ihr Gesicht dem kühlenden Naß entgegen, einen wohligen Seufzer auf den tropfenden Lippen. Sie dachte nicht daran, daß die kurze Tunika, die sie unter dem abgelegten Lederzeug trug, binnen weniger Augenblicke völlig durchnäßt war und sie wie nackt erscheinen ließ.
Lautlos war Lucius hinter ihr aufgetaucht und stand erstarrt wie Philemon, den Jupiter in einen Baum verwandelt hatte. Mit steigender Erregung, feuchten Händen und trockenem Mund sog er den Anblick des schönen, schlanken Mädchenkörpers ein. Er schluckte und vermochte der brennenden Begierde in seinen Lenden kaum noch Herr zu werden. Doch mit schmerzlich in die Handflächen geschlagenen Fingernägeln konnte er sich nach einer Weile wenigstens äußerlich wieder beherrscht geben.
»Komm herein!« bellte er. »Ich mag solche Tricks nicht!«
Antopa verstand ihn erst nicht, doch als sie seinen Blicken folgend an sich herabsah, wußte sie, worüber er böse geworden war. Mit gesenkten Augen lief sie an ihm vorbei in die Hütte, wo sie sich auf ihrem Lager wie eine Katze zusammenrollte und den Kopf in den Armen vergrub.
Lucius zog sein nasses Hemd über den Kopf, breitete es zum Trocknen aus und legte sich nieder.
»Du ziehst dir besser ebenfalls dein nasses Zeug aus. Ich habe keine Lust, mich morgen mit einem fiebernden Weib abplagen zu müssen«, brummte er und drehte sich zur Wand.
Als das nasse Gewand auf ihrem Körper unangenehm zu dampfen anfing, befolgte sie seinen Rat und fiel bald danach in einen tiefen, traumlosen Schlaf.
Am frühen Morgen erwachte sie mit dem Gefühl, daß jemand ihre Decke hochzog und wieder über sie breitete. Als sie die Augen aufschlug, sah sie Lucius über sich gebeugt, mit nacktem Oberkörper und einem Gesicht, das an ein wildes Tier erinnerte, das mit glitzernden Augen seine wehrlose Beute belauert. Antopa stellte sich schlafend, doch hatte sie plötzlich vor ihm Angst.
Als er jedoch später mit gewohntem Ausdruck die Hütte verließ, beruhigte sie sich langsam wieder. Rasch streifte sie die nun trockene Tunika und ihr Lederzeug über, stopfte die Haare unter die Lederkappe und kümmerte sich um Liuta.

Plötzlich drang vom Hof her lautes Schreien. Erschreckt lief Antopa hinaus und sah, wie Lucius mit seiner Peitsche auf den am Boden liegenden Bauernburschen einschlug, daß diesem unter dem zerfetzten Hemd aus vielen Striemen das Blut hervorschoß. Mit dem Ausdruck grausamer Lust in seinem verzerrten Gesicht begleitete Lucius jeden Hieb mit grimmigem Knurren. Antopa war so entsetzt, daß ihr der Atem stockte.

Die beiden Bauersleute heulten, ihr Sohn habe den Sack aus Lucius' Vorräten nicht stehlen wollen und versuchten, ihm in den Arm zu fallen, doch er stieß sie mit einem einzigen Hieb von sich. Als die dikke, unförmige Frau dadurch stürzte und schwer auf den Boden aufschlug, wo sie wimmernd liegenblieb, lachte er nur höhnisch auf.

Nun konnte sich Antopa nicht mehr länger beherrschen. Sie sprang Lucius an, klammerte sich an ihm fest und trommelte ihm mit beiden Fäusten gegen die Brust. Er versuchte auch sie abzuschütteln, doch ihrer katzenhaften Geschmeidigkeit und Wendigkeit wurde er so rasch nicht Herr. Und dem Bauernburschen gelang inzwischen die Flucht.

Lucius' ganzer Zorn richtete sich nun gegen Antopa, doch die blieb ihm weder im Ton noch in den Ausdrücken etwas schuldig. Hakir und Bacus grinsten bewundernd. Was dieses Mädchen für Schimpfworte kannte! Phantastisch! – Im selben Augenblick preßte Lucius ihre Hände wie in einen Schraubstock in die seinen. Aufreizend langsam zog er sie an sich und drückte ihren Körper atemberaubend eng gegen den seinen.

»Weißt du, daß du das schönste und begehrenswerteste Mädchen Romas und Karthagos bist?« Er genoß die Situation mit diabolischem Lächeln. »Und daß du eines Tages ganz allein mir gehören wirst?«

Durch die ihr immer wieder unerklärbare Macht seiner Augen wurde der eben noch übermächtig tobende Zorn in ihr zurückgedrängt. In einem einzigen Atemzug ergriff Lucius völlig Besitz von ihr. Sie fühlte sich wie in luftleeren Raum taumeln, alles um sie herum verschwamm in undurchdringlichem Nebel, wurde gegenstandslos. Sie spürte nur noch seinen sehnigen Körper, der sich an den ihren preßte und ihn erzittern ließ. Ihr Blut wallte in heißen Wogen zum Herzen, nie gekannte Begehrlichkeit überflutete sie bis hinab zu den Schenkeln, und im trommelnden Pochen ihres Herzens fühlte sie sich ein-

gesogen von seinen Augen, dem Geruch seiner Haut, gehalten vom Druck seiner harten, kreisenden Knie. Ihr schwindelte, und sie hing mehr in seinen Armen, als daß sie auf ihren Füßen gestanden hätte.
»Du ...« keuchte sie heiser, jedes vernünftigen Gedankens beraubt.
»Was ist mit mir?« Sein Gesicht war gerötet vor Erregung.
»Du, du bist verrückt!« Es war nur ein leises Aufflackern ihres Verstandes.
Er lachte auf, zufrieden darüber, seiner eigenen Erregung bereits wieder Herr zu werden, während sie noch immer wehrlos auf den Wogen trieb, die über sie hinwegschwappten.
»Du wiederholst dich, Mädchen aus Karthago.« Mit seinem breiten Grinsen zeigte er, daß er um ihren Zustand genau wußte.
Heiße Scham durchflutete sie, und gewaltsam versuchte sie, sich endlich von sich selbst zu befreien.
»Was bist du nur für ein Mensch, Lucius!« schnaubte sie, riß sich von ihm los und rannte wie von tausend Furien gehetzt ins Haus. Dabei begleitete sie sein mutwilliges, triumphierendes Lachen.
Später folgte er ihr ins Haus und mahnte zum Aufbruch. Er gab sich wie immer, aber Antopa hatte ihre Unbefangenheit verloren.

Die Reise wurde von Tag zu Tag beschwerlicher und auch gefährlicher. Sie mußten nicht nur Hannibals Kriegsscharen ausweichen, sondern wegen ihres umfangreichen Reisegepäcks auch den Römern. So waren sie einmal sogar gezwungen gewesen, nachts zu reiten.
Liuta wurde immer quengeliger und war oft nur noch mit Gewalt auf ihr Pferd zu bringen. Auch Lucius und sein Sklave Bacus, an lange Ritte nicht gewöhnt, litten an vielerlei Beschwerden; am meisten aber Hakir, der sein Leben lang zu Fuß unterwegs gewesen war. Einzig Antopa, von klein an im Sattel und gewöhnt, große Strecken auf einem Pferderücken zurückzulegen, ging es gut. Lucius bewunderte sie insgeheim.
Nahe der hellenischen Stadt Rhegium gelangten sie ans Meer, wo sie ein Boot nach Messana auf Sizilien übersetzte. Nach der Landung mußten sie keine allzu große Strecke mehr zurücklegen, bis sie das erste Ziel ihrer Reise beinahe schon erreicht hatten: Bis Syracusae waren es nur noch wenige Meilen.
Doch wie sah das Land aus! Abgebrannt, verödet! Kein Vieh stand mehr auf der Weide, alle Dörfer waren verlassen und bis auf die

Grundmauern niedergebrannt. Besonders schlimm sah es im letzten Dorf aus, in dem sie Wasser holen wollten. Anscheinend war niemandem mehr die Flucht gelungen. Menschen und Tiere waren niedergemetzelt worden. Die Luft über den ausgebrannten Ruinen war angefüllt mit ekelhaft süßlichem Verwesungsgeruch und dem Schwirren und Summen von Fliegenschwärmen, die von den Leichen und Kadavern aufstoben.
Ungerührt zog Lucius einen Pfeil aus dem Kadaver eines Pferdes und betrachtete ihn.
»Das sind Sikeler-Pfeile«, stellte er fest. »Warum nur haben sie ihre eigenen Landsleute umgebracht?« Sein kühler Blick wanderte über die Nachbargrundstücke hin. »Überall Tod, Vernichtung und Zerstörung«, murmelte er ohne erkennbare Regung. »Und alles so unsinnig.« Aus grausamer Lust am Töten waren hier wehrlose Menschen und Tiere gequält und umgebracht worden, ein ganzes Dorf eingeäschert.

Antopa befand sich wie in einem bösen Traum gefangen. Mehr im Unterbewußtsein registrierte sie den Geruch von Mist und Jauche, von verkohlten Mauern und Balken und von verwesenden Leichen. Erst das friedliche Gackern eines verirrten Huhns, das sich in dieser tödlichen Stille so irrational anhörte, schreckte sie auf und riß den barmherzigen Schleier eines dumpfen Schocks von ihrem Bewußtsein. Mit um so größerer Wucht bemächtigte sich ihrer das Grauen und verursachte ihr solche Übelkeit, daß sie sich mitten auf dem Hof erbrach. Lucius stand wie die beiden Sklaven hilflos daneben, dann aber zog er sie rasch mit sich fort, hinaus auf den Weg bis vor das Dorf, wo Liuta teilnahmslos im Gras saß.
»Setz dich«, sagte er kurz. »Und warte hier, bis wir wieder zurück sind.« Er verschwand beinahe lautlos, und es schien ihn nicht zu bekümmern, daß sich Antopa in einem entsetzlichen Zustand befand. Mit grausamer Beharrlichkeit kehrten die schrecklichen Bilder immer wieder, überlagert von dem unbestimmbaren Gefühl, dies alles schon einmal erlebt zu haben. Sie quälte sich, die Lücke in ihrem Gedächtnis zu füllen, aber es gelang ihr nicht. Schließlich fühlte sie sich so verzweifelt, so verlassen und elend, daß sie sich der Länge nach ins Gras fallen ließ und laut aufweinte.
Endlich kamen die drei Männer wieder zurück. Antopa versuchte, die Spuren der vergossenen Tränen zu verheimlichen, saß schwei-

gend auf und ritt mit Liutas Pferd am Zügel hinterdrein. Eine ganze Weile sprach niemand ein Wort, doch dann ließ sich Lucius zurückfallen und hielt sich neben ihr.
»Du siehst schrecklich aus«, stellte er scheinbar ungerührt fest.
»Mir geht es schon wieder gut«, log sie verlegen.
»Ich hätte nicht gedacht, daß dir ein verwüstetes Dorf und ein paar Leichen noch etwas ausmachen würden. Sicher hast du bei Hannibals Kriegszug so etwas schon öfter erlebt.«
Antopa sah angestrengt voraus.
»Ja, Lucius«, erwiderte sie gequält, »ich weiß, daß ich ›so etwas‹ schon einmal gesehen habe. Besonders unerträglich dabei ist, daß ich mich nicht daran erinnern kann.«
Er sah sie lange prüfend an, sagte aber nichts mehr. Und das nächste Dorf umritten sie in sicherer Entfernung, ohne erkunden zu wollen, ob es ebenfalls verwüstet war.

LETZTER STURM

212 v. Chr.

Am Vorabend der hoffentlich letzten Schlacht um Syracusae ritt Marcus im Schein der rotglühend im Meer versinkenden Sonne mit Antoninus zu Marcellus, um nochmals den morgigen Angriff durchzusprechen. Marcus sollte wieder mit den Landtruppen kämpfen, während Antoninus und Decimus Varus die Schiffe bereitzuhalten hatten. Marcus war hager geworden, sein Gesicht, um Jahre gealtert, hart und kantig. Mörderische Kämpfe und die Last der Verantwortung hatten ihn zu einem wortkargen Krieger gewandelt, aber auch zu einem vorbildlichen Führer, dem sich die Männer bereitwillig unterordneten. Jede Freundschaft oder Vertraulichkeit dagegen untersagte seine Unnahbarkeit. Sogar seinen Freund Antoninus hielt er auf Abstand.

Fast gleichzeitig betraten er und Antoninus zusammen mit Decimus Varus das Hauptquartier des Marcellus in einem von den Bewohnern verlassenen Haus, wo bereits einige Männer um den Heerführer herumsaßen. Marcellus fühlte sich Marcus gegenüber reichlich unsicher, seit er von Freunden aus Rom vom Lebenswandel seiner Tochter erfahren hatte, und Marcus in seiner aufgestauten Verbitterung tat nichts, ihm seine Lage zu erleichtern.

Der morgige Angriff wurde bis ins letzte Detail durchgesprochen. Jeder wußte, es würde ein harter Kampf werden, der alle ihre Kräfte forderte, denn selbst die auf Achradina zusammengeschmolzene Festung Syracusae besaß noch immer unabwägbare Reserven. Vor allem aber barg sie Archimedes in ihren Mauern.

Spät am Abend verabschiedete sich Antoninus von Marcus und ritt zusammen mit Decimus Varus und einem Legionär von den Schiffen am Strand entlang zum Hafen der Römer zurück. Plötzlich stürmte aus einem verfallenen Fischerhäuschen ein Rudel feindlicher Sikeler hervor und stürzte sich auf die drei, die sich zwar mit aller Kraft und Geschicklichkeit wehrten, aber doch hoffnungslos unterlegen waren. Schon schrie Varus schmerzerfüllt auf, wurde zu Boden gerissen und

mit mehreren Schwerthieben getötet, ebenso der Legionär, während Antoninus ein heißer Schnitt quer über den linken Oberarm raste, daß dieser kraftlos herabfiel. Jetzt konnte er nur noch den letzten Streich erwarten, der tödlich war.
Im buchstäblich allerletzten Augenblick kamen von den Schiffen einige Legionäre herbeigelaufen und machten die Angreifer nieder.
Antoninus sah teilnahmslos zu. Vor seinen Augen tanzten in wildem Reigen Kreise in allen Regenbogenfarben, Blut ergoß sich in einem warmen Strom über seinen Arm herab, dann knickten seine Beine ein. Mit dumpfem Aufprall schlug er der Länge nach zu Boden und blieb bewußtlos liegen.
Erst durch einen schier unmenschlichen Schmerz dicht unter seiner linken Schulter wurde er brutal ins Bewußtsein zurückgerissen. Mit einem wilden Schrei schnellte er in die Höhe, wurde aber sofort von mehreren Händen niedergedrückt. Undeutlich erfaßte er das über ihn gebeugte, schweißnasse Gesicht des Arztes und hörte wie von weit her jemanden sagen:
»Nur ruhig, Mann. Das Schlimmste hast du bereits überstanden.«
Antoninus versuchte, den wogenden Nebel zu durchdringen und einen Gedanken zu fassen, aber es gelang ihm nicht. Wieder durchraste ihn dieser fürchterliche Schmerz. Er brüllte auf wie ein Tier, schrie sich in die heranwogende Bewußtlosigkeit, dann umfing ihn nur noch tiefe Nacht.

In diesem Augenblick stürmte Marcus mit aschfahlem Gesicht in den von üblen Gerüchen erfüllten Raum. Er sah nur kurz in das verzerrte Gesicht seines Freundes, dann erstarrte er. Ein blutdurchtränkter Verband dicht unterhalb der Schulter zeigte, wo Antoninus' Arm abgetrennt worden war. Sein Freund war an diesem Abend zum Krüppel geworden! Und Marcus kannte aus eigener Erfahrung alle die Nöte, die ein Mann in solcher Lage durchleiden mußte.
Äußerlich völlig ruhig wirkend ging er zu seiner Unterkunft voraus, um eigenhändig ein Lager für Antoninus zu richten. Und obwohl ihm ein sehr anstrengender Tag bevorstand, blieb er später an seiner Seite sitzen, blicklos vor sich hinstarrend und immer wieder dieselben Gedanken wälzend. Welches Vertrauen hatten seine Mutter und Schwester in ihn als Beschützer dieses jungen Mannes gesetzt, und wie mußte er ihn nun heimschicken! Sein Herz brannte vor Selbstvorwürfen, vor Mitleid und Trauer.

Es war still im Raum, nur der rasselnde Atem des Schwerverletzten durchzitterte die stickige Luft. Doch vom Nebenhaus, in dem einige von Marcus' Leuten untergebracht waren, drang ein immer lauter werdendes Grölen herüber. In der Fensteröffnung hockte der kleine, wieselflinke Gaius, der das seltene Geschick besaß, beinahe in jedem Kampf mindestens ein Fingerglied zu verlieren. Lauthals prahlte er eben mit seinen Erlebnissen bei Weibern und Schlachten, und da nahezu jeder glaubte auf diesen Gebieten noch tollere Erfolge aufweisen zu müssen und auf Wahrheitsliebe ohnehin kein Wert gelegt wurde, wurden die Geschichten immer haarsträubender. Danach gab Gallio eine seiner ebenso beliebten wie obszönen Vorstellungen als Bauchredner, die, durch die Zoten des pockennarbigen Centurios Minutius gewürzt, mit wieherndem Gelächter belohnt wurde. Es war wie immer, wenn sie ihre Angst vor dem womöglich schon morgen fälligen Sterben ertränkten.
Eigentlich hätte Marcus gegen dieses Toben einschreiten müssen, doch er wußte um diese Angst. Und ebenso, daß gerade die Burschen da drüben morgen die besten sein würden. Von Müdigkeit überwältigt sank sein Kopf gegen die Stuhllehne. Er schlief tief und traumlos, bis am Himmel der erste Schein des heraufziehenden Tages schimmerte und er von Antoninus' unterdrücktem Schluchzen geweckt wurde. Er ergriff die Hand des Freundes und hielt sie zwischen den seinen: »Du schaffst es schon«, versuchte er zu trösten. Dabei war ihm selbst so schwer ums Herz, daß er ihm nicht in die Augen sehen konnte. Antoninus zwang sich unter Tränen zu einem dünnen Lächeln.
»Sicher, Marcus, sicher.«
Dieser sah zum Fenster, seufzte leise und erhob sich.
»Ich muß jetzt gehen, Antoninus, heute fällt Syracusae. Livius wird sich um dich kümmern, bis ich wiederkomme.«
»Geh nur Marcus. – Und paß auf dich auf.«
Als er aus dem Haus trat, empfing ihn ein frischer Wind, der den salzigen Duft des Meeres mit sich trug und die Wolken der Nacht vor sich her ins Landesinnere trieb. Marcus' Müdigkeit verflog, und seine Gedanken richteten sich mit voller Konzentration auf die bevorstehende Aufgabe. Nach kurzem Gruß zu Marcellus hinüber, der mit seinem Truppenteil zur Südwestseite Achradinas zog, begab er sich an die Spitze seiner eigenen Leute. Deren Blicke sprachen von ihrer Gewißheit, unter seiner Führung den Sieg zu erringen, auf den sie zwei lange Jahre unter größten Opfern hingearbeitet hatten.

Nach kurzem Anmarsch stand Marcus mit seinen Männern vor der inneren Stadtmauer von Achradina, die von einem tiefen Graben und einer steilen Anhöhe geschützt war. Er saß locker wie bei einer Übung auf seinem stämmigen Braunen, von wo er einen guten Überblick über seine Männer hatte und selbst von überall her gesehen werden konnte. Natürlich auch vom Feind, aber ein jahrelang im Kampf stehender Anführer verschwendete darauf kaum noch einen Gedanken.

Noch während die Legionäre nach beiden Seiten ausschwärmten, wurden sie von den Wällen herab mit einem Hagel von Geschossen überschüttet, der schon vor Beginn des Kampfes spürbare Ausfälle brachte. Da gab Marcus den Befehl zum Angriff.

Der pockennarbige Centurio Minutius rannte mit der ersten Sturmkolonne unter wildem Geschrei zum Graben vor, in den sie an Leitern hinunterhasteten. Einige warfen große Heusäcke hinab und sprangen mit kampftrunkenem Schrei nach, fortwährend aus nächster Nähe beschossen. Und noch während sie auf der anderen Seite wieder emporkletterten, war schon an mehreren Stellen der Graben mit Toten und Sterbenden verstopft, die zwischen den mittlerweile in Brand geschossenen Heuhaufen lagen. Der Geruch verbrannten Fleisches vermischte sich mit beizendem Rauch, und das Heulen und Wimmern der getroffenen und sterbenden Männer erstarb im Triumphgeheul, das von der Mauer herabgellte.

Minutius' Leute wurden nahezu bis auf den letzten Mann aufgerieben. Er selbst wankte brüllend vor Schmerzen mit verbranntem Gesicht zu den Truppen zurück, die aus der Deckung heraus versuchten, mit Schleudervorrichtungen eine Bresche in die Mauer zu schießen.

Ein neuer Befehl schickte den nächsten Trupp in den fürchterlichen Graben. Die Männer standen auf den Toten, kletterten wie die Affen auf der anderen Seite die Leitern hoch, und endlich gelang es ihnen, sich bis zum Abhang vor der Mauer vorzuarbeiten. Doch sie wurden so schnell dezimiert, daß nur wenige das unüberwindlich scheinende Hindernis aus aufgesteckten Speeren erreichten, die ihnen aus schweren, am Boden angeketteten Balken entgegenstarrten. Entsetzt wichen sie zurück, stießen die Nachfolgenden in den stinkenden, rauchenden Graben hinab, und jeder versuchte auf der anderen Seite als erster wieder hinaufzukommen. Es kehrten nicht mehr allzu viele zurück.

Auch der nächste und übernächste Angriff brachte trotz aller Anstrengungen und Verluste kein anderes Ergebnis. Nur gelangten die Römer jetzt überhaupt nicht mehr bis zu dem Hindernis aus Speeren. Die meisten blieben schon im Graben liegen.
»Verdammt!« fluchte Gallio der Bauchredner, ließ sich mit zitternden Knien und stechenden Lungen ins Gras fallen und beschäftigte sich mit seinem blutenden Arm. Seine Kameraden grinsten müde zu ihm herüber, denn im Getümmel war ihm sein kurzer Rock vom Leib gerissen worden, so daß er jetzt von der Hüfte ab nackt war.
»Ist das etwa die neueste Kampfausstattung?« feixte der kleine Gaius trotz Atemnot.
»Was soll's?« biß Gallio zurück. »Ich zeige eben, was ich habe.«
Heiseres Gelächter flatterte auf. »Der tut ja, als hätte er tatsächlich was zum Vorzeigen!«
Und erneut kam der Befehl zum Angriff.
»Nein, nicht schon wieder!« stöhnte Gaius, wieselte aber wie alle anderen die Leitern in den Graben hinunter und drüben die Böschung hinauf. Sie krallten sich in die Erde, sprangen auf, rannten, stürzten, und arbeiteten sich Meter um Meter höher. Doch all ihre verbissenen Anstrengungen forderten Verluste über Verluste. Wieder mußten sie zurück. Die Toten lagen nun bereits zuhauf und wurden bei jedem Angriff immer tiefer in den Boden getreten.
So ging es über Stunden weiter. Mörderisch ...
Marcus jagte von einer Seite auf die andere, brüllte, tobte und lobte, hetzte weiter und mußte doch mehr und mehr um die Kraft und den Willen seiner Leute fürchten.
Plötzlich aber ging eine unheimliche Veränderung mit ihnen vor, griff um sich und steckte jeden an. Das Grauen des Anstürmens, das sie erst erschreckt hatte, weckte jetzt in jedem einzelnen die primitivsten Instinkte. Jetzt brauchten sie keine Befehle mehr. Ihre leergebrannten Gehirne verfielen dem Wahnsinn des Anrennens, dem hysterischen Vergessen von Gefahr, dem Irrsinn der Preisgabe von Körper und Leben. Wie dicke Kröten saßen ihnen Haß und Wut im Leib und vernebelten ihnen den Blick nach oben, der todbringenden Mauer zu. Sie sahen nur noch den nächsten Stein, den nächsten Erdhügel, den sie erreichen mußten, den sie hinter sich bringen mußten. Im ständigen Hagel der Geschosse hieben sie in wütender, selbstmörderischer Entschlossenheit die schweren Ketten durch, mit denen die speergespickten Balken befestigt waren.

Doch diese wahnwitzigen, todesverachtenden Anstrengungen waren vergebens. Sie mußten endgültig zurück. Wie verbranntes Papier sank all ihre Energie in sich zusammen, und sie waren nicht mehr fähig, sich auch nur noch zu bewegen. Viele bemerkten erst jetzt ihre Verwundungen oder konnten plötzlich die tobenden Schmerzen nicht mehr ertragen, die sie in der Erregung des Ansturms nicht gespürt hatten.

Marcus gestand sich nach diesen fünf mörderischen Stunden resigniert das Scheitern des Angriffs ein. Verbittert starrte er zur Mauer hinüber, von deren Höhe herab das Hohngelächter der Belagerten scholl, als ein Meldereiter von Marcellus heranjagte.

Diesem war es drüben gelungen, ein Stück der Mauer zu erobern. Er befahl Marcus, ihn durch einen neuerlichen Angriff zu unterstützen, damit sich die Verteidiger nicht bei ihm zusammenrotten konnten.

Marcus starrte auf seine zerschlagenen und zerfetzten Männer, die mit angehaltenem Atem zu ihm aufsahen. Sollten sie etwa noch einmal in diesen Graben und auf diese Anhöhe gejagt werden? Er mußte doch sehen, daß sie nicht mehr konnten!

»Es hilft nichts, Männer«, sagte Marcus nach einer Weile, wohl wissend, daß ein harter Befehl jetzt nicht das Klügste war. »Wir müssen es noch einmal versuchen. Folgt mir!«

Damit hetzte er mit langen, energischen Schritten voran, den Kopf in verbissener Entschlossenheit zurückgeworfen, und verschwand im Graben. Wütend über ihren eigenen Entschluß folgten ihm seine Männer, stolpernd, fluchend und betend, umschwirrt und getroffen von Geschossen aller Art. Marcus rannte, eine Leiter hinter sich herschleifend, über die Böschung durch die Gasse zwischen den Speer-Balken zur Mauer. Zusammen mit Gaius und dem halbnackten Gallio stellte er die Leiter auf. In diesem Augenblick wurde Gallio von einem schweren Stein getroffen, der ihm den Schädel wie eine dünnwandige Nuß zertrümmerte. Mit einem tief aus der Brust heraufsteigenden Röcheln sank er rücklings zu Boden, und bevor er verstehen konnte, was geschah, war er tot.

»Diese Saukerle!« krächzte Gaius heiser, wobei nicht erkennbar war, ob er damit seine eigene Angst überspielen oder dem Schmerz über den Tod seines langjährigen Kameraden Ausdruck verleihen wollte. »Beinahe hätte es wieder mal meine Hand erwischt«, lenkte er unter Marcus' Blick ab und umklammerte die schwankende Leiter noch fester.

Auf der Mauer entspannen sich bereits die ersten Kämpfe, doch es waren einfach zu wenige, die oben anlangten. Schon nach kurzem Kampf wurden sie in die Tiefe gestoßen und zerschmetterten neben Marcus am Boden. Ein grimmiges Knurren kam über seine Lippen, und entgegen jede Kriegsregel kletterte er selbst auf die Leiter.
»Jetzt ist er verrückt geworden!« stellte Gaius kopfschüttelnd fest und verfolgte seinen emporkletternden Tribun mit größter Sorge. Marcus gelangte, wenn auch einige Male leicht getroffen, tatsächlich auf die Mauer, wo er sofort von zwei Schwertkämpfern angegriffen wurde, denen er aber durch seine Kraft und Geschicklichkeit weit überlegen war. Ohne große Schwierigkeit hieb er sie in die Tiefe. Hinter ihm fluteten jetzt auf vielen weiteren Leitern seine Männer herauf. Es tobte ein harter Kampf auf der schmalen Mauer, der lange Zeit hin und herwogte. Doch Marcus' Männer kämpften, als wären sie eben frisch aus dem Lager gekommen, und gewannen immer mehr die Oberhand. Plötzlich standen sie fast allein. Erst mochten sie es gar nicht glauben, dann aber stritten sie sich förmlich um die letzten Verteidiger von Syracusae.
Marcus stieg von der Mauer in die Stadt hinunter und schleppte sich, müde, leer und ausgebrannt, die totenstille Straße von Achradina entlang. Aus den Häusern und Kellern wagte sich kein Mensch hervor.

Am anderen Ende stand Marcellus mit seinen Leuten. Sie sahen bei weitem nicht so zerfetzt und zerschunden aus wie Marcus und seine Männer. Nach einem erstaunten Blick faßte der Feldherr nach Marcus' Arm:
»Wir haben es geschafft!« triumphierte er. »Es war kein leichter Kampf!« Wobei er unschwer erkennbar seinen eigenen meinte.
Marcus lachte bitter auf.
»Nicht leicht ...! Auf meiner Seite war es jedenfalls schon ein verlorener. Du wirst dich wundern, wie wenig Männer ich dir noch zurückbringe!«
Als Marcus in knappen Worten berichtete, zeigte sich Marcellus tief bestürzt. Seine Melder hatten immer nur von Rückschlägen berichtet, aber nie davon, welch unerhört hohe Verluste der Angriff tatsächlich gefordert hatte.
»Was wird nun aus der Stadt?« fragte Marcus später.
»Sie wird natürlich zur Plünderung freigegeben«, kam es hart von Marcellus' Lippen.

»Die Bürger haben aber zweimal versucht, die Stadt zu übergeben!« wendete Marcus ein.
»Das waren nur wenige, und gerade die sind tot, erschlagen von den Überlebenden in diesen Straßen. Bemüh dich also nicht weiter, mein Freund. – Außerdem handle ich im Sinne unserer Patres conscripti!«
Marcus sah ihn betrübt an, mochte aber nichts mehr dazu sagen. Müde wandte er sich ab und beauftragte einen herbeigerufenen Centurio, sofort den Gelehrten Archimedes zu suchen und zu ihm zu bringen. »Und wehe, es wird ihm auch nur ein Haar gekrümmt!« drohte er.

Marcus hatte jetzt nur noch den Wunsch, zu Antoninus zurückzukehren, um den es, wie die letzten Meldungen besagten, schlecht stand. Mit langen Schritten verließ er die Stadt Achradina, in der es noch immer totenstill blieb.

STÖRE MEINE KREISE NICHT!

212 v. Chr.

Nachmittags kamen Antopa und Lucius mit ihrem Gefolge vor den Stadtmauern von Syracusae an, in deren drohendem Schatten sich die römischen Zeltlager ausbreiteten. Zielstrebig ritt Lucius auf das Hauptlager zu, das jedoch genauso verlassen, trist und öde wirkte wie alle anderen.

Mit drückender Beklemmung schaute Antopa zu den düsteren Mauern hinüber, hinter denen schwere Rauchpilze aufstiegen. Im schmutzigen, violett dunkelndem Grau wurde immer wieder prasselndes Funkengestöber emporgeschleudert, das im Glast der heißen Luft verglomm. Der verworrene Lärm aus der Stadt wurde immer lauter, bösartiger. Antopa brach der Schweiß aus allen Poren, und sie hatte Mühe, sich gegen die heranwogende Ahnung zu verschließen, die ihr die Erinnerung an böse Erlebnisse in ihrer verdunkelten Vergangenheit aufdrängen wollte. Zum Glück kam eben ein Soldat zwischen den Zelten hervor, den Lucius nach dem Feldherrn Marcellus befragte.

»Er befindet sich noch immer in der Stadt. Sie ist ja erst vor zwei Stunden gefallen«, gab er Auskunft. »Aber Livius, von Tribunus Marianus geschickt, ist hier und geht soeben wieder zurück. Er kann euch sicher führen.«

Lucius warf Antopa einen raschen Blick zu, so daß ihm ihr Aufatmen, Marcus am Leben zu wissen, nicht entging. Doch vor einer Bemerkung rettete sie der herbeigerufene Livius, der sie mitnahm, wenn auch mit scheelem Blick auf Sitah.

Der kleine Trupp umritt ein großes Stück der Mauer, die Antopa jetzt noch gewaltiger und angsteinflößender erschien als aus der Ferne. Sie verstand, warum die Römer zwei Jahre davor gelegen waren, ohne sie erstürmen zu können. Livius, der Antopa ihrer Aufmachung nach für einen Jüngling halten mußte, erzählte ihr mit wichtigtuerischem Stolz, daß sein Herr als der beste Führer geschätzt und verehrt wurde.

Und wieder wurde Antopa von der Faszination erfaßt, die mächtige und starke Männer auf eine Frau ausüben. Dann sprach Livius von Marcus' Freund Antoninus Pictor, der mit hohem Fieber bei seinem Tribun liege.

»Gestern abend wurde ihm bei einem Überfall der linke Arm abgehauen. Es geht ihm sehr schlecht.«

Antopa setzte für einen Augenblick der Herzschlag aus. Atemlos starrte sie in Livius' bekümmertes Gesicht. Sogar Lucius hatte sich ihm zugewendet. Da jagte Antopa auch schon los, dem rasch folgenden Livius die Führung überlassend. Sie achtete nicht auf das Getümmel ringsum, sah nicht die lodernden Brände, sie war blind und taub vor Schreck und Schmerz über Antoninus' Unglück.

Bei Marcus' Quartier angelangt stürmte sie die wacklige Holztreppe hinauf, an deren oberem Ende sich ein düsterer, unmöblierter Raum öffnete. Nur ein Bett stand in einer Ecke, auf dem lag Antoninus, bewußtlos, mit aschfahlem Gesicht und rasselndem Atem. An seiner linken Schulter zeigte ein Verband an, wo sein Arm amputiert worden war.

Erschüttert kniete Antopa nieder und faßte behutsam nach seiner Hand. Ihr wurde ganz elend bei dem traurigen Anblick, den dieser einst so strahlende Mann jetzt bot. Und sie achtete nicht der Tränen, die über ihre Wangen rollten und auf Antoninus' Decke tropften. Schon erwachte wieder ihre gewohnte Energie. Sie wischte die Tränen ab, riß den Helm vom Kopf – was Livius beinahe umwarf vor Überraschung –, beauftragte Hakir, vor der Stadt nach bestimmten Kräutern zu suchen, und Livius, auf der verrußten Herdstelle im Hof ein Feuer in Gang zu bringen und Wasser abzukochen.

In diesem Augenblick trat als dunkler Schatten ein Römer unter die Tür. Überrascht und kaum seinen Augen trauend blickte er auf Antopa. Deren Herz begann zu rasen, als wollte es ihr aus der Brust springen, und ihre Finger umkrampften zitternd das nasse Tuch in ihren Händen. In diesem wild aussehenden Krieger mit den hell aufblitzenden Augen unter tief herabgezogenen Brauen stand ihr Marcus gegenüber – ein völlig fremder Mann, mit gehetztem, grimmigem Ausdruck im kantigen Gesicht und einer unheimlichen Aura von Tötungswut, die ihn noch immer umgab.

»Antopa, bist du es wirklich?« fragte er ungläubig. Und erst die Stimme sagte ihr, daß ihr der Mann einmal vertraut gewesen war.

Nachdem Marcus, wie gewohnt, mit gutmütiger Geste die freudig aufgeregte Sitah abgewehrt hatte, ging er zu Antoninus' Lager und betrachtete mit besorgter Miene den unruhig Schlafenden. Dann wandte er sich an Antopa:
»Wie kommst du nach Syracusae?«
»Ich bin mit Lucius hierher gekommen«, erklärte sie mit dünner Stimme und deutete auf den reglos am Fenster Sitzenden, der sie unter gesenkten Lidern hervor belauerte.
Marcus' Lächeln gefror.
»Da bist du ja schon wieder!« knurrte er böse. »Nun haben wir dir ja die Stadt geöffnet, auch wenn du uns damals der Unfähigkeit geziehen hast.«
»Na, ihr habt ja auch lange genug dazu gebraucht« höhnte Lucius. »Immerhin hielt ein einzelner Mann wie dieser Archimedes euer ganzes Heer zwei Jahre lang in Schach.«
»Du vergißt die Mauer und ihre Besatzung«, erwiderte Marcus in einem Ton, den Antopa nicht kannte. »Aber davon verstehst du ja nichts, da du selbst noch nie ein Schwert geführt und erst recht nicht einem Feind Auge in Auge gegenübergestanden hast.«
Lucius stieß einen verächtlichen Laut aus und verließ zornig den Raum und das Haus.

Marcus wandte sich wieder Antopa zu, die in kurzen Sätzen die wichtigsten Fragen nach der Familie beantwortete, vor allem die nach Claudius, von dem sie aber nur sagen konnte, daß er ständig unterwegs war und nur noch selten für wenige Stunden nach Hause kam. Als sie jedoch ihr Vorhaben, nach Karthago zu reisen, erwähnte, schüttelte er den Kopf, sagte aber nur:
»Wir sprechen später darüber, zuerst will ich ...«
Dann verstummte er, denn Liuta kam vom Nebenraum herüber und stiefelte zu Antopa, die schützend ihren Arm um sie legte und mit angehaltenem Atem auf Marcus blickte. Dieser starrte die Irre ungläubig an, und nur langsam verstand er, daß sie seine Braut Liuta war.
»Oh, ihr Götter!« stöhnte er auf und sank kraftlos auf eine Bank. Erschüttert betrachtete er seine ehemalige Braut, aus deren toten Augen die Nacht des erloschenen Geistes sprach. Lange Zeit saß er regungslos, dann erhob er sich und umfaßte in Erinnerung an seine ehemals über alles geliebte Braut Liutas Gesicht. Aber mit bösem Fauchen

stieß sie seine Hände weg und kroch in die dunkelste Ecke. Marcus stand einen Augenblick starr, wandte sich dann erschüttert ab und verließ raschen Schrittes das Haus.
Antopa widmete sich nun ausschließlich Antoninus. Unter ihrer Behandlung kam er kurz zu sich, schluckte benommen das bittere Gebräu, das sie gekocht hatte, und fiel bald danach in einen Schlaf, von dem sie wußte, daß er ihn der Genesung entgegenführte.

Als Marcus etwa eine Stunde später zurückkam, hatte er sich, nachdem er sich vom Schmutz und Blut Achradinas gereinigt und frische Kleidung angelegt hatte, beinahe wieder in den alten Marcus verwandelt. Und doch war er nicht mehr derselbe. Sein Gesicht hatte Züge angenommen, die von Schicksalsschlägen sprachen, durchwachten Nächten, mörderischen Kämpfen, von unnahbarer Autorität und – trotz der Härte – auch von Menschlichkeit und Güte. Marcus hatte den Jüngling abgelegt und war zu einem reifen, lebenserfahrenen Mann geworden. Und wie er so vor ihr stand, geschah mit Antopa etwas, das sie noch nicht erkannte, sie aber zutiefst aufwühlte.

Wieder trat er an Antoninus' Lager. Nachdem er den jetzt ruhig Atmenden eine Weile prüfend betrachtet hatte, schien er beruhigter als vordem. Sein Blick zu Antopa bedeutete wohl, daß er sich ihrer Kenntnisse der Heilkunst erinnerte. Nun sah er zu Liuta hin, die am Boden hockte, ihre Finger in Sitahs Fell vergraben hatte und mit leeren Augen vor sich hinstarrte.
»Sie ist doch nicht nur geistesgestört?« fragte er.
»Nein. Sie leidet auch an einer unheilbaren Blutkrankheit, die langsam aber unaufhaltsam fortschreitet.«
»Sie – sie muß sterben?«
Antopa bejahte. Oh, Tanit, wie schwer war das alles!
»Was wird jetzt aus ihr?« fragte er.
»Sie bleibt bei mir. Noch ist sie körperlich recht gut in der Lage, mit mir zu reisen.«
»Du gehst nach Karthago?«
»Ja, ich muß meine Heimat sehen. Und die Menschen aus meiner Erinnerung.«
Jetzt zwang er sie förmlich, ihm in die Augen zu sehen.
»Und du – bleibst dort?«
Sie horchte in sich hinein.

»Ich glaube nicht.« Und nach einer Weile fügte sie hinzu: »Ich sehne mich schon jetzt nach dem Haus am Aventinus und denen, die dort daheim sind.«
Die Augen des Mannes ließen sie nicht los. Doch sie verstand die unbewußte Botschaft nicht.
Heftiger Wortwechsel draußen unterbrach die Stille. Ein bulliger, kurzbeiniger Centurio stürmte die Treppe herauf und rief atemlos, ohne die vorgeschriebenen Formen zu beachten:
»Tribunus, wir haben jetzt den Mann, der Archimedes getötet hat! Aber er lügt, der Kerl! Er behauptet, nur einen bösen Zauberer getötet zu haben. In einem Garten habe ein seltsamer Alter mit einem Stock Zauberformeln in den Sand gezeichnet, und als er sagte: *›Mann, störe meine Kreise nicht‹,* da ...«
»Da hat ihm dieser Idiot nach bewährter Soldatenmanier vorsichtshalber erst mal den Schädel eingeschlagen», beendete Marcus den Satz zornig. »Und damit alle meine Pläne zunichte gemacht!« Es war ihm anzusehen, wie sehr er um Beherrschung ringen mußte. Doch dann stieß er mit einem harten Unterton hervor: »Zur Strafe bekommt er zwanzig Peitschenhiebe, sofort vollstreckbar. Außerdem wird er bis zum Ende dieses Feldzuges sein Essen im Stehen einnehmen!«
Des Centurios grobschlächtiges Gesicht verzog sich zu einer tückischen Grimasse.
»Er hat das Fustuarium verdient!«
Marcus fuhr hoch.
»Ich sagte zwanzig Peitschenhiebe!« schrie er ihn an. »Und wehe, es verzählt sich jemand dabei! – Und für deine Art, mit einem Tribunus zu sprechen, wirst du bis zu den Iden des Februarius ebenfalls dein Essen im Stehen einnehmen! – Verschwinde, du mordlüsterne Kreatur!«
An dieser Anordnung hatte der Centurio gewaltig zu schlucken. Mit hochrotem Kopf verließ er das Haus, und Marcus stapfte mit finsterem Gesicht auf und ab.

Erst geraume Zeit später wagte ihn Antopa anzusprechen und fragte nach dem genannten Fustuarium. Marcus erklärte es ihr:
»Wenn ein Soldat einen Befehl nicht ausführt, wenn er im Lager etwas gestohlen hat, wenn er falsches Zeugnis ablegt oder sich feige vor dem Feind verhält, aus Furcht seinen angewiesenen Platz verläßt, oder auch, wenn ein Optio während seines Wachrundganges die nöti-

gen Anweisungen nicht weitergegeben hat, dann wird er mit dem Fustuarium bestraft. Ein Tribunus milites berührt ihn mit einem Holzstab, worauf alle Angehörigen der Legion mit Stöcken auf ihn einschlagen oder ihn mit Steinen bewerfen. Das überlebt kaum jemand. Und wenn doch, so darf dieser Mann nie mehr in seine Heimat zurückkehren. Er ist auf jeden Fall verloren.«

»Das ist ja entsetzlich grausam«, flüsterte Antopa mit geweiteten Augen.

»Sicher«, erwiderte er in einem Ton, der viele Deutungen zuließ. »Aber durch diese Zucht ist der romanische Legionarius der beste Soldat der Welt geworden. Er hält auch der größten Übermacht stand und geht ohne Befehl keinen Fußbreit zurück. Er zieht den Tod einem Zurücklaufen zur Truppe vor.« Marcus sah Antopas verstörtes Gesicht und fuhr daher rasch fort: »Das ist die eine Seite der romanischen Zucht und Ordnung. Die andere ist, daß wohl bei keinem anderen Volk ein tapferer Mann so geehrt wird wie bei uns. Zu Lebzeiten mit Lobreden vor einer Heeresversammlung, und je nach vollbrachter Tat mit den Ehrenwaffen Hasta, Patera, Phaleare oder einer Corona muralis. Daneben wird er mit Geschenken bedacht und mit nicht unbedeutenden Privilegien. Nach seinem Tod wird seine Totenmaske noch viele Male in den Leichenzügen seiner Nachfahren von jungen Männern getragen, die auf elfenbeinernen Sesseln an der Rostra am Forum Platz nehmen. Ein Redner wird von den ehrenvollen Taten dieses schon längst Verstorbenen sprechen, so daß sein Ruhm immer wieder erneuert wird und nie erlischt. Dieser ewige Ruhm ist der Grund für den Mut und die Disziplin eines Romanus.«

Antopa horchte seinen Worten nach. Eine Erinnerung stieg in ihr auf.

»Das ist also das Rätsel, das Hannibal nicht lösen konnte.«

»Hannibal?« fragte Marcus aufmerksam.

»Ja. Als er nach der Schlacht an der Trebia die in Reih und Glied liegenden toten Romani abging, fragte er nach der geheimnisvollen Macht, die hinter diesem disziplinierten Kämpfen und Sterben lag.«

Marcus sah sie nachdenklich an.

»Es ist nichts Geheimnisvolles an der romanischen Art zu kämpfen und zu sterben. Es ist Drill, Disziplin und Ordnung. Es ist Belobigung, Ruhm und strenge Bestrafung. – Und nicht unwesentlich das Wissen um ihre Familien, die sie dem Feind ausliefern würden, sollten sie weichen. Hannibal müßte es eigentlich wissen.«

»Er weiß es sicher. Er war damals nur noch nicht gewöhnt, gegen solche Krieger kämpfen zu müssen.«

»Ja«, sinnierte Marcus, »er hat sich unserer Art zu kämpfen angepaßt, doch wir uns noch immer nicht an seine Listen und Täuschungsmanöver. – Es ist ein harter Kampf. Für beide Seiten«, seufzte er und hing seinen Gedanken nach.

Antopa beoabachtete ihn lange, bis ihr das Schweigen zu schwer im Raum lastete und ihr mehr ungewollt als überlegt die Bemerkung entschlüpfte:

»Er tut mir leid, ich meine, der Mann der jetzt ausgepeitscht wird.«

Zu ihrer Verblüffung antwortete er:

»Mir auch, denn er tat es nicht aus Bösartigkeit. Es müßten vielmehr die belangt werden, die den Leuten solch blödsinnigen Aberglauben in die Köpfe pflanzen.«

»Warum läßt du ihn dann überhaupt auspeitschen?«

»Weil es den Unterschied gibt zwischen dem, was man tun möchte und dem, was man tun muß, vor allem im Krieg.«

Sie verstand ihn. Eine Welle der Zuneigung strömte in ihr empor, alle Verwirrung löste sich auf. Sie wußte, daß kein anderer Mann jemals wirklich in ihrem Herzen gewesen war, seit sie zum ersten Mal sein Bild in dem Amulett betrachtet hatte. Nur er hatte die Liebe in ihr erwecken können.

Nachdem Marcus gegangen war, erschien Antopa der Raum unerträglich stickig. Sie sah noch einmal nach dem schlafenden Antoninus und verließ auch das Haus. Gedankenverloren setzte sie sich auf einen Wassertrog und überdachte die Geschehnisse dieses ereignisreichen Tages, als ihr der noch immer anhaltende Lärm in den Gassen bewußt wurde. Ihr kamen die Laute erschreckend bekannt vor und, obwohl sich ihre Kopfhaut vor Unbehagen zusammenzog, konnte sie sich nicht mehr länger dagegen wehren, diesem Lärm nachgehen zu wollen. Sie bog um eine Ecke und gelangte in eine breitere Straße, die zu einem geräumigen Platz führte. Plötzlich befand sie sich inmitten betrunkener Soldaten. Und es gab nicht nur die Bilder, die sich ihren Augen jetzt boten, sondern auch die, die schon seit vielen Jahren in ihrer Erinnerung begraben lagen, jetzt aber mit greller Unbarmherzigkeit wieder aus ihr hervorbrachen und sich mit der schrecklichen Gegenwart vermischten. Entsetzt blickte sie um sich, in selbstquälerischer Art alles in sich aufnehmend – wie damals in Saguntum, als sie

auch nicht die Kraft aufbrachte, einfach wegzulaufen. Wieder stand sie starr und unbeweglich, in einem grauenhaften Alptraum gefangen, und wartete förmlich darauf, daß gleich Pferde um die Ecke biegen würden, die eine wimmernde, alte Frau hinter sich herschleiften ... Mit einem Mal erwachte sie aus ihrer Benommenheit. Sie wußte, die Bilder aus der Stadt Saguntum hatten sie eingeholt und sich mit denen hier vermischt. Saguntum, das letzte Glied in der Kette ihrer fehlenden Erinnerung, es war wieder da! Mit all seinen schrecklichen Lauten und Gerüchen. Saguntum ... Aber hier lag Syracusae zerschmettert und geschunden. Saguntum – Syracusae – die Menschen waren überall gleich unmenschlich!
Langsam löste sich ihre Erstarrung, und von Panik erfaßt lief sie davon, stolperte, raffte sich wieder auf und rannte weiter. Bis sie in eine Straße gelangte, in der es endlich ruhig wurde. Da sah sie auf den Stufen eines Hauses Lucius stehen. Atemlos hielt sie im Lauf inne und starrte ihn an.
»Antopa«, rief er überrascht, »was machst denn du hier?«
Dieselben Worte, schoß es ihr durch den Sinn, die damals in Saguntum ihr Vater zu ihr gesagt hatte. Aufweinend warf sie sich an seine Brust, doch Lucius bot ihr wieder einmal nicht die Hilfe, die sie jetzt gebraucht hätte.

Da trat eine Frau mit einem Knaben an der Hand auf ihn zu. Aus müden, trostlosen Augen sah sie zu ihm auf.
»Herr, bitte, ich wohne hier in diesem Haus.«
»Du lügst«, erwiderte er kalt. »Hier wohnt mein Verwalter, den ihr allerdings vor einiger Zeit hinausgeworfen habt. Jedenfalls habt ihr mit eurer Brut hier nichts zu suchen!«
»Herr, ich habe ihn nicht hinausgeworfen«, sagte sie müde. »Laß mich wenigstens meine Sachen herausholen.«
»Was geht mich dein dreckiger Kram an. Scher dich weiter mit deinem Bastard! Sonst zeigt dir meine Peitsche den Weg!«
Antopa hob den Kopf. Über dem Unglück dieser Frau vergaß sie ihre eigene Not.
»Die Frau hat das Recht, ihr Eigentum herauszuholen!« mischte sie sich zu Lucius gewandt ein.
»Das geht dich nichts an!« erwiderte er finster. »Das ist mein Haus, und allein ich verfüge darüber. Verstanden?«
Diesen Ton vertrug Antopa schon gar nicht. In ihren Augen flammten

nicht nur Empörung und Zorn, sondern auch ein so harter Glanz, daß Lucius verblüfft einen Schritt zurücktrat. Antopa nahm die Frau an der Hand und schob sie ungehindert vor sich her die Stufen hinauf.
»Und solltest du mich hindern wollen«, zischte sie drohend, »dann wirst du mich kennenlernen!«
Für einen kurzen Augenblick sah es aus, als wolle er sich auf sie stürzen, doch unvermittelt verzog sich sein Mund zu einem bösen Grinsen.
»Du bist sehr mutig, Carthageniense«, sagte er, ohne die Lippen merklich zu öffnen. »Doch eines Tages wirst du *mich* kennenlernen, das schwöre ich dir!«
Sie achtete nicht auf ihn, sondern führte die Frau ins Haus, wo sie die Truhe und das Regal leerte und alles zu einem Bündel zusammenpackte. Dann trat sie zu dem in abwartender Haltung stehenden Mädchen in Männerkleidung:
»Ich danke dir, Fremder. Die Götter mögen dich belohnen. Ich kann es nicht. Ich bin heute so arm geworden, daß mir nur noch mein Sohn und dieses Bündel geblieben sind. Dein gutes Herz möge gesegnet sein.« Damit ging sie mit müden Schritten davon.
Antopa sah ihr nach. Was richtete dieser verfluchte Krieg für Elend an! Überall, immer wieder ...
»Dein gutes Herz möge gesegnet sein«, höhnte Lucius mit belegter Stimme an ihrem Ohr, zog sie langsam an sich und preßte sie gegen seinen Körper. Seine Augen flackerten, und der Druck seiner Hände tat ihr weh. Seltsam, schoß es ihr durch den Kopf, der bisher von ihm ausgehende Zauber wirkte plötzlich nicht mehr auf sie. Völlig ruhig beobachtete sie, wie sein Gesicht ihr näher kam, sein Mund vor dem ihren verharrte. Sie bewegte sich nicht, kein Muskel stemmte sich ihm entgegen. Aber in ihren Augen stand ein so höhnischer Ausdruck, daß er sie irritiert losließ. Und schon hatte er sich wieder in der Gewalt und senkte die Lider über seine verräterischen Augen. Sein Gesicht wurde ausdruckslos wie immer.
Betont lässig wandte sie sich ab und ging die Straße hinunter. Sie wußte, daß er ihr nachsah, aber es berührte sie nicht. Er hatte seine Macht über sie verloren, seit sie ihrer Liebe zu Marcus gewiß geworden war.

Auf der Straße fielen wieder die schrecklichen Erlebnisse von vorhin und aus ihrer Erinnerung über sie her, und erneut begann das Grauen in ihr hochzusteigen. Ihre Knie zitterten, der Schweiß brach ihr am

ganzen Körper aus. Aufstöhnend lehnte sie sich gegen eine Hauswand, rutschte daran zu Boden und blieb verstört sitzen.
Da fiel ein großer Schatten über sie. Marcus stand vor ihr. Er setzte sich neben sie, umfaßte mit beiden Händen ihr Gesicht, zog ihren Kopf an seine Brust und streichelte schweigend über ihre Wangen. Langsam beruhigte sie sich. Das Glück über die Nähe dieses Mannes verdrängte endlich alle Not. Sie fühlte nur noch seine Hände, roch seine Haut und spürte, wie sich beim Atmen seine Brust hob und senkte. Sie seufzte leise vor Behagen und rieb ihre Wange am rauhen Tuch seines Ärmels. Nach einer Weile zog er sie hoch und ging mit ihr durch die Straßen, sorgfältig darauf bedacht, dem noch immer andauernden Wüten auszuweichen. Nur einmal kamen sie bedrohlich nahe. Da schob Antopa ihre Hand in die seine und beließ es von nun an dabei. Wie ein Kind ging sie neben dem Mann mit den langen Schritten her und fühlte sich wie ein solches geborgen.
»Lucius ist kein Mann für dich«, sagte er.
»Ich weiß, Marcus«, erwiderte sie und wußte es von nun an wirklich sehr genau. »Ich komme schon mit ihm zurecht.«
Er lachte. Ein warmes Lachen.
»Das habe ich gesehen. Aber auch seine Angst vor dir.«
Sie sah ihn ungläubig an. Doch sie würde ihn später fragen, denn wichtiger erschien ihr jetzt zu erklären:
»Marcus, durch das schrecklichen Wüten der Soldaten da vorn ist mir eben der letzte Rest meiner verlorengegangenen Erinnerung zurückgekehrt, nämlich die an Saguntum.«
Marcus blieb überrascht stehen.
»Heißt das etwa, daß du schon seit Saguntum in Hannibals Heer warst?«
»Ja«, bestätigte sie und erzählte von dem weiten Weg, den sie gehen mußte, bis sie nach Rom gelangte.
Er hatte mit größter Aufmerksamkeit zugehört, den Mund fest aufeinandergepreßt.
»Wie unglaublich das klingt«, murmelte er nach einer Weile. »Und seit den Alpes sind du und ich uns ständig gegenübergestanden, in Heeren, die sich bis aufs Blut bekämpft haben! Und jetzt, du eine Carthageniense, ich ein Romanus, stehen wir hier nebeneinander, wir mögen uns und verstehen uns ... Wie absurd wird da dieser Krieg!«
»Nicht nur dieser!« fiel sie mit der ihr eigenen Leidenschaftlichkeit ein. »Krieg! – Wie böse klingt allein schon das Wort, wenn man an all

das Schreckliche denkt, das er heraufbeschwört! An all die Verwüstungen und die Toten, an die Leiden und die Not überall! Und auch an den Verlust von Anstand und menschlicher Würde.«
Marcus sah sie überrascht an. Bisher hatte er sie immer als etwas oberflächlich angesehen. Es stimmte nicht.
»Ich hasse den Krieg!« stieß sie noch einmal hervor.
»Ich auch, Mädchen«, gestand er ein, für einen Krieger kaum glaublich, »denn ich habe ihn genauso kennengelernt wie du. Und wer ihn kennt, der wird sich für immer angeekelt abwenden von dem Schmutz und der Gemeinheit im Denken und Handeln der Menschen.«
Er hatte sehr ruhig gesprochen, es klang beinahe unbeteiligt. Aber jetzt wußte sie, daß er es nicht war.

In Marcus' Quartier angekommen sah ihnen Antoninus aus dem Licht der Öllämpchen mit klaren Augen entgegen.
»Wie kommst denn du hierher?« fragte er Antopa erstaunt mit noch immer matter Stimme.
»Seltsam«, lächelte sie, »alle Menschen scheinen mich ein Leben lang das Gleiche zu fragen.«
Da trat Marcus an sein Lager, ein warmes Lächeln um den Mund: »Na mein Freund, nun bist du ja endlich wach. Wie geht es dir?«
Ein gekünsteltes Grinsen überzog Antoninus' bleiches Gesicht.
»Abgesehen davon, daß ich mich als Krüppel fühlen muß, geht es mir prächtig.«
Marcus überging es und erzählte ihm kurz vom Sieg, den sie errungen hatten, und jeder verstand, daß Antoninus' Interesse nur geheuchelt war. Später säuberte Antopa ohne eine Miene zu verziehen die gräßliche Wunde.
»Sieht ja schon sehr schön aus«, bemerkte sie dabei mit einer Selbstverständlichkeit, als behandle sie die Schürfwunden eines vom Esel gefallenen Kindes.
»Du wirst staunen«, suchte sie Antoninus abzulenken, »wie deine kleine Pomponia gewachsen ist. Ein richtig süßer Fratz. Sie wird dich um den Finger wickeln. Und wenn dann erst noch das zweite Kind da ist, und deine schöne Cornelia – o Antoninus, du tust mir jetzt schon leid.«
Noch während sie so dahinplapperte, schlief Antoninus wieder ein. Jetzt spürte Antopa, wie erschöpft auch sie nach diesem ereignisrei-

chen Tag war. Marcus überließ ihr sein Zimmer, in dem er die nötigen Nachtlager hatte richten lassen. Als er ging, wendete er sich nochmals zu ihr zurück.
»Ich wünsche dir eine gute Nacht.« Seine Augen sahen mit einem eigenartigen Ausdruck durch die flackernden Lichtkegel zu ihr herüber.
Ihr klopfte das Herz vor Verlangen nach einem weiteren Wort, einer Geste, die ausdrückte, was sie sich wünschte – aber schon verschwand er, und seine Schritte verklangen auf der Treppe. Enttäuscht brachte sie Liuta zu Bett und begab sich dann selbst zur Ruhe.

DAS GESTÄNDNIS

212 v. Chr.

In den nächsten Tagen sah Antopa Marcus nur selten, denn er hatte in der Stadt Ordnung zu schaffen und in seiner Legion die Disziplin wieder aufzurichten. Zudem mußte er gemäß Anordnung des Senats alle Schätze einsammeln, Statuen, ja sogar Säulen und Mosaiken abmontieren, verpacken und nach Rom einschiffen. Syrakus war die erste Stadt, die auf einmal und in größtem Umfang Rom mit der griechischen Kunst bereicherte und damit das inzwischen erwachende neue Denken in der Tiberstadt begründete. Marcus tat es weh, die aus ihrer gewachsenen Umgebung herausgerissenen Schätze in Kisten verpackt zu sehen, doch änderte dies nichts an der Fortführung seiner Arbeit.

Antopa dagegen setzte keinen Fuß mehr in die Stadt. Sie wollte vom Krieg und seinen Schrecken nichts mehr hören und sehen. Sie pflegte Antoninus, versuchte, ihm neuen Lebensmut einzuflößen, und versorgte seine Wunde so hervorragend, daß ein ungewöhnlich rascher Heilungsprozeß einsetzte. Antoninus fand langsam wieder ins Leben zurück und begann bereits, kleinere Verrichtungen mit nur einer Hand selbst vorzunehmen. Seine Stimmungswechsel erkannte sie jedes Mal so rechtzeitig, daß sie ihm hilfreich zur Seite stehen konnte.

Lucius wohnte zwar in einem seiner Häuser in der Stadt, aber es verging kein Tag, an dem er nicht wenigstens einmal in Marcus' Quartier kam und über diesen herzog. Antopa ärgerte dies maßlos, doch Marcus überging sein Gerede, als gäbe es Lucius nicht.

»Du hast dich sehr verändert, Antopa«, sagte Marcus in die hereinbrechende Dunkelheit, als sie abends nebeneinander vorm Haus saßen. »Du bist erwachsen geworden.« Und nach einer Weile fügte er hinzu: »Und sehr hübsch.«

Antopa errötete, obwohl sie der sachliche Ton in seiner Stimme enttäuschte.

»Heute abend glaubte ich beinahe«, fuhr er fort, »dich nie als Kind

gekannt zu haben, so fremd erschienst du mir. Noch fremder als in Roma.«
»Auch du bist mir fremd«, gestand sie leise. »Nur damals, als ich das Amulett mit deinem Bild trug, warst du mir vertraut. Ich kannte jeden Zug deines Gesichts so genau, daß ich dich in dem kurzen Augenblick auf dem Schlachtfeld bei Cannae trotz deines Helms sofort erkannte. – Vielleicht war deswegen mein Haß so stark, weil es ein Freund war, der mir meinen Vater nahm.«
Marcus wendete ihr überrascht den Kopf zu. Lange forschte er in ihren Augen, die ihm die ganze Wahrheit sagten, die er aber immer noch nicht zu lesen verstand. Er schien nur gerührt zu sein über dieses kindlich-vertrauensvoll anmutende Bekenntnis und legte in einer liebevollen Geste seine Hand auf die ihre. Schweigend schaute sie darauf nieder und wußte, daß er für sie unerreichbar bleiben würde. Nicht wegen Marcella, die für sie kein Hindernis bedeutete und in ihren Überlegungen, Wünschen und Träumen einfach nicht vorkam. Es war die Erkenntnis, daß sie offenbar nur geschwisterliche Liebe in ihm erweckte.
»Ich bin müde«, sagte sie nach einer Weile gepreßt und erhob sich. Sie konnte seine erregende Nähe nicht länger ertragen, ohne sich nicht doch noch zu verraten.

Als am nächsten Tag Lucius zum Aufbruch drängte, stimmte sie sofort zu. Sie wollte von Marcus weg, sie mußte ihn vergessen.
»Wir müssen allerdings noch ein gutes Stück reiten«, erklärte ihr Lucius, »denn ich kann nur weiter westlich ein Schiff bekommen, das der romanischen Flotte auszuweichen versteht und sicher nach Karthago gelangt. Ich habe bereits alles Nötige veranlaßt.«
Antopa war alles recht, sie hatte schnell ihre wenigen Habseligkeiten gepackt. Als Lucius im Morgengrauen mit den Packtieren erschien, kam atemlos Marcus vom Kleinen Hafen heraufgelaufen.
Er hatte für Antoninus einen Platz bekommen auf einem Schiff, das schon in einer Stunde nach Roma segelte. Antoninus' Freude war groß, und auch Antopa atmete auf, ihn noch vor ihrer Abreise auf dem Weg nach Hause zu wissen. Als Marcus seinen aufgeregten Freund zum Schiff begleitete, ließ sie Lucius einfach stehen und ging mit. Dessen finsterer Blick wanderte zu Marcus, dann setzte er sich vors Haus und brütete vor sich hin.

Es war ihnen eigenartig zumute, denn keiner konnte sagen, ob sie sich alle drei jemals wiedersehen würden. Marcus stand noch immer in einem unabsehbaren Krieg, und Antopa ging einer sehr unbestimmten Zukunft entgegen. So wurde es ein recht wehmütiger Abschied, und als sich die Segel blähten, das Schiff Fahrt aufnahm und die schaumgekrönte Heckwelle den zurückgelegten Weg zeichnete, hingen die Augen der Zurückgebliebenen so lange an Antoninus' Gestalt, bis er nicht mehr aus den anderen auf Deck herauszufinden war.
Antopa ging an Marcus' Seite zurück. Sie sprachen kein Wort, aber jeder dachte daran, daß nun der zweite Abschied kommen würde. Als Lucius ihre ineinandergeschobenen Hände bemerkte, blitzten seine Augen böse auf, was Antopa nicht entging.
Hakir hatte inzwischen schon alles Gepäck verladen, doch Antopa, wieder in ihrer Lederkleidung, ging noch einmal ins Haus. Dies nutzte Marcus, um zum ersten Mal das Wort an Lucius zu richten:
»Lucius Fulvius Flaccus, du bürgst mir mit deinem Leben für das Wohlergehen der Mädchen! Und eines verspreche ich dir: Wenn Antopa oder Liuta durch deine Schuld auch nur das geringste Übel geschieht, dann töte ich dich!«
Lucius starrte finster in Marcus' herrische Augen.
»Wenn du glaubst, Marcus Marianus Valus«, erwiderte er heiser »mir drohen zu können, dann hast du dich gewaltig geirrt! Ich denke nicht daran, dir auch nur das geringste zu versprechen, denn du hast keinerlei Recht, solches zu fordern. Deine Mutter, ja, die hatte das Recht, und ihr genügte meine Antwort soweit, daß sie mir Antopa anvertraute. Denn allein um die geht es dir doch.«
Marcus schluckte eine böse Erwiderung hinunter, doch drohte er noch einmal:
»Dein Leben gegen das der Mädchen! Merk dir das!«
Da trat Antopa unter die Tür, und sofort gaben beide vor, nicht miteinander gesprochen zu haben.
»Wenn du fertig bist«, maulte Lucius zu ihr hin, »dann können wir ja endlich losreiten.«
»Ich komme ein Stück mit«, bestimmte Marcus in einer Art, die keinen Widerspruch duldete. Er nahm Liutas und Antopas Pferde am Zügel und schritt zwischen ihnen voran, den Blick starr geradeaus gerichtet. Lucius beobachtete ihn, und ein böses Glitzern flackerte in seinen Augen. Schließlich ritt er wortlos mit Hakir, Bacus und den Packpferden voraus, ohne noch einen Blick zurückzuwerfen.

Als sie vor der Stadt die römischen Zelte bereits weit hinter sich gelassen hatten, hielt Marcus an.
»Du mußt jetzt mit Lucius weiterreiten«, sagte er mit abgewandtem Kopf. Er blickte nachdenklich zu der neben Sitah ruhig davontrabenden Liuta hin, von der er still für sich für immer Abschied nahm. Daß er nur Mitleid empfinden konnte, bedrückte ihn sehr. Dann wandte er sich der regungslos verharrenden Antopa zu. Seine Augen ruhten mit ernstem Ausdruck in den ihren, die von großer Traurigkeit sprachen. Mit festem Druck umfaßte er ihre steifen, kalten Finger. Er suchte nach Worten, die man einem lieben Menschen zum Abschied sagen sollte, aber wie schon so vielen vor ihm oder nach ihm fiel ihm nichts Gescheiteres ein als:
»Schließ deinen Mantel, Antopa, es ist besser.«
Sie starrte zu ihm herab, mühsam die aufsteigenden Tränen zurückdrängend.
»Ja, Marcus, es ist besser.«
Dann schwiegen sie wieder. Ihre Gefühle konnten mit keinem Wort Ausdruck finden. Endlich, nach einer beiden sehr lang erscheinenden Weile, sagte er:
»Antopa, ich bin sehr traurig über dein Weggehen. Ich weiß, daß dich viele Menschen in meinem Haus am Aventinus vermissen werden, aber neben Mutter wird sich wohl niemand mehr als ich wünschen, daß du bald wieder zurückkehrst.« Hier stockte er einen Augenblick, als fände er nicht die rechten Worte. »Antopa, ich werde viel an dich denken.« Er sagte es kurz und abgehackt. Er genierte sich.
Sie saß kerzengerade aufgerichtet und sah mit ihren nachtschwarzen Augen reglos zu ihm hinab. Ihr blasses Gesicht und das Zittern ihrer Hände verrieten jedoch, wie erregt sie war. Es schien, als würde sie den Atem anhalten.
Auch Marcus befand sich in einem Zustand, den er nicht mit dem Verstand erfassen konnte. Alles in ihm war ein unentwirrbares Knäuel sich widersprechender Gefühle und undeutbarer Empfindungen. Schließlich sagte er unbeholfen:
»Ich würde dir gern etwas mitgeben, das dich an Roma erinnert und dich wieder zur Heimkehr bewegen würde. Aber leider habe ich nichts dergleichen.«
»Doch, Marcus, das Amulett.«
Er blickte verwirrt auf. Warum fragte sie nach dieser langen Zeit da-

nach? Weil sie wieder zu Pferd unterwegs war und es bei ihren früheren Ritten immer getragen hatte? Er griff unter seinen Lederkoller, zog die Kette über den Kopf und reichte sie ihr auf offener Hand hinauf. Fast feierlich nahm sie das Schmuckstück entgegen und hielt es wie einen kostbaren Schatz vor sich hin.

Und nun drängte wie von selbst die Frage über seine Lippen, die ihn seit Jahren bedrückte:

»Antopa, kannst du – hast du das schlimme Ereignis in Cannae, ich meine, hast du mir verzeihen können?«

Mit rätselhaftem Blick sah sie zu ihm herab und schwieg lange, bevor sie erwiderte:

»Marcus, den Tod meines Vaters kann ich nie vergessen.«

Schmerzlich getroffen zuckte er zusammen, doch da preßte sie zwischen bebenden Lippen hervor:

»Marcus, ich liebe dich! Ich habe dich immer schon geliebt! Selbst als ich dich noch zu hassen glaubte.«

Er stand wie vom Blitz getroffen. Soeben hatte sie noch gestanden, den Tod ihres Vaters nie vergessen zu können, und jetzt ... Bevor er sich fassen konnte, riß sie so heftig am Zügel, daß Furia einen gewaltigen Satz vorwärts tat und in rasendem Galopp davonjagte.

»Antopa! Warte doch! Bleib stehen!« Er lief ihr nach, sah das Unsinnige seines Beginnens jedoch gleich wieder ein. »Antopa, komm zurück!«

Da hielt das Mädchen in einiger Entfernung im Schatten der Bäume ihr Pferd an und sah zu ihm herüber.

»Um aller Götter willen, komm zurück!«

Aber sie bewegte sich nicht, sondern rief:

»Marcus, ich liebe dich!« Dann wendete sie ihr Pferd und ritt davon.

Bis ins Innerste aufgewühlt starrte Marcus der immer kleiner werdenden Gestalt Antopas nach. Er wußte nicht, ob er ihre Liebe erwidern könnte. Er hatte verlernt, seinen Gefühlen zu trauen. Schon zweimal hatten sie ihn in die Irre geführt. Er fühlte sich leer und ausgebrannt, ohne zu wissen warum, und verwendete keinen Gedanken darauf, was er getan hätte, wäre Antopa tatsächlich zurückgekommen. Er wußte nur, daß es ihn schmerzte, sie womöglich nie wiederzusehen.

Langsam ging er zur Stadt zurück. Hier hatte er nicht nur einen großen Sieg errungen, hier hatte ihm Antopa gesagt, daß sie ihn liebte. Syracusae war für ihn nicht länger mehr nur der Name einer Stadt.

DER ÜBERFALL

212 v. Chr.

Die kleine Reisegesellschaft war seit Verlassen der Stadt Syracusae den ganzen Tag über ohne Pause und ohne ein Wort gewechselt zu haben geritten. Im Gegensatz zu Antopa, die keinen Blick auf Lucius warf, belauerte er sie ständig unter halb gesenkten Augenlidern hervor. Es herrschte eine angespannte Stimmung, die sich auch auf die anderen übertrug. Als sie schweigend ihr Lager unter freiem Himmel aufschlugen, breitete Lucius seine Decke ungewohnt nahe neben die von Antopa. Sie machte sich keine Gedanken darum, sondern blickte versonnen zum sternenübersäten Himmel empor. Plötzlich schreckte sie Lucius' Stimme auf:

»Ich habe sehr wohl verstanden, was du heute Marcus über das Feld hinweg zugerufen hast.«

Sie fühlte, wie Röte ihre Wangen überzog und war der Nacht dankbar, daß sie keine Farben kannte.

»Du liebst diesen ungehobelten Barbaren Marianus?« Dies war keine Frage, viel eher ein Vorwurf.

»Du hast kein Recht, ihn so zu nennen!« fuhr sie wie von der Tarantel gestochen auf. »Du schon gar nicht, so wie ich dich in Syracusae kennengelernt habe. Und auch bei den Bauern, deren Sohn du halbtot geprügelt hast.«

Lucius stieß verächtlich zischend die Luft aus und ließ sich seelenruhig zurückfallen, zog seine Decke höher und wendete den Kopf ab. Lange Zeit lagen sie schweigend nebeneinander, doch als Antopa schon langsam in den Schlaf hinüberglitt, sagte er in einem Ton, den sie von ihm noch nie vernommen hatte:

»Antopa, ich liebe dich.«

Wie etwas Unwirkliches hingen diese Worte in der Dunkelheit und klangen nach, als wäre die Weite um sie her eine tönende Höhle. In einer heftigen Bewegung wendete sie ihm den Kopf zu und blickte in seine Augen, in denen im Mondlicht deutlich erkennbar ein Ausdruck lag, der sie in atemloses Staunen versetzte. Viel eher hätte sie ihm eine Vergewaltigung zugetraut als diese hoffnungslose Demut, die sie verwirrte und ihr peinlich war. Sie wußte nicht, was sie denken sollte, und schon gar nicht was tun.

»Lucius ...« stammelte sie nur hilflos.

»Laß gut sein!« sagte er im gewohnt anmaßenden Ton. »Ich weiß besser Bescheid als du selbst. – Und trotzdem wirst du meine Frau werden!« Dies war endlich wieder er, so wie sie ihn gewöhnt war. Sie atmete auf, auch wenn sie sich in erneute Verwirrung gestürzt sah. Und dann kamen seine weiteren Worte gerade in dem Augenblick, als der Mond hinter einer ziehenden Wolke verschwand und ihn in völlige Dunkelheit einhüllte: »Du weißt wohl nicht, wie lächerlich du dich heute diesem Marianus gegenüber gemacht hast. Diese Erniedrigung hättest du dir ersparen können, nachdem jeder Blinde sehen kann, daß er nicht das geringste für dich übrig hat!«

Antopa lag stocksteif, zornig und verwirrt. Sie wußte nicht, was tun oder sagen. Doch als bald darauf sein regelmäßiger Atem verriet, daß er eingeschlafen war wie ein unschuldiges Kind, für das die Welt in bester Ordnung war, warf sie sich schnaubend vor Empörung auf die andere Seite.

Am nächsten Morgen erinnerte nichts in seiner Art an das nächtliche Gespräch. Als sie gegen Mittag ein kleines Gehölz durchquerten, blieb Antopa für kurze Zeit ein Stück zurück. Da vernahm sie plötzlich einen heftigen Lärm, der nach einer wütenden Auseinandersetzung klang. Erschreckt hetzte sie Furia durch die Bäume hindurch bis zu einer Lichtung, wo sich ihren Augen ein ungeheuerliches Getümmel bot. Ihre Reisegesellschaft hatte sich sechs römischer Legionäre zu erwehren, die offenbar über ihre Packpferde hergefallen waren. Das anfängliche Handgemenge war rasch in einen regelrechten Kampf ausgeartet. Lucius' Sklave Bacus lag bereits tot am Boden, während Hakir und Lucius verzweifelt um sich hieben. Aber sie hatten keine Chance, wurden ebenfalls niedergeschlagen und sanken blutüberströmt zu Boden.

Antopa überwand endlich ihr Entsetzen, riß ihr Pilum aus der Halterung und schleuderte es mit aller Kraft gegen den nächsten Legionär. Zitternd blieb es ihm im Rücken stecken, und laut aufschreiend fiel er ins hohe Gras. Fast gleichzeitig riß sie ihr Schwert aus der Scheide und stürmte dem durcheinander wirbelnden Haufen entgegen. Besinnungslos vor Schmerz und Wut schlug sie einem Soldaten durch

den Helm hindurch die Schädeldecke ein, aber schon im selben Augenblick zerrten sie die anderen aus dem Sattel und warfen sie trotz ihrer verbissenen Gegenwehr zu Boden.
Plötzlich sprang Sitah, die ihre Herrin bedroht sah, zwischen den Bäumen hervor und verbiß sich in den Arm des einen Soldaten. Von mehreren Händen niedergehalten mußte Antopa mitansehen, wie sein Kamerad dem aufjaulenden Tier mit einem Hieb den Schädel spaltete, und der schöne, kräftige Körper zur Seite fiel. Nach einem kurzen Zucken blieb Sitah lang ausgestreckt liegen, Rund um ihren Kopf färbte sich das Gras rot.
Antopa schrie wie eine Wahnsinnige auf, doch als sie in Sitahs gebrochene Augen blickte, verstummte sie und versackte in dumpfer Gefühllosigkeit, in der ihren Geist undurchdringliche Dunkelheit umfing. Ihr Blick glitt über Sitahs Körper und die dahinter liegenden von Lucius und den anderen, doch nichts davon drang bis in ihr Gehirn vor. Nur dieses Bild blieb als nicht mehr zu löschende, schmerzvolle Erinnerung in ihr.
In diesem Augenblick brach aus dem Gehölz ein Trupp Römer mit einem gedrungenen, narbenübersäten Centurio an der Spitze. Nach kurzem Blick in die Runde bellte er:
»Servilius, was ist hier vorgefallen?«
Der Genannte richtete sich auf, sah mit tückischem Blick erst auf seine Kameraden und dann zu seinem Centurio empor.
»Als wir diese Leute ganz harmlos nach dem Weg fragten«, erklärte er hinterhältig, »gingen sie ohne Warnung auf uns los. Natürlich wehrten wir uns, aber dieser Kerl da«, er zeigte auf Antopa, die noch immer teilnahmslos am Boden hockte, »tötete Septimus mit dem Pilum und Octavian schlug er den Schädel ein. Außerdem hetzte er dieses verdammte Biest auf uns, das Minutius den ganzen Arm aufgerissen hat.«
Der Centurio sah mit gerunzelter Stirn auf die vier Soldaten herab, die er als die wohl übelsten unter seinen Leuten kannte. Aber es hatte zwei Tote und einen Verletzten aus seiner Centurie gegeben, und auf die Tötung eines Legionärs außerhalb eines Kampfgeschehens stand die Todesstrafe.
»Fesselt den da!« befahl er auf Antopa deutend. »Und bringt ihn ins Lager!«
Servilius gefiel das gar nicht. Er hätte Antopa entschieden lieber das Schwert in den Bauch gerammt, damit der wahre Sachverhalt nicht

mehr ans Tageslicht käme. Aber Befehl war Befehl, und wütend zog er Antopa hoch. Dabei riß der Riemen ihres Lederhelms, er rutschte nach hinten, und ihre langen Haare quollen hervor.

»Verdammt!« stotterte er, »das ist ja ein Mädchen!«

Auch der Centurio war für Augenblicke starr vor Überraschung, doch gleich darauf brüllte er los:

»Ihr verfluchten Hurensöhne! Ihr wollt mir doch nicht weismachen, daß dieses Mädchen die zwei erledigt hat?«

Aber einstimmig und voller Scham schworen die vier Stein und Bein, daß dem tatsächlich so war. Und nachdem sie ihrem tobenden Centurio Antopas Pferd vorführten, an dessen Sattel die Halterung für Pilum, Pfeil und Bogen angebracht war, war er doch geneigt, seinen Männern Glauben zu schenken.

»Beim allmächtigen Jupiter!« brummte er, »diese Geschichte darf ich niemandem erzählen, wenn ich mich nicht einen Lügner schimpfen lassen will! – Aber macht jetzt vorwärts, ihr Weiberfechter, setzt sie aufs Pferd und bringt sie endlich ins Lager. Die anderen könnt ihr liegenlassen.«

In diesem Moment tauchte Liuta mit einem Blumenstrauß auf, zog sich auf ihr Pferd und begann vor sich hinsingend und ohne jemand zu beachten einen Kranz zu binden.

»Die ist verrückt«, flüsterte Servilius.

»Das sehe ich selbst«, erwiderte der Centurio ungehalten. »Los jetzt, nehmt sie auch mit!«

Widerspruchslos ließ Liuta genau wie die völlig teilnahmslose Antopa die Pferde am Zügel nehmen, und der Trupp ritt zum Lager, wo der Centurio die beiden Mädchen ins Zelt des kommandierenden Offiziers führte. Aemilius Paullus, ein noch junger Mann von angenehmem Äußeren und Neffe des in Cannae gefallenen Consuls, sah nachdenklich auf das schöne Mädchen, das mit kraftlos herabhängenden Armen vor ihm stand und weder ihn noch sonst jemand wahrnahm.

»Wer bist du?« fragte er nach einer Weile mit auffallend wohltönender Stimme. Er mußte seine Frage nochmals wiederholen, bevor Antopa tonlos antwortete:

»Antopa aus dem Hause Marianus Valus.«

»Aus dem Hause Marianus Valus? Aus Roma?« kam die überraschte Frage von der anderen Seite des Zeltes, und ein Mann mit schlohweißen Haaren, einem gütigen, aber auch schlauen Fuchsgesicht erhob sich. Seine Kleidung ließ zweifelsfrei den Athener erkennen, und sein

Latinisch klang sehr holprig, als er seine Frage geduldig wiederholte. Antopas Augen wanderten langsam zu ihm hin, doch noch immer stand kein Ausdruck des Begreifens in ihnen. Endlich antwortete sie, ebenso tonlos wie zuvor:
»Die Familie Marianus Valus in Roma am Aventinus.«
Der Alte wechselte mit Aemilius, der bereits Unannehmlichkeiten befürchtete, einen bedeutungsvollen Blick.
»Wer war dein Begleiter?« fragte der Römer.
»Lucius, Sohn des Senators Fulvius Flaccus aus Roma.«
Betretenes Schweigen lastete im Raum. Eine äußerst unangenehme Situation, in die Aemilius da geraten war! Er sah um sich wie ein Ertrinkender, der nach jedem Strohhalm zu greifen bereit war, ihn aber nirgends entdecken konnte.
»Das Mädchen hat zwei Legionarii getötet«, überlegte er laut, »und nach romanischem Recht muß sie dafür mit dem Tode bestraft werden. Wofür ich es aber zumindest mit der Gens der Mariani zu tun bekomme, deren Macht sehr weitreichend ist. – Andererseits haben Legionarii unter meinem Kommando den Sohn des Senators Fulvius umgebracht, wofür ich zur Rechenschaft gezogen werde. – Drehe ich jedoch die Geschichte um und betrachte Lucius Fulvius als den Schuldigen, dann halse ich mir den Haß und damit die Verfolgung durch den Senator und sicherlich auch der Patres conscripti auf. Du siehst, Simonides, was immer ich auch unternehmen oder unterlassen werde – es ist immer falsch und wird mich zumindest meine Karriere kosten.« In trübe Gedanken versunken starrte er vor sich hin. Plötzlich schoß ihm der rettende Gedanke durch den Kopf: »Dein Name, Mädchen!« stürzte er sich auf Antopa. »Das ist doch kein romanischer! Du bist eine Sklavin der Mariani?«
Nun schien plötzlich Leben in das Mädchen zurückzukehren, und sie fuhr auf:
»Ich bin keine Sklavin! Valeria ist meine Mutter, Cornelia meine Schwester, Claudius mein Bruder und Marcus ...« hier brach sie ab, ihre Augen wanderten wieder fort.
»Verdammt!« entfuhr es Aemilius. »Tribunus Marianus Valus, der zusammen mit Marcellus Syracusae eroberte – ihr Bruder! Diese verfluchte Situation wird ja immer schlimmer!«
Simonides aus Athenae, der mit Claudius und vor ihm schon mit seinem Vater in engen Geschäftsbeziehungen gestanden hatte, dachte angestrengt nach.

»Was wäre«, fragte er listig, »wenn das Mädchen keine Romana wäre, sondern meine Frau, die sich auf romanischem Boden streunender Milites zu erwehren gehabt hätte?«
Aemilius dämmerte nur langsam, daß dies der gesuchte rettende Strohhalm sein könnte. »Wenn sie deine Frau wäre?« tastete er sich vor. »Ja, dann wäre sie für uns unantastbar, denn Roma ist auf deine Lieferungen angewiesen. – Nur, das Mädchen ist eben nicht deine Frau«, schloß er lauernd.
»Noch nicht«, entgegnete Simonides im selben Ton, in dem er gewöhnlich seine Geschäfte abwickelte, richtete seine leicht gekrümmte Gestalt auf und befahl seinem Schreiber, einen Ehevertrag aufzusetzen. Erleichtert schüttelte ihm Aemilius die Hand, und kurz darauf wurde Antopa, die Karthagerin, die inzwischen zur Römerin geworden war, durch den unterschriebenen Ehevertrag zur Athenerin.

Sie selbst nahm keinen Anteil an diesen bedeutungsvollen Vorgängen. Für sie gab es nur das grauenhafte Bild, das sich ihr auf der Lichtung eingegraben hatte. Die toten Männer und davor Sitah mit gespaltenem Schädel, das Kätzchen aus den schneebedeckten Bergen, die treue Begleiterin auf so vielen Wegen, Sitah, ein Teil von ihr ... es war, als umspannte eine Klammer ihr Herz und erdrückte alle Gefühle.

Noch am selben Tag brachte Simonides aus Attica neben dem Pferd Furia die Mädchen Antopa und Liuta mit rührender Fürsorge auf sein Schiff, das kurz darauf in See stach und die Mädchen ihrer neuen Heimat zuführte.

GESTEINIGT

211 v. Chr.

Wochen nach Antopas Abschied aus dem Haus Marianus Valus erschien Lucius wieder in Rom. Lange Zeit war sein Leben an seidenem Faden gehangen, nachdem ihn Aemilius zu Freunden in der Nähe der Küste hatte bringen lassen. Nur seiner kräftigen Konstitution hatte er es zu verdanken, seinen Wunden nicht erlegen zu sein. Dennoch erschienen ihm das Fieber und die erduldeten Schmerzen im nachhinein nicht so schlimm wie der Gang zum Aventinus. Als ihm dann Valeria, die durch Simonides' Boten von Antopas Aufenthalt in Athenae und ihrer Heirat wußte, nicht einmal Vorwürfe gemacht hatte, fühlte er sich zutiefst gedemütigt. Die nächste Zeit vergrub er sich im Haus seines Vaters und später in Syracusae, wo er ausschließlich seinen Geschäften nachging. Nach Rom kam er nur noch selten.

Nach seinem Besuch hatte Claudius, der, nach Rom zurückgekehrt, die Überwachung der verstärkten Verteidigungsmaßnahmen der Stadt übernommen hatte, mit spöttisch verzogenen Lippen bemerkt:

»Daß dieser Lucius nichts taugt, habe ich immer schon gesagt. Antopa hätte nie mit ihm gehen dürfen! Andererseits hätte sie sicher einen anderen, womöglich noch Untauglicheren gefunden, um mit ihm nach Karthago zu gelangen. – Und von nun an als Frau eines der reichsten Männer zu leben, kann ja nicht allzu schlimm sein.«

»Aber sie ist in Attica, so weit weg von hier.«

»Ob in Attica oder Karthago, Mutter, das bleibt sich gleich. Von Simonides wissen wir jedenfalls, daß sie bei ihm gut aufgehoben ist, was wir von Karthago nicht gewußt hätten. Zudem ist Simonides' hohes Alter ein recht gut kalkulierbares Faktum. – Aber ich muß jetzt gehen, denn in der Stadt unten haben wir Hochbetrieb. Heute nacht hat Hannibals sagenhafter Maharbal mit viertausend seiner berühmten Reiter um Aufnahme in unser Heer gebeten.«

»Maharbal?« fragte Valeria ungläubig. »Er ist zu uns übergelaufen?«

»Wir waren im ersten Moment natürlich auch sehr überrascht und dachten sogar an ein trojanisches Pferd, das uns Hannibal in die Stadt geschickt haben könnte. Doch nachdem in Africa ein Aufstand Numidias gegen Karthago von Hannibals Bruder Hasdrubal niedergeschlagen werden mußte, ist Maharbals Lage im Heer untragbar geworden. Er und seine Männer können aber auch nicht nach Hause zurückkehren, und so waren wir ihr einziger Ausweg.«
»Aber diesen Leuten ist doch sicher nicht zu trauen?«
»Ich glaube schon. Jedenfalls haben wir sie jetzt erst mal draußen am Campus Martius zusammengefaßt. Wie weit wir sie später im Kampf einsetzen werden, muß noch überlegt werden. Doch könnten wir diese phantastischen Reiter nur zu gut gebrauchen.« Damit wandte er sich zum Gehen, verhielt dann aber unter der Tür noch einmal: »Mach dir jetzt nur keine unnötigen Gedanken mehr, Mutter, alles ist in Ordnung. Antopa ist bei Simonides bestens aufgehoben, Marcus hat Syracusae gut überstanden, und Antoninus sitzt zu Hause und hütet seine Kinder. Und wo ich zu erreichen bin, das weiß unser schlauer Fidus allemal. Also gute Nacht, Mutter.«
Valeria kam jedoch nicht von ihren traurigen Gedanken um Antopa los. Wie mochte dem jungen, lebensfrohen Mädchen in dem ihr völlig fremden Land, mit fremden Menschen, fremden Sitten und Gebräuchen, gebunden an einen alten Mann, zumute sein?

Mit ihren Sorgen und Nöten ging Valeria jetzt oft zu Floruna, bei der sie ihr geplagtes Herz ausschüttete, so wie es auch Antopa immer getan hatte. Floruna, durch einen melancholischen Hauch von ergreifend würdevoller Anmut, war Valeria in dieser Zeit ein echter Trost. Das junge Mädchen verstand ihre Kümmernisse wie wohl kaum jemand sonst und vermittelte ohne viele Worte ihrer mütterlichen Freundin immer wieder von neuem Kraft und Freude.
Wieder einmal saßen die beiden Frauen in dem kleinen, heckenumstandenen Garten neben dem Turm in stiller Vertrautheit beisammen, sahen dem Sonnenuntergang zu und lächelten über die kleinen Vögel, die sich um das ausgestreute Futter balgten. Plötzlich drang in ihre friedliche Ruhe lautes Geschrei aus einer nahegelegenen Gasse. Als das Kreischen näherkam, erhob sich Floruna, um zu erkunden, was da vor sich ging. Nach einer Weile eilte auch Valeria zum Turm. Dort stolperte ihr Floruna entgegen, die mit letzter Kraft Marcella heranschleppte, welche leblos in ihren Armen hing und aus vielen Wunden

an Kopf, Armen und Beinen blutete. Hinter ihnen rannte eine ganze Horde schreiender und wild gestikulierender Frauen und Mädchen her, die jeden Stein aufhoben und nach Marcella warfen.
Rasch lief Valeria hinzu und stellte sich energisch zwischen Floruna und die aufgebrachten Frauen. Sie zuckte mit keiner Wimper, als dicht neben ihrem Kopf ein Stein vorbeiflog. Unsicher geworden verstummten die Frauen, und ihre bereits zu neuen Würfen erhobenen Arme sanken herab. Ratlos blickten sie auf ihre reglos verharrende Anführerin, eine Frau mittleren Alters und von nicht geringem Stand. Ihr flößten Valerias herrische Augen und ihre gebieterische Haltung offensichtlich größtes Unbehagen ein.
»Was geht hier vor, Flaccia?« rief Valeria in die eingetretene Stille mit kalter, harter Stimme. Da machte die Angesprochene kehrt, bahnte sich einen Weg durch die betreten dreinblickenden Frauen und verschwand um die nächste Ecke. Dies wirkte wie ein Signal, und alle anderen rannten wie gejagte Hasen davon.
Der inzwischen herbeigelaufene Fidus nahm Floruna die ohnmächtig gewordene Marcella ab und trug sie mühelos zu Florunas Wohnung hinauf.
»Als ich hinzukam«, erklärte das Mädchen, »lag Marcella schon am Boden, und die ganze Meute warf mit Steinen jeder Größe nach ihr. Ich habe sie fortgeschleppt, doch diese Wahnsinnigen kamen hinter mir her, und wärst du nicht dazwischengetreten, ich weiß nicht, was diese Furien noch alles angestellt hätten. Sie waren voller Wut, schrien, Marcella hätte ihnen die Männer ausgespannt, sie lächerlich gemacht und einige sogar zugrunde gerichtet.«
»Wie dem auch sei, so hat doch kein Mensch das Recht, jemanden zu Tode zu steinigen«, sagte Valeria, trat an das Lager, auf das Fidus die Ohnmächtige gelegt hatte, und hob die blutverschmierten, blauschwarzen Haare von Marcellas durch Blut und Wunden entstelltem Gesicht. Forschend blickte sie auf Floruna.
»Nach allem, was dir diese Frau angetan hat«, sagte sie leise, »würde es dir niemand verargen, wenn du sie sofort aus dem Haus haben wolltest.«
Mit ruhiger Bestimmtheit fragte Floruna:
»Valeria, darf ich euren Silverus holen? Die Frau ist sehr schwer verletzt.«
»Fidus soll ihn holen.«
Dieses Mal schien sich Silverus nicht mehr darüber zu wundern, daß

er zum Turm gerufen wurde und sich sogar Valeria Marianus Valus hier aufhielt. Daß aber auch Marcella, die Tochter des berühmten Feldherrn Marcellus hierher gebracht worden war, fand er doch befremdlich. Aber er hatte sich vorgenommen, sich über nichts mehr in der wunderlichen Welt der Nobiles den Kopf zu zerbrechen.
Nach gründlicher Untersuchung richtete er sich langsam wieder auf, drückte sein immer krummer werdendes Kreuz durch und packte noch umständlicher als in früheren Jahren seine Instrumente zusammen. Erst dann bequemte er sich zu einer Auskunft, ungerührt wie immer:
»Dieser Frau ist nicht mehr zu helfen, Valeria Marianus. Sie hat schwere innere Blutungen. Aber es wäre besser, wenn sie nicht in den Räumen einer Freigelassenen sterben würde. Ich schicke dir meine Diener und eine Bahre«, bestimmte er, und es war ihm wie immer gleichgültig, ob er mit seinen Worten jemand verletzte.
»Wird sie den Transport überstehen?« fragte Floruna.
»Sie wird. Aber wenn man erst so weit ist wie diese hier, ist man sowieso nicht mehr von dieser Welt.«
Valeria graute es. Für sie war der Tod immer schrecklich. Auch wenn es sich um Marcella handelte, die in ihrem Leben viel Böses angerichtet hatte.
Die kurz darauf mit einer Bahre eintreffenden Sklaven trugen die Bewußtlose in ihr Haus. Valeria folgte ihnen und zusammen mit dem herbeigerufenen, völlig verstörten Onkel Marcellas hielt sie am Lager der Sterbenden Wache.«

Marcella kam nicht mehr zu Bewußtsein. Gegen Mitternacht tat sie den letzten, langgezogenen Atemzug, ihre Hände glitten über die Decke herab auf die Kante des Lagers, und ihr Kopf sank haltlos zurück. Ihrem Onkel rannen Tränen über die faltigen Wangen, während Valeria ein Tuch über das einstmals so betörend schöne Gesicht der Toten zog. Als der Onkel sich endlich wieder etwas beruhigt hatte, trug sie ihm auf, Marcellas Vater und ihren Bruder Primus so schnell wie möglich zu verständigen. Nach einem letzten Blick zurück machte Valeria sich endlich todmüde, von Fidus gestützt, auf den Heimweg, den Aventinus hinauf.
Als wieder ein Kurier nach Rom kam, der an Marcus Briefe mitnehmen sollte, schrieb sie ihm auch vom Tod Marcellas. Damit war der Name dieser Frau im Haus Marianus Valus endültig erloschen.

HANNIBAL ANTE PORTAS

211 v. Chr.

In diesem Frühjahr übertrug Hannibal seinem Getreuen Karthalo das Kommando über die Stadt Tarracina. Er selbst marschierte mit 50000 Mann gegen Rom. Damit wollte er die unter Appius Claudius, Fulvius Flaccus und Gaius Nero stehenden Legionen zwingen, die Belagerung der äußerst wichtigen Hafenstadt Capua aufzugeben und Rom zu Hilfe zu eilen.
Als der hager gewordene, asketisch wirkende Mann seine Truppen überblickte, wußte er genau, daß seine Unterführer diesen Marsch schon vor fünf Jahren, nach der gewaltigen Niederlage der Römer bei Cannae, erwartet hatten, aber der Gedanke, wenigstens jetzt gegen Rom ziehen zu dürfen, versöhnte sie wieder.
Um die Römer über seine tatsächliche Absicht im Unklaren zu lassen, zog Hannibal vom Süden her kreuz und quer durchs Land nordwärts. Seinen Weg zeichneten Tod und Zerstörung, und das Nahen seines Heeres verbreitete überall tödliches Entsetzen. Als die Herren im Senat das eigentliche Ziel der Karthager erkannten, mehrten sich die Stimmen derer, die sofort alle Legionen zum Schutz der Stadt Rom zurückrufen wollten. Fabius Maximus dagegen durchschaute Hannibals Manöver und erklärte:
»Ich empfände es als eine Schande, sollten wir uns von jeder Drohung des Barkas' erschrecken und herumjagen lassen! Wie kann ein Mensch glauben, daß Hannibal, der es als Sieger von Cannae nicht gewagt hat, unsere Stadt anzugreifen, es ausgerechnet jetzt tun sollte? – Nicht um Roma zu belagern zieht er heran, sondern um Capua von der Belagerung zu befreien! Diese simple Kriegslist ist doch so durchsichtig, daß jedem Bauernlümmel seine tatsächliche Absicht erkennbar sein müßte.«
Da sich die Herren nicht unter das Niveau von Bauernlümmeln begeben, ihre Vorsicht aber auch nicht außer acht lassen wollten, einigten sie sich auf halbem Weg: 50000 Mann sollten unter dem leicht verwundeten Appius Claudius die Blockade aufrecht halten, während an

Fulvius Flaccus der Befehl erging, sich mit 15000 Mann Fußvolk und 1000 Reitern zur Verstärkung der in Rom liegenden Garnison in Marsch zu setzen.
Bald wußte ganz Rom, daß Hannibal sich auf der Via Appia bedrohlich näherte. Ein hysterisches Chaos überschwemmte alle Straßen und war durch keine Vernunft einzudämmen. Die Menschen umkrallte die Angst, sie verbreiteten die wildesten Gerüchte, trafen die unsinnigsten Vorkehrungen, und steckten sich mit ihrer Furcht gegenseitig an.
In diesem Durcheinander rückte durch die Porta Capena Fulvius Flaccus mit seinen Truppen ein. Demonstrativ zog er durch die Stadt, so daß sich die aufgeregten Menschen angesichts der erfahrenen Krieger beruhigten und ihr gewohntes Tagewerk wieder aufnahmen.

Auch im Haus der Marianus Valus trat an die Stelle des anfänglichen, lähmenden Schreckens das ruhige Gleichmaß des Alltags. Die drohende Gefahr hatte fast jeder aus seinen Gedanken verdrängt. Doch dann brach es plötzlich – wie aus heiterem Himmel – wieder hervor, dieses gefräßige, zerstörerische Tier der Angst und des Schreckens. Spät abends stürzte Fidus, gefolgt von der Dienerschaft, in heller Aufregung in Valerias Zimmer.
»Domina«, keuchte er, »in der Stadt unten heißt es, Hannibal sei bereits da!«
Valeria sprang erschrocken auf, während ihre Hand wie ein aufgescheuchter Vogel zum Herzen flatterte. Da erscholl vom Capitolinischen Felsen herab auch schon der langgezogene, harte Ton der Kriegshörner, abgelöst vom schaurigen Dröhnen von Bellonas erzenem Gong, der unheilkündend die Stille der hereingebrochenen Dunkelheit zerriß. Hannibal näherte sich der Stadt! Und mit ihm tausendfacher Tod! Atemlose Angst umklammerte die Anwesenden. Was würde jetzt auf sie zukommen? Brand, Totschlag, Folter, Verschleppung in Not und Elend, irgendwohin ...?
In die Stille des Entsetzens drang Pferdegetrappel und versetzte alle in noch größere Anspannung. Wer war das, was bedeutete es? Lanatas zitternde Hand schob sich in die Valerias, die mit starrem Blick zum Eingang sah. Doch als gleich darauf Antoninus eintrat, ging ein deutlich vernehmbares Aufatmen durch den Raum.
Valeria stürzte ihm entgegen.
»Stimmt es, daß Hannibal vor der Stadt steht?«

Der junge Mann legte seinen Arm um sie und erklärte in beruhigendem Ton:
»Ja, es stimmt. Hannibal ist überraschend schnell herangekommen und dürfte jetzt bereits den Anius erreicht haben.«
Sie erschrak erneut.
»Bei den von Curius Dentatus erbauten Aquae-ducti?«
»Richtig. Aber selbst wenn sich Hannibal die Zeit nimmt, sie zu zerstören, dann säßen wir zwar etwas trockener, aber noch lange nicht ganz ohne Wasser da.«
Valeria fragte hartnäckig weiter nach allem, was womöglich auf sie zukommen könnte, und Antoninus räumte mit einem Lächeln geduldig jede Sorge beiseite.
Bald danach erschien auch Claudius, der seine Mutter bat, mit ihren Leuten für einige Tage zu Cornelia zu ziehen. Dies erschreckte Valeria so, daß er sich beeilte, sie zu beruhigen:
»Es besteht keinerlei Gefahr, Mutter, aber ich möchte nicht, daß du allein hier im Haus bist und dir unnötige Sorgen machst, während du bei Cornelia durch Antoninus über alle Geschehnisse auf dem laufenden bleibst.«
Sie warf ihm einen mißtrauischen Blick zu, war aber mit Claudius' Vorschlag einverstanden.
»Falls du nichts Besseres vorhast«, wandte sich der an Antoninus, »solltest du mit mir kommen. In der Stadt unten wird jeder erfahrene Mann dringend gebraucht.«
»Aber mein Arm ...« begann Antoninus, womit er zum ersten Mal zeigte, wie sehr ihn seine Verwundung verunsicherte.
»Brauchst du zum Organisieren und Befehle-Erteilen etwa zwei Arme? Es gibt Leute, die machen das mit dem Mund und ihrer Stimme.«
Antoninus grinste, ungemein erleichtert.
»Ich glaube, zu denen gehöre ich auch«, feixte er in alter Manier und folgte Claudius freudestrahlend.

Am nächsten Morgen zog Valeria samt Dienerschaft ins Haus ihrer Tochter.
Vom Caelius aus sahen sie, wie in ununterbrochener Folge die Menschen vom Land mit Ochsenkarren und von wogenden Viehherden begleitet schutzsuchend in die Stadt strömten. Auf Straßen und Plätzen richteten sie sich mit viel Lärm notdürftig ein, wäh-

rend auf dem Gelände um die Foren Boarium und Romanum das Vieh gesammelt wurde. Im Hinblick auf eine mögliche Belagerung war es den Römern trotz des Gestanks und Unrats herzlich willkommen.

Claudius arbeitete mit Fabius Maximus zusammen, der wie immer den kühlsten Kopf behielt, und bis zum Abend war alles bestens geordnet und vorbereitet, ob für einen Angriff oder eine Belagerung. In der Stadt kehrte Ruhe ein.

Als sich die Nacht herabsenkte, brach erneut Panik aus. In wildem Entsetzen flüchteten die Menschen in ihre Häuser und von Straße zu Straße pflanzte sich der Schreckensruf fort:

»Hannibal ante portas!« Hannibal steht vor den Toren!

Nichts anderes mehr hatte in den schreckensstarren Köpfen der Menschen Platz.

Auch zu Cornelias Haus drang der Ruf. Den beiden Frauen stockte für Augenblicke der Atem, und die gesamte Dienerschaft sammelte sich mit schreckgeweiteten Augen um sie. »Hannibal ante portas!« war auch bei ihnen das einzige, das sie noch denken konnten. Valeria dagegen schüttelte ihre Angst ab und gebot mit leiser Stimme Ruhe.

»Selbst wenn es so sein sollte«, erklärte sie, »dann können wir jetzt nur abwarten. Bleibt alle zusammen, aber macht euch mit eurer Angst nicht gegenseitig verrückt. Lanata und Lydia, ihr werdet wie jeden Abend den Kindern das Essen geben und sie dann zu Bett bringen.«

Und tatsächlich richteten sich alle an ihrer scheinbaren Ruhe auf, setzten sich zusammen und horchten schweigend auf die Laute, die noch immer von der Stadt heraufdrangen. Cornelia fragte in die Stille hinein:

»Mutter, was geschieht mit uns, wenn Hannibal in die Stadt kommt? Wird er uns alle töten?«

»Aber Kind«, tadelte diese, »Claudius und Antoninus haben doch gesagt, daß er nicht in die Stadt hereinkommt.«

»Schon, aber warum schreien alle so entsetzlich? Es muß doch etwas passiert sein!«

»Die Menschen werden schnell hysterisch, wenn sie unter Spannung stehen.« Sie streichelte ihrer Tochter beruhigend über das goldglänzende Haar.

Zum Glück erschien bald Antoninus. Von neuem Selbstbewußtsein durchdrungen beruhigte er die verstört zu ihm aufsehende Versammlung:

»Es ist gar nichts passiert! Die ganze Hysterie beruhte auf einem Irrtum.« Müde ließ er sich nieder und zog Cornelia neben sich, bevor er fortfuhr: »Es war ganz einfach so, daß wir Maharbal aus Numidia mit seinen viertausend Reitern an die Porta Naevia beordert hatten, und als er mit seinen Männern in den überfüllten Straßen auftauchte, glaubten alle, der Feind wäre bereits in der Stadt. Das war alles. Ihr könnt wirklich beruhigt sein.«

Alle atmeten erleichtert auf, und die Dienerschaft ging wieder in ihre Räume zurück. Als Antoninus mit den beiden Frauen allein war, gestand er jedoch ein:

»Hannibal ist tatsächlich hier. Eine halbe Wegstunde vor der Stadt richtet er sich für die Nacht ein. Doch macht euch keine Sorgen. Uns geschieht sicher nichts. – Jetzt muß ich wieder weg«, und damit gab er seiner Frau einen liebevollen Kuß, trat kurz an die Betten seiner beiden Kinder und verließ eilig das Haus. Er war stolz und glücklich, wieder gebraucht zu werden.

Claudius, seit dem frühen Morgen ständig zwischen den Mauern, dem Senat und den Flüchtlingen unterwegs, ließ sich erschöpft auf einer Treppe am Forum Boarium nieder. Daß er heute wieder einmal sein Organisationstalent hatte unter Beweis stellen können, befriedigte ihn zutiefst. Aber nun war er rechtschaffen müde, und die Lider fielen über seine brennenden Augen. Das leise Muhen der Kühe und das schläfrige Blöken der Schafe drang nur noch wie von weit her in seine Gedanken, und schließlich verstummte es ganz. Er war eingeschlafen.

Bald schon wurde er wachgerüttelt. Zwischen den römischen und numidischen Soldaten seien bedrohliche Unruhen ausgebrochen. Fluchend sprang er auf sein Pferd und raste am Circus Maximus vorbei zur Porta Naevia, wo sich die Numidier gegen die Römer an der Porta Capena zusammengerottet hatten. Zusammen mit Maharbal stellte Claudius rasch die alte Ordnung wieder her. Die Numidier besetzten ihre Posten, desgleichen die Römer die ihren. Und wer sich jetzt noch immer weigern wollte, neben einem Numidier Dienst zu tun, wurde von Claudius mit dem blanken Schwert in der Hand auf die Mauer zurückgetrieben.

Nach eingetretener Ruhe begab auch er sich auf die Mauer, von wo aus er gut die Feuer des karthagischen Lagers vor der Stadt erkennen konnte. Durch die düstere, windige Nacht klangen Hornsignale. Sogar das Trompeten der Elefanten, die in Rom »Lukanische Ochsen« genannt wurden, war deutlich zu hören. Claudius bot sich ein faszinierendes Bild. Er hatte noch nie ein solch weitgedehntes Lager gesehen.

Schwere, dunkle Wolken ballten sich am nächtlichen Himmel und beschworen eine unheimliche Stimmung herauf. Das Wetter schien sich zu verschlechtern. Es war mit Regen zu rechnen. Ihm konnte es recht sein, schließlich saß er ja nicht in einem windgepeitschten Zelt auf nassem Boden wie die mit kühler Schadenfreude bedachten Karthager.

Wieder auf seinem Pferd ritt Claudius in den Norden der Stadt, vorbei an der Porta Sanqualis mit dem greifbar nahen Turm. Er wollte nicht hinübersehen, aber dem drängenden Zwang in seinem Innern konnte er sich nicht entziehen.

Er sah ein erleuchtetes Fenster über der Torwächterwohnung, das zu Florunas Räumen gehörte. Floruna ... dieser Name zog sein Herz zusammen, daß er fast körperlichen Schmerz verspürte, und mit erschreckender Klarheit wurde ihm bewußt, daß in all den Jahren – trotz innerer Kämpfe, trotz aller Ereignisse und größter Entfernung – seine Sehnsucht nach diesem Mädchen nie geringer geworden war.

Gewaltsam riß er sich in die Wirklichkeit dieser kaltgewordenen Nacht zurück. Seine Müdigkeit war verflogen, er bebte vor fiebernder Erregung. Seine Schritte lenkten ihn zum Garten neben dem Turm. Völlig in seine Gefühle eingesponnen ließ er sich auf die Bank nieder, auf der er schon so viele Stunden an der Seite des geliebten Mädchens verbracht hatte. Die Hecken sind hoch geworden, ging es ihm durch den Kopf, und es war ihm, als sei er erst gestern zum letzten Mal hier gewesen.

Während er so saß und träge den schweren Wolken nachsah, vermeinte er, das Geräusch einer sich öffnenden Tür zu hören. Leichte, vertraute Schritte erklangen auf der Treppe, kamen näher, gingen vorbei und verhallten. Claudius lächelte vor sich hin. Es war ein schöner Traum, in dem alles wieder so war wie früher. Ein lange entbehrter Friede kehrte in sein Herz ein, ließ ihn die Augen schließen und seinen Kopf gegen die kalte Wand lehnen. Und erneut stieg das brennende Sehnen nach Floruna in ihm auf. Mit jeder Faser seines Herzens und seines Körpers verlangte er nach ihr. Er wollte sie sehen, sie spüren ... Und plötzlich stand sie vor ihm so deutlich wie nie zuvor. Sie war wieder da, wie sie früher so oft vor ihm gestanden hatte. Er vermeinte, den Duft ihrer Haut zu atmen, er vernahm ihre Stimme neben sich ...

»Trink, Mann, dies wird dir bei der Kälte gut tun.«

Claudius fuhr in die Höhe. Er hatte nicht geträumt! Sie war wirklich da! Sie stand so dicht vor ihm, daß er ihren Arm streifte, als er auf die Füße sprang.

In diesem Augenblick tauchte sein Gesicht ins Licht des Mondes, der sich zwischen den dunklen Wolken hindurchstahl. Und Floruna erkannte ihn. Der Krug entfiel ihrer Hand und zerschellte am Boden. Es klang überlaut.

Atemlos standen sie voreinander und sahen sich an. Ihre Herzen schlugen so heftig, als wollten sie die Brust sprengen, ihre Körper waren keiner Bewegung fähig. Claudius würgte es in der Kehle, er schluckte heftig.

»Floruna?« kam es nach einer beiden wie eine Ewigkeit erscheinenden Zeit von seinen Lippen. Es war nur ein Stammeln, ein Hauch, den der Wind verwehte.

Endlich löste sich seine Erstarrung. Aufstöhnend riß er das noch immer bewegungslos stehende Mädchen in seine Arme.

»Floruna!«

Wie eine Tote hing sie in seinen Armen. Wirres Zeug stammelnd vergrub er seinen Kopf an ihrem Hals, riß dabei das Tuch von ihren Haaren und preßte sein Gesicht hinein.

Jetzt erst schien sie zum Leben zu erwachen. Zaghaft, dann immer fester preßte sie ihre Arme um ihn. Über ihr Gesicht liefen Tränen und tropften auf seine Hände.

»Weine nicht, Liebling. Weine nie mehr«, stammelte er. »Wir gehören für immer zusammen. Ich weiß es jetzt ganz genau. Ich liebe dich! Bitte, Floruna, weine nicht mehr.« Er hob den Kopf, nahm ihr Gesicht zwischen die Hände, küßte sie mit zitternder Zärtlichkeit auf beide Augen und lächelte dann wie erlöst. Endlich fand er Ruhe. – Da sah er ihre Haare aufleuchten. Nicht verstehend sah er sie an.

»Du siehst richtig, Claudius«, sagte sie leise und fügte ängstlich hinzu: »Sag, stört es dich sehr?«

»Aber nein!« Er zog sie ins Licht und betrachtete sie so ausgiebig, daß

ihr unbehaglich zumute wurde. Plötzlich grinste er. Erleichtert atmete sie auf, denn so kannte sie ihn. »Floruna, die Götter oder wer auch immer, wußten offenbar genau, was dir besonders gut steht.«
»Ich bin mir nicht sicher, ob die Götter wirklich wußten, was sie taten.« Den traurigen Unterton in ihrer Stimme deutete er falsch.
»Na na, nun schlag dir rasch alle dummen Gedanken aus dem Kopf. Mir gefällst du, und das sollte dir das Wichtigste sein«, lächelte er, wurde aber sofort wieder ernst. Er schlang den Arm um ihren schlanken Körper und zog sie ganz nahe zu sich heran. »Floruna, du bist ein wunderbares Mädchen, und wenn du erst meine Frau bist, werde ich alles tun, damit du glücklich wirst und ich deine Liebe verdiene.«
Er spürte ihr erschrecktes Zusammenzucken. Leise, aber sehr bestimmt erklärte sie:
»Claudius, du kannst nicht die Tochter eines Freigelassenen heiraten.«
»Floruna, glaub mir, ich kann! Ein Claudius Marianus Valus kann alles!« Er grinste selbstgefällig, doch sie blieb unvermindert ernst.
»Nein, Claudius, auch einem Marianus Valus würden dies die Menschen nicht verzeihen. Sie würden ihm den Zugang zu den öffentlichen Ämtern mit größten Hindernissen pflastern.«
»Ach, öffentliche Ämter! Inzwischen weiß ich, daß sie ein Leben an deiner Seite nicht aufwiegen können. Außerdem giert man anscheinend nur so lange nach etwas, als man darum kämpfen muß. Ich muß es nicht mehr, und es hat mir nicht das Glück gebracht, das mir schon ein einziges Wort von dir beschert.« Er war über seine Worte selbst erstaunt, aber angesichts ihrer leuchtenden Augen, der Ruhe und des Friedens, die er fühlte, mußte er plötzlich nicht mehr darüber nachdenken, was er sich wirklich wünschte und was ihm wichtig war. Er hatte seinen Weg gefunden. Ihren Kopf an seine Schulter bettend, lehnte er sich an die Mauer und schloß die Augen. »Jetzt wird alles gut werden«, murmelte er nach einer Weile, seufzte tief auf und schlief fast augenblicklich von Glück und Müdigkeit überwältigt im Sitzen ein.
Floruna ließ ihn schlafen. Endlich fand sie die Muße, die vergangene Stunde zu überdenken. Später half sie ihm in ihr Zimmer hinauf, zog ihm Stiefel und Lederzeug vom Leib und ließ ihn auf ihr Bett niedersinken.
Kurze Zeit blieb sie bei ihm, dann nahm sie einen neuen, mit angewärmtem Wein gefüllten Krug und ging wieder auf die Mauer, wo

sie den müden, frierenden Soldaten zu trinken gab, so wie es in dieser Nacht viele Frauen Roms taten.
Wieder zurück betrachtete sie nachdenklich den schlafenden Claudius. Allmählich glaubte sie selbst daran, daß ihre traurige Vergangenheit endlich einer glücklichen Zukunft wich. Leise entkleidete sie sich und legte sich neben den Schlafenden, der sich seufzend zur Seite drehte. Sie lag mit offenen Augen und genoß es, den rauhen Wollstoff an ihrem nackten Körper zu spüren. In dieser Nacht war sie bereit für ihn. Und er spürte es, schlug die Augen auf und sah sie schweigend an. Mit fast andächtiger Geste streifte er die Decke vom Lager und betrachtete ihren schönen Körper. Sie fühlte sich eingehüllt in seine Liebe, überhaucht vom warmen Atem seines Mundes, der ihr ihren eigenen Körper erschloß. Atemlos erwartete sie ihn, und er liebte sie zärtlich und sacht. Seine erfahrene Hand holte sie aus der Tiefe ihrer Unschuld herauf zu höchster Lust. Ihr Körper sang und jubelte, drängte sich ihm entgegen, forderte und begehrte und erlöste sich endlich selbst in der gemeinsam erlebten Erfüllung. Ihnen war atemberaubend Schönes widerfahren.
Mit geschlossenen Augen sanken sie in die Kissen zurück, voneinander gelöst und doch so eins, wie dies nur selten einem Liebespaar geschah. Die Hände ineinander verschlungen, eingehüllt in die wohlige Wärme ihrer Körper, lagen sie schweigend, bis ihnen die Lider schwer wurden und sie in einen satten, zufriedenen Schlaf hinüberglitten.

Schon sehr früh am nächsten Morgen weckte er sie mit zärtlichen Küssen, doch gleich gab er sich wieder sachlich wie immer:
»Mach dich fertig. Ich bring' dich zu meiner Mutter. Bei Cornelia bist du jetzt besser aufgehoben als hier.«
Floruna packte rasch Kleidung und einige persönliche Dinge in ein Tuch, warf sich den Mantel über und folgte Claudius, dessen Pferd vor dem Turm wartete. Ein unangenehm kalter Regen trieb sie zur Eile an. Von seinen Armen umschlossen ritten sie zu Antoninus' Haus.
»Mutter wird sich freuen, dich endlich kennenzulernen«, sagte er gegen den Wind, der ihre jetzt schon durchweichten Mäntel gegen das Pferd schlug.
Floruna fühlte sich unbehaglich. Sie mußte ihm jetzt die Wahrheit sagen, auch wenn er sich genauso hintergangen fühlen sollte wie damals bei Antopa.

»Wie habt ihr euch kennengelernt?« knurrte er nach längerem Schweigen.
»Damals, als mich Antopa und Lucius vom Gefängnis aus zu euch ins Haus gebracht hatten, da ...« Erschrocken hielt sie inne. Davon hatte sie ihm nicht erzählen wollen. Nicht jetzt. Und als er mehr wissen wollte, bat sie ihn, Valeria zu befragen. Er sah die Tränen in ihren Augen glitzern, und versöhnlich schloß er wieder seine Arme um sie.
In Cornelias' Haus zog er sie fast im Laufschritt durch die Räume hinter sich her und rannte zu seiner überrascht aufsehenden Mutter.
»Was soll das bedeuten, mein Sohn?« fragte sie streng.
»Daß Floruna und ich heiraten werden«, erwiderte er kurz. »Aber bitte, Mutter, weshalb ist Floruna im Gefängnis gewesen?«
Valeria ließ sich ihre Überraschung kaum anmerken. Mit frohem Lächeln ging sie auf Floruna zu:
»Kind, du weißt, wie glücklich ich darüber bin, dich endlich als meine Tochter in die Arme schließen zu können. So, und jetzt wollen wir in aller Ruhe über die vergangenen Geschehnisse sprechen«. Mit leiser Stimme erzählte sie Florunas Leidensweg.
Claudius hörte mit gesenktem Kopf immer angespannter zu. Nachdem Valeria geendet hatte, blieb er lange reglos sitzen, bis er sich mit erregt glitzernden Augen an Floruna wandte.
»Warum habe ich nichts davon erfahren?«
»Claudius, da du mir fernbleiben wolltest und ich dies auch respektierte, wollte ich dir keine Schuldgefühle aufladen, deretwegen du dich mir hättest verpflichtet fühlen können. Es wäre ein zu bitteres Los für mich gewesen.«
Er starrte sie beinahe erschüttert an, doch plötzlich sprang er auf und stürmte mit langen Schritten zur Tür.
»Claudius!« riefen beide Frauen gleichzeitig. »Wohin läufst du denn?«
»Zu Glaucus Sempronius!« rief er, ohne einzuhalten, in eiskaltem Ton zurück, rannte aus dem Haus und sprang trotz des Regens barhäuptig und ohne Mantel in den nassen Sattel.
Valeria und Floruna sahen sich bestürzt an. Was würde er in seinem begreiflichen Zorn anrichten?

Nach etwa einer Stunde kam er völlig durchnäßt zurück und tat, als sei nichts geschehen. Valeria forderte energisch Auskunft, was er mit Glaucus angestellt habe, und nach einem demonstrativen Seufzer erklärte er:

»Mit Glaucus? Nichts Besonderes. Ich habe mir nur vorgestellt, wie satt er sein behäbiges, verfressenes Leben haben muß und wie froh er sicher wäre, mit der nächsten Legion nach Iberia gehen zu dürfen, wo er in Eilmärschen und mörderischen Kämpfen endlich seinen lästigen Leibesumfang abbauen könnte. Und nachdem gerade jetzt Tiberius Fonteius wieder zu unserem famosen Scipio zurückkehrt, habe ich ihm die Möglichkeit verschafft, gleich mitzugehen. Leider hat Glaucus das persönliche Pech, daß ihn weder Tiberius noch Scipio ausstehen können. Aber er wird es schon überleben. Und wenn nicht, dann kommt er in den einmaligen Genuß, als Held für das bedrohte Vaterland gestorben zu sein. – Er war mir dann ja auch sehr dankbar für diese Aussichten, womit alles in bester Ordnung ist.«
Valeria atmete genauso erleichtert auf wie Floruna. Es war ja keine unzumutbare Strafe, nach Iberia geschickt zu werden, zumal dieses Los viele Tausende traf, die kein Menschenleben auf dem Gewissen hatten. Für Glaucus allerdings war es wohl das Schlimmste, was man ihm antun konnte.

Inzwischen war es längst Tag geworden, und der kalte Regen setzte das Land vor Roms Mauern unter Wasser. Das Leben im Lager der Karthager mochte immer unerträglicher werden, während die Römer in ihren warmen, trockenen Unterkünften ruhig abwarten konnten, was der ständig unter Beobachtung stehende Feind zu tun gedachte. Der konnte allein schon wegen des Wetters nichts unternehmen und vergrub sich in den Zelten, so daß nur die frierenden und völlig durchnäßten Wachtposten an wenigen, nur mühsam unterhaltenen Feuern zu sehen waren. Hannibal hoffte auf die Nachricht seiner Stafettenreiter, daß das römische Heer von Capua abzog und der bedrängten Vaterstadt zu Hilfe eilen wollte. Aber er ahnte bereits, daß Rom auf seine Finten nicht mehr hereinfiel. Fabius Maximus hatte viel von ihm gelernt. Zu viel.
Am Nachmittag lichteten sich die Wolken und es hörte für einige Zeit zu regnen auf. Da beschloß der Senat, die schon vor Tagen angesetzte Versteigerung eines Stück Landes vor der Stadtmauer durchzuführen, obwohl sich gerade Hannibals Zelte darauf befanden. Eine Tat, die in die Geschichte Roms eingehen und Hannibal mit höhnischer Verächtlichkeit die Unerschütterlichkeit der »stolzen Romani« vor Augen führen sollte. Die Versteigerung fand in altgewohnter Ordnung statt, und der Senat sorgte dafür, daß Hannibal davon erfuhr.

Von Seiten der Karthager geschah auch am nächsten Tag nichts. Nachdem es erneut heftig regnete und der Wind zu einem regelrechten Sturm angewachsen war, konnten sie gar nicht daran denken, ihr immer mehr in Schlamm versinkendes Lager zu verlassen. Sie waren voll damit beschäftigt, ihre Zelte festzuhalten und ihre wiehernden Pferde und ängstlich trompetenden Elefanten zu beruhigen.

Claudius verbrachte die Nacht in Florunas Zimmer am Sanqualis und genoß es, in dem Raum und dem Bett zu schlafen, wo sie sich stets aufgehalten hatte. Doch mit seinen Gedanken an das Mädchen und ihren weichen Körper schlief er nur schlecht.

Am Nachmittag, gerade als er mit Fabius Maximus zusammen den Bestand an Viehfutter inspizierte, kam ein Meldereiter angesprengt, der nicht recht wußte, an welchen der beiden Herren er sich zu wenden hatte:
»Herr«, stieß er daher unbestimmt hervor, »aus dem Lager der Carthageniense ist eine kleine Truppe aufgebrochen und bewegt sich auf die Porta Esquilina zu.«
Claudius wechselte mit Fabius einen erstaunten Blick, dann sprang er auf sein Pferd und sprengte davon. Fabius folgte ihm, wenn auch entschieden langsamer. Beim genannten Tor stiegen sie die Leiter zum oberen Wehrgang empor. Ihr Blick über die Brustwehr auf das Feld hinaus zeigte ihnen tatsächlich den gemeldeten Trupp einiger weniger Karthager, die sich, eingehüllt in weite, nasse Haiks, auf sehnigen Rossen der Stadt näherten. Nun war auch zu erkennen, daß es sich um eine Gruppe handelte, die einzig den Zweck zu haben schien, den vorausreitenden Mann mit dem dunklen Bart, das Gesicht durch den Bügelhelm halb verdeckt, zu schützen.
Fabius und Claudius sahen sich überrascht an. Sie wollten es erst nicht glauben, aber es gab keinen Zweifel:
»Das ist Hannibal selbst!« stellte Fabius leise fest. Dennoch hatten die Umstehenden seine Worte gehört, und in Windeseile pflanzte sich der Ruf fort, von Mann zu Mann, von Mauer zu Mauer:
»Hannibal ante porta!«
Alles, was Beine hatte, strömte die Leitern herauf, drängte sich gegen die Brustwehr und stieß die anderen zur Seite, um wenigstens einen einzigen Blick auf den gefürchteten Karthager werfen zu können.
Claudius befahl den Diensthabenden äußerste Wachsamkeit. Auf die

Gleitschienen der Pfeilgeschütze wurden die Geschosse gelegt und die Bogen gespannt. Doch nach striktem Befehl, vorerst keinen einzigen Schuß abzugeben und auf gar keinen Fall einen Ausfall zu unternehmen, verhielten sich alle nur abwartend.
Mit angehaltenem Atem beobachteten Claudius und Fabius den Mann im grauen Haik, der in sicherer Entfernung anhielt und sein Gesicht den gewaltigen Mauern zuwendete. Dachte Hannibal an den Capitolinus, auf dem die Römer nach der Niederlage am Trasimenischen See der Venus Erycina einen Tempel erbaut hatten, um den Geist vom Berg Eryx, Hamilkars letzter Kampfstätte, zu bannen und Rom untertan zu machen? War dieser Tempel ein düsteres Omen für ihn? Wenn er tatsächlich daran dachte, so war dies aber nicht der einzige bedrückende Gedanke, als er nun anritt und in majestätischer Haltung langsam, wie bei einer Parade, einem langen Stück der Mauer folgte, begleitet von Tausenden römischer Augenpaare.
»Er will uns glauben machen, daß es jetzt ein Leichtes wäre, sich seiner Person zu bemächtigen«, bemerkte Fabius.
»Er will einen Ausfall provozieren?«
»Natürlich, denn das wäre seine einzige Chance, hier etwas auszurichten. Aber genau den Gefallen werden wir ihm nicht tun.« Und damit richtete er seinen Blick wieder über die Mauer hinaus, genau wie die sich drängenden und stoßenden Soldaten. Alle standen im Bann des Rufes, den dieser Mann genoß; ihnen vermochte allein schon die Nennung seines Namens einen Schauer über den Rücken zu jagen. Als sie ihn jetzt so nahe vor sich sahen, fühlten sie nicht nur Beklemmung, sondern sogar Angst in sich. Dieser Hannibal Barkas hatte schon zu oft gezeigt, zu welch unmöglich Scheinendem er fähig war. Keiner der Männer ließ daher ein höhnisches Wort hören, alle verfolgten beinahe ehrfürchtig seinen majestätischen Ritt.

Jetzt hielt er an, sein Begleitschutz dicht hinter ihm. Er ließ sich einen Wurfspeer reichen, den er einige Augenblicke lang wie beschwörend vor sich hielt. Dann hob er ihn hoch über seinen Kopf empor, legte den Oberkörper weit zurück und schnellte ihn mit einem überaus kraftvollen Schwung in die Luft. Zitternd stieg er empor, immer höher, immer weiter, senkte sich endlich langsam und bohrte sich nach einem unwahrscheinlich weiten Weg in den aufspritzenden Boden kurz vor den Quadern der Mauer.
»Beim allmächtigen Jupiter!« staunte ein alter Centurio neben Clau-

dius. »Einen solchen Wurf habe ich in meinem ganzen Leben noch nicht gesehen!« Und auch die anderen murmelten beifällig.
»Sollen wir ihm durch unsere Pfeilschützen antworten?«
»Nein!« bestimmte Fabius. »Die Nichtbeachtung seiner Herausforderung wird seinen Stolz tödlich verletzen. Das soll unsere Antwort sein!«
Hannibal hatte nach einer kurzen Weile des Abwartens Roms Antwort verstanden, doch keine Geste verriet seine bitteren Empfindungen.
Claudius dagegen war enttäuscht, an diesem Mann da unten nichts Großes, Besonderes entdecken zu können. Für ihn sah er aus wie jeder andere Krieger auch, der in Wind und Regen vor den Mauern anhielt und sich angesichts seiner Ohnmacht diese Demütigung gefallen lassen mußte. Für ihn war der Mythos Hannibal entzaubert, und er würde künftig wohl immer so an ihn denken, wie er ihn jetzt vor sich sah, sehr klein, sehr einsam und gar nicht gefährlich.
Fabius, der um die wahre Größe dieses Feldherrn nur allzu genau wußte und zu ehrlicher Anerkennung seiner außergewöhnlichen Leistungen fähig war, empfand beinahe Mitleid mit ihm. Obwohl gerade er selbst diese erniedrigende Handlungsweise Roms veranlaßt hatte. Wie um seinen Empfindungen zu entfliehen, sagte er: »Wie mächtig könnte Roma werden, stünde es unter seiner Führung!«
Claudius sah ihn mißbilligend an.
»Du bedauerst wohl unsere heutige Überlegenheit? Dabei müßtest du dich freuen über die Wehrlosigkeit dieses kleinen, grauen Kriegers da unten! Ein Dankgebet nach dem anderen zu den Göttern emporjagen, statt ihn zu bewundern und zu bedauern!«
Der hühnenhafte Fabius sah dem Jüngeren nachdenklich in die Augen.
»Ja«, begann er bedächtig, »eigentlich sollte ich ihn hassen, schon um jedes einzelnen toten Römers willen. Aber ich muß ihn bewundern, ob ich will oder nicht. Dieser kleine, graue Mann da unten ist nämlich nicht nur der größte und genialste Feldherr unserer Zeit, sondern auch ein Mann, von dem eine unglaubliche Faszination ausgehen muß, wenn man bedenkt, daß er nun schon im neunten Jahr, fern der Heimat, von dort nicht oder nur kaum unterstützt, im Feindesland erfolgreich Krieg führt, mit einem Heer, das aus einem Gemisch unterschiedlichster Völkerschaften besteht, die kein gemeinsames Vaterland, kein gemeinsames Gesetz, nicht die gleichen Waffen, Ausrüstungen, Sitten und Gebräuche, Götter und nicht einmal die gleiche

Sprache haben. Er allein ist es, der sie durch seine Person verbindet, zusammenhält und das in einem Maße, daß es unter ihnen noch nie zu einem Aufstand gegen ihn kam. Selbst dann nicht, wenn häufig genug das Geld für den Sold fehlte oder im Feindesland nur mangelhaft Proviant aufzutreiben war. – Auch Antopa, die ihn ja aus nächster Nähe kennt, sprach von dieser Faszination. Sie erzählte sehr bildhaft, wie alle diese grundverschiedenen Männer in seinem Heer blindlings seinen Befehlen gehorchten. Selbst wenn er Tausende in den Tod führte, so suchten sie nie in ihm den Grund ihrer Leiden und ihres Mißgeschicks. Vielmehr vergötterten sie ihn in dem Maße, in dem die Strapazen anwuchsen.« Fabius legte eine Pause ein, denn der Wind riß ihm die Worte regelrecht von den Lippen. Dann fuhr er fort: »Was macht diesen Mann so einmalig? – Hinter uns steht ein starkes Volk, das uns und unsere Ausdauer trägt. Er dagegen kämpft völlig allein, ohne Unterstützung und Anerkennung, einzig im Interesse seines Vaterlandes, dessen Vormachtstellung er wieder aufrichten will. – Er ist wirklich der einzig wahrhaft Große unserer Zeit, ein tragischer Held. Der Ruhm, der ihn jetzt umstrahlt, wird schnell im Nichts vergehen, und er wird noch einsamer sein, als er es jetzt schon ist. Nach ihm aber wird wohl kaum ein anderer je wieder seine Größe erreichen, und wir alle werden erkennen, daß mit diesem grauen Mann da unten ein bedeutendes Stück Zeitgeschichte zu Ende gegangen sein wird.«
»Zeitgeschichte?« höhnte Claudius nach dieser langen Rede. »Du meinst wohl die Zeit der erstochenen und erschlagenen Romani, der vergewaltigten und getöteten Frauen und Kinder, der ausgehungerten und gekreuzigten Bauern, der verbrannten Felder und zerstörten Städte? – Wenn das die Zeitgeschichte ist, der du nachzutrauern gedenkst, dann, mein lieber Fabius Maximus, muß ich gestehen, daß ich deinem Geschmack nicht nachzustreben imstande bin.«
Fabius sah ihm seltsam wissend in die Augen:
»Vielleicht wirst du alt genug werden, Claudius, um eines Tages meine Worte verstehen zu lernen. Die Zeit ändert nicht nur die Menschen, sie bewertet auch deren Taten neu.«
»Ich wäre mir nicht so sicher, Fabius, daß mir ein langes Leben reichen könnte, diesen Mann da unten nach seinem Tod als bedauernswerten Verlust in die Zeitgeschichte einzureihen.«
Darauf gab Fabius keine Antwort, und beide schwiegen. Erst nach einer Weile fragte Claudius:

»Was wird dein Genie deiner Meinung nach jetzt wohl tun?«
Fabius ignorierte den zynischen Unterton in Claudius' Frage und erklärte geduldig:
»Hannibal kann nur wieder abziehen. Denn zum einen sprechen unsere Mauern, zum andern die Wetterverhältnisse gegen ihn. Und längere Zeit kann er dort unten nicht bleiben. Nachdem wir nicht von Capua abgezogen sind, was er sicher bald wissen wird, muß er auf schnellstem Weg in den Süden zurückkehren.«
Claudius wendete sich wieder der Reitertruppe zu, die draußen im flachen Feld erneut anhielt. Hannibal schlug der kalte Wind den nassen Mantel um den Körper, seine Beine waren bis zu den Knien schlammbespritzt, und sein Pferd tänzelte unruhig im Stand. Doch er selbst saß völlig reglos und schaute noch einmal zu den Mauern herüber, die seinen gewaltigsten Feind, den Geist der Unerschütterlichkeit, behüteten. Dann hieb er seinem Pferd die Hacken in die Weichen und stürmte allen voran durch den windgepeitschten Regen dem Lager zu, das er noch am selben Tag abzubrechen befahl.

Rom hatte ihn geschlagen wie keine andere Stadt vor ihr. Zwar hatte er damit gerechnet, diese Stadt nicht bezwingen zu können, aber insgeheim doch gehofft, die Römer würden ihm einen Kampf anbieten, in dem er vor ihren Augen sein ganzes Können hätte unser Beweis stellen können. Daß sie ihn wie einen räudigen Hund abgewiesen hatten, der keinen einzigen Pfeilhagel wert war, das traf ihn hart. Härter noch als die Verhöhnung, die sie ihm durch die Versteigerung des Feldes, auf dem sein Lager stand, zugefügt hatten. Hannibal fühlte sich zutiefst verletzt und er litt unsäglich.
Doch Rom hatte noch immer nicht genug von ihm gefordert. In dieser kalten, nassen Nacht, in der ringsum die Zelte abgebrochen wurden, mußte er ein weiteres Opfer bringen. Sein Paradeelefant Suru, der ihn jahrelang so viele und weite Wege in vertrauensvoller Treue durch schwerste Not und höchstes Siegesglück getragen hatte, zog sich in den letzten Tagen eine so schwere Erkältung zu, daß er in dieser Nacht vor den unbezwungenen Mauern Roms verendete.
Lange Stunden hockte der einsame Mann neben dem sterbenden Tier und streichelte immer und immer wieder über den rauhen Kopf. Auch als der grausame Todeskampf endlich zu Ende war, blieb er

noch lange Zeit unbeweglich neben Suru auf dem harten, feuchten Boden sitzen. Er trauerte um seinen grauen Koloß wie um einen lieben Menschen. Sein Haß auf die Stadt Rom dagegen vermehrte sich um die Größe des ihm gerade hier erwachsenen Schmerzes.

Auf der anderen Seite der Mauer war der Schreckensruf: »Hannibal ante portas!« ohne Widerhall verklungen. Ernst und nachdenklich stieg Fabius von der Mauer herab. Mehr zu sich als zu Claudius sagte er:
»Oh, wie dankbar bin ich den Göttern für die Gunst, diesen großen Mann aus solcher Nähe gesehen zu haben. Zumal es wohl das letzte Mal gewesen sein wird, denn Hannibals Stern befindet sich bereits im Sinken. Sein Weg kann nur noch in die Dunkelheit führen.«
Es klang wie eine düstere Weissagung dieses klugen, weitsichtigen Römers, ohne auch nur die Spur eines Triumphes in sich zu tragen.

ZORNIGE TRAUER

207 v. Chr.

Im nunmehr zwölften Kriegsjahr schien sich die Lage beider Gegner immer mehr zuzuspitzen. Durch den Fall von Capua, der eine sich langsam ausbreitende Vertrauenskrise der antirömischen Eidgenossen bewirkte, hatte für Hannibal der Krieg seit vier Jahren eine deutlich niedergehende Wendung eingeschlagen. Dagegen stieg in Iberia ein neuer Stern am Himmel empor: der bis dahin weithin unbekannte junge Publius Cornelius Scipio.

Sein als Feldherr berühmter Vater Publius Cornelius Scipio und auch sein Bruder Gnäus Cornelius waren in den Kämpfen gegen Hannibals Bruder Hasdrubal gefallen. Ohne zu zögern, übernahm dieser optimistische, die Menschen bezaubernde junge Scipio das äußerst undankbare Amt des Oberbefehlshabers der bereits darnieder liegenden römischen Armee in Iberia. Sofort zog er den Großteil der Truppen aus Nordspanien ab und marschierte mit 25000 Fußsoldaten und 2500 Reitern gegen Carthagena, das Zentrum und die Schatzkammer Karthagos auf der iberischen Halbinsel. Während Hasdrubals Armee noch immer im Quellgebiet des Tagus stand, eine weitere an der Mündung des Flusses, und die des Mago in Gades, also alle mindestens drei Tagesmärsche entfernt, erstürmte Scipio zur Zeit der Ebbe über eine fast trockene Lagune die Stadt ohne große Verluste. In dieser fiel ihm nicht nur eine ungeheure Beute an Gold, Silber, Korn, Holz, Waffen und Ausrüstungsgegenständen in die Hand, sondern auch die in der Stadt befindlichen Mitglieder der Gerusia und fünfzehn Angehörige der karthagischen Oberbehörden. Die zahlreichen Geiseln aus iberischen Adelsfamilien schickte Scipio in ihre jeweilige Heimat zurück, worauf sich die iberischen Fürsten mehr und mehr den Römern zuwendeten.

Hasdrubals Zeit in Iberia ging damit seinem Ende entgegen. Nach mörderischen Kämpfen und stetem Rückzug konnte er jetzt nur noch versuchen, seinem Bruder in Italien eine möglichst starke Truppe zuzuführen, um dessen Verteidigungskampf in einen Angriffskrieg zu-

rückzuverwandeln. So ging im Frühsommer zum zweiten Mal ein Barkide über die Alpen, allerdings unter ungleich günstigeren Voraussetzungen als sein Bruder im Winter vor elf Jahren.
Durch Meldereiter wußte Hannibal, daß Hasdrubal bereits auf dem Weg zu ihm war. Allerdings konnte er ihm nur bis Cannae entgegengehen, weil ihn die Römer, die davon Wind bekommen hatten, aufhielten. An dem so bedeutungsvoll gewordenen Aufidus baute er ein befestigtes Auffanglager und wartete.

Mit sorgenumwölkter Stirn schritt er in seinem Zelt auf und ab, ließ seine Gedanken rückwärts wandern und überdachte die letzten Jahre, die ihm kaum etwas gebracht, aber um so mehr genommen hatten. Er hatte Capua verloren, und unter Fabius Maximus' Consulat auch Tarracina, wo zu allem Unglück sein enger Vertrauter Karthalo im Straßenkampf zu Tode gekommen war. Später lief, so wie damals die Numidier unter Maharbal, der bruttische Landsturm zu den Römern über, was eine spürbare Schwächung seiner Armee bedeutete. Außerdem war der Feind den großen Schlachten, die er für die Auffrischung seines verblassenden Ruhms so dringend gebraucht hätte, in geschickten Manövern ständig ausgewichen.
Nur einmal, vor zwei Jahren, konnte er einen nicht unbedeutenden Erfolg verzeichnen. Seinen Leuten war es gelungen, seinen hervorragenden Gegner, den Feldherrn Marcus Claudius Marcellus, Sieger von Syrcusae, im Jahr seines Konsulats im lukanisch-apulischen Grenzgebiet bei einem Erkundungsritt zu überfallen und zu töten. Hannibal ritt selbst zum Kampfplatz, zog dem Consul den ehernen Ring vom Finger und ließ seinen Leichnam mit allen Ehren verbrennen. Den Ring und die Urne schickte er in selten ritterlicher Manier an den Sohn des Toten, Primus Marcellus.

Der zermürbende Kleinkrieg gegen Rom ging weiter. Hannibals Heer mußte sich dabei zwangsläufig verzehren, da es von der Heimat noch weniger Unterstützung als in der Zeit der großen Siege erhielt. Der Karthager sah jetzt nur noch in der Vereinigung mit seinem Bruder Hasdrubal eine Chance, den Krieg wenigstens auf italischem Boden für sich entscheiden zu können. Sein Bruder Mago dagegen mußte alles daran setzen, in Iberia zumindest den Stützpunkt Gades, die älteste karthagische Kolonie, zu halten.
Wohl zum hundertsten Mal ging Hannibal in Gedanken den Weg,

den sein Bruder eingeschlagen hatte, wußte aber nicht, wie weit er bereits gekommen war. Solange er sich in den Bergen befunden hatte, war er vom Depeschendienst abgeschnitten gewesen, doch warum er jetzt, wo er sich bereits auf italischem Boden bewegen mußte, keine Meldereiter über Land schickte, verstand Hannibal nicht. Er fürchtete daher zu Recht, daß die erwarteten Reiter mit den an ihn adressierten Meldungen von den Römern abgefangen worden waren, und diese nunmehr genau über der Barkiden Pläne informiert waren.

Hannibal wußte nicht, daß es unter den beiden Consuln Claudius Nero und Livius Salinator bereits zur alles entscheidenden Schlacht am Metaurus-Fluß gekommen war. Hasdrubals 25000 Männer, durch den Alpenübergang und die Märsche stark mitgenommen, wenn nicht gar der Erschöpfung nahe, konnten dem römischen Ansturm nicht standhalten. Als Hasdrubal von einem Pfeil durch den Hals getötet wurde, zerfiel das iberische Barkidenheer im Nu und wurde bis auf den letzten Mann niedergemacht.

Und Hannibal wartete noch immer.

An einem heißen Sommertag wurde ihm gemeldet, daß ihn bei den Vorposten an der Straßenkreuzung zu den Garganischen Bergen eine römische Abordnung erwarte. Er sah erstaunt auf:

»Seit wann ist es üblich, daß die Unterhändler nicht mehr ins Lager kommen? Warum dieses Mißtrauen?«

Doch nachdem ihm niemand Antwort geben konnte, warf er sich auf sein Pferd und jagte in scharfem Galopp zu den Vorposten, seine Männer mit Sosylos hinterher.

Im blendenden Licht der Mittagshitze verhielten in sicherer Entfernung fünf römische Reiter, die zwei Punier in Ketten und in sehr mitgenommenem Zustand mit sich führten. Nach nur kurzem Blick erkannte Hannibal die beiden als Hauptleute aus seines Bruders Armee. Sein Gesicht wurde aschfahl. Sein Herz umkrallte die Ahnung schrecklichen Unheils, das auf ihn zukam. Wie gebannt starrte er auf die beiden unglücklichen Gefangenen, die beharrlich seinem Blick auswichen.

Nun ritt einer der Römer mit höhnisch verzerrtem Gesicht vor und stieß Hannibal die beiden Gefangenen zu, wendete zusammen mit seinen Begleitern, und davonjagend verschwanden sie im aufwirbelnden Staub der Straße und schließlich im fernen Glast der flirrenden Mittagshitze. Nur die beiden in Ketten Gehenden, mit wunden Füßen und unglücklich gesenkten Häuptern, standen verlassen vor Hannibal, in dessen Ohren das Zirpen der in den Wiesen hockenden Grillen unerträglich schrill zu werden begann.

Einer der beiden Gefangenen hielt ein schmutziges Bündel auf den Armen, das er mit scheuer Ehrfurcht Hannibal entgegentrug. Er hob sein Gesicht zu ihm empor, in seinen Augen standen Tränen. Bei einem altgedienten, hart gewordenen Hauptmann ein erschütternder Ausdruck.

Hannibals Herz hämmerte bis zum Hals, und mit steifen Knien und kraftlosen Armen rutschte er vom Pferd und starrte den bärtigen, zerlumpten Mann an. Der legte vorsichtig das Bündel zur Erde nieder und trat zurück.

Lange Zeit sah Hannibal mit versteinerter Miene darauf nieder. Endlich überwand er seine bange Scheu, kniete mit der Schwerfälligkeit eines alten Mannes in den Staub der Straße nieder und zog mit zitternden Fingern das Tuch beiseite. Vor ihm lag das abgeschlagene Haupt seines Bruders Hasdrubal. – Wachsgelb, die dunklen Augen nur halb geschlossen, der Mund verzerrt, schrecklich starr. Sogar die blauschwarzen Haare rings um das Haupt schienen erstarrt zu sein. Reglos verharrten Hannibals Augen auf dem unheimlich wirkenden Antlitz. Kein Laut entrang sich seiner Brust. Nur seine brennenden Augen verrieten den Sturm, der ihn durchwühlte, sprachen von dem unbeschreiblichen, unerträglichen Schmerz, der ihn zerschnitt ... Es war die dunkelste Stunde seines Lebens.

Plötzlich bog er seinen Körper zurück, als sollte sein Rückgrat brechen. In seinen Augen lichterte ein irrer Glanz, und mit hocherhobenen Armen schrie er gegen das bodenlose Blau des Himmels über ihm:

»Verdammt und verflucht sollt ihr sein bis in alle Ewigkeit! Verdammt und verflucht bis ins letzte Glied eurer hundsföttischen Rasse! Rache für meinen Bruder! Ich schwöre es bei allen Göttern! Rache!«

Wie ein Urschrei brach es aus der Tiefe seines gequälten Herzens hervor, wie die maßlose Drohung eines tödlich verletzten Giganten, furchtbar und entsetzlich. Die Umstehenden schauerte es. Dann sank er wie ausgebrannt in sich zusammen. Sein Atem rasselte von der Brust herauf, und nur langsam kehrte er aus der gnadenlosen Tiefe seines Schmerzes wieder in die menschliche Gegenwart zurück. Unendlich müde bedeckte er das Haupt des Toten, erhob sich, wankte

ein Stück weit die Straße hinunter und verschwand in einem von Büschen umstandenen Hain.
Schweigend entfernten sich die Männer, die um die Entsetzlichkeit eines ins Totenreich geschickten Mannes ohne Kopf wußten. Nur Sosylos blieb zurück und wartete auf seinen ehemaligen Schüler, den ganzen Nachmittag und die ganze Nacht. Es war schon Morgen, und die Sonne stieg am Horizont empor, als er endlich wieder unter den Bäumen hervortrat.
Sosylos sah ihn prüfend an. Sein Gesicht erinnerte an ausgedörrte Erde, die Wangen eingefallen und die von roten Adern durchzogenen Augen tief in den Höhlen liegend. Seine Haltung dagegen verriet straffe Energie, so als habe er ein neues Ziel vor Augen. Mit weit ausholenden Schritten ging er zu seinem Pferd und ritt schweigend, hoch aufgerichtet zum Lager zurück. Sosylos blickte ihm bekümmert nach.

Von diesem Tag an sprach Hannibal nie mehr von seinem toten Bruder. Doch allen wurde eine böse Veränderung in seinem Wesen erkennbar. Hannibal war hart geworden, besessen von dem Bestreben, alles zu vernichten, was römisch war, hemmungslos seinem tödlichen Haß verfallen, grausam und unerbittlich, jeder Barmherzigkeit unzugänglich, nicht achtend seines eigenen Lebens und daher gefährlich wie ein reißender Wolf. Rom, das sich anschickte, ihn in die Knie zu zwingen, hatte sich durch die unrühmliche und kleingeistige Enthauptung Hasdrubals den fürchterlichsten Hannibal geschaffen, den es sich nur denken konnte.
Wie ziellos zog er umher und vernichtete alles, was am Wege lag; Menschen, Tiere, Dörfer, Wälder und Äcker. In den Waldbergen von Bruttium baute er schließlich ein befestigtes Lager, wo er sich die Feinde vom Leib hielt, einem der riesigen Mähnenlöwen des marokkanischen Atlas vergleichbar, den die Jäger von allen Seiten umstellt hatten, den zu fangen oder gar zu töten sie jedoch nicht imstande waren. Endlich ging er nach Kroton, der Stadt des griechischen Philosophen, Mathematikers und Mystikers Pythagoras, herrschte vier Jahre lang als düsterer König über seine Soldaten, deren Weiber, Troßdirnen und Kinder, und führte von da aus seine Strategie der kleinen, doch namenloses Elend schaffenden Schläge gegen Rom mit unbarmherziger Grausamkeit weiter.
Von allen seinen Hoffnungen hatte sich letztlich nichts verwirklicht.

Er war nun regelrecht eingesperrt in diesem Land, während der Krieg im Süden Iberias entschieden wurde. In Ohnmacht und Resignation mußte er zusehen, wie der junge Scipio das Kriegsgeschehen an sich riß, zum Verderben der Karthager, vor allem der Barkiden.
Aus Gades wurde auch Mago vertrieben, der, seiner grausamen Veranlagung entsprechend, vor seinem Abzug die dortigen Gerichtsherren wegen einer angeblichen Meuterei ans Kreuz schlagen ließ, die Stadt plünderte und den unvorstellbar reichen Tempelschatz des Melkart raubte. Dann schiffte er sich zu den Balearen ein. Zunächst.

Hannibal machte sich keine Hoffnungen mehr wie damals bei Hasdrubals Aufbruch aus Iberia, mit Mago zusammen einen erneuten großen Krieg in Gang bringen zu können. Er wußte, daß er bereits am Boden lag, alle seine Unternehmungen nur noch dem trotzigen Umsichbeißen eines waidwunden Wolfes vergleichbar.
Hannibals große Zeit ging zu Ende – jetzt war der junge Scipio der Mann der Stunde.

TOD IN ATTICA

206 v. Chr.

Mit gewohnt majestätischem Gehabe senkte sich die Sonne ins gleißende Meer, und der Tag verglühte in feurig rotem Licht. Eine sanfte Brise strich durch den Garten des hochgelegenen Palastes und brachte die flammenden Zypressen zu geheimnisvollem Wispern. Tausende matt gewordener Blüten hoben ihre Köpfe und verströmten einen betörenden Duft, der nachts Träume hervorlocken würde, die im heißen Staub des Tages erstickt worden waren.

Antopa ruhte im Schatten eines Sonnensegels und horchte auf das Rauschen der gegen die Felsen anrollenden Wellen, die von der Vergänglichkeit wie der Ewigkeit gleichermaßen sprachen. Wohlige Mattigkeit breitete sich in ihr aus und ließ ihre Glieder schwer und träge werden. Nur ihre Gedanken kamen nicht zum Stillstand und wanderten wieder einmal den Weg zurück, den sie gegangen war.

Fünf Jahre befand sie sich nun schon hier in Attica. Lange Jahre, die dennoch so unglaublich schnell an ihr vorübergeglitten waren. Nur verschwommen erinnerte sie sich noch an die anfängliche Lethargie, aus der sie die nie ermüdende gütige Liebe des alten Simonides herausgeführt hatte.

Er wußte sehr wohl um ihre Sehnsucht nach Rom und den dort lebenden Menschen, doch setzte er seine Hoffnung noch immer auf die Zeit, so daß sie eines Tages mit ganzem Herzen die Herrin seines Hauses werden konnte. Er selbst hatte ja nicht mehr lange zu leben, und er verlangte doch nicht zu viel, wenn sie ihm die letzten Stunden seines jetzt so armseligen Lebens mit ihrem Liebreiz und der Gewißheit, nicht umsonst gelebt zu haben, verschönen sollte. Denn seit er bettlägerig war, hatte sie es glänzend verstanden, erst unmerklich, nach seinem zweiten Schlaganfall jedoch beherrschend in den Gang seiner Geschäfte einzugreifen. Sie zeigte dabei einen nüchternen Sinn für die Realitäten und einen untrüglichen Instinkt für die jeweilige Marktlage. Sie war offensichtlich der geborene Kaufmann.

Da ihr jedoch als Frau in manchen Geschäften die Hände gebunden waren und er natürlich auch anderweitig an die Zukunft dachte, gab ihr Simonides kaufmännisch-listig zwei sorgsam ausgewählte, recht unterschiedliche junge Männer aus gutem Haus an die Seite. Als den einen wählte er Perikleios, einen fröhlichen jungen Mann von spitzbübisch charmanter Art, klassisch schöner Gestalt und Gesichtsbildung, und als den anderen den ernsten Sanosthenes, der ausgesprochene Gegenpart dieses dunkellockigen feurigen Perikleios. Er war von gedrungener Gestalt, heller Haut und Haaren und einem fast grobschlächtigen Gesicht, das keinesfalls zu seiner Geisteshaltung paßte. Er war mehr Philosoph als Kaufmann, doch führte er den nun einmal gewählten Beruf mit großer Zuverlässigkeit aus. Ihm fehlte jedoch ebenso wie Perikleios die Gabe des instinkthaften Erfassens, so daß Antopas Talent die wunderbare Ergänzung dieses erfolgreichen Trios bildete.

Antopas Sympathie für Sanosthenes hatte ihre Wurzeln vor allem in der Tatsache, daß er ihr eine ganz neue Welt eröffnete, die ihr empfindsames Gemüt unendlich bereicherte. Mit viel Geschick und Verständnis führte er sie in die Kunst und Poesie der hellenischen Geisteswelt ein. Er brachte ihr ein Denken näher, das ihr bisher fremd geblieben war, und ihre begeisterungsfähige Seele sog begierig all das von ihm Gezeigte und Erläuterte ein.

Im Laufe der Zeit schlich sich jedoch in die Beziehung der drei eine kaum merkliche, doch stets vorhandene Spannung ein. Bei Antopas Schönheit und ihrem lebhaften, vielschichtigen Wesen konnte es nicht ausbleiben, daß sich die beiden jungen Männer gleichermaßen in das nun etwa sechsundzwanzigjährige Mädchen verliebten. Alle drei wußten darum, aber sie waren stillschweigend übereingekommen, dies zu ignorieren, bis sich Antopa eines Tages entscheiden würde.

Antopa sah gedankenverloren dem Tanz eines Schmetterling zwischen den Blüten und Gräsern zu, während ihre Erinnerung Bilder aus der Vergangenheit heraufbeschwor. In den schwülen Nächten, den heißen Tagen, den ruhigen wie den lauten Stunden ihres Hierseins lebte Rom in ihrem Herzen. Valeria, Floruna, Claudius – und Marcus. Gerade er war ihr allgegenwärtig, er war der Mann, der ihr Herz noch immer zu schnellerem Schlag trieb. In diesen fünf Jahren hatte er nichts von seiner Lebendigkeit eingebüßt, war ihr im Gegenteil manches Mal sogar näher als zuvor. Marcus – das war der Klang, der ihr Leben hier so schwer machte und immer wieder von neuem die Wunde aufriß, wenn Claudius, der auf seinen Reisen so oft wie möglich hierher kam und meist einige Tage blieb, von ihm erzählte. Wobei sie den Verdacht nicht los wurde, daß er dies mit Absicht tat. Was wollte er damit bezwecken? Sie war doch verheiratet!

»Du träumst wohl?« vernahm sie die stets sehr leise Stimme Sanosthenes' hinter sich. Langsam wendete sie sich ihm zu, wie aus weiter Ferne zurückkehrend.

»Der Abend ist sehr schön«, wich sie aus.

»Und voller Sehnsucht«, erwiderte er. Seine hellen, klugen Augen forschten in den ihren, dann ließ er sich neben ihr nieder. »Warum denkst du immer noch an Roma?« fragte er.

»Weil ich es liebe«, erwiderte sie mit abgewandtem Kopf.

»Was kann einer Frau wie dir eine solche Stadt bedeuten? Barbarisch, ohne Geist und ohne Größe wie sie ist?« Er holte tief Atem und fügte resigniert hinzu: »Aber es ist ja gar nicht die Stadt, die du meinst, wenn du von Roma sprichst. Es ist dieser Mann in deinem Amulett, den du als so großartig empfindest, daß du diese kleine Bauernstadt am Tiberis mit einer Gloriole umgibst.«

Ihr Kopf flog in die Höhe. Sie starrte ihn empört an. Warum hatte er etwas ausgesprochen, das er besser nie gesagt hätte?

»Beruhige dich«, versuchte er einzulenken. »Ich werde nie mehr davon sprechen. – Aber warten werde ich trotzdem, auch wenn es vergebens sein sollte.«

Heiße Röte wanderte über ihr Gesicht, dann erhob sie sich und flüchtete ins Haus. Sanosthenes blickte ihr wehmütig nach. Mit einem Seufzer auf den Lippen machte er sich auf den Weg zu seinem nahegelegenen Haus, so in sich versunken, daß er die Grüße seiner Freunde nicht erwiderte.

Und wieder kam Claudius eines Tages zu kurzem Besuch. Antopa freute sich jedesmal so sehr darüber, daß sie ganz außer Rand und Band geriet, doch dieses Mal ging sie sehr bedrückt einher und nahm sich kaum Zeit für ihn. Liutas Zustand hatte sich so verschlechtert, daß mit ihrem Tod gerechnet werden mußte. Obwohl Antopa schon völlig übermüdet war, übernahm sie auch in dieser Nacht wieder die Wache am Lager der Sterbenden, konnte aber ein Einnicken dann doch nicht verhindern. Plötzlich fuhr sie hoch, denn die Stille, die sie umgab, war ihr unheimlich. Was ging da vor? Sie hielt das Licht über

Liutas Gesicht, und jetzt sah sie es: Liuta war tot. Eingeschlafen, ohne noch einmal zu sich gekommen zu sein.
Antopa wurde ganz starr. Sie konnte keinen klaren Gedanken fassen. Nochmals leuchtete sie über das schrecklich entstellte Gesicht auf den weißen Kissen. Plötzlich packte sie das Entsetzen, und mit angehaltenem Atem rannte sie aus dem gespenstisch anmutenden Raum. Hilfesuchend wandte sie sich nach allen Seiten, aber außer den blakenden Öllämpchen war in der Finsternis nichts zu sehen. Völlig kopflos stürmte sie in Claudius' Zimmer und schüttelte den Schlafenden wach.
»Liuta ist tot!« keuchte sie außer sich.
»Aber du hast doch schon seit Tagen damit gerechnet«, sagte er schlaftrunken.
»Schon, aber jetzt kann ich es einfach nicht fassen. Und dann das Gesicht ... Claudius, ich fürchte mich plötzlich vor ihr.«
»Das geht vielen Menschen so«, versuchte er sie mit seiner Sachlichkeit zu besänftigen. »Bleib hier. Ich werde mich um alles Nötige kümmern.«
Nun völlig wach erhob er sich, legte kurz den Arm um ihre Schultern und rief mit herrischer Stimme nach der Dienerschaft, der er seine Anweisungen erteilte.

Antopa wartete, auf seinem Bett sitzend, bis er zurückkam. Sie hatte geweint, sich jetzt aber wieder etwas beruhigt.
»Sie war der letzte Mensch aus meiner Vergangenheit«, sagte sie leise. Nach einer Weile, in der sie ihrer Trauer und Trostlosigkeit nachhing, fügte sie hinzu: »Liuta muß in Roma zur letzten Ruhe gebettet werden.»
Claudius sah sie nachdenklich an, dann stimmte er ihr zu:
»Natürlich, sie gehört nach Roma. Und niemand anderer als du muß sie dorthin bringen.«
Unsicher blickte sie zu ihm auf.
»Ich? Nach Roma? Weshalb ich?«
»Weil du es warst, die sie hierher gebracht hat. Jetzt ist es deine Pflicht, sie wieder zurückzubringen.«
»Ja, aber was wird Simonides dazu sagen? Er wollte nie, daß ich jemals wieder nach Roma gehe?« Antopa war anzusehen, daß sie gegen etwas redete, zu dem sie schon längst entschlossen war.
»Ist ja auch verständlich, denn er braucht dich, der alte Egoist.«
»Nein, so ist das nicht ...« fuhr sie auf.

»Doch, aber das ist jetzt gleichgültig. Jedenfalls bestehe ich darauf, daß du mit mir zusammen Liuta heimbringst.«
»Aber danach komme ich sofort wieder zurück!«
»Natürlich«, lächelte er hinterhältig, und Antopa durchschaute ihn plötzlich.
»Du glaubst mir wohl nicht?« fragte sie mit besonderer Betonung. »Du meinst, ich würde diesen Mann, der mein Leben gerettet hat, mich wie eine eigene Tochter behandelt und wie nichts sonst auf der Welt liebt, so billig hintergehen?«
»Aber nein, Mädchen, natürlich nicht«, versuchte er abzuwiegeln. »Aber jetzt laß mich los, ich habe noch einiges zu erledigen.«
In diesem Augenblick bat ein Diener Antopa zu Simonides, der, durch den Lärm aufgeschreckt, in Erfahrung gebracht hatte, was geschehen war. Claudius ging natürlich mit, und zusammen traten sie an das Lager des alten Mannes, der ihnen mit ernsten Augen entgegensah. Antopa sank an seiner Seite nieder, legte ihren Kopf auf das Kissen neben den seinen und weinte ein wenig. Simonides ließ Ihr Zeit, dann fragte er:
»Du bringst sie nach Roma zurück?« Seine ganze Sorge war aus den Worten herauszuhören. Antopa schluckte, nickte nur. Mit seltsam vorwurfsvollem Blick sah er auf Claudius: »Ich habe gewußt, daß du sie mir fortnehmen wirst, Claudius Marianus Valus.«
»Nein, Simonides«, rief Antopa dazwischen, »nein, das brauchst du nicht zu denken. Ich gehe nicht fort von dir. Jedenfalls nicht für immer. Ich komme wieder hierher zurück. Ich verspreche es dir!«
Der Kranke streichelte ihr über das aufgelöste Haar. »Oh, mein Kind, mein armes, armes Kind. Manchmal wünschte ich, dich nicht so zu lieben, wie ich es tue. Ich bin alt und egoistisch, ja, das bin ich. Aber ich meine es gut mit dir. Du wirst es schon noch erkennen. Ich meine es wirklich gut.«
»Ich weiß, Simonides«, schluchzte sie, »und ich danke dir dafür von ganzem Herzen.«
»Nicht du brauchst zu danken. Ich bin es, der es tun muß. Doch mach dich jetzt reisefertig. Den Leichnam der Romana wird mein Diener morgen aufs Schiff bringen. Nimm den Schnellsegler, der für Kurierdienste im Hafen liegt. Geht aber den Karchedoniern genauso aus dem Weg wie den Romani! Nimm Kapitän Ponophes, er ist ein schlauer Fuchs und wird euch sicher gut führen. Geh jetzt, Kind«, und damit schob er sie sanft von sich weg.

»Und du Claudius Marianus Valus, grüße deine Mutter und deine Familie. Sage ihnen, daß ich oft an die Zeit in eurem Hause zurückdenke.«

Damit verabschiedete er auch Claudius, der Antopa an der Hand nahm und mit sich fortführte. Unter der Tür drehte sie sich noch einmal nach dem alten Mann um, der müde und abgespannt in den Kissen lag, dessen Augen sie jedoch nicht losließen:

»Laß mich nicht zu lange warten, Kind«, sagte er leise. »Ich habe nicht mehr viel Zeit.«

»Nein, Simonides«, erwiderte sie ebenso leise, »ich komme so schnell wie möglich wieder.«

Schon am frühen Morgen verließ sie mit Claudius das Haus und ging aufs Schiff, das sie nach Rom führen sollte.

Im dunklen Bauch des Seglers ruhte starr und still Liuta, die für immer heimkehren würde.

GLÜCK UND ENTTÄUSCHUNG

206 v. Chr.

Der Mond drang mit breitem Lichtband durch die mannshohe Tür in Antopas Zimmer, wo sie schon lange Zeit wach lag. Erinnerungen stiegen in ihr auf! Eine schöne Zeit war es gewesen, die sie hier verbracht hatte. Eine Zeit, in der sie sich wie nirgends sonst geborgen gefühlt hatte im Schoß dieser Familie. So viele Erinnerungen, so viele Gefühle ... Wie stark war sie hier verwurzelt! Und wieviel hatte sich verändert. Aus der Ecke glühten ihr nicht mehr die Augen Sitahs durch das Dunkel entgegen. Wehmut füllte ihr Herz bei dem Gedanken an die treue Begleiterin ihres Lebens, die sie so geliebt hatte. Sie dachte an Floruna, die so beneidenswert glücklich war mit Claudius und ihren beiden Söhnen, sehr zur Freude Valerias, die nur wenig älter geworden war. Enttäuschend verlief dagegen die Begegnung mit Cornelia, die maßlos eingebildet und unerträglich egoistisch sich in beinahe bizarr wirkender Geziertheit bewegte, genau wie die achtjährige Pomponia, ein eitler und verzogener Fratz. Wäre nicht der erfrischende kleine Sohn gewesen, so hätte Antopa den um vieles ernster gewordenen Antoninus sehr bedauert.

Und Marcus ... ihr Herz zog sich zusammen. Wieder sah sie, wie seine Augen bei ihrer Ankunft die ihren gefangen hatten, wie er langsam aufgestanden und vor sie hingetreten war, den Kopf leicht schief gelegt, eine ihr so vertraute Geste, daß es schmerzte. Was dann geschah, wußte sie nicht mehr, die Realität war ihr weggeschwommen. Wahrscheinlich hatte sie die üblichen Begrüßungsworte in derselben nichtssagenden Form erwidert und dummes Zeug geredet, nur um zu reden. Erst nach einer Weile konnte sie ihn bewußt betrachten. In sein Gesicht hatten Zeit und Erleben mehr Furchen gegraben, als seinem Alter entsprochen hätte. Nur seine Augen leuchteten mit derselben Kraft wie die des Jünglings und stürzten Antopa von einer Verwirrung in die andere.

Ihre Gedanken wanderten zur Beisetzung Liutas im Familiengrab der Mariani, draußen an der Via Appia nächst dem Scipionen-Grab.

Marcus hatte schon vor einiger Zeit einen Sarkophag anfertigen lassen mit einem kunstvollen Relief, das Liuta als zur Hochzeit geschmückte Braut darstellte, und Valeria hatte für die traditionelle Totenfeier gesorgt, wie sie einer Marianus zustand. Antopa fiel der Abschied von Liuta schwerer, als sie geglaubt hatte. Sie bedrückte der Anblick des starren, in sich verschlossenen Marcus', dessen Gesicht wie eine Maske aus Stein wirkte. Nur flüchtig dachte sie an Liutas Bruder Glaucus, der mit dem Tod auf dem Schlachtfeld in Iberia für seine Untat an Rufus und Floruna bestraft worden war.

Zutiefst deprimiert hatte Antopa gestern auch die Begegnung mit Lucius, den sie aus purer Neugierde aufgesucht hatte. Als er ihr im rußgeschwärzten Atrium seines Hauses entgegenkam, zeigte ihr schon der erste Blick, daß er sich kaum verändert hatte. Er war wie immer nachlässig gekleidet, und die langen, dunklen Haare fielen ihm wirr in die Stirn. Der abweisende Ausdruck in seinen dunkelglitzernden Augen hielt ihren Schritt an.
»Warum bist du gekommen?« fragte er statt jeder Begrüßung.
»Nun, ich wollte sehen, wie es dir geht.«
»Wieso interessiert dich das? Du siehst, es geht mir gut. Und jetzt geh! Du bringst mir nichts als Unfrieden.«
Antopa war völlig verwirrt.
»Das wollte ich nicht.«
Plötzlich packte er sie an beiden Oberarmen und stieß heiser hervor: »Ich war mir so sicher, daß du meine Frau werden würdest! So sicher! – Aber du hast mir einen alten, senilen Homo Graecus vorgezogen! Du hast mich nicht nur enttäuscht, du hast mich zutiefst gedemütigt. Das kann ich dir niemals verzeihen. Niemals!« In der Tiefe seiner dunklen Augen glomm solche Gehässigkeit, daß es sie fror. Abrupt ließ er sie los und eilte mit seinen katzenhaften Schritten ohne Verabschiedung davon.
Antopa stand, als hätte sie eine Ohrfeige erhalten. Was war das für ein Mann! – Nein, Lucius hatte sich in nichts verändert! Sie holte tief Atem und lief wie gehetzt aus dem unfreundlichen Castell. Mit Lucius wollte sie nie wieder etwas zu tun haben!
Enttäuscht sagte sie sich, daß eigentlich kaum etwas so war, wie sie es erwartet hatte. Nur wußte sie selbst nicht genau, was eigentlich sie erwartet hatte.

Inzwischen war es schon spät in der Nacht, und ihre wirren Gedanken ließen sie noch immer keine Ruhe finden. Sie erhob sich und ging hinaus zum Brunnen, wo sie sich auf den Rand setzte, wie sie es früher so oft getan hatte, wenn sie sich ebenso unglücklich und entwurzelt gefühlt hatte wie heute. Für sie gab es offenbar nie die Heimat, in der sie bleiben durfte, wachsen und ruhen konnte. Denn Attica war diese Heimat nicht.
Während ihre Finger spielerisch durch das kühle Wasser glitten, fielen langsam die Jahre von ihr ab. Hier hatte sie mit Sitah gespielt, ging es ihr durch den Kopf. Und zum ersten Mal mit dem abweisenden, arroganten Claudius gesprochen. Hier hatte sie auch ihrem wilden Haß auf Marcus freien Lauf gelassen. Und jetzt liebte sie ihn mit aller Kraft ihres Herzens, aber auch mit der bitteren Gewißheit, daß er sie nicht liebte.

Als hätten ihn ihre Gedanken gerufen, trat er aus dem Dunkel des Perystils und setzte sich schweigend neben sie. Vor Aufregung wagte sie kaum zu atmen. Nach einer Weile erhob er sich und streckte ihr die Hand hin:
»Komm, geh mit mir ein wenig durch den Garten.«
Willenlos legte sie ihre Hand in die seine, und gemeinsam wanderten sie durch den schattenreichen Garten. Ihre Finger lagen warm umschlossen in seiner kräftigen Hand, und wenn sie sich an den Zweigen der Oleander- und Jasminbüsche vorbeibeugte, streifte ihr Gesicht über seinen Arm. Dies rief jedes Mal heiße Schauer in ihrem Körper wach, und sie fürchtete, er würde ihr Zittern bemerken. Nach einer Weile hielten sie an und schauten auf das Häusermeer der Stadt hinab, aus dessen Dunkel noch manche Lichter blinkten. Ohne den Blick zu wenden, sagte er nach einer Weile:
»Erinnerst du dich an Syracusae? Bevor du wegrittest sagtest du, daß du mich liebst.«
Eine rasende Hitze durchfuhr sie, und ihr Magen krampfte sich vor Schreck zusammen. O wenn sich doch die Erde auftun würde, damit sie sich darin verstecken könnte! – Hastig riß sie ihre Hand aus der seinen und preßte sie gegen ihr wildpochendes Herz. Marcus dagegen fuhr fort in einer Art, als spräche er über jemand anderes als sich selbst:
»Seit diesem Tag vor fünf Jahren habe ich mir gewünscht, du wärst bei mir geblieben. Mit dir wollte ich ein Leben aufbauen und eine Fa-

milie gründen; große starke Söhne haben und schöne Töchter, die ihrer Mutter sehr ähnlich sein sollten. Aber du bist ja verheiratet, fern in Attica.«

Er legte eine Pause ein, so als seien hier seine Gedanken zu Ende gegangen, doch nach einer Weile fuhr er fort, immer noch im selben unbeteiligten Tonfall:

»Als du vor drei Tagen so plötzlich vor mir standest, wurde mit einem Mal die Vergangenheit wieder wach. Ich wollte dich in die Arme nehmen, aber ich hatte alle Kraft aufzuwenden, nichts Unsinniges zu sagen. Etwas, das ich nie mehr sagen werde, solange ich bei klarem Verstand bin.«

In Antopa war es ganz still geworden. Sie horchte seinen Worten nach, die ihr zu sagen schienen, daß er sie genauso liebte wie sie ihn. Dennoch blieb alles ruhig in ihr. Warum konnte sie ihr Glück nicht fassen? War es das Unwirkliche dieser Nacht? War es die Art, in der er zu ihr sprach, immer noch sein Gesicht der Stadt zugekehrt? Oder hatte sie schon zu lange gewartet? War sie ausgebrannt, leer? – Nein, sie spürte es: Sie liebte ihn mehr denn je!

»Marcus, ich liebe dich wie nichts sonst auf der Welt.« Ihre Worte zitterten durch das geisterhafte Licht dieser Nacht und klangen ihr fremd in den Ohren.

Er wendete sich ihr voll zu und drehte sie an den Schultern zu sich her. Seine ernsten Augen hielten die ihren fest. Und jetzt endlich wurde der Mann ihrer Liebe körperlich, ihr Glück greifbar. Jetzt durchrann sie all das, was sie immer erwartet hatte, bewußt und unbewußt ... Ihr schwindelte. Eine ganze Welt, ihre Welt, erbebte unter ihr und in ihr. Und sie zitterte am ganzen Körper, als er sich zu ihr herabbeugte. O Tanit, was tat er? Fühlte er, wie ihr die Knie weich wurden, wie hilflos sie dem Druck seiner Hände ausgeliefert war? – Sie spürte seine streichelnden Hände auf ihrem Hals, sein Gesicht kam unendlich langsam dem ihren entgegen, sein Atem überhauchte ihre Haut.

»Marcus ...«

Seine zuckenden Backenmuskeln verrieten, wie er gegen etwas ankämpfte, dem er genauso ausgeliefert war wie sie. Er wollte nicht tun, wozu es ihn trieb. Und doch tat er es. Wie ein Aufseufzen ging es durch seinen Körper, wie eine Befreiung – seine Lippen preßten sich auf die ihren, die ihm weich entgegenkamen, und im wilden Rausch loderten zwei leidenschaftliche Menschen ineinander. Seine kräftigen

Arme preßten den schlanken Frauenkörper so heftig an sich, daß es ihr hätte weh tun müssen, wäre sie fähig gewesen, etwas anderes zu spüren als seinen fordernden Mund, seine harten Oberschenkel, das Aufflackern der brennenden Begierde in ihrem Leib. Und sie fühlte sein Zittern, als er sein Wehren endlich aufgab und seine Hände immer besitzergreifender an ihrem Körper entlangglitten ...
Mit einem Mal erstarrte er, sein Mund löste sich.
»Nein!« kam es heiser über seine bebenden Lippen. »Nein! So nicht!« Mit einem einzigen Ruck riß er ihre klammernden Arme von seinen Schultern und stieß sie hart von sich. »Nicht solange du Simonides' Frau bist!« Damit drehte er sich um und rannte mehr als er ging durch den Garten zurück zum Haus.

Antopa stand wie erstarrt, im wirren Strudel sich überschlagender Gefühle taumelnd. Ihr Blut rauschte in unverminderter Heftigkeit durch die Adern. Einige Zeit wußte sie nicht, was sie jetzt empfand. War es Zorn, Schmerz oder Enttäuschung? Schließlich klärten sich alle Empfindungen zu besinnungsloser Wut darüber, daß er sie erst zu Unbedachtheiten verführt und dann auf diese demütigende Weise zurückgestoßen hatte. Auf ganze gemeine, hinterhältige Art hatte er sie hereingelegt! Sie begann auf den Boden zu stampfen, immer schneller, immer härter, bis sie wie eine Rasende tobte. Endlich sank sie erschöpft ins Gras und blieb schwer atmend liegen.
Dann wurde es unheimlich ruhig in ihr. Sie würde sich rächen! Sie würde ihm genau das antun, was er ihr angetan hatte! Genauso hinterlistig! – Und noch bevor sie diesen wirren Gedanken zu Ende gedacht hatte, sprang sie auf, strich sich die zerzausten Haare aus der Stirn und warf den Kopf trotzig in den Nacken. Langsam ging sie zu Marcus' Zimmer hinüber.

Mitten im Raum blieb sie stehen, hoch aufgerichtet, mit glitzernden Augen starr auf den Mann blickend, dessen zergrübeltes Gesicht aus dem flackernden Licht eines Lämpchens tauchte. Überrascht sah er, wie sie die Fibel ihrer Palla löste, die von ihren hell aufleuchtenden Schultern am Körper entlang zu Boden glitt, und das Nachtkleid öffnete und ebenfalls fallen ließ. Nichts an ihrer Haltung und ihrem starren Gesichtsausdruck veränderte sich dabei. Ruhig und doch aufs äußerste angespannt stand sie völlig nackt vor ihm.
»Liebe mich!« forderte sie, keinen Widerstand duldend.

Langsam erhob er sich. Ihn schwindelte. Vergeblich versuchte er, den Kloß in seiner Kehle hinunterzuschlucken.
»Weißt du, was du tust?« preßte er heiser hervor.
Ihre Stimme klang kühl und unbeteiligt:
»Ich weiß es.«
Nun stand er ganz dicht vor ihr, wie ein Berg. Aufreizend langsam legte sie den Kopf in den Nacken und sah zu ihm empor, ein triumphierendes Siegerlächeln in den Augen.
Aber jetzt geschah, was sie in ihrer Wut und ihrem verletzten Stolz nicht bedacht hatte. Sie verlor sich in seinen flirrenden Augen, und alles ringsum entschwand ihr. Sie fühlte nur noch ihn, roch seine Haut, tastete Halt suchend über seine kräftigen Arme, wühlte sich in den Stoff seiner Tunika, spürte seinen erregten Atem über ihr Gesicht streifen ... Oh, wie liebte sie ihn!
Als er sie wie eine gewichtslose Feder aufhob und zu seinem Bett trug, erwartete sie ihn mit fiebriger Erregung. Sie stöhnte unter seinen wilden Küssen, seinen fordernden Händen und fand in der hitzigen Vereinigung endlich, wonach ihr Körper schon so viele Jahre verlangt hatte. Jetzt endlich war sie Frau geworden. Seine Frau!
Dann lagen sie erschöpft nebeneinander, leergebrannt und wohlig erfüllt zugleich. Wie zwei Vulkane, die nach heftiger Eruption endlich zur Ruhe kamen.
»Du bist eine wunderbare Frau, Antopa.« Er streichelte über ihr Gesicht, ihren Hals und betrachtete ihre Nacktheit. Sie lächelte, ein wenig geheimnisvoll wie ihm schien, und hielt still, bis sie erneut zu brennen begannen und nacheinander verlangten. Erneut gaben sie sich dem zärtlichen Spiel, dem wilden, fordernden Kampf bis zur Erschöpfung hin.
Wieder lagen sie lange schweigend nebeneinander. Antopa sah zum Fenster, hinter dem die Nacht bereits gegen den heller werdenden Horizont ankämpfte.
»Marcus«, sagte sie aus ihren glücklichen Gedanken heraus, »sag mir, wie sehr du mich liebst. Ich möchte es hören.«
Verwirrt spürte sie, wie er für einen Augenblick den Atem anhielt. Ein leises Unbehagen beschlich sie. Jetzt schluckte er, bevor er endlich sagte:
»Ich soll dir sagen, daß ich dich liebe? Antopa, willst du wirklich, daß ich das sage?«
Sie verstand nicht.

»Natürlich«, stotterte sie vor Aufregung. »Warum nicht? Oder«, und diesen Gedanken wagte sie nicht im Ernst zu denken, »oder liebst du mich etwa nicht?«

Er schwieg. Seine Finger glitten wie spielerisch über ihren Arm.

»Ob ich dich liebe? – Antopa, ich weiß es nicht.«

Sie glaubte, ihr Herz müsse stehenbleiben. Dieses wilde, pochende Herz. Er wußte nicht, ob er sie liebte? Aber das konnte doch nicht sein! Mit einem Ruck setzte sie sich auf und starrte ihn an.

»Du liebst mich also nicht?« flüsterte sie atemlos, es noch immer nicht wirklich glaubend.

»Nein, Antopa, das habe ich nicht gesagt. Antopa, laß dir erklären ...«

Sie gab ihm keine Möglichkeit, irgendetwas zu erklären.

»Aber man weiß doch, ob man jemand liebt oder nicht!« rief sie. Sie fühlte sich so verletzt, so gedemütigt, so wütend. In bitteren Hohn ausbrechend zischte sie: »Hast du es bei Liuta etwa auch nicht gewußt? Und auch nicht bei Marcella?«

Marcus bewahrte noch immer Ruhe. Er kannte ja ihr heftiges Temperament.

»Antopa, das ist es doch!« versuchte er sie zu unterbrechen, doch sie fiel ihm schon wieder ins Wort:

»Und ich habe mich angeboten wie eine Troßdirne! Ich, die nichtsnutzige Tochter des Mannes, den du in Cannae mit eigener Hand erschlagen hast! Oh, wie dumm war ich, als ich glaubte, du liebtest mich!« Sie schrie es aus sich heraus, bebend vor Empörung, vor Enttäuschung. »Ich bin das dümmste Weib der Welt!«

Erneut versuchte er, sie zu beruhigen und faßte nach ihrer Hand:

»Antopa, ich bitte dich, laß dir erklären, laß mich in Ruhe mit dir reden ...«

Aber sie riß sich los und warf sich ihre Palla über.

»Was gibt es da noch zu erklären?« erwiderte sie mit erzwungener Kälte in der Stimme, die aufsteigenden Tränen gewaltsam hinabwürgend. »Ich brauche keine Erklärung! Die kannst du dir für meine Nachfolgerinnen aufsparen!«

Im Laufschritt verließ sie sein Zimmer und rannte in das ihre hinüber. Mit lautem Knall schlug sie die Tür hinter sich zu und verriegelte sie mit zitternden Händen. Bleich vor Erregung und erschöpft von tausend wirren Empfindungen ließ sie sich zu Boden gleiten und starrte unglücklich vor sich hin. Tränen floßen über ihr zuckendes Gesicht.

Da hörte sie Marcus' Schritte vor ihrer Tür, die er zu öffnen versuchte. Leise rief er ihren Namen, bittend, beschwörend, wartete dann noch eine ganze Weile, doch als sie nicht öffnete und auch keine Antwort gab, entfernte er sich schließlich.
Nach einiger Zeit wurde sie endlich ruhig. Sie hatte einen Entschluß gefaßt, so wie sie immer sehr rasch Entschlüsse faßte. Energisch wischte sie sich mit dem Handrücken das Gesicht trocken, sprang auf und schlüpfte im Dämmerlicht des heraufziehenden Morgens in ihre Reisekleidung. Die Leere in ihrem Innern tat ihr wohl. Leise verließ sie ihr Zimmer, in dem sie so viele Jahre gelebt hatte, holte ihr Pferd und ritt mit versteinertem Gesicht zum Tor hinaus. Mit keinem Blick sah sie zurück.
Am Trigenima, dem noch im Schlaf liegenden Hafen Roms, jagte sie den Kapitän mit seiner Mannschaft aus den Kojen und verließ mit dem ersten Licht des Tages italischen Boden.

ABSCHIED

206 v. Chr.

Es war ein warmer Spätnachmittag mit einer schon rötlich gefärbten Sonne am Himmel, als Antopa auf das weithin sichtbare karthagische Lager bei Lokri zuritt. Zu ihrer Sicherheit begleitete sie eine Eskorte, die sie aus der Mannschaft ihres Schnellseglers zusammengestellt hatte.

Plötzlich tauchten hinter einer Bodenwelle zwei dunkelhäutige Numidier auf, die sie mit schräg gestellten Lanzen anhielten. Mit herrischem Blick befahl sie, zu Hannibal Barkas geführt zu werden, entließ ihre Eskorte und folgte dem einen Numidier ins Lager. Dort empfing sie ein Gewirr von Sprachen, deren Klang für Augenblicke wohlige Vertrautheit in ihr erweckte. Doch der Dunst von faulendem Gras und gekochtem Hammelfleisch beleidigte ihre empfindlich gewordene Nase ebenso wie der allgegenwärtige Geruch menschlichen und tierischen Schweißes, dem sich bei jedem stärkeren Luftzug der Gestank gasender Exkremente hinzugesellte.

Leicht erregt blickte sie in die Gesichter der sich lustlos und träge zwischen den erdbraunen Zelten herumdrückenden Soldaten. Sie erkannte sie in all ihrer Vielfalt wieder, die jungen, unerfahrenen und abenteuerlustigen ebenso wie die alten, abgekämpften und stumpfsinnigen. Von fast allen Männern konnte sie sagen, wo ihre Heimat war und welche ihre Muttersprache, und beinahe jedem sah sie in etwa an, was ihn in diesen Krieg getrieben hatte. Zu lange hatte sie mit Männern wie diesen zusammengelebt.

Ihre Erregung steigerte sich, als sie den Gesuchten schon von weitem erblickte. Hoch aufgerichtet wie stets, das viel zu früh ergraute Haar im Licht des späten Tages aufleuchtend, stand Hannibal vor seinem Zelt im Gespräch mit einem Offizier. Aufmerksam geworden blinzelte er gegen die schon tiefstehende Sonne und sah angestrengt zu Antopa herüber, die er zum ersten Mal in Frauenkleidung sah. Trotz der dazwischen liegenden Jahre und der mit ihr vorgegangenen Veränderung dauerte es nur einen Atemzug, und er wußte, wer auf ihn zukam. Und so beherrscht er sonst auch war, dieses Mal war ihm seine Freude anzusehen.

Antopa sah schweigend zu ihm hinab, mit angespanntem Gesicht und leicht zitternden Händen. Er dagegen erwiderte ihren Blick ruhig und fest, in den dunklen Augen das tanzende Licht der Sonnenstrahlen.

»Du lebst also tatsächlich«, stellte er nach einer Weile mit ihr so vertrauter Stimme fest.

»Ja, ich lebe.« Ihr fiel einfach nichts Gescheiteres ein, so sehr bewegte sie das Wiedersehen. Dabei wußte sie noch immer nicht zu sagen, ob ihr spontaner Entschluß, hierher zu kommen, sie richtig geleitet hatte oder vielleicht ebenso töricht war wie der kürzlich in Rom, als sie Lucius aufgesucht hatte. Doch etwas Unbenennbares hatte sie nachgerade gezwungen, ihre Rückfahrt nach Athenae zu unterbrechen und zu diesem Lager zu reiten. Wahrscheinlich wollte sie auch von diesem Teil ihrer Vergangenheit Abschied nehmen, jedenfalls aber noch einmal diesen bedeutenden Mann sehen, der untrennbar mit ihrem Schicksal verbunden war.

»Steig ab!« riß er sie aus ihren Gedanken und ihrer Unschlüssigkeit, half ihr vom Pferd und führte sie in sein Zelt, wo er sich ihr gegenüber niederließ. Schweigend betrachtete er sie, ausgiebig und forschend.

Wie sehr er sich verändert hat, ging es ihr durch den Kopf. Dreizehn harte Kriegsjahre hatten ihn mit tiefen Furchen um den Mund und Schatten unter den Augen gezeichnet und seine Backenknochen hart und kantig aus dem hageren Gesicht herausgemeißelt. Er war weit über seine Jahre hinaus gealtert. Und doch sprach dieses Gesicht auch von der ungeheuren Energie und Tatkraft, die ihm noch immer innewohnten, genauso ungebrochen wie während der schweren Zeit der Alpenüberquerung. Die Kraft dieses Mannes war einfach unglaublich. Endlich brach er das Schweigen:

»Du bist eine sehr schöne Frau geworden, Antopa.« Sogar ihren Namen wußte er auf Anhieb. Aber bei einem Mann wie ihm war das wohl selbstverständlich. »Nichts mehr erinnert an das staksige, magere Kind von einst.« Er holte tief Luft, wie um etwas aus der Vergangenheit abzuschütteln, und fuhr fort: »Ich hatte eigentlich immer geglaubt, du wärst damals in Cannae umgekommen. Aber Lactas sagte, bevor er starb, du seist noch am Leben. Wo warst du?«

Antopa schluckte. Jetzt kam das, woran sie die ganze Zeit über nur mit Sorge hatte denken können:
»In Roma«, sagte sie leise, unwillkürlich den Blick senkend. Und er reagierte wie von ihr befürchtet:
»Du warst in Roma?« stieß er hervor, und es klang, als hätte sie Ungeheuerliches gesagt. Offenbar füllte ihn allein schon der Name dieser Stadt mit all dem an, was ihn seit mehr als einem Jahrzehnt vorangetrieben, über die Alpen gepeitscht und in menschenverachtende Vernichtungsschlachten gehetzt hatte. Rom hatte noch immer nichts von seiner immensen Bedeutung für ihn verloren, fraß womöglich sogar mehr denn je an seinem Herzen. Antopa fror es. Sie selbst hatte beinahe vergessen, daß zwischen Rom und Karthago Krieg war. Ein entsetzlicher Krieg. Für jeden anderen war es wohl unmöglich, zwischen den beiden Völkern so unvoreingenommen hin und her zu pendeln, wie sie es tat.
Während sie nun ihre Geschichte erzählte, hörte er mit verdächtig regloser Miene zu. Nur als sie sagte, sie hätte in Rom ihre glücklichsten Jahre verbracht, zogen sich seine Brauen unmutig zusammen. Antopa war sich beinahe sicher, er würde sie nun hinauswerfen oder in irgendeiner Weise bestrafen, und tatsächlich verfiel er in seinen gespielt sanften Ton, der Kenner zur Vorsicht mahnte:
»Du liebst also die Romani?« Es klang wie ein Verhör, und sie wußte warum. Dennoch erwiderte sie:
»Natürlich nicht alle. Einige wenige dagegen sogar sehr.«
Der Karthager starrte sie böse an.
»So, du liebst also einige Romani sehr. Du, eine Poeni, die Tochter eines Hauptmannes, der von einem Romanus erschlagen worden ist! Die Frau, die meinem Bruder, einem mächtigen Barkas, versprochen war!« Er sagte es in einer Art, die jedem den Angstschweiß in die Hände getrieben hätte. Auch Antopa war für einen Moment versucht, sich unter seinem Blick wegzuducken, doch mit verbissenem Trotz hielt sie ihm stand. Dann brach in voller Lautstärke sein ganzer unterdrückter Zorn hervor:
»Und das wagst du mir, Hannibal Barkas, ins Gesicht zu sagen? Du schämst dich nicht, zu gestehen, die Romani zu lieben? Dieses Pack, das seit Jahren Quart Hadasht zu vernichten trachtet! Diese Hunde, die es wagten, meinen Bruder zu enthaupten! Und das, nachdem ich ihnen ihren wertvollen Marcellus zurückgegeben habe!« Er hielt inne, als ginge ihm vor Empörung die Luft aus. Aber auch in Antopa

war Zorn angewachsen, und wie damals in den Bergen fauchte sie: »Du sprichst immer nur von den Romani, Hannibal Barkas. Von den Poeni in Saguntum und anderswo sprichst du nicht. All diese bestialischen Morde an Frauen und Kindern, sie zählen wohl nicht? Das Erstürmen fremden Landes, das Niederbrennen ganzer Landstriche, diese Not und dieses Elend, das deine eigenen Männer tagtäglich heraufbeschwören – all das zählt wohl nicht?«

Wie eine Feder schnellte er herum, und einen Augenblick sah es wahrhaftig aus, als wollte er sie wie eine nasse Katze packen. Aber dann hielt er sich zurück. Er mahlte mit den Zähnen, daß es knirschte, und in seinen Augen irrlichterte ein wildes Feuer.

Antopa blickte unerschrocken zu ihm auf, und damit imponierte sie ihm wieder genauso wie damals in den Bergen.

Nachdenklich sah er ihr eine ganze Weile in die Augen, dann sagte er in völlig ruhigem Ton:

»Geh jetzt, Antopa!«

Sie räusperte sich unsicher.

»Du wünschst, daß ich heute noch das Lager verlasse, Hannibal Barkas?«

»Nein, ich möchte dich bei meiner Rückkehr noch antreffen.« Und dies klang zweifelsfrei wie ein Befehl. Er beauftragte seinen Adjudanten, sie gut unterzubringen, und dem Hafenkommandanten den Befehl zu überbringen, für die Unantastbarkeit der Besatzung des attischen Schnellseglers Sorge zu tragen. Und tatsächlich wurde alles getan, um Antopas Aufenthalt im Lager so bequem wie möglich zu gestalten. Dennoch fühlte sie sich mehr als Gefangene denn als Gast.

Allein gelassen legte sie sich auf das Feldbett und lauschte den vielfältigen und vertrauten Geräuschen des Lagerlebens. Offenbar zog Hannibal wieder zu einem seiner kriegerischen Streifzüge in die nähere Umgebung aus.

Doch sie wollte nicht darüber nachdenken. Dieser Krieg durfte nicht mehr länger ihr Leben bestimmen. Er hatte es schon zu oft getan, vor allem in den Jahren, in denen sie immer in solchem Zelt gelebt hatte, begleitet von ihrem rauhen, aber liebevollen Vater, und behütet von dem treuen Lactas. Von beiden war nichts geblieben als flüsternde Schatten aus der Dunkelheit. Obwohl noch jung war sie schon von so vielen Toten umgeben. Und auch von den Namen der Menschen, die ihrem Gesichtskreis für immer entschwunden waren.

Ihre Gedanken wanderten zurück nach Rom. Sie sah Marcus' Augen, als er in höchster Ekstase in sein geheimnisvolles Inneres hinabgetaucht war. Sie vernahm seine glücklichen Seufzer, die ihr Ohr mit süßer Wohligkeit erfüllt und ihr seine tiefliegende Leidenschaftlichkeit offenbart hatten. Sie fühlte seine kräftigen Hände auf ihrer Haut und genoß die Wärme seines muskulösen Körpers. Schauer durchströmten sie so machtvoll, daß sie unerträglich zu werden drohten ... doch der häßliche Klang seines Geständnisses verdrängte allen Aufruhr ihres Körpers. – Welcher Schmerz hatte ihr Herz durchbohrt, welch ohnmächtiger Zorn ihre Sinne verfinstert! Und welche Scham hockte schon wieder wie eine abscheuliche Kröte in jedem Winkel ihrer Gedanken und Gefühle. O Tanit, könnte sie das Geschehene nur ungeschehen machen. Nur einmal im Leben diese Gunst erfahren ...!

Um ihren Gedanken zu entfliehen, trat sie schon kurz nach Tagesanbruch ins Freie und sog in tiefen Zügen die taufeuchte Luft ein. Gemächlich schlenderte sie im langsam zu gewohnter Geschäftigkeit erwachenden Lager umher, doch die mißtrauischen und lüsternen Blikke der zurückgebliebenen Männer wurden ihr bald zuwider. Auch vertrug sie die unter Soldaten üblichen Zoten nicht mehr. Rasch ging sie in ihr Zelt zurück und holte den fehlenden Schlaf der letzten Nacht nach.

Die Rückkehr der ausgezogenen Soldaten erfolgte unter wüstem Geschrei und Gelächter, und mit der Ruhe im Lager war es endgültig vorbei. Allem Anschein nach war der Streifzug erfolgreich verlaufen. Wie viele Menschen dabei ihr Leben verloren und wieviel Not und Elend sie über die Landbevölkerung gebracht hatten, mochte sich Antopa nicht fragen. Dieser Krieg ging sie nichts mehr an.

Gegen Abend ließ Hannibal sie zu sich rufen. Sie war reichlich nervös, aber nichts in seiner Art erinnerte daran, wie erbost er gestern über sie gewesen war. Freundlich lud er sie zu Tisch, und nach einem einfachen, doch recht schmackhaften Mahl saßen sie sich, einer den anderen ruhig betrachtend, lange Zeit schweigend gegenüber. Dann erhob er sich und begann auf und ab zu gehen. Plötzlich fragte er mit besonderer Betonung und seltsam drängendem Blick:

»Hast du jemals Fabius Maximus gesehen?«

»Natürlich, denn er ist ein Freund der Mariani, in deren Haus ich gelebt habe. Einmal sprachen wir sogar eine halbe Nacht lang miteinander, über dich. Er hatte immer den Wunsch, dich persönlich kennenzulernen. Er bewundert dich und er sagte mehr als einmal, wie sehr er es bedaure, dich nicht auf romanischer Seite zu wissen.«

Hannibal antwortete nicht, zog nur die Brauen hoch und setzte seinen unruhigen Marsch fort. Über seiner Nase stand eine steile Falte.

»Dein Kommen hat mich sehr gefreut«, fuhr er nach einer Weile in seltener Offenheit fort. »Du bist einer der ganz wenigen Menschen aus der Zeit, in der ich noch von einem Sieg zum anderen eilte, ich, der größte Feldherr aller Länder! Und diese Erinnerung tut mir gut.«

Antopa sah ihn erstaunt an. Es sprach so viel Resignation aus seinen Worten, so viel Mutlosigkeit, vielleicht sogar Trauer.

»Du bist auch heute noch der größte Feldherr, Hannibal Barkas«, versuchte sie ihn aufzurichten. Genau wie damals auf dem Schlachtfeld an der Trebia, als er trotz seines großen Sieges ebenso zerquält ausgesehen hatte. »Roma weiß noch immer keinen größeren als dich.«

Er gab ihr keine Antwort, doch nach einer Weile sprach er aus seinen Gedanken heraus, eigentlich mehr zu sich selbst:

»Seltsam, diesen Marcellus habe ich immer sehr ernst genommen, den alten Fuchs Fabius ›Cunctator‹ habe ich bewundert und oft sogar gefürchtet, den Grünschnabel Scipio dagegen nie beachtet. Ich habe ihn einfach übersehen. Und groteskerweise wird gerade er es sein, der mich aus diesem Land vertreiben und meinen und meines Vaters Traum von der Eroberung Romas zunichte machen wird.« Geistesabwesend zupfte er an seinem kurzgehaltenen Bart, bevor er in seinem Selbstgespräch fortfuhr: »Grotesk, weil es nach all meinen Kämpfen nicht einer der Großen Romas sein wird, der meine Pläne zum Scheitern bringen wird, sondern dieser unreife Jüngling, der das unverdiente Glück hat, mir erst jetzt zu begegnen. Hätte er mir als Heerführer in Cannae gegenübergestanden, so hätte ich ihn zerquetscht wie eine Laus.« Er schien seinen Worten eine Weile nachzuhorchen, bevor er seufzte: »Dieser Krieg hat eben schon zu lange gedauert. Er beginnt mich zu überholen.«

Antopa wurde mit einem Mal bewußt, auf welch menschliche Maßstäbe auch ein so mächtiger Mann wie Hannibal Barkas zusammenschrumpfte, wenn man ihm erst wirklich nahekam. Bedrückt senkte sie den Kopf, damit er das in ihr aufsteigende Mitleid nicht erkenne, die wohl größte Beleidigung für einen solchen Mann.

»Du hast eine schwere Zeit hinter dir, Hannibal Barkas«, sagte sie nach einer Weile leise. »Womöglich schwerer als die damals in den Alpes.«
Seine Gedanken schienen von irgendwoher zurückzukehren, und er befand sich wieder in der Gegenwart dieses Zeltes:
»Ja, die kampflose Ermattungsstrategie des alten Fabius durchzustehen, die man jetzt in Roma plötzlich für richtig erkannt hat, ist ungleich schwerer als an Hunger, Kälte oder Erschöpfung zu leiden. Am schlimmsten ist jedoch das Wissen um das Scheitern all der großartigen Pläne, für die man so unermeßlich schwere Opfer gebracht hat ...«
Erneut in seine Gedanken versinkend hielt er inne, ein enttäuschter, verbitterter und hoffnungsloser Mann. Ihm selbst nicht bewußt nahm er seinen Becher auf, in den das Bild von Saguntum eingraviert war, stellte ihn dann jedoch zurück, ohne daraus getrunken zu haben.

Nach einer Weile führte er das Gespräch wieder fort. Es tat ihm offenbar gut, endlich über all seine Bedrückung, seinen Zorn und seine Ohnmacht sprechen zu können. Und zu einer Frau spricht ein Mächtiger viel leichter als zu seinesgleichen, als Mensch in seiner ganzen Unzulänglichkeit, Hilf- und Ratlosigkeit sterblich und verwundbar wie alle Sterblichen.
»Dieser Liebling der Nation!« zischte er voller Haß, »Dieser Grünschnabel Scipio, kaum dem Kindesalter entwachsen! Er ist ein gefährlicher Gegner geworden. Und nur, weil ihm die Gunst der Zeit zur Seite steht und er leider zu gut von mir gelernt hat. Alle meine Finten und Listen gebraucht er, als hätte er sie erdacht. Sogar bei der Aufstellung seiner Armee kopiert er mich, indem er vom alten romanischen Blockdenken abgerückt ist und seine Manipel flexibel staffelt. Damit können sie kaum noch umfaßt werden. Ein Manöver, das mir so viele große Siege gebracht hat. – Damals.«
Seine Worte verrieten Hannibals hilflosen Zorn darüber, daß ihm der junge Mann nicht nur militärisch zusetzte, sondern auch sein Alter vor Augen führte. Und er war alt, zwar nicht so sehr den Jahren nach, er war gerade einundvierzig, aber ...
»Und seine freche Unbekümmertheit«, fuhr er fort, »mit der er die Menschen mit sich reißt und sie seine Gedanken denken läßt. Ganz gleich, wie richtig oder falsch oder einfach lächerlich und verlogen sie auch sein mögen. – Kennst du übrigens seine berühmt gewordene

Rede auf dem Forum, als er nach dem Fall von Carthago-Nova wie ein Gott gefeiert nach Roma zurückkehrte?« Damit griff er nach seinen Tafeln, erstaunlicherweise von derselben Form wie die, die jeder römische Optio während seines Wachrundganges weiterzureichen hatte. Er sortierte sie lose in seine Hand und sah darauf nieder:

»Es ist kaum zu glauben, was er in seiner Gerissenheit und seinem maßlosen Ehrgeiz alles an Unsinn, Frechheit und sogar bewußten Lügen von sich gibt! Und dieser anmaßende Knabe ist nun mein Gegner! Ein Gegner, der durch die ihm widerfahrenen Glücksfälle sogar zu meinem Bezwinger werden kann! – Einfach unglaublich!«

Seine Miene drückte Empörung, Enttäuschung, Verzweiflung, alles zugleich aus. Doch sofort faßte er sich wieder. »Nur hier, Antopa, da sagte er wirklich Bedeutendes: ›Man muß die Poeni im eigenen Land angreifen! Warum hat man das nicht schon früher getan?‹ Ja, warum wohl? Vielleicht stand ihnen Hamilkar Barkas' Löwenbrut im Weg?« höhnte er, fuhr aber gleich wieder fort: »Jedenfalls sind diese Worte genau der Punkt, auf den es ankommen wird. Scipio wird nach Africa übersetzen, denn kein Hasdrubal wird ihm Iberia streitig machen, und kein Hannibal wird mehr die Kraft besitzen, Roma anzugreifen, während er seinen ehrgeizigen Plänen nachjagt.« Jetzt schien er immer tiefer in sein Inneres hinabzusteigen. Verbittert stieß er hervor:

»Die Götter müssen mit Blindheit geschlagen sein, wenn sie alles dem schenken, der es nicht verdient hat. Während andere alles, aber auch alles gegeben haben, was in eines Menschen Kraft steht. Die Götter sind blind, taub und ungerecht! Ja, sie sind ungerecht! – Oder treiben sie nur ein mutwilliges Spiel mit uns Menschen? Spotten sie über diejenigen, die an ihre Unfehlbarkeit glauben? Hilfe von ihnen erwarten? Gerechtigkeit?«

Hannibals Worte waren ein einziger Aufschrei der Verzweiflung. Glaubte er denn überhaupt an irgendwelche Götter? Er war in der düsteren Mystik Karthagos aufgewachsen, hatte durch Sosylos eine hellenistische Bildung erfahren und besaß zudem gut fundierte Kenntnisse der römischen, rationalen Denkweise. Wo hatte da seine Seele ihren Platz gefunden?

Antopa wurde die entstandene Situation immer peinlicher. Sie, die nach wie vor als Römerin dachte, saß hier dem größten Gegner Roms gegenüber und hörte sich seinen verbitterten Haß an. Und als sie sich

ertappte, die ganze Zeit über schon wie früher Partei für ihn ergriffen zu haben, erschrak sie.
Hannibal grübelte lange Zeit schweigend vor sich hin. Es schien, als habe er Antopas Anwesenheit völlig vergessen. Doch plötzlich sah er auf und hielt ihre Augen mit eigenartigem Ausdruck fest.
»Du lebst jetzt also in Athenae?« fragte er. »Aber du bist nicht glücklich.« Und dies war keine Frage.
»Glücklich? – Ich weiß nicht, ob auch nur irgend jemand wirklich längere Zeit glücklich sein kann. Ich glaube viel eher, daß man für jede gute Stunde bezahlen muß. In irgendeiner Weise. Und ich hatte schon viele gute Stunden.«
»Aber du hast auch schon sehr viel dafür bezahlt, Mädchen aus Quart Hadasht. Vielleicht haben die Götter ein Einsehen mit dir und betrachten deine Schulden als getilgt.«
»Vielleicht«, erwiderte sie ohne Überzeugung und wollte sich schon verabschieden, als plötzlich seine Frage kam:
»Antopa, du hast dich in einen Romanus verliebt?«
Sie erschrak, zögerte mit der Antwort, warf dann aber den Kopf in den Nacken und erwiderte frei und offen:
»Ja, Hannibal Barkas, ich habe mich in einen Romanus verliebt. Aber es ist eine aussichtslose Liebe. Niemand braucht sich Gedanken darum zu machen.«
Er fixierte sie mit zusammengezogenen Augen, eine ganze Weile. Endlich sagte er:
»Dann bin ich beruhigt. Schließlich warst du einmal erwählt, die Frau eines mächtigen Barkas' zu werden. Aber nun geh. Es hat mich gefreut, dich wiederzusehen, wahrscheinlich zum letzten Mal.«
»Ich hoffe, daß es nicht das letzte Mal war«, erwiderte sie herzlich.
»Gute Nacht, Antopa. Und gute Reise!« Seine Augen drückten für einen kurzen Moment ehrliche Zuneigung aus, dann wendete er sich wieder seinen Täfelchen zu.
»Gute Nacht, Hannibal Barkas«, sagte sie leise, sicher, daß ihr die Zukunft ein erneutes Zusammentreffen verweigern würde. Ihre Wege gingen zu weit auseinander. Und sie wünschte es sich auch gar nicht. Diesen Mann in seiner endgültigen Niederlage sehen zu müssen, würde sie zu sehr schmerzen.

Am nächsten Tag ritt sie zum Hafen zurück. Es war jetzt Zeit, nach Attica zurückzukehren. Was sollte sie noch hier? Sie hatte gefunden,

was sie gesucht hatte, nämlich das Wissen, keine Zugehörigkeit zu einem karthagischen Heer mehr in sich zu verspüren. Dieser Umgebung war sie entwachsen.
Nur Hannibal selbst fühlte sie sich verbunden. Sogar weit mehr als in den Jahren, in denen sie in seinen Fußstapfen gegangen war. Er hatte sich ihr als Mensch offenbart, und sie war reif genug geworden, tiefe Traurigkeit über das tragische Geschick dieses einsamen, zutiefst enttäuschten und verletzten Mannes in sich zu verspüren. Aber auch Bewunderung dafür, wie er sich anschickte, mit schier unfaßlicher Kraft die letzte Strecke seines opferreichen Weges zu Ende zu gehen, mit keiner anderen Aussicht, als schon in kurzer Zeit in einer tödlichen Flamme zu verbrennen.

Antopa schüttelte gewaltsam ihre Bedrückung ab und begab sich an Bord, um in den Frieden bei Simonides zurückzukehren. Ohne Interesse verfolgte sie das sehenswerte Ablegemanöver des schnittigen, eleganten Schiffes, das von den Soldaten am Strand laut bewundert wurde. Unbeweglich stand sie am Bug, in den Ohren das Knattern der Segel, bevor sie der Wind füllte, das laute Lärmen der herumrennenden Seeleute und das Anrauschen der durchschnittenen Wellen. Es waren ihr vertraut gewordene Geräusche und aus lieber Gewohnheit bog sie den Kopf in den salzig schmeckenden Wind.
Nur flüchtig dachte sie noch an Hannibals Lager, dagegen nahm sie wie immer und überall ihre Sehnsucht nach Rom und ihren Kummer um ihr niemals erreichbar Erscheinendes mit nach Athenae.
Und Marcus' Sohn, den sie bereits unter ihrem Herzen trug und von dem bisher nur ihr Leib wußte.

MISSVERSTÄNDNISSE

205 v. Chr.

Schon von weitem sah Antopa den im Hafen von Athen liegenden Schnellsegler, unter dessen Parlamentärsflagge unübersehbar das Tuch der Familie Marianus Valus flatterte. Sie zitterte vor Aufregung, und die Anlegemanöver dauerten ihr viel zu lange. Endlich konnte sie ihr Pferd an Land zerren und den steilen Weg zum Palast hinaufjagen. Beinahe im Laufschritt hastete sie zu Simonides' Zimmer, vor dessen Tür sie allerdings verschnaufen und sich zur Ruhe zwingen mußte. Endlich wagte sie einzutreten und sah gespannt zu dem alten Mann, der hustend in seinen Kissen saß. Seine Augen leuchteten auf, und glücklich wie ein Kind ließ er sich zurücksinken.
»Daß du nur wieder da bist, meine Tochter! Ich hatte schon solche Sorgen um dich«, keuchte er.
»Das wäre nicht nötig gewesen«, erwiderte sie mechanisch, während ihr Blick suchend durch den Raum glitt.
»Du möchtest natürlich wissen, wer hier angelegt hat?« bemerkte er, ihren Blick richtig deutend. »Nun, dann sieh.«
Antopa schaute zur Parktür, unter die eben Marcus trat. Seinem Atem nach zu schließen war auch er gelaufen, doch jetzt stand er in völliger Ruhe, den Arm in Schulterhöhe gegen den Türpfosten gestemmt, den Kopf leicht schief gelegt. Schweigend betrachtete er sie mit regloser Miene.
Antopas Herz raste und hämmerte in der Brust. Sie konnte nicht sprechen, sich nicht bewegen. Der Gedanke an ihre wilde, leidenschaftliche Hingabe, an ihre Hemmungslosigkeit, die ihr jetzt die Röte ins Gesicht trieb, peinigte sie. Ob auch er sich vorstellte ...
»Wo bist du so lange gewesen?« fragte er, ohne seine lässige Haltung oder seinen undeutbaren Blick zu verändern.
Sie mußte erst schlucken, bevor sie stammelnd hervorbrachte:
»Ich – ich war bei Hannibal.«
Überraschung malte sich auf seinen Zügen. Auch Simonides setzte sich unwillkürlich auf.

»Du warst bei Hannibal? Wo?«
»In seinem Lager bei Lokri.«
Marcus löste sich von der Tür und kam langsam auf sie zu.
»Warum hast du ihn aufgesucht?«
Und obwohl sie das Gefühl hatte, in seiner Nähe fast zu verbrennen, sammelte sie ihre ganze Kraft zu gewohntem Trotz:
»Darüber bin ich dir keine Rechenschaft schuldig.«
»Stimmt, darüber nicht. Aber auf jeden Fall über dein törichtes, kindisches Wegrennen aus Roma. Du weißt wohl nicht, was du Mutter damit angetan hast?«
Mutter, dachte sie verbittert. Ihn selbst hat es wohl nicht besonders berührt. Nur Mutter ...
Simonides mischte sich ein:
»Es ist wohl besser, ihr sprecht euch allein aus. Geht in den Garten.«
»Nein, Simonides«, erwiderte Antopa kalt, »das ist nicht nötig. Ich habe nicht die Absicht, mich diesem Mann hier gegenüber zu rechtfertigen. Entschuldige mich bitte.« Und damit verließ sie mit zurückgeworfenem Kopf und energischen Schritten den Raum.
In ihrem Zimmer ließ sie ihren mühsam zurückgehaltenen Tränen endlich freien Lauf und heulte wie ein kleines Kind in ihr Kissen.
»Warum läßt er mich nicht in Ruhe?« stöhnte sie. »Warum?«

Vor dem Abendessen erfuhr sie, daß Marcus abgereist und als Emissär nach Pella an Philippos' Hof geritten war. Antopa erbleichte. Er war also gar nicht ihretwegen hierher gesegelt!
»Oh, ich dummes, einfältiges Weib!« heulte sie auf. »Dabei hätte ich es wissen müssen! Die Parlamentärsflagge am Mast seines Schiffes ...!«
Sie war wütend wie selten sonst. Vor allem aber fühlte sie sich in ihrem Stolz verletzt. Und diese ungute Stimmung hielt auch die ganze nächste Zeit an. Kaum ein Lachen entschlüpfte ihr mehr, selbst Perikleios konnte sie nicht aufheitern. Auch Sanosthenes fand keinen Weg mehr zu ihr. Wie versteinert wirkte sie und stürzte sich mit einem Eifer in die Arbeit, daß Simonides Angst um sie bekam. Dabei konnte sie sich oft fast nicht mehr aufrecht halten und ihr wurde beinahe jeden Tag so übel, daß sie das Essen nicht bei sich behielt. Sie wurde blaß und mager.

Eines Tages aber ging eine seltsame Veränderung mit ihr vor. Ihre Stimmung kehrte sich ins Gegenteil. Sie blühte auf wie eine reife Rose und ging mit so verinnerlichter Zufriedenheit einher, daß es eine Lust war, sie zu betrachten. Ihre reizvolle Mädchenhaftigkeit wandelte sich zu betörender fraulicher Schönheit.
Simonides dagegen wurde trotz Antopas kräftigender Kräuter jeden Tag hinfälliger. Sein Gesicht zeichneten tiefe Schatten, es wurde merkwürdig klein, die Lippen schmal und die Nase immer spitzer. Antopa machte sich große Sorgen um ihn, zumal auch ein zweiter Arzt keine Besserung versprechen konnte. Viele Stunden verbrachte sie nun an seinem Krankenlager, ritt nur noch selten zum Kontor hinunter und verrichtete ihre Arbeiten fast ausschließlich im Haus.

Etwa vier Monate später, als sie über einer komplizierten Abrechnung saß, trat plötzlich Marcus ein. Erschrocken starrte sie zu ihm empor und brachte kein Wort heraus. O Tanit, warum sagte er nichts?
Mit aufreizender Ruhe zog er sich einen Sessel an ihren Tisch und betrachtete sie mit unverhohlener Direktheit:
»Du siehst gut aus. Etwas voller. Doch das steht dir.«
Endlich fand sie zu ihrer Kratzbürstigkeit zurück.
»Warum bist du hierhier gekommen?«
»Ich habe mit Simonides einiges zu besprechen.«
Natürlich, warum sonst?
»Er ist sehr krank«, erwiderte sie abweisend. »Ich werde dir sagen lassen, wann du ihn sprechen kannst. Bis dahin steht dir ein eigenes Zimmer zur Verfügung«, damit erhob sie sich und verließ den Raum.
Marcus' scheinbare Ruhe war wie weggewischt. Warum nur sagte er immer das Falsche, fand ihr gegenüber nie das richtige Wort? Wo doch so viel für ihn davon abhing!

Während er am frühen Abend mit Simonides zusammensaß, wanderte Antopa unruhig im Garten umher. Die leichte Brise, die ihre Stirn umstrich, tat ihren erhitzten Sinnen wohl. Sie genoß den wunderbaren Ausblick aufs Meer, in dem eben mit rotgoldener Glut die Sonne versank. Tiefer Friede umgab sie, und ihre bis zum Zerreißen angespannten Nerven beruhigten sich.
Nach einer Weile kam Marcus die flachen Steintreppen herab, trat neben sie und blickte wie sie auf die anrollende See hinaus. Lange Zeit

schwiegen beide, und Antopa war, als entschwinde ihr die Wirklichkeit. Wie damals, als sie neben ihm vom Aventinus auf die schlafende Stadt hinabgesehen hatte. Doch ihn bewegten andere Gedanken, und er begann:
»Ich habe Simonides gesagt, daß du nicht für immer hier bleiben kannst.«
»So? Und warum nicht?« Ihre Stimme klang teilnahmslos. Für Augenblicke war sie des jahrelangen Kampfes ihrer Gefühle einfach müde. Doch er schreckte auf:
»Antopa, bin ich dir etwa gleichgültig geworden?«
Sie lächelte, und es wirkte nachsichtig.
»Du fragst, ob ich dich noch liebe? – Ja, Marcus, ich liebe dich noch immer.« Und jetzt lächelte sie über sein Aufatmen.
»Dann ist ja alles in Ordnung. Mit Simonides habe ich bereits alles geregelt. Die Geschäfte hier sollen unter der Verwaltung von Sanosthenes und Perikleios weiterlaufen, und nach Beendigung des Krieges können die Handelshäuser in Roma und hier zusammengelegt werden. Natürlich wirst immer du die alleinige Eigentümerin all dieses Besitzes hier sein und darüber verfügen können, wie es dir beliebt.«
Erschrocken horchte er seinen Worten nach. Verdammt noch mal, eigentlich wollte er etwas ganz anderes sagen!
Antopa sah ihm ruhig in die Augen, und wieder lächelte sie ihr rätselhaftes Lächeln. Nur schien es jetzt von einem Hauch von Bitterkeit umrandet zu sein. Dann wanderte ihr Blick wieder aufs Meer hinaus:
»Marcus, sag mir: liebst du mich?«
»Beim allmächtigen Jupiter!« stöhnte er auf, »hast du denn gar nichts verstanden? Antopa, schon lange Zeit denke ich nur noch an dich! Und seit dieser einen wunderbaren Nacht stelle ich mir dich bis zum Wahnsinn vor. Ich will dich ganz und für immer! Ich will nur dich als Mutter meiner Söhne und Töchter, ich möchte nur mit dir zusammen unsere Enkel schaukeln ...«
Sie sah ihm starr in die Augen, die Lippen trotzig aufeinandergepreßt.
»Ich verstehe, aber um als Zuchtstute der Familie Marianus Valus geheiratet zu werden, bin ich mir genauso zu schade wie als Erbin eines gewaltigen Vermögens oder als Partnerin bei einer geschäftlichen Fusion. – Laß mich jetzt los und verschone mich künftig mit deinen Ansinnen!«
Fassungslos blickte er ihr nach, wie sie mit kleinen, energischen

Schritten die Stufen zum Haus hinaufstieg. Doch noch einmal blieb sie stehen und sah zu ihm herab:

»Marcus Marianus Valus«, sagte mit leicht erhobener Stimme, »und falls du dir Sorgen um Simonides' Besitz machen solltest: Ich habe bereits jemand, für den und mit dem zusammen ich ihn eines Tages in Simonides' Sinn verwalten werde.« Damit schritt sie die letzten Stufen hinauf.

Aus seiner Starre erwachend hetzte er ihr in langen Sätzen nach, hochrot vor Zorn. Wieder packte er sie und schüttelte sie wie einen jungen Baum:

»Ja glaubst du denn«, keuchte er, »mich gelüstete es nach deinem Reichtum? Oh, was bist du für ein verbohrtes Weib! Blind und kleingeistig!«

Antopas Gesicht war weiß wie ein Laken. Ihre Lippen bebten, und Tränen schossen ihr in die Augen. Er hatte sie beleidigt, wie er es nie hätte tun dürfen. Nicht er! Nicht nach dem, was gewesen war ...

Seine Finger hatten sich so fest in ihren Arm gegraben, daß sie ihre Haut mit häßlichen, roten Flecken zeichneten. Erschrocken sah er es und fand doch kein Wort des Bedauerns, obwohl er sich dies so brennend wünschte. Ein Stöhnen ging durch seinen Körper, wie von Sinnen riß er sie an sich und preßte seine Lippen in hartem Druck auf die ihren. Sie schmeckten salzig von Tränen ...

Mit aller Kraft stemmte sie sich von ihm ab und bog ihren Kopf weit nach hinten:

»Verschwinde!« zischte sie. »Verschwinde, Marcus Marianus Valus!«

Mit hartem Ruck gab er sie frei. In seinen Augen blitzten Zorn, Enttäuschung und Ratlosigkeit, aber auch zutiefst verletzte Liebe, plante sie doch offenbar längst mit jemand anderem ihre Zukunft. Wie ausgehöhlt wendete er sich ab.

Antopa ließ sich auf eine Treppenstufe nieder und ergab sich ganz ihrem wilden Schmerz.

»Nimm es wie den Wind!« hatte Lactas einmal zu ihr gesagt, als ihr alles so schwer geworden war. Aber sie konnte es nicht. Sie wußte, daß ihr solche Demut und Ergebenheit immer unerreichbar sein würden.

HEIMKEHR

202 v. Chr.

Gut drei Jahre waren ins Land gegangen, schwere Jahre für die Römer und ihre Bundesgenossen. Doch in diesen Tagen wurden sie wie in einem reißenden Fluß hinweggeschwemmt.
Rom brodelte wie ein Hexenkessel, war angefüllt mit Geschrei und Gebrüll, mit Lachen, Kreischen und allem möglichen Lärm. Drükkende Hitze, aufgewirbelter Staub und hunderterlei Gerüche brüteten in den in flirrendem Sonnenglast liegenden Straßen und Gassen. Doch kaum einer nahm Dunst und Gestank zur Kenntnis, genauso wie es niemand zu stören schien, daß die Straßen mit Fahrzeugen aller Art in unerträglichem Maß verstopft waren und noch immer mehr in unabsehbarer Zahl durch die Tore hereindrängten. Von Stunde zu Stunde vergrößerte sich das Chaos.
Schon seit Tagen kampierten Tausende im Freien, auf Plätzen, in Vorgärten und Nischen, in den Vorhallen öffentlicher Gebäude und auf den Treppen der Tempel. Sie drängten sich ihren Verwandten und Bekannten auf, bis schließlich alle Häuser bis unter die Dächer überfüllt waren. Doch niemand klagte oder murrte, und jeder tolerierte alles.
Die Diebe und Gauner konnten ihre reichste Ernte seit Jahren einbringen, während beinahe Tag und Nacht die Betrunkenen in den Schenken herumgrölten. Auch die Nobiles feierten in ihren Palästen ein ausgelassenes Fest nach dem anderen, und der Wein floß in Strömen, bis sich die Vornehmen nicht weniger betrunken, unanständig und obszön aufführten wie das niedere Volk.
Wie eine gleißende Sonne, die jeden anderen Gedanken verbrannte, hing über all diesem Lärmen und Treiben der Jubelruf aus abertausend Kehlen:
»Bellonas erzener Gong ist verstummt! Und Romas Adler haben gesiegt!«
»Hannibal Barkas ist auf eigenem Boden vernichtet worden! Von unserem Scipio!«

»Hoch lebe Scipio! Unser göttlicher Scipio! Der größer ist als der große Hannibal Barkas!«
Dies war wohl die höchste Ehrung, die die Römer zu vergeben hatten. Immerhin hatten sie in den langen Kriegsjahren Hannibal Barkas' Genie anerkennen und widerwillig seine Unternehmungen bewundern müssen, so daß Scipios endgültiger Sieg über diesen zugleich gefürchteten und bewunderten Mann ihren Jubel mehr als rechtfertigte.
Viele tausend Menschen freuten sich jedoch vor allem anderen darüber, daß nun endlich ihre Väter, Söhne und Brüder heimkehren würden. Die Felder konnten wieder bestellt werden, die Handwerksläden betrieben, und die Kinder lernten ihre Väter kennen. So wurden in den Tempeln beinahe Tag und Nacht ganze Herden von Opfertieren als Dankopfer dargebracht. Die große Not und Angst des römischen Volkes hatte ein Ende gefunden!

Fabius Maximus nahm als wohl einziger Römer nicht Anteil an dem rauschenden Jubel. Während draußen ganz Rom dem jungen Feldherrn Scipio zujubelte, der seinem Heer vorausgeeilt war, ruhte er still und in sich gekehrt auf seinem Lager, das in schon berechenbarer Zeit sein Totenbett werden würde. Er war dem Schicksal dankbar, erst zu einer Zeit krank geworden zu sein, in der er keine Verpflichtung mehr in sich fühlte, seine letzte Kraft an sein Volk und Vaterland verströmen zu müssen. Hamilkar Barkas' »Löwenbrut« bedeutete keine Bedrohung mehr. Hasdrubal war am Metaurus gefallen, Mago auf dem Weg nach Karthago zu Tode gekommen, und der große Hannibal in Africa bei Zama endgültig besiegt worden. Italica war vom Feind befreit, und Rom hatte so viel Macht gewonnen wie nie zuvor.
Der alte, müde Mann fragte sich, was ihm das Leben in seinem ständigen Auf und Ab gebracht hatte? Er mußte an so manche Demütigung denken, die ihm zugefügt worden war. Der Spottname »Cunctator«, »Zauderer«, den er ertragen mußte, war nur eine davon. Ständig hatten ihn aufreibende Kämpfe, bösartige Verleumdungen und gehässige Mißachtung begleitet. Ehrungen, die er um soviel mehr verdient hätte, gab es dagegen nur wenige in seinem Leben. Auch jetzt mußte er sich wieder mit der bitteren Erfahrung abfinden, daß es der Sieger Scipio nicht der Mühe wert gefunden hatte, ihn an seinem Krankenlager aufzusuchen, wie auch kaum einer der Senatoren,

deren Haupt er so lange Jahre gewesen war, in dieser Schicksalsstunde seiner gedachte.
Dabei war er es gewesen, der den Staat, das Volk und das Heer geleitet und gelenkt, bewahrt und weitergetrieben hatte. Er war zum eigentlichen Gegner Hannibal Barkas' geworden – was allerdings nur dieser selbst erkannt hatte. Letztendlich waren es sein Taktieren, seine Politik und seine Kraft gewesen, die Rom zum Sieg geführt hatten. Und dieser Gedanke tröstete ihn. Ja, er hatte wahrhaft Großes geleistet. Er konnte auf ein Leben zurückblicken, das wert war, es gelebt zu haben.
Sein größter Wunsch jedoch, seinem großen Gegner persönlich zu begegnen, war ihm nie erfüllt worden. Er war immer auf seine Phantasie angewiesen gewesen, wenn er sich mit diesem Mann beschäftigt hatte. Auch jetzt, als er an die letzte Schlacht im fernen Africa dachte. Doch konnte er sich sehr gut vorstellen, wie auf der einen Seite der Jüngling, auf der anderen der reife Mann über einen möglichen Frieden verhandelt hatten. Siegesbewußt der eine, respektheischend der andere trotz des Wissens um seine Ohnmacht. Scipio hatte Bedingungen gestellt, Hannibal Gegenbedingungen, und schließlich einen ehrenvollen, wenn auch aussichtslosen Kampf der schmählichen Unterwerfung vorgezogen.
Fabius schreckte aus seinen Gedanken auf. Nydia, die kleine thessalische Sklavin hatte eben seinen rheumageplagten Arm in ein warmes, duftendes Kräuterbad gelegt, um ihm Linderung seiner Schmerzen zu verschaffen.
»Du bist ein braves Mädchen», lächelte er dankbar. »Aber mach bitte rasch, denn ich möchte jetzt schlafen.«
»Schade, daß du morgen nicht zu dem Quadriga-Rennen gehen kannst. Es sollen Wagen aus aller Welt kommen.« Ihre Augen glänzten vor Aufregung, und ihre Wangen glühten im rosigen Hauch der Jugend.
»Ja, kleine Nydia, für euch Junge wird es sicher interessant werden«, murmelte er nachsichtig, dann grub er seinen Kopf in die Kissen, und kurze Zeit darauf verrieten tiefe Atemzüge, daß er bereits eingeschlafen war.

Als am nächsten Morgen die Sonne ihr erstes Licht zur Erde schickte, schob und stieß sich auf der Straße von Ostia eine unabsehbare Menschenmenge in einem endlos scheinenden Zug der Stadt zu. Auch

Antopa, deren Schiff nicht in den völlig verstopften Tiber zum Trigemina hatte einfahren können, strebte in einem holprigen Mietwagen mit einem zwar sündhaft teuren, aber klapprig dürren Gespann den Stadtmauern zu. Sie kam nur langsam voran, und ihr knapp dreijähriger Sohn Marc Simon gebärdete sich, müde von der langen Reise und allen Unbequemlichkeiten, recht quengelig. So war sie vollauf damit beschäftigt, teils ihm mit allerlei Spielchen die Zeit zu verkürzen, teils den Wagenlenker anzutreiben, jede sich bietende Lücke zu schnellerem Vorwärtskommen zu nützen.
Endlich hatte sie die Stadt erreicht und wies den Wagenlenker zum Aventinus. Mit heftig pochendem Herzen nahm sie ihren inzwischen eingeschlafenen Sohn auf die Arme und betrat zögernd das vertraute Haus, aus dem sie vor mehr als drei Jahren so aufgebracht davongelaufen war. Die Räume lagen jedoch merkwürdig still und verlassen, nur eine ihr unbekannte Sklavin kam ihr entgegengelaufen und erklärte, die ganze Familie haben sich bereits zum Circus begeben, da Marcus und Claudius im Rennen fuhren.

Enttäuscht ließ sich Antopa mit dem Kind nieder. Die ganze Zeit über hatte sie sich ihre Rede für Marcus zurechtgelegt. Sie mußte ihm endlich selbst sagen, wie sie sich ihrer Worte geschämt und es bereut hatte, ihn damals in ihrer Verbohrtheit und Dummheit aus Athenae vertrieben zu haben. Sie hatte ihn längst verstanden, aber erst einigermaßen Ruhe gefunden, als er ihr verzieh, nachdem sie ihn durch Claudius darum bat. Marcus aber war nie mehr nach Athenae gekommen. Antopa war Simonides' Frau und nicht willens, den kranken Mann zu verlassen.
Jetzt war Simonides tot. Sie hatte um ihn getrauert wie eine Tochter um ihren geliebten Vater, und als die Zeit der Trauer vorbei war, die Geschäfte Perikleios und Sanosthenes übertragen. An einem frühen Morgen war sie mit Marc Simon aufs Schiff gegangen.
Nun war sie hier in Rom, in einem leeren Haus. Nach nur kurzer Überlegung beschloß sie, zum Circus hinauszureiten. Zum einen wollte sie Marcus und Claudius unbedingt einmal im Rennen sehen, zum anderen war dies für Marc Simon die beste Gelegenheit, seinen Vater kennenzulernen. Wieder nahm sie den schlaftrunkenen Knaben auf, strich liebevoll über sein seidiges Haar und ging eilig zum Stall hinüber. Eigenhändig sattelte sie ein Pferd und ritt mit Marc Simon im Arm den Aventinus zur Stadt hinunter. Trotz ihrer Aufgeregtheit

genoß sie die Vertrautheit dieses Rittes. Auch der mittlerweile wieder recht munter gewordene Kleine krähte und juchzte vor Vergnügen. Er liebte es, im Schutz von Mutters Armen auf einem Pferd zu reiten, das viel größer war als der kleine Esel zu Hause, den Perikleios ihm geschenkt hatte.
Antopa ritt durch leergefegte Straßen. Anscheinend war ganz Rom in den Circus geströmt. Auch der Platz vor den zahlreichen Verkaufsbuden, in denen ständig warmes Essen zu bekommen war, lag verlassen da. Die Verkäufer hockten in den Ecken und dösten vor sich hin, bis sie bei einer Pause oder nach Beendigung der Spiele vom Käuferansturm überrannt würden.
Für Augenblicke versperrte eine in geschlossener Formation marschierende Centuria Antopa den Weg, doch dann war sie schon bei den mächtigen Säulen des Circusbaus angelangt. Einem rasch herbeispringenden Burschen übergab sie ihr Pferd, der es in den provisorisch erweiterten Stall an der nächsten Ecke brachte. Sie selbst ging, das aufgeregt plappernde und herumspringende Kind an der Hand, durch eines der riesengroßen Tore. Niemand hielt sie an, und auch im Gang zu den Tribünen wurde sie von keinem Wächter behelligt.

Ungeheurer Lärm umtoste sie, das Geschrei einer vieltausendköpfigen Zuschauermenge, das Gebrüll von Fahrern und Pferdeknechten, ständig übertönt von durchdringendem Peitschenknall. Sie trat an die stabile, steinerne Brüstung, die die untersten, etwa vier Meter über der Arena liegenden Sitzreihen begrenzte. Das Rennen war in vollem Gang. Soeben rasten die Quadrigen auf ihrer Seite der Spina, dem mittleren Trennungsstreifen der ellipsenförmigen Rundbahn, mit hoher Geschwindigkeit heran, eingehüllt in eine mächtige Staubwolke, so daß sie kein Gefährt und erst recht keinen Fahrer erkennen konnte. – Und schon waren sie vorbei, und ihr Sohn wurde nicht nur von quälendem Husten geschüttelt, sondern auch vom Staub in seinen Augen geplagt. Laut heulend hing er an ihrem Hals, während sie ihn von den Staubkörnern befreite, und ließ sich nur schwer beruhigen.
Von einem Torwächter erfuhr sie, daß die Angehörigen der Fahrer wie die Nobiles der Stadt neben der festlich geschmückten Consul-Loge ihren Platz hatten. Ihr Blick folgte seinem weisenden Finger, und schon sah sie Antoninus, der aufgesprungen war und heftig gestikulierend zu den vorbeidonnernden Quadrigen hinabschrie. Rasch

lief sie mit Marc Simon auf dem Arm den Zwischengang der Tribüne hinunter. Sie kam nur mühsam voran, denn überall standen brüllende, aufgeregte Menschen herum, die lautstark Wetten auf den Sieger dieses Rennens abschlossen oder Neuigkeiten aus den Ställen zum besten gaben. Einige waren auch schon in heftigen Streit geraten, und manche Faust drohte gegen den Nachbarn.
Über allem lag eine fieberhafte Erregung, die sich auch Antopa mitteilte und ihre ohnehin schon angespannten Nerven strapazierte. Rigoros bahnte sie sich den Weg zu den Sitzreihen der reservierten Plätze, die weiter oben über den Reihen der vielen kleinen Zellen, den sogenannten Carceres, lagen. Und dem Spolarium, in das die Sterbenden und Toten der Spiele geschleppt wurden. Antopa ging hinter der Loge Scipios entlang, der inmitten seines prachtvoll gekleideten Gefolges Hof hielt, und schaute suchend über die vielen Menschen auf den Tribünen. Da sah sie die hohe Gestalt Fidus' in den Reihen auftauchen, der sich mit Getränken versehen seinen Weg bahnte und damit ihren Blick zur Familie lenkte. Marc Simon fest an sich gepreßt und beide Ellenbogen gebrauchend wühlte sie sich durch die Menschen.
»Antopa!« rief Valeria, die sie als erste erblickt hatte. »Antopa, Kind ...!«
Und dann lagen sie sich in den Armen. Antopa preßte die kleine, zarte Frau überschwenglich an sich, wurde aber gleich darauf durch Antoninus von ihr getrennt, der sie nun seinerseits an sich drückte. Er gebärdete sich ganz närrisch vor Freude, doch auch er wurde von Floruna, Cornelia, Senator Fulvius und auch Fidus beiseite gedrängt.
Endlich konnte sie sich befreien, hob Marc Simon empor und hielt ihn mit einer fast feierlichen Geste Valeria hin.
»Hier Mutter, das ist dein Enkel Marc Simon«. Ein stolzer Ausdruck lag dabei in ihren Augen.
»Mein Enkel?« fragte Valeria atemlos. Sie war so überrascht, daß sie einige Zeit brauchte, bis sie den Knaben aufnehmen konnte, der sie mit großen Kinderaugen ernsthaft prüfend ansah.
»Marc Simon, mein Enkel!« stammelte sie. »Ein so hübsches Kind, mein Enkel ... Aber warum hat mir Claudius nichts davon erzählt?« empörte sie sich.
Antopa lachte.
»Weil ich es ihm verboten habe. Nein ernsthaft, Mutter, ich wollte Marcus nie von seinem Sohn sprechen. Doch dann habe ich verstanden, daß er mir damals bei seinem letzten Besuch in Athenae eigent-

lich hatte sagen wollen, daß er mich liebt. Jedenfalls beschloß ich, mit Marc Simon zu ihm zu kommen, so bald es mir möglich ist.«
Valerias Mund umgab das warme, wissende Lächeln, das Antopa so gut kannte:
»Als Marcus von Simonides' Tod gehört hatte«, erklärte sie, »ließ er sofort seinen Schnellsegler bereithalten, um nach diesem Rennen nach Athenae zu reisen und dich heimzuholen. Er wollte dir sogar etwas sagen, von dem er geschworen hatte, es nie mehr in seinem Leben zu sagen.«
Antopa hielt für einen Augenblick den Atem an, dann lächelte sie. Es war ihr gleich, ob Valeria die ganze Wahrheit wußte, dies war jetzt alles nebensächlich. Marcus liebte sie, und sie liebte Marcus!

Da toste es plötzlich in unvorstellbarem Lärmen über die Tribünen hin:
»Er schafft es! Er schafft es!«
Antopa und die Familie sprangen auf und blickten angespannt nach unten in die Arena. Eben schoß Marcus, ganz in goldverziertes, schwarzes Leder gekleidet, in der letzten Kurve um die Spina herum, nur noch einen einzigen Gegner vor sich. Diesen begann er in einem herrlichen Endspurt zu überholen und fuhr unangefochten als Sieger durchs Ziel.
Die erhitzte Menge jubelte und tobte, sprang auf den Sitzen und Stufen herum, fiel sich in die Arme, jammerte um verlorene Wetten, freute sich über gute Gewinne und lobte den Älteren der Mariani als den besten Wagenlenker aller Zeiten. Ungeachtet dessen, daß sich die meisten vor dem Rennen darüber einig gewesen waren, daß es dieses Mal der jüngere Marianus schaffen würde. Andere Möglichkeiten wurden gar nicht erst erwogen, denn Sieger mußte ein Römer werden!
Zwei Wagen zurückliegend war inzwischen auch Claudius herangefahren, der lange Zeit sogar an der Spitze gelegen hatte. Doch in der letzten Runde war ihm ein Rad locker geworden, und er mußte seine Geschwindigkeit verringern, um überhaupt noch das Ziel zu erreichen. Seinem Grinsen nach zu schließen, schien ihn dies nicht sonderlich zu bekümmern, doch die ihn kannten, wußten es besser.
Nun kam für Marcus das Zeremoniell der Siegerehrung, über das er sich meist mokierte, sich jetzt aber nichts anmerken ließ. Ruhig lächelnd stieg er vom Wagen, klopfte seinen Tieren mit lobenden Wor-

ten auf die schweißnassen Kruppen und schritt die Stufen zu Scipios Loge empor. Dieser erhob sich, schob mit elegantem Schwung die goldverzierte Toga zurück und sah Marcus entgegen. Mit ihm waren auch die Würdenträger neben ihm aufgestanden, unter denen allerdings der Würdigste, nämlich Fabius Maximus, fehlte. Scipio zauberte das an ihm so gerühmte strahlende Lächeln in sein Gesicht und rief nach einer bedeutungsvollen Stille mit wohleinstudierter Pose so laut, daß es über die ganze Arena schallte:

»Mein Freund! Niemandem sonst gönne ich diesen Sieg mehr als gerade dir, Marcus aus dem Hause Marianus Valus! Meinem Freund aus unbeschwerten Jugendtagen!«

Marcus war sich sicher, daß er solche Phrasen auch jedem anderen Sieger gewidmet hätte, weshalb er mit spöttischem Wissen in den Augen auf den kleineren Scipio herablächelte.

Wie um seine Irritation zu verwischen, griff dieser allzu rasch nach dem bereitgehaltenen Lorbeerkranz, den er über Marcus' Haupt emporhob, nachdem sich der auf ein Knie niedergelassen hatte. Mit lauter, doch nicht mehr ganz so überheblich wirkender Stimme fuhr er fort:

»Bürger Romas! Dieser Kranz der Ehre gebührt dem Sieger des heutigen Tages, Marcus aus der edlen Gens der Marianus Valus! Er hat ihn durch sein hohes Können und seine faire Fahrweise redlich verdient! Seht, Bürger Romas, hier steht ein großer Sieger vor euch!« Damit drückte er Marcus den Kranz aufs Haupt.

Dieser erhob sich, verneigte sich flüchtig und gebot den tobenden, jubelnden Zuschauern mit befehlsgewohnter Gebärde Ruhe. Nun rief er seinerseits die von allen erwarteten Phrasen in das still gewordene, durch die Spina geteilte Rund:

»Volk von Roma, Bürger unseres großen Vaterlandes! Wenn Publius Cornelius Scipio mich einen großen Sieger nennt, so ist das eine viel zu große Ehre für mich, gerade aus seinem Munde. Denn er, der Bezwinger des gefürchteten Hannibal Barkas, ist der einzig wahrhaft große Sieger. Wie bescheiden nimmt sich dagegen mein heutiger Erfolg aus. Ihm, unserem edlen Scipio, gebühren Ruhm und Ehre! Grüßt mit mir den Sieger von Zama!«

Marcus grinste wissend zu Scipio hin, der für einen Augenblick sein Imponiergehabe vergaß und etwas unsicher zurücklächelte. Zum ersten Mal erinnerte er wieder an den Jüngling, der an dem folgenschweren Abend in Marcus' Haus mit ernster Aufmerksamkeit den

klugen Fabius Maximus nach seiner Meinung über Hannibal Barkas gefragt hatte. Und dieses Lächeln eben ließ erkennen, daß er genau wie Marcus um den wahren Wert solch hochtrabender Phrasen wußte, die einzig der Berauschung des Volkes dienten. Was dies zwar großenteils wußte, unverständlicherweise aber immer wieder danach verlangte. So auch jetzt.
Aus dem gewaltigen, monumentalen Rund brauste der trunkene Ruf wie ein maßloses Naturereignis auf:
»Hoch lebe Scipio, der größte Feldherr aller Zeiten!«
»Hoch dem Sieger von Zama! Hoch dem Bezwinger Hannibals!«
Und plötzlich mündete alles in den Ruf:
»Salvete Scipio Africanus!«
Später wußte niemand zu sagen, wer diesen Titel zuerst geprägt hatte. Doch jetzt war er laut geworden und würde zum ersten Mal in der römischen Tradition für das von ihm besiegte Land als ehrender Beiname in die Geschichte eingehen. »Scipio Africanus« ...
Das Volk berauschte sich förmlich an der Prägung dieses neuen Namens und besann sich nur langsam wieder auf den Römer Marcus Marianus Valus. Doch dann war er wieder unbestrittener Mittelpunkt der Begeisterung in diesem sich immer weiter steigernden Freudentaumel.
Als er die zu großartiger Zeremonie gestaltete Umarmung des Scipio erwiderte, brauste unbeschreiblicher Jubel auf. Das war ein Tag! Ganz nach dem Geschmack des Volkes!

Marcus stieg gelassen die Stufen hinab, um mit dem Lorbeerkranz des Siegers auf dem Haupt die Ehrenrunde durch den Circus zu fahren. Keiner der Zuschauer hatte bisher seinen Platz verlassen, jeder wollte das Schauspiel bis zum letzten Bild genießen. Und Marcus ließ sich feiern. Mit gewohnter Ruhe fuhr er das ovale Rund ab, ließ lächelnd alle überschäumenden Ovationen über sich ergehen und dankte würdevoll, mit keiner Geste das abgezirkelte Maß übersteigend.
Als er sich der Ehrenloge näherte, wanderte sein Blick die Tribünen empor und suchte seine Familie. Doch noch bevor er sie erblickte, erfaßte er die hoch aufgerichtete Frauengestalt, die mit einem heftig winkenden Kind auf dem Arm zu ihm herabdeutete.
Antopa ...!
Für einen Augenblick stockte ihm der Atem, er glaubte ihm bliebe das Herz stehen, und es durchraste ihn solche Freude, daß er vergaß,

auf der Plattform einer Quadriga zu stehen. Eine ganze Weile mußten seine Pferde ohne seine Führung weitertraben. Dann aber klatschte er die Zügel über ihren Rücken und zwang sie in schnelle Fahrt. Endlich hatte er das Oval voll umfahren und donnerte durch die weit offenstehenden, riesengroßen Tore.

Kaum hatte er den Gang vor den Ställen erreicht, sprang er vom Wagen und warf seinem Pferdeburschen die Zügel zu, die er während des Rennens um den Leib geschlungen hatte. Dann befreite er sich hastig von der Riemenverschnürung, die zum Schutz der Rippen bei Stürzen gedacht war, und riß sich die helmartige Kappe vom Kopf. Seine kurze Tunika war von Schweiß durchtränkt, und sein Gesicht glühte unter einer dicken Staubschicht. Dessen ungeachtet rannte er zwischen den mittlerweile eingefahrenen Quadrigen hindurch zum Tribünengang hinüber, stieß und schob sich durch die hin- und herwogende Menschenmauer und gelangte endlich zu seiner Familie, für die er allerdings keinen Blick hatte. Atemlos hielt er vor Antopa an, mit brennenden Augen, keines Wortes und keiner Bewegung fähig.

»Marcus ...!« drang ihre Stimme zu ihm durch. Leise, wie der Schlag eines ängstlichen Vogels, fragend, erwartungsvoll.

Wie ein Stöhnen drang ihr Name aus ihm hervor, kein weiteres Wort sonst. Seine Augen wurden verdächtig rot, mit beiden Händen griff er nach den ihren, ließ sie wieder los, umfaßte ihr Gesicht mit zitternden Fingern. Er wußte offensichtlich nicht, was er tat. Er wollte sie nur spüren, fühlen, wollte sich vergewissern, daß sie wirklich da war. Das so lange ersehnte Wiedersehen war einfach zu plötzlich Wirklichkeit geworden.

»Marcus ...!« Ihre Augen leuchteten, sie war ebenso erregt wie er. Sie preßte ihre Hand gegen seine rauhe, staubbedeckte Wange, grub ihre Finger unter das Leder seines Schulterschutzes, strich über seine nackten Arme.

»Marcus, jetzt bleibe ich hier. Für immer.« Es klang wie ein Gelöbnis.

Immer noch nicht fähig zu sprechen, preßte er schweigend sein Gesicht an das ihre. Langsam wurde es ruhig und still in ihm. Jetzt war alles gut. So standen sie eine ganze Weile, bis Valeria herantrat. In ihrer leisen Art hob sie Marcus das Kind entgegen, auf das er verwundert herabsah. Da lächelte Antopa, glücklich und stolz.

»Das ist das Geschenk, das ich dir mitgebracht habe.«

Er sah zwischen ihr und dem Knaben hin und her, hielt den Atem an.

»Was – was ist das für ein Kind?« fragte er heiser. Aber eigentlich wußte er es schon.
Antopa reckte sich hoch.
»Das ist Marc Simon, dein Sohn!«
»Mein – Sohn?« Man sah ihm an, daß er von wohl tausenderlei Gefühlen überwältigt wurde, und es war ihm dabei gleichgültig, daß aller Augen auf ihn gerichtet waren.
Endlich löste sich seine Verwirrung und wandelte sich in Freude und übermächtiges Glück. Er streckte die Arme aus, ließ sich den Knaben reichen und betrachtete ihn staunend. Etwas unbeholfen strich er ihm über das seidenweiche Lockenköpfchen und atmete genußvoll den Kleine-Jungen-Duft ein. Dabei sah ihn der außergewöhnlich hübsche Kleine mit den großen, blauen Augen mit eigentümlich ernstem Blick unverwandt prüfend an. Dann aber drehte er sich auf die Seite und strebte seiner Mutter entgegen, die ihn wieder aufnahm.

Marcus schien wie aus einem Traum zu erwachen. Mit einem glücklichen Seufzer, tief aus seinem Inneren emporsteigend, nahm er Antopa mitsamt seinem Sohn in die Arme und drückte sie fest an sich. Sein Gesicht vergrub er an ihrem Hals, so daß sie spürte, wie naß seine Augen geworden waren.
»Antopa, ich liebe dich«, flüsterte er.
»Pst, Liebster, das mußt du nicht sagen. Ich weiß es«, flüsterte sie zurück.
Wieder standen sie so eine ganze Weile, dann lachte er plötzlich auf, daß alle sich wunderten:
»Also eines weiß ich inzwischen ganz sicher, wenn ich an dich und alles in der Vergangenheit Erlebte denke: Unsere Ehe wird die aufregendste von ganz Roma werden!«
Auch sie lachte, nicht mehr ganz so laut wie früher, und widersprach, rechthaberisch wie eh und je:
»Nein, es wird die glücklichste von ganz Roma werden!« Dabei schmiegte sie sich an ihn und fühlte sich wohl und geborgen.

Endlich, nach so weitem Weg und so langer Zeit hatte sie ihr Zuhause gefunden.

EPILOG

Nach Beendigung dieses zweiten punischen Krieges brachte Rom erstaunlich milde Bedingungen für den Friedensschluß ein. Zum Teil manifestierte es nur bereits bestehende Tatsachen, wie zum Beispiel Karthagos Verzicht auf Sizilien, Sardinien und Spanien. Keineswegs unbillig war auch die völlige Entwaffnung der Besiegten, sowie die Verbrennung aller in Karthagos Häfen liegenden Schiffe. Oder die Überstellung aller Elefanten und des in den riesigen Arsenalen aufgehäuften Besitzes an die Römer.

Sehr hart dagegen war die Auflage, ohne römische Genehmigung nie mehr kämpfen zu dürfen. Und das zu einer Zeit, in der vor ihren Toren der zum Todfeind gewordene König Massinissa aus Kleinnumidien wie ein lauernder Tiger hockte.

Als Kriegsfolge war es um Roms Finanzlage so schlecht bestellt, daß es regelrecht darauf angewiesen war, seine Kassen von den Besiegten wieder auffüllen zu lassen. Daher wurden den Karthagern zehntausend Talente als Kriegsentschädigung auferlegt, die in fünfzig Jahresraten erbracht werden mußten. Für die Einhaltung dieser Verpflichtung hatten hundert vornehme Punier zu garantieren, die als Geiseln nach Rom gebracht wurden.

Aber auch Karthago stand vor dem Bankrott. Im Gegensatz zu Rom jedoch wegen der unglaublichen Mißwirtschaft seiner diebischen Beamten, die von der bestechlichen Gerichtsbarkeit nicht das geringste zu befürchten hatten.

Für die Aufgabe, das unentwirrbar scheinende Knäuel von Korruption und Betrug zu entflechten, damit von den an sich reichen Karthagern die auferlegten Reparationszahlungen auch tatsächlich abgeführt werden konnten, schien Rom kein anderer besser geeignet zu sein als Hannibal Barkas, der Mann, den es siebzehn Jahre lang erbittert bekämpft hatte. Seine vormaligen Feinde ernannten ihn daher zum Suffeten und gaben ihm alle Vollmachten, die er unter römischer Kontrolle zur Ausübung seines Amtes benötigte.

Und er rechtfertigte die in ihn gesetzten Erwartungen. Befehlsgewohnt dirigierte er den Beamtenapparat wie ehemals sein blind ergebenes Heer. Mit unnachsichtiger Strenge und unfehlbarem Blick für alles Wesentliche und Notwendige räumte er gründlich auf, stellte Staatsdiener nach seinem Ermessen ein und erließ wirkungsvolle Verbote und Gesetze. Schon nach kurzer Zeit hatte er mit eiserner Hand den versumpften Staat auf tragfähige Füße gestellt.

Im Jahre 200 v. Chr. brach erneut Krieg aus zwischen Rom und Macedonien, das sich mit Antiochus von Syrien verbündet hatte, der keineswegs unberechtigt davon träumte, ein neues Alexander-Reich errichten zu können.

Hannibal dagegen erwuchsen immer größere Schwierigkeiten. Durch seine rigorose Säuberung des Staatsapparates und seine strenge Führung hatte er sich unter seinen eigenen Landsleuten viele Feinde geschaffen. Es dauerte nicht lange, bis man durch sorgfältig inszenierte Intrigen scheinbar bewies, daß er mit Antiochus römerfeindliche Beziehungen unterhalte.

Zur Überprüfung dieser Darstellungen wurde ihm von Rom eine eigens dafür ernannte Kommission angekündigt, und nach Lage der Dinge mußte er mit Auslieferung an seine verhaßten Feinde rechnen. So sah er sich gezwungen, in aller Heimlichkeit sein Vaterland für immer zu verlassen. Unter Mitnahme eines großen Teils seines Vermögens segelte er nach Tyros, der Mutterstadt Karthagos. Sie war jetzt zwar in Antiochus' Hand, blieb für ihn aber tatsächlich der einzige Ausweg.

Karthago versuchte, die empörten Römer zu beschwichtigen, indem es Hannibal Barkas zum Geächteten erklärte, seine Besitzungen beschlagnahmte und seinen Palast dem Erdboden gleichmachte. – Das war also die Ehrung, die die Punier ihrem größten Sohn zudachten! Dem Mann, der ihnen die Weltmacht zu Füßen gelegt hätte, wenn sie ihn zur rechten Zeit nur genügend unterstützt hätten!

In Tyros planten Hannibal und Antiochus neuerliche Kriegszüge gegen Rom und Griechenland, doch wurde dies durch Verrat unterbunden. Hannibal verlor durch vielerlei Intrigen an Prestige, zumal er in der Seeschlacht gegen Roms Verbündeten Rhodos eine große Niederlage erlitt. Antiochus wurde im Jahre 198 v. Chr. bei Magnesia am Hermusfluß durch Lucius Cornelius Scipio, dem jüngeren Bruder von »Scipio Africanus«, vernichtend geschlagen und mußte endlich

Frieden schließen. Lucius erhielt für seine Niederwerfung den ehrenden Beinamen »Scipio Asiaticus«.
Hannibal floh nach Armenien, wo er den Bau der Stadt Artaxiatica übernahm. Danach ging er nach Kreta, von dort mit seinem in Bronzestatuen versteckten Gold nach Bithynien, wo er sich unter den Schutz des Prusias stellte und ihm seine Dienste anbot. Dieser stand mit dem römischen Verbündeten Eumenes, dem König von Pergamon, im Krieg. Hannibal konnte für Prusias einige Siege zur See erringen, doch das mächtige Rom befahl schließlich die Einstellung dieses Krieges und die Auslieferung Hannibals.
Nun gab es für den gejagten und gehetzten Mann kein Entrinnen mehr. Inzwischen vierundsechzig und wie ein in die Enge getriebener Vogel, der zu alt geworden war, um noch fliegen zu können, sah er nur noch sein Ende vor sich. Noch einmal jedoch, zum letzten Mal in seinem Leben, entwischte er Rom. Er tat mit Gift vermischten Wein in einen Becher und trank ihn bis zur Neige.
»Laßt mich der großen Angst der Romani ein Ende bereiten. Sie hielten es für eine zu langwierige und schwere Mühe, auf den Tod eines alten, gehaßten Mannes zu warten.«
Dies sollen seine letzten Worte gewesen sein, während der Becher seinen kraftlosen Fingern entglitt und über den Boden rollte. Und es könnte dies sehr wohl ein Becher mit dem eingravierten Bild von Saguntum gewesen sein.

Auch sein Besieger Publius Cornelius Scipio, »Scipio Africanus« genannt, starb im selben Jahr, 183 v. Chr., ebenfalls verhaßt und bedroht. Er war schließlich so verbittert, daß nach seinem Willen die Inschrift auf seiner Grabplatte lauten sollte:
»Mein undankbares Vaterland soll meine Gebeine nicht erhalten.«
Hannibal Barkas und »Scipio Africanus« – wie verschieden waren sie im Leben und wie sehr glichen sie sich im Sterben!
»Und der Tod macht sie endlich alle gleich.«

ZEITTAFEL

vor Christus

264–241	**I. Punischer Krieg**
	Hamilkar Barkas, karthagischer Oberbefehlshaber
	Vater von Hannibal, Hasdrubal und Mago
246	Geburt Hannibals
237	Hamilkar setzt nach Spanien über
229	Tod Hamilkars. Nachfolger wird Schwiegersohn Hasdrubal
227	Gründung von Carthago-Nova (Carthagena)
221	Ermordung Hasdrubals (Schwiegersohn)
	Hannibal neuer Stratege
219	Hannibal vor Saguntum

219–202	**II. Punischer Krieg**
218	Oktober: Hannibals Alpenüberquerung.
	Dezember: Schlachten am Ticinus und an Trebia
217	Mai: Schlacht am Trasimenischen See
	Fabius Maximus »Cunctator« wird Dictator
216	2. August: Schlacht bei Cannae
215	Bündnis Hannibals mit Philipp V. von Macedonien
ab 214	Hannibal besetzt Süditalien
212	Rom belagert Syracusae. Tod des Archimedes
	Saguntum von Rom zurückerobert
	Hannibal besetzt Tarracina und siegt bei Capua
211	Capua von Rom zurückerobert
	Frühjahr: Hannibal marschiert gegen Rom (»Hannibal ante portas!«)
210	Publius Cornelius Scipio Oberbefehlshaber in Spanien
209	Scipio erobert Carthago-Nova
208	Hasdrubal überschreitet Pyrenäen und Alpen
207	Niederlage und Tod Hasdrubals am Metaurus
205	Rückzug Hannibals nach Bruttium
	Scipio Konsul mit Amtsbereich Sizilien
204	Scipio landet in Afrika, nächst Utica.
203	Karthago ruft Hannibal zu Hilfe
202	»Scipio Africanus« schlägt Hannibal bei Narragarra (Zama, Nordafrika)

202	Hannibal reformiert die karthagische Verfassung und das Finanzwesen
195	Er flüchtet vor seinen Gegnern als militärischer Berater zu Syriens König Antiochos III.
189	Er flieht nach Bythinien zu König Prusias I.
182	Um der Auslieferung an Rom zu entgehen, nimmt er Gift.

149–146	**III. Punischer Krieg**
146	Scipio Aemilianus legt Karthago in Schutt und Asche

BEGRIFFE

Adel	wer mind. 1 Konsul in Familie hat
Aedil	Verwaltungsbeamter, Prätor unterst. Beaufsichtg. Handel, Straßen, Bauten
Afri	Afrikaner
Allobrogen	Keltenstamm in Südfrankreich
Aquae-ductus	Wasserleitung
Atrium	Hauptraum des römischen Hauses mit offenem Herdfeuer
Auguren	röm. Priester, deuten Vorzeichen
Barkiden	Familienclan der Barkas'
Bellona	röm. Kriegsgöttin
Boier	Keltenstamm in der Po-Ebene
Byrsa	Burg von Karthago
Campus Martius	Marsfeld (Rom)
Capite censi	besitzlose Bevölkerung
Censor	Finanzverwalter (Steuern)
Centurio	Führer einer milit. Hundertschaft
Clivus	ansteigende Straße
Collis	Hügel
Cubiculum	Schlafraum
Curia hostilia	von Tullus Hostilius erbauter Versammlungsplatz der Senatoren
Cursus honorum	glänzende politische Laufbahn
Dictator	bei höchster Gefahr eingesetzter Beamter, unumschränkte Gewalt, für längstens 6 Monate
Diploma	Geleitbrief, zusammengelegte Schreibtafel
Equites	Ritterstand, Vermögen muß mind. 400000 Sesterzen betragen
Fasces	Rutenbündel, Symbol der Strafgewalt
Forum	Platz für Volksversammlungen o. ä.
Forum Boarium	Rindermarkt
Galli	Gallier
Gens	Geschlecht, Familie, Sippe
Gerusia	Rat der »Hundert« in Karthago
Gunna	pelzgefütterter Mantel
Haik	arab., über Kopf gezogener Mantel
Hannibal	»Gnade des Baal«
Haruspex	Opferschauer, weissagt aus Eingeweiden der Opfertiere

Hastati	Träger d. Pilum. 1. Schlachtglied
Iden	13. Tag im Monat (März, Mai, Juli, Oktober 15. Tag)
Iberia	Spanien
Impluvium	Wasserbecken im Atrium
Insubrer	Keltenstamm in der Po-Ebene
Isara	Isére
Karthago	Quart Hadasht »Neue Stadt«
Karchedon	Karthago, griech.
Kohorte	besteht aus 3 Manipel (s. »Manipel«)
Latifundium	großes Landgut
Lectus	Lager, Bett
Lictoren	Staatsdiener, tragen »fasces« voran
Magister equitum	Reiteroberst, Dictator untergeordn.
Manipel	120 Hastati, 120 Principes, 60 Tricarii, 120 Velites, 30 Turma (Reiter)
Moloch	semit. Gottheit (Kinderopfer)
Mons	Höhenzug
Municipien	Stadtgemeinden m. eigener Verwaltg.
Museion	Schule
Nobiles	Patrizier, Hochadel
Numidier	(nomades) Wüstenvölker Nordafrikas
Padustal	Po-Ebene
Palla	Mantel der Frauen
Pallium	Mantel
panem et circenses	Brot und Spiele
Paternum hospitium	unverletzbare Gastfreundschaft, Zuflucht
Patrizier	(pater) Angehöriger d. Senatorengeschlechter
Penaten	Schutzgötter d. Hauses, der Familie
Perystil	Innenhof
Pilum	Lanze mit langem Eisenblatt und kurzem Schaft
Pontifex Maximus	röm. Oberpriester
Plebs	das Volk
Praetor	Richter, Stellvertreter des Konsuls, ihm gehen 2 bis 6 Liktoren voraus
Porticus	Säulengang
Principes	Soldaten 2. Glied d. Schlachtordnung
Punier	Poeni, röm. Bezeichnung d. Karthager
Quadriga	Viergespann
Quart Hadasht	Karthago, punisch
Rhodanus	Rhone
Rostra	Rednertribühne auf dem Forum
Sagum	Mantel der Krieger (Umhang)

Sella curulis	elfenbein. Amtssessel des Konsuls
Senaculum	Sitzungssaal des Senats
Senat	(senex-Greis) Stadtälteste Roms
Servianische Mauer	380 v. Chr. erbaut, 11,5 km Länge
Sesterz	ca. 20 Pfennig
Signum	Feldzeichen der Manipel (Stange mit Metallschild)
Sinus Ligusticus	Ligurische Küste
Stola	Kleid der verheirateten Frau
Subura	Roms geräuschvollster Stadtteil
Sybille von Cumae	Wahrsagerin in Höhle von Cumae
Tablinum	Gesellschaftsraum, an Atrium anschl.
Toga	Obergewand, über die linke Schulter gelegt, um den Leib geschlungen und über den linken Arm geführt
Toga virilis	Toga des Mannes
Toga praetexta	Toga des Knaben, bis 16. Lebensjahr
Tophet	Opferstätte
Torque	metallener Halsring der Kelten
Tribun	milit.: Stabsoffizier einer Legion
	zivil.: Volkstribun, Interessenvertreter des Volkes (Veto!)
Triclinum	Speisezimmer
Triarier	Soldat 3. Glied der Schlachtordnung
Trireme, Triere	Dreiruderer
Tunika	eine Art Hemd
Turma	Schwadron
Tusci	Etrusker
Velites	Leichtbewaffneter, Plänkler
Vendetten	Kundschafter, Vorausabteilung
Vestalin	jungfräul. Priesterin, Hüterin d. Heiligen Feuers
Via	Hauptstraße
Viatore	Unterbeamter
Vicus	Straße, Weg

INHALT

Die Stadt Rom

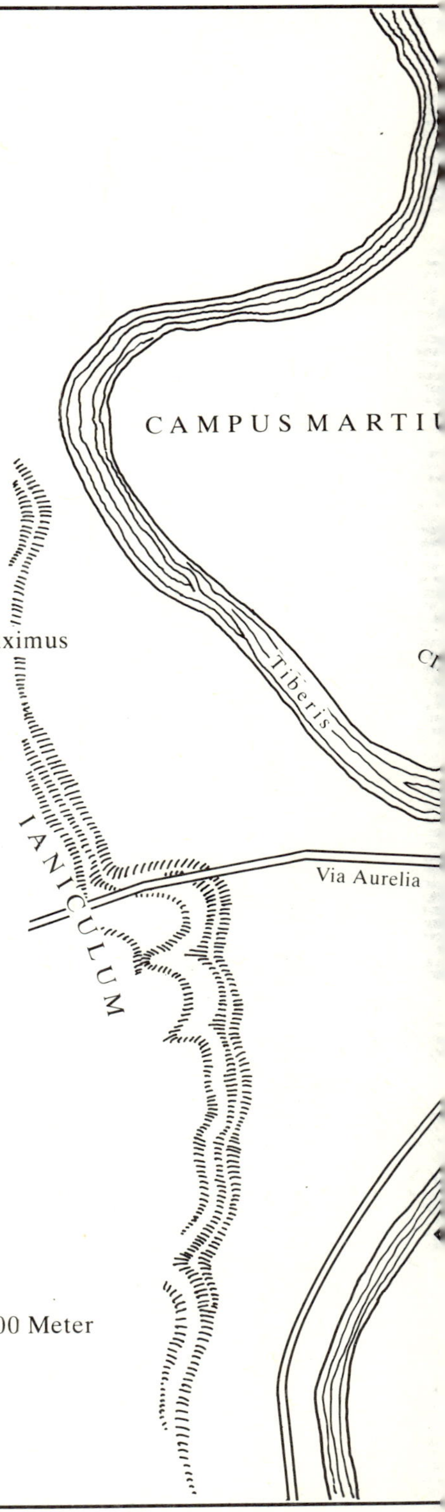

1 Tempel des Apollo
2 Tempel der Bellona
3 Tempel des Juppiter Optimus Maximus
4 Tempel der Iuno Moneta
5 Tabularium
6 Tempel des Saturn
7 Tempel des Castor
8 Forum Iulium
9 Basilica Aemilia
10 Porta Fontinalis
11 Porta Flumentana
12 Fabricius – Brücke
13 Cestius – Brücke
14 Tempel des Juppiter Stator
15 Circus Maximus
16 Emporia = Speicher

0 200 400 600 800 1000 Meter